2010 年度國家社科基金重大招標項目
"中日韓《詩經》百家彙注"（10&ZD101）階段性成果

國家民委重點學科"中國古代文學"經費資助

北方民族大學引進人員科研啓動項目（2020KYQD09）資助

東亞《詩經·豳風·鴟鴞》文獻彙纂

李雷東　陳詔宣　編撰

社會科學文獻出版社
SOCIAL SCIENCES ACADEMIC PRESS (CHINA)

整理説明

　　《東亞〈詩經·豳風·鴟鴞〉文獻彙纂》彙集中國、日本、韓國現存唐至清代《詩經》注釋和研究著作180余種，從中梳理出《豳風·鴟鴞》篇的注釋，分總説、句解、章旨、集評四部分分類彙解，并加按語，以便讀者能據此書檢索查找《豳風·鴟鴞》篇由唐至清的注解和研究成果。現對整理情況作一説明。

　　1. 所録著作原文中的雙行小字，均以圓括號標示。如：宋·朱熹《詩序辨説》在"名之曰《鴟鴞》焉"一句後有雙行小字："此《序》以《金縢》爲文，最爲有據。"在本書中，將這兩句置於圓括號中，標示此句在原文中爲雙行小字。

　　2. 所録著作中的批注文字，亦以圓括號標示。如：明·陳元亮《鑒湖詩説》卷一："重王室上，以'毋毀我室'一句爲主。"此句上有批注文字"通詩俱是暗比"。本書以"（批注：通詩俱是暗比。）"方式標示批注。

　　3. 所録著作原文中無法辨識的文字，均以"□"標示。如：清·姜兆錫《詩傳述蘊》（國風）："王悟，迎周公，管叔□，乃挾武庚以叛。"説明"管叔"後一字在原書中模糊不清，無法辨識，以"□"標示，不再出注。

　　4. 凡段前標示"又："字樣，説明此段與上段在原書中非前後連屬。如：在本書中，清·陸奎勳《陸堂詩學》卷五有一段："又：居東非東征。九峰蔡氏本馬、鄭而詳辨之……"説明此段與上段在原書中非前後連屬。

國風·豳風·鴟鴞

鴟鴞鴟鴞，既取我子，無毀我室。恩斯勤斯，鬻子之閔斯！

迨天之未陰雨，徹彼桑土，綢繆牖戶。今女下民，或敢侮予！

予手拮据，予所捋荼，予所蓄租，予口卒瘏。曰予未有室家！

予羽譙譙，予尾翛翛。予室翹翹，風雨所漂搖。予維音嘵嘵！

目　録

總　説

《毛诗序》（《毛詩正義》卷八）：

《鴟鴞》，周公救亂也。成王未知周公之志，公乃爲詩以遺王，名之曰《鴟鴞》焉。

漢·鄭玄《毛詩箋》（《毛詩正義》卷八）：

未知周公之志者，未知其欲攝政之意。

又：時周公竟武王之喪，欲攝政成周道，致大平之功。管叔、蔡叔等流言云："公將不利於孺子。"成王不知其意，而多罪其屬黨。

唐·孔穎達《毛詩正義》卷八：

此《鴟鴞》詩者，周公所以救亂也。毛以爲武王既崩，周公攝政，管、蔡流言以毀周公，又導武庚與淮夷叛而作亂，將危周室。周公東征而滅之，以救周室之亂也。於是之時，成王仍惑管、蔡之言，未知周公之志，疑有將篡，心益不悦，故公乃作詩。言不得不誅管、蔡之意，以貽成王，名之曰《鴟鴞》焉。經四章，皆言不得不誅管、蔡之意。鄭以爲武王崩後三年，周公將欲攝政，管、蔡流言，周公乃避之，出居於東都。周公之屬黨與知將攝政者，見公之出，亦皆奔亡。至明年，乃爲成王所得。此臣無罪，而成王罪之，罰殺無辜，是爲國之亂政。故周公作詩，救止成王之亂。於時成王未知周公有攝政成周道之志，多罪其屬黨，故公乃爲詩，言諸臣先祖有功，不宜誅絶之意，以怡悦王心，名之曰《鴟鴞》焉。四章皆言不宜誅殺屬臣之意。補：定本"貽"作"遺"字，則不得爲怡悦也。

又：毛雖不注此序，不解《尚書》，而首章傳云"寧亡二子，不可毀我周室"，則此詩爲誅管、蔡而作之。此詩爲誅管、蔡，則罪人斯得，謂得管、蔡也。周公居東爲出征，我之不辟，欲以法誅管、蔡。既誅管、蔡，然後作詩，不得復名爲貽悦王心，當訓貽爲遺，謂作此詩遺成王也。《公劉序》云"而獻是詩"，此云遺者。獻者，臣奉於尊之辭；遺者，流傳致達之稱。彼召公作詩，奉以戒成王；此周公自述己意，欲使遺傳至王，非奉獻之，故與彼異也。

又：《金縢》注云："成王非周公意未解，今又爲罪人言，欲讓之。推其恩親，故未敢。"是欲誚公之意作此詩，[①] 欲以怡悅王心，致使王意欲誚公，乃是更益王忿，而言以怡王者，成王謂公將簒，故罪其屬臣。公若實有簒心，不敢爲臣諮請。今作詩與王，言其屬臣無罪，則知公不爲害，事亦可明。未悟，故欲誚公。既悟，自當喜悅。冀王之悟，故作此詩，是公意欲以怡悅王也。王肅云："案經、傳內外，周公之黨具存，成王無所誅殺。橫造此言，其非一也。設有所誅，不救其無罪之死，而請其官位土地，緩其大而急其細，其非二也。設已有誅，不得云無罪，其非三也。"馬昭云："公黨已誅，請之無及，故但言請子孫土地。"斯不然矣。案：鄭注《金縢》云："傷於屬臣無罪將死。"箋云："若誅殺之。"則鄭意以屬臣雖爲爲王得，罪猶未加刑。[②] 馬昭之言，非鄭旨也。公以王怒猶盛，未敢正言，假以官位土地爲辭，實欲冀存其人，非是緩大急細，弃人求土。鄭之此意，亦何過也？

宋・歐陽修《詩本義》卷五：

毛、鄭於"鴟鴞"失其大義者二，由是一篇之旨皆失。《詩》三百五篇皆據《序》以爲義，惟《鴟鴞》一篇見於《書》之《金縢》。其作詩之本義最可據而易明，而康成之《箋》與《金縢》之書特異。此失其大義一也。但據詩義，鳥之愛其巢者呼鴟鴞，而告之曰："寧取我子，勿毀我室。"毛、鄭不然，反謂鴟鴞自呼其名。此失其大義者二也。《金縢》言周公先攝政，中誅管、蔡，後爲詩以貽王。毛、鄭謂先爲冢宰，中避而出作詩貽王。已作詩後乃攝政而誅管、蔡，二說不同。而知《金縢》爲是，毛、鄭爲非者，理有通不通也。武王崩，成王幼，周公攝政。管、蔡疑其不利於幼君，遂有流言。周公乃東征而誅之，懼成王之怪己誅其二叔，乃序其意作《鴟鴞》詩以貽王。此《金縢》之説也。其義簡直而易明。毛、鄭乃謂武王崩，成王即位，居喪。不言周公以冢宰聽政而二叔流言。且冢宰聽政乃是常禮，二叔何疑而流言。此其不通者一也。《金縢》言："周公居東二年，罪人斯得。"謂東征二年，而得三監淮夷叛者誅之爾。毛、鄭乃謂二叔既流言，周公避而

---

① 阮校："明監本、毛本'欲'上有'是'字，閩本剜入。案此誤補也，'欲誚'當作'鄭謂'。"
② 阮校："罪當作'實'。"

居東者二年。又謂罪人斯得者，成王多得周公官屬而誅之。且周公本以成王幼，未能行事，遂攝政。若避而居東，則周公之國政成王當自行之，若已能臨政二年，何又待周公歸攝乎？此其不通者二也。刑賞，國之大事也。周公，國之尊親大臣也。使周公有間隙而出避，成王能以周法刑其尊親大臣之屬，周公復歸，其勢必不得攝。且周公所以攝者，以成王幼而不能臨政爾。若已能臨二年矣，有能刑政其尊親大臣之屬，則周公將以何辭奪其政而攝乎？此其不通者三也。矧周公誅管、蔡，前世説者多同，而成王誅周公官屬，六經諸史皆無之，可知其臆説也。

又：周公既誅管、蔡，懼成王疑己戮其兄弟，乃作詩以曉諭成王。

宋·蘇轍《詩集傳》卷八：

《鴟鴞》，周公救亂也。

又：周公東伐二叔，既克，而成王未信，故爲詩以遺王。

宋·李樗《毛詩詳解》（《毛詩李黃集解》卷十八）：

《鴟鴞》，周公救亂也。成王未知周公之志，公乃爲詩以遺王，名之曰《鴟鴞》焉。

又：《鴟鴞》，武王既崩，周公攝政，管、蔡流言，以毀周公，又挾武庚與淮夷叛。周公既相成王，東征而滅之。然而成王猶有疑周公之心而尚未知。惟其不知周公之志而猶有疑周公之心，則是其亂猶未已也，故周公所以作此詩以遺王。孔氏謂：“周公東征而滅之，以救周室之亂。”然《鴟鴞》之詩言救亂，不得專指三監言之，成王信管、蔡而疑周公，於其所不當信而信之，於其所不當疑而疑之。不當信而信，不當疑而疑，則周公之志無由而明，三監雖平，然猶可以爲亂也。周公作此詩以明己之志，所以攝政專禮樂刑賞之權，與夫興兵以討三監之叛。然三監之叛尤不可宥者，蓋以先王造業艱難如此，豈可毀之哉！周公冀成王庶幾幡然而起，故作此詩以遺王也。……夫鳥之營巢也，口手盡病而又羽之殺尾之敝，至於未陰雨之時徹彼桑土，纏綿其户牖，其勞甚矣。及巢之已成也，則爲鴟鴞之所毀，又爲巢下之民所侵侮，風雨之所搖蕩，三者交至，則其守巢也豈不難哉！周之王業，后稷創始，大王王季勤勞王家，文王大勛未集，至武王有天下，可謂難矣。其後管、蔡流言，以壞我王室，又挾三監爲叛，則其守巢也豈不難哉！爲成王者亦思其保守王室可也。今乃聽管、蔡之言，此周公所以懼也。成王信管、蔡之言，周公作爲此詩，諄諄告誡非不切，成王之疑尚猶未釋，猶有諑公之志，自非周公當厄難之際而不失其聖，則何以使王悔過，幡然而改哉！此亦如太甲不明，伊尹放諸桐，使其悔過自艾，蓋不如是不足以見忠之至也。

宋·黃櫄《詩解》（《毛詩李黃集解》卷十八）：

此則周公所作之詩也，故曰公乃爲詩以遺王。周公之陳《七月》以告成王，而爲《鴟鴞》以遺成王，意此詩乃周公避流言於東而作詩以遺王也。夫流言四出而成王未悟，此人之所不堪而事之最難處者也，而周公乃雍容不迫，托於咏歌，陳祖宗艱難之業，而言其憂國勤勞之志，微諷其君而使之自悟，未嘗有拂然之辭也。前輩謂之君臣之分譬如父子，若子遭讒被譴，惟有恭順謹畏，三諫號泣，起敬起孝，而冀其父兄之自悔，此其知周公之心也。先儒謂救亂者，乃周公被流言之變，振兵而誅流言之黨。夫成王方疑周公，而周公遽握兵以出，是益滋四國之謗也，亦豈臣子所當爲乎？《金縢》言："我之弗辟，我無以告我先王。"陸德明以"辟"字爲扶亦切。周公以法治流言之罪，此說最害理，不如鄭氏以辟爲避。蓋周公攝政，群叔乃流言，以爲公將不利於孺子，周公不得不居東以避罪耳。天動威而成王悟，金縢啓而袞衣歸，出郊之迎，已見於《金縢》之末，而伐三監之事乃方見於《大誥》之書，則流言之罪當在成王既悔之後，非周公方被流言而遂專握兵而往也。嗚呼！武庚懷不逞之謀而發於管、蔡失道之隙，則三監之叛非叛周公也，乃叛周也。周公慮成王之不知而爲逆臣之所誤，故作《鴟鴞》之詩以喻之，使之知王業之艱難，祖宗之憂勤，而三監乃欲取王室已成之業而毀之，豈不甚可懼哉！故作詩以鴟鴞爲喻。……噫！成王一疑周公而禾盡偃，成王悔過自悟而禾盡起，天之所以眷眷於周家者，所以不庸釋於我周也，三監安得而毀之哉！周公雍容曲折，風喻其君，其亦知天意之所在哉！

宋·范處義《詩補傳》卷十五：

《鴟鴞》，周公救亂也。成王未知周公之志，公乃爲詩以遺王，名之曰《鴟鴞》焉。

成王由管叔鮮、蔡叔度之流言疑周公，故周公居東以避。管、蔡雖已伏其辜，而成王之疑未釋也。君臣相疑，亂之道也。周公作是詩以貽王，輸露忠款，語意悲切，至今誦之，足以見周公惓惓王室之意。而成王以幼冲之資，尚未開悟，但未敢誚公耳，亂猶在也，故序詩者以救亂爲言。

宋·王質《詩總聞》卷八：

當是周公在東，伯禽在西，父子隔絕，有不相保之勢。言我子猶可，王室爲重，憂王室將危也。……大率欲以哀苦爲之感動成王，其初欲誚而未敢，其卒乃悔而至泣，此詩不爲無助也。

宋·朱熹《詩經集傳》卷八：

武王克商，使弟管叔鮮、蔡叔度監于紂子武庚之國。武王崩，成王立，周公相之，而二叔以武庚叛，且流言於國曰："周公將不利於孺子。"故周公東征，二年，乃得管叔、武庚而誅之。而成王猶未知公之意也，公乃作此詩以貽王。

宋·朱熹《詩序辨説》：

《鴟鴞》，周公救亂也。成王未知周公之志，公乃爲詩以遺王，名之曰《鴟鴞》焉。（此《序》以《金縢》爲文，最爲有據。）

宋·呂祖謙《呂氏家塾讀詩記》卷十六：

《鴟鴞》，周公救亂也，成王未知周公之志，乃爲詩以遺王，名之曰《鴟鴞》焉。（鄭氏曰："未知周公之志者，未知其欲攝政之意。"朱氏曰："管、蔡流言，使成王疑周公，周公雖已滅之，然成王之疑未釋，則亂未弭也。故周公作此《鴟鴞》之詩以遺王，而告以王業艱難，不忍毀壞之意，所以爲救亂也。"）

《書》曰："武王既喪，管叔及其群弟乃流言於國曰：'公將不利於孺子。'周公乃告二公曰：'我之弗辟，則無以告我先王。'周公居東二年，則罪人斯得。于後公乃爲詩以貽王，名之曰《鴟鴞》。王亦未敢誚公。"（歐陽氏曰："《金縢》言周公先攝政，中誅管、蔡，後爲詩以貽王。鄭氏謂先爲冢宰，中避而出，作詩貽王。以作詩，後乃攝政而誅管、蔡。非也。"）

宋·戴溪《續呂氏家塾讀詩記》卷一：

《鴟鴞》，周公哀于商民，以感動成王之心也。

宋·楊簡《慈湖詩傳》卷十：

此詩喻鳥之愛其子與巢者，呼鴟鴞而告之。……夫周公欲成王於亂未作，如何其綢繆牖户也，豈惟欲其勤於政事而已耶？政事雖勤，君心易惑，流言終不已，亂終作也。周公欲成王勤於學，學而德性明，賢否判，流言何自而作，亂何自起乎？故孔子曰："爲此詩者其知道乎！"

宋·林岊《毛詩講義》卷四：

周公以管、蔡、武庚及淮夷叛我周家，其心愛護王室，自托如護巢之禽，托喻彼叛亂之人如鴟鴞之取子毀巢也。

宋·輔廣《詩童子問》卷三：

此詩固是周公赤心血誠，然流言自以周公爲己謀，而周公自以王室爲己之室家，無所避也，此又可見其正大之情。

宋·嚴粲《詩緝》卷十六：

《鴟鴞》，周公救亂也。成王未知周公之志，公乃爲詩以遺王，名之曰《鴟鴞》焉。（朱氏曰："管、蔡流言，使成王疑周公矣。其挾武庚及淮夷以叛，蓋以周公爲亂也。周公雖已滅之，然成王之疑未釋，則亂未泯也。故周公作此《鴟鴞》之詩以遺王，告之以王業艱難，不忍毀壞之意，所以爲救亂也。"）

三監雖平而君臣之疑未釋，則亂猶在也。此詩不知者以爲公之自明耳。曰周公救亂者，用《春秋》書法也。此《序》經聖人之手矣。周公既出而作《七月》，未還而作《鴟鴞》，既還而作《東山》，著公之出入也。

宋·朱鑒《詩傳遺説》卷四：

因論《鴟鴞》詩，遂問：周公使管叔監殷，豈非以愛兄之心勝，故不敢疑之耶？曰：若説不敢疑，則已是有可疑者矣。蓋周公以管叔是吾之兄，事同一體。今既克商，使之監殷，又何疑焉？非是不敢疑，乃是即無可疑之事也。不知他自差異，乃造出一件事，周公爲之奈何哉！董銖云：《孟子》所謂"周公之過，不亦宜乎"者，正所謂此也？曰：然。（同上）

吳必大問：周公作《鴟鴞》之詩以遺成王，其辭艱苦深奧，不知成王當時何故便理會得？曰：當時事變在眼前，故讀其詩者便知其用意所在。自今讀之，既不及見當時事，所以謂其詩難曉。然成王雖得此詩，亦只是未敢誚公，其心未必能遂無疑，及至風雷之變，啓金縢之書，然後釋然開悟。先生却問必大曰：成王何以知有金縢後去啓之？必大曰：此二公贊之也。又問：二公何故許時不説，若雷不響、風不起時又如何？曰：聞之呂大著云："此見二公工夫處。"二公在裏面調護非一日矣。但他人不得而知爾。曰：伯恭愛説一般如此道理。必大却請問：其説畢竟如何？曰：是時周公握了大權，成王自是轉動周公未得便，假無風雷之變，周公亦須別有道理。（吳必大録）

元·劉瑾《詩傳通釋》卷八：

武王克商，使弟管叔鮮、蔡叔度監于紂子武庚之國。武王崩，成王立，周公相之，而二叔以武庚叛，且流言於國曰："周公將不利於孺子。"（潘子善問：周公使管叔監殷，豈非以愛兄之心勝，故不敢疑之耶？曰：若説不敢疑則已是有可疑者也。蓋周公以管叔是吾之兄，事同一體。今既克商，使之監殷，又何疑焉？非是不敢疑，乃是即无可疑之事也。不知他自差異，周公爲之奈何哉？董叔重因云：《孟子》所謂"周公之過，不亦宜乎"者，正謂此也？先生曰：然。）故周公東征二年乃得管叔、武庚而誅之，而成王猶未知周公之意也，公乃作此詩以貽王。……（……愚按：此詩歸罪於武庚，而於三叔則有閔惜之意，蓋爲親者諱也，如《書》之《大誥》亦然。此皆兄弟私情見於立言之際。然而公義則不可掩，故史臣於《書》既曰"管叔及其群弟流言於國"，又曰"周公位冢宰，群叔流言"，乃皆以公義直書之者也。）

又：事見《書·金縢》篇（《金縢》曰："管叔及其群弟流言於國，曰：'公將不利於孺子。'周公乃告二公曰：'我之弗辟，我無以告我先王。'周公居東三年，則罪人斯得。于後公乃爲詩以貽王，名之曰《鴟鴞》。王亦未敢誚公。"蔡氏《傳》曰："流言，無根之言也。商人兄弟爭立者多，周公攝政，商人固已疑之。又管叔於周公爲兄，尤所覬覦，故武庚、管、蔡流言於國，以危懼成王，而動搖周公也。辟，讀爲避。鄭氏《詩傳》曰'周公辟居東都'是也。周公言我不避則於義有所不盡，無以告先王於地下也。居東，居國之東也。鄭氏謂'避居東都'，未知何據。孔氏以'居東'爲東征，非也。方流言之起，成王未知罪人爲誰，二年之後，王始知罪人之爲管、蔡。斯得者，遲之之詞也。誚，讓也。按：《東山》詩言'自我不見，于今三年'，則居東之非東征，明矣。蓋周公居東二年，成王因風雷之變，既親迎以歸。三叔懷流言之罪，遂脅武庚以叛。成王命周公征之。其東征往返首尾又自三年也。"　　"弗辟"之說，只從鄭氏爲是。向董叔重得《書》亦辨此。一時信筆答之，謂當從古注說。從來思之，不然。三叔方流言，周公處骨肉之間，豈應以片言半語遽然興師以征之？聖人氣象大不如此。又成王方疑周公，周公固不應不請而自誅之。若請之於王，亦未必見從。雖曰聖人之心公平正大，區區嫌疑似不必避，但舜避堯之子，禹避舜之子，自是合如此。若居堯之宮，逼堯之子，即爲篡矣。或謂：周公居東，不幸成王終不悟，不知周公又如何處？愚謂：公亦惟盡其忠誠而已矣。　　問：《鴟鴞》詩其詞艱苦深奧，不知當時成王如何便理會得？曰：當時事變在眼前，故讀其詩者便知其用意所在。自今讀之，既不及見當時事，所以謂其詩難曉。然成王雖得此詩，亦只是未敢誚公，其心未必能遂無疑。及至雷風之變，啓《金縢》之書，後方始釋然聞悟。先生却問必大曰：成王因何知有《金縢》啓得之？必大曰：此二公贊之也。又問：二公何故許久不說？若雷不響、風不起時，又如何？必大曰：聞之呂大著云："此見二公功夫處。"二公在裏面調護非一日矣。但他人不得而知爾。曰：東萊愛說一般如此道理。必大問：其事畢竟如何？曰：是時周公握了大權，成王自是轉動周公未得便。假瑾風雷之變，① 周公亦須別有道理。李懷光反其子瑾告德宗曰：臣父能危陛下，陛下不能制臣父。借此可見當時事勢。然於周公之事，則不過使成王終於省悟耳。　詩詞多出於當時鄉談，雜而爲之，如《鴟鴞》拮据、捋荼之語，皆此類也。周公不知其人如何，其言聱牙難曉，考於《書》，如周公之言便難讀，如《立政》《君奭》篇是也。最好者惟《無逸》一書，中間用字亦有譸張爲幻之語。愚按：《集傳》以爲公遭流言即東征，二年而誅管、蔡、武庚，其後乃作此詩。成王得詩，又感風雷之變，迎公以歸，公乃作《東山》之詩。此蓋用孔氏書注“弗辟”之説。後來既與九峰辨其不然，以爲當從鄭氏，而於《詩傳》則未及追改耳。蓋流言之興，而公弗避居以待成王之察，則其心雖無私而義有未盡，故曰：“我無以告我先王，是以避居。”二年之後，成王既知流言之罪人，而疑慮未釋，乃作《鴟鴞》以喻之。睹其告鴟鴞以“無毀我室”，可見其詩作於武庚未誅之先。自雷風之變而周公既歸，乃承王命作《大誥》東征。一書之中首言“王若曰”，繼而屢言“王曰”，又言“沖人”，又曰“寧考”，皆自成王而言，可見公之東征，王實命之，當在王既感悟而迎公以歸之後也。）

《序》：“周公救亂也。成王未知周公之志，公乃爲詩以遺王，名之曰《鴟鴞》焉。”

此序以《金縢》爲文，最爲有據。

元·朱公遷《詩經疏義》（《詩經疏義會通》卷八）：

武王克商，使弟管叔鮮、蔡叔度監于紂子武庚之國。武王崩，成王立，周公相之，而二叔以武庚叛，且流言於國，曰：“周公將不利於孺子。”故周公東征，二年，乃得管叔、武庚而誅之。（此“得”字用《書》文“罪人斯得”之“得”。）而成王猶未知周公之意也。公乃作此詩以貽王，托爲鳥之愛巢者，呼鴟鴞而謂之曰：“鴟鴞鴟鴞，爾既取我之子矣，無更毀我之室也。以我情愛之心、篤厚之意，鬻養此子，誠可憐憫。（此可見周公於兄弟至厚也。）今既取之，其毒甚矣，況又毀我室乎。”以比武庚既取管、蔡（亂國以自敗者二叔也，而謂武庚敗管、蔡，則公爲親者諱也。其實二叔以武庚扇惑，而後起指爲罪之魁也，宜哉），不可更毀我室也。（事本《金縢》，説從孔氏，故以居東爲東征，以《鴟鴞》爲作於致辟管、蔡

---

① 瑾，應爲無，涉下“李懷光反其子瑾”而誤。

之後也。至蔡氏《書傳》，乃朱子晚年之説，又從鄭氏改讀"弗辟"之"辟"爲"避"，而與此説不同。但《詩》言"既取我子"，則武庚已敗管、蔡，管叔既已受誅矣。今讀《鴟鴞》，不必求合於蔡氏《書傳》也。）

元·王逢《詩經疏義輯録》（《詩經疏義會通》卷八）：

鄒季友曰："藏書之匱，金以鑰之，縢以緘之，二者兼用，故謂之金縢，所以致其固也。"按：朱子《語録》前後不同。朱子《詩傳·鴟鴞》篇亦不用鄭説，故今世經師多從孔《傳》，蓋謂成王幼沖，周公身任安危之寄，豈可避小嫌而輕去哉！

元·劉玉汝《詩纘緒》卷八：

此篇見周公之心忠於王室，用力極勤。成王天資極高，受教日久，服除難平，而學問益進，故一見公詩即知公意。雖公未及歸輔己，而亦不敢誚公。又適當雷風之變，啓金縢之書，遂感泣，謂周公嘗以身代武王之病，則小子親往迎之以歸，禮亦宜也。遂出郊而迎周公焉。説見後。

鄭《箋》引《書》，以"辟"爲避居于東。蔡氏釋《書》，取之。蔡氏説經，朱子訂定。今朱子《詩傳》乃不取鄭《箋》而從《書》。孔注以"辟"爲誅辟，説不同。皆朱子所取。然《語録》尤以誅辟爲長，則讀《詩》者當從《詩傳》可也。

明·梁寅《詩演義》卷八：

成王立而尚幼，周公以叔父位冢宰而攝政，使管叔、霍叔、蔡叔監殷，三叔乃流言於國曰："公將不利於孺子。"公於是避居東都，作《鴟鴞》之詩以遺王，而王之疑公猶未釋。既逾二年，因雷風之變而成王啓金縢之匱，見周公册書，願以身代武王死，王乃大悟，方知三叔之言爲誣謗，遂自迎周公以歸，然後東征以討武庚及三叔。觀金縢之書，知《鴟鴞》之詩爲周公親作無疑也。

明·胡廣等《詩傳大全》卷八：

武王克商，使弟管叔鮮、蔡叔度監于紂子武庚之國。武王崩，成王立，周公相之，而二叔以武庚叛，且流言於國曰："周公將不利於孺子。"（潘子善問：周公使管叔監殷，豈非以愛兄之心勝，故不敢疑之耶？朱子曰：若説不敢疑，則已是有可疑者也。蓋周公以管叔是吾之兄，事同一體。今既克商，使之監殷，又何疑焉？非是不敢疑，乃是即無可疑之事也。不知他自差異，周公爲之奈何哉！董叔重因問：《孟子》所謂"周公之過，不亦宜乎"者，正謂此也？曰：然。）故周公東征，二年，乃得管叔、武庚誅之，而成王猶未知周公之意也，公乃作此詩以貽王，托爲鳥之愛巢者，呼鴟鴞而謂之曰："鴟鴞鴟鴞，爾既取我之子矣，無更毀我之室也，以我情愛之心、篤厚之意，鬻養此子，誠可憐憫。今既取之，其毒甚矣，況又毀我室乎。"以比武庚既敗管、蔡，不可更毀我王室也。（……安成劉氏曰：此詩歸罪於武庚，而於三叔則有閔惜之意，蓋爲親者諱也，如《書》之《大誥》亦然。此皆兄弟私情見於立言際。然而公義則不可掩，故史臣於《書》既曰"管叔及其群弟流言於國"，又曰"周公位冢宰，群叔流言"，乃皆以公義直書之者也。）

又：事見《書·金縢》篇（《金縢》曰："管叔及其群弟流言於國，曰：'公將不利於孺子。'周公乃告二公曰：'我之弗辟。我無以告我先王。'周公居東三年，則罪人斯得。于後公乃爲詩以貽王，名之曰《鴟鴞》。王亦未敢誚公。"蔡氏《傳》曰："流言，無根之言也。商人兄弟爭立者多，周公攝政，商人固已疑之，又管叔於周公爲兄，尤所覬覦，故武庚、管、蔡流言於國，以危懼成王而動搖周公也。辟，讀爲避。"鄭氏《詩傳》曰"周公辟居東都"是也。周公言我不避，則於義有所不盡，無以告先王於地下也。居東，居國之東也。鄭氏謂"辟居東都"，未知何據。孔氏以居東爲東征，非也。方流言之起，成王未知罪人爲誰，二年之後王始知罪人之爲管、蔡。"斯得"者，遲之之詞也。誚，讓也。按：《東山》詩言"自我不見，於今三年"，則居東之非東征明矣。蓋周公居東二年，成王因風雷之變，既親迎以歸，三叔懷流言之罪，遂脅武庚以叛，成王命周公征之。其東征往返，首尾又自三年也。朱子曰："'弗辟'之說，只從鄭氏爲是。向董叔重得《書》亦辨此。一時信筆答之，謂當從古注說。後來思之不然。三叔方流言，周公處骨肉之間，豈應以片言半語遽然興師以征之？聖人氣象大不如此。又成王方疑周公，周公固不應不請而自誅之。若請之於王，亦未必見從。雖曰聖人之心公平正大，區區嫌疑似不必避，但舜避堯之子，禹避舜之子，自是合如此。若居堯之宮，逼堯之子，即爲篡矣。或謂：周公居東，不幸成王終不悟，不知周公又如何處？愚謂：公亦惟盡其忠誠而已矣。問：《鴟鴞》詩其詞艱苦深奧，不知當時成王如何便理會得？曰：當時事變在眼前，故讀其詩者便知其用意所在。自今讀之，既不及見當時事，所以謂其詩難曉。然成王雖得此詩，亦只是未敢誚公，其心未必能遂無疑。及至雷風之變，欲啓金縢之書，後方始釋然開悟。"安成劉氏曰："《集傳》以爲公遭流言，即東征二年而誅管叔、武庚，其後乃作此詩。成王得詩，又感風雷之變，迎公以歸，公乃作《東山》之詩。此皆用孔氏。《書》注‘弗辟’之說，後來既與九峰辨其不然，以爲當從鄭氏，而於《詩傳》則未及追改耳。蓋流言之興，而公弗辟居以待成王之察，則其心雖無私而義有未盡，故曰：‘我無以告我先王。’是以避居，二年之後成王既知流言之罪人，而疑慮未釋，乃作《鴟鴞》以喻之。觀其告鴟鴞之無毀我室，可見其詩作於武庚未誅之先。自雷風之變而周公既歸，乃承王命作《大誥》，東征。一書之中首言‘王若曰’，繼而屢言‘王曰’，又言‘沖人’，又曰‘寧考’，皆自成王而言，可見公之東征，王實命之，當在王既感悟而迎公之歸之後也。”）

明·倪復《詩傳纂義》不分卷：

武王克商，立紂子武庚，而使弟管叔、蔡叔監之。武王崩，成王方幼，不能莅阼，周公以冢宰攝政。管叔及群弟流言于國，曰：“周公將不利于孺子。”故周公辟居東都，二年始知罪人之爲管、蔡，乃爲詩以貽王，名之曰《鴟鴞》。……其詞哀，其意切，忠愛之情有所不能已也。及成王因風雷之變，親迎周公以歸，二叔懷流言之罪，遂脅武庚以叛。成王命周公東征以討之，三年始歸，故作《東山》以勞歸士，閔其在途風雨之勞，序其室家相望之情，下不敢言而上言之，此民所以動其歡忻感激之情，而忘其離別死亡之患也。（按：《東山》《破斧》宜在《狼跋》之後，或曰：不必然也。）或曰：《集傳》以武庚叛于二叔流言之時，而予以爲叛于周公迎歸之後。《集傳》以周公東征在成王未啓金縢之前，而以辟爲致辟之意。予乃以東征爲成王命討之意，而東歸爲流言之故，其不同何也？曰：《集傳》用孔氏《疏》，而且因詩中三年之語，及後與九峰辨其不然，而以“弗辟”之說從鄭氏，《集傳》蓋未追改耳。若二叔流言之時，而武庚已有背叛之變，勢如救焚拯溺，周公豈得避嫌小嫌而緩視王室之憂哉？考《金縢》所記，惟言二叔流言，而不及武庚之叛，及“周公辟東”之下止言爲詩以貽王，而無征伐之語。及考《大誥》曰“天降威，知我國有疵，民不康，曰予復反鄙我周邦”，言武庚因天降割之威，知我國又有三叔流言之隙，故欲復殷業，反鄙小我周邦而作亂也。是作亂在流言之後，可見矣。若三叔流言而叛亂未作，周公不避，遽討而誅之，豈聖人之心哉？愚有以知其必不然矣。況周公之東征，王實命之，宜在王既感悟而迎公以歸之後也。讀者詳之。

明·吕柟《毛詩説序》卷二：

《鴟鴞》，周公救亂也。成王未知周公之志，乃爲詩以貽王，名之曰《鴟鴞》

11

焉。衢曰："何也？"曰："忠而勤，憂而深，其惟《鴟鴞》乎？……嗚呼！此可以見其東征救亂之心矣。"

明・袁仁《毛詩或問》卷上：

或問《鴟鴞》。曰："……忠而勤，憂而切，其《鴟鴞》乎？"

明・季本《詩說解頤》卷十四：

經旨曰："周公以管、蔡流言之故，作此詩以貽成王。"此說本於《書》之《金縢》，誰能易之？但《金縢》之書亦有錯簡，故舊說皆以此詩作於管、蔡既誅之後。殊不知管、蔡既誅，何必復作此詩邪？愚於《書》文已略敘正辯，見《說理會編》卷十《書論》下，今以此詩言於管、蔡未誅之前，然後成王有所感動，而周公得以致辟於罪人耳。然以殷畔者，《孟子》專言管叔，則管叔者罪之首也。《詩》意當有所歸重焉。此周公告成王之詩，宜當爲《大雅》也。

又：此詩爲管叔而作。

明・黃佐《詩經通解》卷八：

武王克商，使弟管叔鮮、蔡叔度監于紂子武庚之國。武王崩，成王立，周公相之，而二叔以武庚叛，且流言於國曰："周公將不利於孺子。"故周公東征二年，乃得管叔、武庚而誅之。而成王猶未知周公之意也，公乃作此詩以貽王。（武庚之所叛者，何也？蓋商家之法，兄亡弟及爲多。武庚習見其然，恐周公遂乘武王之崩而及之耳。況管叔兄也，周公弟也，武王之位管宜及之。此管叔所以益疑周公而叛也。其挾武庚而流言於國，亦勢之所必至者。周公誅之，豈其得已哉！流言若水之流，自彼至此，無根之言也。當時流言必謂公平日勤勞皆是自爲己謀，故今攝政欲不利於孺子，故言己之深愛王室，先事爲備，以防禍亂之意。《金縢》曰："公乃作詩以貽王，名曰《鴟鴞》。"即此詩也。）

又：按：此詩以王室爲主。……全章但托鳥言，正意自見，如《鶴鳴》一章之例。今通括而言曰：鴟鴞鴟鴞，既取我子，無又毀我室也。我之恩勤鬻子，誠爲可之閔，取之已甚，又毀室耶。我亦先爲之所矣。迨天未雨，徹桑土以纏綿巢之隙冗，將爲陰雨計也。下民今日誰敢侮予者乎！然我前日之爲巢又有甚於今者，手口卒瘏，亦爲無室家之故耳。羽亦殺矣，尾亦敝矣，室猶未定，是則可憂也。正爲陰雨之謀，反被漂搖之害。哀鳴嘵嘵，豈予得已哉！一詩之指大略如此。但此詩周公以成王未知其意，故一詩之中但首章略言武庚發端，而述己忠勤之故爲多，求以自白其心而已。且無一言及于二叔者，得非爲親者諱乎？

　　蔡氏《書傳》以此爲避居時事，似亦有可信者。愚按：避居則非東征矣，將何以證之？征東三年，居東二年，年數不同，非東征一也。二叔流言方興，公遽以小嫌征之，且一興師，縱或請命，吾恐成王之疑益深，非東征二也。且“東”之一字，傳《書》者以爲國之東，及考之成王出郊，則當時周公必如今之釋位待罪如國之東郊以居耳，豈可當國大臣乃有越國而行者乎？則必如《春秋》所書，奔齊奔魯之輩，以大臣之尊而爲匹夫之計，周公必不爲此，非東征三也。凡《書》之次，俱經夫子所定。今觀《金縢》列于前，而即以《大誥》繼之，又以微子之命繼之，傳《書》者則曰周公避居，二年歸後，二叔懼前日之流言，恐周公之爲累，始挾武庚以叛。故《大誥》乃東征之辭，皆成王命周公者也。周公敢擅命而行乎。及誅武庚，乃封微子。《書》之次序歷歷可考，非東征四也。《詩》曰“無毀我室”，曰“或敢侮予”，曰“風雨所漂搖”，此乃周公居東之時，預見二叔武庚將有潰亂之勢而作，一以釋罪而明吾之心，一則勸王爲先事之備。觀無毀之一言，則非東征五也。或者執“既取我子”一言爲東征之證，殊不知二叔一挾武庚而叛，則二叔將爲武庚之黨，無復得列於周公之儔矣。是既取子之謂也。何必以爲誅之而後謂之取乎？其非東征六也。此愚之是蔡《傳》而非《詩傳》之意。然《詩傳》經朱子之手，則真有可信而不可非也，又何以證之。蓋《書·金縢》曰：我之弗辟，無以見我先王。後之疑者，正起於“辟”之一字。孔氏以辟音避，如致辟管蔡之謂，故以居東即爲東征。自愚觀之，孔氏之說如此，朱子正從孔氏而作傳，則居東之爲東征，一證也。蔡《傳》曰：“二叔流言，以周公不利於王。公未應遽興師以誅之，將請於王而誅之耶？將自誅之也。”殊不知周公受顧命以安天下者，則以安天下爲心耳。流言一興，天下未安，周公只得興兵以安之，寧復小廉曲謹之爲避哉。先儒謂此處未可以一毫私意觀者是也。則居東之爲東征，二證也。況“我無以告我先王”之下則曰：“周公居東二年，則罪人斯得。”得此罪人，然後天下安，安然後可以見先王於地下，則居東之爲東征，三證也。況《詩》明白說“既取我子”，則爲既誅管、蔡無疑。若作避居之時之言，則周公有死其兄之心，非所以爲周公也。則居東之爲東征，四證也。或者曰東征三年，居東二年，自是不同。吁！獨不思《詩傳》“周公既得管、蔡而誅之，而成王猶未知周公之意也”二句乎！蓋周公東征二年，罪人斯得矣。成王疑公之憾未釋，公猶未敢歸也。只得且避于東，及成王得《鴟鴞》之詩，感風雷之變，於是始悟而迎周公，於是周公東征已三年矣，以首尾計之凡三年也。苟以二年是居東之時，三年是又東征之時，二者分而爲二，則周公攝政七年之間，無一日不在于東，胡得輔成王，致太平，而制禮作樂耶？則居東爲東征，五證也。況夫周公居東，東人喜得見之，如《伐柯》《九罭》之詩。若以爲居國之東郊，則東人習見熟矣，何無使我悲之留拳拳乎？若以爲首尾七年在於東山，則東山之人亦習見熟矣，又何無我悲之留拳拳乎？必是居東剛及三年，遂有迎公之舉，此東山之人所以拳拳留之也。則居東之爲東征，六證也。故如蔡《傳》之言，疑必朱子未定之見，予前疑之者，見亦未定也，如《詩》之言，蓋必朱子既定之見，予則從之者，見似有定也。吁！安得起朱、蔡二先生於九原，而與之論《書》《詩》哉？《序》曰"周公救亂"，亦見此爲東征無疑。

事本《金縢》，說從孔氏，故以居東爲東征。蔡氏《書傳》主鄭氏避居東都之說，臨川吳氏曰："鄭非孔是，昭昭也。既迷於自擇，而與朱子《詩傳》《文集》不相同。然謂鴟鴞取卵破巢，比武庚之敗管、蔡及王室，則又同於《詩傳》，而與上文避居東都之說相反。一簡之內而前後抵牾如此，何哉？"黃氏《日抄》以爲，管、蔡流言之時，未有東都也。則又章章明矣。汪蓉峰作居東二年辨，委曲遷就，以足三年之數，不可從。王廉則又辨《金縢》非古書，然則居東之爲東征，又章章明矣。

周公贊《易》於豐之六二曰："豐其蔀，日中見斗，往得疑疾，有孚發若。"蓋事君之見疑者，惟在積其誠意以感發之。其周公自謂乎？成王豈不知周公哉？考之《洛誥》，不曰公德明光於上下，則曰公明棐迪篤。成王之知周公深矣！

又：《詩序》曰："《鴟鴞》，周公救亂也。成王未知周公之志，公乃爲詩以遺王，名曰《鴟鴞》。"朱子謂："此序以《金縢》爲文，最爲有據。"嚴氏曰："三監雖平，而君臣之疑未釋，則亂猶在也。此詩不知者以爲公之自明耳。曰周公救亂者，用《春秋》書法也。此序經聖人之手矣。周公既出，而作《七月》，未還而作《鴟鴞》，既還而作《東山》，著公之出入也。"

明・豐坊《魯詩世學》首卷：

周公孫于魯，殷人畔。公憂王室，勸王修政以備之，賦《鴟鴞》。

【正說】此《傳》最得聖人心，明乎此，則籑金史、史記、《小序》毛衛諸家之說可折衷矣。

王感《鴟鴞》，逆周公，公帥師征殷，一年克○○○○士賦《東山》。（豐氏一本無"王感鴟鴞逆"五字。"一年"作三年。）

【正説】王，成王也。逆，迎之也。成王因見《鴟鴞》之詩，悟周公深憂王室，即親迎周公于郊，公乃受命征殷也。《金縢》云："周公居東二年，則罪人斯得。"諸儒因謂三叔流言之初，公即擅兵以討之。乃後世跋扈之臣所爲，甚非聖人象。又云："于後公乃爲詩以詒王。""王亦未敢誚公。"則謂東征二年始克，作詩自辨，王疑未釋時，未敢誚之而已。必待風雷之變，故金縢之册而知其待武王之説，始親迎之，出郊而天反風。此又神怪繆悠之説，尤不足以語聖人也。先正迂庵王氏疑《金縢》非古書，誠有見矣。況馬遷諸陋儒耶？今據此傳則當時事情脉絡可見，何必以邪説淆其間，而誤萬世哉！王迂庵，名廉，大明人。

明・豐坊《魯詩世學》卷十五：

《鴟鴞》，救亂也。成王未知周公之志，公乃爲詩以遺王，名之曰《鴟鴞》焉。朱氏曰："管、蔡流言，使成王疑周公矣。其挾武庚及淮夷以叛，蓋以周公爲亂也。周公雖已滅之，然成王之疑未釋，則亂未泯也。故周公作此《鴟鴞》之詩以遺王，告之以王業艱難，不忍毀壞之意，所以爲救亂也。"

又：【正説】申公曰："管叔及其群弟流言于國，周公居於魯。殷王禄父遂與十七國作亂，周公憂之，作此詩以詒成王，欲王省悟，而備殷。全篇以鳥之育子成巢者，比先王之創業而代爲之言也。"

又：【正説】……夫《鴟鴞》一詩惟其不叙己功，不辨詩，不咎管、蔡，而惓惓于先王之始謀，諄諄于成王之禦侮，其心忠愛仁厚，正誠惻怛，正大光明，而無一毫驕吝矜伐之私，是以成王感之而不替，天下信之而不疑，萬世鄉之而無議也。夫豈襦陋者之所能窺測耶？

又：泰泉黄氏曰："申公之説，發明聖人忠孝惻怛謙恭敦睦之德曲盡，故先師主之。朱子目悔壯年忿懥多違于理。观注此詩爲周公見疑，不平自訴之説。蓋其早年未定之論，忿懥未除之時也。至于季本又改《鴟鴞》爲刺管叔，子謂民，綢繆牖户爲周公愛護百姓，而欲列此詩于大正，尤邪説不通之甚者。僞學白丁，貪殘酷吏，如厮中之犬，口吐穢氣，宜其然也。乃假胡梅林出名自作僞序，而以闢邪説正人心。孔氏之後一人，自詫惡□醜，正惑世誣民，無天之罪可勝誅耶！"

明・李資乾《詩經傳注》卷十八：

按《史記》，武王克商，使弟管叔、蔡叔監紂子武庚以續殷後。武王崩，成王幼，周公輔相。二叔以武庚畔，流言于國曰："公將不利于孺子。"故周公居東，作是詩以貽成王，而托鴟鴞以起興。

明·許天贈《詩經正義》卷九：

大臣歷托鳥言以告君，可以見其不得已之情矣。

此詩是周公諷王之詞，托爲鳥言以喻己憂勸王室之意。作全文當於起處先以自己口氣，提掇周公正意在前，然後以鳥言直說，至末□處，復以己意發出周公正意在後。若各章出來可以例推正意，不可于周公口氣中說出。時講有于各章末補出周公正意，更提下章意，作過文，以復爲鳥言說下去，甚非經旨，切不可用。

又：此詩乃避居東都時所作，非既誅管、蔡、武庚時所作也。蓋周公遭流言避居東都，三年，王始悟公之無罪，而疑慮未釋，公乃作此詩以貽王。王既得此詩，又感風雷之變，於是迎公以歸。公乃承命東征，戮武庚。東征之詩始作。豈有王心方疑，而即東征以誅其所親者乎？《集傳》偶誤，後已與九峰辨其不然，但未及追改矣。看詩柄當有斟酌方可。……此詩歸罪武庚，而于二叔則有閔惜之意，爲親者諱也。講中愛室之心甚於愛子，似不必用。

明·江環《詩經鐸振》（《詩經尊朱刪補》）國風卷之三：

【《鴟鴞》全旨】通詩俱重王室上。觀每章注中不脫王室字，可見各章正意。不可□在周公口氣，只自說者言之。蓋此詩是周公諷王之詞，不顯言其意，與它詩此意不同，若明言之則無味矣。

此詩實于未誅管、蔡之前，避居東都時所作也。……蓋當時公遭流言，避居東都一年，王始知此言出于管、蔡，而疑慮猶未釋，公乃作此詩以貽王。王既得此詩，感風雷之變，于是迎公以歸，乃承王命，而後東征也。今載劉氏朱子聰年之說，于下可□破。大臣托喻以貽王，必詳喻愛國之意，而復申作詩之由也。

周公以二叔流言之故，避居東都，二年而成王猶未知公之意也。公乃作此詩以貽王。

又：劉氏曰："《集傳》以爲公遭流言即東征，二年而誅管、蔡、武庚，其後乃作此詩。成王得詩，又感風雷之變，迎公以歸，公乃作《東山》之詩。此蓋因孔氏《書》注'弗辟'之說。後來既與九峰辨其不然，以爲當從鄭氏，而于《詩傳》則未及改耳。蓋流言之興，而公弗辟居以待成王之察，則其心雖無私，而迹有未明，故曰'我無以告我先王'，是以避居，三年之後，成王既知流言之罪人，而疑慮未釋，乃作《鴟鴞》以喻之。觀其告鴟鴞以'無毀我室'，可見此詩作于武庚未誅之先。自風雷之變，而周公既歸，乃承王命作《大誥》東征。一誥之中，首言'王若曰'，繼以屢言'王曰'，又言'沖人'，又言'寧考'，皆成王言。可見公之東征，王实命之，當在王既感悟而迎公以歸之後也。”此説本《尚書》，蔡氏《書》注有□但□□，只得依《集注》，不必闡明及此。

又：周公勤勞王室，皆忠愛之至情，而武庚挾二叔以流言謗公，蓋將以摇動王室也。成王于是疑公，公乃作詩貽王，托鳥言以自鳴其意。呼鴟鴞而言：“爾既取我之子矣，無更毁我之室也。以我情愛之心、篤厚之意，養育此子，誠可憫憐。今既取之，其毒甚矣，況又毁我室乎！”比武庚既敗管、蔡，不可更肆流言以摇王室也。

又：此詩非爲自明己志，蓋欲以悟王心而不爲流言所乘，斯王室能安也。

明·郝敬《毛詩原解》卷十六：

古《序》曰：“《鴟鴞》，周公救亂也。”毛公曰：“成王未知周公之志，公乃爲詩以遺王，名之曰《鴟鴞》焉。”

武王崩，成王立，周公爲相，使其兄管叔鮮監紂子武庚治殷。管叔將以殷畔，流言于國曰：“周公將不利于孺子。”王疑公，公告太公、召公曰：“我弗避，無以告我先王。”乃避位居東，二年管叔叛，王執而誅之，猶疑公未釋也。公乃自東作此詩貽王。……然《序》不言公自明，而曰公救亂，何也？是時成王幼冲，國家新造，紂子未殄，奄、徐外叛，故公作此詩悟王。不知者謂公自明，而知者謂公救王室與天下也。大哉！《序》言。非知社稷之計，諒聖人之深衷者，孰能作之？朱子謂以《金縢》爲文有據，而不知以《金縢》爲文者，毛氏解《序》之説。《序》云周公救亂者，雖《金縢》亦未之及也。又謂此詩爲周公東征二年，誅管叔、武庚作。按《書》，居東非東征也。居，避位，而東征，黜殷也。居東二年，東征則三年也。誅管叔者成王，非周公也。管叔雖誅，而武庚尚在，是詩作于成王殺管叔之日。公居東未歸，而東征則西歸之後矣。朱子誤于漢儒周公殺兄之説，漢儒又誤于孔書《蔡仲之命》，孔書又誤于解《金縢》“弗辟”之語，承訛相習，使聖人蒙千古不白之冤，以迄于今。愚于《書》《金縢》、《大誥》諸篇詳辨之矣。

又：誦《鴟鴞》而知周公於是有東征之志矣。昔武王誅紂，封其子，罰弗及孥，仁也。及管叔以武庚叛，奄、徐諸國又叛，則殷周不兩立者，天下之定勢也。況管叔誅矣，武庚可獨免乎？故以鴟鴞比之，始視紂子爲不祥之物，歸而遂有東山之師也。

明·徐光啓《毛詩六帖講意》一卷：

《序》曰：“《鴟鴞》，周公救亂也。成王未知周公之志，公乃爲詩以遺王，名之曰《鴟鴞》焉。”

曰：“嗚呼，世變！人心愈降愈下。伊尹放君，民尚大悦。周公攝政，二叔流言。由周而下，可勝道也哉。”

劉氏曰：“《集傳》以爲，公遭流言即東征，二年而誅管叔、武庚，其後乃作此詩。成王得詩，又感風雷之變，迎公以歸，公乃作《東山》之詩。此蓋因孔氏《書》注‘弗辟’之説。後來既與九峰辨其不然，以爲當從鄭氏，而於《書傳》則未及追改耳。蓋流言之興，而公弗辟居，以待成王之察，則其心雖無私，而迹亦未明，故曰：‘我無以告我先王，是以辟居。’三年之後，成王既知流言之罪人，而疑慮未釋，乃作《鴟鴞》以喻之。觀其告鴟鴞以‘無毁我室’，可見其詩作于武庚未誅之前。自風雷之變，而周公既歸，乃承王命，作《大誥》東征。一篇之中首言‘王若曰’，繼以屢言‘王曰’，又言‘冲人’，又言‘寧考’，皆自成王而言，可見公之東征，王實命之，當在王既感悟而迎公以歸之後。”必非身履危疑，王意未得，而僩然出師討罪，放殺其兄若弟也。

又：曰：“讀《鴟鴞》一詩，可以想見周公忠誠懇惻之心，且公以叔父之親，居攝相之位，而所祈于王者，惟自訴其忠赤，比于鳥之哀鳴，而無一毫怨懟不遜之詞。公何嘗以孺子視王哉！萬世而下誦公之詩，而見公之心事，如青天白日，不可掩也。即是可以律操懿之罪矣！”

明·姚舜牧《重訂詩經疑問》卷三：

居東、東征是二事。居東者，周公始聞流言而避居於東也。東征者，成王既迎周公以歸，而往征其罪也。觀《書·金縢》云“居東二年，則罪人斯得”，《東山》云“自我不見，於今三年”，則知周公居東僅二年，東征則三年，非一時事矣。讀者徒泥“罪人斯得”一語，謂是東征以誅管、蔡，不知此不如是解。蓋初流言時，舉國莫知罪之所自出。自周公避居東都，二年成王始得罪人之主名，迎周公以歸。破斧缺斨以征之，則歷三年耳。此注云：“周公東征，二年，乃得管叔、武庚而誅之。”似欠考証。愚不敢以不辯。

三監之叛，原始於武庚，非由於管叔。武王伐紂，而封紂之子武庚以存其祀，天下之至仁也。使三叔監之，天下之至公也。爲武庚者，德周可矣，恊三監以效忠可矣。乃武庚不念周之封爲大德，而唯毒周之亡其國，日夜思所以爲叛。偶見管叔兄也而居外，周公弟也而居内。乘此間，計取管叔而誘之流言，蓋實欲毁周之室家也。故此詩首云：“鴟鴞鴟鴞，既取我子，無毁我室。”注：二叔以武庚叛，非，當改作武庚以二叔叛。

又：此詩大旨在存王室。

又：周公在當時，事爲之制，曲爲之備，無非爲王室謀以立萬年不拔之業。乃當時或疑其所爲謀者，皆爲己計。今攝政而將不利于孺子，故作此詩以曉成王。

此不獨有國者以朝夕諷咏以爲警，即士庶之始爲爲①家室者，鞠育之恩勤，綢繆拮据之艱苦，未有不至於羽譙譙而尾翛翛者，乃子孫無端自召其風雨，啓民之侮，而毀我之室，獨不念締造之艱難乎，宜各寫一通置之座右。

明·沈守正《詩經説通》卷五：

通詩重王室上，以"毋毀我室"一句爲主。蓋此時罪人已得，而王心未釋，則王室之亂猶未可知，故推原其始而言。説詩作於流言方興、二叔未叛之日者，從鄭氏也。古事當以《尚書》爲主，從朱説爲長。嚴云："三監雖平，而君臣之疑未釋，則亂猶在也。此詩不知者以爲公之自明耳。《小序》曰'周公救亂者'，用《春秋》書法也。此《序》經聖人之手矣。周公既出而作《七月》，未還而作《鴟鴞》，既還而作《東山》，著公之出入也。"按：居東山二年，而管、蔡平，《詩》云"三年"，則此詩末後一年中所作耳。

明·朱謀㙔《詩故》卷五：

《鴟鴞》，周公救亂也。

明·曹學佺《詩經剖疑》卷十二：

《鴟鴞》之詩，周公以貽成王，即《書傳》亦載之。歷來諸儒説詩者，未有異同。愚何敢置喙？但以篇中語意玩之，似公在東時，罪人斯得，而知其造流言者武庚、管叔也，又不得不爲二叔諱，而作此詩以喻武庚也。……問："周公東征，子何以斷其必在迎歸後耶？"曰："《書》叙《大誥》于《金縢》之後，未必無意。《大誥》正爲東征發也。一篇之内首言'王若曰'，繼而屢言'王曰'，又言'沖人'，又言'寧考'，皆自成王而言，可見公之東征，王實命之，而《大誥》之文，周公代成王而發揮者也。不然則流言初動，公正危疑之際，能請于王而行東征之事耶。不請而行，是爲專擅。非王之命，而創爲王曰等語，是爲矯托。竊恐周公雖大聖，而亦難以自解者矣。"（一云："未敢誚"，"誚"乃"詔"字之訛，謂召公也。亦通。）

---

① 原文如此，疑多一"爲"字。

明·陸燧《詩筌》卷一：

通詩重王室上，以"毋毀我室"一句爲主。蓋此時罪人已得，而王心未釋，則王室之亂，猶未可知，故推原其始而言。

明·顧夢麟《詩經說約》卷十：

武王克商，使弟管叔鮮、蔡叔度監於紂子武庚之國。武王崩，成王立，周公相之，而二叔以武庚叛，且流言於國，曰："周公將不利於孺子。"故周公東征，二年，乃得管叔、武庚而誅之。而成王猶未知周公之意也，公乃作此詩以貽王。托爲鳥之愛巢者，呼鴟鴞而謂之曰："鴟鴞鴟鴞，爾既取我之子矣，無更毀我之室也。以我情愛之心、篤厚之意，鬻養此子，誠可憐憫。今既取之，其毒甚矣，況又毀我室乎。"以比武庚既敗管、蔡，不可更毀我王室也。

又：事見《書·金縢》篇。

《輯録》：鄒季友曰："藏書之匱，金以鑰之，縢以緘之，二者兼用，故謂之金縢，所以致其固也。"按：朱子《語録》前後不同。朱子《詩傳·鴟鴞》篇亦不用鄭說，故今世經師多從孔《傳》，蓋謂成王幼沖，周公身任安危之計，豈可避小嫌而輕去哉！

《大全》：《金縢》曰："管叔及其群弟流言於國，曰：'公將不利於孺子。'周公乃告二公曰：'我之弗辟。我無以告我先王。'周公居東二年，則罪人斯得。于後公乃爲詩以貽王，名之曰《鴟鴞》。王亦未敢誚公。"蔡氏《傳》曰："流言，無根之言也。商人兄弟爭立者多，周公攝政，商人固已疑之，又管叔於周公爲兄，尤所覬覦，故武庚、管、蔡流言於國，以危懼成王，而動搖周公也。"

明·鄒之麟《詩經翼注講意》卷一：

此詩通作鳥言，以"無毀我室"爲主。……按：此詩未誅管、蔡之前，避居東都時所作。朱注偶誤。已與五峰辨之矣，但未及追改耳。

明·張次仲《待軒詩記》卷二：

《序》："周公救亂也。"（此居東時所作，不曰公自明，而謂公救亂，非知王室大計與聖人深衷者，其孰能言之。《書》曰："武王既喪，管叔及其群弟乃流言于國，曰：'公將不利于孺子。'周公乃告二公曰：'我之弗辟，則無以告我先王。'周公居東二年，則罪人斯得。於後公乃爲詩以貽王，名之曰《鴟鴞》。"）

又：徐玄扈曰："世變！人心愈降愈下。伊尹放君，民尚大悅。周公攝政，二叔流言。由周而下，可勝道也哉。"王氏樵曰："《鴟鴞》四章蓋極道武庚之情，武庚之情既明，則成王之疑自釋。”《大誥》曰：“殷小腆誕敢紀其序。曰：‘予復！反鄙我周邦。’”此武庚之情而詩所謂毀室侮予者，皆謂此也。武庚雖包藏此心，而王室未有釁，則亦安從而發哉？于是流言曰：“公將不利于孺子。”此其謀欲使周室先自生釁，後起而圖之也。而成王果不能無疑，周公于是退避居東，以待王心之察儿。二年而罪人之主名始得，蓋奸人雖能爲幻于一時，久之未有不情見計露者也。周公乃究其本謀之所自，而托諸“鴟鴞”以陳于王。曰“風雨漂搖”，曰“予音嘵嘵”，蓋憂在王室而己之鳴不得不急也。《鴟鴞》之詩，斷在管、蔡未誅之前，若既誅而成王尚未知周公之意，則王心之蔽深矣。豈區區之詩所能回，豈自述其勤勞所感動哉！茅子順曰：“周公居東，不詳地名，蓋反而居魯也。時豐鎬西而魯東，古者罷相則歸就封國，如漢絳侯周勃就國，平津侯公孫弘乞骸骨歸國是也。”鄒肇敏曰：“據當年情事，編詩宜首《狼跋》，次《鴟鴞》，次《伐柯》《九罭》，然後次《東山》《破斧》。今《鴟鴞》《東山》二篇乃列前，簡者殆以爲公所自作，而他時①則周魯之人爲公而作耶？”

明·錢天錫《詩牖》卷五：

詩重王室上，以“無毀我室”一句爲主。蓋倡亂于時，而四方騷動，流言于國，而衆志多疑，王室搖矣。此時罪人已得而王心未釋，則王室之亂猶未可知。

又：《書》曰：“武王既喪，管叔及其群弟乃流言于國，曰：‘公將不利于孺子。’周公乃告二公曰：‘我之弗辟，則無以告我先王。’周公居東二年，則罪人斯得。于後公乃爲詩以貽王，名之曰《鴟鴞》。王亦未敢誚公。”蔡氏《傳》曰：“流言，無根之言也。周公攝政，商人固已疑之，又管、蔡流言于國，以危懼成王，而動搖周公。周公避居東都。孔氏以居東爲東征，非也。方流言之起，成王未知罪人爲誰，二年之後，王始知罪人之爲管、蔡。斯得者，遲之之辭也。《東山》詩言‘自我不見，于今三年’，則居東都之非東征，明矣。”二叔方流言，周公處骨肉之間，豈應以片言半語遽興師伐之？而況王心方疑，豈有不請于王而自誅管、蔡之理。如謂公受顧命以安天下，不敢避嫌，則既誅之後，又何必避居東土？斷以《書傳》爲正。

劉安成曰：“《集傳》以爲公遭流言即東征，二年而誅管叔、武庚，其後乃作此詩。成王得詩，又感風雷之變，迎公以歸，公乃作《東山》之詩。此蓋用孔氏

---

①　時，疑爲“詩”之誤。

《書》注‘弗辟’之説。後來寄與蔡九峰，辨其不然，以爲當從鄭氏，而于《詩傳》則未及追改耳。蓋流言之興，而公弗辟，居以待成王之察，則其心雖無私，而迹亦未明，故曰‘我無以告我先王’，是以避居。二年之後，成王既知流言之罪人，而疑慮未釋，乃作《鴟鴞》以喻之。觀其告鴟鴞以‘無毀我室’，可見其詩作於武庚未誅之先。自風雷之變，而周公既歸，乃承王命作《大誥》東征。一篇之中，首言‘王若曰’，繼以屢言‘王若曰’①，又言‘冲人’，又言‘寧考’，皆自成王而言，可見公之東征，王實命之，當在王既感悟而迎公以歸之後也。”

《序》曰：“周公救亂也。成王未知周公之志，公乃爲詩以遺王，名之曰《鴟鴞》焉。”

明·何楷《詩經世本古義》卷十之上：

《鴟鴞》，周公救亂也。成王未知周公之志，公乃爲詩以遺王，名之曰《鴟鴞》焉。（出《序》。“救亂”者，救管、蔡之亂。“未知周公之志”者，未知周公安王室之志也。按：《尚書·金滕》篇曰：“武王既喪，管叔及其群弟乃流言於國，曰：‘公將不利于孺子。’周公乃告二公曰：‘我之弗辟，我無以告我先王。’周公居東二年，則罪人斯得。于後公乃爲詩以貽王，名之曰《鴟鴞》。王亦未敢誚公。”漢孔氏解“辟”爲法，以居東爲東征，謂致辟法于管叔而誅殺之也。鄭玄讀“辟”爲避，以居東爲避居東都。黃氏辨之謂：“管、蔡流言之時，尚未有東都也。王應麟以爲居國之東似得其實。今考《書》，成王感風雷之變，出郊以迎，意當時必如今之大臣釋位待罪，出國之東郊以居耳。”朱子云：“‘弗辟’之説只從鄭氏爲是。三叔方流言，周公處骨肉之間，豈應以片言半語遽然興師以征之？聖人氣象大不如此。又成王方疑周公，周公固不應不請而自誅之，若請之于王，亦未必見從。雖曰聖人之心公平正大，區區嫌疑似不必避，但舜避堯之子，禹避舜之子，自是合如此。若居堯之宮逼堯之子，即爲篡矣。或謂：周公居東，不幸成王終不悟，不知周公又如何處？愚謂：公亦惟盡其忠誠而已矣。問：《鴟鴞》詩其詞艱苦深奧，不知當時成王如何便理會得？曰：當時事變在眼前，故讀其詩者便知其用意所在。自今讀之，既不及見當時事，所以謂其詩難曉。然成王雖得此詩，亦只是未敢誚公，其心未必能遂無疑。及至風雷之變，啓金滕之書，後方始釋然開悟。”劉公瑾云：“流言之興，而公弗避居以待成王之察，則其心雖無私而義有未

---

① 王若曰，當爲“王曰”。下同。

盡，故曰‘我無以告我先王’，是以避居。二年之後，成王既知流言之罪人，而疑慮未釋，乃作《鴟鴞》以喻之。觀其告鴟鴞以‘無毀我室’，可見其詩作于武庚未誅之先。自風雷之變，而周公既歸，乃承王命作《大誥》東征。一書之中首言‘王若曰’，繼而屢言‘王曰’，又言‘冲人’，又曰‘寧考’，皆自成王而言，可見公之東征，王實命之，當在王既感悟而迎公以歸之後也。”黄佐云：《鴟鴞》之詩，乃周公居東之時，預見二叔武庚將有潰亂之勢而作。一以釋罪，而明吾之心，一則勸王爲先事之備。）

又：《鴟鴞》之詩，斷在管、蔡未誅之前。若既誅，而成王尚未知周公之意，則王心之蔽深矣，豈區區之詩所能回，豈自述其勤勞所能感動哉！

子貢《傳》以爲：“周公孫于魯，殷人畔。公憂王室，勸王修政以備之，賦《鴟鴞》。”申培説亦云：“管叔及其群弟流言于國，公避居于魯，殷王禄父遂與十七國作亂，周公憂之，作此詩以貽成王，欲王省悟以備殷。全篇以鳥之育子成巢者，比先王之創業而代之爲言也。”皆附會不足信。周公原未嘗有居魯之事，且使此詩作于殷人畔後，則所云“未雨綢繆”者謂何？而奈何猶以“無毀我室”致戒乎？朱子又謂：“周公東征二年，得管叔、武庚而誅之，而成王猶未知周公之意，乃作此詩以貽王。蓋惑于孔安國之説，後來與蔡九峰辨其不然，乃以爲當從鄭氏云。”又趙岐謂《鴟鴞》之詩刺邠君，蓋漢儒言詩多異説，要無據，不足信。

明·唐汝諤《毛詩蒙引》卷七：

徐儆弦曰：“周公以流言之近誣，而慮王聽之不聰也，乃爲詩以遺王，名之曰《鴟鴞》。”

《書》曰：“武王既喪，管叔及其群弟乃流言於国，曰：‘公將不利於孺子。’周公乃告二公曰：‘我之弗辟，則無以告我先王。’周公居東二年，則罪人斯得。于後公乃爲詩以貽王，名之曰《鴟鴞》。王亦未敢誚公。”蔡氏《傳》曰：“流言，無根之言也。周公攝政，商人固已疑之。又管、蔡流言於國，以危懼成王，而動搖周公。周公避居東都。孔氏以‘居東’爲東征，非也。方流言之起，成王未知罪人爲誰，二年之後，王始知罪人之爲管、蔡。斯得者，遲之之辭也。《東山》詩言‘自我不見，於今三年’，則居東之非東征明矣。”

三叔方流言，周公處骨肉之間，豈應以片言半語遽興師伐之？而況王心方疑，豈有不請於王而自誅管、蔡之理？如謂公受顧命以安天下，不敢避嫌，則既誅之後，又何必避居東土？斷以《書傳》爲正。

劉安成曰："《集傳》以爲公遭流言，即東征二年而誅管叔、武庚，其後乃作此詩。成王得詩，又感風雷之變，迎公以歸，公乃作《東山》之詩。此蓋用孔氏《書》注'弗辟'之説。後來既與蔡九峰辨其不然，以爲當從鄭氏，而於《詩傳》則未及追改耳。蓋流言之興，而公弗辟居以待成王之察，則其心雖無私而迹亦未明，故曰：我無以告我先王。是以避居，二年之後，成王既知流言之罪人，而疑慮未釋，乃作《鴟鴞》以喻之。觀其告鴟鴞以無毁我室，可見其詩作於武庚未誅之先。自雷風之變而周公既歸，乃承王命作《大誥》東征。一篇之中首言'王若曰'，繼以屢言'王若曰'，又言'沖人'，又言'寧考'，皆自成王而言，可見公之東征，王實命之，當在王既感悟而迎公之歸之後也。"

又：間①："《鴟鴞》之詩，其詞艱苦深奧，成王如何理會得？"朱子曰："當時事變在眼前，故讀其詩者，便知其用意所在。"

徐儆弦曰："讀《鴟鴞》一詩，可以想見周公忠誠懇惻之心。且公以叔父之親，居攝相之位，而所初於王者，惟自訴其忠赤，比於鳥之哀鳴，而無一毫怨懟不遜之詞。公何嘗以孺子視王哉？今萬世而下，誦公之詩，而見公之心事，如青天白日不可掩也。即是可以律操懿之徒矣。"

徐玄扈曰："嗚乎！世變，人心愈降愈下。伊尹放君，民尚大悦。周公攝政，三叔流言。由周而下可勝道也哉。"

明·楊廷麟《詩經聽月》卷五：

通章重王室上。以"毋毁我室"爲主，四章俱托鳥言，只叠叠説下。……須知此詩非爲自明己志，蓋欲以悟王心而不爲流言所乘，斯王室能安也。……曰鴟鴞毁室，又曰風雨危室、下民侮室，蓋武庚之肆流言，鴟鴞之毁也。

周公以流言居東，成王猶未知其意，乃托於鳥之愛巢，曰予之有室，是予所以藏身而遠下民之侮、防風雨之加者，不可毁也。

又：【附傳】周公孫於魯，殷人畔。公憂王室，勸王修政以備之，賦《鴟鴞》。

此詩作于居東之時，而非作于東征之時。所謂東者，魯也。魯原是公之封國，內有流言，辟居封國。

【附序】《鴟鴞》，周公救亂也。成王未知周公之志，公乃爲詩以遺王，名之

---

① 間，當爲"問"。

曰《鴟鴞》焉。

“未知周公之志”者，未知其欲攝政之意。

愚按：《傳》意是。管、蔡流言，武庚方叛之時，周公居東所作。其所云憂王室、勸修政者，具見篇中。與《序》云“周公救亂”者正合。則“既取我子”者，乃指武庚挾管、蔡同事而言也。詞旨明暢無可疑矣。獨鄭氏謂周公救其屬黨，則一篇之中，全是慰君護黨，一團私意，與憂王室者大相徑庭，安得爲聖人之言，而孔子以知道贊之乎？蓋鄭解《金縢》“罪人斯得”，亦以罪人爲周公屬黨，毋惑乎此詩之曲説，謬解以合彼也。王肅謂其有三非，當矣。即如鴟鴞，《爾雅》作鴟鴞，即鸋鴂，朱子謂其攫鳥子而食，故托爲鳥言呼之云：“既取我子，無毀我室。”自是明順。今作鴟鴞自言其子與室，并作巢之勤苦。周公何乃以惡鳥自況乎？毛引《爾雅》作鸋鴂，謂似黃雀而小者。庶似無礙，然《泮宮》之鴞則又曰惡聲之鳥，當復何物耶？舊説儘有不及朱者，使未得見子貢《傳》而作注，必有可觀。

【附証】公以叔父之戚，居攝相之位，而自訴其忠赤，比于鳥之哀鳴，無一毫怨慰之詞，何嘗以孺子視王哉？萬世之下，誦公之詩者，見公之心，如青天白日，即是可以律操懿之徒矣。

明・萬時華《詩經偶箋》卷五：

據朱《傳》，詩作于東征以後，然有謂流言既起，公辟位居東，作《鴟鴞》以明志已。王感風雷事，迎公以歸，始命之東征者，則此詩猶未滅時也。

看來此詩之意，不在憂武庚之亂，而在釋盈庭之疑。……言如云“鴟鴞鴟鴞，爾取我子，無更毀我室。然我向爲此室，非不預也，既綢繆之矣，非不勤也，既拮据之矣。今日毛羽俱敝，本爲此室，鴟鴞未去，風雨又生其間。然則毀予之成者，不在鴟鴞，又在風雨。維音嘵嘵，安能自已”，大都人臣而用天子之事，人主之所忌也。當時流言一起，成王必不能什然。周公攝位，朝諸侯于明堂，召公猶不悅，其他可知。周公誠不爲一身起念，然王室安危利害，着實一身擔却，安得不哀鳴如此？篇中宛轉沈痛，只爲此室，情旨可哀。偶味詩欲作此解，向來《風雨》入《鴟鴞》混講，《風雨》于鴟鴞必竟，兩境相與正之。

又：世變！人心愈變愈下。伊尹放君，民尚大悅。周公攝政，二叔流言。

明・朱朝瑛《讀詩略記》卷二：

《序》曰：“周公救亂也。”管、蔡流言，周公避居，而罪人之主名，王自得之，公乃作此詩以貽王，極道武庚包藏禍心，將鄙我周邦，復其舊物，不但忌嫉一人，不可不早爲備也。晦翁《詩序》初惑于理孔氏《書傳》，後與蔡九峰辨其不然，以爲當從鄭氏，以辟爲避，而未及改也。

明・胡紹曾《詩經胡傳》卷五：

《序》："周公救亂也。成王未知周公之志，公乃爲詩以遺王，名之曰《鴟鴞》焉。"

《詩説》："管叔及其群弟流言于國，周公辟居于魯，殷王禄父遂與十七國作亂，周公憂之，作詩以貽王，欲王省悟以備殷也。"

子貢古詩編次曰："周公孫于魯，殷人畔。公憂王室，勸王修政以備之，賦《鴟鴞》。"

曾按：監殷之舉，《孟子》亦以爲周公之過，而蘇氏則盛言武王之疏。夫謂過則過矣。不特命監之始難億其畔，即流言之日，惟成王與公亦未遽料此言出自蕭牆也。二年罪人斯得，以公上聖之知，郤動猶未即明，未郤忍逆之耶。周公之過不亦宜乎！《孟子》雖距賈一時，而公之行事白于萬世者，斯言力也。至云武王之疏，則事後之辭，殆不足辨。武之伐紂也，惡惡止其身，商先王之祀，烏乎草莽，則武（謚）庚立。誅其父而立其子，取其天下而南面以臨之，勢亦當畔。慮其畔而無爲之所，亦非先幾。于是俾我之懿親介弟，邑其國旁。夫天子使其大夫監于方伯之國，國三人，殷制也。豈以速武庚之反？又況我之懿親介弟，而顧助他人反者哉！不幸而昭考徂，孺子幼，天下之政歸于周公，公固有不得已也。而薄姑氏則云百世一時。己欲謀周室，必先拔公。三叔非武庚不足以動衆，武庚非三叔不能以間公，三叔、武庚非淮夷、徐、奄諸國不足以張聲勢。故先流言摇公，而公自不得不避。蓋既不居中則不利之言自息也。然公非謀爲一身止也。集蓼弃輔，禍將益崇，故既得流言之人，則作詩諭王。及親迎公而公復位，彼罪人者懼本情之既暴，乃大發以畔。當是時兖冀之間，東南半壁，頑民戎氛，聯灼鼓沸。自秦漢之勢言之，所謂山東大抵皆反，七國之變，倉皇謀天子自將者也。其他封國新造，未知所纂，故多邦庶尹，盡有覬大之疑，如曰民不静，在王宮邦君室，僅欲閉關自守矣。夫叛之形則同，而叛之情或异。公爲文王第四子，而管、蔡其兄也。不肖之心意者欲位周公上，而武庚之愚則意在反商，奄國之助，猶借義故君，而淮徐及熊盈諸戎進將窺中國，退亦思扼魯，以籍繁弱夏璜之富，周之禍亦烈矣。公惟深見將來之機，實慮惢銷之晚，故著《鴟鴞》，稱説先公先王所爲綢其室者，庶幾王心之戒慎。今説者反謂周公自鳴本情，則失其義久矣。夫屬在兄弟而稱我子，既已不類，且成王方疑未悟，公乃嘵嘵居功。碩膚之孫，他人猶能言之，而多難之日，自專其伐，雖百喙何緣格主耶？今《書》之篇，凡出于周公者，未嘗有一言居乃勤績，亦足見公矣。故曾嘗謂：負扆而朝諸侯，殆史言之過，不然公之來讒邪也，其何辭哉？自孔安國以“我之弗辟”爲致刑之解，遂啓後儒之紛紜。文公注亦從孔説。末年與蔡沈帖，蓋深悔其不然，故蔡《傳》則從鄭《箋》爲避居之辟，《詩注》乃文公未及追改耳。

倡亂本自監者，《詩》以武庚爲戎首，此手足立言之情，抑且痛之甚焉。然公義卒難掩。三監一人叛黨，勢即不免，曰“既取”者，早麗典刑，其後乃致辟管叔于商，囚蔡叔于郭鄰，降霍叔于庶人。

明·范王孫《詩志》卷九：

《序》曰：“周公救亂也。成王未知周公之志，公乃爲詩以遺王，名之曰《鴟鴞》焉。”

《書·金縢》曰：“武王既喪，管叔及其群弟乃流言于國，曰：‘公將不利于孺子。’周公乃告二公曰：‘我之弗辟，我無以告我先王。’周公居東二年，則罪人斯得。于後公乃爲詩以貽王，名之曰《鴟鴞》。王亦未敢誚公。”《詩測》曰：“成王初聞流言，其心大疑，亦不知罪人爲誰，及公居東二年，後始知罪人之爲管、蔡，公乃作此詩以貽王，王得此詩，特未敢誚公而已，尚未釋然。及感風雷之變，乃親迎以歸，而二叔懼，遂脅武庚以叛，成王始命周公東征之。此詩作于居東之時，非作于東征之後矣。”

《詩測》曰：“‘無毀我室’，通篇只發揮此句意。蓋罪人既得，而王猶未悟，其所關者，豈在區區一身明之？故周公之情急矣。他或無足以動之，惟王室一節，事變在眼前者，故萬不得已，爲此盡頭一着，以冀王心之必悟耳。不然，周公豈屑于自叙其勞、自明其功哉？古之人臣身處危疑之際，有不得不盡言者，此類是也。”

《詩弋》曰：“周公心力耗盡，料理天下，十將八九，而變生骨肉，流言及己，此時嘆不丢手，不得欲丢手，又不得君心疑信，社稷安危，急籍嘵嘵一音，人情遭一番毀謗，必生一番退避，遭一番猜疑，必生一番急悔。而公之情愈親、聲愈急，可謂字字帶血。”

此時管、蔡未誅，何以云“既取我子”，曰罪人斯得，而管、蔡之罪已無所逃矣。

又：徐玄扈曰："讀《鴟鴞》一詩，可以想見周公忠誠懇惻之心。且公以叔父之親，居攝相之位，而所祈于王者，惟自訴其忠赤，比於鳥之哀鳴，而無一毫怨懟不遜之詞。公何嘗以孺子視王哉？未嘗急于自白，而心事自如青天白日，不可掩也。即是可以律操懿之罪矣。"

徐氏曰："嗚呼！世變，人心愈降愈下。伊尹放君，民尚大悅。周公攝政，二叔流言。由周而下，可勝道也哉。"

劉氏曰："《集傳》以爲公遭流言，即東征而誅管叔、武庚，其後乃作此詩。成王得詩，又感風雷之變，迎公以歸，公乃作《東山》之詩。此蓋因孔氏《書》注'弗辟'之說。後來既與蔡九峰辨其不然，以爲當從鄭氏，而于《書傳》則未及追改耳。蓋流言之興，而公弗辟居以待成王之察，則其心雖無私而迹亦未明，故曰'我無以告我先王'，是以辟居，三年之後，成王既知流言之罪人，而疑慮未釋，乃作《鴟鴞》以喻之。觀其告鴟鴞以'無毀我室'，可見其作于武庚未誅之前。自雷風之變而周公既歸，乃承王命作《大誥》，東征。《大誥》一篇之中首言'王若曰'，繼以屢言'王曰'，又言'沖人'，又言'寧考'，皆自成王而言，可見公之東征，王實命之，當在王既感悟而迎公以歸之後，必非身履危疑，王意未釋，而僩然出師討罪，放殺其兄若弟也。"

明・賀貽孫《詩觸》卷二：

《序》曰："周公救亂也。"

按：《金縢》篇云："管叔及其弟流言於國，曰：'公將不利於孺子。'周公乃告二公曰：我之不辟，我其無以告我先王。周公居東二年，則罪人斯得。於是公作詩以貽王，名之曰《鴟鴞》。"蔡氏《金縢》注："辟與避同。謂我若弗避，則何以告先王於地下乎？居東，避居國之東也。流言初起，未知罪人爲誰，居東二年，成王始知罪人之爲管、蔡。斯得者，遲之之辭也。及感風雷之變，成王親迎以歸，管、蔡懼，遂挾武庚以叛。成王始命周公征之。《東山》之詩曰'自我不見，于今三年'者，蓋周公居東二年，而東征往返又三年也。"據所云，則此詩爲居東之詩，而《東山》乃東征之詩也。當作此詩時，武庚、管、蔡尚未誅也。朱注竟以此詩爲東征詩，而《史記》亦無避位語，又所不解。然鄭《箋》亦云避居東都，其言甚有條理，與古《序》所謂救亂意相合，今從《金縢》注爲居東詩，而朱說以俟別考。

明・陳元亮《鑒湖詩説》卷一：

【通詩】（批注：通詩俱是暗比）重王室上，以"毋毀我室"一句爲主。蓋此時罪人已得（批注：罪人斯得，謂流言之罪人方得而知之也），而王心未釋，則王室之亂猶未可知，故不得不作詩以喻王。若因"不利孺子"一言而暴其勞於王室，説辛道苦，是一篇辨疏矣。流言之興，而公弗避，居以待成王之察。則其心雖無私，而迹亦未明。故曰"我無以告我先王"。是以避居二年之後，成王既知流言之罪人，而疑慮未釋，乃作《鴟鴞》以喻之。觀其告鴟鴞以"無毀我室"，可見其詩作于武庚未誅之先。自風雷之變，而周公既歸，乃承王命作《大誥》，東征。可見公之東征，王實命之，當在王既感悟，而迎公以歸之後也。

清・朱鶴齡《詩經通義》卷五：

《序》："《鴟鴞》，周公救亂也。成王未知周公之志（未知周公安王室之志），公乃爲詩以遺王，名之曰《鴟鴞》焉。"

朱子曰："成王之疑未釋，則亂未弭也。故周公作《鴟鴞》之詩以貽之，告之以王業艱難，不忍毀壞之意。所以爲救亂也。"（見呂《記》。）

按：此詩周公自明己志，而《序》以爲救亂者。是時國家新造，中外危疑，公之心在乎安王室以安天下，而非爲己謀也。黃佐曰："《鴟鴞》詩周公不惟明己之心，亦勸王先事之備。"

"鴟鴞"比武庚，"我子"比管、蔡（呂《記》："周公謂管、蔡爲子者，爲周家語殷民之辭也。"），"我室"比王室。鄭《箋》作鴟鴞自言，又謂周公救其屬黨，大謬。王肅固已正之。朱《傳》出而《詩》義如發矇矣。但謂周公東征，二年，得武庚、管叔而誅之，其後乃作此詩。則因《書傳》誤解《金縢》"弗辟"之語（孔安國解作"致辟"之辟。鄭氏《詩譜》以爲避流言之變），而沿襲其訛也。考居東、東征，是二時。居東者，周公始聞流言而避居于國之東也（東不詳其地。大抵去國不遠。觀《金縢》，王親迎出郊可見）。東征者，成王既迎公歸而往，正武庚、管叔之罪也。居東之時，武庚、管、蔡方相煽爲亂。周公處骨肉之間，必無遽興師往征之理。又成王方疑周公，公不應不請而自誅之。若請之于王，亦必不從（此朱子説）。《金縢》"罪人斯得"謂周公居東之後，成王始知流言之罪人爲管、蔡，非謂即誅管、蔡也。自風雷示警，成王感悟，周公歸，乃承王命作《大誥》，往征之。《東山》《破斧》等詩皆作于其後。觀《金縢》云"居東二年"、《東山》云"自我不見，于今三年"，則知居東東征首尾共五六年間事。朱子晚年與蔡九峰辨《書傳》"弗辟"之説，以爲宜從鄭氏，特《詩傳》未及追改耳。

劉瑾曰："此詩專罪武庚，而于管、蔡則有閔惜之意，蓋爲親者諱也，如《書》之《大誥》亦然。觀其告鴟鴞以'無毁我室'，可見其詩作于武庚未誅之先。"

清·錢澄之《田間詩學》卷五：

《序》曰："周公救亂也。成王未知周公之志，公乃爲詩以遺王，名之曰《鴟鴞》。"

黃佐云："《鴟鴞》之詩乃周公居東之時，豫見二叔、武庚將有潰亂之勢而作。一以釋罪而明吾之心，二則勸王爲先事之備。"《尚書·金縢》篇曰："武王既喪，管叔及其群弟乃流言于國，曰：'公將不利于孺子。'周公乃告二公曰：'我之弗辟，我無以告我先王。'周公居東二年，則罪人斯得。于後公乃爲詩以貽王，名之曰《鴟鴞》。王亦不敢誚公。"鄭云："讀辟爲避，以居東爲避居東都。黃氏辨之謂管、蔡流言之時，尚未有東都也。考《書》成王感風雷之變，出郊以迎意，當時亦如今之大臣釋位待罪，出國之東郊以居耳。"申培説："周公避居于魯。考周公未嘗至魯，且云'此詩作于殷人叛後'，則所云未雨綢繆者謂何？"始流言之起，成王未知罪人爲誰，居東三年，罪人斯得，知其爲管、蔡也。公乃作是以貽王，王亦未敢誚公。至風雷之變，親迎公歸，二叔懼，遂脅武庚以叛，王命公征之。東征往返，首尾又三年也。

愚按：周召分陝而治。陝以東周公主之，則必有周之采邑，或出郊退居于采邑也。

又：愚按：武庚之叛，周公計之早矣。流言之起，公心知爲武庚反間而出自二叔，則情有不忍言者。居東二年，而罪人斯得，成王祇知爲管叔之誣公，猶未知爲武庚之圖周也。公貽以《鴟鴞》之詩，極道武庚之情，所憂在國家，而不在區區一己之謗。成王得詩，亦未敢誚公。然猶未信以爲真也。迨風雷感悟，公歸攝政，武庚叛逆已，成王始命公東征。《東山》之詩所以即繼于其後也。

清·張沐《詩經疏略》卷四：

《鴟鴞》，周公救亂也。成王未知周公之志，公乃爲詩以遺王，名之曰《鴟鴞》。

救亂者，三監以殷叛，稱兵作亂，周公平之也。亂雖平，成王猶未知周公之志無他也，故居東未歸，貽王詩以開之。《書·金縢》曰："武王既喪，管叔及其群弟流言于國，曰：'周公將不利于孺子。'周公乃告二公曰：'我之弗辟，無以告我先王。'周公居東二年，罪人斯得。後公乃爲詩貽王，名之曰《鴟鴞》。"《微子之命》曰："周公乃致辟管叔于殷，囚蔡叔于郭鄰，降霍叔于庶人，三年不齒。"即此事也。按：《汲冢周書》亦同。

辟，法也，以法正其罪曰辟。

清·毛奇齡《續詩傳鳥名》卷二：

《鴟鴞》之詩，周公貽王所作也，謂殷頑可患也。《周頌·小毖》之詩，則王已悔悟而作之以自毖者。謂禄父固可懲，殷頑更當毖也。所謂懲而毖後患也。惟然則公以鴟鴞爲警，王又即以鴟鴞毖之，謂大固當慮，小亦不可忽。兩詩前後比興俱得。向使周公以鴟鴞自比，貽之成王，而成王之因此而悔悟者，乃翻以鴟鴞之自比者，推而比之禄父殷頑，天下亦何物不可取譬？一君一臣必取此小物之擬，非其倫者。既以自指又復指他，既曰可閔，又曰可懲，復可患于彼，于此展轉眩亂，天下安有此經文矣。

清·毛奇齡《國風省篇》一卷：

《鴟鴞》，何也？曰：諷王也。諷王以武庚之將叛也。何也？曰：周公居東，知流言爲管、蔡矣，武庚未叛也。然而公曰："庚將叛，王未悟也。"公曰"王室自是可危矣"，用諷王。若曰："惟此二叔，如取我之懷，置彼之懷也，其尚可毁我室哉？夫鬻子尚可憫，況作室哉？且予之作此室也，不特鴟鴞爲可畏矣，有風雨焉。且不特風雨，今女下民得毋有敢侮予者哉？夫予之盡瘁不可已。"亦曰："惟此室未定故也。今此室將定，而風雨又將至矣，則安得不告哀也哉？"嗟乎！周公之時，兄弟之際有難言者，夫以弟殺兄，雖已得情，猶勿忍焉，甫將流言，而乃頓加之兵乎？《書》曰："周公居東二年，則罪人斯得。"夫然後公賦《鴟鴞》。夫公當此時彼隱始章，此疑尚未釋也。王得其流言所由，而方疑公之不利之果情也。公儻□叔之不給，乃復曰"既取我子"，蓋深痛叔之既爲庚所誤矣。嗟乎！公情如是，猶有漢孔氏之以"居東"爲東征，朱子《集傳》之以"既取"爲既殺者，吾悲夫凡人之情不及周公，其原情定論不及朱子，得毋骨肉間多難明焉。（吴伯清曰："朱子與蔡沈□亦自悔其説之謬，然不幸而其注已行耳，注書之宜慎如此。"）

清·陳啟源《毛詩稽古編》卷八：

周公居東，即是東征。辟即致辟。孔氏《書傳》本無誤也。毛公《詩傳》雖無明文，然訓"既取我子"二語則云"寧亡二子，不可毀我周室"。蓋亦以《鴟鴞》詩爲作於誅管、蔡之後矣。鄭氏誤以《金縢》居東爲避居，故解《鴟鴞》詩種種害義。朱《傳》從毛《書》，掃鄭謬，當矣。乃後之述朱者，因其晚年與蔡仲默《書》，遂舍《集傳》而別爲之説，何其悖也。"居東"辯詳見《尚書·金縢》。

清·冉覲祖《詩經詳説》卷三十一：

潘子善問："周公使管叔監殷，豈非以愛兄之心勝，故不敢疑之耶？"朱子曰："若説不敢疑，則已是有可疑者也。蓋周公以管叔是吾之兄，事同一體。今既克商，使之監殷，又何疑焉？非是不敢疑，乃是即無可疑之事也。不知他自差異，周公爲之奈何哉？"董叔重因問："《孟子》所謂'周公之過不亦宜乎'者，正謂此也？"曰："然。"

又：集解："此詩當是周公居東時，未誅管、蔡之前所作。"

又：《小序》："《鴟鴞》，周公救亂也。成王未知周公之志，公乃爲詩以遺王，名之曰《鴟鴞》焉。"

鄭《箋》："未知周公之志者，未知其欲攝政之意。"

孔《疏》："《金縢》云：'武王既喪，管叔及其群弟乃流言于國，曰："公將不利于孺子。"周公乃告二公曰："我之弗辟，無以告我先王。"周公居東二年，罪人斯得。于後公乃爲詩以貽王，名之曰《鴟鴞》。'注云：'罪人，周公之屬黨與知居攝者，周公出，皆奔。今二年，蓋爲成王所得。怡，悦也。周公傷其屬黨無罪將死，恐其刑濫，又破其家，而不敢正言，故作《鴟鴞》之詩以貽王，今《豳風·鴟鴞》也。'鄭讀辟爲避，以居東爲避居。於時周公未攝，故以未知周公之志者，謂未知其欲攝政之意。訓怡爲悦，言周公作此詩欲以救諸臣、悦王意也。毛雖不注此《序》，不解《尚書》，而首章《傳》云'寧亡二子，不可毀我周室'，則此詩爲誅管、蔡而作之。此詩爲誅管、蔡，則罪人斯得謂得管、蔡也。周公居東爲出征，我之不辟，欲以法誅管、蔡。既誅管、蔡，然後作詩，不得復名爲怡悦王心，當訓貽爲遺，爲作此詩遺成王也。《公劉》序云'而獻是詩'，此云遺者，獻者，臣奉於之辭。遺者，流傳致達之稱。彼召公作詩，奉以戒成王，此周公自述己意，欲使遺傳至王，非奉獻之，故於彼異也。"

朱子曰："此序以《金縢》爲文，最爲有據。"又曰："'弗辟'之説，只從鄭氏爲是。向董叔重得書亦辨此，一時信筆答之，謂當從古注説，後來思之不然。二叔方流言，周公處骨肉之間，豈忍以片言半語遽然興師以征之？聖人氣象大不如此。又成王方疑周公，周公固不應不請而自誅之，若請之於王，亦未必見從。雖曰聖人之心公平正大，區區嫌疑似不必避，但舜避堯之子，禹避舜之子，自是合如此。若居堯之宮逼堯之子，即爲篡矣。或謂：‘周公居東，不幸成王終不悟，不知周公又如何處？’愚謂：‘公亦惟盡其忠誠而已矣。’問：‘《鴟鴞》詩其辭艱苦深奧，不知當時成王如何便理會得？’曰：‘當時事變在眼前，故讀詩者便知其用意所在。自今讀之，既不及見當時事，所以讀其詩難曉然。成王雖得此詩，亦只是未敢誚公，其心未必能遂無疑。及至風雷之變，啓金縢之書後，方始釋然開悟。’”

《書·金縢》蔡《傳》曰：“流言，無根之言也。商人兄弟爭立者多，周公攝政，商人固已疑之。又管叔於周公爲兄，尤所覬覦，故武庚、管、蔡流言於國，以危懼成王，而動搖周公也。辟讀爲避，鄭氏《詩傳》曰‘周公辟居東都’是也。周公言我不避則於義有所不盡，無以告我先王於地下矣。居東，居國之東也。鄭氏謂辟居東都，未知何據。孔氏以居東爲東征，非也。方流言之起，成王未知罪人爲誰，二年之後王始知罪人之爲管、蔡。斯得者，遲之之辭也。誚，讓也。按：《東山》詩言‘自我不見，于今三年’，則居東之非東征，明矣。蓋周公居東二年，成王因風雷之變，既親迎以歸。三叔懷流言之罪，遂脅武庚以叛，成王命周公征之，其東征往返，首尾又自三年也。”

安成劉氏曰：“《集傳》以爲周公遭流言即東征二年而誅管叔、武庚，其後乃作此詩，成王得詩，又感風雷之變，迎公以歸，公乃作《東山》之詩。此蓋用孔氏《書》注‘弗辟’之説。後來既與九峰辨其不然，以爲當從鄭氏，而於《詩傳》則未及追改耳。蓋流言之興，而公弗辟居，以待成王之察，則其心雖無私而義有未盡，故曰‘我無以告我先王’，是以避居。二年之後，成王既知流言之罪人，而疑慮未釋，乃作《鴟鴞》以喻之。觀其告鴟鴞以‘無毀我室’，可見其詩作於武庚未誅之先。自風雷之變而周公既歸，乃承王命作《大誥》，東征。一書之中首言‘王若曰’，繼以屢言‘王曰’，又言‘沖人’，又曰‘寧考’，皆自成王而言，可見公之東征，王實命之，當在王既感悟而迎公以歸之後也。”

按：辟當作避。舊訓法，非。避居東國以觀變。作東征，非。罪人指流言之人。得，是知其人。作已誅，非。鄭、孔作周公之黨爲成王所得，尤謬。又管、蔡流言於國，國人不知其實，而競傳之，成王聞而疑之，非管、蔡之親行？于王，故不知罪人爲誰。流言既播，周公嫌疑之際，不得不避，然必居東方者，當亦有見於流言出管、蔡。居近其地，以察管、蔡、武庚交結之踪，二年盡知之，故曰"罪人斯得"，乃作《鴟鴞》之詩貽王，使王知此情也。想當日，詩雖渾深，而貽詩亦必別有話説也。管、蔡倡亂而詩不罪管、蔡，但謂管、蔡爲武庚所陷，故有'取我子'之喻。且説出恩情鶯閔，無限痛惜，周公之於兄弟情至厚矣。後來周公使召公先往營洛，而公後至，必非無因。竊謂居東即是在洛，熟觀其地形勢，而後乃命召公往營，蓋周公有成畫於胸中也。或曰：主少國疑，親臣不當避嫌遠出。予曰：又太公召公在，自能外體周公之心，而內輔成王之治也，有何患焉？

【正解】通詩四章只叠叠説下，以"無毀我室"爲主。……通詩俱重王室上。觀每章注中不脱"王室"字可見。須知通作鳥言，各章正意不可用在周公口氣，只是説詩者言之。蓋此詩是周公諷王之誦，不顯言其意，與他詩比，意不同，若明言之則無味矣。此詩實在未誅管、蔡之前，避居東都時所作也。且呼鴟鴞而謂之，即呼武庚而告之也。其曰"既取我子"者，是管、蔡雖未誅，其罪已無所逃，乃武庚害之也，故云然耳。徐儆弦曰："讀《鴟鴞》一詩，可以想見忠誠惻怛之心，且公以叔父之親，居攝相之位，而所期於王者，惟自訴其忠赤，比於鳥之哀鳴，而無一毫怨懟不遜之辭。公何嘗以孺子視王哉？今萬世而下，誦公之詩，而見公之心事，如青天白日不可掩，即是而可以律操懿之徒矣。"

清‧秦松齡《毛詩日箋》卷二：

周公居東、東征，或以爲一事，詩作於既誅管、蔡之後。或以爲二事，詩作於東征之前。其以爲一事者，本於孔氏。據《金縢》言"周公居東二年，罪人斯得"，謂居東二年而得三監淮夷叛者誅之耳。周公既誅管、蔡，懼成王疑己戮其兄弟，故作詩以曉諭成王也。朱子初從其説。其以爲二事者，本於鄭氏。蔡仲默解《金縢》從之。朱子又曰："'弗辟'之説，只從鄭氏爲是。初謂當從古注，後來思之不然。三叔方流言，周公處骨肉之間，豈因以片言半語遽然興師以征之？聖人氣象大不如此。後人爲之説曰居東者，周公始聞流言而避居於東也。東征者，成王既迎周公以歸，往征其罪也。《金縢》云：'居東二年。'《東山》云：'自我不見，於今三年。'則知非一時事矣。"愚按：《鴟鴞》詩今在《東山》之前，則作詩在前，東征在後，頗爲明據。且朱子之定論，合於天理人情之正，不可易也。金仁山曰："《鴟鴞》之詩，其情危，其辭迫，蓋憂武庚之必反，王室之必危也。

昔也，武庚以周公擅權間三叔，而今也，奄君又以周公見疑嗾武庚，則踟蹰之變，勢所必至，故周公汲汲爲成王言之，曰'鴟鴞鴟鴞，既取我子'，謂其已誘管、蔡也，'毋毁我室'，謂其勿更搖毁王室也。……既而成王悟，周公歸，而管、蔡、武庚卒於叛，蓋其參謀造禍非一日矣。"

清·李光地《詩所》卷二：

管、蔡誘於武庚而作流言，周公居東，成王之疑未釋，公乃爲詩以貽王，名之曰《鴟鴞》。

清·王鴻緒等《欽定詩經傳説彙纂》卷九：

《鴟鴞》，周公救亂也。成王未知周公之志，乃爲詩以遺王，名之曰《鴟鴞》焉。

嚴氏粲曰："三監雖平，而君臣之疑未釋，則亂猶在也。此詩不知者以爲公之自明耳。曰'周公救亂'者，用《春秋》書法也。周公既出而作《七月》，未還而作《鴟鴞》，既還而作《東山》，著公之出入也。"

【辯説】此序以《金縢》爲文，最爲有據。

又：程子曰：管、蔡流言及叛，是亂也。成王幼而未知周公之志。公爲此詩，告以王業艱難，不忍其毁壞之意，以悟王心，此周公出征救亂之心，作詩之志也。

輔氏廣曰："成王之疑不釋，則周之爲周未可知也。此詩辭哀意切，至爲禽鳥之語以感動之，不啻如慈母之誥教子弟，而蘄其悔悟，仁之至，義之盡也。"

劉氏瑾曰："此詩歸罪於武庚，而於三叔則有憫恤之意，蓋爲親者諱也，如《書》之《大誥》亦然，此皆兄弟私情見於立言之際。然而公義則不可掩。故史臣於《書》既曰'管叔及其群弟流言於國'，又曰'周公位冢宰，群叔流言，乃皆以公義直書之者也'。"

朱氏善曰："鴟鴞之於衆鳥，有攫其子而食之者矣，而鳥不廢其生育之勤也。有毁其巢而破之者矣，而鳥不廢其補葺之勞也。蓋子之殘而室之毁者，禍患之不測也，養育之勤而補葺之勞者，已分之當爲也，豈可以禍患之或至，而遂廢其室家嗣續之常理也哉！若武庚之敗管、蔡，則比之於鳥，雖取其子猶未能毁其室也，而纏綿補葺之勤，周公果可以辭其責耶？於是拮据，於是蓄租，於是手口交病，卒之羽殺尾敝，以成其室而未安也，則其作詩以遺王，亦不得而不汲汲矣。"

又：《集傳》："事見《書·金縢》篇。"（《金縢》："武王既喪，管叔及其群弟乃流言於國，曰：'公將不利於孺子。'周公乃告二公曰：'我之弗辟，我無以告我先王。'周公居東二年，則罪人斯得。於後公乃爲詩以貽王，名之曰《鴟鴞》。王亦未敢誚公。"孔氏安國曰："周公攝政，其弟管叔及蔡叔、霍叔乃放言於國，以誣周公，以惑成王。三叔以周公大聖，有次立之勢，遂生流言。孺，稚也。稚子，成王。辟，法也。告召公太公言：我不以法法三叔，則我無以成周道，告我先王。周公既告二公，遂東征之。二年之中，罪人此得。成王信流言而疑周公，故周公既誅三監，而作詩解所以宜誅之意以遺王，王猶未悟，故欲讓公而未敢。"朱氏公遷曰："事本《金縢》，説從孔氏，故以居東爲東征，以《鴟鴞》爲作於致辟管、蔡之後也。至蔡氏《書傳》，乃朱子晚年之説，又從鄭氏改讀'弗辟'之'辟'爲避，而與此説不同。但《詩》言'既取我子'，則武庚已敗管、蔡，管叔既已受誅矣。今讀《鴟鴞》，不必求合於蔡氏《書傳》也。"）

（【集説】歐陽氏修曰："武王崩，成王幼，周公攝政，管、蔡疑其不利於幼君，遂有流言，周公乃東征而誅之，懼成王之怪己誅其二叔，乃序其意，作《鴟鴞》詩以貽王。此《金縢》之説也。其義簡直而易明。鄭乃謂：武王崩，成王即位，居喪不言，周公以冢宰聽政，而二叔流言。且冢宰聽政乃是常禮，二叔何疑而流言也？《金縢》言周公居東二年，罪人斯得，謂東征二年，而得三監淮夷叛者誅之爾。鄭乃謂：二叔既流言，周公避而居東者二年，又謂罪人斯得者，成王多得周公官屬而誅之，且周公本以成王幼，未能行事，遂攝政。若避而居東，則周之國政成王當自行之，若已能臨政二年，何又待周公歸攝乎？刑賞，國之大事也；周公，國之尊親大臣也。使周公有間隙而出避，成王能以周法刑其尊親大臣之屬，周公復歸，其勢必不得攝，且周公所以攝者，以成王幼而不能臨政，爾若已能臨二年，刑其尊親大臣之屬，則周公將以何辭奪其政而攝乎？矧周公誅管、蔡，前世説者多同，而成王誅周公官屬，六經諸史皆無之，可知其臆説也"。曹氏粹中曰："周公之志在於卒寧王之圖事，成寧考之圖功而已。成王惑於流言而疑周公，將敗厥功，亂孰甚矣，故作《鴟鴞》以救之。陳鵬飛論管、蔡流言之意是矣，以爲周公避居於東都則不然。蓋群叔與周公皆文王子、武王弟也。武王崩時，成王方十三，管叔於兄弟之次最長，而周公身自居中專政，乃使管、蔡外監商民，內懷不平，反與武庚謀圖周公，遂挾之以叛。故祝鮀曰：'管、蔡啓商，惎間王室。'《金縢》曰云云，是周公至東都，已誅管、蔡，而成王疑尚未解，故周公作此詩，冀以覺悟王意，則《鴟鴞》詩固作在誅管、蔡後也。鄭氏以'辟'音避，謂周公避居東都。陳鵬飛取之，因謂成王方疑周公，周公不宜遽怒於成王，遽誅流言之黨，故謂東征在成王既迎周公之後，其言與《金縢》之序不合。且《大誥》曰：
'三監及淮夷叛，周公相成王將黜殷。'是周公即以王命誅之，初無避疑之事也。
又《蔡仲之命》曰：'惟周公位冢宰，群叔流言，乃致辟管叔於商。'《金縢》之
弗辟，《蔡仲》之致辟，其爲誅殺一也。夫武王與周公共致天下，方集大統，以全
盛之神器，付之孺子，以有周公故也。而群叔挾仇敵外叛，將復反鄙我周邦，周
公任其顧托，豈當畏避小嫌，坐視宗社之顛覆哉？其曰'我之弗辟，我無以告我
先王'，蓋言先王以此顧托於我，我不討定其亂，則無以告我先王。苟爲避之而
已，何用告我先王，而《東山》之役又何用戰士爲哉？且成王疑雖未解，而太公
召公在內，與周公同心，左右王室，且《破斧》之所以美周公者，專言其征四國
之亂，爲大，爲嘉，爲休，則周公之東爲討罪人無疑也。"朱子曰："管、蔡流言，
使成王疑周公，周公雖已滅之，然成王之疑未釋，則亂未弭也，故周公作此《鴟
鴞》之詩以遺王，而告以王業艱難、不忍毀壞之意，所以爲救亂也。"蔣氏悌生
曰："殷亡而周興，革命之後，殷民汹汹未靖也。武王崩，成王幼，周公攝行天子
之事，三叔流言，語侵成王、周公，此誠家國重事，周公不即遏絶禍萌，而避嫌
疑退居散地，三叔乘殷民之未靖，挾武庚以叛。設或張皇，則天下安危之寄，寧
忍優游坐視，而托之他人乎？故'辟'字作致辟説，於一時事理爲長也。"）

（【附録】孔氏穎達曰："鄭以爲武王崩，周公爲冢宰，三年服終，將欲攝政，
管、蔡流言，即避居東都。成王多殺公之屬黨，公作《鴟鴞》之詩，救其屬臣，
請勿奪其官位土地。及遭風雷之異，啓金縢之書，迎公來反，反乃居攝。後方始
東征管、蔡。"朱子曰："'弗辟'之説只從鄭氏爲是。向董叔重得書亦辨此，一
時信筆答之，謂當從古注説，後來思之不然。三叔方流言，周公處骨肉之間，豈
應以片言半語遽然興師以征之？聖人氣象大不如此。又成王方疑周公，周公固不
應不請而自誅之。若請之於王，亦未必見從。雖曰聖人之心公平正大，區區嫌疑
似不必避。但舜避堯之子，禹避舜之子，自是合如此。或謂：周公居東，不幸成
王終不悟，不知周公又如何處？愚謂：公亦惟盡其忠誠而已矣。"問：《鴟鴞》詩
其詞艱苦深奧，不知當時成王如何便即理會得？曰：當時事變在眼前，故讀其詩
者便知其用意所在。自今讀之，既不及見當時事，所以謂其詩難曉。然成王雖得
此詩，亦只是未敢誚公，其心未必能遂無疑。及至雷風之變，啓金縢之書後，方
始釋然開悟。）

案：《史記·魯世家》云："成王少，在襁葆之中，周公恐天下畔，乃踐阼代

成王攝行政當國。管叔及其群弟流言於國,曰:'周公將不利於成王。'周公乃告太公望、召公奭曰:'我之所以弗辟而攝行政者,恐天下畔周,無以告我先王,所以爲之若此。'於是卒相成王,而使其子伯禽就封於魯。管、蔡、武庚等果率淮夷而反,周公乃奉成王命興師東伐,作《大誥》,遂誅管叔,殺武庚,放蔡叔,乃爲詩貽王,命之曰《鴟鴞》。"自史傳而外,考之秦以上諸書,并無周公避居於東而成王有誅周公官屬之事,且其時未營洛邑,鄭何以云東都也?孔安國在西漢武帝時治《尚書》起家,司馬遷嘗從安國問故。班固云:遷書載《金縢》諸篇,多古文說。鄭康成在東漢末,其說未審所出,故漢唐諸儒皆不從之。朱子傳詩,初從古注,及《覆蔡沈書》說數條云:"'弗辟'之說只從鄭氏爲是。"於是蔡沈遂謂:"居東二年,東征往返又是三年。"此又從鄭氏"避之"一說而衍之,亦非有所本也。總之,朱子晚年復蔡之說,義極正大,然卒未曾追改《詩傳》,或尚未決。今亦仍其舊注而不易云。

清·姚際恒《詩經通論》卷八:

《金縢》曰:"管叔及其群弟乃流言于國,曰:'公將不利于孺子。'周公告二公曰:'我之弗辟,我無以告我先王。'周公居東二年,則罪人斯得。于後公乃爲詩以貽王,名之曰《鴟鴞》。王亦未敢誚公。"按:"于後"之辭是既誅管、蔡而作,恐成王猶疑其殺二叔,故作詩貽之,王亦未敢誚公。迨風雷之變,乃親迎公歸。或必從鄭氏解《書》之義,以"辟"爲避,以居東爲居國之東,因主此詩爲未誅管、蔡之前作,曰:"以鴟鴞爲武庚,庚既已誅,豈猶慮其毀王室耶?不知此乃指前日而言。且誅管、蔡後,殷人尚未靖也,安得不慮其毀王室乎?"又曰:"使此詩作于殷人畔後,則所云未雨綢繆者謂何?不知此謂武庚雖誅,殷民不靖,正當蚤爲計耳?上雖以毀室屬鴟鴞言,此又言下民,則旨益露矣。"又曰:"既誅管、蔡,而成王尚未知周公之意,則王心之蔽深矣。夫《書》不云'王亦未敢誚公'乎?"

清·王心敬《豐川詩說》卷十一:

毛《序》曰:"《鴟鴞》,周公救亂也。成王未知周公之意,公乃爲詩以遺王,名之曰《鴟鴞》焉。"

原解曰:"武王崩,成王立,周公爲相,使其兄管叔鮮監紂子武庚治殷。管叔將以殷叛,流言於國,曰:'周公將不利於孺子。'王疑公,公告太公、召公曰:'我弗避,無以告我先王。'乃避位居東二年。管叔叛,王執而誅之。猶疑公未釋也，公乃自東作此詩以貽王。"……然《序》不言公自明，而曰"公救亂"，何也？是時成王幼沖，國家新造，紂子未殄，奄、徐外叛，故公作此詩悟王。不知者謂公自明，而知者謂公救王室與天下也。大哉！《序》言。非知社稷之計，諒聖人之深衷者，孰能作之。朱《傳》以《金縢》文爲有據，而不知以《金縢》爲文者，毛氏解《序》之説。《序》云"周公救亂"者，雖《金縢》亦未之及也。又謂此詩爲周公東征二年誅管叔、武庚作。按《詩》，居東非東征也。居東避位，而東征黜殷也。居東二年，東征則三年也。誅管叔者，成王，非周公也。管叔雖誅，武庚尚在，是詩作於成王殺管叔之日。公居東未歸，而東征則歸之後矣。朱子誤於漢儒周公殺兄之説，漢儒又誤於孔書《蔡仲之命》，孔書又誤於解《金縢》弗避之語，承訛相習，使聖人千古不白之冤以迄於今。愚於《金縢》《大誥》諸篇詳辨之矣。

又：誦《鴟鴞》而知周公於是有東征之志矣。昔武王誅紂，封其子，罰弗及嗣，仁也。及管叔以武庚叛，奄、徐諸國又叛，則殷周不兩立者，天下之定勢也。況管叔誅矣，武庚可獨免乎？故以鴟鴞比之。始視紂子爲不祥之物，歸而遂有《東山》之師也。

清·李塨《詩經傳注》卷三：

《序》曰："周公救亂也。成王未知周公之志，公乃爲詩以遺王，名之曰《鴟鴞》焉。"

《金縢》："武王既喪，管叔及其群弟乃流言於國曰：'公將不利於孺子。'周公乃告二公曰：'我之弗辟，我無以告我先王。'周公居東二年，則罪人斯得。於後公乃爲詩以貽王，名之曰《鴟鴞》。"按：孔傳《書》、毛傳《詩》，皆以爲管、蔡流言即叛，周公東征二年，獲之三年，乃歸。其作《鴟鴞》以貽王者，以成王有疑心，東征事畢不以公歸。此時殷頑孔多，四國未靖，禮樂征伐，尚無定制。設使公久不召，衆心携貳可憂者，不在三叔而在邦家矣，故曰"既取我子，無毀我室"也。乃鄭康成忽出一説，謂周公聞流言，避居於東，成王得其屬黨，誅殺之。公乃爲《鴟鴞》以救其屬黨，曰"既取我子"，誅其屬黨也，"無毀我室"，無絶其官位也。則有大不然者。居東者，謂三監在周之東也，又在太行山東，故曰東山。《書》曰居東，《詩》曰來自東，正一地也。若避居於東，則是何東？以爲東都耶？則此時洛邑未營也，即曰洛地，屬周而守土有官，公不奉王命，無由往居之也。以爲東魯耶？則魯公未之國，周公則留國於周，在豐鎬之西，終身未嘗東至魯也，且周公以冢宰去位，亦巨事矣。乃避至二年，而他經傳皆無傳及，何也？夫居攝而七年致政，經有明文。今鄭云居喪三年而有流言，避居二年，歸而始東征，又三年，則已八年。所謂營洛遷頑，制禮作樂，皆無其日矣（《尚書》□□□）。況《鴟鴞》之詩，殷殷家國，辭意甚明，而乃謂救其屬黨之家室，不幾兒戲之語乎？且屬黨何人也？其爲鳥有也，明矣。

清·姜文燦《詩經正解》卷十：

《傳》："周公孫于魯，殷人畔，公憂王室，勸王修政以備之，賦《鴟鴞》。"

《序》："《鴟鴞》，周公救亂也。成王未知周公之志，公乃爲詩以遺王，名之曰《鴟鴞》。"

通詩四章只叠叠說下，以"無毀我室"爲主。……通詩俱重王室上。觀每章注中不脫"王室"字可見。須知通作鳥言，各章正意不可用在周公口氣，只是說詩者言之。蓋此詩是周公諷王之誦，不顯言其意，與他詩比，意不同，若明言之則無味矣。

首言鴟鴞毀室，末言風雨搖室，皆暗指流言倡亂說。

又：武王克商，使弟管叔鮮、蔡叔度監于紂子武庚之國。武王崩，成王立，周公相之，而二叔以武庚叛，且流言于國曰："周公將不利於孺子。"故周公東征二年，乃得管叔、武庚而誅之。而成王猶未知周公之意也，公乃作此詩以貽王。托爲鳥之愛巢者，呼鴟鴞而謂之曰："鴟鴞鴟鴞，爾既取我之子矣，無更毀我之室也。以我情愛之心、篤厚之意，鬻養此子，誠可憐憫。今既取之，其毒甚矣，況又毀我室乎。"以比武庚既敗管、蔡，不可更毀我王室也。

【合參】周公以二叔流言之故，避居東土，二年而成王猶未知公之意也。公乃作此詩以貽王。

又：事見《書·金縢》篇。

《金縢》曰："管叔及其群弟流言于國，曰：'公將不利于孺子。'周公乃告二公曰：'我之弗辟，我無以告我先王。'周公居東三年，則罪人斯得。于後公乃爲詩以貽王，名之曰《鴟鴞》。王亦未敢誚公。"蔡氏《傳》曰："流言，無根之言也。商人兄弟爭立者多，周公攝政，商人固已疑之。又管叔于周公爲兄，尤所覬覦，故武庚、管、蔡流言于國，以危懼成王，而動搖周公也。'辟'讀爲避，鄭氏《詩傳》曰'周公辟居東都'是也。周公言我不避則于義有所不盡，無以告先王于地下也。居東，居國之東也。鄭氏謂辟居東都，未知何據。孔氏以居東爲東征，非也。方流言之起，成王未知罪人爲誰，二年之後，王始知罪人之爲管、蔡。斯得者，遲之之詞也。誚，讓也。"按：《東山》詩言"自我不見，于今三年"，則居東之非東征，明矣。蓋周公居東二年，成王因風雷之變，既親迎以歸。二叔懷流言之罪，遂脅武庚以叛，成王命周公征之，其東征往返，首尾又自三年也。

此詩實在未誅管、蔡之前，避居東都時所作也。且呼鴟鴞而謂之，即呼武庚而告之也。其曰"既取我子"者，是管、蔡雖未誅，其罪已無所逃，乃武庚害之也，故云然耳。若把"取"字看作已誅，則武庚亦并誅之矣，又何以呼而告之乎？蓋當時公遭流言，避居東都二年，王始知此言出于管、蔡，而疑慮猶未釋，公乃作此詩以貽王，王既得此詩，又感風雷之變，于是迎公以歸，乃承王命而後東征也。

朱子曰："'弗避'之説，只從鄭氏爲是。向董叔重得書亦辨此，一時信筆答之，謂當從古注説，後來思之不然。二叔方流言，周公處骨肉之間，豈應以片言半語遽然興師以征之？聖人氣象大不如此。又成王方疑周公，周公不應不請而自誅之，若請于王，亦未必見從。雖曰聖人之心公平正大，區區嫌疑似不必避，但舜避堯之子，禹避舜之子，自是合如此。若居堯之宫逼堯之子，即爲篡矣。"

世道人心，愈降愈下，伊尹放君，民尚大悦，周公攝政，二叔流言。自周而下可勝道也哉。

微弦曰："讀《鴟鴞》一詩，可以想見周公忠誠惻怛之心，且公以叔父之親，居攝相之位，而所期于王者，惟自訴其忠赤，比于鳥之哀鳴，而無一毫怨懟不遜之詞，公何嘗以孺子視王哉？今萬世而下，誦公之詩，而見公之心事，如青天白日不可掩也，即是而可以律操懿之徒矣。"

問：《鴟鴞》詩其詞艱苦深奧，不知當時成王如何便理會得？朱子曰："當時事變在眼前，故讀其詩者便知其用意所在。自今讀之，既不及見當時事，所以謂其詩難曉。然成王雖得此詩，亦只是未敢誚公，其心未必能遂無疑。及至雷雨之變，啓金縢之書後，方始釋然開悟。"

安成劉氏曰："《集傳》以爲公遭流言即東征二年而誅管叔、武庚，其後乃作此詩。成王得詩，又感風雷之變，迎公以歸，公乃作《東山》之詩。此蓋用孔氏《書》注'弗辟'之説。後來既與九峰辨其不然，以爲當從鄭氏，而于《詩傳》則未及追改耳。蓋流言之興，而公弗辟居，以待成王之察，則其心雖無私而義有未盡，故曰'我無以告我先王'，是以避居。三年之後，成王既知流言之罪人，而疑慮未釋，乃作《鴟鴞》以喻之。觀其告鴟鴞以‘無毀我室’，可見其詩作于武庚未誅之先。自雷雨之變而周公既歸，乃承王命作《大誥》東征。一書之中首言‘王若曰’，繼而屢言‘王曰’，又言‘沖人’，又曰‘寧考’，皆自成王而言，可見公之東征，王實命之，當在王既感悟而迎公以歸之後也。”

清·陸奎勳《陸堂詩學》卷五：

武庚逆謀雖露而迹未顯，然故篇中但喻邦家新造之難，宜爲綢繆風雨之計。若流言之罪人，則於“既取我子”句微示其意。

又：居東非東征。九峰蔡氏本馬、鄭而詳辨之。余觀《越絶書》云：“管叔、蔡叔不知周公，讒之成王，公乃辭位，出巡狩于邊。”古人亦有見及此者，但既云辭位矣，而妄稱巡狩，未免汨于荀鄉攝天子位之説。

《集傳》以《鴟鴞》爲誅武庚後作。觀與九峰論《書》手帖，知朱子于詩心識其訛，而不及改者多矣。

清·黃中松《詩疑辨證》卷三：

詩之《鴟鴞》（《序》曰：“《鴟鴞》，周公救亂也。成王未知周公之志，公乃爲詩以遺王，名之曰《鴟鴞》焉。”）與《書》之《金縢》（《金縢》：“武王既喪，管叔及其群弟乃流言於國，曰：‘公將不利於孺子。’周公乃告二公曰：‘我之弗辟，我無以告我先王。’周公居東二年，則罪人斯得。於後公乃爲詩以貽王，名之曰《鴟鴞》。王亦未敢誚公。”）相表裏。孔安國以《金縢》“我之弗辟”爲以法法三叔，則居東二年即是東征，而《鴟鴞》作於致辟管、蔡之後也。鄭康成讀“辟”爲避音，則居東二年乃是避居東都，而《鴟鴞》係未誅管、蔡時作也。康成之説，王子邕辨之於前（論其非有三），歐陽永叔辨之於後（論其有不通者三，失其大義者二），既明且悉矣。而范逸齋、金仁山、許白雲輩皆從鄭。即朱子晚年與蔡仲默手書亦力主之，故蔡氏《書傳》與《詩集傳》異。然後人有讀“辟”爲避者，而不敢以《書》之“罪人”、《詩》之“我子”爲周公官屬（鄭説也），實王與歐之力也。申公説：“管叔及其群弟流言於國，周公避居於魯，作此詩以貽王。”與鄭説合。然此係後人僞托，不足據信。而康成之説實司馬遷誤之也。《史記》稱群叔流言，周公卒相成王，而使其子伯禽就封於魯，則似周公未嘗去位也。又謂周公告太公望、召公奭曰：我之所以弗辟而攝政者，恐天下叛周，無以告我先王。此讀“辟”爲避之所由來也。（又云：成王幼，在襁褓之中。成王用事，人或譖周公，周公奔楚。考武王崩時，成王年已十三，何云在襁褓耶？在襁褓中何有用事人耶？流言起而使子就封，何異宋義方救趙而使子相齊耶？且云奔者，倉皇逃竄之象，周公既倉皇逃竄，則其官屬自不能保全矣。）史公本從子國受學，不知何故背其師説也。今考《金縢》言“管叔及其群弟流言於國”，則首惡者管叔也，從惡者群弟也，罪人之所在已自曉然，何待周公居東二年始知罪人在管、蔡耶？況遲之又久至二年後。成王悟知罪人在管、蔡，何不即迎公歸，而必俟雷風之變耶？惟公因流言起而不顧嫌疑，握兵東征，故成王不能釋然，欲誚公而未敢耳。若公聞流言而引避，成王又知罪人在管、蔡，於後公乃爲詩貽王，王何爲尚欲誚公耶？且《金縢》“弗辟”之“辟”，與《蔡仲之命》“致辟”之“辟”義正相同，何必作兩解耶？《鴟鴞》言“既取我子”，則詩作於既誅管、蔡之後，明矣。以詩爲既誅管、蔡，則周公無避居東都之事矣。夫流言既起，事涉嫌疑，庶幾辭權謝勢，身不在朝，而不利之謗自息，故姑避於外，以聽功罪之所歸者，固賢人守節之常也，而非所論於聖人之達節。武王既崩，成王尚幼，皇圖甫集，而遭家不造、國疑主少之日，正賴天潢宗室和集於內，鎮撫於外，以潛消奸宄之心，所謂葛藟能庇其本根者是也。故周公居中秉政，而復使三叔監殷，正欲示之以無可乘之隙，而措天下於磐石之安也。管叔爲武庚輩唆嗾，做出這一場大疏脱（二語本朱子），周公之所不料，正管叔之罪之莫可逭也。三監之叛，非叛周公也，乃叛周矣。使周公顧一己之小嫌，逡巡退避，忘國家之大計，設或小腆不靖，鄙我周邦，將后稷開基以來，歷聖之所經營，一旦失墜，是誰之咎？與周公以冢宰聽政，周之尊親大臣非二公可擬也，不於此時捐其身爲天下當大難之衝而制罪人之命，乃欲居於魯，奔於楚，避於東都，徒爲自全之計而諉責他人，不思先王付托之重，是不獨管叔得罪於先王，而周公亦何以告我先王哉？故朱子晚年之論，有鑒於後世拜表輒行之專擅，而防微杜漸，明君臣之大義於天下，使跋扈者無所藉口，論極正大。但恐亂臣賊子造爲蜚語以簧惑君親，而陰謀不軌者將謂周公大聖，擅國大柄。流言一起，猶畏避外出，王法不即及身。則避之一義，實無以破亂賊之胆而奪之魄，所係尤重，不可以不辨。至周公東征之必請於成王，成王之必從周公。蔣仁叔之説當矣。

清·姜兆錫《詩傳述蘊》（國風）：

按：《書·金縢》：“公居東二年，罪人斯得。”《傳》謂斯得者，得其流言之主名也。公于是乃作此詩遺成王，王悟迎周公，管叔□，乃挾武庚以叛。公乃大誥東征，以誅武庚、管叔。則居東遺詩之先，管叔尚未叛，而居東之非即東征誅叛也，可見矣。今《集傳》云："周公東征二年，乃得武庚、管叔而誅之，而王猶未知周公之意也，乃作此詩以貽王。"是謂居東爲東征，而謂罪人斯得爲伏誅也。是蓋舊注未考其實，以致此誤，而朱《傳》亦仍之而未及改耳。朱子後來自有辨疑可考。

清·方苞《朱子詩義補正》卷三：

群儒謂此詩作于管、蔡既誅之後，皆以"既取我子"爲據，非也。以《尚書·金縢》考之，則此詩作于未迎周公之先，而《蔡仲之命》曰"乃致辟管叔于商"。是東征克殷乃戮之于其地也。成王執書以泣，即日出郊以迎公，則公避居東郊百里內之近邑，明矣。惟作于未迎之先，故曰"既取我子"，謂誘致管、蔡以謀亂也，其曰"鬻子之閔斯"，蓋痛管、蔡自絕于天，終爲王法所不容，以大傷文考文母之心焉耳。若既誅之後，則當曰既戕，既戕既賊，而不宜曰"既取"矣。又謂成王幼，未能行事，故周公攝政。若避而居東，成王已能臨政二年，何待周公歸攝，更非也。周公雖避，二公、畢、毛咸在，王政何患不行？所以伐殷之命，遲之又久，而後發者，以王疑未解，友邦君越尹氏御事庶士又以艱大民不靖爲疑，故二公亦未敢專。至周公既歸，然後大誥天下，帥師東征，至商都而誅管、蔡，又伐奄以靖東。夏三年，諸事畢定而後歸耳。若此詩作于管、蔡既誅之後，則亂已略定，何風雨飄搖之懼？王已感悟，又何以云未敢誚公哉？

二章與末章意正相應。二章自原所以獨操國事，略不自嫌，欲及陰雨之未至而綢繆牖戶耳，不謂牖戶未完而風雨已至，大懼家室之漂搖，而王心不悟，屏身在外，無所施其力，則維音嘵嘵，自鳴其哀屬而已。流言之人謂"公將不利于孺子"，欲貳公于王也。而公之詩曰"我室"，曰"侮予"，曰"予未有室家"，曰"予室翹翹"，宗臣體國不敢自貳，而亦因以悟王也。

清·黃夢白、陳曾《詩經廣大全》卷九：

周公救亂也。成王未知周公之志，公乃爲詩以遺王，名之曰《鴟鴞》焉（出《序》）。救亂者，救管、蔡之亂。未知周公之志者，未知周公安王室之志也。按：《書·金縢》云："武王既喪，管叔及其群弟乃流言于國，曰：'公將不利于孺子。'周公乃告二公曰：'我之弗辟，我無以告我先王。'周公居東二年，則罪人斯得。于後公乃爲詩以貽王，名之曰《鴟鴞》。王亦未敢誚公。"漢孔氏（安國）解"辟"爲法，以居東爲東征，謂致辟法于管叔而誅殺之也。鄭玄謂"辟"爲避，以居東爲避居東都。（流言時尚未有東都，王應麟以爲居國之東，如今之大臣釋位，待罪出國之東郊以居也。）朱子云："'弗辟'之説，只從鄭氏爲是。三叔方流言，周公處骨肉之間，豈應以片言半語遽然興師以征之？聖人氣象大不如此。又，成王方疑周公，周公固不應不請而自誅之。若請之于王，亦未必見從。雖曰聖人之心公平正大，區區嫌疑似不必避，但舜避堯之子，禹避舜之子，自是合如此。若居堯之宮逼堯之子，即爲篡矣。"劉瑾云："朱《傳》用孔氏《書》注，後來辨其不然，以爲當從鄭，而于《詩傳》則未及追改耳。蓋流言之興，而公弗避居，以待成王之察，則其心雖無私而義有未盡，故曰'我無以告我先王'。是以避居二年之後，成王既知流言之罪人，而疑慮未釋，乃作《鴟鴞》以喻之。觀其告鴟鴞以'無毀我室'，可見其詩作于武庚未誅之先。自雷風之變而周公既歸，乃承王命作《大誥》東征。一書之中首言'王若曰'，繼而屢言'王曰'，又言'冲人'，又曰'寧考'，皆自成王而言，可見公之東征，王實命之，當在王既感悟而迎公以歸之後也。"蔡沈《書傳》云："方流言之起，成王未知罪人爲誰。二年之後，王始知罪人之爲管、蔡。斯得者，遲之之辭也。《東山》詩言'自我不見，于今三年'，則居東之非東征，明矣。蓋周公居東二年，成王因風雷之變，既親迎以歸，二叔懷流言之罪，遂脅武庚以叛，成王命周公征之，其東征往反又自三年也。"黃佐云："《鴟鴞》之詩乃周公居東之時，預見二叔武庚將有潰亂之勢而作。一以釋罪，而明吾之心，一則勸王爲先事之備。"楊守勤云："呼鴟鴞而謂之，即呼武庚而告之。若將'取'字作管、蔡已誅，則武庚亦并誅矣，又何所告乎？"

清·張叙《詩貫》卷五：

《鴟鴞》，勤王室也。管、蔡誘於武庚而作流言，周公避居東都，成王之疑未釋，公爲鳥言自比以曉王也。

此詩朱《傳》事本《金縢》，説從孔氏，故以居東爲東征，以詩爲作於致辟管、蔡之後。至蔡氏《書傳》，乃朱子晚年之説，則與此又不同。朱子曰："'弗辟'之'辟'只從鄭氏，讀避爲是。向董叔重得書亦辨此，一時信筆答之，謂當從古注説，後來思之不然。三叔方流言，周公處骨肉之間，豈應以片言半語遽然興師以征之？聖人氣象大不如此。又成王方疑周公，公固不應不請而自誅之。若請之於王，亦未必見從。雖曰聖人之心公平正大，區區嫌疑似不必避，但舜避堯之子，禹避舜之子，自是合如此。"觀此則《集傳》尚沿舊説，而未及改正，斷當更定也。

又：《尚書·金縢》"弗辟"之"辟"，孔安國作"刑辟"之"辟"，鄭康成則作"遯避"之"避"。《詩集傳》尚沿孔氏之說，後答蔡仲默，乃謂當依鄭氏作"避"去解。其發明大義，極爲正當矣。故蔡氏《書傳》從鄭解，正朱子意也，但《詩傳》未及改定耳。今彙纂於書，既主鄭氏而又載孔說於後。於《詩》又主孔氏而仍附鄭說於下，徒爾騎牆，尚未有折中。《詩所》似主孔氏矣，然其解陳思王詩"又以待罪居東國"句，爲得經旨，則亦主鄭氏也。或者又過信《詩所》，竟偏主孔說，而以詩之編次，《伐柯》在《東山》《破斧》後，是東征之後王始迎公，非迎公之後公始東征，則非也。《豳風》前三篇皆周公作，故彙編於前，而《破斧》與《東山》酬答，故即繼之《伐柯》，三篇則皆東人作，故別附於後耳。

今按：流言者，無所主名之言，猶今之無頭榜、匿名帖也。周公雖聖，豈能一聞而即疑出自我兄，遂勒兵誅之耶？故心雖可對天地而迹實無可自明，自應避去其位，以俟王心之感悟，此《狼跋》所謂"公孫碩膚"者也。則避居畿東之說，深合情理。及因居東後而三監叛亂，乃始知流言之所從來，故曰"罪人斯得"者，得其流言罪人之主名耳，而後作《鴟鴞》之詩以貽王。其時二叔與武庚俱在也，玩詩"既取我子，無毀我室"，則知武庚未戮，管、蔡自亦未誅。若既誅戮之矣，又何煩呼死人而告之曰"無毀我〔室〕"哉？取者，誘取之，取不曰二叔取武庚，而曰武庚取二叔，則立言之體，親親之情，而其事亦實如此。向非武庚二叔亦何端而啓其亂心乎？是則聖人心事，青天白日，而行止進退自有一定之義，不可以後世權臣之作用擬聖人，亦豈可以後世智士謀略萬全之術謂聖人亦不出此乎？或者之說乃俱在禍福利害上計較，豈可以是論聖人哉？且周公當日以朝廷之事托之太公、召公，既可無誤，而洛陽當天下之中，據形勢之勝，以制頑叛，實屬兩得，是義盡而利亦兼之，更不須爲古人擔憂也已。

清・汪紱《詩經詮義》卷四：

當日者，太姒十子，五叔無官，周公冢宰，康叔司寇，召畢皆庶，且列股肱，誠以德不以長，以賢不以貴也。武王既崩，周公以弟而攝政，管叔以兄而外監。成王方在，諒陰周公日居左右，常人之情蓋不能無疑焉。而武庚懷不軌之志，怙商辛之惡，日有以窺伺周室，思以一逞其謀，非一日矣。今者國有大故，主少國疑，正武庚逞志之秋，所以不敢遽發者，蓋非忌管、蔡諸監，忌有周公在也。乃管叔方有疑志，而與以可間之端，故武庚之謀起焉，謂管、蔡可惑也。欲毀周室，先搖周公，能搖周公者，莫如管、蔡。周公搖而周室可毀矣，故《大誥》之篇曰："殷小腆誕敢紀其緒。天降威，知我國有疵，曰：'予復反鄙我周邦。'"叛志之主

於武庚，所可見矣。然惑管、蔡，奈何？曰兄啓監而弟右王，於序則不順。王在
疚而政由公，於事則可疑。周公殆不利於孺子也。而三叔果爲所惑也。遂流言於
國曰："周公將不利於孺子也。"夫三叔流言之故，止因心疑周公，非遽欲與殷叛
也。而武庚之惑三叔，以使之流言，則將以毀周室，而先以搖周公也。然三叔以
惑，故而流言，則國亂將由是起，而三叔之罪已不可逭矣。時管、蔡雖未誅，而
罪人斯得，則其罪已不容不誅。三叔之罪，武庚陷之，故曰"既取我子"也。借
非以周公之忠誠，成王之悔悟，則王室不且爲武庚所毀哉。……按《金縢》："周
公以流言之故，乃告二公曰：'我之弗辟，我無以告我先王。'"言我不避位，恐不
能自白而生亂，則無辭以告先王也。又云："周公居東二年，則罪人斯得。"言周
公東避二年，王乃知流言之由管、蔡也。漢孔氏誤以"弗辟"之"辟"爲誅辟，
因遂以居東爲東征。朱《傳》誤因舊説，故以此詩爲作於東征之後。然此詩實作
於避位居東之日，此時武庚三叔之叛皆未發，而勢有必然，故托爲鳥言而呼鴟鴞
以告之，意欲王之知武庚之陰謀，而戒懼預防以固王室，如下章所云，非徒以自
白，無他也。及夫雷風示變，金縢書啓，成王悔悟，親迎周公以歸，則三叔自知
有罪，無以自安，武庚復旁煽之，三叔遂從武庚以叛，淮夷、徐、奄五十國因之
洪圖天命，而後東征之師乃不容不起矣。此當日之事勢，致亂之始末，殆有然也。
又按《金縢》篇云："周公居東二年，則罪人斯得。于後公乃作詩以貽王，名之曰
《鴟鴞》。"下文遂云："秋大熟未穫，天大雷電以風云云。王啓金縢之書，於是親
迎周公。"是則公之居東止二年，非三年也。下《東山》詩曰："自我不見，於今
三年。"是東征之役又三年，而非二年也。此亦可見孔氏以居東爲東征之爲誤矣。
朱子與蔡九峰書曰："'弗辟'之説只從鄭氏爲是。向董叔重得書亦辨此，一時信
筆答之，謂當從古注，後來思之不然。三叔方流言（言未叛也），周公處骨肉之
間，豈應以片言半語遽然興師以征之？聖人氣象大不如此。又成王方疑周公，周
公不應不請而自誅之。若請於王，王亦未必從。雖曰聖人之心公平正大，區區嫌
疑似不必避，但舜避堯之子，禹避舜之子，自是合如此。（此以我之弗辟自言也。
周公攝政，自是衆所歸心，故不利之言有所從起，故避之而東，不敢當衆之歸，
正猶舜避堯之子，禹避舜之子也。）若居堯之宮逼堯之子，即爲簒矣。"（周公聞不
利孺子之言而不避，則亦或真不利孺子矣。故《隨》卦之九四爻曰："隨有獲，貞
凶。有孚在道，以明，何咎。"是殆亦周公之自言也。）觀此則朱子已不從孔
《傳》，故九峰《書傳》亦從鄭説可考，而朱子於此《詩傳》則猶未及改也。今人

於朱《傳》他處皆蠕蠕欲叛，以爲一快，而於孔《傳》則又似斤斤守之，愚故曰：今之遵朱者，非真知遵朱也，其惑於心者多矣。

又按：監殷之説，非預恐武庚之叛，而使三叔監之也。聖人之心光明坦易，惟不疑武庚之叛，是以復封武庚。若疑其將有叛心，則亦不封武庚矣。但殷畿千里，畿內庶邦小侯猶舊有國土，武王恐其散而無所統攝，故大封其兄弟以爲之長，故凡封在殷畿之內者，管、蔡、霍、衛皆曰監殷，非監於武庚之國也。其後管、蔡、霍皆從殷叛，而康叔不叛，故不言四監而言三監耳。漢儒不審，則以爲監於紂子武庚之國，而作王制者，皆訛以傳訛，誤以加誤也。謂之監者，監庶邦小侯耳。《康誥》呼康叔曰孟侯，《梓材》曰：「王啓監，厥亂爲民。」又曰：「監罔攸辟。」是可知監之義矣。

又：周公誅管、蔡之事，弗辟之義，先儒多是孔而非鄭，且徵考《史記》諸書，亦實孔説而駁鄭氏。避居東都之説爲無所考據。愚按：鄭説亦有不通者在，解「罪人斯得」，謂成王多得周公官屬而誅之云云，則并將《鴟鴞》詩亦看作周公私己（鄭謂作詩貽王，救其屬臣，請勿奪其官位土田），此宜乎歐陽氏之駁之也。至於「弗辟」二字則自當斷從鄭氏，必求有據，則可據莫如詩書之本文，如本文無可據而博求他説以爲據，則他説之據未必可據爲本文之據。況他説又安可盡據乎？史遷疏略，而輕信商周之紀，其失實者多矣。如就本文考之，則《書》言周公居東，未嘗言周公東征也。征則攻伐不遑，不可以言居也。周公居東二年，未嘗言周公東征三年也。貽詩之年即居東之二年，成王迎公以歸之年，又即貽詩之年，安在其爲東征三年也？夫群叔方流言，而周公遽已興師，成王方疑公而周公竟擅征伐，是自實其不利孺子之言矣，又何以自明其無不利之心乎？更以此詩玩之，以爲作於東征之前、避位之日。則所以告王者，欲王之思患預防、任人圖治，以庶幾宏濟艱難。其言爲懇款忠勤、忠君愛國之至意。若以爲作於東征之後，則大難已靖，何所云「迨天之未陰雨」？且其意只以自白而解成王之疑，則己私矣。篇中又多似居功序績之言，尤大非聖人歉然引道之心也。説者又多疑「既取我子」爲管、蔡已誅之後。夫管、蔡已陷於罪，則謂之「既取我子」可耳，若管、蔡已誅，則武庚亦并誅矣，又何爲呼鴟鴞而告之？且若爲戒之曰「無毁我室」乎。是則反覆推詳，確宜斷從鄭氏避位居東之説，而無庸更求他據。朱子所以告蔡九峰者，是爲定説。而此篇之傳，但朱子所未及改者，不必守此以爲遵朱也。

清·顧棟高《毛詩訂詁》卷三:

(《小序》)《鴟鴞》,周公救亂也。成王未知周公之志,乃爲詩以遺王,名之曰《鴟鴞》焉。

(歐陽《本義》)周公既誅管、蔡,懼成王疑己,乃作是詩以曉喻成王。其謂子者管、蔡,室者周室也。鄭謂子爲周公官屬,而室爲官之世家,失之遠矣。《金縢》曰:"周公居東二年,罪人斯得。"謂東征而得三監畔者誅之耳。毛、鄭乃謂周公避而居東。夫周公所以攝政者,正以王幼未能行事耳。若避而居東,則周之國政,成王當自行之,已能行之二年,又何待周公歸攝乎? 又,以"罪人斯得"謂成王得周公官屬而誅之。刑賞,國之大事,若成王已能如此,則周公復歸,必不能攝。

(朱子《辨説》)此《序》以《金縢》爲文,最爲有據。

華氏泉曰:"如歐陽之説,謂周公居東二年,慮成王不能臨政耳。然以居東爲東征,則二年之中周公既以王命總戎于外,又能遥執朝政于内乎? 未可以此破毛、鄭之説也。且使周公之居東非避位,安用風雷示變,成王感泣親迎而後歸? 而方流言始播,罪人未得,周公亦無由遽興師也。惟鄭説'罪人斯得',謂成王誅周公官屬,此則斷爲臆説耳。"

朱子與蔡沈帖曰:"'弗辟'之説只從鄭氏爲是。向董叔亦辨此條,一時信筆答之,謂當從古注説。後來思之不然。是時三叔方流言于國,周公處兄弟骨肉之間,豈因以片言半語遂遽然興師以誅之? 聖人氣象大不如此。又,成王方疑周公,周公固不應不請而自誅之。若請之于王,王亦未必見從,則當日事勢亦未必然。"

項氏安世曰:"孔氏謂居東爲東征,信然,則周公誅謗以滅口,豈所以自明于天下哉? 予嘗反覆本文,則鄭説爲是。蓋當流言初起,成王疑于上,國人疑于下,周公密與二公謀之,使二公居中鎮撫,而身自東出避之。但不居中則不利之謗自息,逮至衆論既明于下,漸可開曉成王,公于是作《鴟鴞》之詩貽王,以冀王之察己。"

許白雲曰:"《集傳》以《鴟鴞》之詩爲誅武庚後作,蓋以周公居東爲東征也,其原皆因《金縢》'我之弗辟'之'辟'讀爲'致辟'之'辟',故其説如此。此朱子初年之説,及後與蔡仲默論《書》手帖,而後大意曉然。今《書》説悉已改定,而《詩傳》乃若此者,蓋未及改也。"

黄實夫曰:"此周公避流言于東而作詩以遺王也。《金縢》言'我之弗辟,我無以告我先王'，陸德明以'辟'字扶亦切，謂周公以法治流言之罪人，此說最害理。成王方疑周公，而周公遽握兵以出，是益滋四國之謗也，亦豈臣子所當爲乎？不如鄭氏以辟爲避，蓋周公攝政，群叔乃流言，以爲公將不利於孺子，周公不得不居東以避罪耳。天動威而成王悟，金縢悟①而衮衣歸，出郊之迎，已見《金縢》之末，而伐三監之事方見于《大誥》之書，非周公方被流言而遂專握兵以往也。"

鄒肇敏曰："或乃誤居東爲東征，以《書》言'罪人斯得'，《詩》言'既取我子'也。然'斯得'非伏辜之謂，流言不知所起，至是斯得其主名耳。三監爲武庚煽惑，入其彀中，則固已爲所取矣。"

王金儒曰："觀其告鴟鴞以'無毀我室'，可見其詩作于武庚未誅之先。黃佐云：'《鴟鴞》之詩乃周公居東之時，預見二叔、武庚將有潰亂之勢而作。呼鴟鴞而謂之，即呼武庚而告之。若將"取"字作管、蔡已誅，則武庚亦并誅矣，又何所告乎？'"

《彙纂》曰：居東即東征，作《鴟鴞》在既誅管、蔡後，本孔安國《尚書傳》。安國在西漢武帝時治《尚書》起家，太史公從安國問，故作《史記·魯世家》亦從其說。鄭康成在東漢末，其說未審所出，故漢唐諸儒皆不從之。朱子傳詩初從古注，及《覆蔡沈書》說數條云從鄭氏爲是。于是蔡遂謂居東二年，東征又是三年，此又從鄭氏"避"之一說，而行之亦有所本也。總之，朱子晚年復蔡之說義極正大，雖《詩傳》未及改，學者以義斷之可也。

案：以作《鴟鴞》爲既誅管、蔡之後，歷來歐、蘇、呂、嚴，俱從其說。朱子初年作《集傳》亦同，及晚年與蔡手帖，此義如日中天，可謂百世定論矣。乃後來曹氏粹中、蔣氏悌生諸家猶斷斷執孔氏之說而不變，豈以《詩傳》未改，疑朱子或尚有未決耶？觀《書·大誥》，誅武庚在《金縢》之後，而《鴟鴞》悟成王在《東山》之前，則《詩》《書》之序本有明據。《金縢》云"居東二年"，《東山》云"自我不見，于今三年"，其非一時事明矣。

清·許伯政《詩深》卷十五：

古《序》："周公救亂也。"

續《序》："成王未知周公之志，公乃爲詩以貽王，名之曰《鴟鴞》焉。"

《集傳》："武王克商，使弟管叔鮮、蔡叔度監于紂子武庚之國。武王崩，成王

---

① 悟，或爲"啓"字之誤。

立，周公相之，而二叔以武庚叛，且流言于國，曰：'周公將不利于孺子。'故周公東征，二年，乃得管叔、武庚而誅之，而成王猶未知公之意也，公乃作此詩以貽王。"

【辨説】蔡氏《書傳》以此詩爲周公避居東都所作，實朱子晚年所定，但未追改《詩傳》耳。然後人從《集傳》者甚衆。竊謂管叔若以武庚叛，且流言于國，則通國皆知流言造謗，出于叛之人，事情易見，成王雖幼，何故反疑周公？況公聲罪致討，叛逆伏誅，流言之誣更極昭雪，何故金縢未啓，成王猶未知公意乎？設謂管叔已反，又暗布飛謗，舉國莫知流言所從來，則當時，是以武庚紀其叙者，既叛於外，不利孺子者，又謀逆於内，雖周公本無其事，而王之疑忌方新，必不任公以兵柄，公何能以負謗未白之身，獨加罪于二叔，而專兵以征之？故謂《鴟鴞》作于東征之後，則事情前後矛盾而難通矣。蓋武王既喪，四方安静無虞，而流言乍起于國，《書》稱管叔及其群弟，乃史臣追叙之詞，在當日實不知何人所造也。"將不利孺子"亦史臣約略之辭，在當日必影借近似之説。深相污衊，雖二公暨舉朝，皆信周公之無此，而行迹未明，非口舌所可爭辨，故公曰："我之弗辟，我無以告我先王也。"自公居東之二年，始廉得其實，所謂"罪人斯得"也。其爲詩貽王，而托于鳥言，正以其反形未露，故王既得詩，疑信難決，亦未敢誚公也。及風雷感悟，迎公以歸，二叔自知陰謀既破，舉兵以叛，然後公以王命征之，此則《金縢》《大誥》《鴟鴞》《東山》，皆情理通達，而毫無疑竇矣。大抵管叔以兄崩子幼，己之次序俱長，心懷覬覦，暗結武庚，而所畏憚者惟周公，故先布流言，使其君臣疑忌，内變必生，祝鮀所謂管叔啓商，惎間王室也。設王因疑而壞公，則二叔之計得矣。惟公處置得宜，幼主之疑釁未深，疾爲引避，二公輔政于内，朝廷安然無事，所以公雖出而二叔不敢發耳。或謂"既取我子"可爲致避管叔之證。不思恩斯鬻子，言二叔本王室至親，乃附武庚以謀異，背親向疏，斯之謂"既取我子"也。若管叔致辟，則武庚已誅，奄、淮亦滅，何以云"無毁我室"哉？

清·張汝霖《學詩毛鄭异同籤》卷五：

"鴟鴞鴟鴞，既取我子，無毁我室。"《傳》："興也。鴟鴞，鸋鴂也。""'無能毁我室'者，攻堅之故也。寧亡二子，不可以毁我周室。"《箋》云："鴟鴞言：已取我子者，幸無毁我巢。我巢積日累功作之甚苦，故愛惜之也。時周公竟武王之喪，欲攝政成周道致太平之功。管叔、蔡叔等流言云'公將不利于孺子'，成王不知其意，而多罪其屬黨。興者，喻此諸臣乃世臣之子孫，其父祖以勤勞有此官位土地，今若誅殺之，無絶其位，奪其土地，王意欲誚公，此之由然。"《正義》釋經曰："毛以爲，周公既誅管、蔡，王意不悦，故作詩以遺王。假言人取鴟鴞子者，言鴟鴞鴟鴞，其黨如何乎？其言人已取我子，我意寧亡此子，無能留此子以毁我巢室，以其巢室積日累功作之，攻堅故也。"又《正義》釋《箋》曰："王肅云：'經傳内外，周公之黨具存，成王無所誅殺，橫造此言，其非一也。設有所誅，不救其無罪之死，而請其官位土地，緩其大而急其細，其非二也。設已有誅，不得云無罪，其非三也。'馬昭云：'公黨已誅，請之無及，故但言請子孫土地。'斯不然矣。案：鄭注《金縢》云：'傷于屬臣無罪將死。'《箋》云：'若誅殺之。'則鄭意以屬臣雖爲王得，罪猶未加刑，馬昭之言，非鄭旨也。公以王怒猶盛，未敢正言，假以官位土地爲辭，實欲冀存其人，非是緩大急細，弃人求土。鄭之此意，亦何過也？"

案：《傳》《箋》《正義》及王肅、馬昭之説則鄭氏之□。孔氏有不及覆翼之者矣。但毛公此傳甚爲深穩。孔《疏》亦似失其旨。《金縢》云："周公居東二年，則罪人斯得。于後公乃爲詩以貽王，名之曰《鴟鴞》。"孔安國《傳》云："周公既誅三監，乃作詩解所以宜誅之意。王尚疑之，故欲讓公而未敢。"《東山》詩"我東曰歸，我心西悲"，《傳》"公族有辟，公親素服"云云，是毛以周公居東即爲東征，與孔安國《書傳》同。是武王没後，流言即作，管、蔡、武庚即叛，周公即往東征也。鄭説謂武王崩，周公本當攝政三年，此三年者，管蔡不敢議。至三年後，尚未致政，故作爲流言。周公聞言，避居東都，二年王感風雷之變，迎周公歸。二叔懼，始以武庚叛。此不可從也。《書》云："武王既喪，管叔及其群弟乃流言于國。"云"既喪"，云"乃流言"，急詞也。明喪後流言即作，何待三年攝政之後乎？且武王新崩之時，國疑主少，成王儼然在襁褓之中，管叔武庚覬覦久矣，安危之責繫于周公，一語之嘲，引身避謗。是時成王年方十餘耳，設天不佑周，則□□之主何如國事？成王不悟而外患作宗社危矣，將誰之咎哉？周公告二公曰："我之弗辟，我無以告我賢王公之志。"如斯而已矣。孟子曰："有伊尹之志則可，無伊尹之志則篡也。"公之志如斯而已矣。"我之弗辟"，古注訓"辟"爲"大辟"之"辟"，如《祭仲之命》所云"乃致辟管叔于商"者是也。鄭讀"辟"爲避，謂避居東都。朱子早年從古注，後與蔡括帖云"只從鄭説爲是"，且引舜避堯之子、禹避舜之子爲証。夫舜、禹之時，非管、蔡之時也。禹、稷、顏回同道，易地則皆然。舜、禹、周公同道，亦易地則皆然者也。或又謂：
"不幸成王終不悟，周公將何如？" 朱子曰："周公亦惟盡其忠誠而已矣。" 此宋儒
談理之論，不可以濟時者也。主未成童，釁生骨肉，頑民戀商，蠢然思變。周公
曰 "寧王遺我大寶龜"，"即命曰有大艱于西土"，蓋逆慮殷民之未靖矣，而乃高
舉避嫌，曰吾惟盡吾忠誠，使舉朝皆周公而管、蔡、武庚不將起而得志乎！然則
謂周公避居東都者，不可從也。知鄭説之不可從，即可得毛《傳》之意矣。竊意
毛公自以此詩爲周公傷二叔既誅，恐成王未悟，憂勤惻怛，作爲此詩，冀以曉王，
無所歸咎，遂以鴟鴞惡鳥隱興武庚，非以鴟鴞自興也。□則□管蔡叛者，武庚也。
欲危周室者，武庚也。《書》言 "管叔及其群弟" 者，重罪首也。公之隱斥武庚，
爲親者諱也，親二叔，故 "我"，我子也，□武庚，故 "我"，我室也。周公方以
流言之故，身處危疑，而一則曰 "既取我子"，何親親也！再則曰 "鬻子之閔
斯"，何愛君也！三則曰 "綢繆牖户"，何憂國而防危也！親親、愛君者，仁之事
也。憂國、防危者，智之事也。仁與智，周公兼盡之。成王雖疑，蓋亦未敢誚
公矣。

清·劉始興《詩益》卷十六《詩杂辨》：

朱子《集傳》："周公東征二年，乃得管叔、武庚誅之，成王猶未知公之意也，
公乃作此詩以貽王。" 今按《尚書·金縢》篇曰 "武王既喪，管叔及群弟流言於
國曰：'公將不利於孺子。'周公告二公曰：'我之弗辟，我無以告我先王。'周公
居東二年，則罪人斯得。于後公乃爲詩以貽王。名之曰《鴟鴞》"，蔡氏注云：
"辟讀爲避。居東，居國之東。孔氏以居東爲東征者非。"（孔氏安國《尚書》傳
説以居東爲東征。因解 "弗辟" 之 "辟" 爲致辟管、蔡，謂誅殺之也。孔氏此條
實無義理，蔡氏注説是也。讀者詳之。）朱子與蔡氏書亦曰：不當從孔氏説（詳見
下文）。今《詩傳》云云，或謂未及追改，理或然也，今宜正之。又按《尚書》
蔡氏注云："周公居東二年，成王因風雷之變，既迎公以歸，三叔懷流言之罪，遂
脅武庚以叛，成王命周公征之。" 愚考管叔、武庚之亂，雖在迎歸周公後，然當周
公作《鴟鴞》詩以前，避位居東二年時。蓋其叛迹已露矣。成王因是知流言之興，
罪由管叔。故《金縢》曰 "罪人斯得"，《鴟鴞》篇亦曰 "既取我子，無毀我室"，
周公作詩語意，已明指管叔、武庚同惡相黨，將與爲亂之事言矣。但其時叛迹雖
彰，而遺師未舉。成王尚未深信，故周公作此詩曉之。近世學者因蔡氏《尚書注》
未辨明此義，遂誤解《鴟鴞》篇語爲武庚亂後之作，欲復從孔氏《尚書》傳説

（蔣氏仁叔輩説如此）。不知朱子及蔡氏辨論正當義理明曉，無復可疑。（朱子與蔡氏書曰："三叔方流言，周公處骨肉之間，豈應以片言半語遽然興師征之？又成王方疑周公，周公固不應不請而自誅之。若請之於王，亦未必見從。"蔡氏注説大意略同。）又如孔氏説居東果是東征，復以"罪人斯得"爲武庚已誅，則王室之亂平矣，周公又何必作此詩，而有取子毀室之云爾哉？後儒紛紛异義，不特當時情事未協，亦於本篇詩意終不合耳。

清·劉始興《詩益》卷三《詩本傳》：

周公因管、蔡流言之難，避位居東二年，蓋其時管叔、蔡叔將與紂子武庚禄父叛矣。然成王猶未知周公之意也，乃作此詩以貽王，而以鳥言爲比。

清·顧鎮《虞東學詩》卷五：

《序》言："周公救亂。"事見《金縢》，作詩貽王。當從孔《傳》，在誅管、蔡以後。鄭注《尚書》，訓"辟"爲避，謂公聞流言而避居東都，至成王悔而迎之，然後奉命東征。則此詩在未東征前。毛從孔義，《箋》則自行其説。《正義》言周公避居東都，史傳更無其事。黄東發曰："周公居東二年，則罪人斯得。未見有歸後再出東征之次第。"歐陽力破鄭説。《集傳》用之，既有定論矣。後《覆蔡沈書》説，復主鄭氏。蓋以成王方疑周公，周公不宜逞怒於成王，遽誅流言之黨。不知國家非常之變，不當以常格相擬。自古誅叛討逆，機宜迅速，間不容髮，若引嫌遜避，濡遲至二年之久，俟王心悔悟，然後致討，必致坐失機宜，釀成寇亂，王室安危正未可定，誤國之罪，將誰與歸，而謂周公爲之乎？况流言之起，即叛亂張本，何待二年之後始得罪人主名？既已不近情理，而本詩"既取我子"，明指管、蔡，故下有"恩勤""鬻子"之言，安得曲言周公臣屬？（歐論）其時洛邑未建，又安得預言避居東都？况叛者在東，而周公往就虎口，二年之中保毋別慮，豈聖人別有神術以自護歟？此必不可通之説也。愚聞之師（陳氏）曰："管、蔡流言之事，謂周公避位居東者，譖言則退，待罪私室，敬俟明主之察，大臣事君之常法也。謂致辟東征者，主幼國疑，創業日淺，安危存亡，變係呼吸，身受新陟，王之托則宗社重而一己之名義猶輕，利害更不足計，是貴戚臣，公忠體國之極致，非聖人不能盡也。以叔父托孤而僅守异姓大臣事君之常法，急全一己之名義，奉身而退，不顧孺子孤立於上，身去而後來，事何所底止？是豈聖人之行乎？此吾以其人其地揆之而斷，勿辟即致辟，居東即東征，爲得其實也。"按：吾師此段議論本於孟子之對齊宣，義理極爲正大，參以愚論事勢之説，孔《傳》無可議者。

是詩以鴟鴞比武庚，而於管、蔡深致悲憫，音調凄切，詞旨危苦，想見大聖人遭變，匡扶心事，後來惟武侯《出師》二表近之。全詩義解，毛勝於鄭，然謂詩假鴟鴞之意以爲言，不如《集傳》言鳥之愛巢者呼鴟鴞而告之於義爲順。歐陽《鴟鴞》論云：“周公既誅管、蔡，懼成王疑己誅其二叔，乃序其意，作《鴟鴞》以貽王。此《金縢》之説也。其義簡直而易明。”范補傳云：“管、蔡雖已伏辜，而成王之疑未釋，故序詩者以救亂爲言。”又云：“流言中傷，是欲成王疑周公，而不終居攝之事，所謂危王室也。”愚按：流言之起，由於攝政，攝政當在武王初崩時，不得言悔，迎後始攝政也。（歐義）成王既爲流言所中，管、蔡誅而疑將益甚，此詩所以反覆開陳以冀王心之悟，歐、范之説不可易矣。

清·傅恒等《御纂詩義折中》卷九：

武王克商，使弟管叔鮮、蔡叔度暨霍叔監紂子武庚之國。成王嗣立，周公相之，三叔以殷叛，流言於國，曰：“公將不利於孺子。”周公於是東征，恐成王之疑己也，故賦此詩。

又：《詩序》曰：“《鴟鴞》，周公救亂也。”成王冲齡踐阼，未知周公之心，三監皆叛，流言四起，王室之危如巢將覆矣。夫肉必先腐也，而後蟲生之，人必先疑也，而後讒入之。群叔流言亦乘成王之危疑而起。設王之疑不釋，則周之爲周未可知也，故《鴟鴞》之詩憂外侮之意少，而弭內患之意多，蓋所以啓牖王心救亂之所由生也。劉瑾曰：“公以貴戚大臣獨柄國政，宗社安危係於一身。成王既惑於流言，故自言其功而不爲誇，謂王室爲予室而不爲嫌，其曉曉之音皆出於忠愛之誠，惟欲悟王心而安王室，并非爲一己之禍福計也。”

清·沈青崖《毛詩明辨録》卷五：

鄭言周公作《鴟鴞》篇之故，既不考其時事，又不達《小序》救亂之意，故多妄説。其云三年服終，將欲攝政，成王踐阼，在襁褓中，當諒暗時，已攝政矣，豈待服終？且將欲者，未攝政也。未攝政，則管蔡流言，何由而興？因流言而避居東都，毋論彼時洛邑未營，無東都其避居之意豈大夫待放耶？至於王果疑公，殺公屬黨，豈語言文字所能感悟者？鄭説俱是後世情事，絶不類大聖出處。夫救亂之説，施之於既誅管蔡之後。管蔡雖誅，王心未悟，亦事理所有，故知序説不謬，鄭解自謬耳。

鄭説宗《序》《傳》而又甚之。子貢傳曰：“周公孫于魯，殷人畔，似先孫而後畔也。”申培説曰：“周公避居於魯，殷王禄父遂與十七國作亂。”亦是周公先避，此皆不察事理。若成王初政，流言四布，公以叔父至親，豈如异姓待放？何至孫於所封之國，效後世季孫臧氏之謀耶？且三監既叛，不知王復召公歸朝，授以兵柄，抑從東遂命之歟？乃不以《金縢》與《東山》之詩合參，而信《序》《傳》滲漏百出矣。

清・羅典《凝園讀詩管見》卷五：

《鴟鴞》，周公救亂也。

又：《鴟鴞》一篇，《集傳》言東征二年乃得管叔、武庚而誅之，而成王猶未知公之意也，公乃作此詩以遺王。托爲鳥之愛巢者，呼鴟鴞而謂之曰云云。竊於周公苟作此詩以鳥自喻，以鴟鴞喻武庚可也，至以子喻管、蔡而曰"恩斯勤斯，鬻子之閔斯"，豈周公於其兄而爲是不倫之言乎？且通篇之爲鳥言，皆似告哀於鴟鴞者，此使武庚聞之，既不成討賊之檄，即復爲王陳之，亦絕不類出師之表。所稱救亂者安在耶？此有以知其必不然矣。今反覆讀之，《鴟鴞》之詩，即當時所謂流言也。武王克商，使弟管叔鮮、蔡叔度監於紂子武庚之國。武王崩，成王立，周公相之，二叔懼公將不利於孺子也。乃流言於國而有是詩。流言出，而武庚畔，其亂已成。於是周公不得已而以是流言之詩告王，即請爲東征之舉以救之耳。

清・任兆麟《毛詩通説》：

《序》曰："《鴟鴞》，周公救亂也。成王未知周公之志，乃爲詩以遺王，名之曰《鴟鴞》焉。"

《尚書・金縢》篇："武王既喪，管叔及其群弟流言于國，曰：'公將不利於孺子。'周公乃告二公曰：'我之弗辟，我無以告我先王。'周公居東二年，則罪人斯得。于後公乃爲詩以貽王，名之曰《鴟鴞》。"

《逸周書》曰："武王克商，乃立王子禄父俾守殷祀，遷管叔于東，建蔡叔、霍叔于殷，俾監殷臣。武王既歸，乃歲十二月崩鎬，周公立相天子，三叔及殷，東徐、奄及熊盈以略。元年夏六月葬武王于畢，二年乃出師旅，臨衝①正殷，降辟三叔，禄父北奔殷，管叔經而卒，乃囚蔡叔于郭，凌俘殷獻民，遷于九畢，俾康叔宇于殷中旄父宇東。"

又：葛洪曰："周成賢而信流言，公旦聖而走南楚，托《鴟鴞》以告悲，賴《金縢》以覘色。"（《抱朴子》）

---

① 應爲"衛"之誤。

清·范家相《詩瀋》卷十：

《金縢》曰："武王既喪，管叔及其群弟流言于國，曰：'公將不利于孺子。'公乃告二公曰：'我之弗辟，我無以告我先王。'周公居東二年，罪人斯得。于後公乃爲詩以貽王，名之曰《鴟鴞》。"孔安國謂居東即爲東征是也。而鄭氏獨謂周公作冢宰三年，將攝政，而流言至，公避居于東，成王多殺其官屬，公作《鴟鴞》以貽王救之。二年，王遭風雷之異，乃迎公反，位居攝，始東征管、蔡，獲之。如所云，是周公先爲冢宰三年，聞流言而避位居東二年，始歸朝東征，又復三年，前後凡七年。蓋以《金縢》言，周公居東止二年，而《詩》則明云三年，故其説如此。考成王多殺周公之官屬，出之鄭氏，本無証據，王肅已力辨其誣，故孔穎達謂東征實止二年，以行役去來計之，則是三年，并不依鄭也。朱子《集傳》亦既削之矣。及晚年，因蔡氏注《金縢》，仍用鄭説，爲其所惑，遂有弗辟之説只從鄭氏爲是之語。而明人郝敬著論以辨居東之非東征，意在翻駁《集傳》，而詞極浩博，反以蔡氏爲是，故不可以不辨。

孟子曰："武王使管叔監殷，管叔以殷叛。"《金縢》曰："武王既喪，群弟流言于國。"是成王居喪，公爲冢宰，時管、蔡已散流言，挾武庚以叛矣。故《書》序曰："武王崩，三監叛。"其文甚明，考之《左傳》《史記》并無异説。若依鄭氏以弗辟爲弗避，則武庚既叛，公即避位于東，至二年之久，始奉王命以東征，毋論遺孽鴟張，懼難撲滅，即公亦何忍坐視王室之動搖，以負顧命之重乎？且成王之疑公，不過冲人之見耳，公唯明白正大，可以釋王之疑，計未有善于東征者也，故曰"我之弗辟，無以告我先王"。辟者，誅也。先獲管、蔡以歸于王，王按法以誅之，所謂辟也。（殺管叔，放蔡叔，必奉王命，非周公所敢擅。武王但使管叔監殷，無蔡叔，三監非三人，謂二伯之下有率正連帥三等之官也，至蔡叔以啓商共叛，見《左傳》。霍叔同布流言，見《蔡仲之命》。一放一降，并不與管叔同誅，蔡、霍并不與管叔同監武庚。）豈先已避居于東哉？

公之東征，先得二叔，故曰"罪人斯得"，非僅得其罪名。可知二叔既得，復討武庚之餘黨，其事匪易，是以居東至三年之久。

清·胡文英《詩經逢原》卷五：

《序》："《鴟鴞》，周公救亂也。成王未知周公之志，公乃爲詩以遺王，名之曰《鴟鴞》焉。"

《集傳》："武王克商，使弟管叔鮮、蔡叔度監于紂子武庚之國。武王崩，成王立，周公相之，而二叔以武庚叛，且流言于國，曰：‘周公將不利于孺子。’故周公東征二年，乃得管叔、武庚而誅之。而成王猶未知周公之意也，公乃作此詩以貽王。”

管叔以武庚畔，流言之譖自明，周公可對成王賦《鴟鴞》。

【附考】《書·金縢》載：“武王既喪，管叔及其群弟乃流言于國，曰：‘公將不利于孺子。’周公乃告二公曰：‘我之弗辟，我無以告我先王。’周公居東二年，則罪人斯得。于後公乃爲詩以貽王，名之曰《鴟鴞》。王亦未敢誚公。”所謂流言者，不根之謠言也。方起之時，非獨成王及太公、召公不知此言起于何人，即周公亦不能逆料管叔之謀，故周公欲避居東國。及周公既去，太公、召公自足以支持周室，太公、召公亦必訪問此言起于何人。管叔、武庚之謀久而自行敗露，故曰“罪人斯得”。周公知成王已覺管叔、武庚之謀，故敢爲詩以貽王，則周公之心事已白。又曰“王亦未敢誚公”，何也？蓋成王積疑已久，二公雖知周公之忠，亦不敢輕易進言。成王以當日使管叔監殷者，周公也，今乃委罪于武庚誘管叔，成王雖以此誚周公，周公亦所難辭也，而其中曲折有未深知，故曰未敢誚公。《金縢》言“周公居東二年”，而《集傳》以爲“故周公東征二年”者，惑于孔氏《傳》“辟，法也”之説耳。周公及二公當時果知流言起于三叔，必當告之成王，方可興師誅討，豈可目無幼主，擅自統師，直至得管叔、武庚而誅之，成王猶在夢中，未知周公之意乎？孔氏之《傳》適足爲奸雄欺侮幼主者藉口，誣周公而害義理，豈淺鮮哉？且使周公當日奉成王之命而征管叔，何至成王未知周公之意，周公不由成王之命而自征管叔，則管叔亦可以挾天子罪周公矣！如孔氏之説，周公擅兵權自爲進退，亦不必告二公，視周公幾如操懿矣，豈復成其爲聖人，二公豈肯任周公自握重兵，是真將不利于孺子矣！果有此事，則《金縢》乃史官之筆，何不曰周公東征二年，則罪人斯得，而乃爲此模糊影響之言，曰周公居東二年，則罪人斯得耶？《鴟鴞》之詩，果作于既誅管叔、武庚之後，是成王在陝西，周公握兵在河南，以此詩挾制，成王未敢誚公，若畏周公之勢矣。且《史記》明載周公奉成王命，伐誅武庚、管叔，不必模糊也。

清·汪梧鳳《詩學女爲》卷十五：

《序》：“《鴟鴞》，周公救亂也。成王未知周公之志，公乃爲詩以遺王，名之曰《鴟鴞》焉。”按：《朱傳》以鴟鴞爲誅武庚後作，從《尚書·金縢》孔《傳》之説也。其後與蔡九峰論《金縢》帖曰：“弗辟之説只從鄭氏爲是。向與董叔重亦辨此一條，一時信筆答之，謂當從古注說，後來思之不然。是時三叔方流言於國，周公處兄弟骨肉間，豈宜以片言半語便遽興師以誅之？聖人氣象大不如此。又成王方疑周公，周公不應不請而自誅之，若請之於王，亦未必見從，則當時事勢亦未必然。"此朱子晚年之定論也。今《金縢》蔡傳從鄭說本朱子。特朱子於此詩未及改正耳。愚謂：流言之起在三叔，而詩意所憂在武庚，故首章曰："鴟鴞鴟鴞，既取我子，無毀我室。恩斯勤斯，鬻子之憫斯。"蓋知煽惑三叔使陷於罪者，實由武庚。又有以知武庚之所以煽惑三叔使搖己者，意不在害己，而欲傾覆我國家，且又不以流言爲仇，而以陷之於罪爲痛，則仁之至也。……是篇與禱疾祝册之言同一悲痛迫切。如謂東征以後所作，則本詩詞義皆無著落矣。詩在《東山》前，是貽詩在前，東征在後，方麓王氏亦云。

清·段玉裁《毛詩故訓傳定本》卷十五：

《鴟鴞》，周公救亂也。成王未知周公之志，公乃爲詩以遺王，名之曰《鴟鴞》焉。

清·姜炳璋《詩序補義》卷十三：

《鴟鴞》，周公救亂也。成王未知周公之志，公乃爲詩以遺王，名之曰《鴟鴞》。

《七月》作于周公將往東土之日，其詞平，其意隱，從容不迫，聖人處變之道也。此作于居東之時、四國將叛之日，欲王悔悟而急圖救正也，故其情危，其詞急，呼號迫切，聖人救亂之心也。

又：自《金縢》之篇曰"我之弗辟，我無以告我先王"，孔《傳》讀辟爲誅辟，以居東爲東征，馬融、鄭康成讀辟爲避居東都。《集傳》主孔說，而晚年與蔡九峰帖謂宜從鄭氏。竊嘗詳考當日時勢，參之經傳，知朱子晚年之論定者是也。有從孔《傳》而謂二叔流言與武庚之叛不是兩時者。夫成王雖少，賢主也。二叔突然稱兵，云將不利孺子，其信之乎？漢昭帝猶識上官傑毀霍光之誣，況在成王。書曰管叔及其群弟流言于國中，蓋輦轂之下奸人密布，互相傳播以達于王，而不知主名者誰也。若流言時便起晋陽之甲，則當云宣言聲言，非流言矣。謬一也。且公何忍逆料流言必由管叔乎？即或知之，便誅叔以滅口，是益成王之疑也。夫居東二年，《鴟鴞》作而王疑猶未釋然，斯時肯授公以兵乎？而曰疑者，聽其疑，天下未安，公當以兵安之，則後世之拜表輒行矣。謬二也。周公既去，以重任付之二公，二公亦周公也。甘棠治內，鷹揚治外，滅此小腆，裕如也，而況齊、魯、虞、虢、陳、魏諸賢侯皆與密邇，而後儒恐武庚長驅入鎬。謬三也。《書》曰王迎公歸，歲則大熟，則公還朝當在九月。《東山》詩曰"倉庚于飛，熠耀其羽"，公之東歸當在二月。如以還朝東征爲一年事，是奏凱而還，頓兵郊外，咫尺不見天子。自二月至九月，必天子郊迎而後入也，何以爲周公。且東山既平而猶曰"風雨漂搖"耶？謬四也。或又曰：大臣去位，王何以不留而居東者，果誰東也？謂在東都，則洛邑未營，謂在東魯，則公未之魯。嗟乎！爲此説者得毋以公之居東若後世大臣削奪杜門掃迹者哉！成王疑公，未嘗誚公也，意是時公必請命于王，爲鎮撫東土而行，公豈欲顯成王之過哉？詩曰"衮衣綉裳"，又曰"赤舃几几"，非待罪之服明矣。然則何以知其爲東都也？洛邑未營，東土則在版籍，鄭曰避居東都，從後之辭耳。居東二年，不特罪人斯得，并所謂澗水東，瀍水西，周覽無遺，後此作邑，已預計于此時，而謂王不留公，公不居東土。謬五也。《狼跋》云"公孫碩膚"，孫者，避也，即"我之弗辟"之辟也。如叔謗公，公曰"我不殺叔，無以告我先王"，其詞尚有成王哉？且夫周公非不可磯者也。攝政之時，叔如貽書讓公，謂權位太重，得毋不利孺子，則公將興兵誅之乎？抑反覆開諭之乎？即居東二年已得其狀，意必使人曉之而堅不可動，是公未嘗不欲生之，而叔已絶其生之路。風雷變，成王悟，公還朝，叔益不自安，遂挾武庚而叛。故《書·金縢》之後，《大誥》次之，《詩·七月》之後，《鴟鴞》次之，《東山》《破斧》又次之，乃學者獨疑經而信孔《傳》。其謬六也。或又以東土爲東郊，則書言王出郊者，馳驛召公。王出郊以俟之耳。出郊，天雨反風，不待公之至也，以爲公先在郊。其謬七也。今以周公居東、東征前後考之，《書》傳謂公居攝，一年救亂，二年克殷，三年伐奄，其説是也。六年春營洛，是年冬洛邑成，七年留治洛，然則流言當在元年，罪人斯得當在二年，《鴟鴞》之作當在三年，是年秋公還朝，管、蔡叛，即以是年冬東征也。制作禮樂當在七年。蓋成王年十三踐祚，至此年已二十四矣，而説者乃疑公攝政七年，無日不在東營洛遷頑，制禮作樂日亦不足。謬八也。其餘諸論尚多皆主孔《傳》，無一而可者也。

清·牟應震《詩問》卷三：

《序》："周公救亂也。成王未知周公之志，公乃爲詩以遺王，名之曰《鴟鴞》焉。"《集傳》云："爲鳥言以自比也。"

清·汪龍《毛詩异義》卷一：

説《鴟鴞》詩者，必合《書·金縢》以釋之，蓋以《金縢》之解明而後作《詩》之旨乃可定。故孔《疏》申明《傳》義，唯取王肅之言以爲斷，然而非也。

《書》有今文古文兩家。《漢書·儒林傳》言司馬遷從安國問故，遷書載《堯典》《禹貢》《洪範》《微子》《金縢》諸篇，多古文説，而《魯室家》及《蒙恬列傳》所紀《金縢》則有兩事。（一爲武王請命，一爲成王請命）索隱引譙周云："秦既燔書，時人欲言《金縢》之事，失其本末，故云以言周公爲成王請命。"顯與《書》异，因斥爲失。史公固好奇而恬傳所述乃恬對使者之辭，又安必古無是傳疑之言也？《魯室家》以風雷之變繫之周公卒後。《論衡·感類篇》云："古文家以武王崩，周公居攝，管蔡流言，王意狐疑周公，周公奔楚。（楚地名非楚國。此即周公避居事也。《魯室家》亦言周公奔楚，然繫之歸政之後。）故天雷雨以悟成王。"史公固古文家也，而顧不同如此。《史記》以"弗辟"爲"弗避"，而攝行政貽詩更遠繫於饙禾之後。《説文》傳壁中古文，辟作臂章辥，訓法，或謂居攝行政，或謂案治流言之事。鄭君解辟爲避位，而□夫流言初起，成王疑公，公避居東，此於情事□爲近理。故朱子晚季亦謂"弗辟"當從鄭解。今以詩叙案之，叙曰："《鴟鴞》，周公救亂也。成王未知周公之志，公乃爲詩以遺王。"如王肅既誅管、蔡之言，則三監及淮夷叛，周公相成王，作《大誥》而東征。於時王復何疑於公？叙何自言成王未知周公志哉？案《傳》曰："寧亡二子。"則於時實未誅矣。且《傳》此句在釋毀室後，非正解經"既取我子"。經曰"既取我子"，當爲管、蔡爲奸人所誘，陷身於不義耳。（鄭解"既取我子"，與釋《金縢》"罪人斯得"爲周公屬黨與知攝者見公出皆奔，爲成王所得，疑不□從。）《傳》言"無能毀我室者，攻堅之故也"者，謂室必攻堅乃不能毀，以明周公救亂之意。言"寧亡二子"者，謂管、蔡陷身不義，不可不誅。蓋流言初起，未得主名，至遺詩之時，則已知出自管、蔡。（《小毖》箋云：始者信以彼管、蔡之屬，雖有流言之罪，如鷮鳥之小不登誅之。後乃叛而作辭，是鄭以管、蔡流言，成王不待叛而後知也。但不謂在遺詩□耳。今解從蔡氏《書傳》。）故經言"既取我子"，而毛公自下己意，如此言不可以毀我周室者，申釋經"無毀我室"也。時知流言出自管、蔡，而王猶未知周公之志，則周公不能爲王室謀，而王室將爲人毀矣。叙曰"救亂"，深得周公之心矣。據叙及核之傳意，首章上三句義當如是，其下及下三章《傳》意則如《疏》。據王肅述毛、申傳，但非已誅管、蔡之辭。周公避居，反而居攝，然後東征。毛無明説，宜同之於鄭，不得從王肅。

清·牟庭《詩切》：

余案：此詩托爲鳥語，代成王言也。

又：《鴟鴞》，周公貽王，言管叔、殷人所宜預防之也。

《鴟鴞》，周公貽王，戒以管叔殷人之亂，當預防之也。

清·阮元《三家詩補遺》（魯詩）：

武王崩，周公當國，管、蔡、武庚等率淮夷而反周。周公乃奉成王之命，興師東伐，遂誅管叔，殺武庚，放蔡叔，放殷餘民於衛，封微子於宋，寧淮夷。東土二年而畢定。周公歸報成王，乃爲詩貽王，命之曰《鴟鴞》。（《史記·魯世家》）

清·劉沅《詩經恒解》卷二：

武王克商，封武庚以存□庥，三叔輔之，武庚及三叔作亂，周公奉王命平亂，追傷自咎而作此詩，并以感悟成王，使憂懼也。

【附解】此詩先儒紛紛注解，均非詩意，致當日情事不明，并周公之心亦晦。《序》曰“周公救亂”，猶無大失也。毛氏申之，引《書》而云：“成王未知周公之志，公乃爲詩以遺王。”蓋未明《書》詞，似周公辨謗者然。於是鄭康成謂恐成王不知三叔流言之意，多罪其屬黨。而孔疏衍之，通篇取譬，意皆迂晦。宋儒多從毛、鄭，歐陽公力辨避居東都之說，甚是。而朱子亦從鄭說，至蔡沈遂謂居東二年，東征往返又三年，則又衍鄭氏而更誤。其他論說尚煩，茲難殫述，然大抵皆謂周公因流言之故，恐成王疑之而作此詩以貽王也。故其解此章詩皆公自叙之詞，亦大非聖人本意矣。今正明之。夫武王之封武庚也，豈爲是虛文虛意哉！紂爲不道，天下諸侯叛之。孟津之會，不期而至者八百，豈武王要結之哉！彼其苦紂之虐耳。周之仁，同時畔紂，若山東豪杰之反秦，先入關者王。使武王不出，而統一諸侯，諸侯亦必殺紂而斬殷祀。然成湯之道遂將掃地，而血食亦復無存。天下諸侯尤必有乘亂侵奪，東西爭帝者，元元塗炭，伊於胡底。故武王不得已而應之。諸侯素懷周德，服其命令。紂聞諸侯畔己，倉卒自焚，非武王逼之也。使紂王不自焚，武王除君側之惡，修成湯之政，安慰天下，諸侯各歸封域，己留輔王室，庶幾君之一悟。如其不然，如伊尹放桐，更立賢君亦可。不幸紂已自戕，微子早遁，箕子佯狂，武庚又不堪爲君。共主無人，若不順天下而王，殷後難存，生民難安，故遂爲天下主。修成湯之政，使天下仍戴湯德於無既，故曰反商政，政由舊。此時微、箕二賢未出。武庚，紂之胤也，封之舊都，使仍如世受。因其不德，故命三叔輔之。記曰：“天子使大夫爲三監，監於諸侯之國。”國三人，蓋古之制。非恐其爲亂，監制之也。如恐其爲亂，何不勿封？即封亦何必於故都？三叔不知武王至公至仁之心，既不能教化，又從而煽誘之，武庚遂畔。當時成王尚幼，公受武王命輔翼，義不當避嫌而墜先緒，故告二公曰："我之弗辟，我無以告我先王。"辟，法也。言不執法討亂避小嫌而毀國家，則無以對先王之靈。於是以王命東征，至於三年，然後平之。故曰："公居東二年，則罪人斯得。"言三年以其餘月統言也。以公之聖，何以至於三年？蓋周家世處岐西，太王、王季、文、武僅治其國，非能號令天下，六州歸化，亦聞風感慕，率德改行，心向往之，非竟歸屬之也。紂王無道，海內受其殘毒，而王畿之內習染淫酗尤深。故康叔之封，武王再三申告。而武庚以不肖之才，仍舊都之封，心懷不忿，民間未能深知周德，三叔以周公獨秉政權，欲撓敗之，故誘武庚作亂。公不遽加以兵威，而先宣以德意，是以遲遲三年。三年者，計公徂東至歸來時耳，非武庚公然拒敵，公暫不能勝。破斧缺斨，言其時之久，非謂其戰之疲也。想武庚不久破滅，公特因殷民頑固，留宣德政，故其歸也，民戀戀之。此詩乃公平亂之後，公恐成王以戡亂爲喜，不知反躬自責，故作此詩。《書》曰："于後公乃爲詩以貽王，名之曰《鴟鴞》。"蓋公當流言之後，隱其詞於鳥言，使王自悟先王締造之難，發今日憂勤之意，而王未能深知詩意也。故曰："王亦未敢誚公。"誚，譏議。言雖不知詩意，亦未敢以公爲非，非謂王猶疑之也，特未遂迎公入國耳。《書》言如此，毛氏增"王猶未知周公之志也"一句，遂使此詩之旨不明，似公斤斤於自辨者。且《詩》曰"既取我子"，"子"固指管、蔡矣。"我"，屬公自言。理何通哉？而居東與東征异，《書》何嘗有是？豈知周公之心，深咎己之不德，悔不先事綢繆，既使武庚不終，又致三叔不咸，故不勝其情之凄惻，而托爲鳥言，若先王冥冥責備者，反復沈潛，意味無極，煞見聖人至情至性一團天理。若如舊説，何以爲周公耶？朱子門人謂此詩幽奧難解，蓋亦疑其師説，學者先博觀諸儒之説，再細繹愚言，必有恍然者。蓋就經文自然語氣釋之，非故反前人也。

清·徐華岳《詩故考异》卷十五：

《鴟鴞》，周公救亂也。成王未知周公之志，公乃爲詩以遺王，名之曰《鴟鴞》焉。

未知周公之志者，未知其欲攝政之意。《正義》："毛以爲周公攝政，管、蔡流言，又導武庚作亂，將危周室，周公東征而滅之，成王仍惑管、蔡之言，心益不悦，公乃作詩貽王。四章皆言不得不誅管、蔡之意。鄭以爲周公將欲攝政，管、蔡流言，周公避居東都，成王多罪其屬黨，公乃爲詩以怡悦王心。四章皆言不宜誅殺屬臣之意。"

《金縢》："管叔及群弟流言，周公告二公曰：'我之弗辟，我無以告我先王。'周公居東二年，則罪人斯得。于後公乃爲詩以貽王，名之曰《鴟鴞》。"孔安國曰："辟，法也。言我不以法法三叔，則無以成周道，告我先王。"如此則下文居東即東征，罪人即管、蔡。毛《傳》意蓋亦然。是此詩作于既誅管、蔡之後也。鄭讀"辟"爲避，則居東爲避居東都，罪人爲周公官屬，是此詩作于未征管、蔡之前也。二說不同。

清·李黼平《毛詩紬義》卷九：

《序》："周公救亂也。成王未知周公之志，公乃爲詩以遺王，名之曰《鴟鴞》焉。"《釋文》云："遺，本亦作貽。"《正義》述毛作貽，述《箋》意作怡，謂鄭訓怡爲悦。毛當訓貽爲遺。又曰："定本貽作遺。"如孔說，則《正義》本《序》作貽王，校書者據《釋文》改之也。當依原本。

清·陳壽祺、陳喬樅《三家詩遺説考·魯詩遺説考》卷二：

【補】《史記·魯室家》："武王崩，周公當國，管、蔡、武庚等率淮夷而反周。公乃奉成王之命，興師東伐，遂誅管叔，殺武庚，放蔡叔，放殷餘民於衞，封微子於宋，寧淮夷。東土二年而畢定。周公歸報成王，乃爲詩貽王，命之曰《鴟鴞》。"

又：案：邠卿以《鴟鴞》爲刺邠君，以《小弁》爲伯奇作。考《論衡》，亦以《小弁》爲伯奇詩。《論衡》言《關雎》用魯說，則《小弁》亦魯說。邠卿說《小弁》用魯詩，則說《鴟鴞》亦魯詩也。

喬樅謹案：《鴟鴞》，周公所作，貽成王之詩，而以爲刺邠君者，不敢斥言王，故托邠君以爲諷，猶唐人詩之托言漢家也。

清·胡承珙《毛詩後箋》卷十五：

《序》云："《鴟鴞》，周公救亂也。成王未知周公之志，公乃爲詩以遺王，名之曰《鴟鴞》焉。"此《序》悉與《金縢》合，則全詩大旨必當以《金縢》爲據。《金縢》"我之弗辟"，鄭注本馬融，以"辟"爲"避"。（《史記》亦以"辟"爲"避"，然是謂武王崩，成王幼，故弗避攝政之嫌，與鄭異義。）東晉孔《傳》以"辟"爲"法"，《釋文》引《傳》作"治"，《説文》作"法"，今本《説文》辟部云："躃，治也，從辟從井。《周書》曰：'我之不躃。'"王氏《尚書後案》謂《釋文》治、法二字互訛。段氏《尚書撰異》謂《釋文》以"治"繫孔，以"法"繫許，不誤。今本《説文》作"治"，非是。承珙案：《尚書》"弗辟"之辟，義當作"治"，即《説文》"辟"，訓法，亦謂以法治之耳。蓋周公初聞流言，自不容遽興問罪之師，而宗親大臣受遺輔政，又不可引嫌退避，不顧社稷之安危，故辟者，謂當體察虛實，推究主名，所以出而鎮撫東方，就近控制。《越絕書》云：周公傅相成王，管叔、蔡叔不知而讒之成王，周公辭位出，巡狩于邊。此語與當日情事最合。蓋辟，非誅殺之名，亦非退避之義。《尚書》史臣之文，據事直書，曰"居東"，必非東征，曰"罪人"，必指叛者，曰"得"，必尚未伏誅。斷無出師東征而書之曰"居東"。周公之屬本無罪，因成王意而書之曰"罪人"。管叔、武庚既誅之後，不曰誅曰殺而書之曰"得"者，此《尚書》文義之灼然者也。鄭氏注《禮》箋《詩》每多異同，獨《鴟鴞》箋與其所注《金縢》最相吻合，核之毛《傳》，惟以此詩爲作於管、蔡、武庚未誅之前，義與毛同。其以"稚子"爲成王，雖亦同毛，而以"閔斯"爲成王宜哀閔其屬黨之先臣，則殊非毛義。其餘非惟與毛殊旨，亦并與《序》不符。《序》言救亂，自是謂群叔流言，王室將亂，恐成王不知，故作此詩以救之。若如《箋》說，則全詩皆爲周公自救其屬黨耳，何以謂之"救亂"？鄭於他詩往往依《序》立義，獨此篇皆自用其説，王肅駁難已見《正義》。歐陽《本義》更立辨其非，然以毛、鄭并譏，尚欠分曉。毛於首章《傳》曰："寧亡二子，不可以毀我周室。"曰"寧亡"，曰"不可"，皆預計之詞，非事後之語。《傳》意以"鴟鴞"喻武庚，"子"指管、蔡，"室"謂王朝。蓋周公居東二年，深知流言之來，實由管、蔡，武庚煽誘爲亂，所謂"罪人斯得"也。"既取我子"者，管、蔡爲武庚所陷也。"無毀我室"者，社稷爲重，將以大義滅親也。"恩斯勤斯，鬻子之閔斯"，言所以殷殷愛惜於王室者，爲主少國疑，遭三監之變，足以病我孺子王故也。毛意悉與鄭殊，而實合經旨。經文曰"迨天之未陰雨"，曰"或敢侮予"，皆所以防於未然，而憂其或然，詞意明白。若在既誅之後，必不作此語矣。王肅注《詩》，亦誤以爲既誅武庚而作。《正義》又引肅注"或敢侮予"云："管、蔡之屬不可不遏絕，以全周室。《傳》意或然。"其實《傳》意未必如是也。《集傳》亦以此詩在武庚誅後，而又以鴟鴞比武庚。夫其人既死，而猶呼而告之，有是理乎？

清·成僎《詩説考略》卷八：

（《書》孔氏傳）周公攝政，管叔及蔡叔、霍叔放言於國以誣周公，以惑成王。孺子，成王。辟，法也。周公告召公、太公，言我不以法法三叔，則無以成周道，告我先王。周公既告二公，遂東征之。二年之中罪人斯得，成王信流言而疑周公，故周公既誅三監，而作詩解所以宜誅之意以貽王。

（歐陽《詩本義》）管、蔡流言，周公東征誅之，懼成王之怪己，乃作《鴟鴞》詩以貽王。此《金縢》之説也。其義簡直而易明。鄭乃謂成王居喪，不言周公以冢宰聽政而二叔流言。夫冢宰聽政乃是常禮，二叔何疑而流言也？《金縢》言周公居東二年，罪人斯得。謂東征二年而得三監淮夷叛者居之爾。鄭乃謂周公避居東都者二年，成王多得周公官屬而誅之。夫周公本以成王幼未能行事，遂攝政，若避而居東，則周之國政，成王當自行之，若已能臨政二年，何又待周公歸攝乎？使周公出避成王，能以法刑其尊親大臣之屬，周公復歸，其勢必不得攝。且周公將以何辭奪其政而攝乎？矧周公誅管、蔡，前世説者都同，而成王誅周公官屬，六經諸史告無之，可知其臆説也。

（曹氏《詩説》）《蔡仲之命》曰："惟周公位冢宰，群叔流言，乃致辟管叔於商。"《金縢》之弗辟，《蔡仲之命》之致辟，其爲誅殺一也。夫武王與周公共致天下，方集大統，以全盛之神器付之孺子，以有周公故也。而群叔挾仇敵外叛，周公任其顧托，豈當畏避小嫌，坐視宗社之顛覆哉？其曰："我之弗辟，我無以告我先王。"蓋言先王以此顧托於我，我不討定其亂，則無以告我先王，苟爲避之而已，何用告我先王？而東山之役又何用戰士爲哉？

（李黃《集解》）李迂仲曰："諸家多以室爲周室，無足疑者。鄭氏以喻此諸臣乃世臣之子孫，其父祖以勤勞有此官位土地。今若誅殺之，無絶其位，無奪其土地。鄭氏以管、蔡流言，周公居東二年，而罪人斯得，成王多得周公官屬而誅之，故周公告之謂既誅殺則無絶其位，奪其土地，蓋以官屬世臣之子孫，以父祖之勤勞方有官位土地，亦如鴟鴞之愛其巢。"王肅破之曰："按經傳內外，周公之黨俱存，成王無所誅殺，橫造此言，其非一也。設有所誅，不救其無罪之死，而請其官位土地，緩其大而急其小，其非二也。設已有誅，不得云無罪，其非三也。"歐陽亦破之。室者，周室也。鄭氏以爲官屬之世家，非也。

（朱子《集傳》）周公東征二年，乃得管叔、武庚而誅之，而成王猶未知周公之意也，公乃作此詩以貽王。

此上皆以《鴟鴞》爲作於武庚既誅之後者。

（孔氏《正義》）鄭以爲武王崩，周公爲冢宰，三年服終，將欲攝政，管、蔡流言，即避居東都，成王多殺公之屬黨，公作《鴟鴞》之詩救其屬臣，請勿奪其官位土地。及遭風雷之異，啓金縢之書，迎公來反，反乃居攝，後方始東征蔡管。

（李黄《集解》）黄實夫曰：“此周公避流言于東而作詩以貽王也。夫流言四出，而成王未悟，此人之所不堪而事之最難處者，而周公乃雍容不迫，托於咏歌，陳祖宗艱難之業，而言其憂國勤勞之志，微諷其君而使之自悟，未嘗有拂然之辭也。前輩謂君臣之分譬如父子，若子遭讒被譴，惟有恭順謹畏，三諫號泣，起敬起孝，而冀其父子兄之自悔，此知周公之心者也。先儒謂救亂者乃周公，被流言之變，振兵而誅流言之黨。夫成王方疑周公，而周公遽握兵以出，是益滋四國之謗也，亦豈臣子所當爲乎？《金縢》言：‘我之弗辟，我無以告我先王。’陸德明以辟爲扶亦切，周公以法治流言之罪，此説最害理，不如鄭氏以辟爲避。蓋周公攝政，群乃流言於國，周公不得不居東以避罪耳。天動威而成王悟，金縢啓而袞衣歸，出郊之迎，已見於《金縢》之末。而伐三監之事乃方見於《大誥》之書，則流言之罪當在成王既悔之後，非周公方被流言而遂專握兵而往也。嗚呼！武庚懷不逞之謀，而發於管、蔡失道之隙，則三監之叛非叛周公也，乃叛周也。周公慮成王之不知，而爲逆臣之所誤，故作《鴟鴞》之詩以喻之，其意謂周自后稷開基，公劉篤烈，太王肇基王迹，王季勤勞王家，文武經管内外之治，武庚既逞其奸於管、蔡，而復欲并王室而毁之。鴟鴞者，武庚也。子者，指管、蔡也。我室者，謂王室也。使成王而知此，則庶乎亂可止矣，故曰救亂也。”

（朱子覆蔡氏之説）“弗辟”之説只從鄭氏爲是。向董叔重亦辨此，時信筆答之，謂當從古注説，後來思之不然。三叔方流言，周公處骨肉之間，豈應以片言半語遽然興師以征之？聖人氣象大不如此。又成王方疑周公，周公固不應不請而自誅之，若請之於王，亦未必見從。雖曰聖人之心公平正大，區區嫌疑似不必避。但舜避堯之子，禹避舜之子，自是理合如此，或謂周公居東，不幸成王終不悟，不知周公又何如處？愚謂：“公亦惟盡其忠誠而已矣。”

（《書》蔡氏傳）“辟”讀爲“避”。鄭氏《詩傳》：周公以管、蔡流言，辟居東都是也。漢孔氏以爲致辟於管叔之辟，謂誅殺之也。夫三叔流言，以公將不利於成王，周公豈容遽興兵以誅之耶？且是時王方疑公，公將請王而誅之耶？將自誅之耶？請之固未必從，不請自誅之亦非所以爲周公矣。居東，居國之東也。鄭氏謂避居東都，未知何據。孔氏以居東爲東征，非也。方流言之起，成王未知罪人爲誰，二年之後王始知爲管、蔡。此云二年，《東山》之詩言“自我不見，於今三年”，則居東之非東征，明矣。蓋成王因風雷之變，既親迎以歸，三叔懷流言之罪，遂脅武庚以叛，成王命周公征之，其東征往反又自三年也。

（許白雲《集傳名物鈔》）按：《傳》以《鴟鴞》之詩爲誅武庚後作，蓋以周公居東爲東征也。其原皆因《金縢》"我之弗辟"之辟讀爲"致辟管叔"之辟，故其説如此，亦朱子早年之説也。及後與蔡仲默論書手帖則曰："弗辟之説只從鄭氏爲是。"今《書》説悉已改定，而《詩傳》乃若此者，未及改也。若從避音而以前説求詩，則聖人之心與當時事勢之實皆可見矣。

以上皆以《鴟鴞》爲作於武庚未誅之先者。

按：管、蔡流言，語侵成王，周公是時□社初定，殷遺未靖，非即絶其禍荫，天下安危未可知也，故"辟"字作致辟解，與事勢較合。然鄭氏讀辟爲避，黃實夫《詩解》，朱子覆蔡氏《書》説，推闡詳盡，義極正大，但謂成王誅周公官屬，周公作詩以救其屬臣，則説近無稽，宜爲歐陽公所詆。且以東爲東都，時洛邑未營，安有所謂都耶？許氏謂從避音，而以前説求詩，如黃實夫之説是也。金仁山曰："惟居東故可以忠告，向使居中秉國，則成王益深不利之疑，雖吐赤心，其孰能信之？"又曰："《鴟鴞》之詩，其情危，其辭急，蓋有以憂武庚之必反，王室之必揺也。夫昔也，武庚以周公利權間三叔，而今也奄君又以周公見疑嗾武庚，則蹢躅之變，勢所必至，故周公汲汲爲成王言之，爲鳥言以自喻，或以喻先王也。"

清·林伯桐《毛詩通考》卷十五：

《鴟鴞》序曰："成王未知周公之志，公乃爲詩以遺王。"則周公此詩所以言志，自常以王室爲言。每章《傳》義甚明。《箋》乃以周公屬臣之官位土地爲言，則何以明志？至"恩斯勤斯"二句，以爲喻屬臣之先亦殷勤於成王，似迂遠而不切矣。

又：成王誅周公之屬臣，經傳皆無之。若以爲欲誅之，則是逆億之詞，又何足以明忠愛之志？此篇《箋》與《傳》違，而《箋》意甚短。

清·徐璈《詩經廣詁》：

《史記》："武王崩，周公當國，管、蔡、武庚等率淮夷而反，周公乃奉成王之命興師東伐，遂誅管叔，殺武庚，放蔡叔，放殷餘民于衛，封微子于宋，寧淮夷。東土二年而畢定。周公歸報成王，乃爲詩貽王，命之曰《鴟鴞》。"（《魯世家》）

《易林》曰："《鴟鴞》《破斧》，冲人危殆，賴其忠德，轉禍爲福，傾危以立。"（否之蠱）

又曰："鶹鵋，鴟鴞，治成禦災，綏德安家，周公勤勞。"（大畜之蹇）

趙歧①曰：“刺幽君也。”（《孟子》注）

李德裕曰：“成王聞管、蔡流言，睹召公不悦，遂使周公狼跋而東，《鴟鴞》之詩作矣。”（《文粹》三十四）

清·馮登府《三家詩遺説》卷四：

《易林》曰：“《鴟鴞》《破斧》，冲人危殆，賴其忠德，轉禍爲福，傾危以立。”此三家無異説，亦與《孟子》合也。

清·李詒經《詩經蠡簡》卷二：

此周公恐成王信流言以危王室，作以自明之詩也。

直説其意太顯露，故托鴟鴞以立言。

首章就鷺子説，下三章就成室説。俱是對針不利孺子之言，明其心迹以釋成王之疑也。……此詩作在罪人斯得之後，王未出迎之前。

清·馬瑞辰《毛詩傳箋通釋》卷十六：

後三章皆以防患難於未然，明己憂勞王室之心。情危詞迫，使成王知其心之無他而已。《詩序》所云“成王未知周公之志，公乃爲詩以貽王”者，此也。

清·李允升《詩義旁通》卷五：

《序》：“《鴟鴞》，周公救亂也。成王未知周公之志，公乃爲詩以遺王，名之曰《鴟鴞》焉。”

又：蔣仁叔云：“殷亡而周興，革命之後，殷民洶洶未靖也。武王崩，成王幼，周公攝行天子之事，三叔流言，語侵成王、周公。此誠家國重事。周公不即遏絶禍萌而避嫌，退居散地，三叔乘殷民之未靖，挾武庚以叛。設或張皇則天下安危之寄，寧忍優游坐視，而托之他人乎？故‘辟’字作致辟説，於一時事理爲長也。”

竊疑鄭謂周公以此詩救其屬黨，果如所言，公方自救之不暇，何以救人？《史記》謂周公奔楚，尤誣。夫公以一身在天下之重，聞一流言而遠遁，謂成王何？謂天下何？且使流言者得以藉口，而三叔武庚伺朝廷之釁而起矣。即或謂居東以避一時之嫌，察流言之人，俟人主之悟，而天下之大權未嘗去也。蓋公以叔父之尊，承父兄之業，其所處尤與召公、太公不同，故其綢繆拮据彌深也。

---

① 即趙歧。

清·陳奐《詩毛氏傳疏》卷十五:

《鴟鴞》,周公救亂也。成王未知周公之志,公乃爲詩以遺王,名之曰《鴟鴞》焉。《疏》:"《書·金縢》篇云:'周公居東二年,則罪人斯得。于後公乃爲詩以詒王,名之曰《鴟鴞》。'"然則《鴟鴞》之詩蓋作於東征二年之後,周公未歸時也。故次在《東山》前。

清·陳僅《詩誦》卷二:

後三章皆專說毀室。一邊躬親創造,歷盡艱難,自無幾時,而漂搖□由内禍。其情危,其辭迫。連下十"予"字,椎心泣血,告成王,即以曉管、蔡,使知鬩墙禦侮,以兄弟之情動之也。

清·曾釗《詩毛鄭异同辨》卷上:

《鴟鴞》,周公救亂也。成王未知周公之志,公乃爲詩以遺王,名之曰《鴟鴞》焉。《箋》云:"未知周公之志者,未知其欲攝政之意。"《正義》曰:"《金縢》云:'周公乃告二公曰:"我之弗辟,無以告我先王。"'鄭讀辟爲避,以居東爲避居。於時周公未攝,故以未知周公之志,謂未知。周公恐天下聞武王崩而畔周。公乃踐祚代成王攝行正當國。管叔及其群弟流言於國曰:'公將不利於成王。'周公乃告太公望、召公奭曰:'我之所以弗辟而攝行政者,恐天下畔周,無以告我先王。太王、王季、文王之憂勞天下久矣。於今而後成,武王蚤終,成王少,將以成周,我所以爲之若此。'於是卒相成王。"據此則《書》古文説,周公攝政,在武王崩之明年矣。《敬之》箋云:"周公始有居攝之志。"居攝者,當謂前時已攝,至此猶居之而不致於成王,非謂武王崩時未攝,至除喪後始欲攝也。鄭此意當與《史記》同。但《史記》言周公未嘗辟居,鄭則以周公辟居二年。是鄭意武王崩時公攝政,及聞流言而避去。王親迎歸,復攝,與《史記》小异耳。《書傳》周公居攝,一年救亂。此言居攝始爲之事。《正義》乃以爲周公攝政,改稱元年,悖理實甚,不可不辨。

清·潘克溥《詩經説鈴》卷六:

【正説】《序》:"《鴟鴞》,周公救亂也。成王未知周公之志,乃爲詩以遺王,名之曰《鴟鴞》焉。"(阮曰:"《正義》云:'定本貽作遺。'則不得爲怡悦也。《正義》本爲長。")

【輔説】《詩貫》:"《鴟鴞》,勤王室也。"《國風省篇》:"《鴟鴞》,諷王也。"諷以武庚將叛也。周公居東,知流言爲管、蔡矣,武庚未叛也。而公曰庚將叛,王未之悟也，王室可危矣。用諷王。若曰惟此二叔，如取我之懷，置彼之懷，尚可毀我室哉云云。（《詩經疑問》：“居東、東征是二事。居東者，周公始聞流言而避居于東也。東征者，成王既迎周公以歸而往征其罪也。觀《書》云‘居東二年，則罪人斯得’，《東山》云‘自我不見，於今三年’，則知居東僅二年，東征則三年，非一時事矣。讀者泥‘罪人斯得’一語，謂東征誅管、蔡。不知初流言時，莫知罪之所自出。居東二年，成王始得罪人之主名，迎周公以歸。破斧以征之則歷三年耳。注云東征二年，似欠考。”）

【輔説】朱《傳》：“武王克商，使弟管叔鮮、蔡叔度監於紂子武庚之國。武王崩，成王立，周公相之，而二叔以武庚叛，且流言於國曰：‘周公將不利於孺子。’故周公東征二年，乃得管叔、武庚而誅之。而成王猶未知周公之意也，公乃作此詩以貽王。”《詩緝》曰：“三監雖平而君臣之疑未釋，則亂猶在也。此詩不知者以爲公之自明耳。《序》曰‘周公救亂’者，用《春秋》筆法也。周公既出而作《七月》，未還而作《鴟鴞》，既還而作《東山》，著公之出入也。”

《傳》：“周公遜於魯，殷人畔。公憂王室，勸修政以備之，賦《鴟鴞》。”

申培云：“群叔流言，周公避居於魯。殷王禄父遂與十七國作亂。公憂之，作此詩以貽成王，欲王省悟以備殷。”《詩義集解》：“朱子謂此詩在東征後，然又嘗與蔡九峰書，辨其不然。則此詩作於居東時無可疑者。”何楷云：“使作於東征後，則所云未雨綢繆之謂何，而猶以無毀室致戒乎？鄭氏以居東爲避居東都。黃氏辨之謂，流言時，尚未有東都也。王伯厚以爲居國之東，似未得其實。獨孔氏謂爲征東，確不可易。”王質云：“當是周公在東，伯禽在西，父子隔絶，有不相保之勢，言我子猶可，王室爲重，憂王室將危也。”李德裕曰：“成王聞管、蔡流言，睹召公不悦，遂使周公狼跋而東，《鴟鴞》之詩作矣。”（《文粹》）

【异説】《困學紀聞》：“趙岐曰：‘《鴟鴞》刺邠君也。’原注：‘邠君，指成王。’誤以爲刺。”愚按：《伐柯》《九罭》序皆云“刺朝廷之不知”，王肅云“朝廷斥成王也”，是漢儒异説如此。

清・李灝《詩説活參》卷上：

《鴟鴞》，周公懼間而作也。周公既誅管、蔡，懼成王始終疑“不利孺子”一言，且管、蔡可誅，則不有二叔安有一侄？故作詩貽王。其音噍殺，其節促數。鄭氏乃謂作於管、蔡以前，因王多殺公之官屬，作詩救之，難通甚矣。流言傾國，公固不容□□安於朝廷，然又安得出避中土，與管、蔡爲鄰。既又安得擁兵誅叔，反國居攝，此三尺童子不容誣詆者也。且成王既平殷亂，然後遷都于洛，鄭云東都尤爲失實。歐陽永叔辨此甚晰，不可易也。

周公使管叔監殷，此事從天理上差過去。管、蔡流言，此事從人情上差過去。從天理差去，過仍非過，從人情差去，過遂大矣。然如朱子云不知當初何故，忽然使管仲去監他，做出一場大疏脱，合天下之力以誅紂了，却使出屋裏人自做出一場大疏脱，則監殷直不應使〔管〕叔，使管叔又是殺管叔了。又云：“當初周公使管叔，想見那時好在必不疑他，後來有這樣事，必是被武庚與周頑民每日將酒灌他，乘醉間之曰：‘你是兄，却出來在此，周公是弟，反執大權以臨天下。’管、蔡呆想唆動了，所以流言。”則説得管、蔡真一大呆子、大醉漢，傀儡登場，隨人提弄一般，大屬可笑。管、蔡、武、周同屬文王之子，武、周固是聖人，管、蔡豈是愚夫？想管、蔡當日必熟睹文王小心事紂之忠，必心非武王黄鉞加紂之暴，一旦監殷便有心□，後事成爲虞初，不成不失爲伯邑。考又叔爲人，意必老成持重，形色不露，故周公誠信相使。若道呆呆酒徒，則周公□□不惟□心，抑且盲目，若是奸雄之徒偶然疏脱，則周公之使既失籌于初，復推刃於後，不僅疏縱，更加殘忍，世有此等聖人耶？斷屬疑義。

清·顧廣譽《學詩詳説》卷十五：

《折中》曰：“《詩序》曰：‘《鴟鴞》，周公救亂也。’成王冲齡踐阼，未知周公之心，三監皆叛，流言四起，王室之危如巢將覆矣。夫肉必先腐也，而後蟲生之，人必先疑也，而後讒入之。群叔流言，亦乘成王之危疑而起。設王之疑不釋，則周之爲周未可知也，故《鴟鴞》之詩憂外侮之意少，而弭内患之意多，蓋所以啓牖王心，救亂之所由生也。”

《書·金縢》“我之弗辟”，史遷與馬、鄭并讀爲避而義異。史謂我所以弗避而攝行政者，恐天下畔周，無以告我先王。馬、鄭皆謂避居東都。詳文勢，自當如馬、鄭説，但鄭解“罪人斯得”與此詩失之迂曲。而孔《傳》以辟爲以法誅三叔，又有僞《蔡仲之命》“群叔流言，乃致辟管叔于商，囚蔡叔于郭鄰，降霍叔于庶人”，與相證明，故從孔《傳》較多。《集傳》亦仍之，至與蔡氏帖則曰：“只從鄭氏爲是。是時三叔方流言於國，周公處兄弟骨肉之間，豈應以片言半語便遽然興師以誅之？聖人氣象大不如此。又成王方疑周公，周公固不應不請而自誅之，若請之於王，王亦未必見從，則當時事勢亦未必然。雖曰聖人之心公平正大，區區嫌疑似不必避，但舜避堯之子於南河之南，禹避舜之子於陽城，自是合如此。

若居堯之宮逼堯之子，即爲篡矣。或又謂：‘成王疑周公，故周公居東。不幸成王終不悟，不知周公又如何處？’愚謂：‘周公亦惟盡其忠誠而已矣。’”發明周公心事，所謂百世以俟聖人而不惑者也。然他家猶多出入，即號專宗朱子者亦多堅主《集傳》舊說，由惑於《蔡仲之命》之文，而不知其非真古文也。許氏謂《詩傳》未及改，若從避音，而以前說求詩，則聖人之心與當時事勢之實，皆可見矣。良是。

義理，朱子定說已盡，其有足相發明者，項氏安世謂：“周初中外未定，流言乘間而作，成王疑於上，國人疑於下，周公苟不避之，禍亂忽發，國家傾危，將無以見先王於地下矣。周公之與二公蓋一體也，故密與二公謀之，使二公居中鎮撫國事，而身自東出避之，因以輯寧東夏，但不居中，則不利之謗自息，而亂無復生矣。金氏王氏樵意亦同。則知以周公不當畏避小嫌，坐視宗社傾覆者，謬矣（此曹氏說）。”劉氏《通釋》謂：“觀其告鴟鴞以‘無毀我室’，可見其詩作於武庚未誅之先。”許氏謂：“武庚既誘管、蔡流言而失君臣之義、兄弟之親，爲周家之罪人，所謂‘取我子’也。”方氏謂：“‘既取我子’，指誘致管、蔡以謀亂也。其曰‘鬻子之閔斯’，蓋痛管、蔡自絕於天，終爲王法所不容，以大傷文考文母之心焉耳。則知以‘既取我子’便是謂武庚既敗我管、蔡，管叔既已受誅者，疏矣（此朱氏《疏義》說）。”黃氏謂：“出郊之迎，已見於《金縢》之末，而三監之事乃方見於《大誥》之書，則流言之罪當在成王既悔之後，非周公方被流言而遂專握兵而往也。”劉氏又謂：“《大誥》一書首言‘王若曰’，繼而屢言‘王曰’，又言‘冲人’，又曰‘寧考’，皆自成王而言，可見公之東征王實命之，當在王既感悟而迎公以歸之後也。”此皆就《書》詞上下繹之，而居東之非即東征，益見諸儒論之，詳明如此。猶或執孔《傳》致難者，獨何也？

《箋》以辟爲避居東都，固是。其以罪人斯得爲成王多罪周公官屬，公爲詩以請其官位土地。王氏肅、歐陽氏、李氏駁之已悉。至《集傳》更廓清無餘，所釋比義尤確。若文之前後脈絡，安溪李氏以爲首章末二句終“既取我子”之意，二章以下皆以終“無毀我室”之意。先叙初營巢時，急於補苴，懼陰雨之卒至，而下民或有侮子者，又叙其方營巢時，多所捋取以爲之材，多所蓄積以爲之備，手攫不足，繼以口衔，勞瘁之至，惟慮室家之未成耳。手口既勞，故羽毛爲之散亂。巢方垂成高縣，而果有風雨漂搖之至。羽毛沾濕，則手足無所施矣。此嘵嘵哀鳴所以不能自止也。其說通貫詩中大指。金氏謂《鴟鴞》之詩其情危，其辭急，蓋有以憂武庚之必反，王室之必搖也。盡之。

又：方氏謂："流言之人謂公將不利於孺子，欲貳公於王也，而公之詩曰'我室'，曰'侮予'，曰'予未有室家'，曰'予室翹翹'，宗臣體國，不敢自貳，而亦因以悟王也。"甚當。

清・方玉潤《詩經原始》卷八：

《鴟鴞》，周公悔過以儆成王也。

又：《序》謂："周公救亂也。成王未知周公之志，公乃爲詩以遺王。"蓋本《金縢》爲文。《辯說》以爲最有據而從之。唯"弗辟"之說，初依古注，後《覆蔡沈書》又改從鄭氏，讀辟作避。云："三叔方流言，周公處骨肉之間，豈應以片言半語遽然興師而誅之？"又謂："成王方疑周公，公固不應不請而自誅之，請亦未必見從。"末又引"舜避堯之子"，"禹避舜之子"，以證此"避"字。無論《金縢》僞書不足信，即使足信，亦無周公退避之說。夫周公之攝政也，以成王幼未能行政故也。三叔流言乃以殷畔後事，非未畔之初即有流言也。使未畔而有流言，公豈尚使以監殷乎？起而征之，公但知誅畔者耳，非爲流言遽誅懿親也。公之東征，安知非請命而後行耶？觀後漢諸葛武侯兩次出師，表而後行，即知公必非不請而擅自出征。以後主庸材，不敢致疑武侯，豈成王睿知，又有姜、召二公夾輔其間，乃反致疑於公乎？乃知"王未知公之志，公乃爲詩以遺王"者，皆後人以私意測聖心而爲此不經之談者也。又況王方襁褓，政攝自公，東征還後，仍秉國政，歐陽氏辨之詳矣。至於舜、禹之避，時勢迥不相同，詎得以例周公？蓋一處順境，故讓以成德；一處危時，故勞以建功。豈以區區退避爲聖德之大歟？若夫《金縢》僞書，其可疑者大要有三。袁士枚云："孔子曰：'不知命，無以爲君子。'又曰：'某之禱久矣。'三代聖人，夭壽不貳，武王不豫，命也，豈太王、王季、文王之鬼神需其服事哉？以身代死，古無此法。後世村巫里嫗之見則有之矣。廣陵王胥曰：'死不得取代，庸身自逝。'周公豈廣陵之不若哉？"一也。又曰："周公既不告廟而私禱矣，武王已瘳，己身無恙，公之心已安，公之事已畢。此私禱之册文焚之可也，藏之私室可也，乃納之於太廟之金縢，預爲日後邀功免罪之計，其居心尚可問乎？禮祝嘏詞說，藏於宗祝，是謂幽國。豈周公有所不知而躬蹈之乎？"二也。又曰："爾汝者，古人挾長之稱；而圭璧者，所以將敬之物也。公呼先王爲爾，不敬。自夸材藝，不謙。終以圭璧要之，不順。若曰許我則以璧與圭，不許我則屏璧與圭，如握果餌以劫嬰兒，既驕且吝，慢神蔑祖。而太王、王季、文王甘其爾汝之稱，又貪其圭璧之誘，於昭於天者，何其啓寵納侮之甚也！”三也。其餘稱名築壇，諸多違禮悖德之事，又可勿論。然則公之誅管、蔡，亦非信史歟？曰：曷可以無信也？昔者王孫賈嘗以是問諸孟子矣，孟子應之曰“然”。然則周公實録莫《孟子》若也，《金縢》蓋竊其文而益以祝詞，并雷風感悟之説，以新人耳目耳。而豈知其誣公之甚耶？夫天下唯聖人爲能知聖人也，孟子不云乎：“周公，弟也；管叔，兄也。周公之過，不亦宜乎？”周公之誅管、蔡，周公之不得已也。我知公心既傷且悔，唯有引咎自責，并望成王以戒將來。勿謂罪人斯得，遂可告無罪於先王也。蓋骨肉相殘，不祥孰甚；叛服無常，可慮方深。今此下民，或尚有能侮予如前日事者，于可不倍加憂懼，爲未雨之綢繆耶？此《鴟鴞》之詩所由作也。故其詞悲而志苦，情傷而戒切，托爲鳥言，感人愈深。王之迎公，故不待天雨反風，禾則盡起而後悟矣。何諸儒所見從未逮此？予不能不反覆吟咏，致慨於其際焉。

清·龔橙《詩本誼》：

《鴟鴞》，邠人爲古公亡也。趙岐《孟子》注：“《鴟鴞》，邠風之篇，刺邠君曾不如此鳥。蓋太王辟狄，從之者自刺爲夷狄所侵。刺，猶傷也。”《初學記》：“《岐山操》，周人爲太王所亡也。”太王去邠而邑于岐山，自傷爲夷狄所侵，喟然太息，援琴而鼓之。可證其後周公自東土以此詩貽成王，名曰《鴟鴞》。以前未有名也。毛《序》“周公救亂也”，猶《關雎》爲畢公亡，《棠棣》爲召穆公亡，皆言陳詩之誼。

清·方宗誠《説詩章義》卷上：

本是二叔以武庚畔，而詩言“既取我子”，若武庚以二叔畔者，此立言之得體，傷心之事，口不忍直言也。

清·鄧翔《詩經繹參》卷二：

《集解》：“極道武庚之情，成王之疑自釋。毀室侮予，武庚包藏禍心，不幸三監爲所煽惑，以不利孺子一言離間周室。周公居東，究本謀所自，直以武庚之情告于王，故曰‘罪人斯得’。則此詩斷作于管、蔡未誅之前。而朱《傳》以爲作於管、蔡既誅之後。聖賢舉動諒不如是。”

案：論理詩當做於管、蔡未誅之前，而第二句云“既取我子”，則似已然之事矣。《金縢》曰“罪人斯得”，其主名實武庚，誘管、蔡入黨，則管、蔡之罪不可逃，斷在必誅之列，是既取之也。周公無術以脱之，所以迴念鞠育之恩，而涕泗

75

滂沱耳。

清‧龍起濤《毛詩補正》卷十四：

成王未知周公之志，公乃爲詩以遺王，名之曰《鴟鴞》焉。

《金縢》：“武王既喪，管叔及其群弟乃流言於國，曰：‘公將不利於孺子。’周公乃告二公曰：‘我之弗辟，我無以告我先王。’周公居東二年，則罪人斯得。于後公乃爲詩以貽王，名之曰《鴟鴞》。王亦未敢誚公。”

案：孔安國《傳》以居東爲東征，以辟爲致辟管叔之辟。鄭氏以辟爲避，以居東爲東都。是二説者一以《鴟鴞》爲作於東征之後，一以《鴟鴞》爲作於東征之前。諸儒紛紛聚訟，迄無定論。愚謂：《金縢》之後始有《大誥》，《鴟鴞》之後始有《東山》《破斧》，則分明作於東征之前。或疑秦以上諸書并無周公避東之事，近時惲子居引《蒙恬傳》及《竹書紀年》、《越絶書》以證之，不知此皆戰國秦漢間雜説，現有《金縢》“居東”一句，即是實據，如疑居東即是東征，則子居之言曰：“《書》東征而殁之曰居東，古無此書法。”語甚明了。或疑居東當在何地？蔡氏曰：“國之東也。”方氏苞謂：“陜以東，周公主之，所居之東即此，非東都也。”其時洛邑未營，無東都，可以正鄭之誤。至鄭謂成王誅周公官屬，是爲亂政，周公作此詩救之，尤爲臆説，不足辨。

朱《傳》：“周公東征二年，乃得管叔、武庚誅之，而成王猶未知公之意也，公乃作此詩以貽王。”（朱子曰：“弗辟之説，只從鄭氏爲是。向董叔重得書亦辨此，一時信筆答之，謂當從古注説，後來思之不然。”案：朱《傳》初亦説東征，想是未及追改之故。近人復有援《史記》世家之説以爲言者，不知孔《疏》中屢辨《史記》之謬妄，不如據經爲要。舍可據之經，末諸史及雜説，亦通人之蔽也。以居東爲東征，自屬諸儒之誤。詩内又有“迨天之未陰雨”句，益足證此詩之非東征。蓋武庚結連淮奄，煽動頑民，此時放散流言，正是欲雨未雨之時。若已殺武庚，誅管、蔡，尚云“迨天之未陰雨”乎？《書》言居東，此言未雨，兩處正相印合，即首章“無毀”二字，亦見武庚尚未動手，周公先爲綢繆也。案：如朱《傳》不過自明己志耳，未若《序》説之宏深。徐退山曰：“《序》不言自明，而曰救亂，何也？是時成王幼，國家新造，三監内變，徐、奄外叛，公作詩悟王，不知者以爲自明，而知者謂公救王室與天下也，大哉！《序》言非明社稷之計，諒聖人之衷者孰能作之？”）

又：《序》曰：“周公救亂也。”亂之起也，必有所由生。是時周公柄政，流言四起，莫知何來。苟不釋權辟位，則拮据荼苦，皆罪案也。惟退居而後其事明。蓋鴟鴞之爲毀巢破卵之計也。其流言之來也遠，非宮闈之地可一日而周也，其傳播也衆，非數人所知可一旦而明也。至於二年則其根株枝葉無不盡露矣。於此後而《鴟鴞》之詩可作，於此後而東征之師可興。然不以鴟鴞目管、蔡，爲親者諱也。夫周公，鸞鳳也，武庚，鴟鴞也，鸞鳳伏竄，鴟鴞翶翔，則周之室毀矣。詩人之刺褒姒也，曰"懿厥哲婦，爲梟爲鴟"。周幽之世，其室乃終毀於鴟鴞，有國者其致謹於鴟鸞之辨哉！

清·吕調陽《詩序議》二：

《鴟鴞》，周公救亂也。公辟流言之謗，居東二年，罪人斯得，王之疑未解也，公乃作此詩以貽王。

居東者，公本以冢宰攝政，兼總東方諸侯。以辟流言，故致冢宰，出居於外。東者，東方之國，非必東都。《傳》曰"陝以東，周公主之"是也。流言時，管、蔡未叛，王與公皆不知流言之爲誰。及公居東之二年，三監之叛迹始著，故罪人斯得，而王未悟也，公乃作此詩以貽王。

清·梁中孚《詩經精義集鈔》卷二：

輔氏廣曰："此詩辭意哀切，至爲禽鳥之言以感動之，不啻慈母之諄教子弟而期其悔悟，仁之至，義之盡也。當時流言，必以周公平日勤勞，皆爲己謀，□□王室，故公言此以解成王之疑，非自誇其功也。"

又：朱氏善曰："鴟鴞之於衆鳥，有攫其子而食之者矣，而鳥不廢其生育之勤也；有毀其巢而破之者矣，而鳥不廢其補葺之勞也。蓋子之殘而室之毀者，禍患之不測也，養育之勤而補葺之勞者，已分之當爲也，豈可以禍患之或至而廢其室家嗣續之常理哉？此所以纏綿悱惻，哀鳴告瘁也。識此者，可以知周公之心矣。"

朱子曰："周公誅管、蔡，而成王之疑未釋，則亂未弭也。故作此詩以遺王，使知王業艱難，不忍毀壞之意。所以爲救亂也。"

【集評】公作詩悟王，不知者，以爲自明，而知者，以爲救王室與天下也。《序》云救亂，大哉言乎！

又：《御纂》"《詩序》曰：'《鴟鴞》，周公救亂也。'成王冲齡踐阼，未知周公之心，三監皆叛，流言四起，王室之危如巢將覆矣。夫肉必先腐也，而後蟲生之，人必先疑也，而後讒入之。群叔流言，亦乘成王之危疑而起。設王之疑不釋，則周之爲周未可知也，故《鴟鴞》之詩憂外侮之意少，而弭內患之意多，蓋所以啓牖王心，救亂之所由生也。劉瑾曰：'公以貴戚大臣獨柄國政，宗社安危係於一身。成王既惑於流言，故自言其功而不爲誇，謂王室爲予室而不爲嫌。嘵嘵之音皆出於忠愛之誠，惟欲悟王心而安王室，并非爲一己之禍福計也。'"

《集傳》："武王克商，使弟管叔鮮、蔡叔度監於紂子武庚之國。武王崩，成王立，周公相之，而二叔以武庚叛，且流言於國曰：'周公將不利於孺子。'故周公東征。二年，乃得管叔、武庚而誅之。而成王猶未知周公之意也，公乃作此詩以貽王。"

《小序》："《鴟鴞》，周公定亂也。"

清·王先謙《詩三家義集疏》卷十三：

【注】魯説曰："武王崩，周公當國，管、蔡、武庚等率淮夷而反，周公乃奉成王命興師東伐，遂誅管叔，殺武庚，放蔡叔，寧淮夷，東土二年而畢定。周公歸報成王，乃爲詩貽王，命之曰《鴟鴞》。"齊説曰："《鴟鴞》《破斧》，冲人危殆，賴旦忠德，轉禍爲福，傾危復立。"又曰："鸋鳩鴟鴞。治成遇災，綏德安家，周公勤勞。"【疏】毛《序》："周公救亂也。成王未知周公之志，公乃爲詩以遺王，名之曰《鴟鴞》焉。"《箋》："'未知周公之志'者，未知其欲攝政之意。"

"武王"至"《鴟鴞》"，《史記·魯室家》文。明爲詩貽王在誅管、蔡之後。"《鴟鴞》"至"復立"，《易林》坤之遁文，否之蠱，隨之井，革之歸妹同。（坤之遁、隨之井作"邦人"，案：作"冲人"義長。）"鴟鴞"至"勤勞"，《大畜》之塞文。（《嗜嗑》之漸略同。）《史記》用魯説，《易林》用齊説，是魯、齊詩無異義，韓詩當同。黃山云："周公大義滅親，又專行黜陟，非常之舉，朝廷所疑，故事定獻詩，藉明己意。以鴟鴞小鳥自比，引咎於己之謀王室者，本有未善，致貽朝廷憂而心實無他也。武王崩，周公即已攝政，責無旁貸。若如《箋》説，獻詩始欲攝政，不獨三家所無，亦非毛指矣。"

清·王闓運《毛詩補箋》：

《鴟鴞》，周公救亂也。（補曰：周公自述救亂殺兄之意。遺言告成王欲別葬，不敢祔文王墓。）成王未知周公之志，公乃爲詩以遺王，名之曰《鴟鴞》焉。（未知周公之志者，未知其欲攝政之志。補曰：《書·金縢》言周公作詩遺王，王亦未敢訓公。"秋大熟"下言葬贈周公之事。《大傳》曰："三年之後，周公老于豐，然後周公疾，曰：'吾死必葬于成周。'薨，成王葬之于畢。天大雷電以風。"是王未訓公而天示變之事也。《春秋傳》曰"封魯公以爲周公"，主周，公不之魯，欲天下之一乎周。周公既死，則爲魯太祖，當葬于魯。依王叔父爲三公之禮，則當葬于周，祔文王之墓。周公所以作詩者，示己殺兄不敢葬于畢，以管、蔡不得祔父墓，己亦不敢祔父墓也。又不肯葬魯，自比諸侯，故欲葬東都成周，同異姓之王卿也。成王不敢順公者，不敢臣之，仍葬于畢，以周公聖子，故仍祔文王之墓，以榮文王也。如此則周公謙讓之意不見，即聖德不見而成周之盛美亦無以章示後世，故風雷示變，邦人大恐，乃啓金縢。知周公當天命而不居，乃推以爲受命之王，告天追王，別塋甫□，立魯爲王者，後而仍稱周公魯侯。父子君臣兄弟之美善莫盛於此，烏有如儒生所云動輒得咎者乎？凡説周公事者，皆失之，而《金縢》《鴟鴞》尤甚。然《鴟鴞》所以作者，又先見淮夷、徐戎之變，而欲王豫防之。蓋封魯太急，公或亦諫而王以爲謙，致公薨而遂起兵，不然未有聖人致定太平，喪未終而即有寇戎者，賴此明之。）

清·馬其昶《詩毛氏學》十五：

《鴟鴞》，周公救亂也。成王未知周公之志，公乃爲詩以遺王，名之曰《鴟鴞》焉。（《金縢》："武王既喪，管叔及其群弟乃流言於國，曰：'公將不利於孺子。'周公乃告二公曰：'我之弗辟，我無以告我先王。'周公居東二年，則罪人斯得。於後公乃爲詩以詒王，名之曰《鴟鴞》。王亦未敢誚公。"《史記》："成王少，周公乃踐阼當國，管叔及其群弟流言於國，周公乃告太公望、召公奭曰：我之所以弗辟而攝行政者，恐天下畔周，無以告我先王，所以爲之若此。於是卒相成王。管、蔡、武庚等果率淮夷而反。周公乃奉成王命，興師東伐，作《大誥》。遂誅管叔，殺武庚，放蔡叔，乃爲詩貽王，命之曰《鴟鴞》。"陳曰："詩作於東征二年之後，周公未歸之時也，故次在《東山》前。"昶按：武王崩後，三監即叛，周公即征。伏生《書傳》云："攝政，一年救亂，二年克殷。"《逸周書》云："二年作師旅，臨衛政殷，殷大震潰，王子禄父北奔，管叔經而卒，乃囚蔡叔于郭陵[①]。"此詩乃周公克殷將歸，先爲此以詒王，述其不得已而用兵之故。故《序》曰"救亂也"。凱還入告之辭，憂懼如此，蓋懲前毖後，不可以商亂既平而忘戒也。東征之役，古今聚訟。夫變起倉卒，公既攝政，不應引嫌自避，則鄭氏以爲避居東都者，非也。然骨肉之間，一聞流言，遽興師征，朱子晚年又疑其事，竊謂無可疑也。周公之東征，特提兵鎮攝，使其禍不至蔓延，而又不亟於致討。萬一叛人革

---

① 一作郭鄰。

面，猶可曲全，所以爲仁至義盡。不然一戎衣而有天下，殄殷小醜，奚待二年哉？史臣知之，故不曰東征，而曰居東，不曰誅武庚、管、蔡，而曰罪人斯得。聖人哀矜惻怛之心，并當日情事，皆昭然若揭矣。後之説者多昧之。）

又：《大誥》所謂"知我國有疵，民不康，曰'予復反鄙我周邦'"是也。《尚書大傳》："奄君蒲姑謂禄父曰：'武王已死矣，今王尚幼矣，周公見疑矣，此百世之時也，請舉事。'然後禄父及三監叛也。"《詩》正述此事，解者多誤。

民國‧李九華《毛詩評注》卷十五：

《鴟鴞》，周公救亂也。成王未知周公之志，公乃爲詩以遺王，名之曰《鴟鴞》焉（《詩序》）。武王克商，使弟管叔鮮、蔡叔度監于紂子武庚之國。武王崩，成王立，周公相之，而二叔以武庚叛，且流言于國曰："公將不利于孺子。"故周公東征二年，乃得管叔、武庚而誅之。而成王猶未知周公之意也，公乃作詩以貽王（朱《傳》）。

民國‧焦琳《詩蠲》卷四：

蠲曰：舊説謂武王崩，成王幼，周公攝政，管叔以武庚叛，且流言於國曰："周公將不利孺子。"周公告太公、召公曰："我弗辟殺叛人，無以告先王也。"於是東征二年，乃得管叔、武庚而誅之。懼王怪罪，乃作是詩以貽王，王猶未悟，欲誚公而未敢。及天雷電以風，得金縢之策，乃悟而迎公也。此大害於理，爲辯正之如下。

蠲曰：管叔之流言曰："周公將不利於孺子。"流言云者，使人口口相告，不知出自誰口之言也。吾想管叔之心，蓋使人聞此言，則疑之曰：此周公密謀之微泄乎？抑識者窺事勢之果爾乎？有大功而輔幼君，以攝國政，人心不可知，事固有自取之勢也。成王聞之，必疑而防公，衆人聞之，必疑信參半。則將有爲王者，有爲公者，各半，其間必讒間交作。周公雖始也赤心，至於此時，自以有大功有精忠之人，而受疑慮防間，幾陷於身死名滅之地，有不求自衛之術者乎？如此，則王室必亂。既亂之後，我則仗義直言以討之，不但公之權位可代，天子實有可冀也。然惟其言出於平時，故若是之毒，若是與叛同時而出此言，雖自以爲討公之檄，早已仁人知其志在恝間王室，雖成王亦不能欺，況衆人乎。管叔雖愚，必不出此。

蠲曰：管叔所以流言者，惟志在於叛，而不欲身先作亂，以自任叛名，則流言與叛非出同時決矣。而或謂周公聞流言，即自以身任顧托之重，神器之寄，遂不顧避小嫌，而東征誅之。此尤不然。夫管叔流言之毒，不但成王不知言出何人，固必疑公，且使成王既知言出某人，亦謂忠己，若周公請命東征，必不見許。不然，身爲人臣，而以不待王命先動干戈爲小嫌，而冒然東征，管叔將布告諸侯曰："周公不利王家。"前是風聞，今成實事，陰謀泄漏，而誣以爲言出寡人，不用王命，擅動干戈，以剪除骨肉，凡屬屏藩，皆當致討。如此，無論戰之勝否，是清平世界，致成危禍。周公之罪其何逃？管叔非不欲動兵，以先動兵者名不順，而無人服從耳。周公無王命而先動兵，適墮管叔算中也。周公雖愚，必不出此。

蠋曰：聖人之師，有征無戰，故湯武雖以諸侯誅無道之王，甚至滅國五十。不聞勞師動衆，至於二三年之久，而後幸而獲勝者。夫管叔流言，可以釀莫大之亂者，皆以庸人不忍權位、畏避禍罪之心測周公，意其必與成王齟齬耳。管叔惟不肯自己先叛，乃作流言。是流言既作之時，雖君臣猜疑，而世界究是清平，戈矛未興，百姓樂業，己一避居，則并流言亦無可説矣。此之不圖，必由己身先動干戈，至於老師費財，歷二三年之久，迨罪人已戮，王之疑尚未消，退不能歸，乃作詩自白，幸而風雷有變，金縢有書，乃見迎而反國。設使天不風雷，或武王當時不疾，則成王終不悟而不迎之，更或出師以拘之，吾不知公將若何也。周公雖愚，必不出此。

蠋曰：或有謂周公膺顧托之重，不當畏避小嫌，坐視宗社之顛覆者，此其意以爲管叔流言與叛同出一時耳。無論管叔必不出此，即使出此，周公不與成王爲内變，周之宗社必無顛覆之理。何則？夫所謂成王年幼不能莅政者，不過朝多聖賢，王究未甚壯大，故使周公攝政，欲成王更進聖學，故如此説耳。成王乃武王嫡長，又有母弟唐叔，武王九十三而崩，時成王年十三歲，是武八十歲生成王也。成王母邑姜，乃太公之女，生成王時，亦當六七十歲，此年本不甚可信，即使實然，成王作詩能入聖經，不第非童昏，實則是賢聖，非真十三歲不能莅政也。況其時太公、召公猶存，畢榮散適諸人，未必皆卒，罝兔之干城，風尚未刈也。即成王真不能莅政，管叔武庚果叛，東征不患無人，惟有周公自征，則群疑更甚，爲勝負難保耳。然則周公避位，正念顧托之重，非畏嫌坐視，而冒冒東征，實恐宗社之顛覆。此甚明而易曉。周公不應不知。

蠋曰：師直者勝，屈者敗。非鬼神佑殃之也。直者人心必固，屈者衆志先離也。流言之起也，不但成王疑周公，衆人實多疑之者。何以知之？若天下人人共信周公忠貞，必無他志，管叔雖爲是言，勢必仁人唾弃，掩耳而走，無緣流入成王、周公之耳矣。故流言既起，周公必不敢動，不敢率疑衆以犯難也。抑人之聞是流言也，其心有兩念，曰周公實有此心，曰其間王室者爲之。故公若冒冒出師，則從前説者日益多，從後説者日益少。惟有避位，則從前説者必漸消，從後説者必日衆。故當公既避之時，天下諸侯孰少有不式王命者，自然衆人皆以甚間王室造作流言歸之也。不惟管叔、武庚不敢叛，天下諸侯皆不敢不恪。蓋周公一避，其功力之大如此。斯時也，疑公者雖未盡釋，釋者必日多，釋疑之人，必深惡其言，而訪其言所自出，二年之久，乃推得其出於管叔、武庚也。故《書》曰"罪人斯得也"。然罪人也者，自惡此言者目之。且事後追書之耳。成王之心，猶未以爲罪也。故未得流言之人，公不作此詩也。雖作此詩，王將誚公也。誚夫空言之何足取信也？既得流言之人，則非公陰謀之泄，雖已決然，然公實曾處可疑之地。或管叔自有所見而云然乎。然後公爲此詩以貽王，王亦疑已釋其半，而未敢誚公矣。而實以未敢深信公也。此非成王不明而多疑也。周公固至親也，管叔亦至親也，以至親爲罪人，人心固有不宜遽變者也。及天動雷電，王出郊迎，管叔武庚知王之出，雖曰迎公，安知非襲已。夫然後懼而舉兵以叛。於時是非大著，人疑皆熄，公乃不血刃而禽之耳。不然，使公負群疑以出，至於二三年之久，不知此二三年中，對壘而久相持與？持刀而久血戰與？成王二公天下諸侯皆何事，何久久坐視，而不出一言以解紛，不出一卒以助順助逆耶？且成王於管叔死後，猶疑周公，則公出必無王命也，雖有王命，亦脅而得之也。然雖脅王得命，不挾王以行，必不能二三年之久而不生變故。然則舊説所云，不但周公所不爲，世間實不能有其事。

蠋曰：我聞讀書以明理，未聞不據理而證書者也。夫孟子之於故，較諸注疏家更近，而於伊尹、百里奚、孔子之事，皆據理以破人言。可知爾時好事之言，已多失實。況諸注疏家，又在秦火之後，而欲不據理而盡信之哉！

蠋曰：或又有謂周公居東，成王多殺公之屬黨，故公作《鴟鴞》之詩，以救之者，此尤劣。果爾，詩中鴟鴞不加注解，人將疑目成王矣。況成王方疑公，而故殺公屬黨以激之怒，速之亂乎？成王雖愚，恐未必爾。

又：蠋曰：而舊解但以預防患難勤勞王室爲辭。夫流言豈謂周公不預防患難，不勤勞王室乎？亦謂其極防患極勤勞，但誣以爲爲已取計耳。而公之作詩，亦不過自叙防患勤勞，何足釋成王之疑乎？

又：蠋曰：詩意雖爲成王言，而語則告武庚之語，曰更不要如何，全非對死人説話。然則此時不但管叔武庚未死，實尚未叛，亦昭然矣。若其已叛，則已動毁室之手矣，尚須以毁室揭其隱以自明乎？特是管叔、武庚知王迎公，必懼而叛耳。脱其不叛，或未必死也。

又：蠋曰：近日狂童，頗有謂殷民之叛，在周爲頑民，在殷爲義士者，此大繆也。湯武革命，所以爲順乎天、應乎人，至孔孟以爲與唐虞揖讓同義者，正謂爾時天下不復思舊代也。《大誥》所云"曰予復紀其緒"，不過管叔見流言既已敗漏，自謂將必死，故又出此急不擇音之計，以爲叛之藉口耳。既有此言，人雖不聽，《大誥》亦不可置之不辯，其時管叔、武庚，亦非以爲大可恃，特不甘坐以待殺，姑狂言也。若時人果有念商之心，爲武庚效力，致周公東征需三年而後克，則其後周人必不敢更立微子於宋，且爲大國上公。蓋新代頑民、舊代義士之説，止可以論後世，不得例湯武時也。附録，於詩義無涉。

民國·吳闓生《詩義會通》卷一：

舊評："通篇哀痛迫切，俱托鳥言。《長沙賦》所祖。"今案：周公之文見於《詩》《書》者，皆極惻怛深到，警湛非常。即以文論，亦千古之至聖也。

日本·岡白駒《毛詩補義》卷五：

《鴟鴞》，周公救亂也。成王未知周公之志，公乃爲詩以遺王，名之曰《鴟鴞》焉。

又：《書·金縢》曰："武王既喪，管叔及其群弟乃流言于國，曰：'公將不利于孺子。'周公乃告二公曰：'我之弗辟，我無以告我先王。'周公居東二年，則罪人斯得。于後公乃爲詩以貽王，名之曰《鴟鴞》。王亦未敢誚公。"舊説以居東爲東征，或以爲居東都，胥失之矣。其爲東征者，是并二年三年而溷之也。其爲居東都者，管、蔡流言之時尚未有東都也，先儒辨之審矣。《詩説》云："管叔及其群弟流言于國，周公避居于魯。"此説得之。時豐鎬西而魯東，故曰居東。古者罷相則就封國，如漢絳侯周勃就國，平律侯公孫弘乞骸骨歸國耳。成王初聞流言，其心大疑，亦不知罪人爲誰。及公居東二年，乃斯得罪人之主名，《金縢》所謂"罪人斯得"是已。然成王未知周公之志在安王室也，又武庚之叛未形，故其心尚未釋然，故公爲詩以貽王，微言寧亡二子，不可毁周室之意。《序》云"救亂"，是救管、蔡之亂也。逮感風雷之變，乃親迎以歸，武庚、二叔遂以叛，于是成王始命公東征之。此詩作于居魯之時，非作于東征之後矣。

日本·赤松弘《詩經述》卷四：

武王既没，二叔流言曰："公將不利於孺子。"周公乃居東二年。二叔果以武庚叛，公討而誅之，成王尚疑，公乃爲詩貽王。然其辭皆丁寧告諭殷民之事也。其不敢公言者，篤敬之至也。

日本·户崎允明《古注詩經考》卷五：

《鴟鴞》【序】未知周公之志。《正義》曰："毛以爲武王既崩，周公攝政，管、蔡流言，以毀周公。又導武庚與淮夷叛而作亂，將危周室。周公東征而滅之，以救周室之亂也。於是之時，成王仍惑管、蔡之言，未知周公之志，疑有將篡，心益不悦，故公乃作詩，言不得不誅管、蔡之意。"

日本·中井積德《古詩逢源》：

《傳》"二叔"，恐當添霍叔作三叔。

此詩不得據《金縢》作解。《金縢》之不可信，説見于《尚書》。

此詩周公作之也，但不必言以貽王也。此詩之作，斷在武庚、管叔未死之前也。據《史記》，管、蔡之誅，武庚亦死。此詩以鴟鴞比武庚，而以"無毁我室"戒鴟鴞，則是時武庚未死也。武庚未死，則管叔亦未死矣。《傳》據《金縢》，爲誅管叔、武庚之後，作此詩以貽王，而又言武庚既敗管、蔡，不可更毁王室，非矛盾邪？

自後世考之，管、蔡實挾武庚作亂也已。在當時，是事情未彰著，而武庚爲主名矣，謂爲武庚，注誤管、蔡，亦宜矣。且周公作詩，亦不得不歸罪於武庚也。

日本·皆川願《詩經繹解》卷七：

此篇言，人當常有自慮，致失於惡，常防之，講學修業，又常以勤敏先事，而以求莫或合於夫人所侮言也。

日本·冢田虎《冢注毛詩》卷八：

《金縢》曰："武王既喪，管叔及其群弟乃流言於國，曰：'公將不利於孺子。'周公乃告二公曰：'我之弗辟，我無以告我先王。'周公居東二年，則罪人斯得。于後公乃爲詩以貽王，名之曰《鴟鴞》。"

子貢《詩傳》以爲周公孫於魯，殷人畔，公憂王室，勸王修政以備之之詩。申詩説，其意亦同焉。

日本·豬飼彦博《詩經集説標記》：

《名物鈔》："子金子曰：'《鴟鴞》之詩，其情危，其辭急，蓋有以憂武庚之必反，王室之必搖也。'夫昔也，武庚以周公利權，間三叔。而今也，奄君又以周公見疑嗾武庚，則躑躅之變，勢所必至，故周公汲汲爲成王言之，爲鳥言以自喻，或以喻先王也。"

又：黄譖曰："先儒謂救亂者，乃周公被流言之變，振兵而誅管、蔡。夫成王方疑周公，而周公遽握兵而出，是益滋四國之謗也，亦豈臣子所當爲乎？《金縢》言'我之弗辟，我無以告我先王'，陸德明以'辟'字爲扶亦切。周公以法治流言之罪，此説最害理，不如鄭氏以辟爲避。蓋周公攝政，群叔乃流言，以爲公將不利於孺子，周公不得不居東以避罪耳。天動威而成王悟，金縢啓而袞衣歸。出郊之迎，已見於《金縢》之末，而伐三監之事，乃方見於《大誥》之書，則流言之罪，當在成王既悔之後，非周公方被流言而遂專握兵而往也。"

日本・太田元貞《詩經纂疏》卷七：

《金縢》："武王既喪，管叔及丌群弟乃流言於國，曰：'公將不利於孺子。'周公乃告二公曰：'我之弗辟，我無以告我先王。'周公居東二年，罪人斯得。干後公乃爲詩以貽王，名之曰《鴟鴞》。王亦未敢誚公。"（此《序》以《金縢》爲文，最爲有據。）

歐陽文忠公曰："《詩》三百五篇皆據《序》以爲義，惟《鴟鴞》一篇見於《書》之《金縢》，丌作詩之本意最可據而易明。乃康成之《箋》與金縢之書特異，此失丌大義也。"

日本・仁井田好古《毛詩補傳》卷十五：

《鴟鴞》，周公救亂也。成王未知周公之志，公乃爲詩以遺王，名之曰《鴟鴞》焉。（吕祖謙曰："《書》曰：'武王既喪，管叔及其群弟乃流言於國，曰："公將不利於孺子。"周公乃告二公曰："我之弗辟，則無以告我先王。"周公居東二年，則罪人斯得。于後公乃爲詩以貽王，名之曰《鴟鴞》。王亦未敢誚公。'"）

又：郝仲輿曰："《序》不言公自明，而公救亂，何也？是時成王幼冲，國家新造，紂子未殄，奄、徐外叛，故公作此詩悟王。不知者謂公自明，而知者謂公救王室與天下也大哉！《序》言非知社稷之計，謀聖人之深衷者，孰能作之？"范逸齋曰："成王由管叔鮮、蔡叔度之流言疑周公，故周公居東以避。管、蔡雖已伏其辜，而成王之疑未釋。周公作是詩以貽王，輸露忠款，語意悲切，足以見周公惓惓王室之意"。蔡仲默《書傳》曰："我之弗辟，我無以告我先王。"言我不避則於義有所不盡，無以告先王於地下也。辟，讀爲避，鄭箋爲"避居"是也。居東，居國之東也。孔安國以辟爲“致辟於管叔”之辟，謂誅殺之也，又以居東爲東征，皆非也。

朱子曰：“三叔方流言，周公處骨肉之間，豈應以片言半語遽然興師以征之？聖人氣象大不如此。又成王方疑周公，周公固不應不請而自誅之，若請之於王，亦未必見從。雖曰聖人之心公平正大，區區嫌疑似不必避，但舜避堯之子，禹避舜之子，自是合如此。”郝仲輿《金縢辨解》云：“其居東二年，何也？王疑久未釋也。則罪人斯得，謂管叔始伏辜也。公始至東，管叔謀阻，而終不肯改步。明年將以殷叛。成王覺，使人執而殺之，故曰罪人斯得。罪人，既管叔也。不曰討而曰得，不用師以計得也。誰得之？王與二公得之。公不知乎？曰不知也。公知亦不敢爲叔請。進無以白于王，退無以解于兄。管叔所以驀然被戮，公所以黯然沈痛，不能伸一臂之力。于後公知，而乃作《鴟鴞》之詩貽王也。史不稱叔稱罪人，何也？叛，故曰罪人。孟子云：管叔以殷畔。朝廷以叛殺罪人，非以流言殺叔也。”好古按：郝氏説，先儒之所未發。驗之於詩書，最爲當。諸家釋《金縢》，誤解其義，錯亂其次，所以窒塞不通也。今詳其始末，蓋爲五節流言之行。周公避居東，此一節也。二年而管叔將以殷叛，成王覺，使人執而殺之，故曰罪人斯得，此二節也。於是周公作詩以貽王，此三節也。後有風雷之變，而成王迎周公，此四節也。公歸，然後成王命公討武庚，所謂東征三年，歸勞歸士，此五節也。此詩曰“既取我子，無毀我室”，《傳》曰“寧亡二子，不可毀我周室”，此詩爲誅管、蔡而作也，明矣。然則居東乃避居國之東也，東征則成王迎周公之後，命討武庚之事。其爲兩事，昭然著明，豈得復二三其説矣哉？

又：【論】王明逸曰：“《鴟鴞》四章，蓋極道武庚之情。武庚之情既明，則成王之疑自釋。《大誥》曰：‘殷小腆，誕敢紀其序，曰予復反鄙我周邦。’此武庚之情，而詩所謂毀我室與侮予者，皆謂此也。”

日本‧龜井昱《古序翼》卷四：

《辨説》云：“此《序》以《金縢》爲文，最爲有據。”

翼曰：救亂最有發揮，不用《金縢》語。

日本‧龜井昭陽《毛詩考》卷十四：

《鴟鴞》，周公救亂也。（前二章言昔日之勞，後二章言居東之勤，都是救亂也。）成王未知周公之志（罪人斯得而未知也，□□之所以爲變故，□是八字），公乃爲詩（十二字，《金縢》舊文，故“爲”字亦仍舊序例曰“作”）以遺王

（《釋文》：遺，本亦作貽），名之曰《鴟鴞》焉（三叔流言，武庚實使之。惡武庚，故以名篇，警發成王，以訴己志之存王室也。"焉"字所以成小序體，故添之）。

日本·東條弘《詩經標識》三：

按：此詩作于武庚未誅之先，自雷風之變而周公既歸，乃承王命誅三監。朱子惑于孔安國之説而謬耳。

日本·安井衡《毛詩輯疏》卷七：

《鴟鴞》，周公救亂也。成王未知周公之志，公乃爲詩以遺王，名之曰《鴟鴞》焉。《箋》："未知周公之志者，未知其欲攝政之欲。"（《釋文》："遺，唯季反，本亦作貽。"此從《尚書》本正義。毛以爲武王既崩，周公攝政，管、蔡流言以毀周公。又導武庚與淮夷叛而作亂，將危周室，周公東征而滅之，以救周室之亂也。於是之時，成王仍惑管、蔡之言，未知周公之志，疑其將篡，心益不悦，故公乃作詩，言不得不誅管、蔡之意以貽成王，名之曰《鴟鴞》焉。鄭謂怡悦王心，定本"貽"作"遺"字，則不得爲怡説也。陳啓源云："周公居東，即是東征，辟即致辟。孔氏《書傳》本無誤也。毛公《詩傳》雖無明文，然訓'既取我子'二語則云：'寧亡二子，不可毀我周室。'蓋亦以《鴟鴞》詩爲作誅管、蔡之後矣。鄭氏誤以《金縢》居東爲避居，故解《鴟鴞》詩種種害義。朱《傳》從毛，盡埽鄭謬，當矣。乃後之述朱者，因其晚年與蔡仲默書，遂舍《集傳》而別爲之説，何其悖也。"衡謂陳説是也，但讀辟爲致辟，則失之。説又互詳于《東山》。）

日本·安藤龍《詩經辨話器解》卷八：

《鴟鴞》，周公救亂也。成王未知周公之志，公乃（右旁行小字：在東都）爲詩以遺王，名之曰《鴟鴞》焉。（《箋》："未知周公之志者，未知其欲攝政之意。"）

【眉批】朱注："武王克商，使弟管叔鮮、蔡叔度監武庚之國。武王崩，成王立，周公相之，二叔以武庚叛，且流言於國曰：'周公將不利於孺子。'周公乃告二公：'我不以法法三叔，則我無以成周道，告我先王。'遂東征之，以二年之中，罪人盡得矣。而王猶未知周公之意，故作此詩以貽王。其意武庚既敗管、蔡，比不可更毀我王室也。王猶未悟，欲讓公而未敢。秋大熟，未穫。天大雷電以風，禾盡偃，大木斯拔，邦人大恐。於此王與大夫盡弁，以啓金縢之書。武王有病，周公請命天得伐武王之説。王執書泣，出迎郊。天乃雨反風，禾盡起。"

【眉批】四國，管蔡商奄（旁行小字：淮夷□）。

【眉批】三監：管蔡□。

【眉批】《傳》：寧取我管、蔡。

【眉批】《箋》：已取我成王。

【眉批】按：既，過去之辭也。又盡也。

【眉批】既取我子，朱注："比武庚既敗管、蔡，不可更毀我王室。"

日本·山本章夫《詩經新注》卷中：

《鴟鴞》，武庚既平，周公哀成王不察己志，作此詩以貽之。

又：章夫按：《周頌·小毖》篇非頌體，實與此篇相贈答之作也。周公既托言于鳥，成王因托言于蟲，見雙璧之美，學者須連讀而可矣。

日本·竹添光鴻《毛詩會箋》卷八：

箋曰：《孟子》言管叔以殷畔，而《詩》以鴟鴞取子喻武庚誘管、蔡者，所以末減管、蔡倡亂之罪，而不忍盡其詞，親親之道也。後三章皆明己憂勞王室之心，情危詞迫，使成王知其心之無他而已。《序》所云"成王未知周公之志，公乃爲詩以貽王"者，此也。

朝鮮·朴世堂《詩經思辨錄》：

《序》："成王未知周公之志，公乃爲詩以遺王，名之曰《鴟鴞》。"

鄭云："未知其欲攝政之意。"

毛云："子，成王也。徹，剝也。拮据，撠挶也。嘵嘵，懼也。"

鄭云："重言鴟鴞者，將述其意之所欲言，丁寧之也。室，猶巢也。言幸無毀我巢，我巢積日累功，作之甚苦，故愛惜之也。自說作巢至苦如此。今女寧有敢侮慢欲毀之者乎？我作之至苦如是者曰我未有室家之故。手口既病，羽尾又殺敝，言己勞苦甚。巢之翹翹而危，以其所托枝條弱也。音嘵嘵然，恐懼告訴之意。"

孔云："毛以爲自說作巢至苦，以喻先公先王亦世修其德，積其勤勞，乃得成其王業，致此大功，甚難若是。今汝管、蔡之屬何由或敢侮慢我周室而作難乎？"

王肅云："及天之未陰雨，剝取彼桑根，以纏綿其戶牖，以興周室積累之艱難也。手口盡病乃得成此室巢，喻周之先王勤勞經營，乃得成此王業，用免侵毀之患，無道之人輕侮稚子，弱寡王室，不可不誅也。撠持，謂以手爪撠持也。室巢雖成，以所托枝條弱，故予室今翹翹然而危，又爲風雨之所漂搖，此巢將毀，予是以唯音之嘵嘵然而恐懼，以喻王業雖成，今成王幼弱而爲凶人所振蕩。周室將毀，故己亦嘵嘵然而危懼。"

此詩之義，舊說舛僻，至以爲鴟鴞之所自言者如此，其謬至是，今錄其稍不

88

悖於義者。

　　以周公之居東爲東征三叔武庚者，乃孔氏、毛氏之謬，而獨鄭氏以爲不然。朱子初主孔氏，深攻避居東都之説，不少假借。蓋其爲《詩傳》也，則乃方主孔説之時，故曰："周公東征二年，乃得管叔、武庚而誅之，而成王猶未知周公之意也，公乃作此詩以貽王。"及後始悟前論之非，曰："弗辟之説，只從鄭氏爲是。向答董叔重，一時信筆，謂當從古注説，後來思之不然。"因又盛言孔説之失。方朱子主孔説作《詩傳》之時，其所云者如何，恐此非一時信筆之錯，及後覺悟，其説又如此。雖足以見君子不吝之勇，抑學者窮理豈不期於必盡，辨義豈不期於必當？然意有所蔽，識有未至，是非之差，不翅東西之易方，詎非深可懼者哉？

　　朝鮮・李瀷《詩經疾書》：

　　口、足、羽、尾、音、巢，雖几繫於鳥者，無不言之勤勞之極也。始言民不敢侮，又言風雨漂搖，此則人謀備矣，而天道難度也。

　　朝鮮・金鍾厚《詩傳札録》：

　　《傳》："周公東征二年，乃得管叔、武庚而誅之，而成王猶未知公之意也，公乃作此詩以貽王。"

　　按：朱子初晚説之不同，及此《傳》之未及追改，詳見於末章小注。安成劉氏説："今以《書傳》考之，則《鴟鴞》之作在於東征之前者，明矣。"第其曰："'既取我子'者，似與此《傳》所謂既敗管、蔡者相合，然武庚既詿誤，管、蔡與之同叛，則此正爲取子之譬，置辟與否，非所暇論也。"

　　朝鮮・正祖《經史講義・詩》：

　　此詩之在周公東征前後爲一疑案。《尚書》則作《鴟鴞》詩貽王在居東二年之後。居東，非東征也。《詩傳》則以爲東征之後。兩處不合，豈非大可疑乎？《詩傳》襲孔氏説，而朱子又與蔡九峰論辨，易其前説，故學者以此爲定論。然《詩傳》之不爲追改，何歟？朱子於易簀前三日改《大學章句》，其於經義未安處，未嘗錙銖或忽。而東征是元聖一大事，則如是泛過，不爲釐正其誤，何歟？

　　有榘對：此詩之作，孔安國謂在東征之後，鄭玄謂在避居東都之時。今考《史記》曰："周公奉王命東伐，遂誅管、蔡，爲詩貽王，命之曰《鴟鴞》。"其説與孔相合，而鄭所謂避東之事，則歷考傳紀，略不概見。且是時洛邑未營，安得謂東都乎？恐當以《集傳》爲朱子定論。若其與蔡沈書則不過一時問答之言也。

朝鮮·申綽《詩次故》卷六：

《金縢》："武王既喪，管叔及其群弟乃流言於國，曰：'公將不利於孺子。'周公乃告二公曰：'我之不辟，我無以告我先王。'周公居東二年，罪人斯得。于後公乃爲詩以貽王，名之曰《鴟鴞》。王亦未敢誚公。"注：孔安國曰："武王死，周公攝政。三監以周公有次立之勢，遂生流言。辟，法也。言我不以法法三監，無以成周道，告我先王，遂東征二年，罪人此得。成王信流言而疑周公，故周公既誅三監而作詩，解所以宜誅之意以遺王。"馬融、鄭玄讀辟爲避，言避居東都。鄭玄曰："罪人，周公之屬黨與知居攝者。周公出，皆奔。今二年盡爲成王所得。周公傷其屬黨無罪得死，恐其刑監，又破其家，而不改正言，故作《鴟鴞》詩以怡王。怡，悦也。今《豳風·鴟鴞》也。"綽按：《魯世家》："周公攝政當國，管叔及其群弟流言。周公告太公、召公曰：'我之所以弗避而攝行政者，恐天下畔周，無以告我先王。'於是卒相成王，管、蔡等果率淮夷以反，周公奉成王命興師東伐，誅管叔，殺武庚，放蔡叔，寧淮夷。二年而東土以集，周公歸報成王，乃爲詩貽王，命之曰《鴟鴞》。"與孔、鄭義又不同。《孟子》注趙君以爲刺邠君曾不如鳥則又以此爲刺邠君之詩。

朝鮮·丁若鏞《詩經講義》：

御問曰："此詩之在周公東征前後爲一疑案，《尚書》則作詩貽王在居東二年之後。居東非東征也。《詩序》則以爲東征之後，兩處不合，豈非大可疑乎？《詩序》襲孔氏説，而朱子又與蔡九峰論辨，易其前説，故説學者以此爲定論。然《詩序》之不爲追改，何歟？朱子於易簀前三日改《大學章句》，其於經義未安處，未嘗錙銖或忽，而東征是元聖一大事，則如是泛過，不爲釐正其誤，何歟？"

臣對曰："居東、東征之説，朱子偶未及照勘，以致後來許多訾議，然合之爲三年，既有定論，則《詩序》之未及釐正，不害其取舍之得正也。"

朝鮮·趙得永《詩傳講義》：

御製條問曰："此詩之在周公東征前後爲一疑案，《尚書》則作《鴟鴞》詩貽王在居東二年之後。居東非東征也。《詩序》則以爲東征之後，兩處不合，豈非大可疑乎？《詩序》襲孔氏説，而朱子又與蔡九峰論辨，易其説，故學者以此爲定論。然《詩序》之不爲追改，何歟？朱子於易簀前三日改《大學章句》，其於經義未安處，未嘗錙銖或忽之。東征是元聖一大事，則如是泛過，不爲釐正其誤，何歟？"

臣對曰："此詩之作在於周公居東二年之後者，《金縢》説也。夫《金縢》經也，其爲可信莫是如也，而《詩序》則以爲此詩之作在於東征之後，然則雷風之變，金縢之啓在於何時也？以事理推之，此詩之作之時，成王之心猶未釋然也，及見雷雨之變，《金縢》之書，王心是汲然開悟，公遂東征以誅管叔、武庚，而《東山》之詩作矣。若如《詩序》則方三叔流言之時，周公處骨肉之間，豈應以片言半語遽然興師以伐之？然則當其東征之時，王之疑自在也，聖人之心雖曰大公無私，不能感回主惑，而擅興師徒以誅釁我者，與後世拜表輒行者無異矣。曾謂周公之聖而有是乎，且周公東征已誅管叔、武庚，則王室之憂息矣，又何以曰'既取我子，无毁我室'云乎？其言之誕虛不足信。朱子已明卞之矣，而未及厘正，其誤如誠章者實多，後人之餘感，然《詩序》之誤，朱子已明言之，則其厘正與否，又不須論矣，未知如何。"

朝鮮・沈大允《詩經集傳辨正》：

托言武庚既誤管、蔡而又欲毀我王室也。武王克商，封武庚于殷，而封弟管叔鮮、蔡叔度、霍叔處于殷之接境以監殷。三叔與武庚謀反，流言曰："周公將不利於孺子。"周公避位居東二年，乃得流言之所自，公乃作詩以貽成王，托鳥以言也。

朝鮮・朴文鎬《詩集傳詳説》卷六：

武王克商，使弟管叔鮮、蔡叔度監于紂子武庚之國（殷也）。武王崩，成王立，周公相之，而二叔以武庚叛（挾武庚而將叛），且流言於國曰："周公將不利於孺子。"（九峰蔡氏曰："商人兄弟爭立者多，管叔於周公爲兄，尤所覬覦，故流言以動搖周公。"）。故周公東征三年（一作"二"），乃得管叔、武庚而誅之。而成王猶未知周（一無"周"字）公之意也（猶疑其將不利於己），公乃作此詩以貽王。（朱子曰："《金縢》'弗辟'之説只從鄭氏爲是，古注説不然。"九峰蔡氏曰："辟，讀爲避。鄭氏謂避居東都，孔氏以'居東'爲東征，非也。蓋周公居東二年，成王因風雷之變，迎公以歸。三叔懷流言之罪，遂脅武庚以叛。王命公征之。其東征往返首尾又自三年也。"安成劉氏曰："《集傳》蓋用孔氏《書》注'弗辟'之説。後來既與九峰辨其不然，以爲當從鄭氏，而於《詩傳》則未及追改耳。"按：孔氏以辟爲致辟之辟，當從蔡氏《書傳》爲正。而此注"東征"以下十三字，追改以"居東二年罪人斯得"八字爲宜，此實朱子晚年定論也。居東，蓋退而待命也。）

朱子曰："此詩艱苦深奧，成王何故便理會得？當時事變在眼前，故讀其詩者便知其用意所在。自今讀之，既不及見當時事，所以謂其詩難曉。"

又曰："當初管、蔡挾武庚爲亂。詩人之言只得如此，不成歸怨管、蔡。"

安成劉氏曰："此詩歸罪於武庚，而於三叔則有閔惜之意，蓋爲親者諱也，《書》之《大誥》亦然。此皆兄弟私情見於立言之際。然而公義則不可掩，故史臣於《書》特書曰：'管叔及其群弟流言於國。'"

又：當與《常棣》參看。

事見（音"現"）《書·金縢》篇。

朝鮮·無名氏《讀詩記疑》：

《金縢》傳與此有异。蓋蔡氏用朱子晚年之論而然。此小注謂："觀其告鴟鴞以無毀我室，可見其詩作於武庚未誅之先。"此固爲可證之最者，然謂之追述當日之情，亦不至不通。而蔡《傳》以《東山》詩"三年"與《金縢》"二年"不合，證居東之非東征。然依此傳謂東征二年誅罪人，而不能即返，合爲三年，亦無甚窒礙矣。唯朱子晚年說所謂三叔方流言，周公不應遽興師征之者，誠爲然矣。以故此傳亦必謂二叔以武庚叛且流言云云，苟使叛且流言，則周公征之無可疑。《金縢》雖只留言，他亦未有所考，然亦安知事實之不果如此歟？愚於《書傳》亦有所論，當參考。

李雷東按：

上所錄總說部分文獻，有作者、寫作時間、整篇解說和主題等幾個問題。關于此詩主題，《毛詩序》說："《鴟鴞》，周公救亂也。成王未知周公之志，公乃爲詩以遺王，名之曰《鴟鴞》焉。"后世解說此詩主題，遂多以周初史實爲據，衆說紛繁。

現將上述問題分述如下。

一　作者

1. 周公。《毛詩序》（《毛詩正義》卷八）提出此說。

2. 大臣。明·江環《詩經鐸振》（《國風》卷之三）有此說。

二　寫作時間

1. 周公東征而成王仍惑管、蔡之言之時。唐·孔穎達《毛詩正義》卷八以爲毛氏有此説。

2. 管、蔡流言，周公乃避居東都之明年。唐·孔穎達《毛詩正義》卷八以爲鄭氏有此説。

3. 周公既誅管、蔡後。宋·歐陽修《詩本義》卷五有此説。

4. 周公東征，二年，誅管叔、武庚時。宋·朱熹《詩經集傳》卷八提出此説。

5. 當在《七月》寫作時間之後。宋·嚴粲《詩緝》卷十六有此説。

6. 周公避居，二年之後，武庚未誅之前。元·劉瑾《詩傳通釋》卷八："後來既與九峰辨其不然，以爲當從鄭氏，而於《詩傳》則未及追改耳。"

7. 周公避居，成王啓金縢之前。明·梁寅《詩演義》卷八有此説。

8. 在王既感悟而迎公以歸之後也。明·倪復《詩傳纂義》（不分卷）有此説。

9. 管、蔡未誅之前。明·季本《詩説解頤》卷十四有此説。

10. 是詩作于成王殺管叔之日。明·郝敬《毛詩原解》卷十六有此説。

11. 居東山二年，而管、蔡平，《詩》云"三年"，則此詩末後一年中所作耳。明·沈守正《詩經説通》卷五有此説。

12. 作于未迎周公之先。清·方苞《朱子詩義補正》卷三有此説。

13. 作於避位居東之日，此時武庚三叔之叛皆未發，而勢有必然。清·汪紱《詩經詮義》卷四有此説。

三　整篇解説

1. 唐·孔穎達："毛以爲……經四章，皆言不得不誅管、蔡之意。"（《毛詩正義》卷八）

2. 唐·孔穎達："鄭以爲……四章皆言不宜誅殺屬臣之意。"（《毛詩正義》卷八）

3. 宋·李樗《毛詩詳解》："夫鳥之營巢也，口手盡病而又羽之殺尾之敝，至於未陰雨之時徹彼桑土，纏綿其户牖，其勞甚矣。及巢之已成也，則爲鴟鴞之所毁，又爲巢下之民所侵侮，風雨之所摇蕩，三者交至，則其守巢也豈不難哉？"（《毛詩李黄集解》卷十八）

4. 明·黄佐："鴟鴞鴟鴞，既取我子，無又毁我室也。我之恩勤鬻子，誠爲可之閔，取之已甚，又毁室耶。我亦先爲之所矣。迨天未雨，徹桑土以纏綿巢之陳冗，將爲陰雨計也。下民今日誰敢侮予者乎！然我前日之爲巢又有甚於今者，手口卒瘏，亦爲無室家之故耳。羽亦殺矣，尾亦敝矣，室猶未定，是則可憂也。正爲陰雨之謀，反被漂摇之害。哀鳴嘵嘵，豈予得已哉！"（《詩經通解》

卷八)

5. 明·萬時華："言如云鴟鴞鴟鴞，爾取我子，無更毀我室。然我向爲此室，非不預也，既綢繆之矣，非不勤也，既拮据之矣。今日毛羽俱敝，本爲此室，鴟鴞未去，風雨又生其間。然則毀予之成者，不在鴟鴞，又在風雨。維音嘵嘵，安能自已？"(《詩經偶箋》卷五)

6. 清·毛奇齡："惟此二叔，如取我之懷，置彼之懷也，其尚可毀我室哉？夫鬻子尚可憫，況作室哉？且予之作此室也，不特鴟鴞爲可畏矣，有風雨焉。且不特風雨，今女下民得毋有敢侮予者哉？夫予之盡瘁不可已，亦曰惟此室未定故也。今此室將定，而風雨又將至矣，則安得不告哀也哉？"(《國風省篇》卷一)

7. 清·李詒經："首章就鬻子說，下三章就成室說。俱是對針不利孺子之言，明其心迹以釋成王之疑也。"(《詩經蠡簡》卷二)

8. 清·陳僅："後三章皆專說毀室。一邊躬親創造，歷盡艱難，自無幾時，而漂搖□由內禍。其情危，其辭迫。連下十'予'字，槌心泣血，告成王，即以曉管、蔡，使知閱墻禦侮，以兄弟之情動之也。"(《詩誦》卷二)

9. 清·李灝："《鴟鴞》，周公懼間而作也。"(《詩說活參》卷上)

10. 清·顧廣譽："安溪李氏以爲首章末二句終'既取我子'之意，二章以下皆以終'無毀我室'之意。先叙初營巢時，急於補苴，懼陰雨之卒至，而下民或有侮予者，又叙其方營巢時，多所捋取以爲之材，多所蓄積以爲之備，手攫不足，繼以口銜，勞瘁之至，惟慮室家之未成耳。手口既勞，故羽毛爲之散亂。巢方垂成高懸，而果有風雨漂搖之至。羽毛沾濕，則手足無所施矣。此嘵嘵哀鳴所以不能自止也。"(《學詩詳說》卷十五)

11. 朝鮮·李瀷："口、足、羽、尾、音、巢，雛几繫於鳥者，無不言之勤勞之極也。始言民不敢侮，又言風雨漂搖，此則人謀備矣，而天道難度也。"(《詩經疾書》)

四 主題

1.《毛詩序》："《鴟鴞》，周公救亂也。成王未知周公之志，公乃爲詩以遺王，名之曰《鴟鴞》焉。"(《毛詩正義》卷八)

2. 漢·鄭玄《毛詩箋》："未知周公之志者，未知其欲攝政之意。"(《毛詩正義》卷八)

3. 漢·鄭玄《毛詩箋》："時周公竟武王之喪，欲攝政成周道，致大平之功。

管叔、蔡叔等流言云：'公將不利於孺子。'成王不知其意，而多罪其屬黨。"（《毛詩正義》卷八）

4. 唐·孔穎達："此《鴟鴞》詩者，周公所以救亂也。毛以爲武王既崩，周公攝政，管、蔡流言以毀周公，又導武庚與淮夷叛而作亂，將危周室。周公東征而滅之，以救周室之亂也。於是之時，成王仍惑管、蔡之言，未知周公之志，疑其將篡，心益不悦，故公乃作詩。言不得不誅管、蔡之意，以貽成王，名之曰《鴟鴞》焉。"（《毛詩正義》卷八）

5. 唐·孔穎達："鄭以爲武王崩後三年，周公將欲攝政，管、蔡流言，周公乃避之，出居於東都。周公之屬黨與知將攝政者，見公之出，亦皆奔亡。至明年，乃爲成王所得。此臣無罪，而成王罪之，罰殺無辜，是爲國之亂政。故周公作詩，救止成王之亂。於時成王未知周公有攝政成周道之志，多罪其屬黨，故公乃爲詩，言諸臣先祖有功，不宜誅絶之意，以怡悦王心，名之曰《鴟鴞》焉。"（《毛詩正義》卷八）

6. 唐·孔穎達《毛詩正義》卷八引王肅説駁鄭。

7. 唐·孔穎達《毛詩正義》卷八引《金縢》爲説。

8. 宋·歐陽修："周公既誅管、蔡，懼成王疑己戮其兄弟，乃作詩以曉諭成王。"（《詩本義》卷五）

9. 宋·蘇轍："《鴟鴞》，周公救亂也。"（《詩集傳》卷八）

10. 宋·蘇轍："周公東伐二叔，既克，而成王未信，故爲詩以遺王。"（《詩集傳》卷八）

11. 宋·黄櫄："周公慮成王之不知而爲逆臣之所誤，故作《鴟鴞》之詩以喻之，使之知王業之艱難，祖宗之憂勤，而三監乃欲取王室已成之業而毁之，豈不甚可懼哉？故作詩以鴟鴞爲喻。"（《毛詩李黄集解》卷十八）

12. 宋·范處義："周公作是詩以貽王，輸露忠款，語意悲切，至今誦之，足以見周公惓惓王室之意。而成王以幼冲之資，尚未開悟，但未敢誚公耳，亂猶在，故序詩者以救亂爲言。"（《詩補傳》卷十五）

13. 宋·王質："當是周公在東，伯禽在西，父子隔絶，有不相保之勢。言我子猶可，王室爲重，憂王室危也。……大率欲以哀苦爲之感動成王，其初欲誚而未敢，其卒乃悔而至泣，此詩不爲無助也。"（《詩總聞》卷八）

14. 宋·朱熹："武王克商，使弟管叔鮮、蔡叔度監于紂子武庚之國。武王崩，

95

成王立，周公相之，而二叔以武庚叛，且流言於國曰：'周公將不利於孺子。'故周公東征，二年，乃得管叔、武庚而誅之。而成王猶未知周公之意也，公乃作此詩以貽王。"（《詩經集傳》卷八）

15. 宋・朱熹："此《序》以《金縢》爲文，最爲有據。"（《詩序辨説》）

16. 宋・楊簡："周公欲成王勤於學，學而德性明，賢否判，流言何自而作，亂何自起乎？"（《慈湖詩傳》卷十）

17. 宋・楊簡引孔子曰："爲此詩者其知道乎！"（《慈湖詩傳》卷十）

18. 宋・輔廣："此詩固是周公赤心血誠，然流言自以周公爲己謀，而周公自以王室爲己之室家，無所避也，此又可見其正大之情。"（《詩童子問》卷三）

19. 宋・林岊："周公以管、蔡、武庚及淮夷叛我周家，其心愛護王室，自托如護巢之禽，托喻彼叛亂之人，如鴟鴞之取子毀巢也。"（《毛詩講義》卷四）

20. 宋・戴溪："《鴟鴞》，周公哀于商民，以感動成王之心也。"（《續呂氏家塾讀詩記》卷一）

21. 宋・嚴粲："此詩不知者以爲公之自明耳。曰周公救亂者，用《春秋》書法也。"（《詩緝》卷十六）

22. 宋・朱鑒：《詩傳遺説》（卷四）引朱子語録。

23. 元・劉瑾："此詩歸罪於武庚，而於三叔則有閔惜之意，蓋爲親者諱也，如《書》之《大誥》亦然。"（《詩傳通釋》卷八）

24. 元・王逢《詩經疏義輯録》："今世經師多從孔《傳》，蓋謂成王幼冲，周公身任安危之寄，豈可避小嫌而輕去哉？"（《詩經疏義會通》卷八）

25. 元・劉玉汝："此篇見周公之心忠於王室，用力極勤。"（《詩纘緒》卷八）

26. 明・呂柟："此可見其東征救亂之心矣。"（《毛詩説序》卷二）

27. 明・豐坊："周公孫于魯，殷人畔。公憂王室，勸王修政以備之，賦《鴟鴞》。"（《魯詩世學》首卷）

28. 明・豐坊："夫《鴟鴞》一詩惟其不叙己功，不辨詩，不咎管、蔡，而惓惓于先王之始謀，諄諄于成王之禦侮，其心忠愛仁厚，正誠惻怛，正大光明，而無一毫驕吝矜忮之私，是以成王感之而不替，天下信之而不疑，萬世鄉之而無議也。夫豈褊陋者之所能窺測耶？"（《魯詩世學》卷十五）

29. 明・江環《詩經鐸振》（《國風》卷之三）："大臣托喻以貽王，必詳喻愛國之意，而復申作詩之由也。"

30. 明·徐光啟：“讀《鴟鴞》一詩，可以想見周公忠誠懇惻之心，且公以叔父之親，居攝相之位，而所祈于王者，惟自訴其忠赤，比于鳥之哀鳴，而無一毫怨懟不遜之詞。公何嘗以孺子視王哉？萬世而下誦公之詩，而見公之心事，如青天白日，不可掩也。即是可以律操懿之罪矣。”（《毛詩六帖講意》一卷）

31. 明·姚舜牧：“此詩大在存王室。”（《重訂詩經疑問》卷三）

32. 明·唐汝諤：“徐儆弦曰周公以流言之近誣，而慮王聽之不聰也，乃爲詩以遺王，名之曰《鴟鴞》。”（《毛詩蒙引》卷七）

33. 明·萬時華：“看來此詩之意，不在憂武庚之亂，而在釋盈庭之疑。”（《詩經偶箋》卷五）

34. 明·朱朝瑛：“公乃作此詩以貽王，極道武庚包藏禍心，鄙我周邦，復其舊物，不但忌嫉一人，不可不早爲備也。”（《讀詩略記》卷二）

35. 明·胡紹曾：“公惟深見將來之機，實慮毖銷之晚，故著《鴟鴞》，稱説先公先王所爲締其室者，庶幾王心之戒慎。今説者反謂周公自鳴本情，則失其義久矣。”（《詩經胡傳》卷五）

36. 清·錢澄之：“公貽以《鴟鴞》之詩，極道武庚之情，所憂在國家，而不在區區一己之謗。”（《田間詩學》卷五）

37. 清·毛奇齡：“《鴟鴞》之詩，周公貽王所作也，謂殷頑可患也。”（《續詩傳鳥名》卷二）

38. 清·陸奎勳：“武庚逆謀，露而迹未顯，然故篇中但喻邦家新造之難，宜爲綢繆風雨之計。若流言之罪人，則於‘既取我子’句微示其意。”（《陸堂詩學》卷五）

39. 清·陸奎勳《陸堂詩學》（卷五）引《越絕書》爲之釋。

40. 清·張敘：“《鴟鴞》，勤王室也。管、蔡誘於武庚而作流言，周公避居東都，成王之疑未釋，公爲鳥言自比以曉王也。”（《詩貫》卷五）

41. 清·顧鎮：“是時以鴟鴞比武庚，而於管、蔡深致悲憫，音調凄切，詞旨危苦，想見大聖人遭變，匡扶心事，後來惟武侯《出師》二表近之。”（《虞東學詩》卷五）

42. 清·羅典：“今反覆讀之，《鴟鴞》之詩，即當時所謂流言也。”（《凝園讀詩管見》卷五）

43. 清·牟庭：“《鴟鴞》，周公貽王，戒以管叔殷人之亂，當預防之也。”

97

（《詩切》）

44. 清・劉沅："此詩乃公平亂之後，公恐成王以戡亂爲喜，不知反躬自責，故作此詩。"（《詩經恒解》卷二）

45. 清・徐璈："引《易林》爲之説。"（《詩經廣詁》）

46. 清・方玉潤："《鴟鴞》，周公悔過以儆成王也。"（《詩經原始》卷八）

47. 清・龔橙："《鴟鴞》，邠人爲古公亡也。"（《詩本誼》）

48. 清・王闓運："周公自述救亂殺兄之意。遺言告成王欲別葬，不敢祔文王墓。"（《毛詩補箋》）

49. 清・馬其昶："此詩乃周公克殷歸，先爲此以詒王，述其不得已而用兵之故。故《序》曰'救亂也'。"（《詩毛氏學》十五）

50. 日本・赤松弘："然其辭皆丁寧告諭殷民之事也。其不敢公言者，篤敬之至也。"（《詩經述》卷四）

51. 日本・皆川願："此篇言，人當常有自慮，致失於惡，常防之，講學修業，又常以勤敏先事，而以求莫或合於夫人所悔言也。"（《詩經繹解》卷七）

首章句解

鴟鴞鴟鴞

《毛詩故訓傳》（《毛詩正義》卷八）：

鴟鴞，鸋鴂也。

漢·鄭玄《毛詩箋》（《毛詩正義》卷八）：

重言鴟鴞者，特述其意之所欲言丁寧之也。

唐·陸德明《毛詩音義》（《毛詩正義》卷八）：

鴟鴞，鳥也。

又：鸋鴂似黃雀而小，俗呼之巧婦。

唐·孔穎達《毛詩正義》卷八：

假言人取鴟鴞子者，言鴟鴞鴟鴞，其意如何乎？

"鴟鴞，鸋鴂"，《釋鳥》文。舍人曰："鴟鴞，一名鸋鴂也。《方言》云：'自關而東謂桑飛曰鸋鴂。'"陸機《疏》云："鴟鴞似黃雀而小，其喙尖如錐，取茅莠爲窠，以麻紩之，如刺襪然。縣著樹枝，或一房，或二房。幽州人謂之鸋鴂，或曰巧婦，或曰女匠。關東謂之工雀，或謂之過蠃①。關西謂之桑飛，或謂之襪雀，或曰巧女。"

又：鴟鴞，小鳥，爲巢以自防，故知求免大鳥之難也。

宋·歐陽修《詩本義》卷五：

論曰：諸儒用《爾雅》謂鴟鴞爲鸋鴂。《爾雅》非聖人之書，不能無失。其

---

① 過蠃，爲"過蠃"之誤，下同。

又謂鷦鳩爲巧婦。失之愈遠。今鴟多攫鳥子而食。鴞，鴟類也。

宋·蘇轍《詩集傳》卷八：

鴟鴞，惡鳥也。鳥之有巢者呼而告之。

宋·李樗《毛詩詳解》（《毛詩李黄集解》卷十八）：

鴟鴞，毛氏以爲鷦鳩也，則從《爾雅》之文。陸氏以爲："鴟鴞似黄雀而小，其喙尖如錐，取茅莠爲巢，以麻紩之如刺襪然，縣著樹枝，或一房，或二房，幽州人謂之鷦鳩，或曰巧婦。"毛、鄭之説則以謂："鴟鴞，鷦鳩也。""既取我子，無毁我室"，言鴟鴞之志愛其子，尤惜其巢也。既謂"既取我子"，志愛其子，則不得以爲鴟鴞若以愛其子猶惜其巢，則文不相貫。歐陽氏以爲："諸儒從《爾雅》之文，然以《爾雅》非聖人之全書，不能無失。又謂鷦鳩爲巧婦，失之愈遠。今鴟鳥多攫鳥子而食。鴞，鴟類也。"此説爲當。陸農師曰："先儒以鴟鴞爲巧婦。郭璞注《爾雅》云'鴟類'。則璞與先儒異意。余以《爾雅》觀之，宜如璞義。蓋《爾雅》言'鴟鴞，鷦鳩'，繼言'狂茅'。鴟鴞，亦鴟類。賈誼所謂'鳳皇伏竄，鴟鴞翱翔'是也。《詩》曰'鴟鴞鴟鴞'，以戒鴟鴞之辭，非自道之也。"

宋·黄櫄《詩解》（《毛詩李黄集解》卷十八）：

鴟鴞，惡鳥，故破群鳥之巢而食其子。……鴟鴞者，指武庚也。

宋·范處義《詩補傳》卷十五：

鴟鴞，梟之類也，攫鳥子而食。故鳥之愛其巢者呼鴟鴞而告之，……周公以鴟鴞比武庚及從管、蔡作亂者。

宋·王質《詩總聞》卷八：

鴟鴞，謂管、蔡也。

宋·朱熹《詩經集傳》卷八：

鴟鴞，鵂鶹，惡鳥，攫鳥子而食者也。

托爲鳥之愛巢者，呼鴟鴞而謂之曰"鴟鴞鴟鴞"。

宋·吕祖謙《吕氏家塾讀詩記》卷十六：

《爾雅》曰："鴟鴞，鷦鳩。"（郭璞曰："鴟類。"山陰陸氏曰："先儒以鴟鴞爲巧婦。以《爾雅》觀之，宜如璞義。蓋《爾雅》言'鴟鴞，鷦鳩'，繼言'狂茅、鴟怪、鴟梟、鴟'，則鷦鳩亦梟之類也。"吕氏曰："鴟鴞，惡聲之鷙鳥也。《詩》'有鴞萃止'，又'翩彼飛鴞'，又'爲梟爲鴟'，蓋梟之類……"）

歐陽氏曰："鳥之愛其巢者，呼鴟鴞而告之。"（程氏曰："不知呼鴟鴞者主何物?”）……

程氏曰：“鴟鴞，謂爲惡者。”（朱氏曰：“周公托爲鳥言以自比。”）

呂氏曰：“殷民欲叛，馮附二叔之親，欺惑其人，使之流言，云周公將不利於孺子，欲王取信兄弟之言，中傷周公，謀危王室也。故周公曰：‘管、蔡親也，爾既以惡污染，使陷於罪，是汝殷民入吾國，害我兄弟矣。又欲危王室，則不可也。’”（范氏曰：“成王幼弱，未足以及天基命定命，周公苟不攝政，則禍亂將作，而毀周室矣。故曰‘無毀我室’，與王室同安危故也。”）

鸋鳩，鴟鴞之別名。郭景純、陸農師所解皆得之。《方言》云“自關東謂桑飛曰寧鳩”，此乃陸璣[①]《疏》所謂“巧婦，似黃雀而小”，其名偶與鴟鴞之別名同，與《爾雅》之所載實兩物也。毛鄭誤指以解《詩》。歐陽氏雖知其失，乃并與《爾雅》非之，蓋未考郭景純之注耳。

宋·楊簡《慈湖詩傳》卷十：

《爾雅·釋鳥》云：“鴟鴞，鸋鳩。”郭曰：“鴟類。”《爾雅》繼云：“狂茅、鴟怪、鴟梟、鴟。”釋曰：“此別鴟類也。”《大雅·瞻卬》云：“爲梟爲鴟。”陸璣云：“鴞，大如斑鳩，綠色，惡聲之鳥也，入人家凶。賈誼所賦鵬鳥是也。”《陳風·墓門》云“有鴞萃止”。

宋·林岊《毛詩講義》卷四：

今夫護巢之禽指鴟鴞而語之。

宋·魏了翁《毛詩要義》卷八：

鴟鴞，似黃雀而小，有鸋鳩、巧婦等八名。《正義》曰：“‘鴟鴞，鸋鳩’，《釋鳥》文。舍人曰：‘鴟鴞，一名鸋鳩也。《方言》云：“自關而東謂桑飛曰鸋鳩。”’陸璣《疏》云：‘鴟鴞，似黃雀而小，其喙尖如錐，取茅秀爲窠，以麻紩之如刺襪然，縣著樹枝，或一房，或二房。幽州人謂之鸋鳩，或曰巧婦，或曰女匠。關東謂之工雀，或謂之過羸。關西謂之桑飛，或謂之襪雀，或曰巧女。’”

宋·嚴粲《詩緝》卷十六：

曰鴟鴞，鴞類也。鴞，惡聲之鳥。鴟鴞鳥，鴞類，則亦惡聲之鳥也。郭璞以爲鴞類，陸璣以爲巧婦，陸農師是璞而非璣。

《釋鳥》曰：“鴟鴞，鸋鳩。”二字音寧決。

---

① 即陸機，下同。

101

《詩記》曰："郭景純、陸農師得之。鶬鳩，鴟鴞之別名，《方言》云：'自關而東謂桑飛曰鶬鳩。'此乃陸璣《疏》所謂巧婦，似黃雀而小，其名偶與鴟鴞之別名同，與《爾雅》之所載實兩物也。鄭誤指以解詩。歐陽氏雖知其失，乃并與《爾雅》非之，蓋未考景純之注耳。"

又：鴟鴞，惡聲之鷙鳥，喜破鳥巢而食其子。托爲鳥之愛其巢者，呼鴟鴞而告之。

元・胡一桂《詩集傳附錄纂疏》卷八：

鴟鴞，鵂鶹，惡鳥，攫鳥子而食者也。

又：《爾雅》曰："鴟鴞，別名鶬鳩。"郭氏曰："鴟類。"呂氏曰："惡聲之鷙鳥。《詩》'有鴞萃止''翩彼飛鴞''爲梟爲鴞'，蓋鴞之類也。"

元・劉瑾《詩傳通釋》卷八：

鴟鴞，鵂鶹。惡鳥，攫鳥子而食者也。（呂與叔曰："惡聲之鷙鳥也。'有鴞萃止''翩彼飛鴞''爲梟爲鴞'，蓋梟之類也。"）……托爲鳥之愛巢者，呼鴟鴞而謂之曰："鴟鴞鴟鴞，……"（彭氏曰："鴟鴞，以比武庚。"）

元・梁益《詩傳旁通》卷五：

鴟鴞

管、蔡、武庚。

元・朱公遷《詩經疏義》（《詩經疏義會通》卷八）：

鴟鴞，鵂鶹，惡鳥攫（爪持也）鳥子而食者也。

元・劉玉汝《詩纘緒》卷八：

鴟鴞，比武庚。

明・梁寅《詩演義》卷八：

鴟鴞，惡鳥，以比武庚、管、蔡。

明・胡廣《詩傳大全》卷八：

鴟鴞，鵂鶹，惡鳥攫（爪持也）鳥子而食者也。（藍田呂氏曰："惡聲之鷙鳥也。'有鴞萃止''翩彼飛鴞''爲梟爲鴞'，蓋梟之類。"）……托爲鳥之愛巢者，呼鴟鴞而謂之曰："鴟鴞鴟鴞，……"（廬陵彭氏曰："鴟鴞，以比武庚。"）

明・倪復《詩傳纂義》：

鴟鴞者，惡鳥也，以其破巢取卵，比管、蔡之動搖周公，以敗王室，故因以言審微預變之道，經理王室之勤。

明·季本《詩説解頤》卷十四：

鴟鴞，詳見《墓門》。字義本惡鳥攫鳥子而食者也。……此詩爲管叔而作，則鴟鴞當比管叔。

明·豐坊《魯詩世學》卷十五：

鴟鴞，惡鳥，攫鳥子而食者。則以比武庚也。

明·李資乾《詩經傳注》卷十八：

鴟鴞，鷙鳥，善搏擊，尤食同氣。《禽經》云：“鳩生三子，必有一鶚。”諺云：“鳩生三子，必有一鷂。”鶚即鴞之轉音。鶚即鴟之轉音。故轉鳶爲鴟，轉鷂爲鴞。其生最少，常與二鳩同受父母之恩勤，及長而羽翼□尾成，欲擊嗜同胞，常破巢搜求，故其子多在梅在棘在榛避之。其母猶在桑，使鴟鴞不疑，假以覓食，從梅棘榛而潛哺之，所謂均一也。周公引鴟鴞以取警，蓋謂己與二叔同爲先君之子，同出西周之室，而乃既取我子，又欲從武庚以毁王室乎？

又：一陽生于子，一陰生于午，而迫天陰雨矣。故受之以鴟鴞鴟鴞。鴟鴞者，破巢之鳥，謀危王室者也。

明·許天贈《詩經正義》卷九：

此章呼鴟鴞者，呼武庚也。

明·郝敬《毛詩原解》卷十六：

首章言鴟鴞呼武庚也。

又：鳥之惡鴟鴞者，呼而告曰：“鴟鴞乎，鴟鴞乎。”

明·馮時可《詩臆》卷下：

鴟鴞，毛《傳》以爲鸋鴂也。似黃雀而小，其喙尖如錐，取茅莠爲巢，以麻紩之，如刺襪然。縣著樹枝，或一房，或二房。幽州人謂之巧婦，或曰女匠。關東謂之工雀。關西謂之襪雀。此言鴟鴞爲巢，人取其子，而是鳥之意，寧亡此子，無欲毁其室也。朱《傳》以爲鵂鶹，則是惡鳥，取鳥子而食也。

明·徐光啓《毛詩六帖講意》一卷：

【疏】陸機曰：“鴟鴞，似黃雀而小，其喙尖如錐，取茅秀爲巢，以麻紩之，如刺襪然，縣著樹枝，或一房，或二房。幽州人謂之鸋鴂，或曰巧婦，或曰女匠。關東人謂之工雀，或謂之過蠃。關西謂之桑飛，或謂之襪雀，或謂之巧女。”

明·朱謀㙔《詩故》卷五：

鴟鴞，惡鳥，常攫鳥子而食。……鴟鴞，以喻武庚。

103

明·曹學佺《詩經剖疑》卷十二：

問：子既以鴟鴞而喻武庚⋯⋯

明·陸化熙《詩通》卷一：

呼鴟鴞者，呼武庚也。

明·張次仲《待軒詩記》卷二：

鴟鴞，惡鳥，攫鳥子而食，喻武庚。

明·何楷《詩經世本古義》卷十之上：

鴟鴞，《爾雅》云：“鷦鳩也。”郭璞以爲鴟類。而陸璣則云：“鴟鴞，似黃雀而小，其喙尖如錐，取茅莠爲巢，以麻紵之，如刺襪然，縣著樹枝，或一房，或二房，幽州人謂之鷦鳩，或曰巧婦，或曰女匠。關東謂之工雀，或謂之過鸁。關西謂之桑飛，或謂之襪雀，或曰巧女。”陸佃、邢昺、丘光庭輩皆非之，謂當從璞義。今據《爾雅》本文，鴟鴞，鷦鳩之下，又有狂茅、鴟怪、鴟梟、鴟等名，則此自應同是鴟屬，無緣得爲巧婦、小雀也。或以鴟與鴞爲二物。賈誼賦云“鸞鳳伏竄兮，鴟鴞翺翔”，顏師古注云：“鴟，鵂鶹，怪鳥也。鴞，惡聲鳥也。”或以爲鴟鴞即鵂鶹。按：鵂鶹即怪鴟，一名鴟鵂，未聞有鴟鴞之名。況《爾雅》明別鴟鴞與怪鴟爲二物，無容混而爲一也。愚考鴟鴞，單言之即鴞是也，解見《墓門》篇。《魏志》云：“鴞，天下賤鳥也，及其在林，食椹。則懷我好音。”以其爲惡聲之鳥，故周公取以比夫流言者。

明·唐汝諤《毛詩蒙引》卷七：

許南台曰：“呼鴟鴞者，呼武庚也。”

程子曰：“鴟鴞，謂爲惡者。”

明·毛晉《毛詩陸疏廣要》卷下之上：

鴟鴞，似黃雀而小，其喙尖如錐，取茅莠爲巢，以麻紵之，如刺襪然，縣著樹枝，或一房，或二房，幽州人謂之鷦鳩，或曰巧婦，或曰女匠。關東謂之工雀，或謂之過鸁。關西謂之桑飛，或謂之襪雀，或曰巧女。

《爾雅》：“鴟鴞，鷦鳩。”邢《疏》：“舍人曰：鴟鴞，一名鷦鳩。”郭云：“鴟類。”《詩·豳風》云“鴟鴞”，毛《傳》云：“鴟鴞，鷦鳩，先儒者皆以爲今之巧婦。”郭注此云：“鴟類。”又注《方言》云：“鷦鳩，鴟鴞，鴟屬。”非此小雀明矣，是與先儒意异也。今《爾雅》以郭氏爲宗，且依郭氏。《埤雅》：“先儒以爲鴟鴞即今巧婦。郭注《爾雅》獨云鴟類，則璞與先儒异意。以《詩》與《爾雅》考之，宜如璞義。蓋《爾雅》言鴟鴞、鸋鳩。”繼云：“狂茅、鴟怪、鴟梟。鴟則鴟鴞，宜亦鴟類。賈誼所謂‘鸞鳳伏竄，鴟鴞翱翔’是也。《詩》曰：‘鴟鴞鴟鴞，既取我子，無毀我室。’則其語似戒鴟鴞之詞，正如《黃鳥》之詩，非鴟鴞自道也。昔賢云：‘鴟鴞惜功，愛子及室。’誤矣。其二章曰：‘迨天之未陰雨，徹彼桑土，綢繆牖戶。’‘迨天之未陰雨’，及其閑暇之譬也。‘徹彼桑土，綢繆牖戶’，明其政刑之譬也。孔子曰：‘爲此詩者，其知道乎！’及其國家閑暇，明其政刑，孰敢侮之！爲是故也。”東萊呂氏曰：“鸋鳩，鴟鴞之別名。”郭景純、陸農師所解皆得之。《方言》云：“自關而東謂桑飛曰鸋鳩。”此乃陸璣《疏》所謂“巧婦似黃雀而小”，其名偶與鴟鴞之別名同，與《爾雅》之所載實兩物也，毛、鄭誤指以解《詩》。歐陽氏雖知其失，乃并與《爾雅》非之，蓋未考郭景純之注耳。朱注云：“鴟鴞，鵂鶹，惡鳥攫鳥子而食者也。”藍田呂氏曰：“惡聲之鷙鳥也。‘有鴞萃止’‘翩彼飛鴞’‘爲梟爲鴞’，蓋梟之類也。”華谷嚴氏曰：“鴟鴞喜破鳥巢而食其子。”山陰陸氏曰：“鴟鵂，一名隻狐。……鴞服鬼車之類也。”《爾雅》又云：“鵅鵵鶶。”注：“今江東呼爲鵂鶹，爲鵋（鵙），亦謂之鵋鶀。”又云：“怪鴟。”注：“即鵂鶹也。見《廣雅》。今江東通呼此屬爲怪鳥。”《莊子》云：鵂鶹，“夜撮蚤，察毫末。晝出，瞑目不見丘山。言殊性也”。《博物志》云：“鵂鶹，一名鵋鶹，晝日無見，夜則目至明。人截爪甲弃露地，此鳥夜至人家，拾取爪視之，則知凶吉，輒便鳴，其家有殃。”《本草》云：“鈎鵅入城城空，入宅宅空，怪鳥也。又有鵋鶹，亦是其類，微小而黃，夜能食人手爪，知人凶吉。”《纂文》曰：“鵋鶹，夜能食蚤虱。蚤、爪音相近。俗人云：‘拾人弃爪，相吉凶。’妄説也。”《淮南·萬畢術》曰：“鵋鶹，致鳥，取鵋鶹，折其大羽，絆其兩足，以爲媒，張羅其傍，則鳥聚矣。”歐陽氏云：“今鴞多攫鳥子而食。”《名物疏》云：“鴟鴞名鸋鳩，巧婦亦名鸋鳩，故先儒多誤以鴟鴞爲巧婦，其實鴟鴞是鴞類耳。《衛風》‘流離之子’，此土梟也。《陳風》‘有鴞萃止’，此《爾雅》之梟鴟也，并非此鴟鴞。朱《傳》以爲鵂鶹，則又誤鵂鶹。《爾雅》謂之鵅鵵鶶，又云怪鴟。不得爲鴟鴞也。若巧婦，乃《周頌》之桃蟲耳。據《本草》則鵵鶶、鵋鶹又是二物。及鄭氏云‘鵙鵙生題肩’，與鴞亦無所出，難以管見定其然否。《韓詩説》云：‘鴟鴞，鸋鳩，鳥名也。鴟鴞，所以愛養其子者，適以病之愛憐。養其子者，謂堅固其窠巢。病之者，謂不知托於大樹茂枝，反敷之葦苕。風至苕折，有子則死，有卵則破，是其病也。’與《荀子》所説‘蒙鳩’同。楊倞《荀子》注云：‘蒙鳩，鷦鴞也。是韓嬰亦以鴟鴞爲巧婦也。'" 按《經》云"既取我子，無毀我室"，雖云比擬之詞，其爲惡鳥無疑矣。嚴華谷云："喜破鳥巢而食其子。"朱晦庵云："攫鳥子而食，極合風人之旨。"陸元恪認爲巧婦。《釋文》全非。大凡説《詩》者，鳥獸草木之名固應詳核，亦必得顧母法，方解人頤。若夫"流離之子"，顯然借惡鳥以斥衛人。朱子云："流離，漂散也。"謂之何哉？

明‧楊廷麟《詩經聽月》卷五：

鴟鴞，惡鳥攫鳥子而食者。

又：呼鴟鴞者，呼武庚也。管、蔡本敗武庚，而歸罪武庚者，爲親者諱也。

明‧萬時華《詩經偶箋》卷五：

篇中鴞喻武庚。

明‧胡紹曾《詩經胡傳》卷五：

鴟鴞，《禽經》："鴟以愁嘯，鴞以凶叫。"或云："鴟、鵂，一名隻狐、鴟、鵩、鬼車之類，是二鳥矣。"朱注鴟鴞，乃夜能攝蚤者。《博物志》及《本草》訛云："夜拾人墮爪禍人。"郭注："此鳥爲鵂鶹，是不得爲鴟鴞矣。"韓嬰以鴟鴞爲巧婦，先儒多然。今按《衛風》之"流離"，土梟也，《陳風》之"萃鴞"，梟鴟也，此鴟鴞別一怪鳥，能破巢取卵。《爾雅》謂之鸋鴂，非巧婦也。硩簇氏，掌攻妖鳥。

明‧范王孫《詩志》卷九：

【疏】陸機云："鴟鴞，似黃雀而小，其喙尖如錐，取茅莠爲巢，以麻紵之，如刺襪然。縣著樹枝，或一房，或二房。幽州人謂之鸋鴂，或曰巧婦，或曰女匠。關東謂之工雀，或謂之過蠃。關西謂之桑飛，或謂之襪雀，或曰巧女。"

鄭經：通篇皆托爲鴟鴞之言。鴟鴞善爲巢，取喻亦妙。

明‧賀貽孫《詩觸》卷二：

鴟鴞，鵂鶹，惡聲之鷙鳥。賈誼所謂"鸞鳳伏竄，鴟鴞翱翔"也。

清‧朱鶴齡《詩經通義》卷五：

《呂記》："《爾雅》：'鴟鴞，鸋鴂也。'郭璞云：'鴟類。'蓋鸋鴂乃鴟鴞之別名也。《方言》：'自關以東謂桑飛曰鸋鴂。'此乃陸璣《疏》所謂巧婦，似黃雀而小，其名偶與鴟鴞之別名同，與《爾雅》所載實兩物也。毛鄭誤指以解詩。歐陽雖知其失，乃并《爾雅》非之，蓋未考景純之注耳。"

又：鄭《箋》作鴟鴞自言，又謂周公救其屬黨，大謬。王肅固已正之。朱

《傳》出而《詩》義如發矇矣。

清·錢澄之《田間詩學》卷五：

顏師古云："鴟，鵂鶹，怪鳥也。鴞，惡聲鳥也。"郭璞以爲鴟類，以其爲惡聲之鳥，故公取以比夫流言者。

清·張沐《詩經疏略》卷四：

鴟鴞，惡鳥也，攫食鳥子，以比管叔、武庚等也。

清·毛奇齡《續詩傳鳥名》卷二：

（鴟鴞，鵂鶹，惡鳥攫鳥子而食者也。）

鴟鴞見前，一名怪鴟，晝常伏處，至夜每出，攫他鳥子以爲食。《莊子》所謂晝則瞑目，夜能撮蚤察毫末者。以其警敏，故《楚詞》稱鷙鳥是也。此詩係周公所作，見《尚書·金縢》篇。其云取子，云毀室，必于物理無少忤者。《爾雅》以鴟鴞爲鵶鴟，而郭璞、陸璣董爭以鷦鷯小鳥當之，其可通乎？

《尚書》居東，《豳風》東征，尚千古聚訟。祇鴟鴞一鳥，一以爲鷙鳥，則比祿父及殷頑，一以爲鷦鷯，則周自比，亦復聚訟不輟。夫以殷小腆叛大邑周，在《尚書·大誥》已明言之。今自比小鳥，已是難通。況解經須讀經。鴟鴞之名見于《金縢》。《金縢》曰："周公居東二年，則罪人斯得，于後公乃爲詩以貽王，名之曰《鴟鴞》。"據舊《傳》，是時祿父已受誅，所謂罪人者，指祿父也。因而貽之以《鴟鴞》之詩，則此鴟鴞者，正承罪人祿父言，謂罪人雖得，而其所爲可慮者尚未已也。

又：張風林曰："自《爾雅》有鴟鴞、鵶鴟之文，而注之者曰鵶鴟即鷦鷯也。因之《詩傳》《詩疏》亦儳以鴟鴞爲小鳥。"《文選》張士烈《爲諸孫置守冢人表》曰："鴟鴞恤功，愛子及室。"劉良注云："鴟鴞，鳥名。言此鳥憂毀其室。"則自晉唐後，其以鴟鴞爲鷦鷯，比比然矣。按：鴟鴞即快降鳥，鷦鷯即黃脰鳥。《詩》鳥名不易識，惟此二鳥則老稚男女無不共見共識之，而猶迷惑不自信，是非援經以正之不可矣。經解例曰："解經者必以經証經。"雖小物亦然。

清·陳啓源《毛詩稽古編》卷八：

鴟鴞，鵶鴟。毛《傳》不言何鳥。觀三章《傳》云："手病口病，故能免乎大鳥之難。"則不以鴟鴞爲惡鳥矣。《韓詩》謂鴟鴞之愛養其子，適以病之不托於大樹茂枝，而托於葦苕，此與《荀子》所言蒙鳩事相合。蒙鳩亦名巧婦，即《小毖》篇桃蟲也。故趙岐注《孟子》，以鴟鴞爲小鳥。陸《疏》釋鴟鴞亦以爲巧婦，說皆同。惟王叔師《楚詞注》云：“鴟鴞，鸋鴂，貪鳥也。”則與巧婦別鳥矣。《爾雅》：“鴟鴞、鸋鴂。”郭注云：“鴟類。”殆祖王說，而陸氏《埤雅》力證其是，今用之。

清·冉觀祖《詩經詳說》卷三十一：

鴟鴞，偽鸋，惡鳥攫鳥子而食者也。

毛《傳》：“鴟鴞，鸋鴂也。”

又：鄭《箋》：“重言鴟鴞者，將述其意之所欲言丁寧之也。”

又：孔《疏》：“鴟鴞，鸋鴂。《釋鳥》文。舍人曰：‘鴟鴞，一名鸋鴂也。’《方言》云：‘自關而東謂桑飛曰鸋鴂。’陸璣《疏》云：‘鴟鴞，似黃雀而小，其喙尖如錐，取茅莠爲巢，以麻紩之，如刺襪然，縣著樹枝，或一房，或二房，幽州人謂之鸋鴂。或曰巧婦，或曰女匠。關東謂之工雀，或謂之過蠃。關西謂之桑飛，或謂之襪雀。’”

又：鴟鴞，惡鳥。他鳥呼鴟鴞而告之，恐害其子。毛、鄭皆作鴟鴞告人以取我子，爲鴟鴞恐人取其子，與詩旨全反。

孔《疏》解鴟鴞不合。

藍田呂氏曰：“惡聲之鷙鳥也。‘有鴞萃止’‘翩彼飛鴞’‘爲梟爲鴞’，蓋鴞之類也。”

又：按：鴟鴞，偽鸋。不知的是何鳥。今有二種惡鳥，一爲土梟，一爲樹猫，皆能竊他鳥之子，而其聲甚惡，聞者惡之，疑偽鸋是俗名樹猫。

《詩》有“爲梟爲鴞”，則梟與鴞皆惡鳥，而非一物，若鴟鴞則不可分。

講：人情物理可以相通。王知鳥之愛巢乎？觀其呼鴟鴞而謂之者，曰：“鴟鴞鴟鴞……”

清·王鴻緒等《欽定詩經傳說彙纂》卷九：

鴟鴞，偽鸋，惡鳥攫（俱縛反）鳥子而食者也。《爾雅·釋鳥》：“鴟鴞，鸋鴂。”郭璞注：“鴟類。”呂氏大臨曰：“鴟鴞，惡聲之鷙鳥也。‘有鴞萃止’‘翩彼飛鴞’‘爲梟爲鴞’，蓋梟之類。”

又：程子曰：“鴟鴞喻爲惡者。”

黃氏櫄曰：“鴟鴞破群鳥之巢而食其子，鳥護其巢，呼而告之。”

清·王心敬《豐川詩說》卷十一：

鳥之惡鴟鴞者，呼而告曰：“鴟鴞乎。”

清·李塨《詩經傳注》卷三：

鴟鴞，惡鳥，攫鳥子而食者，喻武庚之儔也。歸罪武庚者，爲親者諱也。

清·黃夢白、陳曾《詩經廣大全》卷九：

托爲鳥之愛巢者呼鴟鴞而謂之。鴟鴞，鴞類，攫鳥子而食。按：鴟鴞，名鸋鴂，巧婦亦名鸋鴂，故先儒多誤以鴟鴞爲巧婦。巧婦乃《周頌》之"桃蟲"耳，《衛風》"流離之子"，土梟也，《陳風》"有鴞萃止"，《爾雅》之"梟鴟"也，并非此鴟鴞。朱《傳》以爲鵂鶹，亦非鵂鶹。《爾雅》謂之鷦鷯鵰，又云怪鴟。

清·張汝霖《張氏詩説》：

釋鴞

《爾雅·釋鳥》："鴟鴞，鸋鴂。"郭注：鴞類。犍爲舍人曰：鴟鴞，一名鸋鴂。《詩·陳風》："有鴞萃止。"《傳》："鴞，惡聲之鳥也。"《魯頌·閟宮》："翩彼飛鴞。"① 《傳》："鴞，惡聲之鳥也。"《大雅·瞻卬》："爲梟爲鴟。"《傳》："鴟，惡聲之鳥也。"《豳詩·鴟鴞》，《傳》："鴟鴞，鸋鴂也。"《説文》："鴟鴞，寧鴂也。"顧野王《玉篇》："鴟鴞，惡聲鳥，捉鳥子而食之者。"諸所訓皆一物也。又《爾雅·釋鳥》："桃蟲，鷦，其雌鴱。"郭注："鷦鴱，桃雀，俗呼爲巧婦。"舍人曰："此鷦鴱，小鳥而生雕鶚者也，字或作□。"陳藏器曰："巧婦小于雀，在林藪間爲窠，窠如小袋。"《玉篇》云："鴱，巧婦也。"《周頌·小毖》："肇允彼桃蟲。"《傳》："桃蟲，鷦也，鳥之始小終大者。"陸璣《疏》云："今鷦鷯是也。微小于黃雀，其雛化而爲雕，故俗語云鷦鷯生雕。"此所釋又一物也。而鄭氏桃蟲《箋》云："鷦之所爲鳥，題肩也，或曰鴞，皆惡聲之鳥也。"按：《月令》："征鳥厲。"注云："征鳥，題肩也。齊人謂之擊征，一名鷹鴟，是小鳥名巧婦者，與題肩初不類也。且題肩是鷹之別名，與鴞亦不類。鴞是惡聲之鳥，鷹非惡聲也。"《爾雅》："鳶鳥醜。"疏云："鳶，鴟也。""鷹隼醜。"疏云："謂隼鴟之屬也。"分言之，明二類矣。而鄭氏合三者而一之，不可解也。又陸璣疏《鴟鴞》云："鴟鴞，似黃鳥而小，喙其尖如錐，取茅莠爲窠，以麻紩之，如刺襪然，懸著枝上，或一房，或二房，幽州人謂之鸋鴂，或曰巧婦，或曰女匠，關東謂之工雀，或曰過羸，關西謂之桑飛，或謂之襪雀，或曰巧女。"以鸋鴂爲巧婦，是鴞與鷦合而一之矣，不可解也。按：巧婦、女匠、工雀、襪雀、巧女，或又曰□□，

---

① "翩彼飛鴞"實出于《魯頌·泮水》。

皆以其作巢之巧名之。過嬴言其小，桑飛言起好飛于桑，無從見其爲惡鳥也。若以其生雕鶚鷙鳥，遂取名鴟鴞之鶹鳩以名之，則田鼠化駕，不得名田鼠爲駕，鷹化布穀[①]，不得稱布穀爲鷹，牛産麒麟，不得名麒麟爲牛，龍生猰貐，不得名猰貐爲龍，舜生章鶹（商均亦名章鶹，見《金樓子》），不得名章鶹爲舜，堯生丹朱，不得名丹朱爲堯，鶹鶚生雕，明不得名鶹鶚爲鶹鳩也。且鶹鳩爲鴟鴞之名，雕鶚爲鷹隼之名，二者亦不相類，陸氏徵引多名，舉幽州人之言以實之，豈陸氏未嘗見鴟鴞乎？豈陸氏所見之鴟鴞真小于黄雀乎？以所聞昧所見，吾恐呼鼠爲璞，發鄭賈之笑；指鹿爲馬，爲趙令所愚耳。孔氏于《頌·小毖》正義引《方言》所説巧婦之名，皆與陸《疏》同，獨無幽州人謂之鶹鳩一語，是孔原不信陸之此句矣。又言《箋》以鶹與題肩及鴞三者合而爲一，其義未詳。且鶹之爲鳥題肩事，亦不知所出，遺俟後賢。是孔亦嘗疑鄭矣。而《鴟鴞》篇正義又取陸氏以鶹鶚爲鶹鳩之説，而以鴟鴞爲小鳥，何其識之無定耶？一鴟鴞而忽大如鷹，忽小如桃蟲，格物之失，遂使周公蒙鴟鴞之比。夫子教弟子學《詩》而曰“多識于鳥獸草木之名”，蓋重之也。

清·張汝霖《學詩毛鄭异同籤》卷五：

然則毛意此詩是托爲常鳥之言曰：彼鴟鴞鴟鴞之惡鳥，既取我之子矣，不可再毀我之巢，以興彼武庚武庚之惡人，既累我之二子矣，不可再毀我之周室。而孔氏《正義》謂鴟鴞鴟鴞之意云：“人既取我子，無能毀我室。”是以鴟鴞爲比周公矣。此殆不然也。案：《陳風》“有鴞萃止”，《傳》：“鴞，惡聲之鳥也。”“爲梟爲鴟”，《傳》：“鴟，惡聲之鳥也。”鴞是惡鳥，何得以比周公，其失毛旨者一也。孔意以鴟鴞之子喻管蔡，而云人取鴟鴞之子，不指武庚，義無所屬，問誰取管、蔡者乎，其失毛旨者二也。經云“既取我子，無毀我室”，《傳》云：“寧亡二子不可以毀我周室。”意自分曉。孔氏云取子者人，則毀室者亦人矣。而又云寧亡二子，無能留此子以毀我周室，是又謂鴟鴞子毀室矣，其失毛旨者三也。第三章《傳》云：“口病手病，故能免于大鳥之難。”明以大鳥指鴟鴞。而孔氏承陸璣《詩疏》之誤，謂鴟鴞爲小鳥，其失毛旨者四也。今此下民，毛意當指從武庚叛之毀民，而孔氏謂“今汝下民”管、蔡之屬。前稱爲我子，後稱爲下民，無是理也。其失毛旨者五也。蓋誤以鴟鴞爲小鳥，而不記其爲惡鳥，遂致乖亂如此。

---

① 即布穀，下同。

清·顧鎮《虞東學詩》卷五：

《爾雅》："鴟鴞，鸋鴂。"郭注："鴟類。"賈誼謂"鳳凰伏竄，鴟鴞翱翔"是也。

清·沈青崖《毛詩明辨録》卷五：

鴟鴞，惡鳥，取鳥之子，毀鳥之巢。通篇詩旨皆鳥言也。鄭《箋》云："重言鴟鴞者，將述其意之所欲言丁寧之也。"孔《疏》釋之曰："假言人取鴟鴞子，是以鴟子喻管、蔡，鴟巢喻王室也。"孔又引陸璣《疏》："鴟鴞，似黄雀而小，其喙尖如錐，取茅莠爲巢，以麻紩之，如刺襪然。縣著樹枝。"以爲"無毀我室"之証。不如朱《傳》直作"鵤鷂，惡鳥"之爲確也。

清·羅典《凝園讀詩管見》卷五：

鴟鴞，《本草》本分二鳥，《詩》合而一之。蓋流言特創此名以指目周公也。鴟爲鷙鳥，以善擊稱，其屬如鷹隼與鶡皆是矣。鴞類亦有二種，大者名鴟鵂，小者名鵤鷂，聲并惡，此鳥之不祥者。鴟善擊，對下"取子"説。鴞不祥，對下"毀室"説。合鴟與鴞爲名，本無是鳥，則其爲流言特創此名。可知其特創此名以指目周公者，明周公將如鴟之善擊，以危成王之幼冲，即將如鴞之不祥，以覆武王之大業也。

清·范家相《詩瀋》卷十：

《詩》曰"鴟鴞鴟鴞，既取我子"，"子"指二叔，"鴟鴞"指武庚。王殺管叔，放蔡叔，降霍叔爲庶人，公不禁痛心疾首于武庚，而目之曰鴟鴞。讀其詩如見其情矣。

清·胡文英《詩經逢原》卷五：

鴟鴞，俗名毛頭鷹，以喻殷武庚乃旄頭小子也。

清·汪梧鳳《詩學女爲》卷十五：

鴟鴞，一名怪鴟，晝常伏處，至夜每出，攫他鳥子食之。《莊子》所謂"晝則瞑目，夜能撮蚤察毫末"者。《爾雅》："鴟鴞，鸋鴂。"而陸璣以鸋鴂小鳥當之。鸋鴂即黄脰，鴟鴞即快降鳥。陸《疏》誤。

清·姜炳璋《詩序補義》卷十三：

鴟鴞鴟鴞，猶云禄父禄父云爾。

清·牟庭《詩切》：

毛《傳》曰："鴟鴞，鸋鴂也。"《釋鳥》："鴟鴞，鸋鴂。"郭注曰："鴟類。"

111

《楚詞·九嘆》王注曰：“鴟鴞，鶹鳩，貪鳥也。”朱《集傳》曰：“鴟鴞，惡鳥攫鳥子而食者。此托爲鳥之愛巢，呼鴟鴞而謂之也。”余案：賈誼《吊屈原文》曰：“鸞鳳伏竄，鴟鴞翺翔。”蔡邕《吊屈原文》曰：“鶹鳩軒翥，鸞鳳挫翮。”據此則兩漢通人皆以鴟鴞、鶹鳩爲惡鳥矣。鴟鴞，今人謂之鴉子，于驕切，舊讀鴞如梟音，失之也。《詩》蓋以鴟鴞比管叔也。《金縢》曰：“武王既喪，管叔及其群弟乃流言于國，曰：‘公將不利于孺子。’”此一節著周公所以居東也。又曰：“周公乃告二公曰：‘我之弗辟，我無以告我先王。’周公居東二年，則罪人斯得。于後公乃爲詩以貽王，名之曰《鴟鴞》。”此一節記流言後之周公也。公被篡奪之名，若不避罪出居，則心迹不明，無以告于先王，故遂東出居豳。二年之後，徐察流言所起，盡得其主名，造謀情狀，公乃爲詩貽王，預防管叔、殷人之變。以管叔流言之惡，名曰鴟鴞，正其罪也，亦爲是時公居東未歸，管叔藏禍未發，猶冀包荒，未敢誦言，不斥其人，而名曰鴟鴞，隱其事也。故名之云者，名管叔罪人，非名詩也。又曰：“王亦未敢誚公。”此一節記流言後之成王也。王聞流言，疑信相半，其心不能無動，而未敢誚讓于公。謂聞流言而未敢誚也，非謂讀《鴟鴞》之詩而未敢誚也。讀詩當泣不當誚，而何未敢之云哉？先儒于《詩》《書》中說此事甚多疏違，不足詳辯也。《韓詩》傳云：“鴟鴞，鶹鳩，鳥名也。鴟鴞所以愛養其子者，適所以病之。愛養其子者，謂堅固其窠巢；病之者，不知托於大樹茂枝，反敷之葦菅，風至，菅折巢覆，有子則死，有卵則破，是其病也。”《方言》云：“桑飛，自關而東謂之工爵，或謂之過贏，或謂之女匠。自關而東謂之鶹鳩，自關而西謂之桑飛，或謂之懷雀。”《廣雅》曰：“鶹鳩，工雀也。”陸《詩疏》曰：“鴟鴞，似黃雀而小，其喙尖如錐，取茅秀爲巢，以麻紩之，如刺襪然，縣著樹枝，或一房，或二房，幽州人謂之鶹鳩，或曰巧婦，或曰女匠。關東謂之工雀，或謂之過贏。關西謂之桑飛，或謂之襪雀，或曰巧女。”《方言》、陸《疏》、《廣雅》皆本《韓詩》，以鴟鴞、鶹鳩爲桑飛小鳥，非矣。鄭《箋》謂鴟鴞自言，亦用《韓詩》義也。

鳥語呼號曰：“我鳥中有鴟鴞。”

清·焦循《毛詩補疏》卷三：

鴟鴞，鶹鳩也。

循按：《傳》於“予口卒瘏”下解云：“手病口病，故能免乎大鳥之難。”是《傳》以鴟鴞爲小鳥也。《韓詩外傳》云：“鴟鴞，鶹鳩，鳥名也。鴟鴞所以愛養其子者，適所以病之。愛養其子者，謂堅固其窠巢；病之者，不知托於大樹茂枝，反敷之葦菭，風至菭折，巢覆有子則死，有卵則破，是其病也（《文選》注）。”《説苑》載客説孟嘗君云：“臣嘗見鷦鷯巢葦之菭，鴻毛著之，已建之安，工女不能爲，可以謂完堅矣。大風至則菭折卵破者，其所托者使然也。”二説相類，而一云鷦鷯，一云鷅鳩，是鷅鳩即鷦鷯也。《荀子·勸學》篇云：“南方有鳥，名曰蒙鳩，以羽爲巢，編之以髮，繫以葦菭，風至菭折，卵破子死，巢非不完也，所繫者然也。”蒙鳩猶言懷雀。謝侍郎墉云：“蒙鳩，《大戴禮》作蛑鳩，《方言》作蔑雀，蒙、蛑、蔑一聲之轉，皆謂細也。”（侍郎刻輯校《荀子》二十卷）鷦鷯，即鷦鵖，《説文》以訓桃蟲，郭璞以爲桃雀，故《易林》云：“桃雀，竊脂巢於小枝，搖動不安，爲風所吹。”則桃蟲、鷦鷯、鷅鳩，一物也。物之以鳩稱者多通名鷯，伯趙名百鷯，又名鳩蟬，名蛥蚗，又名蚏蟟，此鷦鷯一名鷅鳩，亦其類矣。

清·徐華岳《詩故考异》卷十五：

鴟鴞，鷅鳩也。……鴟鴞，鷅鳩。《釋鳥》文。陸璣《疏》云：“似黃雀而小，其喙尖如錐，取茅秀爲巢，以麻紒之，如刺襪然，縣著樹枝。幽州人謂之鷅鳩，或曰巧婦。關東謂之工雀，關西謂之桑飛。”

又：韓：“《傳》曰：‘鴟鴞，鷅鳩，鳥名也。鴟鴞所以愛養其子者，適以病之。愛憐養其子者，謂堅固其窠巢；病之者，謂不知托於大樹茂枝，反敷之葦菭，風至，菭折巢覆，有子則死，有卵則破，是其病也。’”（《文選》注。案：此則鴟鴞即《荀子·勸學》之蒙鳩也。）

清·陳壽祺、陳喬樅《三家詩遺説考·魯詩遺説考》卷二：

【補】《爾雅·釋鳥》：“鴟鴞，鷅鳩。”

舍人曰：“鴟鴞，一名鷅鳩。”

【補】《風俗通義四》：“由鴟鴞之愛其子，適所以害之者。”

喬樅謹案：《文選》陳琳《檄吳將校部曲》云：“鷅鳩巢于葦菭，菭折子破，下愚之惑也。”李善注引《荀子》云：“南方鳥名蒙鳩，爲巢編之以髮，繫之葦菭，菭折卵破。巢非不牢，所繫之弱也。”是李善以鴟鴞爲即蒙鳩。考《方言》，桑飛謂之工爵，自關而東謂之鷅鳩，自關而西謂之桑飛，或謂之懷爵。楊倞注《荀子》亦云：“蒙鳩，鷦鷯也。”蒙當爲蔑，引《方言》桑飛或謂之蔑雀爲證。蔑、蒙一聲之轉。懷、蔑字异音義并同。

清·陳壽祺、陳喬樅《三家詩遺説考·齊詩遺説考》卷一：

【補】又《大畜之蹇》："鶹鵖，鴟鴞，治成遇灾，綏德安家，周公勤勞。"（《噬嗑》之□略同）

清·陳壽祺、陳喬樅《三家詩遺説考·韓詩遺説考》卷二：

喬樅謹案：《藝文類聚》九十二引《詩義》疏云："鴟鴞，似黄雀而小，啄刺如錐，取茅爲巢，以麻紩之，懸著樹枝，幽州謂之鶹鵖，或曰巧婦，或曰女匠。關西謂之蔑雀。《詩》曰'肇允彼桃蟲'。今鷦鷯是也。又引《説苑》曰："鷦鷯巢於葦之苕，大風至，則苕折卵破者，其所托者使然也。"是則鴟鴞與桃蟲爲一鳥矣。

【補】陳琳《檄吳將校部曲文》："鶹鵖之鳥，巢於葦苕，苕折子破，下愚之惑也。"

喬樅謹案：據此檄文知孔璋用《韓詩》説也。

清·胡承珙《毛詩後箋》卷十五：

《傳》："鴟鴞，鶹鵖也。"《正義》引陸《疏》云："鴟鴞，似黄雀而小，其啄尖如錐，取茅莠爲巢，以麻紩之，如刺襪然，縣著樹枝，或一房，或二房。幽州人謂之鶹鵖，或曰巧婦，或曰女匠。關東謂之工雀，或謂之過蠃。關西謂之桑飛，或謂之襪雀，或曰巧女。"《稽古編》曰："《韓詩》謂鴟鴞之愛養其子，適以病之。不托於大樹茂枝，而托於葦苕。""與《荀子》所言蒙鳩事相合。""趙岐注《孟子》亦以鴟鴞爲小鳥。"與陸《疏》説皆同。"惟王叔師《楚辭》注云：'鴟鴞，鶹鵖，貪鳥也。'則與巧婦別鳥矣。"郭注《爾雅》以爲鴟類，殆祖王説，"而《埤雅》力證其是。今用之。"承珙案：《爾雅》以鴟鴞爲鶹鵖，而《方言》之桑飛、《廣雅》之鷦鷯，雖有鶹鵖之名，然并無鴟鴞之目。毛《傳》用《爾雅》，《説文》同毛，又并未明言鴟鴞是小鳥，然則鴟鴞名鶹鵖，與巧婦名鶹鵖者，實爲二物。陸《疏》乃因《韓詩》之説誤合爲一耳。郭注《方言》"鶹鵖"云《爾雅》"鶹鵖"非此小雀，區別甚明。《一切經音義·佛本行集經》標目"梟鴞"，注云："古堯反，土梟也。下爲驕反。《字林》：'鶹鵖也。形似鴉而青白，出于山，即惡聲鳥也。楚人謂之鵬鳥，亦鴟類也。山東名鶹鵖，俗名巧婦。'"此注"形似鴉"。鴞，當作梟。上文既以"土梟"釋"梟"，其下所引《字林》"鶹鵖"之訓，自是釋"鴞"，故當云"形似梟"，不得云"似鴉"。（任氏《字林》考逸引此條，於"梟"字下又隨誤本作"形似鴉"，皆非。）《字林》所言鶹鵖之狀甚晰。其以鶻鵃單名鵃，與《説文》"鴂"下訓"鴟鴞、鶟鵃"者合。又以爲"鴟類"，與郭注《爾雅》合。又云"俗名巧婦"，可見此鳥因鶻鵃名同，遂致溷于桑飛，大小善惡之不辨耳。《楚辭·九嘆》云："葛藟纍於桂樹兮，鴟鴞集於木蘭。"其上文云："傷明珠之赴泥兮，魚眼璣之堅藏。同駑贏與椉駔兮，雜班駁與闒茸。"其下文云："偓促談於廊廟兮，律魁放乎山間。"此皆有美有惡之辭，故王叔師謂"鴟鴞，貪鳥，而集於木蘭，以言小人進在顯位，貪佞升爲公卿也"。《史記·賈誼列傳》"鸞鳳伏竄兮，鴟梟翱翔"，《漢書》作"鴟鴞翱翔"。蔡邕《吊屈原文》云："鶟鵃軒翥，鸞鳳挫翮。"然則《爾雅》之"鴟鴞、鶟鵃"，漢儒亦多以爲梟鴟之屬。郭注可謂有據。《箋》於末章云："巢之翹翹而危，以其所托枝條弱也。"是即用《韓詩》之義。後儒輒謂毛、鄭皆以鴟鴞爲小鳥，而不知毛義實與鄭不同。三章《傳》云："手病口病，故能免乎大鳥之難。"經中并無大鳥字，則所謂大鳥即指鴟鴞，難即指取子毀室，可見"鴟鴞鴟鴞"確是呼而告之，與《魏風》"碩鼠碩鼠，無食我黍"、《小雅·黃鳥》"黃鳥無集于榖"，文例正同。《箋》云："重言鴟鴞者，將述其意之所欲言，丁寧之也。"直以"既取我子"以下爲鴟鴞之言，非毛意也。《埤雅》謂詩章首三句似戒鴟鴞之詞，"即非鴟鴞自道。昔賢云'鴟鴞恤功，愛子及室'，誤矣。"（呂《記》、嚴《緝》皆從陸佃，力主郭説。）

清·林伯桐《毛詩識小》卷十五：

《鴟鴞》傳曰："鴟鴞，鶟鵃。"（《爾雅·釋鳥》文。）郭注："鴟〔類〕。"《傳》最是。蓋貪惡之鳥也。或以爲鸋鴂，夫鸋鴂則何能毀鳥之室，取鳥之子乎哉？

清·徐璈《詩經廣詁》：

《韓詩傳》曰："鴟鴞，鶟鵃[1]，鳥名。鴟鴞所以愛養其子者，適以病之。愛養其子者，謂堅固其巢窠，病之者，謂不知托于大樹茂枝，反敷之葦葀。風至，葀折巢覆，有子則死，有卵則破，是其病也。"（《文選》陳琳《檄吳將校部曲文》注。）又荀卿子曰："南方鳥名蒙鳩爲巢，編之以髮，繫之葦苕，苕折卵破。巢非不牢，所繫之弱也。"

《易林》："桃雀，竊脂巢於小枝，搖動不安，爲風所吹，寒心飄搖，常憂殆危。"（《噬嗑之渙》。按：桃雀，旅之晋作鸋鴂。）

---

① 應爲"鶟鵃"之誤，下同。

陳琳曰:"鳳鳴高岡,以遠罻羅,聖賢之德也。鴟鴞巢于葦苕,苕折子破,下愚之惑也。"(《魏志》注《檄吳將校部曲》。)

張悛曰:"鴟鴞恤功,愛子及室。"(《文選》表。)

邱光庭曰:"鴟鴞,惡聲之鳥,非巧婦。無毀我室,我巧婦也。周公之意以鴟鴞比管、蔡,以巧婦比己,是鴟鴞欲毀巧婦之室,巧婦哀鳴以無毀也。"(兼明《書》。璈按:《爾雅》:"鴟鴞,鸋鴂。"與茅鴟、怪鴟、梟鴟并爲鴟類。又曰:"桃蟲,鷦鷯。"郭注:"即桃雀,俗謂之巧婦。"是則大小殊形,强弱異類。愛室毀室非能同物。邱氏之談良爲辨晰矣。)

清·馮登府《三家詩遺説》卷四:

《韓詩》:"鴟鴞,鸋鴂,鳥名。鴟鴞所以愛養其子者,適以病之。愛養其子者,謂堅固其窠巢,病之者,謂不知托于大樹之茂枝,反敷之葦苕。風至,苕折巢覆,有子則死,有卵則破,是其病也。"(《文選》陳琳《檄吳將校部曲文》注。)

清·黃位清《詩緒餘録》卷五:

鴟鴞 吕氏曰:"鴟鴞,惡聲之鷙鳥也。《詩》'有鴞萃止',又'翩彼飛鴞',又'爲梟爲鴞',蓋梟之類。"《釋鳥》:"鴟鴞,鸋鴂。"(毛《傳》同)陸《疏》:"鴟鴞,似黃雀而小,其喙尖如錐,取茅莠爲窠,以麻紩之,如刺襪然,縣著樹枝,或一房,或二房,幽州人謂之鸋鴂,或曰巧婦,或曰女匠。關東謂之工雀,或謂之過蠃。關西謂之桑飛,或謂之襪雀,或曰巧女。"邢氏昺曰:"先儒皆以爲今之巧婦。"郭注此云:"鴟類。"又注《方言》云:"鸋鴂,鴟鴞,鴟屬。"非此小雀,明矣。《埤雅》:"先儒以爲即今巧婦,郭注《爾雅》云'鴟類',則與先儒異意。以詩與《爾雅》考之,宜如璞義。蓋《爾雅》言'鴟鴞、鸋鴂',繼云狂茅、鴟怪、鴟梟、鴟,則鴟鴞宜亦鴟類。賈誼所謂'鸞鳳伏竄,鴟鴞翱翔'是也。"《詩緝》:"鴟鴞,鴟類,惡聲之鳥。郭璞以爲鴟類,陸璣以爲巧婦。邢疏、陸農師是璞而非璣。"《詩記》曰:"《方言》云:'自關而東謂桑飛曰鸋鴂。'此乃陸《疏》所謂巧婦,似黃雀而小,其名偶與鴟鴞之别名同,與《爾雅》所載實兩物也。毛、鄭誤指以解詩,餘詳《贍卬》。"

清·李詒經《詩經蠹簡》卷二:

鴟鴞是比武庚及管、蔡。

清·馬瑞辰《毛詩傳箋通釋》卷十六:

《傳》:"鴟鴞,鸋鴂也。"(瑞辰)按:陸機《疏》言:"鴟鴞,幽州人謂之鶺鳿，或曰巧婦。"《爾雅》："桃蟲，鷦。其雌鴱。"郭注："鷦鴱，桃雀也，俗呼爲巧婦。"《疏》引《方言》："幽人或謂之鶺鳿。"是鷗鴱與桃蟲爲一。《小毖》詩《傳》："桃蟲，鷦也，鳥之始小終大者。"《箋》云："鷦之所爲鳥，題肩也，或曰鴅，皆惡聲之鳥。"《正義》引陸機《疏》云："今鷦鷯是也。微小於黃雀，其雛化而爲雕，故俗語'鷦鷯生雕'。"又《焦氏易林》亦云："桃蟲生雕。"或云："布穀生子，鷦鷯養之，則化而爲雕。"今按鷦鷯又名蒙鳩。（《荀子》楊倞注："蒙鳩，鷦鷯也。"）雕即鷹屬。（《月令》鄭注："征鳥，題肩也，或名曰鷹。"）鷦鷯化雕，即《月令》"鳩化爲鷹"之類也。鷗鴱，或單稱鷗。《說文》："鷗，鵻也。"《玉篇》："鵻，子鵻，隼也。"隼即布穀也，子鵻蓋小鷗也。以布穀爲子鷗，此殆"布穀生子，鷦鷯養之"之謂。桑蟲以螟蛉之子爲己子，而名果蠃，鷦鷯以布穀之子爲己子，而亦名果蠃。（《方言》："桑飛，自關而東謂之工雀，或謂之過蠃。"過蠃即果蠃也。《廣雅》："鷦鴱、鶺鳿、果蠃、桑飛、女鷗，工雀也。"）其義一也。鷗鴱取布穀子以化雕，蓋古有此說，故《詩》以子喻管、蔡，以鷗鴱喻武庚，以鷗鴱取子喻武庚之誘管、蔡，與《小毖》詩正相通。《小毖》詩"肇允彼桃蟲，拚飛維鳥"，言管、蔡之從武庚，猶布穀之子爲桃蟲所取，則化爲雕鳥也。此詩"鷗鴱鷗鴱，既取我子"，言武庚之誘管、蔡，猶桃蟲取布穀之子而使之化雕也。（《小毖》"肇允彼桃蟲"，謂管、蔡信武庚之誘。《箋》謂桃蟲喻管、蔡之屬，失之。此詩鷗鴱，猶呼武庚而告之，托爲鳥之失其子者言也。《箋》謂托爲鷗鴱之言，亦非。）《孟子》言"管叔以殷畔"，而《詩》以鷗鴱取子喻武庚誘管、蔡者，所以未減管、蔡倡亂之罪，而不忍盡其詞，親親之道也。

清·陳奐《詩毛氏傳疏》卷十五：

《疏》："全章皆托鷗鴱起興，周公以自喻也。""鷗鴱，鶺鳿。"（《爾雅·釋鳥》文。）《說文》作"寧鳿"。《方言》云："桑飛，自關而東謂之工爵，或謂之過蠃，或謂之女匠。自關而東謂之鶺鳿，自關而西謂之桑飛，或謂之懱爵。"《正義》引《義疏》云："鷗鴱，似黃雀而小，其喙尖如錐，取茅莠爲巢，以麻紩之，如刺襪然，縣著樹枝，或一房，或二房，幽州人謂之鶺鳿。"《韓詩》："鷗鴱，鶺鳿，鳥名也。敷之葦莞，風至苕折。"依《韓詩》說，此即《大戴禮》之"蜙鳩"，《荀子》之"蒙鳩"也。《荀子·勸學》篇楊倞注云："蒙鳩，鷦鷯。"《小毖》箋鷦，或曰鷗鴱矣。趙岐注《孟子》鷗鴱爲小鳥。三章《傳》："手病口病，故能免乎大鳥之難。"則毛亦謂鷗鴱爲小鳥矣。唯郭注《爾雅》《方言》、王注

《楚辭》不同古説。……《文選》陳琳《檄吳將校部曲》注引《韓詩》云：“鴟鴞所以愛養其子者，適以病之。愛憐養其子者，謂堅固其窠巢，病之者，謂不知托於大樹茂枝，反敷之葦菅。風至，菅折巢覆，有子則死，有卵則破，是其病也。”毛、韓大指相同。

清・顧廣譽《學詩詳説》卷十五：

《爾雅・釋鳥》：“鴟鴞，鸋鴂。”《疏》引《方言》：“自關而東謂桑飛曰鸋鴂。”陸《疏》謂“似黃雀而小”。此一説也。郭注云：“鴟類。”陸氏《埤雅》從其説。呂氏引之，并引藍田呂氏説惡聲之鷙鳥。《集傳》亦謂：“鴟鴞，鵂鶹，惡鳥攫鳥子而食者。”又一説也。案：如前説，則《箋》所云“將述其意之所欲言丁寧之”。如後説，則歐陽氏所云“鳥之愛其巢者，呼鴟鴞而告之”。審之本篇，參以他詩，其當如後説，不當如前説，明矣。胡氏《後箋》曰：“鴟鴞鴟鴞，確是呼而告之，與《魏風》‘碩鼠碩鼠，無食我黍’、《小雅》‘黃鳥黃鳥，無集于穀’，文例正同。”

清・方玉潤《詩經原始》卷八：

鴟鴞，《集傳》：“鴟鴞，鵂鶹，惡鳥，攫鳥子而食者也。”《爾雅・釋鳥》：“鴟鴞，鸋鴂。”郭璞注：“鴟類。”呂氏大臨曰：“鴟鴞，惡聲之鷙鳥也。‘有鴞萃止’‘翩彼飛鴞’‘爲梟爲鴟’，蓋梟之類。”

清・龍起濤《毛詩補正》卷十四：

毛：“鴟鴞，鸋鴂也。”朱：“鴟鴞，鵂鶹，惡鳥，攫鳥子而食者也。”鵬也。

又：【補】朱《傳》：“鴟鴞，惡鳥，攫鳥子而食者也。”

案：鴟鴞疊言，與“黃鳥黃鳥”“碩鼠碩鼠”皆呼而告之之詞，指武庚。

清・王先謙《詩三家義集疏》卷十三：

【注】魯説曰：“鴟鴞，鸋鴂。”韓説曰：“夫爲人父者，必懷慈人之養，以畜養其子也。”又曰：“‘鴟鴞鴟鴞，既取我子，無毀我室。’鴟鴞，鸋鴂，鳥名也。鴟鴞所以愛養其子者，適以病之。愛養其子者，謂堅固其窠巢；病之者，謂不知托於大樹茂枝，反敷之葦菅。風至，菅折巢覆，有子則死，有卵則破，是其病也。”（【疏】《傳》：“興也。鴟鴞，鸋鴂也。無能毀我室者，攻堅之故也。寧亡二子，不可以毀我周室。”《箋》：“重言鴟鴞者，將述其意之所欲言丁寧之也。室，猶巢也。鴟鴞言已取我子者，幸無毀我巢。我巢積日累功，作之甚苦，故愛惜之也。時周公竟武王之喪，欲攝政成周道，致太平之功。管叔、蔡叔等流言云：‘公

將不利於孺子。'成王不知其意，而多罪其屬黨。興者，喻此諸臣乃世臣之子孫，其父祖以勤勞有此官位土地，今若誅殺之，無絕其位，奪其土地。王意欲誚公，此之由然。""鴟鴞，鸋鳩"者，《釋鳥》文。魯説也。孔《疏》引舍人曰："鴟鴞，一名鸋鳩也。"郭注："鴟類。"誤。"夫爲"至"子也"。《文選·洞簫賦》李注文與下語蓋連類之文。"鴟鴞"至"病也"，《文選》陳琳《檄吳將校部曲》李注引《韓詩》文，引經明韓、毛文同。陳樵："鸋鳩巢于葦苕，苕折子破，下愚之惑也。"注云："苕與薍同。"引《荀子》云："南方鳥名蒙鳩，爲巢編之以髮，繫之葦苕，苕折卵破。巢非不牢，所繫之弱也。"是李以鴟鴞爲即蒙鳩。陳喬樅云："《方言》：'桑飛謂之工爵，自關而東謂之鸋鳩，自關而西謂之桑飛，或謂之懱爵。'《荀子》楊注亦云：'蒙鳩，鳹鸋也。蒙當爲蔑。'引《方言》'桑飛或謂之蔑雀'爲證。蔑、蒙一聲之轉。懱、蔑字異，音義并同。"《藝文類聚》九十二引《詩義疏》云："鴟鴞，似黃雀而小，喙刺如錐，取茅爲窠，以麻紩之，懸著樹枝。幽州謂之鸋鳩，或曰巧婦，或曰女匠。關西謂之蔑雀。《詩》曰'肇允彼桃蟲'，今鳹鸋是也。"是鴟鴞與桃蟲爲一鳥矣。又引《説苑》曰："鳹鸋巢於葦之苕，大風至，苕折卵破者，其所托者使然也。"《風俗通義》四："由鴟鴞之愛其子，適所以害之者。"是魯家説鴟鴞與韓同。愚案：以上魯、韓之遺説，皆爲流言反間，已得行於沖人，懼將傾覆王室，故閔之而力征衛國，比於小鳥之堅固其巢也。在周公行周之政，用周之人，豈有私屬黨哉？《箋》説於他書無徵，不敢據信。）

清·王闓運《毛詩補箋》：

鴟鴞，虩號之鳥，今子規也。春暮鳴號，傷人心。周公臨終遺言，故自比虩血送春之聲。鴟鴞不自哺子，以喻公忘家之義。

清·馬其昶《詩毛氏學》十五：

郭注："鴟屬。"《字林》云："鸋鳩，形似梟而青白，惡聲鳥也。楚人謂之鵬鳥，亦鴟類。"

胡曰："下《傳》'故能免乎大鳥之難'，大鳥指鴟鴞，難指取子毀室也。"

又："鴟鴞鴟鴞"，乃深惡而痛斥之詞，非呼鴟鴞而冀其勿毀也。以大義滅親，彼則無能毀也。

民國·焦琳《詩蠲》卷四：

鴟鴞鴟鴞。（呼而告之之詞。）

又：蠲曰：鴟鴞乎，鴟鴞乎，子之至親，爾亦知之。

日本・中村之欽《筆記詩集傳》卷五：

《爾雅》："鴟鴞，鸋鴂。"郭注云："鴟類。"《埤雅》云："鴞所鳴，其民有禍，證俗云'鴞，禍鳥也'。今謂之畫鳥，蓋聲之誤也。"李時珍曰："鴟與鴞二物也。周公合而咏之，後人遂以爲一鳥。誤矣。鴞，即今俗呼幸胡者是也，處處山林時有之，狀如母雞，有斑文，頭如鴝鵒，目如猫，其名自呼好食桑椹，古人多食之。故《禮》云'不食鴞胖。謂脅側薄弱也'，《莊子》云'見彈而求鴞炙'，皆指此物也。陸《疏》云：'鴞肉甚美，漢供御物，各隨其時，唯鴞冬夏常施之，以其美故也。'《古義》云：'鴟鴞，俎名鴞，以其爲鴟屬，故謂之鴟鴞耳。'"欽按：鴟本鷂名，後人之稱多鴟鴞、梟鴟、怪鴟之類。郭云鴟類，蓋亦此已。陸疏《墓門》之鴞云："大如班鳩，綠色，惡聲鳥也。"而此鴟鴞爲巧婦，朱子知其爲非，故《墓門》解云："鴟鴞，惡聲之鳥也。"是既鴞即爲鴟鴞，此解則以爲鸋鴂，疑以彼所謂大如班鳩綠色者爲鳩鴞，而合于此以正其爲巧婦之誤也。變文曰"惡鳥者"，呂氏曰"惡聲之鶯鳥"，是也。然李時珍以許慎、張華謂鴞、鵬、鸋鴂爲一物，爲非。今考之，鴞，此云奴嗛之類。鸋鴂，此云欲太葛。二鳥皆以其聲名之，或云鴞即梟也，説見《瞻卬》篇。

日本・稻生宣義《詩經小識》卷四：

鴟鴞，似黃雀而小，其喙尖如錐，取茅莠爲巢，以麻紩之，如刺襪然。縣著樹枝，或一房，或二房。幽州人謂之鸋鴂，或曰巧婦，或曰女匠。關東謂之工雀，或謂之過嬴。關西謂之桑飛，或謂之襪雀，或曰巧女。（三国吳・陸璣）

《爾雅》曰："鴟鴞，鸋鴂。"郭璞曰："鴟類。"山陰陸氏曰："先儒以鴟鴞爲巧婦。""以《爾雅》觀之，宜如璞義。蓋《爾雅》云'鴟鴞，鸋鴂'，繼言'狂茅、鴟怪、鴟梟、鴟'，則鸋鴂亦梟之類也。"鸋鴂，鴟鴞之別名。郭景純、陸農師所解皆得之。《方言》云："自關東謂桑飛曰鸋鴂。"此乃陸璣《疏》所謂"巧婦，似黃雀而小"，其名偶與鴟鴞之別名同，與《爾雅》之所載實兩物也。毛鄭誤指以解《詩》。歐陽氏雖知其失，乃并與《爾雅》非之，蓋未考郭景純之注耳。（宋・呂東萊《讀詩記》）

按：鴟鴞，衆説不同。毛氏以爲鸋鴂也。則從《爾雅》之文。郭景純以爲鴟類，陸農師以爲梟類，朱文公以爲鸋鴂，歐陽公則分鴟鴞爲二种。有少异同，其爲殘暴之物一也。陸元恪、孔穎達以爲巧婦。今以詩考之，爲巧婦，其義似優矣。蓋巧婦勤勞於營巢者也，故周公假巧婦作其自道之言，以自喻王室之創造有如此艱難也。巧婦，俗名哥莫施骨昇者是也。

日本·三宅重固《詩經筆記》七：

鴟鴞，鴞類。朱《傳》以爲鵂鶹，亦非。鵂鶹，《爾雅》謂之鵋鵙。

日本·保谷玄悦《詩經多識參考集》上：

鴟者，《字彙》云：“一名鵂鶹，惡鳥，攫鳥子而食者也。晝無所見，夜出飛咳蚊蟲也。似鷹而白矣。”鴞者，亦惡鳥，一名禍鳥也。陸氏云：“大如班鳩，綠色，其鳴有禍也矣。”

日本·赤松弘《詩經述》卷四：

鴟鴞，鵂鶹，惡鳥，攫鳥子而食者也。

日本·户崎允明《古注詩經考》卷五：

《正義》曰：“鴟鴞，鸋鴂。《釋鳥》文。”“《方言》云：‘自關而東謂桑飛曰鸋鴂。’陸璣《疏》曰：‘鴟鴞，似黃雀而小，其喙尖如錐，取茅莠爲巢，以麻紩之，如刺襪然，懸著樹枝，或一房，或二房，幽州人謂之鸋鴂，或曰巧婦，或曰女匠。關東謂之工雀，或謂之過贏。關西謂之桑飛，或謂之襪雀，或曰巧女。’”無能毁我室者，此鴟鴞非不愛子，正謂重其巢室也。

【考】《正義》曰：“毛以爲人取鴟鴞子。”然下《傳》云：“能免乎大鳥之難。”則取鴟鴞之子者大鳥也。朱注亦爲鳥取之，而依鄭，曰：“呼鴟鴞而謂之曰‘鴟鴞鴟鴞，爾既取我子矣，無更毁我之室也’，此爲鴟鴞所攫。”故又云：“鴟鴞，鵂鶹，惡鳥，攫鳥子而食者也。”此似爲佗鳥之言，何其言枝梧？蓋言鴟鴞其意如何乎。寧亡此子，無能毁我巢室，以積日累功作之，攻堅故也，以興周公寧亡管、蔡，無能毁我周室。以自后稷以來，世修德教，有此王基，篤厚堅固故也。

日本·中井積德《古詩逢源》：

鴟鴞，二物。鴞、梟同。鴟，亦梟類，而與鵂鶹不同。鴟俗名夜鷹。鴞，俗名福郎，鵂鶹俗名耳衝，不當相混。《瞻卬》篇曰“爲梟爲鴟”，其爲二物彰彰。此詩以鴟鴞比武庚，故先儒皆以爲一鳥。然武庚豈無黨類同謀者哉？以二鳥比焉，故無妨也。

又：鳥哀鳴語鴟鴞。

日本·皆川願《詩經繹解》卷七：

鴟鴞，《通雅》云：“大抵惡鳥一類。”古人通言鴟梟，而“鴞”字亦借用，皆觜簇氏所覆之妖鳥也。後人不能定指何物，而大小形聲實有三類。鴟或爲鸋鴂，而鴞又有青鴞，可羹者，异名。《疏》則以訓狐爲鬼車、姑獲一物，其實姑獲、鬼車別一鳥也。此三類皆雛時美好，而長大則醜。《爾雅》謂之鸋鴂，此是總解，亦三類也。愚云：據《書·金縢》篇云："公乃爲詩以貽王，名之曰《鴟鴞》。"則此是周公所作，而言鴟鴞者，蓋以鴟鴞欲取子，喻武庚欲作亂，而以諷成王，使預爲備也。

如編詩者之意，則其所以取喻與周公稍异，蓋鴟鴞喻血氣之惡。

日本·岡元鳳《毛詩品物圖考》卷四：

《傳》："鴟鴞，鸋鴂也。"《集傳》："鴟鴞，鵂鶹，惡鳥，攫鳥子而食者也。"鴟鴞，衆説紛紜。鵂鶹之説可從，"爲梟爲鴟"之鴟同此。

日本·藤沼尚景《詩經小識補》卷四：

鴟鴞，似黄雀而小，其喙尖如錐，取茅秀爲巢，以麻絞之，如刺襪然。懸著樹枝，或一房，或二房。幽州人謂之鸋鴂，或曰巧婦，或曰女匠。關東謂之工雀，或謂之過蠃。關西謂之桑飛，或謂之襪雀，或謂之巧女。（唐·陸璣《毛詩草木鳥獸蟲魚疏》）

《爾雅》云："鴟鴞，鸋鴂。"郭璞曰："鴟類。"山陰陸氏曰："先儒以鴟鴞爲巧婦。""以《爾雅》觀之，宜如璞義。蓋《爾雅》言'鴟鴞，鸋鴂'，繼言'狂茅、鴟怪、鴟梟、鴟'，則鸋鴂亦梟之類也。"鸋鴂，鴟鴞之別名。郭景純、陸農師所解皆得之。《方言》云："自關東謂桑飛曰鸋鴂。"此乃陸璣《疏》所謂"巧婦，似黄雀而小"，其名偶與鴟鴞之別名同，與《爾雅》所載實兩物也。毛鄭誤指以解《詩》。歐陽氏雖知其失，乃并與《爾雅》非之，蓋未考郭景純之注耳。（宋·呂東萊《讀詩記》）

按：鴟鴞，衆説不同。毛氏以爲鸋鴂也。則從《爾雅》之文。郭景純以爲鴟鴞類，陸農師以爲梟類，朱文公以爲鵂鶹，歐陽公則分鴟鴞爲兩种。（【眉批】兩種，一作二。）雖少有异同，其爲殘暴之物一也。陸元恪、孔穎達以爲巧婦。今以詩考之，爲巧婦者，其義似優矣。蓋巧婦勤勞於營巢者也，故周公假巧婦作其自道之言，以自喻王室之創造有如此艱難也。巧婦，俗名哥莫施骨矣者是也。

【補】

毛《傳》曰："鴟鴞，鸋鴂也。"朱《傳》曰："鴟鴞，鵂鶹也，惡鳥，攫鳥子而食者也。"

（尚景）按：鴟鴞，鴞，諸説多端，其歸不一也。此與巧婦大小之殊、醜美之异，豈翅霄壤而已哉？雖蠢愚亦能分之，蓋繇其同名异物故耳。一以巧婦營巢之工而立説，一以鴟鴞猾獝之性而設論也。解者抑以爲巧婦耶，將以爲鴟鴞耶，宜釋詩意可矣。

日本·冢田虎《冢注毛詩》卷八：

鴟鴞，惡鳥，攫鳥子而食者也。

又：【眉批】毛云："鴟鴞，鸋鴂也。無能毀我室者，攻堅之故也。寧亡二子，不可以［毀］我周室。"今云：毛意似以鴟鴞爲喻武庚。鄭以爲"鴟鴞"喻成王，"我子"喻公之屬黨。其解皆失之。鴟鴞，惡鳥，豈可喻成王乎？且成王誅周公之屬黨，未嘗見於經傳。朱説則是也。此在《金縢》而明也。

【眉批】鄭云："此取鴟鴞子者，言稚子也，以喻諸臣之先臣，亦殷勤于此。"今云："非也。"

日本·豬飼彦博《詩經集説標記》：

曰："鴟鴞鴟鴞，既取我子"，謂其已誘管、蔡也。

日本·太田元貞《詩經纂疏》卷七：

鴟鴞（武庚禄父）程朱説。

陸機《疏》："巧婦。"朱熹："鵂鶹。"郭璞："鴟類。"山陰陸氏："鴞類。"

日本·仁井田好古《毛詩補傳》卷十五：

鴟鴞，鸋鴂也。無能毀我室者，攻堅之故也。寧亡二子，不可以毀我周室。恩，愛。鬻，稚。閔，病也。稚子，成王也。【補】朱熹曰："鴟鴞，惡鳥，攫鳥子而食者也。"歐陽修曰："鳥之愛其室者，呼鴟鴞而告之。"程頤曰："鴟鴞喻爲惡者。"

又：鴟鴞，鸋鴂。《爾雅》文。郭注以爲鴟類。王叔師《楚詞注》云："鴟鴞，鸋鴂，貪鳥也。"陸農師曰："先儒以鴟鴞爲巧婦。""以《爾雅》觀之，宜如璞義。蓋《爾雅》言'鴟鴞，鸋鴂'，繼言'狂茅、鴟怪、鴟鴞、鴞'，則鸋鴂亦鴞之類也。"《名物疏》云："鴟鴞名鸋鴂，巧婦亦名鸋鴂。故先儒多誤以鴟鴞爲巧婦，其實鴟鴞是鴞類耳。""若巧婦乃《周頌》之桃蟲。"鄭箋曰："重言鴟鴞鴟鴞者，將述其意之所欲言丁寧之也。"

日本·龜井昭陽《毛詩考》卷十四：

鴟鴞、陰雨，亂也。

又：鴟鴞，蓋惡鳥也。據《爾雅》，非鴟與鴞，李時珍不□。

日本·茅原定《詩經名物集成》卷三：

古注云："鴟鴞，鸋鴂也。"

新注云："鴟鴞，傂鸋，惡鳥，攫鳥子而食者也。"

（一名）鴟梟（《類書纂要》）

（一名）逐魂（《類書纂要》）

陸璣《草木疏》云："鴟鴞，似黃雀而小，其喙尖如錐，取茅莠爲巢，以麻紩之，如刺襪然。縣著樹枝，或一房，或二房。幽州人謂之鸋鴂，或曰巧婦，或曰女匠。關東謂之工雀，或謂之過贏。關西謂之桑飛，或謂之襪雀，或曰巧女。"

《昆蟲草木略》云："鴟鴞，《爾雅》曰：'鸋鴂。'陸璣諸儒皆謂爲巧婦。誤看詩文也。今按郭氏說此及《方言》，皆謂是鴟類。據下言茅鴟、怪鴟，則此應是鴟屬。無緣是巧婦。鴞鸋鴂，音遥寧决。"

陸佃云："先儒以鴟鴞爲巧婦。以《爾雅》觀之，宜如璞義。蓋《爾雅》云'鴟鴞，鸋鴂'，經言'狂茅、鴟怪、鴟梟、鴟'，則鸋鴂亦梟之類也。"

呂東萊曰："鸋鴂，鴟鴞之別名。郭景純、陸農師所解皆得之。《方言》云：'自關而東謂桑飛曰鸋鴂。'此乃陸璣《疏》所謂'巧婦，似黃雀而小'，其名偶與鴟鴞之別名同，與《爾雅》之所載實兩物也。毛、鄭誤指以解《詩》。歐陽氏雖知其失，乃并與《爾雅》非之，蓋未考郭景純之注耳。"

嚴粲《詩緝》云："鴟有二。鳶飛戾者，鷹類也。亦單名鴟，惡聲之鳥，怪鴟也。"

《五雜組》云："梟鴟、傂鸋、鴞鸋，訓狐猫頭，皆一物而异名，種類繁多。鬼車九首，則惟楚黔有之，世不恒見。"

定曰：鴟鴞，古注云"鸋鴂"，則是鷦鷯之屬，以其巧爲巢，謂之巧婦。恐非。巧婦，即桃蟲。《小毖》所謂"肇允彼桃蟲"是也。陸璣《疏》多出《方言》，强說附會，不考詩之義。謂"既取我子，無毀我室"，則非惡鳥無恩而何？新注云"傂鸋"，梟之一種。見《綱目》鴟傂及鴞下。

日本·岡井蒿《詩疑》卷九：

《集傳》："《鴟鴞》至者也。"（江村如圭云："《爾雅》：'鴟鴞，鸋鴂。'郭注云：'鴟類。'嚴粲云：'鴟，惡声之鳥，怪鴟也。'朱子蓋本此。傂鸋即怪鴟也。"）

又：何楷云："鴟鴞，《爾雅》云'鸋鴂'也。郭璞以爲鴟類。陸璣則云：'鴟鴞似黃雀而小。幽州謂之鸋鴂，或曰巧婦。'陸佃、邢昺、丘光庭輩皆非之，謂當從璞義。今據《爾雅》本文，鴟鴞、鸋鴂之下又有狂茅、鴟怪、鴟梟、鴟等名，則此自應同是鴟屬，無緣得爲巧婦小雀也。或以鴟與鴞爲二物。賈誼賦云：

'鸞鳳伏竄兮，鴟鴞翱翔。'顏師古注云：'鴟，鵂鶹，怪鳥也。鴞，惡聲鳥也。'或以爲鴟鴞即鵂鶹，按：鵂鶹即怪鴟，一名鴟鵂，未聞有鴟鴞之名。況《爾雅》明別鴟鴞與怪鴟爲二物，無容混而爲一。"

又云①："子比成王也。成王惑于流言而不加覺察，是墮二叔之術中。"禰按：鴟鴞兼比管、蔡及武庚也。朱子意蓋以爲二叔雖與惡，周公之仁未至，曰之以鴟鴞，故專以武庚充鴟鴞，以管、蔡爲子，云武庚既敗管、蔡。然《書·金縢》明云："管叔及其群弟乃流言于國。"《孟子》又云："管叔以殷畔。"則管、蔡實爲唱首，非爲武庚所脅誘也，不得言武庚敗管、蔡。且玩"恩斯勤斯，鬻子之閔斯"二句意，則宛然乎成王幼冲，周公輔之之情，二叔於時已長，豈有此言乎？

日本·安井衡《毛詩輯疏》卷七：

《正義》："鴟鴞，鵽鳩。《釋鳥》文。""《方言》云：'自關而東謂桑飛曰鵽鳩。'陸璣《疏》云：'鴟鴞似黃雀而小，其喙尖如錐，取茅秀爲巢，以麻紩之，如刺襪然，縣著樹枝，或一房，或二房。幽州人謂之鵽鳩，或曰巧婦，或曰女匠。關東謂之工雀，或謂之過嬴。關西謂之桑飛，或謂之襪雀，或曰巧女。'"陳啟源云："《韓詩》謂鴟鴞之愛養其子，適以病之。不托於大樹茂枝，而托於葦苕。此與《荀子》所言蒙鳩事相合。蒙鳩亦名巧婦，即《小毖》篇桃蟲也。故趙岐注《孟子》，以鴟鴞爲小鳥。陸《疏》釋鴟鴞亦以爲巧婦，説皆同。惟王叔師《楚詞注》云：'鴟鴞，鵽鳩，貪鳥也。'則與巧婦別鳥矣。《爾雅》：'鴟鴞，鵽鳩。'郭注云：'鴟類。'殆祖王説，而陸氏《埤雅》力證其是，今用之。"焦循云《韓詩外傳》云云，"《説苑》載客説孟嘗君云：'臣嘗見鴟鴞巢於葦之苕，鴻毛著之，已建之安，工女不能爲，可謂完堅矣。大風至，則苕折卵破者，其所托者使然也。'二説相類，而一云鵽鶹，一云鵽鳩，是鵽鳩即鵽鶹也"。物之以"鳩"稱者，多通名鵽，伯趙名百鵽，又名鳩蟬，名蛥蚗，又名蚓蟟。此鵽鶹一名鵽鳩，亦其類矣。衡謂：鴟及鴞皆惡物，此鳥合二字以爲名，而《經》又云"既取我子"，似謂鴟鴞，小鳥之子，故王逸以爲貪鳥，而郭取以注《爾雅》，後儒之惑竟不可解矣。不知鳥獸草木之名，自古相傳，而於詩尤詳，故曰多識鳥獸草木之名。毛云"鴟鴞，鵽鳩"，而揚雄、劉向以下皆以爲小鳥，蓋亦古來相傳之説，不得輕臆改之。且求之詩二章以下，皆爲鳥自言，而予手拮据，風雨所漂搖，尤與荀、

---

① 此指何楷《詩經世本古義》。

韓及《説苑》所載合，則鴟鴞之爲小鳥無可疑者矣。若以爲貪鳥，二章以下爲鳥自言者，果爲何鳥，不出一篇，所主之鳥名，唯於首章，一舉取其子，貪鳥之名，而鳥自言所懼，則唯巢下之民，及風雨所漂摇，絶不復及取子之貪鳥，此又何説也？今案：鴟鴞，周公自喻也。重言之者，自悼其所遭遇也。

日本·安藤龍《詩經辨話器解》卷八：

鴟鴞（右旁行小字：周公喻成王，自爲小鳥言鴟鴞。鴟鴞，指武庚。）（左旁行小字：武庚。）鴟鴞，……鸋鴂（右旁行小字：一名桑飛。）也。

日本·山本章夫《詩經新注》卷中：

鴟鴞，梟也。鴟鴞本爲二鳥之名，以其惡鳥，性相近，連呼爲鴟鴞，猶瑞鳥連呼曰鸞鳳也。賈誼所謂"鸞鳳伏竄，鴟鴞翺翔"者，可以證。

日本·竹添光鴻《毛詩會箋》卷八：

鴟鴞攫其子去，故其鳥哀鳴告鴟鴞……《瞻卬》曰"爲梟爲鴟"，是鴟鴞同類而二物。鴞、梟同，鴟亦梟類，又有鵂鶹。鴞俗名夜鷹，鴟俗名服郎，鵂鶹俗名耳衝，然本同類，故連言以爲一鳥耳。《墓門》"有鴞萃止"，《傳》："鴞，惡聲之鳥也。"《泮水》"翩彼飛鴞"，《傳》："鴞，惡聲之鳥也。"鴞或作鵂。《廣雅·釋鳥》："鴟鵂，怪鳥也。"《爾雅》郭注引以釋怪鴟。《莊子·秋水》篇云："鴟鵂，夜撮蚤，察豪末，晝出瞋目，而不見丘山。"《釋文》引司馬彪蚤作蚤，云夜取蚤而食之。崔撰作爪，云："鵂鶹夜聚人爪於巢中也。"《博物志》云："取人爪甲知吉凶，凶者輒鳴。"此怪説不足信。夜撮蚤蚤，特言其目明耳，非實事也。鴟，又詳《大雅·瞻卬》篇。毛《傳》釋鴟鴞爲鸋鴂，《正義》引陸《疏》云："鴟鴞，似黄雀而小，其喙尖如錐，取茅莠爲巢，以麻紩之，如刺襪然，縣著樹枝，或一房，或二房。幽州人謂之鸋鴂，或曰巧婦，或曰女匠。關東謂之工雀，或謂之過嬴。關西謂之桑飛，或謂之襪雀，或曰巧女。"《文選》陳琳《檄吳將校部曲文》云："鸋鴂巢于葦苕，苕折子破，下愚之惑也。"李善注引《荀子》云："南方鳥名蒙鳩，爲巢編之以髮，繫之葦苕，苕折卵破，巢非不牢，所繫之弱也。"是李善以鴟鴞爲即蒙鳩。楊倞注《荀子》亦云："蒙鳩，鸋鴂也。""蒙當爲蔑。"引《方言》桑飛或謂之蔑雀爲證。胡承珙曰："《爾雅》以鴟鴞爲鸋鴂，郭注以爲鴟類，而《方言》之桑飛，《廣雅》之鸋鴂，雖有鸋鴂之名，然并無鴟鴞之目，毛又并未明言鴟鴞是小鳥，然則鴟鴞名鸋鴂，與巧婦名鸋鴂者，實爲二物。陸《疏》乃因《韓詩》之説誤合爲一耳。郭注《方言》鸋鴂云：'《爾雅》鸋鴂，非此小雀。'區別甚明。《一切經音義》十九《佛本行集經》標目'梟鴟'注云：'古堯反，土梟也。下爲驕反。'《字林》：'鵜鳩也，形似鳥而青白，出于山，即惡聲鳥也。楚人謂之鵬鳥，亦鴟類也。山東名鵜鳩，俗名巧婦。'《字林》所言鵜鳩之狀甚晰，其以鵜鳩單名鴟，與《説文》鴟下訓鴟鴞、鵜鳩者合，又以爲鴟類，與郭注《爾雅》合，又云俗名巧婦，可見此鳥因鵜鳩名同，遂致溷于桑飛，大小善惡之不辨耳。《楚辭・九嘆》云：'葛藟累於桂樹兮，鴟鴞集於木蘭。'王叔師謂：'鴟鴞，貪鳥而集於木蘭，以言小人進在顯位，貪佞升爲公卿也。'《史記・賈誼列傳》：'鸞鳳伏竄兮，鴟梟翔翔。'《漢書》作'鴟鴞翱翔'，蔡邕《吊屈原文》云：'鵜鳩軒騖，鸞鳳挫翮。'然則《爾雅》之鴟鴞、鵜鳩，漢儒亦多以爲梟鴟之屬。郭注可謂有據。"《韓詩傳》謂鴟鴞之所以愛養其子者，適以病之。不托於大樹茂枝，而托於葦葌。"《箋》於末章云巢之翹翹而危，以其所托枝條弱也。是即用《韓詩》之義。後儒輒謂毛、鄭皆以鴟鴞爲小鳥，而不知毛義實與鄭不同。三章《傳》云：'手病口病，故能免乎大鳥之難。'經中并無大鳥字，則所謂大鳥即指鴟鴞，難即指取子毀室可見。'鴟鴞鴟鴞'，確是呼而告之，與《魏風》'碩鼠碩鼠，無食我黍'，《小雅》'黃鳥黃鳥，無集于穀'，文例正同。《箋》云重言鴟鴞者，將述其意之所欲言丁寧之也。直以'既取我子'以下爲鴟鴞之言，非毛意也。"

朝鮮・李瀷《詩經疾書》：

鷙物固多，必曰鴟鴞者，以其昏夜逞其欲也。

朝鮮・申綽《詩次故》卷六：

《爾雅》："鴟鴞，鵜鳩。"《草木疏》："鴟鴞，似黃雀，而其喙尖如錐，取茅莠爲窠，以麻紩之，如刺襪然，縣著樹枝，或一房，或二房。幽州人謂之鵜鳩，或曰巧婦，或曰女匠，或曰巧女。"《方言》："桑飛自關而東謂之鵜鳩。自關而西謂之桑飛，或謂之懱爵。"注郭璞曰："桑飛即鷦鷯也。"《爾雅》"鵜鳩"，鴟屬。非此小雀，明矣。《字林》："鵜鳩，鴟也。"綽按：賈誼賦"鸞鳳伏竄，鴟鴞翱翔"，亦指鴟屬而言，郭説是也。

朝鮮・申綽《詩經异文》卷上：

《説文》鴟作鴟，云："籀文鴟从鳥。"

《文選》陳琳檄注，李善引《韓詩》曰："鴟鴞，既取我子。"祇一鴟鴞，而文不重。

朝鮮·丁學詳《詩名多識》卷三：

朱子曰："鴟鴞，鸋鴂，惡鳥，攫鳥子而食者也。"陸氏曰："鴟鴞，似黃雀而小，其喙尖如錐，取茅莠爲巢，以麻紩之，如刺襪然。縣著樹枝，或一房，或二房。幽州人謂之鸋鴂，或曰巧婦，或曰女匠。關東謂之工雀，或謂之過蠃。關西謂之桑飛，或謂之襪雀，或曰巧女。"《本草》曰，一名角鴟，一名蘁，一名鴟鵂，一名鷹。"此物有二種，鴟鵂大如鴟鷹，黃黑斑色，頭目如猫，有毛角兩耳。晝伏夜出。鳴則雌雄相喚，其聲如老人，初若呼，後若笑，所至多不祥。"學圃按：先儒皆以爲今之巧婦。郭注云"鴟鴂"，《本草》曰"鴟鵂"。則巧婦非是。

朝鮮·沈大允《詩經集傳辨正》：

鴟鴞，鸋鴂也，惡聲之鳥也，攫眾鳥之子而食之。

李雷東按：

"鴟鴞鴟鴞"一句句解有"鴟鴞"、"鴟"、"鴞"以及整句解説等幾個問題。現分述如下。

一　鴟鴞

1. 《毛詩故訓傳》："鴟鴞，鸋鴂也。"（《毛詩正義》卷八）

2. 唐·陸德明《毛詩音義》："鴟鴞，鳥也。又鸋鴂似黃雀而小，俗呼之巧婦。"（《毛詩正義》卷八）

3. 唐·孔穎達："引《方言》及陸機《疏》爲之解。"（《毛詩正義》卷八）

4. 唐·孔穎達："鴟鴞，小鳥，爲巢以自防，故知求免大鳥之難也。"（《毛詩正義》卷八）

5. 宋·蘇轍："鴟鴞，惡鳥也。"（《詩集傳》卷八）

6. 宋·李樗《毛詩詳解》："引《爾雅》郭璞陸氏爲之解。"（《毛詩李黃集解》卷十八）

7. 宋·李樗《毛詩詳解》："引賈誼賦爲之解。"（《毛詩李黃集解》卷十八）

8. 宋·黃櫄《詩解》："黃曰鴟鴞，惡鳥，故破群鳥之巢而食其子。……鴟鴞者，指武庚也。"（《毛詩李黃集解》卷十八）

9. 宋·范處義："鴟鴞，梟之類也，攫鳥子而食。……周公以鴟鴞比武庚及從管、蔡作亂者。"（《詩補傳》卷十五）

10. 宋·王質:"鴟鴞,謂管、蔡也。"(《詩總聞》卷八)

11. 宋·朱熹:"鴟鴞,鵂鶹,惡鳥,攫鳥子而食者也。"(《詩經集傳》卷八)

12. 宋·呂祖謙:"程氏曰鴟鴞,謂爲惡者。"(《呂氏家塾讀詩記》卷十六)

13. 宋·嚴粲:"鴟鴞,惡聲之鷙鳥,喜破鳥巢而食其子。"(《詩緝》卷十六)

14. 元·梁益:"鴟鴞指管、蔡、武庚。"(《詩傳旁通》卷五)

15. 明·倪復:"鴟鴞者,惡鳥也,以其破巢取卵,比管、蔡之動搖周公,以敗王室。"(《詩傳纂義》不分卷)

16. 明·何楷:"單言之即鴞是也。引《魏志》爲之解。"(《詩經世本古義》卷十之上)

17. 清·毛奇齡:"鴟鴞即快降鳥。"(《續詩傳鳥名》卷二)

18. 清·陳啟源:"王叔師《楚詞注》云鴟鴞,鸋鴂,貪鳥也。"(《毛詩稽古編》卷八)

19. 清·冉覲祖:"疑鵂鶹是俗名樹貓。"(《詩經詳說》卷三十一)

20. 清·胡文英:"鴟鴞,俗名毛頭鷹,以喻殷武庚乃旄頭小子也。"(《詩經逢原》卷五)

21. 清·牟庭:"以管叔流言之惡,名曰鴟鴞,正其罪也,……故名之云者,名管叔罪人,非名詩也。"(《詩切》)

22. 清·焦循:"桃蟲、鷦鷯、鸋鴂,一物也。"(《毛詩補疏》卷三)

23. 清·胡承珙:"鴟鴞名鸋鴂,與巧婦名鷦鷯者,實爲二物。"(《毛詩後箋》卷十五)

24. 清·馬瑞辰:"鴟鴞取布穀子以化雕,蓋古有此說。"(《毛詩傳箋通釋》卷十六)

25. 清·王闓運:"鴟鴞,唬號之鳥,今子規也。"(《毛詩補箋》)

26. 日本·稻生宣義:"今以詩考之,爲巧婦,其義似優矣。……巧婦,俗名哥莫施骨异者是也。"(《詩經小識》卷四)

27. 日本·皆川願:"蓋鴟鴞喻血氣之惡。"(《詩經繹解》卷七)

28. 日本·龜井昭陽:"鴟鴞、陰雨,亂也。"(《毛詩考》卷十四)

29. 日本·山本章夫:"鴟鴞本爲二鳥之名,以其惡鳥,性相近,連呼爲鴟鴞。"(《詩經新注》卷中)

30. 朝鮮·李瀷:"鷙物固多,必曰鴟鴞者,以其昏夜逞其欲也。"(《詩經疾書》)

二　鴟

1. 宋·歐陽修：“今鴟多攫鳥子而食。”（《詩本義》卷五）

2. 日本·中井積德：“鴟俗名夜鷹。”（《古詩逢源》）

三　鴞

1. 宋·歐陽修：“鴞，鴟類也。”（《詩本義》卷五）

2. 日本·中井積德：“鴞，俗名福郎。”（《古詩逢源》）

四　整句解說

1. 漢·鄭玄《毛詩箋》：“重言鴟鴞者，特述其意之所欲言丁寧之也。”（《毛詩正義》卷八）

2. 唐·孔穎達：“假言人取鴟鴞子者，言鴟鴞鴟鴞，其意如何乎？”（《毛詩正義》卷八）

3. 宋·蘇轍：“鳥之有巢者呼而告之。”（《詩集傳》卷八）

4. 宋·李樗《毛詩詳解》：“以戒鴟鴞之辭，非自道之也。”（《毛詩李黃集解》卷十八）

5. 宋·范處義：“鳥之愛其巢者呼鴟鴞而告之。”（《詩補傳》卷十五）

6. 宋·朱熹：“托爲鳥之愛巢者，呼鴟鴞而謂之曰鴟鴞鴟鴞。”（《詩經集傳》卷八）

7. 宋·林岊：“今夫護巢之禽指鴟鴞而語之。”（《毛詩講義》卷四）

8. 明·倪復：“因以言審預變之道，經理王室之勤。”（《詩傳纂義》）

9. 明·郝敬：“鳥之惡鴟鴞者，呼而告曰鴟鴞乎，鴟鴞乎。”（《毛詩原解》卷十六）

10. 清·羅典：“可知其特創此名以指目周公者，明周公將如鴟之善擊，以危成王之幼沖，即如鴞之不祥，以覆武王之大業也。”（《凝園讀詩管見》卷五）

11. 清·姜炳璋：“鴟鴞鴟鴞，猶云禄父禄父云爾。”（《詩序補義》卷十三）

12. 清·王闓運：“周公臨終遺言，故自比唬血送春之聲。鴟鴞不自哺子，以喻公忘家之義。”（《毛詩補箋》）

13. 清·馬其昶：“鴟鴞鴟鴞，乃深惡而痛斥之詞，非呼鴟鴞而冀其勿毁也。以大義滅親，彼則無能毁也。”（《詩毛氏學》十五）

14. 民國·焦琳：“呼而告之之詞。”（《詩蠲》卷四）

既取我子

漢·鄭玄《毛詩箋》（《毛詩正義》卷八）：

鴟鴞言：“已取我子者，幸無毀我巢。”……時周公竟武王之喪，欲攝政成周道，致太平之功。管叔、蔡叔等流言云：“公將不利於孺子。”成王不知其意，而多罪其屬黨。興者，喻此諸臣乃世臣之子孫。

唐·孔穎達《毛詩正義》卷八：

其言人已取我子，……言鴟鴞之意如何乎？言人既取我子，幸無毀我室。

宋·歐陽修《詩本義》卷五：

爾寧取我子。

宋·李樗《毛詩詳解》（《毛詩李黃集解》卷十八）：

既取我子，歐陽、毛氏皆言管、蔡，則以子為民，言三監取吾民以叛。蘇氏則以為周公。言管、蔡流言，既出周公，王又不信而誅周公，周公誅則王室亦壞也。此諸家不如程氏說。“鴟鴞鴟鴞，既取我子，無毀我室”，此但言惜巢之甚，不必指管、蔡，亦不必指以為周公。……此但詩設為此辭，非有所取喻。

宋·黃櫄《詩解》（《毛詩李黃集解》卷十八）：

汝既先取我子矣，無更破我之巢也。……子者，指管、蔡也。

宋·王質《詩總聞》卷八：

子，謂伯禽也。

宋·朱熹《詩經集傳》卷八：

爾既取我之子矣。

宋·呂祖謙《呂氏家塾讀詩記》卷十六：

朱氏曰：“鬻養此子，誠可憫憐。今既取之，其毒甚矣……”（本程氏說。）

程氏曰：“……子喻管、蔡。”

宋·戴溪《續呂氏家塾讀詩記》卷一：

商民挾管、蔡以作亂，使管、蔡被誅，是“既取我子”矣。

宋·楊簡《慈湖詩傳》卷十：

朱曰：“鬻此子，誠可憫憐。今既取之，其為毒甚矣。”程曰：“……子，喻管、蔡。”

宋·嚴粲《詩緝》卷十六：

汝先已取我子以食之矣。

宋·朱鑒《詩傳遺説》卷四：

或問："《鴟鴞》詩'既取我子，無毀我室'，解者以爲武庚既殺，戒管、蔡不可復亂我王室。不知是如此否，畢竟當初是管、蔡挾武庚爲亂。武庚是紂子，豈有父爲人所殺而其子安然視之不報仇者？"曰："詩人之言只得如此，不成歸怨管、蔡。周公愛兄只得如此説，自是人情是如此。不知當初何故忽然使管、蔡去監他，做出一場大疏脱如此。合天下之力以誅紂了，却使出自家屋裏人自做出這一場大疏脱。這個是周公之過，無可疑者。然當初周公使管、蔡者，想見那時是好在，必不疑他後來有這樣事。管、蔡必是後來被武庚與商之頑民每日將酒去灌唉，他乘醉以語言離間之，曰：'你是兄却出來在此，周公是弟反執大權以臨天下。'管、蔡呆想得被這幾個唆動了，所以流言説'公將不利於孺子'。這個都是武庚與商之頑民教他，所以使得這管、蔡如此。後來周公所以做《酒誥》，丁寧如此，必是當日因酒做出許多事，其中間想煞有説話。而今《書》傳只載得個大概，其中更有幾多機變曲折在。"（沈侗録）

"鴟鴞鴟鴞，既取我子，毋毀我室。"當時也是被他害得猛，如《常棣》一詩便是後來制禮作樂時作。這是先被他害，所以當天下平定後，更作此語，故其辭獨哀切，不似諸詩和平。（黃義剛録）

元·胡一桂《詩集傳附録纂疏》卷八：

【附録】或問："既取我子，無毀我室"，解者以爲武庚既殺，管、蔡不可復亂王室。不知是如此否？畢竟當初是管、蔡携武庚爲亂。武庚是紂子，豈有父爲人所殺，而其子安然事之不報仇者？曰：詩人之言只得如此，不成歸怨管、蔡。又問：不知當初合天下之力誅紂了，却使自家屋裏人自作出一場大疏脱，這個是周公之過無疑。然當初周公使管、蔡者，想見那時是好在，必不疑他後來有這般事。管、蔡後來必是被武庚與商之頑民每日將酒去灌唉他，他乘醉以言離間之曰：你是兄却出在此，周公是弟反執大權以臨天下。管、蔡呆想得被這幾個唤動了，所以流言説公將不利於孺子，這個都是武庚與商之頑民教他，所以使得管、蔡如此曰。必是當日因酒作出許多事。而《詩》《書》傳所載得大概，其中更有幾多機變曲折在。【纂疏】……東萊吕氏曰："周公謂管、蔡爲子者，爲周家語殷民之辭。"

元・劉瑾《詩傳通釋》卷八：

今既取之，其毒甚矣，況又毀我室乎。以比武庚既敗管、蔡，不可更毀我王室也。（彭氏曰："子，以比群叔。"）

元・劉玉汝《詩纘緒》卷八：

子，比管、蔡。

明・梁寅《詩演義》卷八：

言我者，周公以比自己。……爾既取我子而食之矣。

明・胡廣《詩傳大全》卷八：

盧陵彭氏曰："……子，以比群叔。"

或問："'既取我子，無毀我室'，解者以爲武庚既敗管、蔡，不可復亂王室，畢竟是當初管、蔡挾武庚爲亂……"朱子曰："詩人之言只得如此，不成歸怨管、蔡。"

明・季本《詩說解頤》卷十四：

子當指百姓。

明・黃佐《詩經通解》卷八：

子，比管、蔡。

明・豐坊《魯詩世學》卷十五：

子比三叔。蓋三叔皆文王所生，此代先王而子之也。

又：上文"既取我子""恩斯勤斯"之云，明是代爲文王之詞。不然周公豈可目管、蔡爲子，而謂己有恩勤育閔之情乎？

明・李資乾《詩經傳注》卷十八：

或問："取之何義也？"愚曰："取鳩而使之在梅在棘，在棘不得常在桑，猶取周公而使之徂東，不得常在王左右也。"

明・許天贈《詩經正義》卷九：

曰"既取我子，無毀我室"，言武庚既陷管、蔡，不可更毀王室也。

明・江環《詩經鐸振》（《詩經尊朱刪補》）國風卷之三：

其曰"既取我子"者，是管、蔡，雖未誅，其罪已無所逃，乃武庚害之也，故云然耳。若把"取"字看作已誅，則武庚亦并誅之矣，又何以呼而告之乎？

明・郝敬《毛詩原解》卷十六：

取我子謂陷管叔于死也。

又：爾今殺我子矣。

明・徐光啓《毛詩六帖講意》一卷：

曰："敗管、蔡者，陷之于惡也。此詩歸罪武庚，而于二叔則有憫恤之意，親親也。"

明・朱謀㙔《詩故》卷五：

鳥子以喻管、蔡。

明・曹學佺《詩經剖疑》卷十二：

子即周公自謂也。言汝之流言既能害我，令不得安于宗周，勿并我室而毀之也。……或問："既取我子，分明指管、蔡之敗矣，何以知其爲指周公耶？"曰："余于金縢書内見之。周公曰：'我之弗辟，無以見先王。'朱子主鄭氏之説，以'辟'爲避居東，二年罪人斯得，成王始知播流言者管、蔡也，又感風雷之變，而啓金縢之書，始決策迎公以歸。二叔憤其計之不行，未免懷流言之罪，遂挾武庚以叛，成王命周公征之。是前之居東者二年，而後之東征往返，首尾又自三年也。倘不如此説，則周公作《鴟鴞》之時，二叔尚存無恙，安得遽云'取我子'耶？"

明・陸化熙《詩通》卷一：

"取我子"者，二叔墮其術中也。語意若不歸咎二叔。

明・顧夢麟《詩經説約》卷十：

《大全》："盧陵彭氏曰：'……子，以比群叔。'"

或問："'既取我子，無毀我室'，解者以爲武庚既敗管、蔡，不可復亂王室。畢竟是當初管、蔡挾武庚爲亂……"朱子曰："詩人之言只得如此，不成歸怨管、蔡。"

明・張次仲《待軒詩記》卷二：

子喻管、蔡。取，謂墮其術中。

明・錢天錫《詩牖》卷五：

"取"字，作"君子以貨取""取"字看。二叔墮其術中也。恩勤，亦見他篤棐心事，申言取子之篤，無非甚毀室之尤毒也。

明・何楷《詩經世本古義》卷十之上：

取，"猶致也"，"君子以貨取"之取。子，比成王也。呼成王爲子者，親之之意。觀《洛誥》"朕復子明辟"之語，可見成王惑于流言而不加覺察，是墮二叔之術中，而爲其所召致也，故曰"既取我子"。是時王猶未悟，故公直發此一語，以喚醒之。《書》所謂"王亦未敢誚公"，正指此也。

又：《大誥》曰："殷小腆，誕敢紀其序，曰：'予復反鄙我周邦。'"此武庚之情，而詩所謂毀我室與侮予者，皆謂此也。

明·唐汝諤《毛詩蒙引》卷七：

許南台曰："……敗管、蔡者，陷之於惡，非陷之於刑戮也。此詩歸罪武庚，而於三叔則有閔惜之意，爲親者諱也。"

當時畢竟管、蔡挾武庚爲亂，但詩人只得如此說。

鄧潛谷曰："武庚於叔昵好矣，而喻以取子比，而逆則猶食之也。痛之至也。"

程子曰："子喻管、蔡。"

"既取我子"，只借以喚起王室之不宜毀耳。

明·楊廷麟《詩經聽月》卷五：

以子喻己兄弟之親。

又：子是鳥子。"取我子"句，玩"既"字，只是喚起下文不可毀王室意。毀王室，兼倡亂與流言說。陷管、蔡，只是陷之于惡，未便是陷之于刑戮。

明·萬時華《詩經偶箋》卷五：

子喻管、蔡。

又："既取我子，無毀我室"，有乞憐鴟鴞之意。"恩斯勤斯"，說得取子之苦，怎地凄切，然意原在室而不在子。如云取子已如此可憐，室便可稍相寬假耳。

明·朱朝瑛《讀詩略記》卷二：

取我子，比管、蔡監殷，反墮武庚之阱中也。

明·賀貽孫《詩觸》卷二：

子喻管、蔡，……蓋挾武庚而叛者，管、蔡也。今曰"既取我子"，似以敗管、蔡爲武庚罪，而寬爲管、蔡地者，親愛之道，立言之法也。

明·陳元亮《鑒湖詩說》卷一：

曰"既取我子"，特藉以喚起王室之不宜毀耳。

清·錢澄之《田間詩學》卷五：

子指管叔、蔡叔。二叔雖兄，自國家言之，皆子也。取我子，謂武庚取之爲己用也。

清·張沐《詩經疏略》卷四：

既取，既欲取也。

清·毛奇齡《續詩傳鳥名》卷二：

則是取子者，鴟鴞也。

清·冉覲祖《詩經詳説》卷三十一：

或問："'既取我子，無毀我室'，解者以爲武庚既敗管、蔡，不可復亂王室，畢竟是當初管、蔡挾武庚爲亂……"朱子曰："詩人之言只得如此，不成歸怨管、蔡。"

廬陵彭氏曰："子以比群叔。"

又：《詩通》："取我子"者，墮其術中也。語意若不歸咎群叔。

【正解】武庚於二叔甚相昵好，而曰"既取我子"，特借以喚起王室之不宜毀耳。

又：【集解】其曰"既取我子"者，猶云害之云爾。若將"取"字看作已誅，則武庚亦并誅之矣，又何以呼而告之乎？蓋當時公遭流言，居東二年，罪人之主名雖得而王心未釋，公乃作此詩以貽王。王既得此詩，又感天變，於是迎公以歸，乃承王命而後東征也。觀朱子晚年之説，可見《集傳》或未及改正耳。

又：管、蔡倡亂而詩不罪管、蔡，但謂管、蔡爲武庚所陷，故有"取我子"之喻。且説出恩情鸞閔，無限痛惜，周公之於兄弟情至厚矣。

又：其曰"既取我子"者，是管、蔡雖未誅，其罪已無所逃，乃武庚害之也，故云然耳。

清·王鴻緒等《欽定詩經傳説彙纂》卷九：

朱氏得之曰："取子，出於意料所不及，則下民之侮，安知其必無？情之切而急，慮之遠而周也。"

清·王心敬《豐川詩説》卷十一：

"取我子"，謂陷管叔於死。

又：爾既殺我子矣。

清·姜文燦《詩經正解》卷十：

【合參】爾既肆虐，取我之子矣，……今既取之，其毒甚矣。

【析講】子以比群叔，……武庚于叔甚相昵好，而曰"既取我子"，特借以喚起王室之不宜毀耳。

又：其曰"既取我子"者，是管、蔡雖未誅，其罪已無所逃，乃武庚害之也，故云然耳。若把"取"字看作已誅，則武庚亦并誅之矣，又何以呼而告之乎？

清·陸奎勳《陸堂詩學》卷五：

若流言之罪人，則於"既取我子"句微示其意。

清·方苞《朱子詩義補正》卷三：

惟作于未迎之先，故曰"既取我子"，謂誘致管、蔡以謀亂也。

清·黃夢白、陳曾《詩經廣大全》卷九：

取，猶致也。……"取我子"謂諸叔墮武庚術中，而爲所召致也。是時管、蔡雖未誅，而罪已無所逃，乃武庚害之也。許天贈云："歸罪武庚，而于二叔則有閔惜之意，爲親者諱也。"

清·張叙《詩貫》卷五：

取，誘取以陷之也。時武庚逆謀雖露而迹未顯，然周公雖已得流言之主名，有未能直己以行事者，故但喻邦家新造之危，宜爲綢繆風雨之計，若流言之罪人，則於"取子"句微示其意。

清·汪紱《詩經詮義》卷四：

夫管、蔡固振振公子，而何至叛親亂國乎？管、蔡之罪，武庚陷之也，曰"既取我子"，已然之辭也。

清·劉始興《詩益·詩本傳》卷三：

"既取我子，無毀我室"二句，一篇之綱領。……取子，比將誘管、蔡爲亂。

清·傅恒等《御纂詩義折中》卷九：

爾既取我之子矣，無更毀我之室，以比武庚既誘三叔，不可更亂王室也。

清·羅典《凝園讀詩管見》卷五：

取，攫奪之也。

清·胡文英《詩經逢原》卷五：

子喻周之管、蔡、霍。流言雖起于群叔，而周公爲親者諱，故但指武庚耳。

清·姜炳璋《詩序補義》卷十三：

"既取我子"，言取之而去，使之黨惡也。黨惡而叛，君父必誅死。周公豈欲死其兄哉？如二叔束身待罪，縛叛人以獻，可以救其死亡。

清·牟應震《詩問》卷三：

武庚與管、蔡朋比爲奸，故曰"既取我子"。

清·牟庭《詩切》：

子者，鳥雛也。"既取我子"，喻管叔已離間我周公，使出奔也。

清・劉沅《詩經恒解》卷二：

子，喻管、蔡也。……夫子爲文考之子，室亦文考之室。"我子""我室"若爲文考之詞，以深自咎責，且動成王以追念先王，無以討亂爲喜也。

清・李黼平《毛詩紬義》卷九：

《傳》："寧亡二子，不可以毀我周室。"《正義》云："人已取我子，我意寧亡此子，無能留此子以毀我巢室，以興周公之意，寧亡管、蔡，無能留管、蔡以毀我周室。"按：三章《傳》云："手病口病，故能免乎大鳥之難。"次章"今女下民，或敢侮予"，《箋》云："今女我巢下之民，寧有敢侮慢欲毀之者乎！"是毛以取子者爲大鳥，鄭以取子者爲下民，此詩《傳》《箋》義別，孔已細爲分釋，而于"取子"之義猶未免以鄭述毛，亦其疏也。

清・成僎《詩説考略》卷八：

曰"鴟鴞鴟鴞，既取我子"，謂其已誘管、蔡也。

清・李詒經《詩經蠹簡》卷二：

子是比成王。……"取子"句含"毀室"在內，言既取子，又欲毀室也。……此兩句俱是半邊話。欲成王信流言，是取子。

清・馬瑞辰《毛詩傳箋通釋》卷十六：

《孟子》言管叔以殷畔，而《詩》以鴟鴞取子喻武庚誘管、蔡者，所以未減管、蔡倡亂之罪，而不忍盡其詞，親親之道也。"既取我子，無毀我室"，言其既誘管、蔡，無更傷毀周室。

清・李允升《詩義旁通》卷五：

程子曰："鴟鴞，喻爲惡者。子，喻管、蔡。室，喻王室。管、蔡，骨肉而與之爲亂，是既取我子矣，毋更毀壞我王室也。"

朱本思云："取子出於意料所不及，則下民之侮，安知其必無？"

清・陳奐《詩毛氏傳疏》卷十五：

《春秋》莊九年："九月，齊人取子糾殺之。"《穀梁傳》言："取，病內也。"此即經"取"字之義。僖十九年："冬，梁亡。"《左傳》："梁亡。自取之也。"此即《傳》"亡"字之義。曰"取"，曰"亡"，明明既誅管、蔡矣。當時武庚啓釁，遂株連奄東諸國，意將興復殷商。而管叔習見殷商弟及，己乃叔旦之兄。武王崩，成王幼，次當及己爲天子。蔡在同監，故黨管作難。一朝變起，天下殷周，不知誰何。后稷以來，攻堅之室，則幾乎毀壞，周公誅二子，不得已也。毛氏可謂善逆公志矣。

清·顧廣譽《學詩詳説》卷十五：

許氏謂："武庚既誘管、蔡流言而失君臣之義、兄弟之親，爲周家之罪人，所謂'取我子'也。"方氏謂："'既取我子'，指誘致管、蔡以謀亂也。"

清·方宗誠《説詩章義》卷上：

"既取我子"，比武庚已將二叔蠱惑，得罪將死矣。

清·鄧翔《詩經繹參》卷二：

子喻管、蔡。鳥以巢爲室，比武庚既誘三叔，不可更亂王室也。

清·龍起濤《毛詩補正》卷十四：

首章無毀，次章未雨，"既取我子"者，管、蔡已爲所惑，彼既取而得之矣。

又：子指管、蔡。

清·呂調陽《詩序議》二：

子，比管、蔡。……武庚既敗管、蔡，是"取我子"也。……管、蔡啓商，惎間王室，云武庚敗管、蔡者，親也。

清·王闓運《毛詩補箋》：

我子，鴟鴞子也。取之者，伯禽封魯，乃成王出其子也。子出則當迎喪葬，魯公不得爲王朝大夫，是毀其室也。

清·馬其昶《詩毛氏學》十五：

"取我子"，則我室幾毀矣。今無能毀者，以先世積累之厚也。

民國·焦琳《詩蠲》卷四：

蠲曰：或豈因詩有"既取"字，便爲已殺之辭乎？若以取況殺，則殺管叔者正非武庚，雖以取比殺，亦不過曰置之死地而已，非手殺也。既如此，則既置之死地，便爲既取，何必已殺乃爲既取哉？

又：爾將我子而取之矣。此痛已不能忍受矣。

又：蠲曰："既取我子"句，爲管叔開發，言其受人愚弄。

民國·吳闓生《詩義會通》卷一：

子謂管、蔡，爲武庚所誘取也。

日本·三宅重固《詩經筆記》七：

取，猶致也，謂諸叔墮武庚術中，而爲所召致也。

日本·中井積德《古詩逢源》：

"取我子"之子，指三叔也。

日本·皆川願《詩經繹解》卷七：

子喻繼善之志。

日本·東條弘《詩經標識》三：

子比成王惑于流言而不加覺察，是墮二叔之術中。

日本·安井衡《毛詩輯疏》卷七：

"既取我子"者，喻討管、蔡也。

日本·安藤龍《詩經辨話器解》卷八：

既取我（左旁行小字：成王）子。

日本·山本章夫《詩經新注》卷中：

"既取我子"，謂二叔爲武庚所誑誤。

日本·竹添光鴻《毛詩會箋》卷八：

箋曰：汝既食吾三子。

李雷東按：

"既取我子"一句句解有"取"、"我"、"子"以及整句解説等幾個問題。現分述如下。

一　取

1. 明·江環："若把'取'字看作已誅，則武庚亦并誅之矣，又何以呼而告之乎？"（《詩經鐸振》國風卷之三）

2. 明·何楷："取，猶致也。"（《詩經世本古義》卷十之上）

3. 清·張沐："既取，既欲取也。"（《詩經疏略》卷四）

4. 清·張叙："取，誘取以陷之也。"（《詩貫》卷五）

5. 清·羅典："取，攫奪之也。"（《凝園讀詩管見》卷五）

二　我

1. 明·梁寅："言我者，周公以比自己。"（《詩演義》卷八）

2. 清·王闓運："我子，鴟鴞子也。"（《毛詩補箋》）

三　子

1. 漢·鄭玄《毛詩箋》："周公之屬黨。"（《毛詩正義》卷八）

2. 宋·李樗《毛詩詳解》："既取我子，歐陽、毛氏皆言管、蔡，則以子爲民，……蘇氏則以爲周公。……此諸家不如程氏說。……不必指管、蔡，亦不必指以爲周公。"（《毛詩李黃集解》卷十八）

3. 宋·黃櫄《詩解》："子者，指管、蔡也。"（《毛詩李黃集解》卷十八）

4. 宋·王質："子，謂伯禽也。"（《詩總聞》卷八）

5. 元·胡一桂："東萊呂氏曰：'周公謂管、蔡爲子者，爲周家語殷民之辭。'"（《詩集傳附錄纂疏》卷八）

6. 元·劉瑾："彭氏曰子，以比群叔。"（《詩傳通釋》卷八）

7. 明·季本："子當指百姓。"（《詩說解頤》卷十四）

8. 明·豐坊："子比三叔。"（《魯詩世學》卷十五）

9. 明·曹學佺："子即周公自謂也。"（《詩經剖疑》卷十二）

10. 明·何楷："子比成王也。呼成王爲子者，親之之意。"（《詩經世本古義》卷十之上）

12. 清·錢澄之："子指管叔、蔡叔。二叔雖兄，自國家言之，皆子也。"（《田間詩學》卷五）

13. 清·毛奇齡："管、蔡，我子也，而彼乃挾而有之，是既取我之懷矣。"（《毛詩寫官記》卷二）

14. 日本·皆川願："子喻繼善之志。"（《詩經繹解》卷七）

四　整句解說

1. 漢·鄭玄《毛詩箋》："鴟鴞言已取我子者。……成王不知其意，而多罪其屬黨。"（《毛詩正義》卷八）

2. 唐·孔穎達："其言人已取我子。"（《毛詩正義》卷八）

3. 宋·歐陽修："爾寧取我子。"（《詩本義》卷五）

4. 宋·李樗《毛詩詳解》："'既取我子'，歐陽、毛氏皆言……三監取吾民以叛。蘇氏則以爲……管、蔡流言，既出周公，王又不信而誅周公，周公誅則王室亦壞也。此諸家不如程氏說。……此但詩設爲此辭，非有所取喻。"（《毛詩李黃集解》卷十八）

5. 宋·黃櫄《詩解》："汝既先取我子矣，無更破我之巢也。"（《毛詩李黃集解》卷十八）

6. 宋·朱熹："爾既取我之子矣。"（《詩經集傳》卷八）

7. 宋·呂祖謙："朱氏曰：'鬻養此子，誠可憫憐。今既取之，其毒甚矣。'（本程氏說）"（《呂氏家塾讀詩記》卷十六）

8. 宋·戴溪："商民挾管、蔡以作亂，使管、蔡被誅，是'既取我子'矣。"（《續呂氏家塾讀詩記》卷一）

9. 宋·嚴粲："汝先已取我子以食之矣。"（《詩緝》卷十六）

10. 宋·朱鑒："周公愛兄只得如此說，自是人情是如此。（沈僴錄）"（《詩傳遺說》卷四）

11. 元·劉瑾："以比武庚既敗管、蔡。"（《詩傳通釋》卷八）

12. 明·豐坊："蓋三叔皆文王所生，此代先王而子之也。"（《魯詩世學》卷十五）

13. 明·江環："'既取我子'者，是管、蔡，雖未誅，其罪已無所逃，乃武庚害之也，故云然耳。"（《詩經鐸振》國風卷之三）

14. 明·郝敬："'取我子'謂陷管叔于死也。又爾今殺我子矣。"（《毛詩原解》卷十六）

15. 明·徐光啟："敗管、蔡者，陷之于惡也。"（《毛詩六帖講意》一卷）

16. 明·曹學佺："言汝之流言既能害我，令不得安于宗周。"（《詩經剖疑》卷十二）

17. 明·何楷："可見成王惑于流言而不加覺察，是墮二叔之術中，而爲其所召致也，故曰'既取我子'。"（《詩經世本古義》卷十之上）

18. 明·唐汝諤："'既取我子'，只借以喚起王室之不宜毀耳。"（《毛詩蒙引》卷七）

19. 明·萬時華："有乞憐鴟鴞之意。"（《詩經偶箋》卷五）

20. 清·錢澄之："'取我子'，謂武庚取之爲己用也。"（《田間詩學》卷五）

21. 清·王鴻緒等："朱氏得之曰取子，出於意料所不及。"（《欽定詩經傳說彙纂》卷九）

22. 清·陸奎勳："若流言之罪人，則於'既取我子'句微示其意。"（《陸堂詩學》卷五）

23. 清·汪紱：“曰‘既取我子’，已然之辭也。”（《詩經詮義》卷四）

24. 清·姜炳璋：“‘既取我子’，言取之而去，使之黨惡也。黨惡而叛，君父必誅死。”（《詩序補義》卷十三）

25. 清·牟庭：“‘既取我子’，喻管叔已離間我周公，使出奔也。”（《詩切》）

26. 清·李詒經：“‘取子’句含‘毀室’在內，言既取子，又欲毀室也。……欲成王信流言，是取子。”（《詩經蠡簡》卷二）

27. 清·王闓運：“取之者，伯禽封魯，乃成王出其子也。”（《毛詩補箋》）

無毀我室

《毛詩故訓傳》（《毛詩正義》卷八）：

無能毀我室者，攻堅之故也。寧亡二子，不可以毀我周室。

漢·鄭玄《毛詩箋》（《毛詩正義》卷八）：

已取我子者，幸無毀我巢。我巢積日累功，作之甚苦，故愛惜之也。時周公竟武王之喪，欲攝政成周道，致大平之功。管叔、蔡叔等流言云：“公將不利於孺子。”成王不知其意，而多罪其屬黨。興者，喻此諸臣乃世臣之子孫，其父祖以勤勞有此官位土地，今若誅殺之，無絕其位，奪其土地。王意欲誚公，此之由然。

唐·孔穎達《毛詩正義》卷八：

毛以爲，……其言人已取我子，我意寧亡此子，無能留此子以毀我巢室，以其巢室積日累功作之，攻堅故也。

鄭以爲，……言人既取我子，幸無毀我室。以其積日累功，作之甚苦，故愛惜，不欲見其毀損。以喻成王若誅此諸臣，幸無絕其官位、奪其土地，以其父祖勤勞乃得有此，故愛惜之，不欲見其絕奪。

正義曰：……無能毀我室者，謂鴟鴞之意，唯能亡此子，無能留此子以毀我室。此鴟鴞非不愛子，正謂重其巢室也。《傳》以此詩爲管、蔡而作，故云寧亡二子，不可以毀我周室。於時殺管叔而放蔡叔，故言寧亡二子。

正義曰：人居謂之室，鳥居謂之巢，故云室猶巢也。周公竟武王之喪，謂崩後三年除喪服也。成王不知其意，多罪其屬黨，即《金縢》云“罪人斯得”是也。此實無罪，謂之罪人者，《金縢》注云：“謂之罪人，史書成王意也。”罪其屬黨，言將罪之。《箋》又言"若誅殺之"，明時實未加罪也。以興爲取象鴟鴞之子，宜喻屬臣之身，故以室喻官位土地也。

宋·蘇轍《詩集傳》卷八：

既取我子矣，無復毀我室。周之先王勤勞以造周，如鳥之爲巢。苟取其子而又毀其室，是重傷之也。管、蔡既已出周公矣，王又不信而誅周公，周公誅而王業壞矣。

宋·李樗《毛詩詳解》（《毛詩李黃集解》卷十八）：

室者，周室也。鄭氏以爲官屬之世家，非也。則知"無毀我室"又當以喻周室也。……"鴟鴞鴟鴞，既取我子，無毀我室"，此但言惜巢之甚，不必指管、蔡，亦不必指以爲周公。蓋言鳥之有巢者，指鴟鴞而告之："爾既取我子，無毀我室，吾之於子非不愛也，而惜巢爲尤甚於愛子焉。"此但詩設爲此辭，非有所取喻。

宋·黃櫄《詩解》（《毛詩李黃集解》卷十八）：

我室者，謂王室也。

宋·范處義《詩補傳》卷十五：

以巢比王室。公爲流言中傷，謂公將不利於孺子，是欲成王疑周公而不終居攝之事，所謂危王室也。

宋·王質《詩總聞》卷八：

總聞曰：室，謂成周也。當是周公在東，伯禽在西，父子隔絶，有不相保之勢。言我子猶可，王室爲重，憂王室將危也。

宋·朱熹《詩經集傳》卷八：

室，鳥自名其巢也。

無更毀我之室也。

宋·呂祖謙《呂氏家塾讀詩記》卷十六：

鄭氏曰："室，猶巢也。言已取我子，幸無毀我巢。我巢積日累功，作之甚苦，故愛惜之也。……"

朱氏曰："鬻養此子，誠可憫憐。今既取之，其毒甚矣，況又毀我室耶！"（本程氏説）

程氏曰："……室喻王室。"（朱氏曰："周公托爲鳥言以自比。"）

呂氏曰：……（范氏曰："……故曰'無毀我室'，與王室同安危故也。"）

宋·楊簡《慈湖詩傳》卷十：

鄭《箋》云："室，猶巢也。"朱曰："鬻此子，誠可憫憐。今既取之，其爲毒甚矣，況又毀我室耶！"程曰："……室，喻王室。"

宋·魏了翁《毛詩要義》卷八：

無能毀我室者，謂鴟鴞之意，唯能亡此子，無能留此子以毀我室，此鴟鴞非不愛子，正謂重其巢室也。

宋·嚴粲《詩緝》卷十六：

曹氏曰："鳥以巢爲室，如雀入燕室也。"

元·劉瑾《詩傳通釋》卷八：

今既取之，其毒甚矣，況又毀我室乎！以比武庚既敗管、蔡，不可更毀我王室也。彭氏曰："室，以比王室。"或問："'既取我子，无毀我室'，解者以爲武庚既敗管、蔡，不可復亂王室。畢竟是當初管、蔡挾武庚爲亂……"曰："詩人之言只得如此，不成歸怨管、蔡。"

元·朱公遷《詩經疏義》（《詩經疏義會通》卷八）：

不可更毀我室也。

明·季本《詩說解頤》卷十四：

室，鳥自名其巢也。

明·黄佐《詩經通解》卷八：

室，比王室。"毀"字，去聲，非自壞而墮毀之也。

明·豐坊《魯詩世學》卷十五：

申公曰："室，鳥巢，則以比王室。"

明·江環《詩經鐸振》（《詩經尊朱刪補》）國風卷之三：

【主意】毀王室兼倡亂與流言説。

明·郝敬《毛詩原解》卷十六：

爾今殺我子矣，勿更壞我巢室也。

明·朱謀㙔《詩故》卷五：

鵲巢則喻王室也。

明·曹學佺《詩經剖疑》卷十二：

言汝之流言既能害我，令不得安于宗周，勿并我室而毀之也。室，指周室而言。蓋以一身爲小，而宗社爲重矣。

明·鄒之麟《詩經翼注講意》卷一：

上言"既取我子"者，只是喚起不可毀王室之意，而下言取子之毒，正以見王室之不可毀也。毀王室兼倡亂與流言說。

明·張次仲《待軒詩記》卷二：

我室，謂周室。……此詩主意全在"無毀我室"一語。

明·錢天錫《詩牗》卷五：

范氏曰："公苟不攝政，則禍亂將作而毀周室矣。曰'無毀我室'，與王室同安危故也。"

明·何楷《詩經世本古義》卷十之上：

毀，壞也。室，鳥巢也，以比王室。曹氏云："雀以巢爲室，如稱雀入燕室是也。通章主意只在'無毀我室'一語。"范祖禹云："成王幼弱，未足以及天基命定命，周公苟不攝政，則禍亂將作而毀周室矣。"

明·唐汝諤《毛詩蒙引》卷七：

程子曰："……室喻王室。"

范氏曰："周公苟不攝政，則禍亂將作而毀周室矣。故曰'無毀我室'，與王室同安危故也。"

趙士會曰："首章'毀'字便含有愛惜意，'室'字中便含有勤勞意。聖言自是意味深長。"

明·楊廷麟《詩經聽月》卷五：

"室"是鳥自名其巢。"毀"字內便含愛惜意，"室"字內便含有勤勞意。

明·萬時華《詩經偶箋》卷五：

室喻王室。

明·陳元亮《鑒湖詩說》卷一：

下申言取子之毒，無非甚毀室之尤毒，即以"毀"字中便含愛惜意，"室"字中便含勤勞意。

清·朱鶴齡《詩經通義》卷五：

"我室"比王室。鄭《箋》作鴟鴞自言，又謂周公救其屬黨，大謬。王肅固已正之。朱《傳》出而《詩》義如發矇矣。

清·錢澄之《田間詩學》卷五：

愚按：室即鳥巢也，以比王室。

清·張沐《詩經疏略》卷四：

無毀，寧無毀也。室，巢也。喻管、蔡意欲取成王，必先作亂端以殘毀我國家也。

清·毛奇齡《續詩傳鳥名》卷二：

恐其毀室者，亦鴟鴞也。

清·冉覯祖《詩經詳說》卷三十一：

【正解】"毀"字兼倡亂與流言說。"毀"字中便含愛惜意，"室"字中便含勤勞意。

又：【講】無更毀我之居室，使我無以藏身也。

清·王鴻緒等《欽定詩經傳說彙纂》卷九：

程子曰："室喻王室。管、蔡，骨肉而與之爲亂，是既取我子矣，毋更毀壞我王室也。"

清·姚際恒《詩經通論》卷八：

"恩斯勤斯"二句承上"子"而言，本意重在室，故下復言子二句，下章則單言室矣。古人文自是如此。《集傳》爲補之曰"況又毀我室乎"，不必。

清·王心敬《豐川詩說》卷十一：

勿更壞我巢室。

清·李塨《詩經傳注》卷三：

室，鳥巢也，喻王室也。（《傳》）

清·姜文燦《詩經正解》卷十：

【合參】……無更毀我之室，使其所歸也。爾亦知我室之所以不可毀乎？……

【析講】……室以比王室。當時畢竟二叔挾武庚爲亂。而詩意歸罪武庚，而于二叔則有憫惜之意，爲親者諱也。武庚于叔甚相昵好，而曰"既取我子"，特借以喚起王室之不宜毀耳。"毀"字兼倡亂與流言說。"毀"字中便含愛惜意，"室"字中便含勤勞意。

清·黃夢白、陳曾《詩經廣大全》卷九：

室，鳥自名其巢也。彭執中云："……室以比王室。"……許天贈云："……毀王室，兼倡亂與流言。流言而眾志多疑，倡亂而四方騷動，則王室擒矣。"

清·汪紱《詩經詮義》卷四：

曰"無毀我室"，未然而將然之慮也。當日者，太姒十子，五叔無官，周公冢宰，康叔司寇，召畢皆庶，且列股肱，誠以德不以長，以賢不以貴也。武王既崩，周公以弟而攝政，管叔以兄而外監。成王方在，諒陰周公日居左右，常人之情蓋不能無疑焉。而武庚懷不軌之志，怙商辛之惡，日有以窺伺周室，思以一逞其謀，非一日矣。今者國有大故，主少國疑，正武庚逞志之秋，所以不敢遽發者，蓋非忌管、蔡諸監，忌有周公在也。乃管叔方有疑志，而與以可間之端，故武庚之謀起焉，謂管、蔡可惑也。欲毀周室，先搖周公，能搖周公者，莫如管、蔡。周公搖而周室可毀矣，故《大誥》之篇曰：“殷小腆誕敢紀其緒。天降威，知我國有疵，曰：‘予復反鄙我周邦。’”叛志之主於武庚，所可見矣。然惑管、蔡，奈何？曰兄啓監而弟右王，於序則不順。王在疚而政由公，於事則可疑。周公殆不利於孺子也。而三叔果爲所惑也。遂流言於國曰：“周公將不利於孺子也。”夫三叔流言之故，止因心疑周公，非遽欲與殷叛也。而武庚之惑三叔，以使之流言，則將以毀周室，而先以搖周公也。然三叔以惑，故而流言，則國亂將由是起，而三叔之罪已不可不逞矣。時管、蔡雖未誅，而罪人斯得，則其罪已不容不誅。三叔之罪，武庚陷之，故曰“既取我子”也。借非以周公之忠誠、成王之悔悟，則王室不且爲武庚所毀哉。……此章之意實重“無毀我室”一語，爲下章桑土綢繆發端。然兄弟多故，心實傷之，故涕泣言之不能自禁。讀此語者，亦可以揆當日之勢而體周公之心矣。

清・劉始興《詩益・詩本傳》卷三：

室，鳥自謂其巢也。……毀室，比其欲毀王室也。

清・羅典《凝園讀詩管見》卷五：

室喻王室。欲其無毀我室者，即欲其因我室以育我子也，故繼之曰“恩斯勤斯，鬻子之閔斯”。

清・汪梧鳳《詩學女爲》卷十五：

曰“無毀我室”，慮畔於未畔也。

清・戚學標《毛詩證讀》國風下：

《說文》，“室”從宀至聲，弇讀至如室。《東山》“洒埽穹室，我征聿至”是也。佟讀室，亦如至，此章是也。《儀禮》使某實，注“周秦之人讀實如至”，其證也。

清・牟庭《詩切》：

室，鳥巢也。“無毀我室”，言得無復毀我巢乎，喻管叔將復喪周也。毛

《傳》云"無能毀我室者，攻堅之故也"，非矣。

得無更欲毀傷我室巢。

清·劉沅《詩經恒解》卷二：

室，鳥自名其巢，喻王室。……室亦文考之室。"我子""我室"若爲文考之詞，以深自咎責，且動成王以追念先王，無以討亂爲喜也。

清·成僎《詩説考略》卷八：

"毋毀我室"，謂其勿更搖毀王室也。

清·徐璈《詩經廣詁》：

《韓詩傳》曰："鴟鴞，鸋鴂，鳥名。鴟鴞所以愛養其子者，適以病之。愛養其子者，謂堅固其巢窠，病之者，謂不知托于大樹茂枝，反敷之葦苕。風至，苕折巢覆，有子則死，有卵則破，是其病也。"（《文選》陳琳《檄吳將校部曲文》注。）又荀卿子曰："南方鳥名蒙鳩爲巢，編之以髮，繫之葦苕，苕折卵破。巢非不牢，所繫之弱也。"

《易林》："桃雀，竊脂巢於小枝，搖動不安，爲風所吹，寒心飄搖，常憂殆危。"（《噬嗑之渙》。按：桃雀旅之晋作鶺鴒。）

陳琳曰："鳳鳴高岡，以遠尉羅，聖賢之德也。鸋鴂巢于葦苕，苕折子破，下愚之惑也。"（《魏志》注《檄吳將校部曲》）

張悛曰："鴟鴞恤功，愛子及室。"（《文選》表）

邱光庭曰："鴟鴞，惡聲之鳥，非巧婦。'無毀我室'，'我'，巧婦也。周公之意以鴟鴞比管、蔡，以巧婦比己，是鴟鴞欲毀巧婦之室，巧婦哀鳴以無毀也。"

璈按：……愛室毀室非能同物。邱氏之談良爲辨晰矣。

清·李詒經《詩經蠹簡》卷二：

室是比國家。"取子"句含"毀室"在内，言既取子，又欲毀室也。"毀室"句又含"取子"在内，言無取子以毀室也。此兩句俱是半邊話。欲成王信流言，是取子，欲成王去周公，是毀室。

清·馬瑞辰《毛詩傳箋通釋》卷十六：

《箋》以室喻世臣之官屬土地，失之。

清·陳奐《詩毛氏傳疏》卷十五：

《傳》云："無能毀我室者，攻堅之故也者。室猶巢也，以喻周室之聖固。"此釋經之喻義。云："寧亡二子，不可以毀我周室者。"此釋經之正義也。《説

149

文》："寧，願詞也。""甯，所願也。" 寧與甯音義皆同。《傳》以不可釋無，《漢廣》傳又以無釋不可。無猶勿也。無猶毋也。無、勿、毋三字并與不可同義。二子謂管、蔡也。

清·潘克溥《詩經説鈴》卷六：

王質云："當是周公在東，伯禽在西，父子隔絶，有不相保之勢，言我子猶可，王室爲重，憂王室將危也。"

清·方宗誠《説詩章義》卷上：

"無毁我室"，比不可聽其敗壞我國家也。

清·鄧翔《詩經繹參》卷二：

《集解》："鳥以巢爲室，比武庚既誘三叔，不可更亂王室也。"

清·吕調陽《詩序議》二：

室，比王室。武庚既敗管、蔡，是取我子也。又蓄反圖，將敗王室，是毁我室也。管、蔡啓商，甚間王室，云武庚敗管、蔡者，親也。

清·王闓運《毛詩補箋》：

無能毁我室者，攻堅之故。寧亡二子，不可以毁我周室。《箋》云："……室，猶巢也。鴟鴞言：'已取我子者，幸無毁我巢，我巢積日累功，作之甚苦，故愛惜之也。'時周公竟武王之喪，欲攝政，成周道，致太平之功。管叔、蔡叔等流言云：'公將不利于孺子。'成王不知周公意，而多罪其屬黨。興者，喻此諸臣乃世臣之子孫，其父祖以勤勞有此官位土地。今若誅殺之，無絶其位，奪其土地。王意欲誚公，此之由然。"補曰：……無毁者，依卿士之禮，仍葬成周也。

清·馬其昶《詩毛氏學》十五：

無能毁我室者，攻堅之故也。（昶按：取我子，則我室幾毁矣。今無能毁者，以先世積累之厚也。"我車既攻"，《傳》："攻，堅也。"二字同義。）寧亡二子，不可以毁我周室。（昶按：此復申言所以無能毁之故。武庚挾管、蔡以毁周，不知寧亡二子，不可不完后稷以來攻堅之室，是周公説明誅管、蔡之義也。鴟鴞鴟鴞，乃深惡而痛斥之詞，非呼鴟鴞而冀其勿毁也。以大義滅親，彼則無能毁也。）……（昶按：室者，稚子之室也。）

民國·李九華《毛詩評注》卷十五：

室，鳥巢，喻王室也。

民國·焦琳《詩蠲》卷四：

鳥室，以比王室也。此句揭明武庚心思。言其實欲使我君臣猜疑，望成王勿真自相疑，墮其術中，以取毀室之禍也。

又：然我觀爾之心，不但取我子，又將毀我室也。且取我子，正所以毀我室也。

又：蠲曰："無毀我室"句，揭武庚隱情。言其意欲如此，則己心之無他，可不辯自明矣。若其已叛，則事情燎然，成王不應不知，不勞説矣。

日本·岡白駒《毛詩補義》卷五：

室，猶巢也。……幸無毀我巢，我巢積日累功作之，攻堅故也。以喻寧亡二子，不可以毀我周室。周室起王業，積累成基也。

日本·赤松弘《詩經述》卷四：

室，鳥自名其巢也。

日本·中井積德《古詩逢源》：

"無毀我室"，以他子猶在於巢中也。不然鳥何愛於空巢哉？此"室"字適與王室之室一矣，故解者多泥説，有不通，宜放開者。

又：再勿毀壞我巢也。巢敗，則他子無所庇故也。是管、蔡亦子，成王亦子，凡周之同姓親戚亦皆子也，所愛者子也，不在於巢。《傳》托爲鳥之愛巢者，失詩意。

日本·皆川願《詩經繹解》卷七：

毀，壞也。室，鳥巢也。言無使風雨毀其巢也。

室，喻業。

日本·冢田虎《冢注毛詩》卷八：

以我室喻王室。言武庚禄父，雖以三叔叛，當無毀害我王室也。

日本·豬飼彥博《詩經集説標記》：

"毋毀我室"，謂其勿搖毀王室也。

日本·太田元貞《詩經纂疏》卷七：

我室（周邦）程朱説。

日本·龜井昭陽《毛詩考》卷十四：

然無能毀我巢也。以比武庚能□誤三叔，而不能若王室何。焉是既誅武庚之後，則"無"者非禁止辭。

日本·岡井鼎《詩疑》卷九：

室，鳥至巢也。（鄭云："室，猶巢。"）

又：毀，壞也。

曹氏云：“雀以巢爲室，如稱雀入燕室是也。”

日本‧安井衡《毛詩輯疏》卷七：

“無毀我室”者，喻不可毀壞我王室也。

日本‧安藤龍《詩經辨話器解》卷八：

無毀我室（右旁行小字：巢）（左旁行小字：王室）。

日本‧山本章夫《詩經新注》卷中：

室，母鳥自名其巢也。

日本‧竹添光鴻《毛詩會箋》卷八：

室，鳥自名其巢也。……再勿毀壞我巢也。巢敗則稚子無所庇故也。言其既誘三叔，無更傷毀周室。以鳥室喻周室也。《孟子》言管叔以殷畔，而《詩》以鴟鴞取子喻武庚誘管、蔡者，所以未減管、蔡倡亂之罪，而不忍盡其詞，親親之道也。

朝鮮‧李瀷《詩經疾書》卷：

此詩承鵲巢爲言。其稱“我”稱“予”，皆鵲之言也。鵲巢爲周室之基業，故周公舉以爲喻，而不言其何物，其義甚明。其所爲維鳩盈之，即此所謂“我”“予”也。

朝鮮‧正祖《經史講義‧詩》：

室則以喻王室也。

朝鮮‧申綽《詩次故》卷六：

《風俗通》：“鴟鴞之愛其子，適所以害之。”《文選》張悛表：“鴟鴞恤功，愛子及室。”【注】劉氏曰：“言此鳥憂毀其室。”《文》陳琳檄：“鶹鳩之鳥巢於葦苕，苕折子破，下愚之惑也。”【注】李善曰：“《韓詩》云：‘鴟鴞既取我子，無毀我室。鴟鴞，鶹鳩，鳥名也。鴟鴞所以愛養其子者，適所以病之，憂憐養其子者，謂堅固其窠巢，病之者，謂不知托於大樹茂枝，反敷之葦苕。風至，苕折巢覆，有子則死，有卵則破，是其病也。’”

李雷東按：

“無毀我室”一句句解有“無毀”、“毀”、“我”、“室”以及整句解説等幾個問題。現分述如下。

一 無毀

1. 清·張沐："無毀，寧無毀也。"（《詩經疏略》卷四）

2. 清·陳奐："無、勿、毋三字并與不可同義。"（《詩毛氏傳疏》卷十五）

3. 日本·龜井昭陽："則'無'者非禁止辭。"（《毛詩考》卷十四）

二 毀

1. 明·黃佐："'毀'字，去聲，非自壞而墮毀之也"（《詩經通解》卷八）

2. 明·何楷："毀，壞也。"（《詩經世本古義》卷十之上）

三 我

清·徐璈："邱光庭曰我，巧婦也。……以巧婦比己。"（《詩經廣詁》）

四 室

1. 唐·孔穎達："鄭以室喻官位土地也。"（《毛詩正義》卷八）

2. 宋·李樗《毛詩詳解》："室者，周室也。"（《毛詩李黃集解》卷十八）

3. 宋·黃櫄《詩解》："我室者，謂王室也。"（《毛詩李黃集解》卷十八）

4. 宋·范處義："以巢比王室。"（《詩補傳》卷十五）

5. 宋·王質："室，謂成周也。"（《詩總聞》卷八）

6. 宋·朱熹："室，鳥自名其巢也。"（《詩經集傳》卷八）

7. 清·李詒經："室是比國家。"（《詩經蠡簡》卷二）

8. 清·馬其昶："室者，稚子之室也。"（《詩毛氏學》十五）

9. 日本·皆川願："室，喻業。"（《詩經繹解》卷七）

五 整句解說

1. 《毛詩故訓傳》："無能毀我室者，攻堅之故也。寧亡二子，不可以毀我周室。"（《毛詩正義》卷八）

2. 漢·鄭玄《毛詩箋》："其父祖以勤勞有此官位土地，今若誅殺之，無絕其位，奪其土地。"（《毛詩正義》卷八）

3. 唐·孔穎達："無能毀我室者，謂鴟鴞之意，唯能亡此子，無能留此子以毀我室。此鴟鴞非不愛子，正謂重其巢室也。"《毛詩正義》卷八

4. 宋·蘇轍："周之先王勤勞以造周，如鳥之爲巢。苟取其子而又毀其室，是重傷之也。"（《詩集傳》卷八）

5. 宋·李樗《毛詩詳解》："爾既取我子，無毀我室，吾之於子非不愛也，而惜巢爲尤甚於愛子焉。此但詩設爲此辭，非有所取喻。"（《毛詩李黃集解》卷十八）

6. 宋·范處義："公爲流言中傷，謂公將不利於孺子，是欲成王疑周公而不終居攝之事，所謂危王室也。"（《詩補傳》卷十五）

7. 宋·王質："當是周公在東，伯禽在西，父子隔絶，有不相保之勢。言我子猶可，王室爲重，憂王室將危也。"（《詩總聞》卷八）

8. 宋·朱熹："無更毀我之室也。"（《詩經集傳》卷八）

9. 宋·吕祖謙："范氏曰：'……故曰"無毀我室"，與王室同安危故也。'"（《吕氏家塾讀詩記》卷十六）

10. 明·曹學佺："蓋以一身爲小，而宗社爲重矣。"（《詩經剖疑》卷十二）

11. 清·舟觀祖："無更毀我之居室，使我無以藏身也。"（《詩經詳説》卷三十一）

12. 清·汪紱："曰'無毀我室'，未然而將然之慮也。"（《詩經詮義》卷四）

13. 清·汪梧鳳："曰'無毀我室'，慮畔於未畔也。"（《詩學女爲》卷十五）

14. 清·牟庭："'無毀我室'，言得無復毀我巢乎，喻管叔將復喪周也。"（《詩切》）

15. 清·徐璈："邱光庭曰：'無毀我室'，'我'，巧婦也。周公之意以鴟鴞比管、蔡，以巧婦比己，是鴟鴞欲毀巧婦之室，巧婦哀鳴以無毀也。"（《詩經廣詁》）

16. 清·李詒經："欲成王去周公，是毀室。"（《詩經蠡簡》卷二）

17. 清·王闓運："無毀者，依卿士之禮，仍葬成周也。"（《毛詩補箋》）

18. 清·馬其昶："以大義滅親，彼則無能毀也。"（《詩毛氏學》十五）

19. 民國·焦琳："此句揭明武庚心思。言其實欲使我君臣猜疑，望成王勿真自相疑，墮其術中，以取毀室之禍也。"（《詩蠲》卷四）

20. 日本·中井積德："'無毀我室'，以他子猶在於巢中也。不然鳥何愛於空巢哉?"（《古詩逢源》）

21. 日本·皆川願："言無使風雨毀其巢也。"（《詩經繹解》卷七）

恩斯勤斯

《毛詩故訓傳》（《毛詩正義》卷八）：

恩，愛。

漢・鄭玄《毛詩箋》（《毛詩正義》卷八）：

鴟鴞之意，殷勤於此，稚子當哀閔之。

唐・孔穎達《毛詩正義》卷八：

毛以爲，……又言管、蔡罪重，不得不誅之意。周公言己甚愛此，甚惜此二子。鄭以爲，……又言當此幼稚之子來取我子之時，其鴟鴞之意殷勤於此稚子。

又：正義曰：有恩必相愛，故以恩爲愛。……王肅云：“勤，惜也。周公非不愛惜此二子，以其病此成王。”則《傳》意亦當以勤爲惜。

正義曰：恩之言殷也，以鴟鴞之意殷勤於稚子，喻諸臣之先臣亦殷勤於成王。假言鴟鴞之意，愛惜巢室，亦假言諸臣之先臣愛惜土地。皆假爲之辭，非實有言也。

宋・歐陽修《詩本義》卷五：

本義曰：我之生育是子非無仁恩，非不勤勞，然未若我作巢之難。

宋・蘇轍《詩集傳》卷八：

恩，愛也。……先王之愛其室家與其勤之者至矣。

宋・范處義《詩補傳》卷十五：

我之甚愛此巢，盡力此巢。

宋・朱熹《詩經集傳》卷八：

恩，情愛也。勤，篤厚也。

以我情愛之心，篤厚之意。

宋・呂祖謙《呂氏家塾讀詩記》卷十六：

毛氏曰：“恩，愛也。”

宋・林岊《毛詩講義》卷四：

我之誠恩愛斯也，我之誠勤勞斯也。

宋・戴溪《續呂氏家塾讀詩記》卷一：

“恩斯勤斯，鬻子之閔斯”，言養子之勤，今取子爲可閔也。

宋·嚴粲《詩緝》卷十六：

恩愛勤勞鬻養此子，誠可傷閔。今既取之，其毒甚矣，況又毀我巢乎！

元·劉玉汝《詩纘緒》卷八：

恩勤鬻閔，比情愛篤厚。

明·梁寅《詩演義》卷八：

我之於子恩愛之至，勤勞之甚，……斯，語辭也。

明·季本《詩說解頤》卷十四：

"恩斯勤斯"，言忠愛勤勞王室也。惟其忠勤，所以閔百姓而養育之也。

明·黃佐《詩經通解》卷八：

下二句則自比兄弟之情之厚，篤厚之意，亦只是情愛之心轉加懇至爾，非有二也。

明·李資乾《詩經傳注》卷十八：

"恩"者，鴟鴞受父母覆育之恩。"勤"者，鳩鴞受父母哺食之勤。"斯"者，斫斷之貌，猶云恩勤斷絕也。故斯字從斤，斫字斷字亦從斤也。……或曰：鬻者，養也。愚考《傳》曰："膠鬲鬻販魚鹽。"則"鬻"當屬之賣，而不當屬之養。或人因鬻字上從粥，遂以爲養而不察。凡鬻字者皆先養成後出賣。所以粥字鬲字合而成鬻字也。

明·許天贈《詩經正義》卷九：

曰"恩斯勤斯，鬻子之閔斯"，言兄弟至親，汝既陷之，不可更毀王室也。陷管、蔡只是陷之於惡，非是陷之於刑戮，然已有必誅之罪矣。

明·郝敬《毛詩原解》卷十六：

以我如斯之恩愛，如斯之勤苦。

明·朱謀㙔《詩故》卷五：

恩斯其子也，勤斯其室也。

明·曹學佺《詩經剖疑》卷十二：

恩，情愛。勤，篤厚也。然我之身乃文武先公所恩勤而育養者，罹爾之毒，一之爲甚，其可再乎？此以明己之與成王骨肉一體，休戚相關，以起下文。

明·陸化熙《詩通》卷一：

"恩斯"二句，極言愛子，以明取子之毒，而見室之必不可毀。

明·張次仲《待軒詩記》卷二：

"恩斯勤斯"二句，感慨悲嘆，言父母育子若此勞苦，而爾乃聽武庚以危王室，此何心也？

明·何楷《詩經世本古義》卷十之上：

恩，愛。勤，勞也。斯，語辭。

明·楊廷麟《詩經聽月》卷五：

恩是情愛。勤是篤厚。"恩""斯"二字串看，見取子之毒，以明王室不可毀意。

明·范王孫《詩志》卷九：

箋餘云：恩勤鬻子，蓋指文王也。乃是哀弟痛父之詞。若說己子，語似不倫。

明·賀貽孫《詩觸》卷二：

"恩斯勤斯"二句，似專言取子，而意實在取室，如云取已不堪矣，況并我室而毀之乎！若向鴟鴞求憐者。《詩》有詞在彼而旨在此者，此類是也。

明·陳元亮《鑒湖詩說》卷一：

"恩""勤"兩字最重。二章之"徹土""綢繆"，與三章之"拮据""卒瘏"，皆發明一"勤"字，而根一"恩"字來。詩意原重"毀室"，末二句只說愛子，一字不及愛室，蓋動之以至情也。

清·張沐《詩經疏略》卷四：

恩，愛也，喻篤愛成王。勤，勞也，喻勤勞救亂以固王室。……豈知我之恩愛其子如此，勤苦以固其室如此。

清·冉覲祖《詩經詳說》卷三十一：

恩，情愛也。勤，篤厚也。

毛《傳》："恩，愛。"

鄭《箋》："鴟鴞之意，殷勤於此，稚子當哀閔之。"

又：按：毛、鄭之說不同，二者皆說不去。毛以"取我子"之"子"爲管、蔡，"鬻子"之"子"爲成王，又以"恩斯勤斯"爲惜二子，以鬻爲稚，閔爲病，爲其爲稚子成王之病，故不得不誅二子。上下隔礙不通。鄭以"取我子"二句爲成王誅周公之黨，皆世臣之子孫，誅之無絶其官位，奪其土地，又以"恩斯"二句爲世臣皆有恩勤於成王，而成王稚子，當閔惜其子孫。其說由於誤解《尚書》"罪人斯得"，作成王誅周公之黨，故爲此異說，尤妄誕不足信。

又：【正解】三"斯"字蓋言予所恩愛者在斯子，所勤恤者在斯子。

又：【講】以我情愛之恩斯，篤厚之勤斯。

清·秦松齡《毛詩日箋》卷二：

"恩斯勤斯，鬻子之閔斯。"傷管、蔡也。

清·姚際恒《詩經通論》卷八：

"恩斯勤斯"二句承上"子"而言，本意重在室，故下復言子二句，下章則單言室矣。古人文自是如此。《集傳》爲補之曰"況又毀我室乎"，不必。

清·王心敬《豐川詩説》卷十一：

以我如此之恩愛，如此之勤苦。

清·李塨《詩經傳注》卷三：

恩，愛也。（《傳》）……言我情愛殷勤。（朱注）

清·姜文燦《詩經正解》卷十：

【合參】夫我以情愛之心，每勤于覆育之始、篤厚之意，尤加于吐哺之餘，所以養育此子，誠可憐憫，今既取之，其毒甚矣。況我愛室之心甚于愛子，又毀我之室，以益吾不堪之毒耶！

【析講】三"斯"字蓋言予所恩愛者在斯子，所勤恤者在斯子。

清·陸奎勳《陸堂詩學》卷五：

"恩斯勤斯，鬻子之憫斯"，傷管、蔡也。誰非文考文母之毛，而忍陷于逆黨乎？是詩詎惟感動成王，令管、蔡而非下愚，亦當有悔心焉。

清·張叙《詩貫》卷五：

"恩斯勤斯"，傷管、蔡也。

清·汪紱《詩經詮義》卷四：

曰"恩斯勤斯，鬻子之閔斯"，傷管、蔡而甚武庚之惡也。

清·許伯政《詩深》卷十五：

不思恩斯鬻子，言二叔本王室至親，乃附武庚以謀異，背親向疏，斯之謂"既取我子"也。若管叔致辟，則武庚已誅，奄淮亦滅，何以云"無悔我室"哉？

清·劉始興《詩益·詩本傳》卷三：

"恩斯勤斯"以下，先承取"子"意言之。第二章至末，乃申"無毀我室"之意。

清·顧鎮《虞東學詩》卷五：

"恩勤"二句，訴言鬻子之勞，痛爲鴟鴞所取也。

清·傅恒等《御纂詩義折中》卷九：

恩，愛。勤，勞。……又言恩勤鬻子者，蓋追念文考文母鞠子之哀，而痛三叔之見取，且以傷天倫有變，而己無道以善全，不怒而深悲之，聖人之用心也。

清·羅典《凝園讀詩管見》卷五：

三"斯"字皆指室言。恩，王心，即慈愛之名。勤主力，猶劬勞之義。此望鴟鴞之取其子而無害之，乃恩之勤之也。於鴟鴞望其恩勤者何恃乎？以其不獨名鴞，而總名鴟鴞，則雖於鴞之不祥實懼其凶，而於鴟之善擊猶異其仁也。

清·胡文英《詩經逢原》卷五：

恩，顧念也。斯，指室言。

清·姜炳璋《詩序補義》卷十三：

恩斯勤斯，在鳥則謂自己撫育此子，在公之意以比吾與兄弟。俱本文考之，毛裏同受恩勤，共此一本，亦共此一巢，奈何骨肉視爲仇讎，從鴟鴞而不顧乎。

清·牟庭《詩切》：

毛《傳》曰："恩，愛也。"《釋詁》曰："勤，勞也。"王肅注云："勤，惜也。"非矣。

誰知我此雛之恩親，誰知我此雛之勞勤。

清·劉沅《詩經恒解》卷二：

恩，愛。勤，勞。……我昔恩勤鬻子，備粮憂勞。

清·陳壽祺、陳喬樅《三家詩遺説考·魯詩遺説考》卷二：

蔡邕《胡公夫人哀贊》："殷斯勤斯，慈愛備存。"

清·成僎《詩説考略》卷八：

"恩斯勤斯，鬻子之閔斯"，傷管、蔡也。

清·馬瑞辰《毛詩傳箋通釋》卷十六：

《傳》："恩，愛。"……《箋》："鴟鴞之意殷勤於此稚子，當哀閔之。"……（瑞辰）按：恩，從《傳》訓愛，則勤當讀"昔公勤勞王家"之勤，勤、勞皆憂也。愛之欲其室之堅，憂之懼其室之傾也。恩、勤皆指王室言。王肅訓勤爲惜。《正義》釋《傳》以恩勤爲周公愛惜二子，失之。

清・陳奐《詩毛氏傳疏》卷十五：

《説文》："恩，惠也。"惠亦愛也。"恩斯勤斯"，言我周室當恩愛保護，勤勞勉作，承"無毀我室"句。王肅謂："愛惜此二子。"非《傳》意也。

清・陳僅《詩誦》卷二：

以家事言，則子爲親，以國事言，則室爲重，故痛管、蔡，只恩斯勤斯兩句。

清・方玉潤《詩經原始》卷八：

恩，情愛也。勤，篤厚也。

清・鄧翔《詩經繹參》卷二：

《集解》："言昔日恩勤養子之可憐憫，豈圖今日見此事乎？蓋追念文考文母，鞠子之哀，且傷天倫有變，而己無道以善全之也。"案：不圖今日乃見此事，唐高祖之語也。周公追念文考文母，以"我"字作爲先人之詞，其情傷矣。下數章"予"字乃周公之自，予可以仰對先人，亦繼志述事之委曲處也。

清・呂調陽《詩序議》二：

"恩斯"二句，怨其取我子也。

清・梁中孚《詩經精義集鈔》卷二：

恩（旁行小字：恩，情愛也）斯勤（旁行小字：勤，篤厚也）斯。

清・王先謙《詩三家義集疏》卷十三：

【注】魯：恩作殷。【疏】《傳》："恩，愛。"……《箋》："鴟鴞之意，殷勤於此，稚子當哀閔之。"

魯恩作殷者，蔡邕《胡公夫人哀贊》云："殷斯勤斯。"蔡用魯詩，是魯作殷。《箋》云"殷勤於此，稚子"，亦本魯詩。孔疏恩之言殷也，……二叔流言，言公將不利於孺子，故公自言恩勤於王室者，皆惟稚子，是閔恤也。

清・王闓運《毛詩補箋》：

恩，愛。補曰：恩勤，謂成王恩念己也。斯，指鴟鴞，即自謂也。

清・馬其昶《詩毛氏學》十五：

恩，愛。陳曰："《説文》：'惠也。'惠亦愛也。"

昶按：釁起蕭墻，爲稚子之病，安得不愛護勤勞之乎？

民國・李九華《毛詩評注》卷十五：

恩，愛也。言我情愛殷勤，養育此子，誠可憐閔。今既取之，其毒甚矣，可更毀我室乎？（《朱傳》傳注）

民國·焦琳《詩蠲》卷四：

恩（親愛也。言骨肉相連也）斯（甘苦獨自知其况味之詞）勤（勞苦也。言鞠育不易也）斯。

又：其更不要如此，須念我愛子之恩如是其深，養子之勤如是其瘁，鬻子之艱難可閔如是爾，亦可知取子之痛也。忍不閔我而更毀我室乎？

日本·三宅重固《詩經筆記》七：

勤，勤苦。

日本·岡白駒《毛詩補義》卷五：

恩，愛。

又：勤，猶惜也。……我非不愛斯子、惜斯子也。

日本·赤松弘《詩經述》卷四：

勤，殷勤也。

日本·中井積德《古詩逢源》：

勤，謂勤勞之。……斯，并語辭。

日本·冢田虎《冢注毛詩》卷八：

恩斯，恩愛於斯子也，謂三叔矣。勤斯，勤勞於斯室也，謂王室矣。

又：【眉批】朱云："恩，情愛也。勤，篤厚也。以我情愛篤厚之意，鬻養此子云云，亦未得之。"

日本·豬飼彥博《詩經集説標記》：

"恩斯勤斯，鬻子之閔斯"，傷管、蔡也。

日本·太田元貞《詩經纂疏》卷七：

鴟鴞言已取我子者，幸無毀我巢，積日累功作之甚苦，故愛惜之也。（恩愛之，勤勞之，鞠子之憂之，"之"字指周室，一説二叔也。）

恩斯　毛言己甚愛此，甚惜此。

勤斯　王肅云："勤，惜也。周公非不愛惜此二子，以丌病此成王，不可不除也。"《康誥》："不念鞠子衰。"

日本·仁井田好古《毛詩補傳》卷十五：

好古按："恩斯""勤斯""閔斯"三者，皆一意。言周公之於成王恩愛憂勞閔恤，莫所不至也。反復重言者，至誠惻怛之至。以下句例上句，"恩斯勤斯"之上，各加"鬻子之"三字，做二句看，則意義最明。

日本·龜井昭陽《毛詩考》卷十四：

恩勤綢繆，救也。

日本·岡井翯《詩疑》卷九：

恩，情愛也。（毛云："恩，愛也。"）

日本·安井衡《毛詩輯疏》卷七：

"恩斯勤斯"之"斯"，與"閔斯"之"斯"同，皆當爲語辭。

日本·安藤龍《詩經辨話器解》卷八：

恩斯（左旁行小字：周公）勤斯（左旁行小字：父祖）。

日本·山本章夫《詩經新注》卷中：

恩，恩愛也。勤，篤厚也。

三"斯"字亦皆指成王。

日本·竹添光鴻《毛詩會箋》卷八：

恩，訓愛，則"勤"當讀"昔公勤勞王家"之勤。三"斯"字并語辭。……言我之甚愛此室者，以我之於成王恩愛之，勤勞之，又憂恤之故也。"恩斯勤斯"之上，各加"鬻子之"三字看，則其意明了。

李雷東按：

"恩斯勤斯"一句句解有"恩"、"勤"、"斯"以及整句解說等幾個問題。現分述如下。

一 恩

1.《毛詩故訓傳》："恩，愛。"（《毛詩正義》卷八）

2. 宋·朱熹："恩，情愛也。"（《詩經集傳》卷八）

3. 清·張沐："恩，愛也，喻篤愛成王。"（《詩經疏略》卷四）

4. 清·羅典："恩，王心，即慈愛之名。"（《凝園讀詩管見》卷五）

5. 清·馬瑞辰："勤、勞皆憂也。……恩、勤皆指王室言。"（《毛詩傳箋通釋》卷十六）

6. 清·陳奐："《説文》：'恩，惠也。'惠亦愛也。"（《詩毛氏傳疏》卷十五）

7. 清·王闓運："恩勤，謂成王恩念己也。"（《毛詩補箋》）

8. 民國·焦琳："親愛也。言骨肉相連也。"（《詩蠲》卷四）

二　勤

1. 唐·孔穎達："王肅云:'勤,惜也。'"(《毛詩正義》卷八)

2. 宋·朱熹："勤,篤厚也。"(《詩經集傳》卷八)

3. 清·張沐："勤,勞也,喻勤勞救亂以固王室。"(《詩經疏略》卷四)

4. 清·羅典："勤主力,猶劬勞之義。"(《凝園讀詩管見》卷五)

5. 清·馬瑞辰："'勤'當讀'昔公勤勞王家'之勤,勤、勞皆憂也。……恩、勤皆指王室言。"(《毛詩傳箋通釋》卷十六)

6. 民國·焦琳："勞苦也。言鞠育不易也。"(《詩蠲》卷四)

三　斯

1. 明·梁寅："斯,語辭也。"(《詩演義》卷八)

2. 清·羅典："三'斯'字皆指室言。"(《凝園讀詩管見》卷五)

3. 清·王闓運："斯,指鴟鴞,即自謂也。"(《毛詩補箋》)

4. 民國·焦琳："甘苦獨自知其況味之詞。"(《詩蠲》卷四)

5. 日本·山本章夫："三'斯'字亦皆指成王。"(《詩經新注》卷中)

四　整句解說

1. 漢·鄭玄《毛詩箋》:"鴟鴞之意,殷勤於此。"(《毛詩正義》卷八)

2. 唐·孔穎達:"毛以為,……周公言己甚愛此、甚惜此二子。"(《毛詩正義》卷八)

3. 唐·孔穎達:"鄭以為,……其鴟鴞之意殷勤於此稚子。"(《毛詩正義》卷八)

4. 唐·孔穎達:"王肅云:'周公非不愛惜此二子,以其病此成王。'"(《毛詩正義》卷八)

5. 宋·歐陽修:"我之生育是子非無仁恩,非不勤勞,然未若我作巢之難。"(《詩本義》卷五)

6. 宋·蘇轍:"先王之愛其室家與其勤之者至矣。"(《詩集傳》卷八)

7. 宋·范處義:"我之甚愛此巢,盡力此巢。"(《詩補傳》卷十五)

8. 宋·朱熹:"以我情愛之心,篤厚之意。"(《詩經集傳》卷八)

9. 宋·林岊:"我之誠恩愛斯也,我之誠勤勞斯也。"(《毛詩講義》卷四)

10. 宋·戴溪:"言養子之勤。"(《續呂氏家塾讀詩記》卷一)

11. 明·梁寅:"我之於子恩愛之至,勤勞之甚。"(《詩演義》卷八)

12. 明·季本："'恩斯勤斯'，言忠愛勤勞王室也。"（《詩說解頤》卷十四）

13. 明·黃佐："下二句則自比兄弟之情之厚，篤厚之意，亦只是情愛之心轉加懇至爾，非有二也。"（《詩經通解》卷八）

14. 明·郝敬："以我如斯之恩愛，如斯之勤苦。"（《毛詩原解》卷十六）

15. 明·朱謀㙔："恩斯其子也，勤斯其室也。"（《詩故》卷五）

16. 明·曹學佺："然我之身乃文武先公所恩勤而育養者，罹爾之毒，一之爲甚，其可再乎！此以明己之與成王骨肉一體，休戚相關，以起下文。"（《詩經剖疑》卷十二）

17. 明·陸化熙："'恩斯'二句，極言愛子，以明取子之毒，而見室之必不可毀。"（《詩通》卷一）

18. 明·張次仲："'恩斯''勤斯'二句，感慨悲嘆，言父母育子若此勞苦，而爾乃聽武庚以危王室，此何心也？"（《待軒詩記》卷二）

19. 明·范王孫："箋餘云：恩勤鬻子，蓋指文王也。乃是哀弟痛父之詞。"（《詩志》卷九）

20. 清·張沐："豈知我之恩愛其子如此，勤苦以固其室如此？"（《詩經疏略》卷四）

21. 清·顧鎮："恩勤二句，訴言鬻子之勞，痛爲鴟鴞所取也。"（《虞東學詩》卷五）

22. 清·傅恒等："言恩勤鬻子者，蓋追念文考文母鞠子之哀，而痛三叔之見取，且以傷天倫有變，而己無道以善全，不怒而深悲之，聖人之用心也。"（《御纂詩義折中》卷九）

23. 清·羅典："此望鴟鴞之取其子而無害之，乃恩之勤之也。"（《凝園讀詩管見》卷五）

24. 清·姜炳璋："恩斯勤斯，在鳥則謂自己撫育此子，在公之意以比吾與兄弟。"（《詩序補義》卷十三）

25. 清·牟庭："誰知我此雛之恩親，誰知我此雛之勞勤。"（《詩切》）

26. 清·劉沅："我昔恩勤鬻子，備糧憂勞。"（《詩經恒解》卷二）

27. 清·馬瑞辰："愛之欲其室之堅，憂之懼其室之傾也。"（《毛詩傳箋通釋》卷十六）

28. 清·陳奐："'恩斯勤斯'，言我周室當恩愛保護，勤勞勉作，承'無毀我

室'句。"（《詩毛氏傳疏》卷十五）

29. 清·鄧翔："《集解》言昔日恩勤養子之可憐憫，豈圖今日見此事乎？蓋追念文考文母，鞠子之哀，且傷天倫有變，而己無道以善全之也。"（《詩經繹參》卷二）

鬻子之閔斯

《毛詩故訓傳》（《毛詩正義》卷八）：

鬻，稚。閔，病也。稚子，成王也。

漢·鄭玄《毛詩箋》（《毛詩正義》卷八）：

稚子當哀閔之。此取鴟鴞子者，言稚子也，以喻諸臣之先臣，亦殷勤於此，成王亦宜哀閔之。

唐·陸德明《毛詩音義》（《毛詩正義》卷八）：

鬻，由六反，徐居六反，一云"賣也"。

唐·孔穎達《毛詩正義》卷八：

毛以爲，……但爲我稚子成王之病，以此之故，不得不誅之也。

鄭以爲，……稚子當哀閔之，不欲毀其巢。以喻言屬臣之先臣亦殷勤於此成王，成王亦宜哀閔之，不欲絕其官位土地。此周公之意，實請屬臣之身，但不敢正言其事，故以官位土地爲辭耳。"閔"下"斯"字，《箋》《傳》皆爲辭耳。

又：正義曰："《釋言》云：'鬻，稚也。'郭璞曰：'鞠，一作毓。'是鬻爲稚也。'閔，病'，《釋詁》文。言鬻子之病，則謂管、蔡作亂，病此鬻子，故知'鬻子，成王也'。王肅云：'勤，惜也。周公非不愛惜此二子，以其病此成王。'則傳意亦當以勤爲惜。"

正義曰："……《箋》云'言取鴟鴞子者，惜稚子也'，則稚子謂巢下之民。《金縢》注云：'鬻子斥成王。''斥'者，經解喻尊，猶言昊天斥王也。"

宋·蘇轍《詩集傳》卷八：

鬻子，稚子也。先王之愛其室家與其勤之者至矣，庶幾稚子之閔之而已。稚子謂成王也。

宋·范處義《詩補傳》卷十五：

以養鬻其子爾。今既取之，誠可哀閔，奈何又欲毀我巢乎！

宋・朱熹《詩經集傳》卷八：

鬻，養。閔，憂也。

鬻養此子，誠可憐憫。

宋・吕祖謙《吕氏家塾讀詩記》卷十六：

程氏曰："鬻，育也。"

朱氏曰："鬻養此子，誠可憫憐。今既取之，其毒甚矣，況又毀我室耶！"（本程氏説）

又："恩斯勤斯，鬻子之憫斯"，言我恩愛勤苦，育養此子，誠可憫惻也。周公謂管、蔡爲子者，爲周家語殷民之辭也。

宋・林岊《毛詩講義》卷四：

我之於稚子誠閔念斯也。

宋・戴溪《續吕氏家塾讀詩記》卷一：

"恩斯勤斯，鬻子之閔斯"，言養子之勤，今取子爲可閔也。

宋・嚴粲《詩緝》卷十六：

鬻，音育，義同。

又：恩愛勤勞，鬻養此子，誠可傷閔。今既取之，其毒甚矣，況又毀我巢乎！

元・劉瑾《詩傳通釋》卷八：

鬻，養。閔，憂也。

元・朱公遷《詩經疏義》（《詩經疏義會通》卷八）：

以我情愛之心，篤厚之意，鬻養此子，誠可憐憫。（此可見周公於兄弟至厚也。）

元・劉玉汝《詩纘緒》卷八：

恩勤鬻閔，比情愛篤厚。

明・梁寅《詩演義》卷八：

所以鬻養乎子者，良可憐閔，若巢室之毀，尚何望哉？

明・季本《詩説解頤》卷十四：

鬻，與育同，養也。……惟其忠勤，所以閔百姓而養育之也。

明・李資乾《詩經傳注》卷十八：

"鬻"者，鬻販之稱，以比周公居東，猶二叔賣之使出，不得久居父母之室，即諺云"鬻兒賣女"之意。"鬻"字，上從粥，粥以養育也；下從鬲，鬲以隔斷也。"閔"者，哀憫之貌，即《詩》云"閔予小子"，故"閔"字外從門内從文。文在門中，退怯之甚矣。斯亦恩斷義絶，又狀鬻子之情也。……或曰：閔，憂也。及考《書》云："閔不畏死。"若與憂之義不合。愚謂：閔見殺者之不畏死，非閔殺人者也。觀《春秋》閔公見弑，《謚法》"在國逢難曰'閔'"，可見矣。

明·許天贈《詩經正義》卷九：

曰"恩斯勤斯，鬻子之閔斯"，言兄弟至親，汝既陷之，不可更毁王室也。陷管、蔡只是陷之於惡，非是陷之於刑戮，然已有必誅之罪矣。

明·郝敬《毛詩原解》卷十六：

育養此子如斯其可憐憫爾。既取之，更欲毁我室邪？

明·曹學佺《詩經剖疑》卷十二：

鬻，養。閔，憂也。言子之見愛於父母，不特養之而且憂之，其恩情篤厚如此。此周公自謂也。

明·張次仲《待軒詩記》卷二：

鬻，養也。閔，辛勤可憐閔也。……"恩斯""勤斯"二句，感慨悲嘆，言父母育子若此勞苦，而爾乃聽武庚以危王室，此何心也。

明·何楷《詩經世本古義》卷十之上：

鬻，毛云："稚也。"鬻子，稚子，指成王也。按：鬻，何以訓稚？鬻之爲義，據《説文》云："䭈也。"字亦作粥，即糜是也。糜性淖弱，故借爲幼稚之義。《禮記》："粥粥若無能也。"義亦同此。閔，傷也。言我之所以恩愛結于中心，念兹在兹，日勞勞焉而不釋者，以成王年方幼沖，而爲浮言所搖動，孤立于上，其勢甚危，誠可閔傷故也。承上文"無毁我室"，正指遭流言變後而言，以起下章思患預防之意。

明·楊廷麟《詩經聽月》卷五：

育養此子，誠可憐憫。今既取之，其毒甚矣，況又毁我之室，以益吾不堪之毒耶！

顧鄰初曰："三'斯'字，……其鬻之可憫者在斯子也。"

明·胡紹曾《詩經胡傳》卷五：

初武王欲伐紂，管叔曰："商而可伐，先君其伐之矣，盍猶行先君之意乎？"既定殷，王謂管叔曰："存殷者其子哉！"遂封管叔鮮爲邶侯，蔡叔度蔡侯，霍叔武鄘侯，康叔封衛侯。此鬻子之一証也。或又曰："周公討禄父之亂，封將兵合

167

攻，遂益以邶鄘地。"

鬻子之閔。毛云："爲稚子成王之病。"鄭以爲成王聞流言，多罪周公之黨屬，故言此鴟鴞之子可閔，望孺子念其祖父有功勤周，不至全誅絶也。此無論事理未必然，而詩情亦不類。什，言。鬻，稚也。

明·范王孫《詩志》卷九：

箋餘云：恩勤鬻子，蓋指文王也。乃是哀弟痛父之詞。若說己子，語似不倫。

明·賀貽孫《詩觸》卷二：

"恩斯勤斯"二句，似專言取子，而意實在取室，如云取子已不堪矣，況并我室而毀之乎，若向鴟鴞求憐者。《詩》有詞在彼而旨在此者，此類是也。

清·朱鶴齡《詩經通義》卷五：

鬻，同育。

清·錢澄之《田間詩學》卷五：

鬻，通作粥。粥，養也。

清·張沐《詩經疏略》卷四：

鬻，養也。閔，惻也。……養子之可閔如此。

清·冉覲祖《詩經詳説》卷三十一：

按：毛、鄭之説不同，二者皆説不去。毛以……"鬻子"之"子"爲成王，又以"恩斯勤斯"爲惜二子，以鬻爲稚，閔爲病，爲其爲稚子成王之病，故不得不誅二子。上下隔礙不通。鄭以……"恩斯"二句爲世臣皆有恩勤於成王，而成王稚子，當閔惜其子孫。其説由於誤解《尚書》"罪人斯得"，作成王誅周公之黨，故爲此异説，尤妄誕不足信。

又：【正解】其鬻之可憫者在斯子也。

又：【講】鬻養此子之可憐憫斯，今忍心而取之，其毒甚矣，況又毀我之室而益以所不堪耶！

清·秦松齡《毛詩日箋》卷二：

"恩斯勤斯，鬻子之閔斯"，傷管、蔡也。

清·李光地《詩所》卷二：

故恩勤而悲憫之，以終"既取我子"一句之意也。

清·李塨《詩經傳注》卷三：

鬻，同育養也。言我情愛殷勤，養育此子，誠可憐閔。今既取之，其毒甚矣，

168

可更毁我室乎？此鳥呼鴟鴞而告之也。（朱注）

清·姜文燦《詩經正解》卷十：

【析講】其鴞之可憫者在斯子也。

清·陸奎勳《陸堂詩學》卷五：

"恩斯勤斯，鬻子之憫斯"，傷管、蔡也。誰非文考文母之毛，而忍陷于逆黨乎？是詩詎惟感動成王，令管、蔡而非下愚，亦當有悔心焉。

清·方苞《朱子詩義補正》卷三：

其曰"鬻子之閔斯"，蓋痛管、蔡自絕于天，終爲王法所不容，以大傷文考文母之心焉耳。

清·張叙《詩貫》卷五：

誰非文考文母之毛裏，而忍陷於逆黨乎？

清·汪絨《詩經詮義》卷四：

曰"恩斯勤斯，鬻子之閔斯"，傷管、蔡而甚武庚之惡也。夫周公之危疑，管、蔡爲之也。而周公曰"閔斯"，周公念鞠子哀耳。初不以是怨其兄弟也，至後此而辟管叔、蔡叔，亦王室之故，大不得已焉，而其神傷矣。

清·許伯政《詩深》卷十五：

不思恩斯鬻子，言二叔本王室至親，乃附武庚以謀异，背親向疏，斯之謂"既取我子"也。若管叔致辟，則武庚已誅，奄淮亦滅，何以云"無毀我室"哉？

清·傅恒等《御纂詩義折中》卷九：

鬻，養。閔，憂也。……又言恩勤鬻子者，蓋追念文考文母鞠子之哀，而痛三叔之見取，且以傷天倫有變，而己無道以善全，不怒而深悲之，聖人之用心也。

清·羅典《凝園讀詩管見》卷五：

三"斯"字皆指室言。……鬻，售也。無□義子非己出而售自他人者，爲鬻子。閔，哀憐之也。言我有子而不能顧，乃迫望於女之恩勤，則不必謂爲我之嗣。子謂爲女之鬻子可矣。世之鬻子者，苟念其子爲合所自生，復念其鬻爲惡，知非有亦當閔之而致其恩勤也。故我之於女，其望有以恩勤我子於斯者，但使恩勤之意生於閔心，其民心之生即以鬻子之閔爲度也可。然女據我室而我子亦寄於斯，其果能視我子猶女子，足不惜其恩斯勤斯，而爲鬻子之閔斯否耶？

清·胡文英《詩經逢原》卷五：

鬻，養也。閔，可憐也。

清·段玉裁《毛詩故訓傳定本》卷十五：

鬻，稚。閔，病也。稚子，成王也。

清·汪龍《毛詩异義》卷一：

鬻子之閔斯，《傳》訓鬻爲稚，《疏》引《釋□》云："鬻，稚也。"郭璞曰："鞠，一作毓。"案，《釋□》云："幼，鞠稚也。"觀《疏》意，則鞠鬻義同，其引郭注今本《爾雅》無或闕也。又《邶·谷風》箋以昔育爲育稚，《疏》亦以爲《釋□》文。唐初《爾雅》諸家本多有存者。孔所據或非郭本。

清·戚學標《毛詩證讀》（國風下）：

鬻（育之假）子之閔（《説文》："閔，從門文聲。""儒行不閔有司"注：閔或作文。《春秋》"伐宋圍緡"，《穀梁》作"圍閔"，音之近）斯。

清·牟庭《詩切》：

《樂記》鄭注曰："鬻，生也。"《莊子·德充符篇》，《釋文》曰："鬻，養也。"《夏小正》："三月，雞桴粥。"《傳》曰："桴，嫗伏也。粥，養也。"《文選·閑居賦》注曰："粥與鬻音義同。"《淮南·時則訓》曰："大寒之日，雞始乳。"《樂記》曰："羽者嫗伏。"《莊子·天運篇》曰："烏鵲孺。"《方言》謂："伏雞曰抱。"郭注曰："江東呼蓲。"余案：鬻、粥、嫗、蓲皆音義通。鬻子，鳥抱子也，喻成王之愛公也。毛《傳》云："鬻，稚也。稚子，成王也。"非矣。《釋文》云："鬻，賣也。"亦非矣。毛《傳》曰："閔，病也。"《楚詞·天問》王注曰："閔，憂也。"《一切經音義》引《字詁》曰："古文愍，今作閔，同憐也。"余案：斯，當訓此。孔《疏》云："'閔'下'斯'字，《傳》《箋》皆爲辭。"非矣。

我抱雛雖多，無如此雛最閔閔，而況乎室所以庇身。

清·劉沅《詩經恒解》卷二：

鬻，養。閔，憂也。……蓋追念文考文母，鞠子之哀而痛三叔之見取，以傷天倫有變，己無道以善全也。

清·徐華岳《詩故考异》卷十五：

鬻，稚。閔，病也。稚子，成王也。（《正義》："又言管、蔡不得不誅之意。王肅云：'勤，惜也。周公非不愛惜此二子，以其病此成王。'"）……鴟鴞之意，殷勤於此，稚子當哀閔之。此取鴟鴞子者，指稚子也，以喻諸臣之先臣亦殷勤於此，成王亦宜哀閔之。（《正義》："《箋》亦以此經爲興。恩之言殷也。"）

清·李黼平《毛詩紬義》卷九：

《傳》："鬻，稚。"《正義》曰："《釋言》云：'鬻（當作鞠），稚也。'郭璞曰：'鞠，一作毓，是鬻爲稚也。'"按，《釋言》云："幼、鞠，稚也。"郭注引《書》"不念鞠子哀無"，一作毓。之言如《正義》，則唐初《爾雅》、郭注有此一句，但經作鬻，而云是鬻爲稚。孔蓋讀鬻爲毓。《釋文》云："鬻，由六反。"是讀爲毓。徐仙民音居六反，則讀爲鞠，是鬻、鞠、毓三字通。《廣韵》云："毓，稚也，同育。"據《說文》，毓即育之或體。《邶·谷風》"昔育恐育鞠"，毛訓育爲長，鄭訓育爲稚。《正義》謂育得兩訓，《釋詁》爲長，《釋言》爲稚，是亦以《釋言》鞠字爲毓之証。《說文》"育"云："養子使作善也，從𠫓肉聲。"《虞書》曰："教育子。"許雖訓育爲養，然惟稚子故須教育，亦自兼有稚義也。鬻，本之六反也，俗作粥。《說文》云：鍵也。別有䰞字，徐音余六切，此經鬻字當是䰞字，毓之借也。

清·陳壽祺、陳喬樅《三家詩遺說考·魯詩遺說考》卷二：

恩斯勤斯，鬻子之閔斯。

蔡邕《胡公夫人哀贊》："殷斯勤斯，慈愛備存。"

清·徐璈《詩經廣詁》：

王肅曰："閔，勤惜也。"（《正義》）

陸德明曰："鬻，一云賣也。"（《釋文》）

清·馮登府《三家詩遺說》卷四：

《易林》曰："《鴟鴞》《破斧》，冲人危殆，賴其忠德，轉禍爲福，傾危以立。"此三家無异說，亦與《孟子》合也。《韓詩》："鴟鴞，鸋鴂，鳥名。鴟鴞所以愛養其子者，適以病之。愛養其子者，謂堅固其窠巢，病之者，謂不知托于大樹之茂枝，反敷之葦菪。風至，菪折巢覆，有子則死，有卵則破，是其病也。"（《文選》陳琳《檄吳將校部曲文》注）

清·馬瑞辰《毛詩傳箋通釋》卷十六：

《傳》："……鬻，稚。閔，病也。稚子，成王也。"《箋》："鴟鴞之意殷勤於此稚子，當哀閔之。此取鴟鴞子者，言稚子也，以喻諸臣之先臣，亦殷勤於此成王，亦宜哀閔之。"（瑞辰）按：……鬻子當從《傳》訓稚子，謂指成王。鬻，通作鞠。《爾雅·釋言》："鞠，稚也。"鞠一作毓，毓即育字，《說文》引《書》"教育子"，《史記·五帝紀》作"教稺子"。稺，即稚也。是知《豳》詩之鬻子即

171

《書》之"教育子",亦即《書》之孺子也。二叔流言,言公將不利於孺子,故公自言恩勤於王室者,皆惟稚子是閔恤也。"既取我子",指二叔言,"鬻子之閔斯",則指成王言。《箋》謂成王非罪其屬黨,而以恩勤爲鴟鴞殷勤於此稚子,稚子當哀閔之,似非詩意。

清·陳奐《詩毛氏傳疏》卷十五:

《正義》引《爾雅·釋言》:"鬻,稚也。"郭璞曰:"鞠,一作毓。"《邶·谷風》正義引作"育稚",今本作"鞠稺",石經"稺"作稚,《釋文》作"稺"。"閔,病",《邶·柏舟》《閔予小子》同。《傳》既釋字義,而又釋經義,云:"稚子,成王也。"《文選》陳琳《檄吳將校部曲》注引《韓詩》云:"鴟鴞所以愛養其子者,適以病之。愛憐養其子者,謂堅固其窠巢,病之者,謂不知托於大樹茂枝,反敷之葦萑。風至,萑折巢覆,有子則死,有卵則破,是其病也。"毛、韓大指相同。

清·顧廣譽《學詩詳說》卷十五:

其曰"鬻子之閔斯",蓋痛管、蔡自絕於天,終爲王法所不容,以大傷文考文母之心焉耳。則知以"既取我子"便是謂武庚既敗我管、蔡,管叔既已受誅者,疏矣。(此朱氏《疏義》説)

清·方玉潤《詩經原始》卷八:

鬻,養也。閔,憂也。

清·龍起濤《毛詩補正》卷十四:

鬻,稚。(紬義:鬻、鞠、毓三字通。毓,即育之或體。)閔,病也。稚子,成王也。(案:毛以稚子爲成王,不若朱訓鬻爲養。《折中》云:"追念文考文母,鞠子之哀。"是也。)

清·梁中孚《詩經精義集鈔》卷二:

【集評】恩勤育子,直上追文考文母,鞠子之哀,其言何等悲切。(以上上格)

又:鬻(旁行小字:鬻,養也)子之閔(旁行小字:閔,憂)斯!

清·王先謙《詩三家義集疏》卷十三:

【注】魯:恩作殷。【疏】《傳》:"恩,愛。鬻,稚。閔,病也。稚子,成王也。"《箋》:"鴟鴞之意,殷勤於此,稚子當哀閔之。此取鴟鴞子者,言稚子也,以喻諸臣之先臣,亦殷勤於此,成王亦宜哀閔之。"

魯恩作殷者,蔡邕《胡公夫人哀贊》云:"殷斯勤斯。"蔡用魯詩,是魯作殷。《箋》云：“殷勤於此，稚子。”亦本魯詩。孔《疏》：“恩之言殷也。”馬瑞辰云：“《釋言》：‘鞠，稚也。’鞠一作毓，毓即育字，《說文》引《書》‘教育子’……亦即《書》之孺子也。二叔流言，言公將不利於孺子，故公自言恩勤於王室者，皆惟稚子，是閔恤也。”

清·王闓運《毛詩補箋》：

鬻，稚。閔，病也。稚子，成王也。《箋》云：“鴟鴞之意，殷勤於此，稚子當哀閔之。斯取鴟鴞者，指稚子也，以喻諸臣之先臣，亦殷勤於此，成王亦宜哀閔之。”補曰：……鬻，育通用字，俗讀粥，如育而誤耳。字當作□。鬻乃麋字耳。育子，國子之稱。育孺又同聲通用。孺子謂成王，《傳》義是也。閔，憂也。言死後以此爲孺子憂。臨終屬托，葬己成周也。本前師保之職，終身稱孺子王。

清·馬其昶《詩毛氏學》十五：

鬻，稚（《釋言》文）。閔，病也（《釋詁》文）。稚子，成王也。（昶按：室者，稚子之室也。釁起蕭墻，爲稚子之病，安得不愛護勤勞之乎。）

民國·李九華《毛詩評注》卷十五：

鬻，同育養也。……養育此子，誠可憐閔。今既取之，其毒甚矣，可更毀我室乎？此鳥呼鴟鴞而告之也。（《朱傳》傳注）

民國·焦琳《詩蠲》卷四：

鬻（同育）子之閔（可憐也）斯！

又：鬻子之艱難可閔如是爾，亦可知取子之痛也。忍不閔我而更毀我室乎？

民國·吳闓生《詩義會通》卷一：

鬻，育也。此子謂成王也。閔，憂勞也。

日本·岡白駒《毛詩補義》卷五：

鬻，稚。閔，病也。稚子，成王也。

又：爲稚子之病，則遂將毀我室矣。夫管、蔡，兄弟也，周公之心未嘗不愛惜也，然將傾覆周室，則亦不暇顧矣。

日本·赤松弘《詩經述》卷四：

鬻，養也。閔，哀也。

日本·中井積德《古詩逢源》：

閔，謂鬻者之親情切至也。

又：鬻子之子，包成王及諸親而言。

日本·皆川願《詩經繹解》卷七：

鬻，育也。閔，恤也。

日本·冢田虎《冢注毛詩》卷八：

鬻子與鞠子同。稚子也，謂成王矣。周公謂成王而言武庚既取我所恩愛之子，又將毀我所勤勞之室。稚子當是哀閔之矣。

又：【眉批】毛云："鬻，稚。閔，病也。稚子，成王也。"是也。鄭云："此取鴟鴞子者，言稚子也，以喻諸臣之先臣，亦殷勤于此。"今云：非也。朱云"……以我情愛篤厚之意，鬻養此子云云，亦未得之。"

【眉批】康王之誥云：勿遺鞠子羞。

日本·太田元貞《詩經纂疏》卷七：

鬻子之閔斯，《箋》《傳》皆以斯爲辭。

毛："此二子但爲我稚子成王之病。"稚子（成王）惜（旁行小字：巢下之民取子之）（旁行小字：成王）稚子

日本·仁井田好古《毛詩補傳》卷十五：

"恩斯""勤斯""閔斯"三者，皆一意。言周公之於成王恩愛憂勞閔恤，莫所不至也。反復重言者，至誠惻怛之至。以下句例上句，"恩斯勤斯"之上，各加"鬻子之"三字，做二句看，則意義最明。《七月》詩："七月在野，八月在宇，九月在户，十月蟋蟀入我床下。"下蟋蟀字，通于上七月、八月、九月而言。句法與此正同。閔，病。《釋詁》文。孔云："管、蔡作亂，病此鬻子。"非也。閔之爲病，閔恤憂病之義，言憂恤成王幼冲，爲武庚搖動也。何玄子曰："鬻，何以訓稚。鬻之爲義，據《説文》云，鍵也。字亦作粥，即糜是也。糜性淖弱，故借爲幼稚之義。《禮記》：'粥粥若無能也。'義亦同此。"

日本·岡井鼎《詩疑》卷九：

鬻，養。（《韵會》："育，通作鬻。"）閔，憂也。（《説文》云："吊者在門也。"《爾雅》："病也。"鄭云："當哀閔之。"鼎按：哀閔則有憂意。）武王至貽王（本《書·金縢》篇及《詩序》）。但故"周公"至"誅之"十六字，非是，當删，説見後）以比至管蔡（删，説見後）。

日本·安井衡《毛詩輯疏》卷七：

鬻，稚。閔，病也。稚子，成王也。《箋》："鴟鴞之意，殷勤于此稚子，當哀閔之，此取鴟鴞子者言稚子也，以喻諸臣之先臣亦殷勤于此，成王亦宜哀閔之。"

《正義》:"《釋言》云:'鞠,稚也。'郭璞曰:'鞠一作毓。'是鬻爲稚也。閔,病。《釋詁》文。"衡謂:"恩斯勤斯"之"斯",與"閔斯"之"斯"同,皆當爲語辭。《傳》訓閔爲病,蓋亦憂病之義。《正義》釋爲病害,恐非《傳》意也。

日本·安藤龍《詩經辨話器解》卷八:

(右旁行小字:成王)鬻子之閔斯!〔《傳》:"鬻,稚。閔,病也。稚子,成王也。"《箋》云:"鴟鴞之意,殷勤于此,稚子(右旁行小字:鴟鴞汝)當哀閔之。此(右旁行小字:上文言)取鴟鴞子者,言稚子(左旁行小字:言取稚子)也,(左旁行小字:武庚汝)以喻(左旁行小字:我等)諸臣之(左旁行小字:父祖)先臣,亦殷勤于此,成王亦宜哀閔之。"〕

日本·山本章夫《詩經新注》卷中:

鬻,與育通。閔,憂也。

鬻子,謂撫育成王。三"斯"字亦皆指成王。

日本·竹添光鴻《毛詩會箋》卷八:

"鬻子"之"子",指成王也。意重毀室,却復説鬻子,接頓入妙。言我之甚愛此室者,以我之於成王恩愛之,勤勞之,又憂恤之故也。"恩斯勤斯"之上,各加"鬻子之"三字看,則其意明了。《七月》詩"七月在野,八月在宇,九月在户,十月蟋蟀入我床下",下蟋蟀字通于上七月、八月、九月而言,句法與此正同。鬻,《傳》訓稚者,鬻即育之借字。《樂記》"毛者孕鬻",淮南《原道》作"毛者孕育"是也,育爲幼稚之義。《禮記》"粥粥若無能也",義亦同。此鬻通作鞠。《爾雅》:"鞠,稚也。"鞠一作毓,毓即"育"字。《説文》引《書》"教育子",《史記·五帝紀》作"教稺子",稺即稚也,是知此詩之鬻子,即《書》之育子,亦即《書》之穉子也。閔者,《柏舟》"覯閔"《傳》,"閔予小子"《傳》,并云:"閔,病也。"左氏宣十二年《傳》:"少遭閔凶。"注:"閔,憂也。"此"閔"字當兼憂、病二義。憂之深,必至於病也。

朝鮮·申綽《詩次故》卷六:

《爾雅》:"閔,病也。"郭璞曰:"見詩。"

朝鮮·沈大允《詩經集傳辨正》:

鬻,養也。

朝鮮·朴文鎬《詩集傳詳説》卷六:

鬻,(通育)養。閔,憂也。

李雷東按：

"鬻子之閔斯"一句句解有"鬻"、"子"、"閔"、"斯"以及整句解說等幾個問題。現分述如下。

一　鬻

1. 《毛詩故訓傳》："鬻，稚。……稚子，成王也。"（《毛詩正義》卷八）

2. 唐·陸德明《毛詩音義》："鬻，由六反，徐居六反，一云'賣也'。"（《毛詩正義》卷八）

3. 宋·朱熹："鬻，養。"（《詩經集傳》卷八）

4. 宋·呂祖謙："程氏曰：'鬻，育也。'"（《呂氏家塾讀詩記》卷十六）

5. 宋·林岊："我之於稚子誠閔念斯也。"（《毛詩講義》卷四）

6. 清·羅典："鬻，售也。"（《凝園讀詩管見》卷五）

7. 清·牟庭："鬻子，鳥抱子也，喻成王之愛公也。"（《詩切》）

8. 清·馬瑞辰："是知《豳》詩之鬻子即《書》之'教育子'，亦即《書》之孺子也。"（《毛詩傳箋通釋》卷十六）

9. 清·龍起濤："鬻、鞠、毓三字通。毓，即育之或體。"（《毛詩補正》卷十四）

10. 清·王闓運："育子，國子之稱。育、孺又同聲通用。孺子謂成王，《傳》義是也。"（《毛詩補箋》）

11. 日本·山本章夫："鬻子，謂撫育成王。"（《詩經新注》卷中）

二　子

1. 日本·中井積德："鬻子之子，包成王及諸親而言。"（《古詩逢源》）

2. 日本·竹添光鴻："鬻子之子，指成王也。"（《毛詩會箋》卷八）

三　閔

1. 《毛詩故訓傳》："閔，病也。"（《毛詩正義》卷八）

2. 宋·朱熹："閔，憂也。"（《詩經集傳》卷八）

3. 明·張次仲："閔，辛勤可憐閔也。"（《待軒詩記》卷二）

4. 明·何楷："閔，傷也。"（《詩經世本古義》卷十之上）

5. 清·張沐："閔，惻也。"（《詩經疏略》卷四）

6. 清·羅典："閔，哀憐之也。"（《凝園讀詩管見》卷五）

7. 清·牟庭："同憐也。"（《詩切》）

8. 民國·吳闓生："閔，憂勞也。"（《詩義會通》卷一）

9. 日本·赤松弘："閔，哀也。"（《詩經述》卷四）

10. 日本·中井積德："閔，謂鬻者之親情切至也。"（《古詩逢源》）

11. 日本·皆川願："閔，恤也。"（《詩經繹解》卷七）

四　斯

1. 唐·孔穎達："'閔'下'斯'字，《箋》《傳》皆爲辭耳。"（《毛詩正義》卷八）

2. 清·羅典："三'斯'字皆指室言。"（《凝園讀詩管見》卷五）

3. 清·牟庭："斯，當訓此。"（《詩切》）

4. 日本·山本章夫："三'斯'字亦皆指成王。"（《詩經新注》卷中）

五　整句解說

1. 漢·鄭玄《毛詩箋》："稚子當哀閔之。此取鴟鴞子者，言稚子也，以喻諸臣之先臣，亦殷勤於此，成王亦宜哀閔之。"（《毛詩正義》卷八）

2. 唐·孔穎達："毛以爲，……但爲我稚子成王之病，以此之故，不得不誅之也。"（《毛詩正義》卷八）

3. 唐·孔穎達："鄭以爲，……稚子當哀閔之，不欲毀其巢。以喻言屬臣之先臣亦殷勤於此成王，成王亦宜哀閔之，不欲絕其官位土地。"（《毛詩正義》卷八）

4. 宋·蘇轍："庶幾稚子之閔之而已。"（《詩集傳》卷八）

5. 宋·范處義："以養鬻其子爾。"（《詩補傳》卷十五）

6. 宋·朱熹："鬻養此子，誠可憐憫。"（《詩經集傳》卷八）

7. 宋·呂祖謙："育養此子，誠可憫惻也。周公謂管、蔡爲子者，爲周家語殷民之辭也。"（《呂氏家塾讀詩記》卷十六）

8. 宋·戴溪："'恩斯勤斯，鬻子之閔斯'，言養子之勤，今取子爲可閔也。"（《續呂氏家塾讀詩記》卷一）

9. 宋·嚴粲："鬻養此子，誠可傷閔。"（《詩緝》卷十六）

10. 明·梁寅："所以鬻養乎子者，良可憐閔，若巢室之毀，尚何望哉?"（《詩演義》卷八）

11. 明·季本："惟其忠勤，所以閔百姓而養育之也。"（《詩說解頤》卷十四）

12. 明·郝敬："育養此子如斯其可憐憫爾。"（《毛詩原解》卷十六）

13. 明·曹學佺："言子之見愛於父母，不特養之而且憂之，其恩情篤厚如此。此周公自謂也。"（《詩經剖疑》卷十二）

14. 明·張次仲："'恩斯''勤斯'二句，感慨悲嘆，言父母育子若此勞苦，而爾乃聽武庚以危王室，此何心也?"（《待軒詩記》卷二）

15. 明·何楷："言我之所以恩愛結于中心，念兹在兹，日勞勞焉而不釋者，以成王年方幼冲，而爲浮言所搖動，孤立于上，其勢甚危，誠可閔傷故也。"（《詩經世本古義》卷十之上）

16. 明·范王孫："箋餘云：恩勤鬻子，蓋指文王也。乃是哀弟痛父之詞。"（《詩志》卷九）

17. 清·王心敬："養育此子如斯，其可憐憫。"（《豐川詩説》卷十一）

18. 清·方苞："其曰'鬻子之閔斯'，蓋痛管、蔡自絶于天，終爲王法所不容，以大傷文考文母之心焉耳。"（《朱子詩義補正》卷三）

19. 清·羅典："言我有子而不能顧，乃迫望於女之恩勤，則不必謂爲我之嗣。子謂爲女之鬻子可矣。"（《凝園讀詩管見》卷五）

20. 清·牟庭："我抱雛雖多，無如此雛最閔閔，而況乎室所以庇身。"（《詩切》）

21. 清·馬瑞辰："二叔流言，言公將不利於孺子，故公自言恩勤於王室者，皆惟稚子，是閔恤也。……鬻子之閔斯，則指成王言。"（《毛詩傳箋通釋》卷十六）

22. 清·王闓運："言死後以此爲孺子憂。臨終屬托，葬己成周也。本前師保之職，終身稱孺子王。"（《毛詩補箋》）

23. 清·馬其昶："釁起蕭墙，爲稚子之病，安得不愛護勤勞之乎。"（《詩毛氏學》十五）

24. 民國·焦琳："鬻子之艱難可閔如是爾，亦可知取子之痛也。忍不閔我而更毀我室乎?"（《詩蠲》卷四）

25. 日本·岡白駒："爲稚子之病，則遂將毀我室矣。"（《毛詩補義》卷五）

首章章旨

漢·鄭玄《毛詩箋》（《毛詩正義》卷八）：

鴟鴞言：已取我子者，幸無毀我巢。我巢積日累功，作之甚苦，故愛惜之
也。……喻此諸臣乃世臣之子孫，其父祖以勤勞有此官位土地，今若誅殺之，無
絕其位，奪其土地。王意欲誚公，此之由然。……鴟鴞之意，殷勤於此，稚子當
哀閔之。此取鴟鴞子者，言稚子也，以喻諸臣之先臣，亦殷勤於此，成王亦宜哀
閔之。

唐·孔穎達《毛詩正義》卷八：

毛以爲，……假言人取鴟鴞子者，言鴟鴞鴟鴞，其意如何乎？其言人已取我
子，我意寧亡此子，無能留此子以毀我巢室，以其巢室積日累功作之，攻堅故也。
以興周公之意如何乎？其意言：寧亡管、蔡，無能留管、蔡以毀我周室。以其周
室自後稷①以來，世修德教，有此王基，篤厚堅固故也。又言管、蔡罪重，不得不
誅之意。周公言己甚愛此、甚惜此二子，但爲我稚子成王之病，以此之故，不得
不誅之也。鄭以爲，……言鴟鴞之意如何乎？言人既取我子，幸無毀我室。以其
積日累功，作之甚苦，故愛惜之，不欲見其毀損。以喻成王若誅此諸臣，幸無絕
其官位，奪其土地，以其父祖勤勞乃得有此，故愛惜之，不欲見其絕奪。又言當
此幼稚之子來取我子之時，其鴟鴞之意殷勤於此稚子。稚子當哀閔之，不欲毀其
巢。以喻言屬臣之先臣亦殷勤於此成王，成王亦宜哀閔之，不欲絕其官位土地。

宋·歐陽修《詩本義》卷五：

有鳥之愛其巢者，呼彼鴟鴞而告之曰：鴟鴞鴟鴞，爾寧取我子，無毀我室。
我之生育是子非無仁恩，非不勤勞，然未若我作巢之難。

---

① 應爲"后稷"，下同。

宋・蘇轍《詩集傳》卷八：

鳥之有巢者呼而告之曰：既取我子矣，無復毀我室。周之先王勤勞以造周，如鳥之爲巢。苟取其子而又毀其室，是重傷之也。管、蔡既已出周公矣，王又不信而誅周公，周公誅而王業壞矣。……先王之愛其室家與其勤之者至矣，庶幾稚子之閔之而已。

宋・李樗《毛詩詳解》（《毛詩李黃集解》卷十八）：

"鴟鴞鴟鴞，既取我子，無毀我室"，此但言惜巢之甚，不必指管、蔡，亦不必指以爲周公。蓋言鳥之有巢者，指鴟鴞而告之：爾既取我子，無毀我室，吾之於子非不愛也，而惜巢爲尤甚於愛子焉。此但詩設爲此辭，非有所取喻。惟其"既取我子，無毀我室"，故下文曰"恩斯勤斯，鬻子之閔斯"，吾之於子非不恩愛，非不勤勞，而護惜子又當哀閔之，言其護惜此巢也，亦如王室之創造艱難如此。管、蔡流言，成王豈當信其所不當信，疑其所不當疑而毀壞之哉？

宋・黃櫄《詩解》（《毛詩李黃集解》卷十八）：

鳥之護其巢者呼鴟鴞而告之，曰：汝既先取我子矣，無更破我之巢也。我養子之勤，營巢之勞，其所積累盤聚，纏綿固蒂者，非一日矣，而汝其毀我之成巢乎？其意謂周自后稷開基，公劉篤烈，大王肇基王迹，王季勤勞王家，文武經營內外之治，武庚既逞其奸於管、蔡，而復欲并王室而毀之。……使成王而知此，則庶乎亂可止矣，故曰救亂也。

宋・范處義《詩補傳》卷十五：

故鳥之愛其巢者呼鴟鴞而告之，曰：既取我子矣，毋更毀我巢也。我之甚愛此巢，盡力此巢，以養鬻其子爾。今既取之，誠可哀閔，奈何又欲毀我巢乎！

宋・朱熹《詩經集傳》卷八：

托爲鳥之愛巢者，呼鴟鴞而謂之曰：鴟鴞鴟鴞，爾既取我之子矣，無更毀我之室也。以我情愛之心、篤厚之意，鬻養此子，誠可憐憫。今既取之，其毒甚矣，況又毀我室乎。以比武庚既敗管、蔡，不可更毀我王室也。

宋・呂祖謙《呂氏家塾讀詩記》卷十六：

呂氏曰：殷民欲叛，馮附二叔之親，欺惑其人，使之流言，云周公將不利於孺子，欲王取信兄弟之言，中傷周公，謀危王室也。故周公曰：管、蔡親也，爾既以惡污染，使陷於罪，是汝殷民入吾國，害我兄弟矣。又欲危王室，則不可也。

宋·林岊《毛詩講義》卷四：

今夫護巢之禽指鴟鴞而語之曰：既取我子，無毀我巢。我之誠恩愛斯也，我之誠勤勞斯也，我之於稚子誠閔念斯也。

宋·輔廣《詩童子問》卷三：

成王之疑不釋，則周之爲周未可知也。故此詩辭意哀切，至爲禽鳥之語，以感切之，不啻如慈母之誥教子弟而蘄其悔悟，仁之至，義之盡也。

又：首章言武庚既敗，管、蔡不可復毀我王室。

宋·嚴粲《詩緝》卷十六：

呂氏曰："殷民流言，中傷周公，謀危王室，故周公曰：'管、蔡，親也。爾既以惡污染，使陷於罪，是害我兄弟矣，又欲謀危王室，則不可也。'"

明·梁寅《詩演義》卷八：

而此章首言慮患之意。……其托爲鳥言，蓋曰：鴟鴞鴟鴞，爾既取我子而食之矣，毋再毀我之室也。我之於子恩愛之至，勤勞之甚，所以鬻養乎子者，良可憐閔，若巢室之毀，尚何望哉？慮患之至而形之辭者如是，其切聖之情見矣。

明·朱善《詩解頤》卷一：

鴟鴞之于眾鳥，有攫其子而食之者矣，而鳥不以子之既失而遂廢其生育之勤也；有毀其巢而破之者矣，而鳥不以巢之既毀而遂廢其補葺之勞也。蓋子之殘而室之毀者，禍患之不測也，養育之勤而補葺之勞者，已分之當爲也，豈可以禍患之或至而遂廢其室家嗣續之常理也哉？若武庚之敗管、蔡，則比之於鳥雖取其子猶未能毀其室也。

明·呂柟《毛詩説序》卷二：

故一章冀其室之不喪也。

明·袁仁《毛詩或問》卷上：

一章言罹其變也。

明·黃佐《詩經通解》卷八：

首章言武庚既敗管、蔡，不可更毀王室，以見亂生之由。

明·豐坊《魯詩世學》卷十五：

其意若曰：武庚既挾三叔而陷之不義，又安可毀我王乎？蓋先王之于三叔，情愛之，篤養之，誠可憐矣。是時三叔方流言以危周公，公乃追念先王育子之勤，惟歸罪武庚之挾取而深閔三叔之陷溺。

明·許天贈《詩經正義》卷九：

首章喻武庚不可毀王室也。

又：大臣托鳥愛巢之言，喻王室之不可毀也。

又：昔周公勤勞王室，皆出於忠愛之至情，而二叔流言將搖王室，王不能無疑也。故公作《鴟鴞》之詩以貽王，托爲鳥言以自鳴其意，曰：子，我所愛也。室，亦我所愛也。鴟鴞鴟鴞，爾既肆其吞噬之惡，攖我子而食之矣，毋更毀我所治之室也。大以我情愛之深，加於覆育之始，篤厚之意，勤於吐哺之餂，育養此子，誠可憐憫也。今既取之，其毒甚矣，況又毀我室乎！

明·江環《詩經鐸振》（《詩經尊朱删補》）國風卷之三：

一章言武庚不可更毀王室。

又：以爲人情物理可以相通，王知鳥之愛巢乎？觀其呼鴟鴞而謂之曰：予之有室，是予所以藏身而遠下民之侮，防風雨之加者，不可毀也。鴟鴞鴟鴞，爾既肆虐取我之子矣，爾無使更毀我之室也。以我情愛之深、篤厚之意，鬻養此子誠可憐憫。今既取之，其毒甚矣，況又毀我之室，以益吾不堪之毒邪！

【主意】 首三句托喻武庚不可毀王室，末二句正以申戒其不可更毀王室也。首言愛子者，只是喚起不可毀王室之意，管、蔡本敗武庚，而只歸罪武庚者，爲親者諱也。

明·郝敬《毛詩原解》卷十六：

首章言鴟鴞呼武庚也，取我子謂陷管叔于死也。

又：鳥之惡鴟鴞者，呼而告曰：鴟鴞乎，鴟鴞乎，爾今殺我子矣，勿更壞我巢室也，以我如斯之恩愛，如斯之勤苦，育養此子如斯其可憐憫爾。既取之，更欲毀我室邪？

明·姚舜牧《重訂詩經疑問》卷三：

三監之叛，原始於武庚，非由於管叔。武王伐紂，而封紂之子武庚以存其祀，天下之至仁也。使三叔監之，天下之至公也。爲武庚者，德周可矣，恊三監以效忠可矣。乃武庚不念周之封爲大德，而唯毒周之亡其國，日夜思所以爲叛。偶見管叔兄也而居外，周公弟也而居內。乘此間，計取管叔而誘之流言，蓋實欲毀周之室家也。故此詩首云："鴟鴞鴟鴞，既取我子，無毀我室。"注："二叔以武庚叛。"非，當改作武庚以二叔叛。

蓋父母恩愛其子，無所不用其情，則其爲之勤勞也，亦無所不極其至。是皆見之於鞠育之間，而實可憐閔者，彼無端而計取之，不亦太毒乎？

明·沈守正《詩經説通》卷五：

首章推禍本而言之。

明·曹學佺《詩經剖疑》卷十二：

言子之見愛於父母，不特養之而且憂之，其恩情篤厚如此。此周公自謂也。

明·陸燧《詩筌》卷一：

首章推禍本而言之。此詩歸罪武庚，而于二叔則有閔惜之意。爲親者諱也。

明·顧夢麟《詩經説約》卷十：

安成劉氏曰："此詩歸罪於武庚，而於三叔則有閔惜之意，蓋爲親者諱也，如《書》之《大誥》亦然。此皆兄弟情見於立言之際。然而公義則不可掩，故史臣於《書》既曰'管叔及其群弟流言於國'，又曰'周公位冢宰，群叔流言'，乃皆以公義直書之者也。"

明·鄒之麟《詩經翼注講意》卷一：

上言"既取我子"者，只是喚起不可毀王室之意，而下言取子之毒，正以見王室之不可毀也。

明·唐汝諤《毛詩蒙引》卷七：

首章告之以無毀王室。

明·楊廷麟《詩經聽月》卷五：

一章言武庚不可更毀王室。

周公以流言居東，成王猶未知其意，乃托於鳥之愛巢，曰：予之有室，是予所以藏身而遠下民之侮，防風雨之加者，不可毀也。鴟鴞鴟鴞，爾既肆虐，取我之子矣，爾無更毀我之室也。以我情愛之深，篤厚之意，育養此子，誠可憐憫。今既取之，其毒甚矣，況又毀我之室，以益吾不堪之毒耶！

又：首三句托喻武庚不可毀王室，末二句正以申戒其不可更毀王室也。

明·陳元亮《鑒湖詩説》卷一：

首章以"無毀我室"句爲主。

清·錢澄之《田間詩學》卷五：

輔氏曰："言己之深愛王室，先事爲備，以防禍亂之意。疑當時流言，必以公平日勤勞，皆是自爲己謀，故今攝政而不利于孺子。周公以此曉成王也。"

又：通章大旨只在"無毀我室"一語。

清・張沐《詩經疏略》卷四：

此章言誅管、蔡之事，托鳥言曰：鴟鴞鴟鴞，既欲取我子，寧不毀我室，豈知我之恩愛其子如此，勤苦以固其室如此，養子之可閔如此。

清・毛奇齡《毛詩寫官記》卷二：

故公曰：管、蔡，我子也，而彼乃挾而有之，是既取我之懷矣，則牖戶可慮也。蓋諷王以庚之將畔也。育子尚當閔毀室，豈細故？故下亦但言毀室。

清・毛奇齡《續詩傳鳥名》卷二：

《詩》曰："鴟鴞鴟鴞，既取我子，無毀我室。"釋其詞則謂：彼祿父者既誘我二叔而殺之矣，得無再毀我室耶。夫育子已可閔，況毀室耶！此正告之以殷頑當遷，淮夷商奄當預防也。

清・冉覲祖《詩經詳說》卷三十一：

安成劉氏曰："此詩歸罪於武庚，而於三叔則有閔惜之意，蓋爲親者諱也，如《書》之《大誥》亦然。此皆兄弟之情見於立言之際。然而公義則不可掩，故史臣於《書》既曰'管叔及其群弟流言于國'，又曰'周公位冢宰，群叔流言'，乃皆以公義直書之者也。"

又：【正解】此章首三句托喻武庚不可毀王室。末二句正以申戒其不可更毀王室也。……重愛室上，不可以愛子平看。申言取子之毒，無非甚毀室之尤毒也。

詩意原重在"毀我室"上，末二句只說愛子，一字不及愛室，蓋動之以至情也。

又：【講】人情物理可以相通。王知鳥之愛巢乎？觀其呼鴟鴞而謂之者，曰：鴟鴞鴟鴞，爾既肆虐以取我之子矣，無更毀我之居室，使我無以藏身也。以我情愛之恩斯，篤厚之勤斯，鬻養此子之可憐憫斯，今忍心而取之，其毒甚矣，況又毀我之室而益以所不堪耶。

又：【正解】……首章言武庚不可更毀王室。

清・李光地《詩所》卷二：

首三句言殷之亂人既陷管、蔡，又將危王室也。管、蔡既爲所陷，則亦化爲鴟鴞，如子之鬻於人者，不復念其所生矣。故恩勤而悲憫之，以終"既取我子"一句之意也。

清・王鴻緒等《欽定詩經傳說彙纂》卷九：

黃氏櫄曰："鴟鴞破群鳥之巢而食其子，鳥護其巢，呼而告之曰：'我養子之勤，營巢之勞，其所積累盤聚纏綿固蒂者，非一日矣。而汝其毀我之成巢乎？'其意謂：周自后稷開基，公劉篤烈，太王肇基王迹，王季勤勞王家，文武經營，內外之治，武庚既逞其奸於管、蔡，而復欲并王室而毀之也。"

清·王心敬《豐川詩説》卷十一：

鳥之惡鴟鴞者，呼而告曰：鴟鴞乎，爾既殺我子矣，勿更壞我巢室，以我如此之恩愛，如此之勤苦，養育此子如斯，其可憐憫。爾既取之，更欲毀我室耶？

清·姜文燦《詩經正解》卷十：

【合參】……若謂人情物理可以相通者也。王知鳥之愛巢乎？觀其呼鴟鴞而謂之曰：予之有室，是予所以藏身而遠下民之侮，防風雨之加者也，不可毀也。鴟鴞鴟鴞，爾既肆虐，取我之子矣，無更毀我之室，使其所歸也。爾亦知我室之所以不可毀乎？夫我以情愛之心，每勤于覆育之始，篤厚之意，尤加于吐哺之餘，所以養育此子，誠可憐憫，今既取之，其毒甚矣，況我愛室之心甚于愛子，又毀我之室，以益吾不堪之毒耶！

【析講】此章首三句托喻武庚不可毀王室。末二句正以申戒其不可更毀王室也。……當時畢竟二叔挾武庚爲亂。而詩意歸罪武庚，而于二叔則有憫惜之意，爲親者諱也。……重愛室上，不可以愛子平看。申言取子之毒，無非甚毀室之尤毒也。

詩意原重在"毀我室"上，末二語只説愛子，一字不及愛室，蓋動之以至情也。

清·黃夢白、陳曾《詩經廣大全》卷九：

通言鳥之惡鴟鴞者，呼而告曰：鴟鴞鴟鴞，爾既取我子，勿更壞我巢室。以我如斯恩愛，如斯勤苦，育養此子，如斯可憐憫，爾既取之，更欲毀我室耶？

清·張叙《詩貫》卷五：

首三句言殷之畔人既陷管、蔡，又將危王室，乃一篇大指。下二句先申取子之意。……是詩詎惟感動成王，令管、蔡而稍有人心，亦當自悔而飲泣耳。

清·汪紱《詩經詮義》卷四：

此周公患難中語也。其用意忠勤而情辭悱惻，規慮宏遠而思致深微，蓋憂在王室之顛覆，而不憂一己之受誣，辨家國之安危而非辨一身之清白，欲以弭四國之亂而非特以弭流言之口。又以安天下之衆而非第以謀一身之安，故婉言示意而不敢明言，積誠感君而無所怨懟，聖人之情顧如是哉，非操、莽所得而竊其貌也。

此章微指武庚之事而傷管、蔡之失道，以爲入告之端也。

清・許伯政《詩深》卷十五：

言鴟鴞鴟鴞，既取我子，無能毀我之室。我恩斯勤斯，鬻子之閔斯，而鴞能取之，則禍必于室矣。

清・傅恒等《御纂詩義折中》卷九：

托爲鳥言曰：鴟鴞鴟鴞，爾既取我之子矣，無更毀我之室，以比武庚既誘三叔，不可更亂王室也。又言恩勤鬻子者，蓋追念文考文母鞠子之哀，而痛三叔之見取，且以傷天倫有變，而己無道以善全，不怒而深悲之，聖人之用心也。

清・范家相《詩瀋》卷十：

《詩》之惡武庚，閔二叔，唯見于首章。

清・汪梧鳳《詩學女爲》卷十五：

蓋知煽惑三叔使陷於罪者，實由武庚。又有以知武庚之所以煽惑三叔使搖己者，意不在害己，而欲傾覆我國家，且又不以流言爲仇，而以陷之於罪爲痛，則仁之至也。

清・姜炳璋《詩序補義》卷十三：

一章，通篇予、我俱指鳥，俱周公自比，非前則喻先王，而後忽自況也。蓋以鳥之惜其子，比己之惜其兄弟；以鳥之愛巢，比己之愛王室。

清・牟庭《詩切》：

鳥語呼號曰：我鳥中有鴟鴞，有鴟鴞既被攫取我雛去，得無更欲毀傷我室巢，誰知我此雛之恩親，誰知我此雛之勞勤，我抱雛雖多，無如此雛最閔閔，而況乎室所以庇身。

清・陳奐《詩毛氏傳疏》卷十五：

當時武庚啓釁，遂株連奄東諸國，意將興復殷商。而管叔習見殷商。弟及己乃叔旦之兄，武王崩，成王幼，次當及己爲天子。蔡在同監，故黨管作難。一朝變起，天下殷周，不知誰何。后稷以來，攻堅之室則幾乎毀壞，周公誅二子，不得已也。毛氏可謂善逆公志矣。

清・方玉潤《詩經原始》卷八：

【眉評】一章，首章悔已往之過。

清・王先謙《詩三家義集疏》卷十三：

以上魯韓之遺說，皆爲流言反間，已得行於沖人，懼將傾覆王室，故閔之而力征衛國，比於小鳥之堅固其巢也。在周公行周之政，用周之人，豈有私屬黨哉？《箋》説於他書無徵，不敢據信。

民國·李九華《毛詩評注》卷十五：

言我情愛殷勤，養育此子，誠可憐閔。今既取之，其毒甚矣，可更毁我室乎？此鳥呼鴟鴞而告之也。(《朱傳》傳注)

民國·焦琳《詩蠲》卷四：

鴟鴞乎，鴟鴞乎，子之至親，爾亦知之，而爾將我子而取之矣。此痛已不能忍受矣。然我觀爾之心，不但取我子，又將毁我室也。且取我子，正所以毁我室也，而其更不要如此，須念我愛子之恩如是其深，養子之勤如是其瘁，鬻子之艱難可閔如是爾，亦可知取子之痛也。忍不閔我而更毁我室乎？

又：蠲曰：此詩首章痛哭管叔，惜其爲武庚誘壞，插入毁室一語，揭明武庚所以流言之心。

日本·岡白駒《毛詩補義》卷五：

言鳥之愛其巢者，呼鴟鴞而告之云：鴟鴞鴟鴞，女既取我子，幸無毁我巢，我巢積日累功作之，攻堅故也。以喻寧亡二子，不可以毁我周室。周室起王業，積累成基也。我非不愛斯子、惜斯子也，而爲稚子之病，則遂將毁我室矣。夫管、蔡，兄弟也，周公之心未嘗不愛惜也，然將傾覆周室，則亦不暇顧矣。

日本·户崎允明《古注詩經考》卷五：

故又云：鴟鴞，鸺鶹，惡鳥，攫鳥子而食者也。此似爲佗鳥之言，何其言枝梧？蓋言鴟鴞其意如何乎，寧此子無能毁我巢室，以積日累功作之，攻堅故也，以興周公寧亡管、蔡，無能毁我周室。以自后稷以來，世修德教，有此王基，篤厚堅固故也。

日本·中井積德《古詩逢源》：

鳥哀鳴語鴟鴞，汝既食吾三子矣，再勿毁壞我巢也。巢敗，則他子無所庇故也。是管、蔡亦子，成王亦子，凡周之同姓親戚亦皆子也，所愛者子也，不在於巢。《傳》托爲鳥之愛巢者，失詩意。

日本·皆川願《詩經繹解》卷七：

此章言，其所意是鴟鴞者，果爲鴟鴞，則其既必有以鴟鴞，果取我子爲言之日矣，則不如先以無毁我室爲念，以用心力，補葺於其室，直如用恩於其子之力，又常護視之，猶如育子之閔也。

日本・冢田虎《冢注毛詩》卷八：

周公謂成王而言武庚既取我所恩愛之子，又將毀我所勤勞之室。稚子當是哀閔之矣。

日本・龜井昭陽《毛詩考》卷十四：

鴟鴞入鳥巢而攫其子去，故其鳥曰：汝既取我子，然無能毀我巢也。以比武庚能□誤三叔，而不能若王室何。焉是既誅武庚之後，則無者非禁止辭。……武庚蠱三叔以叛，其亂大。然王室不動者，我閔我孺子，恩恤之勤勞之故也。

日本・安井衡《毛詩輯疏》卷七

言己遭世患難，寧亡二弟，不肯毀壞王室，故下以"恩斯勤斯，鬻子之閔斯"承之。……言己所以寧亡二弟，而不肯毀王室者，以愛念成王之身，勤勞成王之事，憂病成王之禍也。成王信流言，仍疑周公，故以誠心告之。

日本・竹添光鴻《毛詩會箋》卷八：

鴟鴞攫其子去，故其鳥哀鳴告鴟鴞曰：汝既食吾三子，再勿毀壞我巢也。巢敗則稚子無所庇故也。言其既誘三叔，無更傷毀周室。

朝鮮・朴世堂《詩經思辨錄》：

此詩首章欲奸人之無傾毀王室。

朝鮮・朴文鎬《詩集傳詳說》卷六：

托爲鳥（泛指）之愛巢者，呼鴟鴞而謂之曰：鴟鴞鴟鴞，爾既取我之子矣，無更毀我之室也。（廬陵彭氏曰："鴟鴞比武庚，子比群叔，室比王室。"）以我情愛之心、篤厚之意，鬻養此子，誠可憐憫。今既取之，其毒甚矣，況又毀我室乎！（補此三句）以比武庚既敗管、蔡，不可更毀我王室也。（此則説還本事。凡比皆然。朱子曰："此詩艱苦深奧，成王何故便理會得？當時事變在眼前，故讀其詩者便知其用意所在。自今讀之，既不及見當時事，所以謂其詩難曉。"又曰："當初管、蔡挾武庚爲亂。詩人之言只得如此，不成歸怨管、蔡。"安成劉氏曰："此詩歸罪於武庚，而於三叔則有閔惜之意，蓋爲親者諱也，《書》之《大誥》亦然。此皆兄弟私情見於立言之際。然而公義則不可掩，故史臣於《書》特書曰：'管叔及其群弟流言於國。'"）

李雷東按：

各家關於首章章旨的解説如下。

1. 漢·鄭玄《毛詩箋》："鴟鴞言已取我子者，幸無毀我巢。我巢積日累功，作之甚苦，故愛惜之也。……喻此諸臣乃世臣之子孫，其父祖以勤勞有此官位土地，今若誅殺之，無絶其位，奪其土地。……鴟鴞之意，殷勤於此，稚子當哀閔之。此取鴟鴞子者，言稚子也，以喻諸臣之先臣，亦殷勤於此，成王亦宜哀閔之。"（《毛詩正義》卷八）

2. 唐·孔穎達："毛以爲，……假言人取鴟鴞子者，言鴟鴞鴟鴞，其意如何乎？其言人已取我子，我意寧亡此子，無能留此子以毀我巢室，以其巢室積日累功作之，攻堅故也。以興周公之意如何乎？其意言寧亡管、蔡，無能留管、蔡以毀我周室。以其周室自後稷以來，世修德教，有此王基，篤厚堅固故也。又言管、蔡罪重，不得不誅之意。周公言己甚愛此、甚惜此二子，但爲我稚子成王之病，以此之故，不得不誅之也。"（《毛詩正義》卷八）

3. 唐·孔穎達："鄭以爲，……言鴟鴞之意如何乎？言人既取我子，幸無毀我室。以其積日累功，作之甚苦，故愛惜之，不欲見其毀損。以喻成王若誅此諸臣，幸無絶其官位，奪其土地，以其父祖勤勞乃得有此，故愛惜之，不欲見其絶奪。又言當此幼稚之子來取我子之時，其鴟鴞之意殷勤於此稚子。稚子當哀閔之，不欲毀其巢。以喻言屬臣之先臣亦殷勤於此成王，成王亦宜哀閔之，不欲絶其官位土地。"（《毛詩正義》卷八）

4. 宋·歐陽修："有鳥之愛其巢者，呼彼鴟鴞而告之曰：鴟鴞鴟鴞，爾寧取我子，無毀我室。我之生育是子非無仁恩，非不勤勞，然未若我作巢之難。"（《詩本義》卷五）

5. 宋·蘇轍："鳥之有巢者呼而告之曰：既取我子矣，無復毀我室。周之先王勤勞以造周，如鳥之爲巢。苟取其子而又毀其室，是重傷之也。……先王之愛其室家與其勤之者至矣，庶幾稚子之閔之而已。"（《詩集傳》卷八）

6. 宋·李樗《毛詩詳解》："蓋言鳥之有巢者，指鴟鴞而告之：爾既取我子，無毀我室，吾之於子非不愛也，而惜巢爲尤甚於愛子焉。此但詩設爲此辭，非有所取喻。惟其'既取我子，無毀我室'，故下文曰'恩斯勤斯，鬻子之閔斯'，吾之於子非不恩愛，非不勤勞，而護惜子又當哀閔之，言其護惜此巢也，亦如王室

之創造艱難如此。"(《毛詩李黃集解》卷十八)

7. 宋·范處義:"故鳥之愛其巢者呼鴟鴞而告之,曰:既取我子矣,毋更毀我巢也。我之甚愛此巢,盡力此巢,以養鬻其子爾。今既取之,誠可哀閔,奈何又欲毀我巢乎!"(《詩補傳》卷十五)

8. 宋·朱熹:"托爲鳥之愛巢者,呼鴟鴞而謂之曰:鴟鴞鴟鴞,爾既取我之子矣,無更毀我之室也。以我情愛之心,篤厚之意,鬻養此子,誠可憐憫。今既取之,其毒甚矣,況又毀我室乎。以比武庚既敗管、蔡,不可更毀我王室也。"(《詩經集傳》卷八)

9. 宋·輔廣:"首章言武庚既敗,管、蔡不可復毀我王室。"(《詩童子問》卷三)

10. 宋·林岊:"今夫護巢之禽指鴟鴞而語之曰:既取我子,無毀我巢。我之誠恩愛斯也,我之誠勤勞斯也,我之於稚子誠閔念斯也。"(《毛詩講義》卷四)

11. 明·梁寅:"其托爲鳥言,蓋曰:鴟鴞鴟鴞,爾既取我子而食之矣,毋再毀我之室也。我之於子恩愛之至,勤勞之甚,所以鬻養乎子者,良可憐閔,若巢室之毀,尚何望哉?慮患之至而形之辭者如是,其切聖之情見矣。"(《詩演義》卷八)

12. 明·呂柟:"一章冀其室之不喪也。"(《毛詩說序》卷二)

13. 明·袁仁:"一章言雁其變也。"(《毛詩或問》卷上)

14. 明·黃佐:"首章言武庚既敗管、蔡,不可更毀王室,以見亂生之由。"(《詩經通解》卷八)

15. 明·豐坊:"武庚既挾三叔而陷之不義,又安可毀我王乎?蓋先王之于三叔,情愛之,篤養之,誠可憐矣。"(《魯詩世學》卷十五)

16. 明·許天贈:"首章喻武庚不可毀王室也。"(《詩經正義》卷九)

17. 明·沈守正:"首章推禍本而言之。"(《詩經說通》卷五)

18. 明·曹學佺:"言子之見愛於父母,不特養之而且憂之,其恩情篤厚如此。此周公自謂也。"(《詩經剖疑》卷十二)

19. 清·張沐:"此章言誅管、蔡之事,托鳥言曰:鴟鴞鴟鴞,既欲取我子,寧不毀我室,豈知我之恩愛其子如此,勤苦以固其室如此,養子之可閔如此。"(《詩經疏略》卷四)

20. 清·毛奇齡:"彼祿父者既誘我二叔而殺之矣,得無再毀我室耶。夫育子已可閔,況毀室耶!此正告之以殷頑當遷,淮夷商奄當預防也。"(《續詩傳鳥名》卷二)

21. 清·傅恒等："托爲鳥言曰：鴟鴞鴟鴞，爾既取我之子矣，無更毀我之室，以比武庚既誘三叔，不可更亂王室也。又言恩勤鬻子者，蓋追念文考文母鞠子之哀，而痛三叔之見取，且以傷天倫有變，而己無道以善全，不怒而深悲之，聖人之用心也。"（《御纂詩義折中》卷九）

22. 清·范家相："《詩》之惡武庚，閔二叔，唯見于首章。"（《詩瀋》卷十）

23. 清·牟庭："鳥語呼號曰：我鳥中有鴟鴞，有鴟鴞既被攫取我雛去，得無更欲毀傷我室巢，誰知我此雛之恩親，誰知我此雛之勞勤，我抱雛雖多，無如此雛最閔閔，而況乎室所以庇身。"（《詩切》）

24. 清·方玉潤："首章悔已往之過。"（《詩經原始》卷八"眉評"）

25. 清·王先謙："以上魯韓之遺說，皆爲流言反間，已得行於冲人，懼將傾覆王室，故閔之而力征衛國，比於小鳥之堅固其巢也。"（《詩三家義集疏》卷十三）

26. 日本·中井積德："鳥哀鳴語鴟鴞，汝既食吾三子矣，再勿毀壞我巢也。巢敗，則他子無所庇故也。是管、蔡亦子，成王亦子，凡周之同姓親戚亦皆子也，所愛者子也，不在於巢。"（《古詩逢源》）

27. 日本·冢田虎："周公謂成王而言武庚既取我所恩愛之子，又將毀我所勤勞之室。稚子當是哀閔之矣。"（《冢注毛詩》卷八）

28. 朝鮮·朴世堂："此詩首章欲奸人之無傾毀王室。"（《詩經思辨録》）

次章句解

迨天之未陰雨

《毛詩故訓傳》（《毛詩正義》卷八）：

迨，及。

唐・孔穎達《毛詩正義》卷八：

毛以爲，自説作巢至苦，言己及天之未陰雨之時。

鄭以爲，鴟鴞及天之未陰雨之時。

"迨，及"，《釋言》文。……王肅云："鴟鴞及天之未陰雨。"

宋・蘇轍《詩集傳》卷八：

爲國者如鳥之爲巢，及天下之未雨。

宋・李樗《毛詩詳解》（《毛詩李黃集解》卷十八）：

迨，及也。

宋・范處義《詩補傳》卷十五：

鳥之營巢，必於未陰雨之時剝取桑根。

宋・朱熹《詩經集傳》卷八：

迨，及。

亦爲鳥言。我及天未陰雨之時。

宋・吕祖謙《吕氏家塾讀詩記》卷十六：

毛氏曰："迨，及也。"

程氏曰："'迨天之未陰雨'，而下言自爲安固防間之道，深至如此，而尚或侮之。"朱氏曰："亦爲鳥言。及天之未陰雨之時。"

宋·林岊《毛詩講義》卷四：

昔者及天尚晴。

宋·嚴粲《詩緝》卷十六：

《傳》曰：“迨，及也。”

又：又托爲鳥言。我及天未陰雨之時。

元·劉瑾《詩傳通釋》卷八：

迨，及。……亦爲鳥言。我及天未陰雨之時，……張南軒曰：“鳥於天未陰雨而徹桑土。”

明·梁寅《詩演義》卷八：

其爲巢者以備風雨也。故及天未陰雨之時。

明·胡廣《詩傳大全》卷八：

迨，及。

亦爲鳥言。我及天之未陰雨之時。南軒張氏曰：“鳥於天未陰雨而徹桑土。”

明·黄佐《詩經通解》卷八：

“陰雨”與下“風雨”亦同。

明·李資乾《詩經傳注》卷十八：

承上章“無毀我室”。然欲無毀，當謹其作巢之始而扃其户矣。故曰“迨天之未陰雨”。迨者，及也。天者，周正建子而天開，三月建辰而九五飛龍在天也。陰者，由辰而巳之乾爲天，由巳而午之一陰生也。伏陰在内，暑氣迫外，熏烝成雨，即《月令》“六月之候，大雨時行”也。

明·許天贈《詩經正義》卷九：

“迨天”三句以鳥之及時爲巢，喻己之及時治國也。

明·江環《詩經鐸振》（《詩經尊朱删補》）國風卷之三：

【主意】此就陰雨中説來。

又：迨，及。

言我及天未陰雨之時。

明·郝敬《毛詩原解》卷十六：

我及天之未陰雨之先。

明·陸化熙《詩通》卷一：

吃緊在一“迨”字。

明·何楷《詩經世本古義》卷十之上：

迨，《家語》作迨，《説文》作逮。

又：迨，及也。天將雨，必先陰，故曰陰雨。……陸佃云“迨天之未陰雨，及其間暇①之譬也。……蓋窨生于陰雨而户牖所以取明，故是詩托况如此”，文子云“百星之明，不如一月之光。十牖畢開，不如一户之明”，是也。

明·毛晉《毛詩陸疏廣要》卷下之上：

迨天之未陰雨，及其閑暇之譬也。

明·楊廷麟《詩經聽月》卷五：

自我之治室言之，迨天未陰雨之時，而先爲陰雨之備。

又：迨，及也。吃緊在一“迨”字。天未落雨，比國家無事。

明·陳元亮《鑒湖詩説》卷一：

天下陽運之開，即陰氣之伏，故天之未陰雨，莫以爲無陰雨也。

清·張沐《詩經疏略》卷四：

迨，及。……鴟鴞之害免矣，更不可不爲後慮也。及天之未陰雨。

清·冉覲祖《詩經詳説》卷三十一：

【詩説】此承上毀室而言，玩一“迨”字，愛國深情如見。

又：【正解】……天未陰雨，猶國家無事也。吃緊在一“迨”字。

又：【講】……迨天之未陰雨之時，

清·王心敬《豐川詩説》卷十一：

我及天未陰雨之先。

清·汪紱《詩經詮義》卷四：

武庚之叛未動，是天之未陰雨也。……惟此詩作於未東征以前，故曰“迨天之未陰雨”，若既自行東征，畔亂已平，則“迨天之未陰雨”句，無所指實矣。

清·汪梧鳳《詩學女爲》卷十五：

二章曰“迨天之未陰雨”，則及其未畔而豫圖弭畔之道，身雖在外而禦侮之計未嘗去懷，忠之至也。

清·牟庭《詩切》：

毛《傳》曰：“迨，及也。”《釋言》曰：“迨，及也。”又曰：“逮，及也。”

---

① 應爲“閒暇”之誤，即“閑暇”。

《方言》曰："迨，及也。東齊曰迨。"《說文》曰："隸，及也。"引《詩》作"隸天之未陰雨"。余案：迨、逮、隸同。未陰雨，喻禍變猶未發也。

清・李富孫《詩經异文釋》六：

迨天之未陰雨。《說文》隸部引作"隸"，云："及也。"（辵部："逮，及也。"徐鉉曰："或作迨。"）……案：《釋言》迨、逮皆訓及。《說文》逮、隶、隸三字音義同。

清・陳壽祺、陳喬樅《三家詩遺説考・魯詩遺説考》卷二：

趙岐《孟子章句》三："迨，及也。"……言此鴟鴞小鳥，尚知及天未陰雨而取桑根之皮，以纏綿牖户，人君能治國家，誰敢侮之？刺邠君曾不如此鳥。

清・徐璈《詩經廣詁》：

趙歧曰："迨，及。徹，取也。桑土，桑根也。言此鴟鴞小鳥，尚知及天未陰雨，而取桑根之皮以纏綿牖户。"（《孟子》注）

又：《家語》："殆天之未陰雨。"《說文》："隸天之未陰雨。"

清・陳奐《詩毛氏傳疏》卷十五：

《傳》：迨，及。……（《疏》："迨，及。"《匏有苦葉》同。《說文》引《詩》作隸。迨，見《爾雅》而不見《說文》。蓋迨即隸之異體。迨從台聲，隸從枲聲，一也。）

清・陳喬樅《詩經四家异文考》卷二：

隸，《說文》隸部："隸，及也。從隶枲聲。"《詩》曰："隸天之未陰雨。"

《家語・好生》篇："《詩》曰：'殆天之未陰雨。'"

案：隸，《毛詩》作迨。迨與逮同。據《說文》，則隸爲正字。隸從隶，《說文》："隶，及也，從又從尾省，又持尾者從後及之也。"迨又作殆，乃以音同假借耳。

清・方玉潤《詩經原始》卷八：

迨，及。

清・王闓運《毛詩補箋》：

陰雨，喻已死也。

清・張慎儀《詩經异文補釋》卷六：

《說文》隸部引《詩》："隸天之未會雨。"《家語・好生》引《詩》："殆天之未陰雨。"案：《爾雅》："迨，及也。"字本作隸，《說文》："隸，及也。"迨爲隸

195

之別體。殆者，《節南山》鄭《箋》云："近也。"近亦及也。佘、陰古今字。

民國·李九華《毛詩評注》卷十五：

【注】迨，及也。（毛《傳》傳注）

民國·吳闓生《詩義會通》卷一：

迨，及也。《説文》引作隸。

日本·中村之欽《筆記詩集傳》卷五：

《媅嬛》云："此承上'無毀我室'來，吃緊在一'迨'字。天未陰雨，比國家無事。"

日本·岡白駒《毛詩補義》卷五：

天將雨先陰，故曰陰雨。……及天之未陰雨。

日本·太田元貞《詩經纂疏》卷七：

患難未至。

日本·安藤龍《詩經辨話器解》卷八：

（右旁行小字：周公爲小鳥，又言鴟鴞，我周室始）迨天（左旁行小字：文武天下）之未（左旁行小字：定）陰雨。

日本·竹添光鴻《毛詩會箋》卷八：

迨，及也。及者，汲汲之辭。

朝鮮·正祖《經史講義》（詩）：

允大對：陰雨之喻，特言盡其在我者，故孔子所以取之也。

朝鮮·申綽《詩次故》卷六：

《爾雅》："迨，及也。"郭璞曰："東齊曰迨。"《説文》引此作隸，云："及也。"

朝鮮·申綽《詩經异文》卷上：

《家語》引此，迨作殆。《説文》引此，迨作隸，云："及也。"

李雷東按：

"迨天之未陰雨"一句句解有"迨"、"陰雨"以及整句解説等幾個問題。現分述如下。

一 迨

1.《毛詩故訓傳》："迨，及。"（《毛詩正義》卷八）

2. 明·陸化熙："吃緊在一'迨'字。"(《詩通》卷一)

3. 明·何楷："《說文》作隸。"(《詩經世本古義》卷十之上)

4. 清·冉覲祖："詩說玩一'迨'字，愛國深情如見。"(《詩經詳說》卷三十一)

5. 清·牟庭："迨、逮、隸同。"(《詩切》)

6. 日本·竹添光鴻："迨，及也。及者，汲汲之辭。"(《毛詩會箋》卷八)

7. 朝鮮·正祖《經史講義·詩》："允大對：陰雨之喻，特言盡其在我者，故孔子所以取之也。"

二　陰雨

1. 明·黃佐："'陰雨'與下'風雨'亦同。"(《詩經通解》卷八)

2. 明·何楷："天將雨，必先陰，故曰陰雨。"(《詩經世本古義》卷十之上)

3. 清·王闓運："陰雨，喻巳死也。"(《毛詩補箋》)

三　整句解說

1. 唐·孔穎達："毛以為，自說作巢至苦，言己及天之未陰雨之時。"(《毛詩正義》卷八)

2. 唐·孔穎達："鄭以為，鴟鴞及天之未陰雨之時。……王肅云：'鴟鴞及天之未陰雨。'"(《毛詩正義》卷八)

3. 宋·蘇轍："為國者如鳥之為巢，及天下之未雨。"(《詩集傳》卷八)

4. 宋·范處義："鳥之營巢，必於未陰雨之時剝取桑根。"(《詩補傳》卷十五)

5. 宋·朱熹："亦為鳥言。我及天未陰雨之時。"(《詩經集傳》卷八)

6. 宋·林岊："昔者及天尚晴。"(《毛詩講義》卷四)

7. 明·許天贈："'迨天'三句以鳥之及時為巢，喻己之及時治國也。"(《詩經正義》卷九)

8. 明·郝敬："我及天之未陰雨之先。"(《毛詩原解》卷十六)

9. 明·何楷："陸佃云迨天之未陰雨，及其間暇之譬也。……蓋窘生于陰雨而戶牖所以取明，故是詩托況如此。"(《詩經世本古義》卷十之上)

10. 明·陳元亮："天下陽運之開，即陰氣之伏，故天之未陰雨，莫以為無陰雨也。"(《鑒湖詩說》卷一)

11. 清·汪紱："武庚之叛未動，是天之未陰雨也。"(《詩經詮義》卷四)

12. 清·汪梧鳳：“及其未畔而豫圖弭畔之道，身雖在外而禦侮之計未嘗去懷，忠之至也。”（《詩學女爲》卷十五）

13. 清·牟庭：“未陰雨，喻禍變猶未發也。”（《詩切》）

14. 清·陳壽祺、陳喬樅：“言此鴟鴞小鳥，尚知及天未陰雨而取桑根之皮。”（《三家詩遺說考·魯詩遺說考》卷二）

15. 日本·太田元貞：“患難未至。”（《詩經纂疏》卷七）

徹彼桑土

《毛詩故訓傳》（《毛詩正義》卷八）：

徹，剝也。桑土，桑根也。

唐·陸德明《毛詩音義》（《毛詩正義》卷八）：

土，音杜，注同，《小雅》同。《韓詩》作杜，義同。《方言》云“東齊謂根曰杜”。《字林》作敭，桑皮也，音同。

唐·孔穎達《毛詩正義》卷八：

毛以爲，……剝彼桑根。

鄭以爲，……剝彼桑根。

“徹”即剝脫之義，故爲剝也。取彼桑土，用爲鳥巢，明是桑根在土，剝取其皮，故知桑土即桑根也。王肅云：“剝取彼桑根。”

宋·蘇轍《詩集傳》卷八：

桑土，桑根也。

宋·李樗《毛詩詳解》（《毛詩李黃集解》卷十八）：

徹，剝也。不如①毛氏以爲桑土桑根也。

宋·范處義《詩補傳》卷十五：

桑土，桑根也。……鳥之營巢，必於未陰雨之時剝取桑根。

宋·朱熹《詩經集傳》卷八：

徹，取也。桑土，桑根也。

---

① 原文如此，“不如”二字當爲多餘。

而往取桑根。

宋·吕祖謙《吕氏家塾讀詩記》卷十六：

毛氏曰："……徹，剥也。（朱氏曰：'徹，取也。'）桑土，桑根也。"

《釋文》曰："桑土，《韓詩》作杜。"《方言》云："東齊謂根曰杜。"（董氏曰："《石經》作桑杜。"《方言》云："荄，杜根也。"）

宋·楊簡《慈湖詩傳》卷十：

毛《傳》曰："《方言》云：'東齊謂根曰杜。'"董曰："《石經》作桑杜。"

宋·林岊《毛詩講義》卷四：

剥徹桑根。

宋·嚴粲《詩緝》卷十六：

朱氏曰："徹，取也。"

《傳》曰："桑土，桑根也。"

又：剥取桑根。

元·胡一桂《詩集傳附録纂疏》卷八：

東萊吕氏曰："桑土，《韓詩》作杜。《方言》云：'東齊謂根曰杜。'"

元·劉瑾《詩傳通釋》卷八：

桑土，桑根也。（桑根之皮也。《釋文》曰："《韓詩》作杜。"《方言》云："東齊謂根曰杜。"）

元·王逢《詩經疏義輯録》（《詩經疏義會通》卷八）：

桑根之皮也。

明·梁寅《詩演義》卷八：

取桑根之皮以纏綿巢之牖户，使之完固。

明·胡廣《詩傳大全》卷八：

徹，取也。桑土，桑根也。（《釋文》曰："《韓詩》作杜。"《方言》云："東齊謂根曰杜。"）

明·季本《詩説解頤》卷十四：

徹，取也。土，《韓詩》作杜。《方言》謂根爲杜。

明·李資乾《詩經傳注》卷十八：

天道謹陰雨于子之後、午之前。陽鳩謹陰雨于作巢之后、育子之前。以比人主當謹陰雨于潛龍勿用之后、亢龍有悔之前也，故曰"徹彼桑土，綢繆牖户"。桑土者，桑樹下之土。鳴鳩在桑，故下取土也。《爾雅》云，鳩食桑葚哺子，故在桑。桑飼蠶蠶絲，故桑下之土，氣味相應，可以綢繆，故綢繆皆左傍糸，糸以纏綿鞏固之貌。

明・許天贈《詩經正義》卷九：

"徹彼"二句不過任賢圖治之意。

明・郝敬《毛詩原解》卷十六：

剝取桑根以纏綿巢之牖戶，預防風雨勤勞，非一朝夕矣。

明・朱謀㙔《詩故》卷五：

云徹桑土而綢繆牖戶，則謂鵲巢矣。……桑土，桑根之浮生土面者。

明・曹學佺《詩經剖疑》卷十二：

徹，取也。桑土，桑根也。

明・顧夢麟《詩經說約》卷十：

桑土之土，《石經》、《韓詩》、《爾雅》注、豐氏本俱作杜。《方言》云："東齊謂根曰杜也。"

明・張次仲《待軒詩記》卷二：

徹，取也。土，《韓詩》作杜。《方言》："東齊謂根爲土。"桑土，桑根也。

明・錢天錫《詩牖》卷五：

桑土，《釋文》《韓詩》作杜，《方言》："東齊謂根曰杜。"

明・何楷《詩經世本古義》卷十之上：

徹，毛云："剝也。"本通徹之徹，借爲徹去之徹。此訓剝者，以剝而脫之，亦有去義。桑土，毛云："桑根也。"通作杜。《方言》云："東齊謂根曰杜。"又《字林》作敔，云桑皮也。孔穎達云："取彼桑土，用爲鳥巢，明是桑根在上，剝取其皮。"或欲讀土，如字，謂取桑和土，膠結成巢，于理亦通，但桑乃全樹之名，今但云"徹桑"而已，未辨所徹者是枝是葉，不如作桑杜之爲確也。……陸佃云："……徹彼桑土，綢繆牖戶，明其政刑之譬也。"

明・毛晉《毛詩陸疏廣要》卷下之上：

徹彼桑土，綢繆牖戶，明其政刑之譬也。

明・楊廷麟《詩經聽月》卷五：

乃往取桑根之皮。

又：徹是收也。桑土，桑根之皮。

明·胡紹曾《詩經胡傳》卷五：

桑土者，剥取在土之根。

又： 土，韓作杜，《字林》："敜。"

明·范王孫《詩志》卷九：

《方言》云："東齊謂根曰土。"按《字林》作敜，桑皮也。

明·陳元亮《鑒湖詩説》卷一：

"徹土""綢繆"，正以預防其毁，以至於"拮据""卒瘏"，皆爲室未定之故。則我之任勞處，皆其深愛處，而奈何毁之也。……"轍"者，均也，通也。均其本末之利，使無枯硬，通其輕重之勢，使無偏滯，此"徹"字之義也。

又： 徹土、綢繆與捋荼、蓄租，不必辨其孰先孰後，總是危苦之詞。一章自爲一意，叠叠相承。"徹彼桑土"外，何以復取一"荼"蓄之？桑取其氣之堅，惟堅能肩大任。

清·冉覲祖《詩經詳説》卷三十一：

【正解】"徹彼"二句，猶公之吐哺握髮，任賢圖治也。

又： 【講】即徹取桑根之皮以綢繆其牖與户，使之堅固，以備陰雨之患焉。

清·王鴻緒等《欽定詩經傳説彙纂》卷九：

徹，取也。桑土，桑根也。（陸氏德明曰："土，《韓詩》作杜。《方言》云：'東齊謂根曰杜。'"）

清·王心敬《豐川詩説》卷十一：

剥取桑根。

清·李塨《詩經傳注》卷三：

徹，取也。桑土，桑根皮也。喻己欲及時固王室也。

清·姜文燦《詩經正解》卷十：

【合參】……往取桑根之皮。

又： 【析講】……"徹彼"二句，猶公之吐哺握髮，任賢圖治也。

清·陳大章《詩傳名物集覽》卷十二：

朱《傳》："徹，取也。桑土，桑根也。"《方言》："東齊謂根曰土。"《字林》作敜，桑皮也。又《方言》："齊東謂根曰杜。"通作土。《詩》"徹彼桑土"，《傳》曰："桑根。"郭璞注《方言》，引《詩》作桑杜。

清·黄夢白、陳曾《詩經廣大全》卷九：

徹，取也。桑土，桑根也，通作杜。《方言》云：“東齊謂根曰杜。”又《字林》作敼，云桑皮也。……此二句以比任賢圖治之意，猶所云吐哺握髮也。

清·傅恒等《御纂詩義折中》卷九：

徹，取也。土，與杜通，桑根也。

清·羅典《凝園讀詩管見》卷五：

徹彼桑土。徹，去之也，不訓取。又桑土舊爲桑根。據陸氏德明曰，土，《韓詩》作杜，《方言》云：“東齊謂根爲杜。”按：土與杜形聲皆不全合。義雖强通，就令土可通杜，而木中淮桑本最固，鳥既無從出之而取其枝，且桑根見地上者，名痛焉。旁行出土者，名伏蛇，皆有毒殺人。語見《本草》。鳥雖不避其毒，而有所用之，又將何法以取之哉？嘗証諸村民所見，每有雀巢墮地而不壞者，牖户間皆錯積細木枝，初無他物。然則以桑根爲綢繆之説，固非其實矣。竊意桑土，猶濕土云爾。《禹貢》兗州又桑土，指其卑下多濕處言。則土之宜桑，以其濕也。故此詩言濕土，即從桑字，皆其濕意，而稱桑土與天土，以藉巢。在下章所云捋荼蓄租，皆置諸其上以安身，亦以乳子。胡使至於濕而稱桑土哉？惟牖户未及綢繆，先無以禦陰雨故也。其必徹之者，以有巢之鳥爲鵲。鵲喜幹，一稱幹鵲，故必乘其巢中之濕土徹而去之，是爲徹彼桑土耳。然桑土雖徹，而陰雨終無以禦，安得更有土而不仍爲桑土乎？此所以即計及於綢繆牖户也。

土，韓作杜。

【韓詩】杜，桑根也。（俱《釋文》）

按：《方言》云：“東齊謂根曰杜。”《字林》作敼，皮也。

清·胡文英《詩經逢原》卷五：

徹，剝也。桑杜，桑皮也。舊説以爲根，鳥安能發土而取根？《字林》作敼，但指皮言。《詩傳》因《毛詩》借用土字，遂疑爲土中之物而以爲根耳。鳥安能入土中而取樹根之皮耶？

清·牟庭《詩切》：

毛《傳》曰：“徹，剝也。”《孟子》趙注曰：“徹，取也。”《方言》曰：“徹，列也。東齊曰徹。”《荀子·哀公》篇楊注曰：“列與裂同。”余案：今俗語剝裂取之曰徹，即《詩》與《方言》之遺言也。毛《傳》曰：“桑土，桑根也。”《釋文》引《韓詩》作“杜”，義同。又引《字林》作敼，曰：“敼，桑皮也。”

《方言》曰："杜，根也。東齊曰杜。"

清·李富孫《詩經异文釋》六：

《釋文》云："土，音杜。"《韓詩》作杜，桑根。《字林》作敘，桑皮也。《方言》郭璞注引作杜。董氏引"石經"同。案：……毛《傳》云："桑土，桑根也。"《方言》："東齊謂根曰杜（一作土）。"《玉篇》云："敘，今作杜。"三字音義亦同。（《綿》"自土沮漆"，《齊詩》作杜，古人偏旁多或有增省者。）臧氏曰："《鴟鴞》'徹彼桑土'，《綿》'自土徂漆'，齊、魯、韓皆作杜。《毛詩》土字當是古文假借爲之。杜，從土得音，故毛省作土。《釋文》又引《字林》作敘，乃後人增益，未足據。"錢氏曰："隸取枲聲，枲從台聲。今本作迲，亦從台聲也。"

清·徐華岳《詩故考异》卷十五：

《傳》："……徹，剥也。桑土，桑根也。"（《正義》："桑根在土，剥取其皮。"王肅云："……剥取彼桑根以纏綿其户。"）

又：韓："徹彼桑杜。"（《釋文》。案，《方言》："東齊謂根曰杜。"《字林》作敘，桑皮也。）

清·陳壽祺、陳喬樅《三家詩遺説考·魯詩遺説考》卷二：

趙岐《孟子章句》三："……徹，取也。桑土，桑根也。"

清·陳壽祺、陳喬樅《三家詩遺説考·韓詩遺説考》卷二：

《韓詩》曰："桑杜，桑根也。"（《釋文》）

喬樅謹案，《毛詩》"徹彼桑土"，《釋文》云："音杜。"注同。桑土，桑根也。《韓詩》作杜，義同。《方言》云："東齊謂根曰杜。"《字林》作敘，桑皮也。音同。考趙岐《孟子章句》云"取桑根之皮以纏綿牖户"，正以桑杜爲桑根之皮。徹者，撤之假借。徹猶剥也。故毛《傳》即以剥字釋徹耳。

清·黃位清《詩緒餘録》卷五：

桑土　毛《傳》："桑土，桑根也。"《韓詩》作杜。揚子《方言》云："東齊謂根曰杜。"《字林》作敘，桑皮也。案，《孟子》朱注："桑土，桑根之皮也。"最爲穩愜。《方言》謂"東齊謂根曰杜"，非專指桑根曰皮。

清·馬瑞辰《毛詩傳箋通釋》卷十六：

《傳》："徹，剥也。桑土，桑根也。"（瑞辰）按：《孟子》引此詩，趙岐注："徹，取也。"徹與撤通。《廣雅》："撤，取也。"毛《傳》訓剥者，剥亦取也。

（《夏小正》傳："剝也者，取也。"《廣雅》："剝，取也。"）《釋文》："土，《韓詩》作杜，義同。"《方言》："東齊謂根曰杜。"是《毛詩》作土，即杜之假借，故《傳》以桑根釋之，《正義》乃謂桑根在土，故知桑土即桑根，未免望文生訓矣。又按"撤彼桑土"，蓋撤取桑根之皮。趙岐《孟子》注謂"取桑根之皮"是也。《詩》第言桑土者，渻文耳。

清・陳奐《詩毛氏傳疏》卷十五：

《傳》："徹，剝也。桑土，桑根也。"

《疏》："……徹者，撤之假借，故《傳》云剝。《孟子》注云：'取也。'桑土訓桑根，《方言》：'杜，根也，東齊曰杜。'郭注引《詩》'徹彼桑杜'。《釋文》引《韓詩》正作杜，《毛詩》作土，爲杜之假借字。……趙注云：'……而取桑根之皮。'"

清・多隆阿《毛詩多識》卷七：

毛《傳》云："桑土，桑根也。"此爲桑根之皮也。桑根在土中，其皮外黃內白，剝而取之，柔軟堅韌，可代麻枲。

清・陳喬樅《詩經四家异文考》卷二：

徹彼桑杜　揚雄《方言》："東齊謂根曰杜。"郭璞注："《詩》曰：'徹彼桑杜。'"

徹彼桑皶　《毛詩釋文》："土，音杜，桑根也。"《韓詩》作杜。義同。《字林》作皶，桑皮也。音同。

案：《毛詩》桑土即杜之古文。渻借字作皶者，三家之异文。《孟子》書引《詩》桑土，邠卿注亦以爲桑根之皮，義當本於三家之說。

清・方玉潤《詩經原始》卷八：

徹，取也。桑土，桑根也。

清・鄧翔《詩經繹參》卷二：

徹，取也。桑土，桑根之皮也。

清・龍起濤《毛詩補正》卷十四：

徹，剝也。桑土，桑根也。（《韓詩》作杜。《方言》云："東齊謂根曰杜。"）

清・梁中孚《詩經精義集鈔》卷二：

徹（旁行小字：徹，取也）彼桑土（旁行小字：桑土，桑根也）。

清・王先謙《詩三家義集疏》卷十三：

【注】韓："土作杜。"魯説曰："……徹，取也。桑土，桑根也。"

土作杜者，《釋文》引韓詩文。土、杜通用字。《綿》篇"自土"，齊詩作自杜。《方言》云："東齊謂根曰杜。"是桑杜即桑根。

清・王闓運《毛詩補箋》：

土，韓作杜。《字林》引作敊。徹，剥也。桑土，桑根也。……補曰：桑土，喪國之餘根。徹，除也。

清・馬其昶《詩毛氏學》十五：

徹，剥也。（馬曰：徹與撤通。《廣雅》："徹，取也。"《夏小正》傳："剥也者，取也。"）桑土，桑根也。（《釋文》《韓詩》作杜。《方言》："東齊謂根曰杜。"）

清・張慎儀《詩經异文補釋》卷六：

《釋文》："土，音杜。"《韓詩》作杜。《字林》作敊。董逌引石經作杜。《方言》郭注引《詩》作杜。案：杜，從土聲，故杜可通土。《綿》篇"自土徂漆"，《漢書・地理志》土作杜。《長發》篇"相土"，《荀子・解蔽》作乘杜。《玉篇》："敊，今作杜。"《左》莊十四年《傳》"堵敖"，《釋文》云："《史記》作杜敖。"今《史記》十二諸侯年表楚杜敖囏，索隱云"堵、杜聲相近"，則桑杜之作桑敊，亦如杜敖之作堵敖也。

民國・李九華《毛詩評注》卷十五：

【注】徹，剥也，取也。桑土，桑根皮也。（毛《傳》傳注）

民國・焦琳《詩蠲》卷四：

徹（取也）彼桑土（同杜，根也）。

民國・吳闓生《詩義會通》卷一：

桑土，桑根也。《韓詩》："土作杜。"《方言》："杜，根也。"

日本・岡白駒《毛詩補義》卷五：

徹，剥也。桑土，桑根也。

又：剥彼桑根以爲巢。

日本・赤松弘《詩經述》卷四：

徹，剥也。桑土，桑根也。

日本·中井積德《古詩逢源》：

石經、《韓詩》、《爾雅》注并作桑杜。

桑、杜二物，其皮如絲，可纏物。今作桑土者，訛文耳。徹，猶剝也。

日本·皆川願《詩經繹解》卷七：

徹，毛云："剝也。"桑土，《字林》作𣛛，云："桑皮也。"

日本·冢田虎《冢注毛詩》卷八：

徹，剝取也。桑土，桑根也。《韓詩》作桑杜。《方言》謂根曰杜。

日本·太田元貞《詩經纂疏》卷七：

明丌政刑。

日本·仁井田好古《毛詩補傳》卷十五：

桑土，通作杜。《方言》曰："東齊謂根曰杜。"《字林》作𣛛，云："桑皮也。"

日本·龜井昭陽《毛詩考》卷十四：

陸云：《韓詩》土作杜，根也。《字林》作𣛛，桑皮也。□疏云：桑根在土，剝取其皮。是說最明。

日本·岡井鼎《詩疑》卷九：

徹，取。（徹，毛云："剝也。"孔云："剝脫之義，故爲剝也。取彼桑土，用爲鳥巢。"鼎按：朱子蓋本于孔。）桑土，桑根也。（毛）綢繆，纏綿也。（鄭云："猶纏綿也。"）故孔子至侮之（出于《孟子》。鼎按：是孔子引詩以論治國家，非解詩，當刪。）何楷云："毛云：'徹，剝也。'本通徹之徹，借爲徹去之徹。此訓剝者，以剝而脫之，亦有去義。"

又云："桑土，毛云：'桑根也。通作杜。'《方言》云：'東齊謂根曰杜。'又《字林》作𣛛，云：'桑皮也。'孔云：'桑根在上，剝取其皮。'"

日本·滕知剛《毛詩品物正誤》：

桑，詳出《鄘風·定之方中》篇。

日本·安井衡《毛詩輯疏》卷七

徹，剝也。桑土，桑根也。《釋文》："土，音杜。注同。《小雅》同。《韓詩》作杜，義同。"《方言》云："東齊謂根爲杜。"《字林》作𣛛，桑皮也。

日本·安藤龍《詩經辨話器解》卷八：

徹（左旁行小字：積）彼桑土（左旁行小字：至苦，累功）。

日本・山本章夫《詩經新注》卷中：

徹，取也。桑土，謂桑根皮帶泥土者也。

日本・竹添光鴻《毛詩會箋》卷八：

徹彼桑土，徹與撤通，撤，猶剥也。故毛《傳》即以剥字釋徹耳。《釋文》云：“土，《韓詩》作杜，義同。”《方言》云：“東齊謂根曰杜。”是《毛詩》作土，即杜之假借，故《傳》以桑根釋之。《孟子》趙岐注“謂取桑根之皮”是也。《詩》第言桑土者，省文耳。

朝鮮・李瀷《詩經疾書》卷：

杜恐亦木名。木根在土中，非鳥所可撤也。余偶見百舌鳥來取桑之枯枝，其皮甚韌，而辛苦得之，仍思詩語有驗而云。爾鳥之以樹枝爲巢，而上覆者惟鵲爲然。此云者既取在外之雛，又欲毁巢，盡取衆雛也。巢若上露，何必毁徹？

朝鮮・申綽《詩次故》卷六：

《釋文》：“土，《韓詩》作杜。”《方言》：“杜，根也。東齊曰杜。”郭璞曰：“《詩》曰‘徹彼桑杜’是也。”《字林》作䒲，云：“桑皮也。”

朝鮮・申綽《詩經异文》卷上：

《釋文》：“土，音杜。《爾雅》同。《韓詩》作杜，義同。”《方言》：“杜，根也。東齊曰杜。”《字林》作䒲，桑皮也。音同。

朝鮮・沈大允《詩經集傳辨正》：

徹、撤通，取也。桑土，桑根也。

朝鮮・朴文鎬《詩集傳詳説》卷六：

徹，取也。桑土，桑根也。《釋文》曰：“《韓詩》作杜。”《方言》云：“東齊謂根曰杜。”

李雷東按：

“徹彼桑土”一句句解有“徹”、“桑土”以及整句解説等幾個問題。現分述如下。

一 徹

1. 《毛詩故訓傳》：“徹，剥也。”（《毛詩正義》卷八）

2. 唐・孔穎達：“徹即剥脱之義，故爲剥也。”（《毛詩正義》卷八）

3. 宋・朱熹："徹，取也。"（《詩經集傳》卷八）

4. 明・陳元亮："'轍'者，均也，通也。均其本末之利，使無枯硬，通其輕重之勢，使無偏滯，此'徹'字之義也。"（《鑒湖詩說》卷一）

5. 清・羅典："徹，去之也，不訓取。"（《凝園讀詩管見》卷五）

6. 清・王闓運："徹，除也。"（《毛詩補箋》）

二　桑土

1. 《毛詩故訓傳》："桑土，桑根也。"（《毛詩正義》卷八）

2. 唐・陸德明《毛詩音義》："土，音杜，注同，《小雅》同。《韓詩》作杜，義同。《方言》云'東齊謂根曰杜'。《字林》作𣐈，桑皮也，音同。"（《毛詩正義》卷八）

3. 唐・孔穎達："明是桑根在土，剝取其皮，故知桑土即桑根也。"（《毛詩正義》卷八）

4. 元・劉瑾："桑根之皮也。"（《詩傳通釋》卷八）

5. 明・朱謀㙔："桑土，桑根之浮生土面者。"（《詩故》卷五）

6. 清・胡文英："桑杜，桑皮也。"（《詩經逢原》卷五）

7. 清・多隆阿："此爲桑根之皮也。桑根在土中，其皮外黄内白，剝而取之，柔軟堅韌，可代麻蒯。"（《毛詩多識》卷七）

8. 清・王闓運："桑土，喪國之餘根。"（《毛詩補箋》）

9. 日本・中井積德："桑、杜二物，其皮如絲，可纏物。"（《古詩逢源》）

10. 日本・太田元貞："明刑政刑。"（《詩經纂疏》卷七）

三　整句解説

1. 唐・孔穎達："毛以爲，……剝彼桑根。"（《毛詩正義》卷八）

2. 唐・孔穎達："鄭以爲，……剝彼桑根。"（《毛詩正義》卷八）

3. 唐・孔穎達："取彼桑土，用爲鳥巢，明是桑根在土，剝取其皮，故知桑土即桑根也。"（《毛詩正義》卷八）

4. 唐・孔穎達："王肅云：'剝取彼桑根。'"（《毛詩正義》卷八）

5. 宋・范處義："鳥之營巢，必於未陰雨之時剝取桑根。"（《詩補傳》卷十五）

6. 宋・朱熹："而往取桑根。"（《詩經集傳》卷八）

7. 明・梁寅："取桑根之皮以纏綿巢之牖户，使之完固。"（《詩演義》卷八）

8. 明·許天贈："'徹彼'二句不過任賢圖治之意。"（《詩經正義》卷九）

9. 明·朱謀㙔："云徹桑土而綢繆牖户，則謂鵲巢矣。"（《詩故》卷五）

10. 明·何楷："陸佃云徹彼桑土，綢繆牖户，明其政刑之譬也。"（《詩經世本古義》卷十之上）

11. 明·胡紹曾："剥取在土之根。"（《詩經胡傳》卷五）

12. 明·陳元亮："'徹土''綢繆'，正以預防其毁。"（《鑑湖詩説》卷一）

13. 清·李塨："喻己欲及時固王室也。"（《詩經傳注》卷三）

14. 清·羅典："必乘其巢中之濕土徹而去之，是爲徹彼桑土耳。"（《凝園讀詩管見》卷五）

15. 日本·岡白駒："剥彼桑根以爲巢。"（《毛詩補義》卷五）

綢繆牖户

漢·鄭玄《毛詩箋》（《毛詩正義》卷八）：

綢繆，猶纏綿也。此鴟鴞自説作巢至苦如是，以喻諸臣之先臣，亦及文、武未定天下，積日累功，以固定此官位與土地。

唐·孔穎達《毛詩正義》卷八：

毛以爲，……乃得成此室巢，以喻先公先王亦世修其德，積其勤勞，乃得成其王業，致此王功甚難若是。

鄭以爲，……以纏綿其牖户，乃得有此室巢，以喻諸臣之先臣及文、武未定天下之時，亦積日累功，乃得定此官位土地。

王肅云："以纏綿其户牖。"

宋·蘇轍《詩集傳》卷八：

以綢繆其牖户矣。

宋·李樗《毛詩詳解》（《毛詩李黃集解》卷十八）：

綢繆，纏綿也。

宋·范處義《詩補傳》卷十五：

綢繆，纏綿。……纏綿巢之户牖而後巢可成也。

宋·朱熹《詩經集傳》卷八：

綢繆，纏綿也。牖，巢之通氣處。户，其出入處也。

以纏綿巢之隙穴，使之堅固，以備陰雨之患。

宋·呂祖謙《呂氏家塾讀詩記》卷十六：

鄭氏曰："綢繆，猶纏綿也。"

朱氏曰："牖者，巢之通氣處；戶，其出入處也。"（朱氏曰："以纏綿其巢之隙穴，使之堅固，以備陰雨之患。"）

宋·楊簡《慈湖詩傳》卷十：

朱曰："牖者，巢之通氣處；戶，其出入處也。"

宋·林岊《毛詩講義》卷四：

纏綿牖戶，以有此室，汝其可毀之乎？周公意謂周家創造之難亦猶此耳。

宋·嚴粲《詩緝》卷十六：

《箋》曰："綢繆，猶纏綿也。"朱氏曰："牖，巢之通氣處；戶，其出入處也。"

又：綢繆，纏綿其巢之隙穴及出入之戶，使之堅固，以備陰雨之患，以勤勞之故，惜此巢室。

明·梁寅《詩演義》卷八：

取桑根之皮以纏綿巢之牖戶，使之完固。

明·季本《詩說解頤》卷十四：

"綢繆牖戶"，正是愛護百姓處。蓋言預備國家之意。

明·豐坊《魯詩世學》卷十五：

綢繆，纏束也。牖，巢之通氣處；戶，其出入處也。

明·李資乾《詩經傳注》卷十八：

故綢字右傍周者，週圍皆鞏也。繆字右傍翏（音晋料，高飛貌）者，騰高以固也。牖者，窗牖，即《易》云"公用射隼于高牖之上"。隼亦鴟屬而處高牖，故當綢繆。牖戶者，門戶，即《易》云"不出戶庭"。鳩不善爲巢，不設戶庭，不知通塞，又不知節，故當綢繆戶。

明·許天贈《詩經正義》卷九：

謂之"綢繆"，凡修政立事，制禮作樂，所以維持王室、藻飾太平者皆是也。

明·江環《詩經鐸振》（《詩經尊朱删補》）國風卷之三：

【主意】徽弦云："謂之綢繆，凡修政立事，制禮作樂，所以維持王室、藻飾太平者皆是也。"

明·郝敬《毛詩原解》卷十六：

剥取桑根以纏綿巢之牖户，預防風雨勤勞，非一朝夕矣。

明·徐光啟《毛詩六帖講意》一卷：

謂之綢繆，周公之所以維持王室、藻飾太平者，何其詳也！讀《周官》一書，樞機周密，品式備具，可真謂綢繆矣。

明·姚舜牧《重訂詩經疑問》卷三：

"綢繆牖户"是總説拮据卒瘏正其所爲綢繆事。

明·朱謀㙔《詩故》卷五：

云徹桑土而綢繆牖户，則謂鵲巢矣。

明·曹學佺《詩經剖疑》卷十二：

綢繆，固結之也。牖，巢之通氣處；户，其出入也。

又： 又言我雖居東，而王能爲綢繆桑土之計。

明·張次仲《待軒詩記》卷二：

綢繆，猶纏綿也。牖，巢之明亮處；户，則其出入處也。

明·錢天錫《詩牖》卷五：

"牖户"二字有味。此巢之通隙虚處，正是蕭墙肘腋之間，宫府璣衡之交，豈意至親骨肉乘隙而搗穴，使綢繆不足恃哉？

明·何楷《詩經世本古義》卷十之上：

綢繆，解見《唐風》。朱子云："牖，巢之通氣處；户，其出入處也。"愚按：《詩》言"牖户"二字有味。此巢之通隙虚處，正足以窺伺禍患之來而預爲之地。陸佃云："……蓋窠生于陰雨而户牖所以取明，故是詩托况如此。文子云'百星之明，不如一月之光。十牖畢開，不如一户之明'是也。"

明·楊廷麟《詩經聽月》卷五：

以纏綿巢之牖户，庶幾有以密先事之防，而陰雨無患焉。

又： 綢繆是纏綿意。牖是巢之通氣，户是出入處。"綢繆"句，比思患預防，總不出祈天永命、固結人心之事。

明·萬時華《詩經偶箋》卷五：

綢繆牖户，既成之後，又復纏綿補治，以圖萬全，下將荼蓄租，則創造時事。

明·范王孫《詩志》卷九：

讀《周官》一書，樞機周密，品式備具，真可謂綢繆矣。

211

室之四隅皆摭實，而户牖獨當其虚，天下有氣機，因生禍福，則通塞之故微矣。吾身有動靜，因召灾祥，則出入之□□矣。

《詩牖》曰："'牖户'二字有味。此巢之通隙虚處，正是蕭墻肘腋之間，宮府璣衡之交，豈意至親骨肉乘隙而搗穴，使綢繆不足恃哉？"朱云："語有之：'張弓衛外，禍反在内。所備甚遠，賊生所愛。'天下事，計奪于所睒而昧于所切，情警于所巨而略于所紲也多矣。"

明·陳元亮《鑒湖詩説》卷一：

"徹土""綢繆"，正以預防其毁，以至於"拮据""卒瘏"，皆爲室未定之故。則我之任勞處，皆其深愛處，而奈何毁之也？……"牖户"者，室之大利大害也。以通明而納光則利，以開隙而露釁則害，故必徹桑土以綢繆之。

清·朱鶴齡《詩經通義》卷五：

何楷曰："承上章毁室言，而深以綢繆牖户望成王早圖之也。""舊説謂周公自述其締造周密，則于末章'予室翹翹'句難通。且汲汲自多其功，于功淺矣。"

清·錢澄之《田間詩學》卷五：

愚按：惟牖户綢繆堅固，乃足以徐伺禍患之來，而預爲之地。

清·張沐《詩經疏略》卷四：

綢繆，纏綿也。此章言居東未歸，修政以固國勢，修德以結民心之意。……纏固牖户，以預防惡鳥之患。

清·冉覲祖《詩經詳説》卷三十一：

以纏綿巢之隙穴，使之堅固，以備陰雨之患。

又：【正解】徵弦云："謂之綢繆，凡修政立事，制禮作樂，所以維持王室、藻飾太平者皆是。"而唐荆川謂："不可把制禮作樂説。蓋制禮作樂乃迎歸後，爲冢宰時事，此時則尚未及也。牖户是巢之通隙虚處，正蕭墻肘腋之間，宮府機衡之交，豈意王親骨肉乘隙搗虚，使綢繆不足恃也？"

又：【講】以我之爲室，防患之預也。……即徹取桑根之皮以綢繆其牖與户，使之堅固，以備陰雨之患焉。

清·王心敬《豐川詩説》卷十一：

未雨綢繆比武庚尚在，東方未寧，勸王早圖也。

又：以纏綿巢之牖户，預防風雨，勤勞非一朝夕矣。

清·姜文燦《詩經正解》卷十：

【合參】往取桑根之皮，牖可治也，用以綢繆吾之牖焉。戶可葺也，用以綢繆吾之室焉。此則先事之防既密，而藏身之固亦得矣。

又：【析講】徽弦云："謂之綢繆，凡修政立事，制禮作樂，所以維持王室、藻飾太平者皆是。"而唐荊川謂："不可把制禮作樂説。蓋制禮作樂乃迎歸後，爲冢宰時事，此時則尚未及也。牖戶是巢之通隙虛處，正蕭墻肘腋之間，宮府機衡之交，豈意王親骨肉乘隙搗虛，使綢繆不足恃也？"

清·黃夢白、陳曾《詩經廣大全》卷九：

此二句以比任賢圖治之意，猶所云吐哺握髮也。

清·劉始興《詩益·詩本傳》卷三：

綢繆，纏綿也。牖，巢之通氣處；戶，其出入處也。此下三章，皆言始作室之事，周公自比前日勤勞王室，預防患難之意也。

清·羅典《凝園讀詩管見》卷五：

惟牖戶未及綢繆，先無以禦陰雨故也。其必徹之者，以有巢之鳥爲鵲。鵲喜幹，一稱幹鵲，故必乘其巢中之濕土徹而去之，是爲"徹彼桑土"耳。然桑土雖徹，而陰雨終無以禦，安得更有土而不仍爲桑土乎？此所以即計及於綢繆牖戶也。細繹"綢繆"二字，特極言鳥之銜柴以葺巢□，比於蠶之吐絲以作繭，其周遮曲護，使有牖戶，如無牖戶，然總期將來乘之陰雨得禦而已。

清·胡文英《詩經逢原》卷五：

綢繆，猶經營也。……牖戶，鳥巢通氣出入處也。

清·姜炳璋《詩序補義》卷十三：

綢繆牖戶，以比己深愛王室之意，蓋承上章鴟子閔斯來。言我之親者莫親于管、蔡，我使之監殷，正所謂"迨天之未陰雨"而豫爲牖戶之綢繆也。

清·牟庭《詩切》：

鄭《箋》曰："綢繆，言纏綿也。"綢繆，毛《傳》曰："綢繆，猶纏綿也。"《廣雅》曰："綢繆，纏綿也。"《文選·思元賦》注曰："綢繆，連綿也。"《後漢書·張衡傳》注曰："綢繆，相次之貌也。"

清·李詒經《詩經蠡簡》卷二：

迨天章，言其綢繆之堅固。

清·李允升《詩義旁通》卷五：

何元子云："承上章毀室言，而深以綢繆牖户，望成王早圖之也。舊説謂周公自述其締造周密，則於末章'予室翹翹'可難通。且汲汲自多其功，於忠義淺矣。前以毀室屬鴟鴞，而此以侮予屬下民，蓋一室毀則探巢取卵之事，必有起而乘之者。所以武庚蠢動，而四國亦汹汹不靖也。"

清·方玉潤《詩經原始》卷八：

綢繆，纏綿也。

清·鄧翔《詩經繹參》卷二：

綢繆，纏綿補茸也。牖户，巢之通氣出入處也。

清·梁中孚《詩經精義集鈔》卷二：

綢繆牖户。（旁行小字：牖，巢通氣處。户，出入處。）

清·王先謙《詩三家義集疏》卷十三：

《箋》："綢繆，猶纏綿也。此鴟鴞自説作巢至苦如是，以喻諸臣之先臣，亦及文、武未定天下，積日累功，以固定此官位與土地。我至苦矣，今女我巢下之民，寧有敢侮慢欲毀之者乎？意欲恚怒之，以喻諸臣之先臣固定此官位土地，亦不欲見其絶奪。"……《箋》釋"綢繆"爲"纏綿"，與趙合，蓋亦用魯訓。

清·王闓運《毛詩補箋》：

《箋》云："綢繆，猶纏綿也。此鴟鴞自説作巢至苦如是，以喻諸臣之先臣，亦及文、武未定天下，積日累功，以固定此官位與土地。"補曰：此言淮夷奄徐將叛之事，魯將有憂。蓋戒伯禽無臨喪也。……牖户，魯近郊也。《粊誓》曰："徐戎并興，東郊不闢，奄君結連淮徐，將取其故地。"故當及未亂而防之。

清·馬其昶《詩毛氏學》十五：

胡曰："證以《孟子》引孔子之言曰：'爲此詩者，其知道乎！能治其國家，誰敢侮之！'則綢繆牖户，自爲及時閑暇而治其國家之喻。"

民國·李九華《毛詩評注》卷十五：

綢繆，纏綿也。牖，巢之通氣處。户，出入處也。喻己欲及時固王室也。（毛《傳》傳注）

民國·焦琳《詩蠲》卷四：

夫曰綢繆，則繫屬糾結之惟恐不固可知也。

日本·岡白駒《毛詩補義》卷五：

綢繆，猶纏綿也。牖，巢之通氣處，戶，其出入處也。綢繆牖戶，以喻治政刑也。……綢繆牖戶以備陰雨。……蓋牖戶者，巢之虛處也，禍患之所由入也，當豫爲之地也，故於是尤加綢繆焉。

日本·中井積德《古詩逢源》：

綢繆，亦非全塞之，乃完固之，使其不敗於雨耳。

又：《傳》："通氣處。"宜言通明處也。又纏綿巢之隙穴，未圓。

日本·皆川願《詩經繹解》卷七：

綢繆，解見《唐風》。朱熹云："牖，巢之通氣處；戶，其出入處也。"周公之意，本以喻舉用賢臣，以整理其政。編詩者乃以喻修詩業。

日本·冢田虎《冢注毛詩》卷八：

綢繆，猶纏綿也，是亦爲鳥之言。言及天未陰雨之時，而剝取桑根，乃纏綿牖戶以爲巢焉。

日本·太田元貞《詩經纂疏》卷七：

修治王室。

日本·龜井昭陽《毛詩考》卷十四：

恩勤綢繆，救也。

又：牖戶指室家，并借言巢也。周公以己先不虞之變，憂勤勞苦，以經營王室焉。

日本·金濟民《詩傳纂要》卷二：

二章曰深愛王室，則爲既集時矣。此意在"綢繆"一句看出。

日本·安藤龍《詩經辨話器解》卷八：

綢繆（左旁行小字：堅固）牖戶（左旁行小字：官位土地）（右旁行小字：其樹根置本備豫遠矣。天之與周，民之去殷久）。

日本·山本章夫《詩經新注》卷中：

綢繆，纏繞之意。牖戶，謂巢，鳥出入之處。綢繆牖戶，豫防風雨也。

日本·竹添光鴻《毛詩會箋》卷八：

綢繆，猶纏綿也。牖，所以通氣；戶，其出入處。牖戶，猶室家，并借言巢也。

朝鮮·朴文鎬《詩集傳詳說》卷六：

綢繆，纏綿也。牖，巢之通氣處。戶，其出入處也。（有牖又有戶。）

李雷東按：

"綢繆牖戶"一句句解有"綢繆"、"牖戶"以及整句解説等幾個問題。現分述如下。

一　綢繆

1. 漢·鄭玄《毛詩箋》："綢繆，猶纏綿也。"（《毛詩正義》卷八）

2. 明·豐坊："綢繆，纏束也。"（《魯詩世學》卷十五）

3. 明·曹學佺："綢繆，固結之也。"（《詩經剖疑》卷十二）

4. 清·胡文英："綢繆，猶經營也。"（《詩經逢原》卷五）

二　牖戶

1. 宋·朱熹："牖，巢之通氣處。戶，其出入處也。"（《詩經集傳》卷八）

2. 明·張次仲："牖，巢之明亮處，戶則其出入處也。"（《待軒詩記》卷二）

3. 明·錢天錫：" '牖戶' 二字有味。此巢之通隙虛處，正是蕭墻肘腋之間，宮府職衡之交。"（《詩牖》卷五）

4. 明·何楷："《詩》言'牖戶'二字有味。此巢之通隙虛處，正足以窺伺禍患之來而預爲之地。"（《詩經世本古義》卷十之上）

5. 明·陳元亮：" '牖戶' 者，室之大利大害也。以通明而納光則利，以開隙而露釁則害，故必徹桑土以綢繆之。"（《鑒湖詩説》卷一）

三　整句解説

1. 唐·孔穎達："毛以爲，……乃得成此室巢，以喻先公先王亦世修其德，積其勤勞，乃得成其王業，致此王功甚難若是。"（《毛詩正義》卷八）

2. 唐·孔穎達："鄭以爲，……以纏綿其牖戶，乃得有此室巢，以喻諸臣之先臣及文、武未定天下之時，亦積日累功，乃得定此官位土地。"（《毛詩正義》卷八）

3. 唐·孔穎達："王肅云：'以纏綿其戶牖。'"（《毛詩正義》卷八）

4. 宋·蘇轍："以綢繆其牖戶矣。"（《詩集傳》卷八）

5. 宋·范處義："纏綿巢之戶牖而後巢可成也。"（《詩補傳》卷十五）

216

6. 宋·朱熹："以纏綿巢之隙穴，使之堅固，以備陰雨之患。"（《詩經集傳》卷八）

7. 宋·林岊："纏綿牖戶，以有此室，汝其可毀之乎？周公意謂周家創造之難亦猶此耳。"（《毛詩講義》卷四）

8. 明·梁寅："取桑根之皮以纏綿巢之牖戶，使之完固。"（《詩演義》卷八）

9. 明·季本："綢繆牖戶，正是愛護百姓處。蓋言預備國家之意。"（《詩說解頤》卷十四）

10. 明·許天贈："謂之'綢繆'，凡修政立事，制禮作樂，所以維持王室、藻飾太平者皆是也。"（《詩經正義》卷九）

11. 明·郝敬："剝取桑根以纏綿巢之牖戶，預防風雨勤勞，非一朝夕矣。"（《毛詩原解》卷十六）

12. 明·徐光啟："謂之綢繆，周公之所以維持王室、藻飾太平者，何其詳也。讀《周官》一書，樞機周密，品式備具，可真謂綢繆矣。"（《毛詩六帖講意》一卷）

13. 明·姚舜牧："綢繆牖戶是總說拮据卒瘏正其所爲綢繆事。"（《重訂詩經疑問》卷三）

14. 明·曹學佺："言我雖居東，而王能爲綢繆桑土之計。"（《詩經剖疑》卷十二）

15. 明·錢天錫："豈意至親骨肉乘隙而搗穴，使綢繆不足恃哉？"（《詩牖》卷五）

16. 明·何楷："陸佃云蓋窖生于陰雨而戶牖所以取明，故是詩托況如此。"（《詩經世本古義》卷十之上）

17. 明·萬時華："綢繆牖戶，既成之後，又復纏綿補治，以圖萬全，下將茶蓄租，則創造時事。"（《詩經偶箋》卷五）

18. 明·范王孫："室之四隅皆摭實，而戶牖獨當其虛，天下有氣機，因生禍福，則通塞之故微矣。吾身有動静，因召灾祥，則出入之□□矣。"（《詩志》卷九）

19. 清·錢澄之："惟牖戶綢繆堅固，乃足以徐伺禍患之來，而預爲之地。"（《田間詩學》卷五）

20. 清·張沐："綢繆，纏綿也。此章言居東未歸，修政以固國勢，修德以結民心之意。"（《詩經疏略》卷四）

21. 清·王心敬："未雨綢繆比武庚尚在，東方未寧，勸王早圖也。"（《豐川

詩説》卷十一）

22. 清・姜文燦："往取桑根之皮，牖可治也，用以綢繆吾之牖焉。戶可茸也，用以綢繆吾之室焉。此則先事之防既密，而藏身之固亦得矣。"（《詩經正解》卷十）

23. 清・姜炳璋："綢繆牖戶，以比己深愛王室之意，蓋承上章鬻子閔斯來。"（《詩序補義》卷十三）

24. 民國・李九華："喻己欲及時固王室也。"（《毛詩評注》卷十五）

25. 日本・皆川願："周公之意，本以喻舉用賢臣，以整理其政。編詩者乃以喻修詩業。"（《詩經繹解》卷七）

26. 日本・太田元貞："修治王室。"（《詩經纂疏》卷七）

今女下民

漢・鄭玄《毛詩箋》（《毛詩正義》卷八）：

我至苦矣，今女我巢下之民。

唐・孔穎達《毛詩正義》卷八：

毛以爲，……今汝下民管、蔡之屬。

鄭以爲，……今巢下之民。

正義曰：……王肅《下經》注云："今者，今周公時。言先王致此大功至艱難，而其下民敢侵侮我周道，謂管、蔡之屬不可不遏絕，以全周室。"《傳》意或然。

正義曰：……巢下之民將毀其室，故竟欲恚怒之。此是臣請於君，而欲恚怒者，鴟鴞之恚怒，喻先臣之怨恨耳，非恚怒王也。

宋・蘇轍《詩集傳》卷八：

今女下民乃敢侮予，將敗我成業也。

宋・范處義《詩補傳》卷十五：

今女無知之下民。

宋・王質《詩總聞》卷八：

下民，商徐奄淮夷也。

宋・朱熹《詩經集傳》卷八：

則此下土之民。

宋・吕祖謙《吕氏家塾讀詩記》卷十六：

鄭氏曰："下民，巢下民也。……"（孔氏曰："以勤勞之故，惜此室巢。今巢下之民，或敢侮慢我，欲毀我巢室。"）

孔氏曰："王肅云：'周公言先王致此大功至艱難，而其下民敢侵侮我周道，不可不遏絕以全周室。'"

宋・林岊《毛詩講義》卷四：

今女下民，如三監淮夷乃敢侵侮王室乎？

宋・魏了翁《毛詩要義》卷八：

王肅《下經》注云："今者，今周公時。言先王致此大功至艱難，而其下民敢侵侮我周道，謂管、蔡之屬不可不遏絕，以全周室。"《傳》意或然。

宋・嚴粲《詩緝》卷十六：

今巢之下民。王肅曰："言先王致此大功至艱難，而其下民敢侵侮我周道，不可不遏絕，以全周室。"

明・梁寅《詩演義》卷八：

今爾在下之民有敢侮予者乎！下民亦比管、蔡也。

明・豐坊《魯詩世學》卷十五：

今此（毛本作汝）下民。

明・李資乾《詩經傳注》卷十八：

今者，二叔之時。二陰之"天山遯，君子遠小人，不惡而嚴"者也。女（音汝）者，女字之文。一陰之"天風，姤。后以施命誥四方"者也。（□□□□叔流言，即"施命誥四方"。）下者，臣下擅權。三陰之"天地否，上下不交而天下無邦"者也。民者，二君一民，小人之道也。小人爲管蔡之陰盛，二君者，成王一君，武庚又一君之象，非爲百姓之民也。若論百姓，是時天下歸周，不過一二頑民之未化耳。

明・江環《詩經鐸振》（《詩經尊朱刪補》）國風卷之三：

【主意】下民莫侮，指巢下之人也。此就陰雨中説來。

明・郝敬《毛詩原解》卷十六：

今此巢下之民。

明・徐光啟《毛詩六帖講意》一卷：

今此下民，庶幾之辭，意其可以免患也。若作決詞，則漂搖翹翹處，既不能通，且與周公事迹不合矣。

明·曹學佺《詩經剖疑》卷十二：

自巢而下視人，謂之下民，猶居上者之臨下也。

又：又言我雖居東，而王能爲綢繆桑土之計，則汝下民誰或敢侮之哉？

明·顧夢麟《詩經説約》卷十：

鄭《箋》：“下民，巢下之民也。”

麟按：……“今女”二句，言外固有凜然不可犯之意。

明·錢天錫《詩牖》卷五：

故推原其始而言曰“今女下民，或敢侮予”者，不指武庚説，正恐百姓緣而生心也。

又：今此二句只庶幾無患之詞，若作實説，便於翹翹漂搖處不通，要見取子出於意料所不及，則下民之侮，安保其必無，安得不汲汲綢繆也？

明·何楷《詩經世本古義》卷十之上：

下民，鄭玄云：“巢下之民。”

明·唐汝諤《毛詩蒙引》卷七：

許南台曰：“今此下民，庶幾之詞，意其可以免患也。若作決辭，則翹翹漂搖處，既不能通，且與周公事迹不合矣。朱《傳》深愛王室，亦只在思患預防上生來。”

明·楊廷麟《詩經聽月》卷五：

平日預計外侮之慮，則曰下民之侮也。

又：而今此下民無敢有侮予者矣。是我之愛巢，以預防其患者如此。

又：下民是巢下之民。

明·萬時華《詩經偶箋》卷五：

至下民或敢侮余，只輕輕帶説，以明己預防之密耳，非斷無人侮也。

明·范王孫《詩志》卷九：

“今女下民，或敢侮予”，是痛後思痛，危疑之詞也。林氏曰：“昔之下民，猶爲鑒殷勤而憐鬻子之民，吾可以不能□而決其不敢侮。今之下民盡爲附鴟鴞，而助陰雨之民。即彼已自不敢侮，而吾猶慮其或敢侮。”

明·陳元亮《鑒湖詩説》卷一：

下民指巢下之民，隱然以一枝高居乎民上。高則有易危之意味。

清·毛奇齡《毛詩寫官記》卷二：

朱子曰："下土之民，誰敢有侮予者！曰誰敢侮之，此孔子讀詩辭也，而以當詩辭不可。今女下民，或敢有侮予者乎！故亟亟也，此所謂預防者也。"

清·冉覲祖《詩經詳説》卷三十一：

則此下土之民誰敢有侮予者？

又：【説約】……"今女"二句，言外固有凜然不可犯之意。

又：【正解】唐荊川謂："……'今此'二句乃庶幾無禍之辭，亦預防之意也。"

又：【講】……今女在下之民。

清·秦松齡《毛詩日箋》卷二：

今此下民，孰敢侮予。微管、蔡之內叛，武庚之外連，則固未易侮也。

清·王鴻緒等《欽定詩經傳説彙纂》卷九：

朱氏得之曰："取子，出於意料所不及，則下民之侮，安知其必無？情之切而急，慮之遠而周也。"

清·王心敬《豐川詩説》卷十一：

今此巢下之民。

清·姜文燦《詩經正解》卷十：

【合參】今此下土之民庶幾哉。

【析講】"今此"二句乃庶幾無禍之詞，亦預防之意也。下民，烏指巢下之人，暗就武庚倡亂上説。

清·傅恒等《御纂詩義折中》卷九：

下民，巢下之人也。

清·羅典《凝園讀詩管見》卷五：

女作鳥，指鴟鴞説。下民之下，謂巢下。

清·牟庭《詩切》：

今女，《孟子》作今此。余案：下民，樹下之人，喻武庚、奄人之輩也。

清·徐華岳《詩故考异》卷十五：

今女我巢下之民，寧有敢侮慢欲毀之者乎？意欲恚怒之，以喻諸臣之先臣固定此官位土地，亦不欲見其絕奪。（《正義》："《箋》以鴟鴞之恚怒，喻先臣之怨恨。"）

清·成僎《詩說考略》卷八：

今此下民，孰敢侮予，微管、蔡之内叛，武庚之外連，則固未易侮也。

清·林伯桐《毛詩識小》卷十五：

"今女下民，或敢侮予"，《傳》意蓋泛言之，無所專指也，以明守成之不易耳。《疏》以管、蔡爲民，不但非毛意，而其義亦狹矣。

清·徐璈《詩經廣詁》：

王肅曰："今者，今周公時。言先王致此大功至艱難，而其下民敢侵侮我周道，謂管、蔡之屬不可不遏絶，以全周室。"（《正義》）

清·陳喬樅《詩經四家异文考》卷二：

《孟子·公孫丑》篇："《詩》云：'今此下民，或敢侮予。'"

案：此，《毛詩》作女。

清·鄧翔《詩經繹參》卷二：

【眉批】下民者，頑民也，仇民也，□民也。故誕敢紀其叙者知哉？國有疵也。一"予"字應上章，二"我"字之綫引下二章九"予"字而起。

我巢既完，下民或無敢毀侮之者，比無敢叛亂，將毀王室。

清·龍起濤《毛詩補正》卷十四：

下民暗指頑民說。

清·王闓運《毛詩補箋》：

《箋》云："我至苦矣。今女我巢下之民，寧有敢侮慢欲毀之者乎？意欲恚怒之，以喻諸臣之先臣固定此官位土地，亦不欲見其絶奪。"補曰：女，女王畿也。下民，殷頑民也。

清·張慎儀《詩經异文補釋》卷六：

《家語·好生》引《詩》："今汝下民。"《孟子·公孫丑》篇引《詩》："今此下民。"案：女、此兩通。

民國·焦琳《詩蠲》卷四：

然身雖爲綢繆之事，而心且慮之曰：此時此在下之人，或者是敢有侮予者乎？求固而惟恐不固，況肯自生睽離之隙，以召人侮哉？且也雖愚，亦不然也。

蠲曰：今，猶言此時。蓋無時不可謂今也。用在"綢繆"字下，即正指綢繆之時，曰女下民，又作確有所見之辭，以示顧畏民□之意。

日本·中村之欽《筆記詩集傳》卷五：

而此以侮予屬下民者，蓋室一毀，則探巢取卵之事必有起而乘之者，猶之管叔、武庚蠢動，而頑民亦遂洶洶不静也。

日本·赤松弘《詩經述》卷四：

下民，巢下之民也。

日本·户崎允明《古注詩經考》卷五：

毛直指下民。鄭以全章爲鴟鴞之言，故此爲巢下民。朱爲下土之民。依毛，且云："孔子贊之曰：'爲此詩者，其知道乎！能治其國家，誰敢侮之！'"

日本·中井積德《古詩逢源》：

《孟子》引此詩，作"今此下民"，宜從。

據鳥在樹上，故謂人爲下民。

日本·皆川願《詩經繹解》卷七：

下民，天之所。

下民，亦喻血氣。

日本·太田元貞《詩經纂疏》卷七：

備豫如此，豈有外侮乎？

王肅云："今者，周公時。言先王致此大功至艱難，而其下民敢侵侮我周道，謂管、蔡之屬不可不遏絶，以全周室。"

日本·龜井昭陽《毛詩考》卷十四：

下民，言武庚也。孔子引是章曰：武庚惡能侮。武庚，昔爲王，□子稱下民，鄙之也，猶"殷小腆誕播臣"。

日本·金濟民《詩傳纂要》卷二：

鄭《箋》："下民，巢下之民。"按：據居在樹上而言，故《傳》曰"下土之民"。顧氏曰：此下三章皆只承"無毀"句説。"今汝"二句，言外固有凛然不可犯之意。

日本·安藤龍《詩經辨話器解》卷八：

今女（左旁行小字：武庚，巢下民）下民。

日本·山本章夫《詩經新注》卷中：

下民，謂在樹下之人。

日本·竹添光鴻《毛詩會箋》卷八：

今女下民，或敢侮予。據鳥在樹上，故謂人爲下民。侮予言輕侮王室也。前以毀室屬鴟鴞，而此以侮予屬下民者，蓋室一毀則探巢取卵之事，必有取而乘之者，所以武庚蠢動，而四國亦汹汹不靖也。

朝鮮·申綽《詩經异文》卷上：

今女（《孟子》引此，"女"作"此"）。

朝鮮·成海应《詩説》：

"今汝下民，或敢侮予"，以鳥言言民猶不敢侮，鴟鴞欲侮之耶？此誅武庚罪之意也。

李雷東按：

"今女下民"一句句解有"今"、"女"、"下民"以及整句解説等幾個問題。現分述如下。

一 今

1. 唐·孔穎達："王肅《下經》注云：'今者，今周公時。'"（《毛詩正義》卷八）

2. 民國·焦琳："今，猶言此時。蓋無時不可謂今也。"（《詩蠲》卷四）

二 女

清·王闓運："女，女王畿也。"（《毛詩補箋》）

三 下民

1. 宋·王質："下民，商徐奄淮夷也。"（《詩總聞》卷八）

2. 明·梁寅："下民亦比管、蔡也。"（《詩演義》卷八）

3. 明·曹學佺："自巢而下視人，謂之下民，猶居上者之臨下也。"（《詩經剖疑》卷十二）

4. 清·姜文燦："下民，鳥指巢下之人，暗就武庚倡亂上説。"（《詩經正解》卷十）

5. 清·鄧翔："下民者，頑民也，仇民也，□民也。"（《詩經繹參》卷二）

6. 清·王闓運："下民，殷頑民也。"（《毛詩補箋》）

7. 日本·皆川願："下民，亦喻血氣。"（《詩經繹解》卷七）

8. 日本·龜井昭陽："下民，言武庚也。"（《毛詩考》卷十四）

9. 日本·山本章夫："下民，謂在樹下之人。"（《詩經新注》卷中）

四　整句解説

1. 漢·鄭玄《毛詩箋》："我至苦矣，今女我巢下之民。"（《毛詩正義》卷八）

2. 唐·孔穎達："毛以爲，……今汝下民管、蔡之屬。"（《毛詩正義》卷八）

3. 唐·孔穎達："鄭以爲，……今巢下之民。"（《毛詩正義》卷八）

4. 宋·蘇轍："今女下民乃敢侮予，敗我成業也。"（《詩集傳》卷八）

5. 宋·范處義："今女無知之下民。"（《詩補傳》卷十五）

6. 宋·朱熹："則此下土之民。"（《詩經集傳》卷八）

7. 宋·林岊："今女下民，如三監淮夷乃敢侵侮王室乎？"（《毛詩講義》卷四）

8. 明·梁寅："今爾在下之民有敢侮予者乎！"（《詩演義》卷八）

9. 明·徐光啟："今此下民，庶幾之辭，意其可以免患也。"（《毛詩六帖講意》一卷）

10. 明·顧夢麟："'今女'二句，言外固有凜然不可犯之意。"（《詩經說約》卷十）

11. 明·錢天錫："故推原其始而言曰'今女下民，或敢侮予'者，不指武庚說，正恐百姓緣而生心也。"（《詩牗》卷五）

12. 明·范王孫："'今女下民，或敢侮予'，是痛後思痛，危疑之詞也。"（《詩志》卷九）

13. 明·陳元亮："隱然以一枝高居乎民上。高則有易危之意味。"（《鑑湖詩說》卷一）

14. 清·毛奇齡："今女下民，或敢有侮予者乎！故亟亟也，此所謂預防者也。"（《毛詩寫官記》卷二）

15. 清·鄧翔："我巢既完，下民或無敢毀侮之者，比無敢叛亂，將毀王室。"（《詩經繹參》卷二）

16. 民國·焦琳："曰女下民，又作確有所見之辭，以示顧畏民□之意。"（《詩蠲》卷四）

17. 日本·中村之欽："而此以侮予屬下民者，蓋室一毀，則探巢取卵之事必有起而乘之者，猶之管叔、武庚蠢動，而頑民亦遂汹汹不靜也。"（《筆記詩集傳》卷五）

或敢侮予

漢・鄭玄《毛詩箋》（《毛詩正義》卷八）：

寧有敢侮慢欲毀之者乎？意欲恚怒之，以喻諸臣之先臣固定此官位土地，亦不欲見其絕奪。

唐・孔穎達《毛詩正義》卷八：

毛以爲，……何由或敢侮慢我周室而作亂乎？故不得不誅之。

鄭以爲，……寧或敢侮慢我，欲毀我巢室乎？不欲見其毀損，意欲恚怒之，以喻諸臣之先臣甚惜此官位土地，汝成王意何得絕我官位、奪我土地乎？不欲見其絕奪，意欲怨恨之。言鴟鴞之惜室巢，猶先臣之惜官位土地，鴟鴞欲恚怒巢下之人，喻先臣亦有恨於成王，王勿得誅絕之也。

正義曰：……王肅《下經》注云：“今者，今周公時。言先王致此大功至艱難，而其下民敢侵侮我周道，謂管、蔡之屬不可不遏絕，以全周室。”《傳》意或然。

正義曰：《箋》以此爲諸臣設請，故亦爲興。巢下之民將毀其室，故竟欲恚怒之。此是臣請於君，而欲恚怒者，鴟鴞之恚怒，喻先臣之怨恨耳，非恚怒王也。

宋・蘇轍《詩集傳》卷八：

今女下民乃敢侮予，將敗我成業也。

宋・范處義《詩補傳》卷十五：

柰何敢肆侵侮，欲危我王室乎？

宋・朱熹《詩經集傳》卷八：

誰敢有侮予者！

宋・呂祖謙《呂氏家塾讀詩記》卷十六：

程氏曰：“而尚或侮之。”孔氏曰：“以勤勞之故，惜此室巢。今巢下之民，或敢侮慢我，欲毀我巢室。”

孔氏曰：“王肅云：‘周公言先王致此大功至艱難，而其下民敢侵侮我周道，不可不遏絕以全周室。’”

宋・戴溪《續呂氏家塾讀詩記》卷一：

如之何其可侮也？

宋·林岊《毛詩講義》卷四：

今女下民，如三監淮夷乃敢侵侮王室乎？

宋·嚴粲《詩緝》卷十六：

或敢侮慢我，欲毀我巢室，其可乎？

王肅曰："言先王致此大功至艱難，而其下民敢侵侮我周道，不可不遏絕以全周室。"

明·梁寅《詩演義》卷八：

今爾在下之民有敢侮予者乎！

明·黃佐《詩經通解》卷八：

或敢侮予，要見陰雨雖至，亦不能漂搖以覆吾巢，下民孰能制吾命耶？正指流言於國上說，此與下章俱不可以制禮作樂說勤勞。蓋禮樂之制作，迎歸後事也。

明·李資乾《詩經傳注》卷十八：

女（音汝）者，女字之文。一陰之"天風，姤。后以施命誥四方"者也。（□□□□叔流言，即"施命誥四方"。）下者，臣下擅權。三陰之"天地否，上下不交而天下無邦"者也。民者，二君一民，小人之道也。小人爲管蔡之陰盛，二君者，成王一君，武庚又一君之象，非爲百姓之民也。若論百姓，是時天下歸周，不過一二頑民之未化耳。"或"之者疑之也。"敢"者果敢而窒之貌。"侮"者，每每欺凌之貌。故侮字從亻從每。"予"者，鳥之自予，亦周公之自比于予也。承上章"既取我子"。此章直自任予，以起下章九"予"字之義。

明·江環《詩經鐸振》（《詩經尊朱刪補》）國風卷之三：

【主意】孰敢侮予，乃庶幾無患之辭，若作實說，則翹翹漂搖便說不去，且與周公慮武庚更毀王室意不合矣。

明·郝敬《毛詩原解》卷十六：

或敢有侮慢，思毀我室者乎，抑不知其不可也。

明·曹學佺《詩經剖疑》卷十二：

侮者，犯上之稱。不好犯上，鮮有作亂者矣，此指武庚之叛。

明·陸燧《詩筌》卷一：

孰敢侮予，言當日爲巢之意，預防當如此。末表作詩之故者，非明己之見誣，欲王開悟以自保其國家也。

明‧陸化熙《詩通》卷一：

或敢侮予，亦庶幾如是，非斷無人侮也。照下翹翹飄搖自見。

明‧張次仲《待軒詩記》卷二：

《孟子》引此詩言"莫敢"，此言"或敢"，孟子言其功效，此言其心事。

明‧何楷《詩經世本古義》卷十之上：

侮，《説文》云："傷也。"予，代鳥自謂也。言今女巢下之民，得毋或敢有傷害我者乎。"或"字有味，與莫敢、誰敢自別。或敢者，正恐猶有侮者在，所以宜綢繆也。

明‧唐汝諤《毛詩蒙引》卷七：

朱□生曰："取子出於意料所不及，則下民之侮，安知其必無？情之切而急，慮之遠而周也。"

明‧楊廷麟《詩經聽月》卷五：

曰予，内任之也。曰鴟鴞毀室，又曰風雨危室，下民侮室，蓋武庚之肆流言，鴟鴞之毀也。

又： 侮是侵。"或"字乃庶幾無患之詞。若作實説，則翹翹漂搖便説不去。

明‧萬時華《詩經偶箋》卷五：

至下民或敢侮余，只輕輕帶説，以明己預防之密耳，非斷無人侮也。

明‧胡紹曾《詩經胡傳》卷五：

或敢侮予，是四顧深慮之詞，非正言無侮。

明‧賀貽孫《詩觸》卷二：

或敢侮予，未可必之詞也。

明‧陳元亮《鑒湖詩説》卷一：

一"或"字，言我如是之綢繆，而今此下民敢有侮予者，猶或有之，予敢不"迨"是時而綢繆牖户也哉？若作決詞看，則翹翹漂搖便説不去。

清‧朱鶴齡《詩經通義》卷五：

何楷曰："承上章毀室言，而深以綢繆牖户望成王早圖之也。舊説謂周公自述其締造周密，則于末章'予室翹翹'句難通。且汲汲自多其功，于功淺矣。前以毀室屬鴟鴞，而此以侮予屬下民。蓋室一毀，則探巢取卵之事，必有起而乘之者。所以武庚蠢動，而四國亦洶洶不靖也。"

清·錢澄之《田間詩學》卷五：

或敢者，正恐猶有侮者在，所以宜綢繆也。前以毀室屬鴟鴞，此以侮予屬下民，蓋室一毀，則探巢取卵之事即有起而乘之者，猶武庚蠢動，而頑民亦遂汹汹不靖也。

清·毛奇齡《毛詩寫官記》卷二：

朱子曰：「下土之民，誰敢有侮予者！」曰「誰敢侮之」，此孔子讀詩辭也，而以當詩辭不可。今女下民，或敢有侮予者乎！故亟亟也，此所謂預防者也。

清·冉覲祖《詩經詳說》卷三十一：

【纂序】總注「或敢」講作誰敢。或有云，若作實說，則翹翹漂搖便說不去，且與周公慮武庚更毀王室意不合。不知防於未雨，己意可以無侮矣，而不料風雨飄搖，又出意外，自不相妨。

又：《詩通》：「或敢侮予」，亦庶幾如是，非斷無人侮也，照下自見。

又：【講】或敢有侮予者乎！

清·秦松齡《毛詩日箋》卷二：

今此下民，孰敢侮予！微管、蔡之內叛，武庚之外連，則固未易侮也。

清·王鴻緒等《欽定詩經傳說彙纂》卷九：

朱氏得之曰：「取子，出於意料所不及，則下民之侮，安知其必無？情之切而急，慮之遠而周也。」

清·王心敬《豐川詩說》卷十一：

今此巢下之民，或敢有侮慢毀我室者乎，抑不知其不可也。

清·姜文燦《詩經正解》卷十：

【合參】今此下土之民庶幾哉，無或有肆予侮者哉，是我之愛巢，以預防其患者如此。

【析講】「今此」二句乃庶幾無禍之詞，亦預防之意也。下民，鳥指巢下之人，暗就武庚倡亂上說。劉上玉按：總注「或敢」講作誰敢。或有云，若作實說，則譙譙漂搖便說不去。且與周公慮武庚更毀王室意不合。不知防于未雨，己意可以無悔矣。而不料風雨飄搖又出意外，自不相妨。

清·羅典《凝園讀詩管見》卷五：

敢忍爲之□。侮者，厭怒之、揮逐之也。予屬鳥之自稱。蓋鳥有巢以爲室，而鴟鴞據焉，其見爲鴟之善擊者，縱取鳥子，而於人無害，下民猶可共安。至於鴟不足以盡之，而又實成鴞之不祥，則其入人家及入城邑皆爲妖而主死喪。於是下民之惡其害己者，方期鳥室之速毀以走鴟鴞矣。其肯聽鳥之復謀葺室，使爲鴟鴞作長久地乎？以故，侮鴟鴞而并侮鳥，其忍爲厭怒之、揮逐之，有向實不然而今或然者。按：此章所云《孟子》引之，末二語易女爲此，易或爲曷，自是兩意，不得泥以說經也。

清·牟庭《詩切》：

或敢，謂或有敢者，防其敢也，非恃其不敢也。《孟子》引孔子曰："爲此詩者，其知道乎！能治其國家，誰敢侮之！"此因《詩》言，又轉一意。《詩》言綢繆，不早將有人敢侮予者矣。孔子則言："防侮如此，則人誰敢侮之者乎！"此與《詩》言反正相足也。鄭《箋》云："今女巢下之民，寧有敢侮慢欲毀之者乎！"直以孔子之言爲周公之意，則是作《詩》者侈然無戒懼之意，不作可也。而贊《詩》者索然無言外之情，不贊亦可也。《孟子》趙注曰："言此鴟鴞小鳥猶尚知及天未陰雨而取桑根之皮，以纏綿牖戶，人君能治國家，誰敢侮之！刺邠君曾不如此鳥。孔子善之，故謂此詩知道也。"此據三家詩舊義，皆非也。

清·成僎《詩說考略》卷八：

今此下民，孰敢侮予！微管、蔡之內叛，武庚之外連，則固未易侮也。

清·林伯桐《毛詩識小》卷十五：

"今女下民，或敢侮予"，《傳》意蓋泛言之，無所專指也，以明守成之不易耳。《疏》以管、蔡爲民，不但非毛意，而其義亦狹矣。

清·陳奐《詩毛氏傳疏》卷十五：

侮，猶毀也。

清·鄧翔《詩經繹參》卷二：

予，鳥之自謂也。我巢既完，下民或無敢毀侮之者，比無敢叛亂，將毀王室。望成王於未毀之先，同心圖政。內疑既釋，外患自消。三監雖叛，無能爲也。

清·龍起濤《毛詩補正》卷十四：

"或"者，憂其或然之詞，與"迨"字應。若在東征後必不作此語。

清·王先謙《詩三家義集疏》卷十三：

愚案：……詩猶言"或"以疑之者，見公周慎之深心也。時公雖誅武庚，寧淮夷，而殷餘未靖，奄國猶存。公憂懼未嘗稍釋，惟望王益加儆戒，勿予下民以可乘之隙，庶免再召外侮耳。

清·王闓運《毛詩補箋》：

補曰：或，有也。侮，恨也。今殷民有恨予者，以封魯之故，遷奄、蒲姑，餘民結連，或又扇動，未遽服從也。

民國·焦琳《詩蠲》卷四：

蠲曰："或"字之意，又若此刻即有人圖儂，如此栗栗危懼，方見決不敢更涉他想如流言所云。而説者率以今爲綢繆以後之時，而"或"字竟解作"誰"字，直作今後莫敢侮我之辭。是殆由孟子引孔子之贊此也，曰"能治其國家，誰敢侮之"故耳。抑思孔子乃因詩有悟，權作回答此詩之語，至與作詩之意不合，姑曰深愛王室預防患難之意，然則只有上三句可耳，又要下二句何用？若又説作於管叔、武庚既誅之後，更爲以權利脅制於王，尤不道矣。

民國·吳闓生《詩義會通》卷一：

孔子曰："爲此詩者，其知道乎！能治其國家，誰敢侮之！"

日本·岡白駒《毛詩補義》卷五：

誰敢有侮予者乎！……夫履霜思堅冰，重門擊柝，先于事綢繆，顧虚處豫備，誰敢有侮之者乎！孔子曰："爲此詩者，其知道乎！能治其國家，誰敢侮之！"

日本·皆川願《詩經繹解》卷七：

侮，易視之也。……或謂不可有侮予者也。

日本·太田元貞《詩經纂疏》卷七：

備豫如此，豈有外侮乎？

王蕭云："今者，周公時。言先王致此大功至艱難，而其下民敢侵侮我周道，謂管、蔡之屬不可不遏絶，以全周室。"

日本·仁井田好古《毛詩補傳》卷十五：

《孟子》："孔子讀此詩，而贊之曰：'爲此詩者，其知道乎！能治其國家，誰敢侮之！'"

日本·龜井昭陽《毛詩考》卷十四：

孔子引是章曰：武庚惡能侮。武庚，昔爲王，□子稱下民，鄙之也，猶"殷小腆誕播臣"。侮予，言輕侮王室也。

日本·岡井鼎《詩疑》卷九：

又云："侮，《説文》云：'傷也。'"

言今女巢下之民，得毋或敢有傷害我乎！此承上章毁室言，而深以綢繆牖户爲成王望，見今日武庚之毒雖未發，然終必有潰決之時，庶幾王之一悟，而思殊保其國家也。舊説謂周公自述其締造周密，則于末章"予室翹翹"句如何可通？

日本·安藤龍《詩經辨話器解》卷八：

或敢侮予（右旁行小字：言意恚怒不可侮）！〔《箋》云：我至苦矣，今女我巢（右旁行小字：室）下之民，寧有敢侮（右旁行小字：我）慢欲毀之（左旁行小字：室）者乎？意欲恚怒之，以喻諸臣之先臣（左旁行小字：父祖），固定此官位土地，亦不欲見其絶奪。〕

李雷東按：

"或敢侮予"一句句解有"或"、"侮"、"予"以及整句解説等幾個問題。現分述如下。

一 或

1. 明·何楷："'或'字有味，與莫敢、誰敢自別。或敢者，正恐猶有侮者在，所以宜綢繆也。"（《詩經世本古義》卷十之上）

2. 清·牟庭："或敢，謂或有敢者，防其敢也，非恃其不敢也。"（《詩切》）

3. 清·龍起濤："'或'者，憂其或然之詞，與'迨'字應。"（《毛詩補正》卷十四）

4. 清·王先謙："詩猶言'或'以疑之者，見公周慎之深心也。"（《詩三家義集疏》卷十三）

5. 清·王闓運："或，有也。"（《毛詩補箋》）

6. 民國·焦琳："'或'字之意，又若此刻即有人圖儂，如此栗栗危懼，方見決不敢更涉他想如流言所云。"（《詩蠲》卷四）

二 侮

1. 明·曹學佺："侮者，犯上之稱。不好犯上，鮮有作亂者矣，此指武庚之叛。"（《詩經剖疑》卷十二）

2. 明·何楷："侮，《説文》云：'傷也。'"（《詩經世本古義》卷十之上）

3. 明·楊廷麟："侮是侵。"（《詩經聽月》卷五）

4. 清·羅典："侮者，厭怒之、揮逐之也。"（《凝園讀詩管見》卷五）

5. 清·陳奐："侮，猶毀也。"（《詩毛氏傳疏》卷十五）

6. 清·王闓運："侮，恨也。"（《毛詩補箋》）

7. 日本·皆川願："侮，易視之也。"（《詩經繹解》卷七）

三　予

1. 明·何楷："予，代鳥自謂也。"（《詩經世本古義》卷十之上）

2. 清·羅典："予屬鳥之自稱。"（《凝園讀詩管見》卷五）

四　整句解説

1. 漢·鄭玄《毛詩箋》："寧有敢侮慢欲毀之者乎？意欲恚怒之，以喻諸臣之先臣固定此官位土地，亦不欲見其絕奪。"（《毛詩正義》卷八）

2. 唐·孔穎達："毛以爲，……何由或敢侮慢我周室而作亂乎？故不得不誅之。"（《毛詩正義》卷八）

3. 唐·孔穎達："鄭以爲，……寧或敢侮慢我，欲毀我巢室乎？不欲見其毀損，意欲恚怒之，以喻諸臣之先臣甚惜此官位土地，汝成王意何得絕我官位、奪我土地乎？不欲見其絕奪，意欲怨恨之。"（《毛詩正義》卷八）

4. 宋·蘇轍："今女下民乃敢侮予，敗我成業也。"（《詩集傳》卷八）

5. 宋·范處義："奈何敢肆侵侮，欲危我王室乎？"（《詩補傳》卷十五）

6. 宋·朱熹："誰敢有侮予者！"（《詩經集傳》卷八）

7. 宋·林岊："今女下民，如三監淮夷乃敢侵侮王室乎？"（《毛詩講義》卷四）

8. 宋·戴溪："如之何其可侮也？"（《續呂氏家塾讀詩記》卷一）

9. 宋·嚴粲："或敢侮慢我，欲毀我巢室，其可乎？"（《詩緝》卷十六）

10. 明·黃佐："或敢侮予，要見陰雨雖至，亦不能漂搖以覆吾巢，下民孰能制吾命耶？"（《詩經通解》卷八）

11. 明·郝敬："或敢有侮慢，思毀我室者乎，抑不知其不可也。"（《毛詩原解》卷十六）

12. 明·陸燧："孰敢侮予，言當日爲巢之意，預防當如此。"（《詩笭》卷一）

13. 明·張次仲："《孟子》引此詩言'莫敢'，此言'或敢'，孟子言其功效，此言其心事。"（《待軒詩記》卷二）

14. 明·何楷："言今女巢下之民，得毋或敢有傷害我者乎。"（《詩經世本古義》卷十之上）

15. 明·胡紹曾："或敢侮予，是四顧深慮之詞，非正言無侮。"（《詩經胡傳》卷五）

16. 明·賀貽孫："或敢侮予，未可必之詞也。"（《詩觸》卷二）

17. 清·秦松齡："微管、蔡之內叛，武庚之外連，則固未易侮也。"（《毛詩日箋》卷二）

18. 清·王鴻緒等："朱氏得之曰下民之侮，安知其必無？情之切而急，慮之遠而周也。"（《欽定詩經傳說彙纂》卷九）

19. 清·姜文燦："無或有肆予侮者哉，是我之愛巢，以預防其患者如此。"（《詩經正解》卷十）

20. 清·牟庭："《孟子》引孔子曰：'爲此詩者，其知道乎！能治其國家，誰敢侮之！'"（《詩切》）

21. 清·鄧翔："望成王於未毀之先，同心圖政。內疑既釋，外患自消。三監雖叛，無能爲也。"（《詩經繹參》卷二）

22. 清·王先謙："公憂懼未嘗稍釋，惟望王益加儆戒，勿予下民以可乘之隙，庶免再召外侮耳。"（《詩三家義集疏》卷十三）

23. 清·王闓運："今殷民有恨予者，以封魯之故，遷奄、蒲姑，餘民結連，或又扇動，未遽服從也。"（《毛詩補箋》）

24. 日本·岡白駒："夫履霜思堅冰，重門擊柝，先于事綢繆，顧虛處豫備，誰敢有侮之者乎！"（《毛詩補義》卷五）

25. 日本·龜井昭陽："侮予，言輕侮王室也。"（《毛詩考》卷十四）

26. 日本·岡井鼎："言今女巢下之民，得毋或敢有傷害我乎！"（《詩疑》卷九）

次章章旨

漢·鄭玄《毛詩箋》（《毛詩正義》卷八）：

此鴟鴞自說作巢至苦如是，以喻諸臣之先臣，亦及文、武未定天下，積日累功，以固定此官位與土地。……我至苦矣，今女我巢下之民，寧有敢侮慢欲毀之者乎？意欲恚怒之，以喻諸臣之先臣固定此官位土地，亦不欲見其絕奪。

唐·孔穎達《毛詩正義》卷八：

毛以爲，自說作巢至苦，言己及天之未陰雨之時，剝彼桑根，以纏綿其牖戶，乃得成此室巢，以喻先公先王亦世修其德，積其勤勞，乃得成其王業，致此王功甚難若是。今汝下民管、蔡之屬，何由或敢侮慢我周室而作亂乎？故不得不誅之。

鄭以爲，鴟鴞及天之未陰雨之時，剝彼桑根，以纏綿其牖戶，乃得有此室巢，以喻諸臣之先臣及文、武未定天下之時，亦積日累功，乃得定此官位土地。鴟鴞以勤勞之故，惜此室巢。今巢下之民，寧或敢侮慢我，欲毀我巢室乎？不欲見其毀損，意欲恚怒之，以喻諸臣之先臣甚惜此官位土地，汝成王意何得絕我官位、奪我土地乎？不欲見其絕奪，意欲怨恨之。言鴟鴞之惜室巢，猶先臣之惜官位土地，鴟鴞欲恚怒巢下之人，喻先臣亦有恨於成王，王勿得誅絕之也。

宋·蘇轍《詩集傳》卷八：

爲國者如鳥之爲巢，及天下之未雨，則徹桑之根，以綢繆其牖戶矣。今女下民乃敢侮予，將敗我成業也。

宋·李樗《毛詩詳解》（《毛詩李黃集解》卷十八）：

鳥之營巢，方未陰雨之時則取彼桑根而纏綿其戶牖。今女下民乃敢侮慢而毀壞之，亦猶先王於未患難之時積德累功，以成王室，非不勤勞。今管、蔡流言，以□譖周公，又挾武庚及淮夷叛，以壞王室也。

宋·范處義《詩補傳》卷十五：

周公自謂我於王室當未亂之初，明政刑以固國本，如鳥之營巢。今女無知之下民，奈何敢肆侵侮，欲危我王室乎？

宋·朱熹《詩經集傳》卷八：

亦爲鳥言。我及天未陰雨之時，而往取桑根，以纏綿巢之隙穴，使之堅固，以備陰雨之患。則此下土之民，誰敢有侮予者！亦以比己深愛王室，而預防其患難之意。故孔子贊之曰："爲此詩者，其知道乎！能治其國家，誰敢侮之！"

宋·呂祖謙《呂氏家塾讀詩記》卷十六：

程氏曰："迨天之未陰雨，而下言自爲安固防間之道，深至如此，而尚或侮之。"

朱氏曰："亦爲鳥言。及天之未陰雨之時，而往取桑根，以纏綿其巢之隙穴，使之堅固，以備陰雨之患。"孔氏曰："以勤勞之故，惜此室巢。今巢下之民，或敢侮慢我，欲毀我巢室。"

孔氏曰："王肅云：'周公言先王致此大功至艱難，而其下民敢侵侮我周道，不可不遏絕以全周室。'"

宋·輔廣《詩童子問》卷三：

先生引孔子之言釋此章，蓋示讀詩者以是法，學者不可不深長思也。後之説詩者動累數百言，然何嘗得其意旨血脉如此。

又：二章便言己之深愛王室，先事爲備，以防禍亂之意。疑當時流言必以爲周公平日勤勞皆是自爲己謀，故今攝政而欲不利於孺子耳。故周公言此以曉成王也。

宋·林岊《毛詩講義》卷四：

昔者及天尚晴，剝徹桑根，纏綿牖户，以有此室，汝其可毀之乎？周公意謂周家創造之難亦猶此耳。今女下民，如三監淮夷乃敢侵侮王室乎？

宋·戴溪《續呂氏家塾讀詩記》卷一：

二章言作室之久，積累非一日，如之何其可侮也？

宋·嚴粲《詩緝》卷十六：

又托爲鳥言。我及天未陰雨之時，剝取桑根，綢繆纏綿其巢之隙穴及出入之户，使之堅固，以備陰雨之患，以勤勞之故，惜此巢室。今巢之下民，或敢侮慢我，欲毀我巢室，其可乎？

王肅曰："言先王致此大功至艱難，而其下民敢侵侮我周道，不可不遏絕以全周室。"

元·劉瑾《詩傳通釋》卷八：

亦爲鳥言。我及天未陰雨之時，而往取桑根，以纏綿巢之隙冗，使之堅固，以備陰雨之患，則此下土之民誰敢有侮予者！亦以比己深愛王室而預防其患難之意。故孔子贊之曰："爲此詩者，其知道乎！能治其國家，誰敢侮之！"

張南軒曰："鳥於天未陰雨而徹桑土，茸牖戶，是猶於國家安泰之日而經理備預者也。蓋消息盈虛之相蕩，安危治亂之相承，理之常然，非知我者孰能審微於未形，而禦變於將來哉？"輔氏曰："言己之深愛王室，先事爲備，以防禍亂之意。疑當時流言必以爲周公平日勤勞皆是自爲己謀，故今攝政而欲不利於孺子耳。故周公言此以曉成王也。"

元·朱公遷《詩經疏義》（《詩經疏義會通》卷八）：

亦爲鳥言。我及天未陰雨之時，而往取桑根，以纏綿巢之隙冗，使之堅固，以備陰雨之患，則此下土之民誰敢有侮予者！亦以比己深愛王室而預防其患難之意。故孔子贊之曰："爲此詩者，其知道乎！能治其國家，誰敢侮之！"（有備則無患，此爲治之大法也。朱子引之以見周公善於爲治如此。）

元·劉玉汝《詩纘緒》卷八：

次章比己預備患難。

明·梁寅《詩演義》卷八：

此章言豫防之意。其爲巢者以備風雨也。故及天未陰雨之時，取桑根之皮以纏綿巢之牖戶，使之完固。今爾在下之民有敢侮予者乎？

明·胡廣《詩傳大全》卷八：

亦爲鳥言。我及天之未陰雨之時，而往取桑根，以纏綿巢之隙穴，使之堅固，以備陰雨之患。則此下土之民，誰敢有侮予者！亦以此比己深愛王室，而預防患難之意。故孔子贊之曰："爲此詩者，知道乎！能治其國家，誰敢侮之！"

南軒張氏曰："鳥於天未陰雨而徹桑土，茸牖戶，是猶於國家安泰之日，而經理備預者也。蓋消息盈虛之相蕩，安危治亂之相承，理之常然，非知幾者孰能審微於未形，而簒變於將來哉？"

慶源輔氏曰："言己之深愛王室，先事爲備，以防禍亂之意。疑當時流言必以爲周公平日勤勞皆是自爲己謀，故今攝政而欲不利於孺子王也。"

明‧吕柟《毛詩説序》卷二：

二章言其作室之故也。

明‧袁仁《毛詩或問》卷上：

二章言圖之豫也。

明‧黄佐《詩經通解》卷八：

正指流言於國上説，此與下章俱不可以制禮作樂説勤勞。蓋禮樂之制作，迎歸後事也。

明‧豐坊《魯詩世學》卷十五：

此言托鳥言以明先王貽復之謀，無不先事而爲之備。蓋欲成王修政事以治國家，而禦武庚之侮也。下民殺之，頑民侮予，謂助武庚以伐周□衛也。故孔子曰："爲此詩者，其知遵乎！能治其國家，誰敢侮之！"王肅亦云："周公言先王致此大功，□艱難而其下民敢侵侮我周道，不可不遏絶以全周室。"可謂得其大旨，而宋儒乃以周公自述己之深愛王室，而豫防其患難之意，則誤甚矣。不惟與夫子贊詩之意不恊，而上文"既取我子""恩斯勤斯"之云，明是代爲文王之詞。不然周公豈可目管、蔡爲子，而謂己有恩勤育閔之情乎？此蓋惑於《金縢》之僞書，衛宏之謬《序》，而未能窺見聖人之心者也。

明‧許天贈《詩經正義》卷九：

詩人托鳥言，及時防患之意，自喻之情微矣。

此與下章皆本首章"毋毀我室"之意説來。此章重在防患上。注：所謂"深愛王室"者，只在預防患難上生來。

又：然爾之毀我室也，豈我先事之防有不豫者乎？彼巢以備雨也。雨至而後備之，不免於後時之悔矣。故我及天未陰雨之時，往取桑根之皮，以纏綿巢之牖焉，而通氣之有資，纏綿巢之户焉，而出入之有賴，經營綜理無所不周，蓋將使之堅固以備陰雨之患也。吾意先事之豫，可以爲未然之防。今此下土之民，欲毀之而無其隙也，欲乘之而無其機也，其敢有侮予者乎？此則防患之深，我之治巢者既如此其豫矣。

明‧江環《詩經鐸振》（《詩經尊朱删補》）國風卷之三：

二章言愛王室而盡預防之計。

又：自我之治室言之。迨夫天未陰雨之時，而先爲陰雨之備，乃往取桑根之皮，以纏綿巢之牖户，庶幾有以密先事之方，而陰雨無患焉。而今此下民無敢有侮予者矣，是我之愛巢以預防其患者如此。

【主意】此與下章俱承上不可更毀王室説來。此章重在預防患難上，見其深愛王室也。

明·郝敬《毛詩原解》卷十六：

二章未雨綢繆，比武庚尚在，東方未寧，勸王早圖也。

又：我及天之未陰雨之先，剝取桑根以纏綿巢之牖户，預防風雨勤勞，非一朝夕矣。今此巢下之民，或敢有侮慢，思毀我室者乎，抑不知其不可也。

明·姚舜牧《重訂詩經疑問》卷三：

次章即承云“迨天之未陰雨，徹彼桑土，綢繆牖户”云云，見爲室家者，必如是其豫備而後可免或然之虞也。

明·沈守正《詩經説通》卷五：

二、三章追述己爲巢勤苦之意如此也。

明·曹學佺《詩經剖疑》卷十二：

又言我雖居東，而王能爲綢繆桑土之計，則汝下民誰或敢侮之哉？此示以宗國有備無患，而寒彼亂臣賊子之心也。

明·陸燧《詩筌》卷一：

二、三章，追述己爲巢後先勤苦之意如此。

明·陸化熙《詩通》卷一：

次言深愛室而預防其毀，正承不可毀室來。只寫得自家謀國□意思，還不曾説到勤勞上。

明·鄒之麟《詩經翼注講意》卷一：

二章、三章皆本“無毀我室”之意説來。

又：承上“無毀我室”説。比己深愛王室，而預防其毀也。要點“毀”字，方有針綫。此只重預防上，深愛在預防上見出。“迨”字宜重講。孰敢侮予，乃庶幾無毀之詞，須就陰雨説來。

明·張次仲《待軒詩記》卷二：

此章承上“毀室”而言。公之所以儆戒成王者，全在于此。曰迨，曰今，曰或，蓋欲王之急于東征也。《孟子》引此詩言“莫敢”，此言“或敢”，孟子言其功效，此言其心事。

明‧何楷《詩經世本古義》卷十之上：

孔子讀此詩而贊之曰："爲此詩者，其知道乎！能治其國家，誰敢侮之！"此承上章毀室言，而深以綢繆牖户爲成王望。一假恩勤悲閔至心，正在于此。見今日武庚之毒雖未發，然終必有潰決之時，庶幾王之一悟而思保其國家也。舊説謂周公自述其締造周密，則于末章"予室翹翹"句如何可通？且"維音嘵嘵"，但祈汲汲自明于忠，淺矣。前以毀室屬鴟鴞，而此以侮予屬下民者，蓋室一毀則探巢取卵之事，必有起而乘之者，猶之管叔、武庚蠢動，而頑民亦遂汹汹不静也。

明‧唐汝諤《毛詩蒙引》卷七：

二、三章承言所以然者，以我於王室誠深愛而預防之，其初所爲極其勞瘁者，正以王室之未造故也。然盡瘁至此，而王室猶然未安。

又：二章言及時圖治，以防患於未然。只重備陰雨上，至"下民或敢侮予"，只輕輕帶説，以明己預防之密耳。若意料其然，而患生不虞，意自在言外。此與下章俱泛就平日説，不指管、蔡言，乃制禮作樂，又在迎歸以後事。

徐玄扈曰："謂之綢繆，周公所以維持王室、藻飾太平者，何其詳也。讀《周官》一書，樞機周密，品式備具，真可謂綢繆矣。"

明‧楊廷麟《詩經聽月》卷五：

二章言愛王室而盡預防之計。

自我之治室言之，迨天未陰雨之時，而先爲陰雨之備，乃往取桑根之皮，以纏綿巢之牖户，庶幾有以密先事之防，而陰雨無患焉，而今此下民無敢有侮予者矣。是我之愛巢，以預防其患者如此。

馮爾賚曰："預防其毀，正承不可毀室來，只寫得自家謀國的意思，還不曾説到勤勞上。蕭墻肘腋之間，宮府璣衡之交，豈意至親骨肉乘隙搗虛，使綢繆不足恃也？"

又：此與下章俱承上不可更毀王室説來。此章重在預防患難上，見其深愛王室也。

明‧萬時華《詩經偶箋》卷五：

綢繆牖户，既成之後，又復纏綿補治，以圖萬全，下將荼蓄租，則創造時事，至下民或敢侮余，只輕輕帶説，以明己預防之密耳，非斷無人侮也。

明‧范王孫《詩志》卷九：

讀《周官》一書，樞機周密，品式備具，真可謂綢繆矣。

又：朱云："語有之：'張弓衛外，禍反在内。所備甚遠，賊生所愛。'天下事，計奪于所□而昧于所切，情警于所巨而略于所絀也多矣。"

明·賀貽孫《詩觸》卷二：

次章從"無毀我室"來。蓋公自述其深愛王室，先事預防之故，其意未畢，故以下二章□之。

明·陳元亮《鑒湖詩説》卷一：

二章。與三章俱承上章不可毀室來。"徹土""綢繆"，正以預防其毀，以至於"拮据""卒瘏"，皆爲室未定之故。則我之任勞處，皆其深愛處，而奈何毀之也？二章此以及時圖治，防患於未然，宜於"迨"字上著精神。

清·朱鶴齡《詩經通義》卷五：

何楷曰："承上章毀室言，而深以綢繆牖户望成王早圖之也。舊説謂周公自述其締造周密，則于末章'予室翹翹'句難通。且汲汲自多其功，于功淺矣。前以毀室屬鴟鴞，而此以侮予屬下民。蓋室一毀，則探巢取卵之事，必有起而乘之者。所以武庚蠢動，而四國亦汹汹不靖也。"

清·錢澄之《田間詩學》卷五：

愚按：惟牖户綢繆堅固，乃足以徐伺禍患之來，而預爲之地。

清·張沐《詩經疏略》卷四：

又托鳥言曰：鴟鴞之害免矣，更不可不爲後慮也。及天之未陰雨，取彼桑土，纏固牖户，以預防惡鳥之患。雖然，患不止惡鳥也。今女下民，或有敢侮予者，豈牖户之固所能禦哉？以比武庚之亂雖平，豈無再有似武庚者？不可無備也。然即皆可平，而下民有變，則不可爲矣。所宜居東，預修德政，以一人心而固國本也。

清·冉覲祖《詩經詳説》卷三十一：

亦爲鳥言。我及天未陰雨之時，而往取桑根，以纏綿巢之陬穴，使之堅固，以備陰雨之患，則此下土之民誰敢有侮予者！亦以比己深愛王室，而豫防其患難之意。故孔子贊之曰："爲此詩者，其知其道乎！能治其國家，誰敢侮之！"

南軒張氏曰："鳥於天未陰雨而徹桑土，葺牖户，是猶於國家安泰之日而經理備預者也。蓋消息盈虛之相蕩，安危治亂之相承，理之常然，非知幾者孰能審微於未形，而禦變於將來哉？"

慶源輔氏曰："言己之深愛王室，先事爲備，以防禍亂之來。疑當時流言必以爲周公平日勤勞皆是自爲己謀，故今攝政而欲不利於孺子耳。故周公言此以曉成王也。"

又：《詩通》：此只寫得自家謀國意思，還不曾說到勤勞上。

又：【正解】此與下章俱承上不可更毀王室說來。首三句比防患於未然，末二句求免患於將來也。總見深愛王室意。深愛意只在思患預防上見得。……此與下章俱泛就平日言，不指管、蔡。

【講】以我之爲室，防患之預也。迨天之未陰雨之時，即徹取桑根之皮以綢繆其牖與户，使之堅固，以備陰雨之患焉。今女在下之民，或敢有侮予者乎！是我之愛我室者，不可謂不至矣。

又：【正解】二章言愛王室而盡豫防之計。三章言爲王室而盡勤勞之力。合二、三章總是明己忠愛王室，以見其不可毀也。

清‧秦松齡《毛詩日箋》卷二：

二章言先王創業之備固也。

又：何楷曰："次章承上章毀室言，而深以綢繆牖户爲成王望也。"

清‧李光地《詩所》卷二：

以下三章皆以終"無毀我室"一句之意，此叙其初謀經始，急於補苴，懼陰雨之卒至，而下民或有侮予者。

清‧王鴻緒等《欽定詩經傳説彙纂》卷九：

亦爲鳥言。我及天未陰雨之時，而往取桑根，以纏綿巢之隙穴，使之堅固，以備陰雨之患，則此下土之民誰敢有侮予者！亦以比己深愛王室，而預防其患難之意。故孔子贊之曰："爲此詩者，其知道乎！能治其國家，誰敢侮之！"（朱氏公遷曰："有備則無患，此爲治之大法也。"朱子引之，以見周公善於爲治如此。）

張氏栻曰："鳥於天未陰雨而徹桑土，葺牖户，是猶於國家安泰之日而經理備預者也。蓋消息盈虚之相蕩，安危治亂之相承，理之常然，非知幾者孰能審微於未形，而禦變於將來哉？"

輔氏廣曰："言己之深愛王室，先事爲備，以防禍亂之意。疑當時流言必以爲周公平日勤勞皆是自爲己謀，故周公言此，以曉成王也。"

朱氏得之曰："取子，出於意料所不及，則下民之侮，安知其必無？情之切而急，慮之遠而周也。"

清·王心敬《豐川詩説》卷十一：

未雨綢繆比武庚尚在，東方未寧，勸王早圖也。

又：我及天未陰雨之先，剥取桑根，以纏綿巢之牖户，預防風雨，勤勞非一朝夕矣。今此巢下之民，或敢有侮慢毀我室者乎，抑不知其不可也。

清·姜文燦《詩經正解》卷十：

二章言愛王室而盡預防之計。

又：【合參】且汝之欲毀我室也，豈謂我愛之不深，而無先事之防乎？則試以我之治室言之，彼室之所最患者，雨也，使雨未至而不爲之備，則其爲計也疏，使雨既至而後爲之防，則其爲計也晚。故迨天未陰雨之時，往取桑根之皮，牖可治也，用以綢繆吾之牖焉。户可葺也，用以綢繆吾之室焉。此則先事之防既密，而藏身之固亦得矣。今此下土之民庶幾哉，無或有肆予侮者哉！是我之愛巢，以預防其患者如此。

【析講】此與下章俱承上不可更毀王室説來。首三句比防患于未然，末二句求免患于將來也。總見深愛王室意。深愛意只在思預防上見得。

此只爲得自家謀國的意思，還不曾説到勤勞上。與下章俱泛就平日言，不指管、蔡。

周公勤勞王室，□至流言之日，不忘户牖，毋以向者朴斫丹□之思耶！前乎此者，有《七月》，所以周恤民隱。後乎此者，有《東山》《破斧》，所以深遏禍萌。然則勤農息軍，二者洵綢繆要務哉！

清·方苞《朱子詩義補正》卷三：

二章與末章意正相應。二章自原所以獨操國事，略不自嫌，欲及陰雨之未至而綢繆牖户耳，不謂牖户未完而風雨已至，大懼家室之漂摇，而王心不悟，屏身在外，無所施其力，則維音嘵嘵，自鳴其哀厲而已。流言之人謂公將不利于孺子，欲貳公于王也。而公之詩曰"我室"，曰"侮予"，曰"予未有室家"，曰"予室翹翹"，宗臣體國不敢自貳，而亦因以悟王也。

清·黄夢白、陳曾《詩經廣大全》卷九：

言爾亦知我室未易成乎？我及天未陰雨剥取桑根以固其牖户，蓋曰今此巢下之民，莫或敢有侮予者乎。

清·張叙《詩貫》卷五：

二章序其初營巢時，先時預備，急於補葺，懼陰雨之猝來，下民或有侮予者也。

清・汪紱《詩經詮義》卷四：

及是時而思患預防，用賢明政，武庚雖黠，其如王室何？若苟且偷安，不以爲慮，則武庚之惡不惟既陷三監，流言之開不獨動搖予旦，而曰予復反鄙我周邦，後欲圖之，悔何及也？蓋王室誠可安，則微臣之進退誅夷皆可不患，而此心之自反無慚，亦不妨於不白矣，忠之至也。通篇正意在此一章。下二章皆只反復作危辭，以足此章之意。

清・許伯政《詩深》卷十五：

蓋我迨天之未陰雨，徹彼桑土，綢繆牖户，惟恐今女下民，或敢侮予也。豈料鴞即取子于牖户中乎？

清・劉始興《詩益・詩本傳》卷三：

此下三章，皆言始作室之事，周公自比前日勤勞王室，預防患難之意也。

清・顧鎮《虞東學詩》卷五：

二章上三句乃言文武造周事，下二句方入時事。孔《疏》云："先王致此大功甚艱難，而其下民或敢侵侮，不可不遏絕以全王室。"

清・傅恒等《御纂詩義折中》卷九：

言室之毀多由於陰雨，設能於未雨之前取桑根以固牖户，則人孰得而毀之？以比武庚叛亂將毀王室。望成王於未毀之先，君臣同心以圖國政，則内疑既釋，外患自消，三監雖叛無能爲也。

清・羅典《凝園讀詩管見》卷五：

蓋鳥有巢以爲室，而鴟鴞據焉，其見爲鴞之善擊者，縱取鳥子，而於人無害，下民猶可共安。至於鴞不足以盡之，而又實成鴞之不祥，則其入人家及入城邑皆爲妖而主死喪。於是下民之惡其害己者，方期鳥室之速毀以走鴟鴞矣。其肯聽鳥之復謀葺室，使爲鴟鴞作長久地乎？以故，侮鴟鴞而并侮鳥，其忍爲厭怒之揮逐之，有向實不然而今或然者。

清・牟庭《詩切》：

莫待陰沉秋雨苦，迨天未陰室可補。條條徹剥桑根杜，綢繆牢結不可破而取。隱然憑恃牖與户，誠恐巢下之民今如汝。或有探巢侮弄予，豈獨鴟鴞敢予侮？

清・劉沅《詩經恒解》卷二：

亦爲鳥言以自咎責。言使我先事而綢繆，何至有侮予之憂？蓋深咎己之不能先事預防，至武庚不終，三叔不咸也。

清·成僎《詩說考略》卷八：

二章言先王創業之備固也。

清·李詒經《詩經蠡簡》卷二：

言其綢繆之堅固。

清·李允升《詩義旁通》卷五：

何元子云："承上章毀室言，而深以綢繆牖户，望成王早圖之也。舊説謂周公自述其締造周密，則於末章'予室翹翹'可難通。且汲汲自多其功，於忠義淺矣。前以毀室屬鴟鴞，而此以侮予屬下民，蓋一室毀則探巢取卵之事，必有起而乘之者。所以武庚蠢動，而四國亦洶洶不靖也。"

清·陳奐《詩毛氏傳疏》卷十五：

孔子曰："爲此詩者，其知道乎！能治其國家，誰敢侮之！"趙注云："言此鴟鴞小鳥，尚知及天未陰雨，而取桑根之皮，以纏綿牖户。人君能治其國家，誰敢侮之！刺邠君曾不如此鳥。"

清·方玉潤《詩經原始》卷八：

此章戒未來之禍。

清·黃云鵠《群經引詩大旨》卷六：

《詩》云："迨天之未陰雨，徹彼桑土，綢繆牖户。今此下民，或敢侮予！"孔子曰："爲此詩者，其知道乎！能治其國家，誰敢侮之！"

"知道"一贊，意味深長。

清·鄧翔《詩經繹參》卷二：

【眉批】次章以下，把上章意透進一步講，見匪獨鴟鴞能取子毀室，即下民亦能窺巢探卵。且即無人禍，天之風雨亦能傾巢覆卵，只可盡人事，以善承天道而已。

又：我巢既完，下民或無敢毀侮之者，比無敢叛亂，將毀王室。望成王於未毀之先，同心圖政。内疑既釋，外患自消。三監雖叛，無能爲也。

清·龍起濤《毛詩補正》卷十四：

案：此時三監與武庚叛形已露，尚未舉動，故公欲及其未動而取之。厥後遂有《大誥》之作，而東征事起矣。

清・呂調陽《詩序議》二:

二章備其毀我室也,教成王也。

清・王先謙《詩三家義集疏》卷十三:

愚案:據此當日公詩貽王,疑有托名邠君之事,故趙用為故實,否則此詩諷王,古今共曉,無趙獨不知之理。有備無患,民孰敢侮!詩猶言"或"以疑之者,見公周慎之深心也。時公雖誅武庚,寧淮夷,而殷餘未靖,奄國猶存。公憂懼未嘗稍釋,惟望王益加儆戒,勿予下民以可乘之隙,庶免再召外侮耳。

清・王闓運《毛詩補箋》:

此鴟鴞自説作巢至苦如是,以喻諸臣之先臣,亦及文、武未定天下,積日累功,以固定此官位與土地。補曰:此言淮夷奄徐將叛之事,魯將有憂。蓋戒伯禽無臨喪也。

民國・焦琳《詩蠲》卷四:

即未有禍亂之時,心中亦無時不防禍亂,無時不求所以彌縫罅漏之具,以鞏固室家。夫曰綢繆,則繫屬糾結之惟恐不固可知也。然身雖為綢繆之事,而心且慮之曰:此時此在下之人,或者是敢有侮予者乎!求固而惟恐不固,況肯自生睽離之隙,以召人侮哉!且也雖愚,亦不然也。

日本・三宅重固《詩經筆記》七:

此二句以比任賢圖治之意,猶所云吐哺握髮也。言爾亦知我室未易成乎?

日本・岡白駒《毛詩補義》卷五:

周公先見武庚、二叔將危周室,欲王及早為之備也。其主意全在此章。……亦假鳥以言。及天之未陰雨,剝彼桑根以為巢,綢繆牖戶以備陰雨。今女巢下之民,誰敢有侮予者乎!蓋牖戶者,巢之虛處也,禍患之所由入也,當豫為之地也,故於是尤加綢繆焉。夫履霜思堅冰,重門擊柝,先于事綢繆,顧虛處豫備,誰敢有侮之者乎!孔子曰:"為此詩者,其知道乎!能治其國家,誰敢侮之!"

日本・赤松弘《詩經述》卷四:

亦為鳥言。我及天未陰雨之時,而往剝取桑根以纏綿巢之隙穴,使之堅固以備陰雨之患,則此下土之民,誰敢有侮予者!亦以比己深愛王室,而預防其患難之意。故孔子曰:"為此詩者,其知道乎!能治其家,誰敢侮之!"

日本・皆川願《詩經繹解》卷七:

今方為宜思以徹彼桑土、綢繆其巢之牖戶之事,迨天之未陰雨之時矣。如今之時，乃又當須念汝之下民，必有或侮予者也。以下二章，乃擬其所侮言之辭也。

日本・冢田虎《冢注毛詩》卷八：

是亦爲鳥之言。言及天未陰雨之時，而剥取桑根，乃纏綿牖户以爲巢焉。……今汝我巢下之民，寧有敢侮慢我乎？孔子解之曰："能治國家之如此，雖欲侮之，豈可得乎？周自后稷，積行累功以有爵土，公劉重之以仁，及至太王亶父，敦以德讓，其樹根置本，備豫遠矣。天之與周，民之去殷久矣，若此而不能有天下，未之有也，武庚惡能侮。"

【眉批】鄭云："此鴟鴞自説作巢至苦如是，以喻諸臣之先臣。"

日本・豬飼彦博《詩經集説標記》：

二章言先王創業之備固也。

又：《名物鈔》："次章言周室經營亦已鞏固，汝武庚者毋徒起覬望之心。"……補傳曰：周公自謂我於王室當未亂之初，明政刑以固國本，如鳥之營巢。今女無知之下民，奈何敢肆侵侮，欲危我王室乎？

日本・龜井昭陽《毛詩考》卷十四：

周公以己先不虞之變，憂勤勞苦，以經營王室焉。

日本・岡井矗《詩疑》卷九：

言今女巢下之民，得毋或敢有傷害我乎！此承上章毀室言，而深以綢繆牖户爲成王望，見今日武庚之毒雖未發，然終必有潰決之時，庶幾王之一悟，而思殊保其國家也。舊説謂周公自述其締造周密，則于末章"予室翹翹"句如何可通？

日本・安井衡《毛詩輯疏》卷七：

《序》言："《鴟鴞》，周公救亂也。成王未知周公之志，公乃爲詩以遺王。"則此篇所陳皆周公之事，此亦述己先天下未亂，以堅固周室之意耳。《傳》意例與《序》同，必不以爲先王積累之艱苦也。

日本・山本章夫《詩經新注》卷中：

亦爲鳥言。苟豫防周密，雨不得沾濡之，苟倚高作巢，人不得妨害之，以譬于己勤苦，當安王室。

日本・竹添光鴻《毛詩會箋》卷八：

此亦述己先不虞之變，憂勤勞苦以經營王室焉。

今女下民，或敢侮予。據鳥在樹上，故謂人爲下民。"侮予"言輕侮王室也。前以毀室屬鴟鴞，而此以侮予屬下民者，蓋室一毀則探巢取卵之事，必有取而乘之者，所以武庚蠢動，而四國亦洶洶不靖也。

朝鮮・朴世堂《詩經思辨録》：

二章言有國家者，苟能自治而早使基業鞏固，雖有亂賊亦不敢生心。

朝鮮・正祖《經史講義・詩》：

允大對：陰雨之喻，特言盡其在我者，故孔子所以取之也。鳥雖綢繆其巢，而人若自下毀之，則即是意外之患也。三監之亂，乃是聖人不幸之處變，而蓋亦莫之致而至者耳。是豈周公之不能備患而然耶？

朝鮮・申綽《詩次故》卷六：

《孟子》："國家閑暇，及是時，明其政刑，雖大國必畏之矣。《詩》云'迨天之未陰雨'至'或敢侮予'，孔子曰：'爲此詩者，其知道乎！能治其國家，誰敢侮之！'"……言此鴟鴞小鳥猶尚知及天未陰雨，而取桑根之皮以纏綿牖户。人君能治國家，誰敢侮之！刺邠君曾不如此鳥。孔子善之，故謂知道。

朝鮮・沈大允《詩經集傳辨正》：

言自治其國，而預備患難，則四國雖叛而無如之何也。四國未叛，而有將叛之兆，故告王如此也。

朝鮮・朴文鎬《詩集傳詳説》卷六：

亦爲鳥言。我及天未陰雨之時，而往取桑根，以纏綿巢之隙穴，使之堅固，以備陰雨之患。（添此二句）則此下土之民，（巢在木上，故謂人爲下民）誰敢有侮予者！亦以比己深愛王室，而預防其患難（去聲）之意。（此又説還本事。平日治國，預備至矣，而猶未免遭取子之侮。公之情爲如何哉？）故孔子贊之曰："爲此詩者，其知道乎！能治其國家，誰敢侮之！"（出《孟子・公孫丑》）

李雷東按：

各家關於次章章旨的解説如下。

1. 漢・鄭玄《毛詩箋》："此鴟鴞自説作巢至苦如是，以喻諸臣之先臣，亦及文、武未定天下，積日累功，以固定此官位與土地。……我至苦矣，今女我巢下之民，寧有敢侮慢欲毀之者乎？意欲恚怒之，以喻諸臣之先臣固定此官位土地，亦不欲見其絶奪。"（《毛詩正義》卷八）

2. 唐・孔穎達："毛以爲，自説作巢至苦，言己及天之未陰雨之時，剥彼桑根，以纏綿其牖戶，乃得成此室巢，以喻先公先王亦世修其德，積其勤勞，乃得成其王業，致此王功甚難若是。今汝下民管、蔡之屬，何由或敢侮慢我周室而作亂乎？故不得不誅之。"（《毛詩正義》卷八）

3. 唐·孔穎達："鄭以爲，鴟鴞及天之未陰雨之時，剝彼桑根，以纏綿其牖戶，乃得有此室巢，以喻諸臣之先臣及文、武未定天下之時，亦積日累功，乃得定此官位土地。鴟鴞以勤勞之故，惜此室巢。今巢下之民，寧或敢侮慢我，欲毀我巢室乎？不欲見其毀損，意欲忿怒之，以喻諸臣之先臣甚惜此官位土地，汝成王意何得絕我官位、奪我土地乎？不欲見其絕奪，意欲怨恨之。言鴟鴞之惜室巢，猶先臣之惜官位土地，鴟鴞欲忿怒巢下之人，喻先臣亦有恨於成王，王勿得誅絕之也。"（《毛詩正義》卷八）

4. 唐·孔穎達："王肅《下經》注云：'言先王致此大功至艱難，而其下民敢侵侮我周道，謂管、蔡之屬不可不遏絕，以全周室。'"（《毛詩正義》卷八）

5. 宋·蘇轍："爲國者如鳥之爲巢，及天下之未雨，則徹桑之根，以綢繆其牖戶矣。今女下民乃敢侮予，敗我成業也。"（《詩集傳》卷八）

6. 宋·李樗《毛詩詳解》："鳥之營巢，方未陰雨之時則取彼桑根而纏綿其戶牖。今女下民乃敢侮慢而毀壞之，亦猶先王於未患難之時積德累功，以成王室，非不勤勞。今管、蔡流言，以譖周公，又挾武庚及淮夷叛，以壞王室也。"（《毛詩李黃集解》卷十八）

7. 宋·范處義："周公自謂我於王室當未亂之初，明政刑以固國本，如鳥之營巢。今女無知之下民，奈何敢肆侵侮，欲危我王室乎？"（《詩補傳》卷十五）

8. 宋·朱熹："亦爲鳥言。我及天未陰雨之時，而往取桑根，以纏綿巢之隙穴，使之堅固，以備陰雨之患。則此下土之民，誰敢有侮予者？亦以比己深愛王室，而預防其患難之意。故孔子贊之曰：'爲此詩者，其知道乎！能治其國家，誰敢侮之！'"（《詩經集傳》卷八）

9. 宋·輔廣："二章便言己之深愛王室，先事爲備，以防禍亂之意。疑當時流言必以爲周公平日勤勞皆是自爲己謀，故今攝政而欲不利於孺子耳。故周公言此以曉成王也。"（《詩童子問》卷三）

10. 宋·林岊："昔者及天尚晴，剝徹桑根，纏綿牖戶，以有此室，汝其可毀之乎！周公意謂周家創造之難亦猶此耳。今女下民，如三監淮夷乃敢侵侮王室乎！"（《毛詩講義》卷四）

11. 宋‧戴溪："言作室之久，積累非一日，如之何其可侮也？"（《續呂氏家塾讀詩記》卷一）

12. 宋‧嚴粲："又托爲鳥言。我及天未陰雨之時，剝取桑根，綢繆纏綿其巢之隙穴及出入之户，使之堅固，以備陰雨之患，以勤勞之故，惜此巢室。今巢之下民，或敢侮慢我，欲毀我巢室，其可乎？"（《詩緝》卷十六）

13. 元‧劉玉汝："次章比已預備患難。"（《詩續緒》卷八）

14. 明‧呂柟："二章言其作室之故也。"（《毛詩説序》卷二）

15. 明‧許天贈："詩人托鳥言，及時防患之意，自喻之情微矣。"（《詩經正義》卷九）

16. 明‧許天贈："我及天未陰雨之時，往取桑根之皮，以纏綿巢之牖焉，而通氣之有資，纏綿巢之户焉，而出入之有賴，經營綜理無所不周，蓋將使之堅固以備陰雨之患也。"（《詩經正義》卷九）

17. 明‧江環："二章言愛王室而盡預防之計。"（《詩經鐸振》國風卷之三）

18. 明‧沈守正："二、三章追述已爲巢勤苦之意如此也。"（《詩經説通》卷五）

19. 明‧曹學佺："又言我雖居東，而王能爲綢繆桑土之計，則汝下民誰或敢侮之哉？此示以宗國有備無患，而寒彼亂臣賊子之心也。"（《詩經剖疑》卷十二）

20. 明‧張次仲："公之所以儆戒成王者，全在于此。曰迨，曰今，曰或，蓋欲王之急于東征也。"《（待軒詩記》卷二）

21. 明‧萬時華："綢繆牖户，既成之後，又復纏綿補治，以圖萬全，下將茶蓄租，則創造時事，至下民或敢侮余，只輕輕帶説，以明己預防之密耳，非斷無人侮也。"（《詩經偶箋》卷五）

22. 清‧秦松齡："二章言先王創業之備固也。"（《毛詩日箋》卷二）

23. 清‧張叙："二章序其初營巢時，先時預備，急於補苴，懼陰雨之猝來，下民或有侮予者也。"（《詩貫》卷五）

24. 清‧顧鎮："二章上三句乃言文武造周事，下二句方入時事。"（《虞東學詩》卷五）

25. 清‧牟庭："莫待陰沉秋雨苦，迨天未陰室可補。條條徹剝桑根杜，綢繆牢結不可破而取。隱然憑恃牖與户，誠恐巢下之民今如汝。或有探巢侮弄予，豈獨鴟鴞敢予侮？"（《詩切》）

26. 清‧劉沅："亦爲鳥言以自咎責。言使我先事而綢繆，何至有侮予之憂？

蓋深咎己之不能先事預防，至武庚不終，三叔不咸也。"（《詩經恒解》卷二）

27. 清·方玉潤："此章戒未來之禍。"（《詩經原始》卷八）

28. 清·王闓運："此言淮夷奄徐將叛之事，魯將有憂。蓋戒伯禽無臨喪也。"（《毛詩補箋》）

29. 民國·焦琳："即未有禍亂之時，心中亦無時不防禍亂，無時不求所以彌縫罅漏之具，以鞏固室家。夫曰綢繆，則繫屬糾結之惟恐不固可知也。然身雖爲綢繆之事，而心且慮之曰此時此在下之人，或者是敢有侮予者乎！求固而惟恐不固，況肯自生睽離之隙，以召人侮哉！旦也雖愚，亦不然也。"（《詩蠲》卷四）

30. 日本·安井衡："則此篇所陳皆周公之事，此亦述己先天下未亂，以堅固周室之意耳。"（《毛詩輯疏》卷七）

31. 日本·山本章夫："亦爲鳥言。苟豫防周密，雨不得沾濡之，苟倚高作巢，人不得妨害之，以譬于己勤苦，當安王室。"（《詩經新注》卷中）

32. 朝鮮·朴世堂："言有國家者，苟能自治而早使基業鞏固，雖有亂賊亦不敢生心。"（《詩經思辨錄》卷）

33. 朝鮮·沈大允："言自治其國，而預備患難，則四國雖叛而無如之何也。四國未叛，而有將叛之兆，故告王如此也。"（《詩經集傳辨正》）

三章句解

予手拮据

《毛詩故訓傳》（《毛詩正義》卷八）：

拮据，撠挶也。

唐·陸德明《毛詩音義》（《毛詩正義》卷八）：

《韓詩》云：“口足爲事曰拮据。”……撠，京劇反，本亦作“戟”。挶，俱局反，《説文》云：“持也。”

唐·孔穎達《毛詩正義》卷八：

毛以爲，……予手撠挶其草。

鄭以爲，鴟鴞手口盡病。

正義曰：“《説文》云：‘撠，持。撠挶，謂以手爪挶持草也。’”

又：正義曰：“予”者，還周公自我也。

宋·歐陽修《詩本義》卷五：

至於口手羽尾皆病弊，積日累功乃得成此室，以譬寧誅管、蔡，無使亂我周室也。我祖宗積德累仁造此周室，以成王業，甚艱難。

宋·蘇轍《詩集傳》卷八：

拮据，撠挶也。……以手将荼則至於拮据。

宋·李樗《毛詩詳解》（《毛詩李黄集解》卷十八）：

拮据，《説文》曰：“撠，持。撠挶，謂以手爪挶持草也。”……蘇氏曰：“予手之将荼而至於拮据……”此説盡之矣。言予手撠挶其草，予所取者是荼之草。

宋・范處義《詩補傳》卷十五：

周公謂我之經營王室，如鳥之營巢。拮据，橄捐也。……手則捐持其草，……鳥足喻人之手，風人之亂也。

宋・朱熹《詩經集傳》卷八：

拮据，手口共作之貌。……作巢之始，所以拮据以捋荼蓄租。

宋・吕祖謙《吕氏家塾讀詩記》卷十六：

毛氏曰："拮据，撅拘也。"

孔氏曰："《説文》曰：'撅，持也。'撅拘，謂以手爪拘持草也。"

宋・楊簡《慈湖詩傳》卷十：

毛《傳》曰："拮据，撅捐也。"（按：捐，原本誤作拘，下同，今改正。）孔《疏》曰："《説文》云：'撅，持也。'撅捐，謂以手爪捐持也。"

宋・輔廣《詩童子問》卷三：

拮据，手口共作之貌。

宋・林岊《毛詩講義》卷四：

予手撅捐。

宋・魏了翁《毛詩要義》卷八：

予手口盡病，以成室家，喻周先王。

"予手"至"室家"，毛以爲……予手撅捐其草。

宋・嚴粲《詩緝》卷十六：

《傳》曰："拮据，撅捐也。音戟菊。"

《疏》曰："撅，持也。撅捐，謂以手捐持草也。"

又：予手拘持者，是予所捋取萑苕也。

宋・朱鑒《詩傳遺説》卷四：

詩辭多是出於當時鄉談鄙俚之語，雜而爲之，如《鴟鴞》詩云拮据、捋荼之語，皆此類也。又云："此詩乃周公爲之。不知其義如何。然周公所言多聱牙難考，如《書》中周公之言便難讀，如《立政》《君奭》之篇是也。"（黃有間記）

元・胡一桂《詩集傳附録纂疏》卷八：

【附録】《詩》辭多是出於當時鄉談，雜而爲之，如《鴟鴞》云拮据、捋瘏之語，皆此類也。又曰此詩乃周公爲之。公不知其人如何，其言聱牙難考，如周公之言便難讀，如《立政》《君奭》篇是也。最好者，惟無□□書中間用字，亦有

□張爲幻□語，若周官蔡仲□篇。知是□□文□，必出於當時有司潤色之文，非純周公語也。【纂疏】毛氏曰："拮据，撠挶也。音戟菊。"孔氏曰："撠，持也。撠挶，謂以手爪拘持草。"東萊呂氏曰："《韓詩》：'口足爲事曰拮据。'"

元‧劉瑾《詩傳通釋》卷八：

拮据，手口共作之貌。《釋文》曰："《韓詩》云：'口足爲事曰拮据。'"……輔氏曰："拮据，手口共作之貌。……"嚴氏曰："手拮据而将茶，蓄租而口卒瘏，交錯言之也。"

元‧朱公遷《詩經疏義》（《詩經疏義會通》卷八）：

拮据，手口共作之貌。……作巢之始，所以拮据以将茶。

元‧王逢《詩經疏義輯錄》（《詩經疏義會通》卷八）：

嚴氏曰："手拮据而将茶，蓄租而口卒者，交錯言之也。"

明‧梁寅《詩演義》卷八：

拮据，手口并作也。

明‧胡廣《詩傳大全》卷八：

拮据，手口共作之貌。……慶源輔氏曰："拮据，手口共作之貌。……先言手之拮据，終言口之卒瘏，亦言之法也。……"華谷嚴氏曰："手拮据而将茶，蓄租而口卒瘏，交錯言之也。"

明‧季本《詩説解頤》卷十四：

拮，持。据，拘。謂以手拘持草。

明‧黄佐《詩經通解》卷八：

拮据言手，卒瘏言口，互文見意。玩注訓拮据爲手口并作。

明‧豐坊《魯詩世學》卷十五：

【正説】拮据，手口共作之貌。

明‧戴君恩《讀風臆评》（陳繼揆《讀風臆補》卷十五）：

正是"徹彼桑土"事。

明‧李資乾《詩經傳注》卷十八：

鳥有翼無手，而以"予手"起興者，按《易》云，艮爲手、爲指、爲止。周公當二叔流言，朝臣亦疑公，當止不當行，當退不當進之時也，故曰"予手拮据"。手所以止，"拮""据"左傍手，正所以止。"拮"字從吉，吉字口在土下，覆之而不動。"据"字從居，居字古在尸中，扃之而不開，謝政居東之象。

254

明·許天贈《詩經正義》卷九：

拮据裏要入口字。

明·郝敬《毛詩原解》卷十六：

予之手拮据而操作……拮据，操作勤勞之狀。

明·徐光啟《毛詩六帖講意》一卷：

拮据，手口并作之貌。……先言手之拮据，後言口之卒瘏，互文也。

明·姚舜牧《重訂詩經疑問》卷三：

凡鳥營巢，必手口共作，故始稱"予手拮据"，後稱"予口卒瘏"，捋荼蓄租正其所拮据而卒瘏者。

明·曹學佺《詩經剖疑》卷十二：

拮据，手口并作之貌。

明·顧夢麟《詩經説約》卷十：

此章上四句因《集傳》訓拮据爲手口共作，遂令解者多費斡旋。今觀子由云："以手捋荼則至於拮据，以口蓄租則至於卒瘏。"坦叔云："予手拘持者，是予所捋取萑苕也。予所蓄積租取，而予口盡病也。"則兩句一連之理，本自分明，何必曰互文錯言，甚而如《詩説》所云"手裏要入口字，口字要入手字"乎？《詩説》者，薛仲常作也，頃以正見示，初疑異書，今正平平，必贋本耳。

明·鄒之麟《詩經翼注講意》卷一：

三章之拮据實二章綢繆中事，意又相承。

又：捋荼、蓄租，即拮据之事也。手口上下互見。

明·張次仲《待軒詩記》卷二：

拮据，手口交作之貌。

明·錢天錫《詩牖》卷五：

拮据，言手口并作。

明·何楷《詩經世本古義》卷十之上：

此下"予"字代鳥自謂，而周公以自況也。拮据，毛云："撠挶也。"按：拮之訓撠，据之訓挶，當是以音相近取義。《説文》則云："拮，手口共有所作也。""据，戟挶也。"徐鍇云："謂手執臂，曲局如戟，不可轉也。"蓋拮言其作之物，据言其作之狀，當從《説文》解爲長。武王未受命，而周公欲以一手之烈，成文武之德，苦可知矣。

255

明·楊廷麟《詩經聽月》卷五：

本之以深愛之心，而盡其勤勞之力，手口并作。

又：拮据是手口共作之狀。而捋荼蓄租，則其所作之事也。拮据言手，卒瘏言口，互文也。

明·萬時華《詩經偶箋》卷五：

拮据，手口并作貌。捋荼蓄租，則其所作之事。先言手之拮据，後言口之卒瘏，省文之法也。

明·胡紹曾《詩經胡傳》卷五：

拮，揭。据，拘也。

清·錢澄之《田間詩學》卷五：

"予"字代鳥自謂，而周公以自況也。朱注："拮据，手口共作之貌。"

清·張沐《詩經疏略》卷四：

右手處置曰拮，左手拘執曰据。……予手則不停而常拮据。

清·陳啟源《毛詩稽古編》卷八：

毛云："拮据，撠挶也。"

清·冉覲祖《詩經詳說》卷三十一：

拮据，手口共作之貌。

又：毛《傳》："拮据，撠挶也。"

又：孔《疏》："《說文》云：'撠，持。撠挶，謂以手爪挶持草也。'……'予手拮据'言手。"

又：慶源輔氏曰："拮据，手口共作之貌。……先言手之拮据，終言口之卒瘏，亦言之法也。"

華谷嚴氏曰："手拮据而捋荼，蓄租而口卒瘏，交錯而言之也。"

又：【講】我始之治室之勞也，予手拘持而拮据者。

清·王鴻緒等《欽定詩經傳說彙纂》卷九：

《集傳》："拮据，手口共作之貌。"

毛氏萇曰："拮据，撠挶也。"

孔氏穎達曰："《說文》云：'撠，持。撠挶，謂以手爪挶持草也。'"

亦爲鳥言。作巢之始，所以拮据以捋荼蓄租。朱子曰："《詩》詞多是出於當時鄉談，雜而爲之，如《鴟鴞》'拮据捋荼'之語皆此類也。"

輔氏廣曰："拮据，手口共作。捋荼蓄租，則其所作之事也。先言手之拮据，終言口之卒瘏，亦言之法。"

蘇氏轍曰："以手捋荼則至於拮据，以口蓄租則至於卒瘏，予所以勤勞病瘁而不辭者，曰予未有室家故也。奈何既成而將或毀之哉。"

清·王心敬《豐川詩說》卷十一：

予之手拮据而造作。

清·李塨《詩經傳注》卷三：

拮据，以手爪挶持草也。（《説文》）

清·黃夢白、陳曾《詩經廣大全》卷九：

拮据，操作勤勞之狀。

清·劉始興《詩益·詩本傳》卷三：

拮据，手口共作之貌。……又此章曰手拮据、口卒瘏，下章曰羽譙譙、尾翛翛，皆一意而上下分言之。

清·傅恒等《御纂詩義折中》卷九：

拮据，以爪挶草也。

清·羅典《凝園讀詩管見》卷五：

拮，音結，義亦因之。結之爲言束也。据，從居，居與動反，則其意爲不動矣。故知此稱手拮据者，謂其束而不動如病痺不仁，如有罪加械然也。

清·胡文英《詩經逢原》卷五：

拮据，手口共持之貌。

清·牟庭《詩切》：

毛《傳》曰："拮据，撠挶也。"《説文》曰："拮，手共有所作也。""据，戟挶也。""挶，戟持也。"孔《疏》曰："撠挶，謂以手爪挶持草也。"《韓詩》曰："口足爲事曰拮据。"《玉篇》曰："拮据，手病也。"《廣韻》曰："据，手病。"又曰："拮据，手病。"余案：韓、毛，及《説文》、《玉篇》、《廣韻》皆不明詩意，望文爲訓，非也。以詩意求之，拮据蓋空手不持之貌也，今俗語縮手謂之拮据，詩人之遺言也。

倘令縮予手，不持而拮据。

清·劉沅《詩經恒解》卷二：

拮据，以手爪挶草。

清·徐華岳《詩故考异》卷十五：

《傳》："拮据，撠挶也。"（《说文》云："撠，持。撠挶，謂以手爪挶持草也。"）

韓："口足爲事曰拮据。"

清·陳壽祺、陳喬樅《三家詩遺説考·韓詩遺説考》卷二：

《韓詩》曰："口足爲事曰拮据。"（《釋文》）

喬樅謹案：《説文》云："拮，手口并有所作也。"此用《韓詩》之義。又云："据，戟挶也。"此用毛《傳》語。毛《傳》："拮据，撠挶也。"段氏玉裁曰："字本作戟，俗加手旁。"非是。左氏哀公二十五年《傳》云："褚師出，公戟其手。"杜注"抵徒手屈肘如戟形"是也。《説文》云："挶，戟持也。"謂有所操作，曲其肘如戟而持之也。胡承珙曰："挶，音與臼同。《説文》曰：'臼，叉手也。'《玉篇》：'兩手捧物曰臼。'然則戟挶者，謂屈兩肘如戟形以捧物也。"

清·胡承珙《毛詩後箋》卷十五：

《傳》："拮据，撠挶也。"案：拮据，撠挶，皆雙聲字，撠當本作戟。哀二十五年《左傳》："褚師出，公戟其手。"杜注"抵徒手屈肘如戟形"是也。挶，音與臼同。《説文》："臼，叉手也。"《玉篇》："兩手捧物曰臼。"然則戟挶者，謂屈兩肘如戟形以捧物也。《説文》："挶，戟持也。""据，戟挶也。"而"拮"下則云："手口共有所作也。"許於釋"据"用毛義，釋"拮"又用韓義。（《詩釋文》引《韓詩》："口足爲事曰拮据。"）然經文本以拮据屬手，二字又皆從手，則當如毛義，但以撠挶訓拮据也。

清·徐璈《詩經廣詁》：

《韓詩》曰："口足爲事曰拮据。"（《集韵》平一）

清·馬瑞辰《毛詩傳箋通釋》卷十六：

《傳》："拮据，撠挶也。"《釋文》引《韓詩》云："口足爲事曰拮据。"（瑞辰）按：《説文》："拮，手口并有所作也。"正本《韓詩》爲説。毛《傳》則以拮据爲撠挶之假借。《説文》："撠，戟持也。""据，戟挶也。"戟聲近拮，挶聲近据，拮据二字雙聲。

清·陳奐《詩毛氏傳疏》卷十五：

《傳》："拮据，撠挶也。"

《疏》："《釋文》引《韓詩》：'口足爲事曰拮据。'韓蓋以鳥之手即鳥之足。

其探下予口卒瘏爲訓，故必兼言口也。《説文》：'拮，手口其有所作也。''据，戟挶也。'"案：許於"据"下用毛，而於"拮"下用韓，以見毛、韓訓异意同，非分釋拮据兩義也。《玉篇》云："拮据，手病也。"戟挶者，即手病之謂，俗作撠。

清·顧廣譽《學詩詳説》卷十五：

拮据，《集傳》通指手口，正與毛手病口病、韓口足爲事曰拮据合，蓋此皆互見之辭，不然何勞偏在手而病偏在口也？朱氏《通義》從蘇、嚴，以"拮据"二句順文專言手，"蓄租"二句倒文專言口，亦通。

清·方玉潤《詩經原始》卷八：

拮据，手口共作之貌。

清·龍起濤《毛詩補正》卷十四：

毛："拮据，撠挶也。"《韓詩》："口足爲事曰拮据。"朱："手口共作之貌。"

清·梁中孚《詩經精義集鈔》卷二：

旁行小字：拮据，手口共作之貌。

清·王先謙《詩三家義集疏》卷十三：

【注】韓説云："口足爲事曰拮据。"

【疏】《傳》："拮据，撠挶也。荼，萑苕也。租，爲。瘏，病也。手病口病，故能免乎大鳥之難。"《箋》："此言作之至苦，故能攻堅，人不得取其子。"

《説文》"据"下云："戟挶也。""挶"下云："戟持也。"戟即撠之渻。据、戟雙聲，挶、据叠韵，皆從聲見義，極狀其勞。"口足爲事曰拮据"者，《釋文》引《韓詩》文。《説文》"据"下云"手口并有所作也"，即本韓爲説。韓意"予"指鳥自名，故易手爲足以明之。

清·王闓運《毛詩補箋》：

《説文》引拮。拮据，撠挶也。補曰：拮据，持也。許慎以拮爲手口共有所作，依此爲訓耳。聖人不必拮据也。此言已先持國政，不違治魯之意。

清·馬其昶《詩毛氏學》十五：

拮据，撠挶。

陳曰："《韓詩》：'口足爲事曰拮据。'韓蓋以鳥之手即鳥之足也。《説文》：'拮，手口共有所作也。''据，戟挶也。'許於'据'下用毛，而於'拮'下用韓，以見毛、韓訓异意同，非分釋拮据兩義也。《玉篇》：'拮据，手病也。'"

民國‧李九華《毛詩評注》卷十五：

【注】口足爲事曰拮据，以手捁持草也。（毛《傳》傳注）

民國‧焦琳《詩蠲》卷四：

撠捁也。以手爪捁持草也。又手病也。

又：予既拮据予之手。

民國‧吳闓生《詩義會通》卷一：

拮据，撠捁也。

日本‧中村之欽《筆記詩集傳》卷五：

《詩緝》云："手拮据而捋荼，蓄租而口卒瘏，交錯而言之也。"《嫏嬛》云："拮据者，手口共作，而捋荼蓄租則其所作之事也。"

日本‧三宅重固《詩經筆記》七：

拮据，操作勤勞之狀。新造未集，以受命未久，人心未固言。

日本‧岡白駒《毛詩補義》卷五：

拮据，撠捁也。

又：予手拮据草。

撠捁，謂以手爪拘草。

日本‧赤松弘《詩經述》卷四：

拮据，撠捁，謂以手爪捁持草也。言作巢之始，所以拮据以捋荼蓄租。

日本‧户崎允明《古注詩經考》卷五：

拮据，《説文》："□，持。撠捁，謂以手爪捁持草也。"此手作之也，下有予口之文。《傳》兼言手病口病。朱熹誤以拮据爲手口共作之貌，非也。

日本‧中井積德《古詩逢源》：

鳥之足，自踐而言，謂之足；自操而言，謂之手。

拮据二字并從手，蓋手罷倦而拳曲也。本文明言手拮据，而不言口，口又在下文。拮据句與卒瘏句對，……拮据實字，不當形容解之。

日本‧皆川願《詩經繹解》卷七：

拮，《説文》云："手口共有所作也。"愚按：拮，蓋以手作，於所與物相合遇之謂。据，據也。拮据連言，則爲兩手共作，而以據其物之謂。

日本‧冢田虎《冢注毛詩》卷八：

拮据，蓋手病也。

日本·豬飼彥博《詩經集説標記》：

先生按：拮据，《韓詩》曰："口足爲事曰拮据。"《説文》曰："手口共有所作也。"是《集傳》所據也。字書："据，音據，手病也。"是又子由所據也。毛《傳》曰："手病口病。"二説未知孰是。……毛《傳》："拮据，撠挶也。"孔《疏》："撠挶，持也。以手所挶持草也。"

日本·太田元貞《詩經纂疏》卷七：

周公勤勞。《韓詩》："口足爲事曰拮据。"

日本·仁井田好古《毛詩補傳》卷十五：

拮据，撠挶也。

又：《韓詩》云："口足爲事曰拮据。"孔《疏》曰："撠挶，謂以手爪挶持草也。"陳長發曰："'予口卒瘏'，毛《傳》：'手病口病。'卒瘏兼手口，則拮据亦然。經二語互相備也。《韓詩》説亦與毛同。《説文》云：'据，戟挶也。''拮，手口共有所作也。'"

日本·龜井昭陽《毛詩考》卷十四：

拮据譙殻，亂生而救之也。

又：拮据，手病而曲局也。《疏》失毛意。《韓詩》《説文》"口足共爲事之"，説不及毛義。

日本·岡井鼎《詩疑》卷九：

《集傳》："拮据"至"之貌"。（《韓詩》云："口足爲事曰拮据。"）

又：何楷云："拮据，毛云：'撠挶也。'按：拮之訓撠，据之訓挶，當是以音相近取義。《説文》則云：'拮，手口共有所作也。''据，戟挶也。'徐鍇云：'謂手執臂曲局如戟，不可轉也。'"鼎按：徐説恐似強解。按孔《疏》云："《説文》云：'撠，持。撠挶，謂以手爪挶持草也。'"

日本·安井衡《毛詩輯疏》卷七

拮据，撠挶也。《韓詩》云："口足爲事曰拮据。"……《説文》云："持也。"《正義》："《説文》云：'撠，持。撠挶，謂以手爪挶持草也。'"

日本·安藤龍《詩經辨話器解》卷八：

（右旁行小字：始作巢至苦）（左旁行小字：始作周室）予手拮据（左旁行小字：執戈血戰），予所持（右旁行小字：手口）（左旁行小字：取）荼（右旁行小字：萑苕）（左旁行小字：政柄，正）。

日本·山本章夫《詩經新注》卷中：

拮据，動作不輟貌。鳥無手，而曰予手拮据者，鳥以足爲手也。

日本·竹添光鴻《毛詩會箋》卷八：

鳥之足，自踐而言謂之足，自操而言謂之手。拮、据二字并從手，《釋文》引《韓詩》云：“口足爲事曰拮据。”《説文》：“拮，手口共有所作也。”正本《韓詩》爲説。然本文明言手拮据，而不言口，口又在下文，故毛則以拮据爲撠挶之假借。古者局、居音近，撠，音近戟。哀二十五年《左傳》：“褚師出，公戟其手。”杜注“抵徒手屈肘如戟形”是也。挶，音與臼同。《玉篇》：“兩手捧物曰臼。”臼從兩手倒相向，會屈兩手以受物之意，音與局近，故別作挶。戟挶者，謂屈兩肘如戟形以捧物也，兩手有所事事，故拮据有不遑之義，言爲巢之辛苦，兩手皆不得休息也。

朝鮮·李瀷《詩經疾書》：

手謂鳥之足也，鳥以足拘物，如人之用手，故云爾。

朝鮮·正祖《經史講義》（詩）：

拮据，手口并作之貌，而或云其時方言，是否？

明淵對：毛《傳》云：“拮据，撠挶也。”孔《疏》云：“撠，持也。撠挶，謂以手爪挶持草也。”然則拮据自是作巢時手口并作之貌。即有義意，恐不必委之方言也。

朝鮮·申綽《詩次故》卷六：

《釋文》：“《韓詩》云：‘口足爲事曰拮据。’《説文》引此云：‘手口共有所作也。’”

朝鮮·趙得永《詩傳講義》：

御製條問曰：“拮据，手口并作之貌，而或云其時方言，未知是否？”

臣對曰：“拮据，手口并作云者，善形容鴟鴞作巢之狀，其曰方言者，未知何謂也。”

朝鮮·尹廷琦《詩經講義續集》：

拮据者，動作不輟之貌。又字書訓詁爲手病，此與口瘏，其義相合也。若乃拮据無涉於口，則不當云手口共作也。

朝鮮·朴文鎬《詩集傳詳説》卷六：

拮据，手口共作之貌。并下口字言之。下文卒瘏亦當通手看。

李雷東按：

"予手拮据"一句句解涉及"予"、"手"、"拮据"、"拮"、"据"和整句解説等幾個問題。現分述如下。

一　予

1. 唐·孔穎達："'予'者，還周公自我也。"（《毛詩正義》卷八）

2. 明·何楷："此下'予'字代鳥自謂，而周公以自況也。"（《詩經世本古義》卷十之上）

二　手

1. 宋·范處義："鳥足喻人之手，風人之亂也。"（《詩補傳》卷十五）

2. 日本·中井積德："鳥之足，自踐而言，謂之足；自操而言，謂之手。"（《古詩逢源》）

三　拮据

1. 《毛詩故訓傳》："拮据，撠挶也。"（《毛詩正義》卷八）

2. 唐·陸德明《毛詩音義》："《韓詩》云：'口足爲事曰拮据。'"（《毛詩正義》卷八）

3. 唐·孔穎達："撠挶，謂以手爪挶持草也。"（《毛詩正義》卷八）

4. 宋·朱熹："拮据，手口共作之貌。"（《詩經集傳》卷八）

5. 明·黄佐："拮据言手，卒瘏言口，互文見意。"（《詩經通解》卷八）

6. 明·許天贈："拮据裹要入口字。"（《詩經正義》卷九）

7. 明·郝敬："拮据，操作勤勞之狀。"（《毛詩原解》卷十六）

8. 明·張次仲："拮据，手口交作之貌。"（《待軒詩記》卷二）

9. 清·牟庭："以詩意求之，拮据蓋空手不持之貌也，今俗語縮手謂之拮据，詩人之遺言也。"（《詩切》）

10. 清·胡承珙："然則戟挶者，謂屈兩肘如戟形以捧物也。"（《毛詩後箋》卷十五）

11. 清·王闓運："拮据，持也。"（《毛詩補箋》）

12. 日本·中井積德："拮据二字并從手，蓋手罷倦而拳曲也。……拮据實字，不當形容解之。"（《古詩逢源》）

13. 日本·皆川願："拮据連言，則爲兩手共作，而以據其物之謂。"（《詩經繹解》卷七）

14. 日本·山本章夫："拮据，動作不輟貌。"（《詩經新注》卷中）

四　拮

1. 唐·陸德明《毛詩音義》："撠，京劇反，本亦作'戟'。"（《毛詩正義》卷八）

2. 唐·孔穎達："《說文》云：'撠，持。'"（《毛詩正義》卷八）

3. 明·季本："拮，持。"（《詩說解頤》卷十四）

4. 明·何楷："拮言其作之物。"（《詩經世本古義》卷十之上）

5. 明·胡紹曾："拮，揭。"（《詩經胡傳》卷五）

6. 清·張沐："右手處置曰拮。"（《詩經疏略》卷四）

7. 清·羅典："拮，音結，義亦因之。結之爲言束也。"（《凝園讀詩管見》卷五）

8. 日本·皆川願："拮，蓋以手作，於所與物相合遇之謂。"（《詩經繹解》卷七）

五　据

1. 唐·陸德明《毛詩音義》："掬，俱局反，《說文》云：'持也。'"（《毛詩正義》卷八）

2. 明·季本："据，拘。"（《詩說解頤》卷十四）

3. 明·何楷："据言其作之狀。"（《詩經世本古義》卷十之上）

4. 清·張沐："左手拘執曰据。"（《詩經疏略》卷四）

5. 清·羅典："据，从居，居與動反，則其意爲不動矣。"（《凝園讀詩管見》卷五）

6. 日本·皆川願："据，據也。"（《詩經繹解》卷七）

六　整句解說

1. 唐·孔穎達："毛以爲，……予手撠掬其草。"（《毛詩正義》卷八）

2. 唐·孔穎達："鄭以爲，鴟鴞手口盡病。"（《毛詩正義》卷八）

3. 宋·蘇轍："以手将荼則至於拮据。"（《詩集傳》卷八）

4. 宋·李樗《毛詩詳解》："蘇氏曰予手之将荼而至於拮据，……此說盡之矣。言予手撠掬其草，予所取者是荼之草。"（《毛詩李黃集解》卷十八）

5. 宋·范處義："周公謂我之經營王室，如鳥之營巢。"（《詩補傳》卷十五）

6. 宋·朱熹："作巢之始，所以拮据以持荼蓄租。"（《詩經集傳》卷八）

7. 宋·嚴粲："予手拘持者，是予所持取萑苕也。"（《詩緝》卷十六）

8. 元·劉瑾："嚴氏曰手拮据而持荼，蓄租而口卒瘏，交錯言之也。"（《詩傳通釋》卷八）

9. 明·季本："謂以手拘持草。"（《詩說解頤》卷十四）

10. 明·戴君恩《讀風臆評》："正是'徹彼桑土'事。"（陳繼揆《讀風臆補》卷十五）

11. 明·郝敬："予之手拮据而操作。"（《毛詩原解》卷十六）

12. 明·姚舜牧："凡鳥營巢，必手口共作，故始稱'予手拮据'，後稱'予口卒瘏'，持荼蓄租正其所拮据而卒瘏者。"（《重訂詩經疑問》卷三）

13. 明·顧夢麟："兩句一連之理，本自分明，何必曰互文錯言。"（《詩經說約》卷十）

14. 明·鄒之麟："三章之拮据實二章綢繆中事，意又相承。"（《詩經翼注講意》卷一）

15. 明·楊廷麟："本之以深愛之心，而盡其勤勞之力，手口并作。"（《詩經聽月》卷五）

16. 清·張沐："予手則不停而常拮据。"（《詩經疏略》卷四）

17. 清·王心敬："予之手拮据而造作。"（《豐川詩說》卷十一）

18. 清·羅典："知此稱手拮据者，謂其束而不動如病痹不仁，如有罪加械然也。"（《凝園讀詩管見》卷五）

19. 清·牟庭："倘令縮予手，不持而拮据。"（《詩切》）

20. 清·陳奐："戟揭者，即手病之謂。"（《詩毛氏傳疏》卷十五）

21. 清·王闓運："此言已先持國政，不遑治魯之意。"（《毛詩補箋》）

22. 日本·太田元貞："周公勤勞。"（《詩經纂疏》卷七）

予所捋荼

《毛詩故訓傳》（《毛詩正義》卷八）：

荼，萑苕也。

唐·孔穎達《毛詩正義》卷八：

毛以爲，……予所捋者是荼之草也。

正義曰：……《七月》傳云：“薍爲萑。”此爲萑苕，謂薍之秀穗也。《出其東門》箋云：“荼，茅秀。”然則茅薍之秀，其物相類，故皆名荼也。

宋·蘇轍《詩集傳》卷八：

荼，萑苕也。……以手捋荼則至於拮据。

宋·李樗《毛詩詳解》（《毛詩李黃集解》卷十八）：

荼，毛氏曰：“萑苕也。”孔氏曰：“薍爲萑苕，謂薍之秀穗也。如《出其東門》之詩，鄭氏曰：‘荼，茅秀。’然則茅薍之秀，其物相類，故皆名荼也。”

宋·范處義《詩補傳》卷十五：

口則捋采其荼。

宋·朱熹《詩經集傳》卷八：

捋，取也。荼，萑苕，可藉巢者也。……所以拮据以捋荼蓄租。

宋·呂祖謙《呂氏家塾讀詩記》卷十六：

朱氏曰：“捋，取也。”

毛氏曰：“荼，萑苕也。”孔氏曰：“薍爲萑，萑苕謂薍之秀穗也。”朱氏曰：“荼，苕華，可藉巢者。”

宋·楊簡《慈湖詩傳》卷十：

毛《傳》曰：“荼，萑苕也。”孔《疏》曰：“薍爲萑，萑苕謂薍之秀穗也。”朱曰：“捋，取也。荼，苕華，可藉巢者。”

宋·林岊《毛詩講義》卷四：

予所捋取萑苕。

宋·輔廣《詩童子問》卷三：

捋荼、蓄租，則其所作之事也。

宋·魏了翁《毛詩要義》卷八：

予手口盡病，以成室家，喻周先王。

予所捋者是荼之草也。

宋·嚴粲《詩緝》卷十六：

捋，□之入。荼，音徒。

朱氏曰：“捋，取也。”

《傳》曰："荼，萑苕也。""萑苕，音完條。"

《疏》曰："蔱，爲萑。萑苕謂蔱之秀穗也。《出其東門》箋云：'荼，茅秀。'然則茅蔱之秀，其物相類，故皆名荼也。""蔱，頑之去聲。"

三荼考見《邶·谷風》。

朱氏曰："可籍巢者。"

又：予所蓄租取。

宋·朱鑒《詩傳遺説》卷四：

《詩》辭多是出於當時鄉談鄙俚之語，雜而爲之，如《鴟鴞》詩云拮据、捋荼之語，皆此類也。又云："此詩乃周公爲之。不知其義如何。然周公所言多聱牙難考，如《書》中周公之言便難讀，如《立政》《君奭》之篇是也。"（黃有間記）

元·胡一桂《詩集傳附録纂疏》卷八：

【附録】《詩》辭多是出於當時鄉談，雜而爲之，如《鴟鴞》云拮据、捋瘏之語，皆此類也。又曰此詩乃周公爲之。公不知其人如何，其言聱牙難考，如周公之言便難讀，如《立政》《君奭》篇是也。最好者，惟無□□書中間用字，亦有□張爲幻□語，若周官蔡仲□篇。知是□□文□，必出於當時有司潤色之文，非純周公語也。【纂疏】孔氏曰："蔱爲萑，萑苕謂蔱之秀穗。《出其東門》箋云：'荼，茅秀。'然則茅蔱之秀，其物相類，故名荼也。"

元·劉瑾《詩傳通釋》卷八：

捋，取也。荼，萑苕可籍巢者也。孔氏曰："蔱爲萑，萑苕謂蔱之秀穗也。""蔱，頑去聲。"

元·朱公遷《詩經疏義》（《詩經疏義會通》卷八）：

捋，取也。荼，萑苕。孔氏曰："蔱爲萑苕，謂蔱之秀穗也。""蔱，頑去聲。"可籍巢者也。

明·梁寅《詩演義》卷八：

捋荼者，捋取萑苕之屬，以籍巢也。

明·胡廣《詩傳大全》卷八：

捋，取也。荼，萑苕，可籍巢者也。（孔氏曰："蔱爲萑，萑苕謂蔱之秀穗也。""蔱，頑去聲。"）

明·季本《詩説解頤》卷十四：

捋，采取之也。荼，萑苕，蓋茅穗之類可籍巢者也。

又：荼，萑苕，本毛氏《傳》。孔氏以爲薍之秀穗也。今按：萑，一名蔰苕，《爾雅》作芀。秀穗者，謂抽條遥遠生華而無莩蕚也。華谷嚴氏謂之英荼，詳見《邶·谷風》字義。夫英荼者，以其吐華之秀穗言，故邢氏曰：“華秀名也，或茅或萑，而皆可兼之。”故邢氏又以爲萑茅之屬，但釋《出其東門》説者以秀言於茅，而此以秀言於萑，則若可以相通耳。

明·黄佐《詩經通解》卷八：

可知捋荼、蓄租是一串意，言取荼而積聚之也。

明·豐坊《魯詩世學》卷十五：

【正説】捋，取也。荼，苕之秀穗，可藉巢者。……作巢之始，手口并勞，取其以藉。

明·李資乾《詩經傳注》卷十八：

“荼”者，苦草，類荼。“將”者，以手將持，扯之于内，故持字從扌。捋字從寽，捋字類持將之文。扯字左傍扌，又止字之義也。然所捋者荼，其止亦苦矣。

明·許天贈《詩經正義》卷九：

捋荼蓄租則其所作之事也。

明·郝敬《毛詩原解》卷十六：

予捋取萑苕以藉巢。

又：荼，蘆花也，白茅之屬。

明·徐光啟《毛詩六帖講意》一卷：

捋荼、蓄租，則其所作之事也。

又：捋荼、蓄租，是創造時事。上文綢繆牖户，則既成之後，又復纏綿補葺，以圖萬全，防不測也。

明·朱謀㙔《詩故》卷五：

毛《傳》訓荼爲萑薍之苕。

明·曹學佺《詩經剖疑》卷十二：

捋，取也。荼，萑苕，可藉巢者。

明·顧夢麟《詩經説約》卷十：

吕《記》：“孔氏曰：‘薍，爲萑。萑苕，謂薍之秀穗也。’”

又：《六帖》：“捋荼、蓄租，是創造時事。上文綢繆牖户，則既成之後，又復纏綿補葺，以圖萬全，防不測也。”

又：麟按：此章上四句因《集傳》訓拮据爲手口共作，遂令解者多費幹旋。今觀子由云："以手捋荼則至於拮据，以口蓄租則至於卒瘏。"坦叔云："予手拘持者，是予所捋取萑苕也。予所蓄積租取，而予口盡病也。"則兩句一連之理，本自分明，何必曰互文錯言，甚而如《詩說》所云"手裏要入口字，口字要入手字"乎？《詩說》者，薛仲常作也，頃以正見示，初疑異書，今正平平，必贗本耳。《集傳》："家，叶古胡反。"古義虞韵。

明·鄒之麟《詩經翼注講意》卷一：

捋荼、蓄租，即拮据之事也。手口上下互見。

明·張次仲《待軒詩記》卷二：

捋荼、蓄租，則其所作之事。捋，取。荼，萑苕也。

明·錢天錫《詩牖》卷五：

捋荼、蓄租，則所作之事，正與桑土之徹，相爲循□，而使牖户之綢繆者，充足有餘也。

明·何楷《詩經世本古義》卷十之上：

捋，《說文》、毛《傳》皆云"取也"。荼，依鄭注《周禮》及《詩》，皆云茅秀也。

明·唐汝諤《毛詩蒙引》卷七：

徐玄扈曰："捋荼、蓄租，是創造時事。上文綢繆牖户，則既成之後，又復纏綿補緝，以圖萬全，防不測也。故《傳》於三章曰'王室未集'，而二章曰'深愛王室'，則爲既集時矣。此意在'綢繆牖户'中看出，可見前人讀書心思細密處。"

明·楊廷麟《詩經聽月》卷五：

予以捋荼，以爲藉巢之資。

又：捋是取，荼是萑苕，可藉巢者。

明·朱朝瑛《讀詩略記》卷二：

毛《傳》曰："荼，萑苕。"孔氏謂："萑苕之穗如茅秀者也。"《周禮》司巫"菹館"或作"租"，注云："茅藉也。"

明·陳元亮《鑒湖詩說》卷一：

"徹彼桑土"外，何以復取一"荼"蓄之□……荼取其味之苦，唯苦能試諸艱。

清·朱鶴齡《詩經通義》卷五：

蘇《傳》云："以手捋荼，則至于拮据；以口蓄租，則至于卒瘏。" 嚴《緝》云："予手拘持者，是予所捋取萑苕也；予所蓄積租取，而予口爲之盡病也。" 俱明，當《集傳》以手口并作訓拮据則混矣。

清·錢澄之《田間詩學》卷五：

毛云："捋，取也。荼，萑苕也。一云茅秀也。……上文綢繆牖户，必取桑根之皮。此但納茅秀于窠中以爲之藉，作窠之始事也。"

清·張沐《詩經疏略》卷四：

捋，取也。荼，萑苕之秀穗也。

清·冉覲祖《詩經詳説》卷三十一：

"予所捋荼"不言手，則是用口也。

又：慶源輔氏曰："捋荼、蓄租，則其所作之事也。"

又：《六帖》："捋荼、蓄租，是創造時事。上文綢繆牖户，則既成之后，反復纏綿補葺，以圖萬全，防不測也。"

又：按：《説約》以捋荼聯上句，蓄租聯下句，似未妥。蓋捋荼與蓄租無可分也，捋而蓄聚之，只叠叠説下爲是。

又：【講】是予所捋取萑苕以爲藉。

清·李光地《詩所》卷二：

又叙其方營巢時，多所捋取以爲之材。

清·王鴻緒等《欽定詩經傳説彙纂》卷九：

捋，取也。荼，萑苕，可藉巢者也。孔氏穎達曰："《七月》傳云：'蒹爲萑。'此言萑苕，謂蒹之秀穗也。《出其東門》箋云：'荼，茅秀。'然則茅蒹之秀，其物相類，故皆名荼也。"

清·王心敬《豐川詩説》卷十一：

予將取萑苕以藉巢。

清·李塨《詩經傳注》卷三：

捋，取也。荼，萑苕也。即拮据者也。（《韓詩》）

清·姜文燦《詩經正解》卷十：

【析講】愚謂：捋荼、蓄租串看，蓄租皆虛字，謂積其所捋之荼也。……《六帖》："捋荼、蓄租，是創造時事。……一説徹土、綢繆與捋荼、蓄租，不必辨其孰先孰後，總是危苦之詞。"

清·黄夢白、陳曾《詩經廣大全》卷九：

捋，取也。荼，毛《傳》云："萑苕也。"朱子云："可藉巢者也。"《正義》云："《七月》傳曰：'蘆爲萑'。此言萑苕，謂蘆之秀穗也。"

清·汪紱《詩經詮義》卷四：

手拮据以捋荼而蓄租。至於口瘏，只會意解去。鳥實何嘗有手？不必將手口苦纏，亦不必如《説約》分截。

清·顧鎮《虞東學詩》卷五：

荼，毛訓萑苕，當從《出其東門》箋爲茅秀。

清·傅恒等《御纂詩義折中》卷九：

捋，取。荼，萑苕也。

清·羅典《凝園讀詩管見》卷五：

荼與租，皆藉巢之具。

清·胡文英《詩經逢原》卷五：

捋，采取也。荼，辛苦也。

清·段玉裁《毛詩故訓傳定本》卷十五：

荼，萑苕也。

清·夏味堂《詩疑筆記》卷二：

茅與萑蘆之穗，本相類，故茅秀名荼，萑苕亦名荼。

清·牟庭《詩切》：

《茉苢》，毛《傳》曰："捋，取也。"《説文》曰："捋，取易也。"余案：荼，當讀爲舒。《玉藻》："諸侯荼。"鄭注曰："荼，讀爲舒遲之舒。"《考工記》："弓人，斫目必荼。"鄭司農注曰："荼，讀爲舒，舒徐也。"《易》困卦："來徐徐。"子夏作"荼荼"。虞翻注曰："荼荼，舒遲也。"襄二十三年《左傳》："晋魏舒。"《史記·魏世家》索隱引《世本》作"荼"。《荀子·大略》篇楊注曰："荼，古舒字。"《死麕》，毛《傳》曰："舒，徐也。"《月出》，毛《傳》曰："舒，遲也。"《釋言》曰："舒，緩也。"桓十四年《穀梁傳》范注曰："舒謂徐緩。"然則予所捋荼，謂所捋取桑杜，徐緩而不及事也。毛《傳》云："荼，萑苕也。"非矣。

又：予所捋取不勤而緩舒。

清・劉沅《詩經恒解》卷二：

捋，取也。荼，萑苕，可藉巢者。

清・徐華岳《詩故考异》卷十五：

荼，萑苕也。《七月》傳云："薍爲萑。"此云萑苕，謂薍之秀穗也。《出其東門》箋云："茅秀。"然則茅薍之秀皆名荼也。

清・黄位清《詩緒餘録》卷五：

捋荼　毛《傳》："荼，萑苕也。"孔《疏》："薍爲萑，萑苕謂薍之秀穗也。《出其東門》箋云：'荼，茅秀。'然則茅薍之秀，其物相類，故皆名荼。"朱子曰："捋，取也。荼，萑苕可藉巢者。"

清・陳奐《詩毛氏傳疏》卷十五：

荼，萑苕也。……《茶苢》傳云："捋，取也。""荼，萑苕。"萑，當作萑。《爾雅》："蕍、芛，荂。""茦、薚，芀。"郭注："皆芀、荼之別名。""葦醜，芀。"注："其類皆有芀秀。"《説文》："芀，葦華也。"《韓詩傳》作"葦薚"。案：苕、薚，皆芀之假借。《方言》："錐謂之鐏。"鐏與苕同。蓋以鐏狀錐，則知荼之脱穎秀出者如錐然矣。凡茅一莖，秀只一條，旋即作華。《傳》云："萑苕。"《出其東門》箋："茅秀。"《廣雅》："莿，茅穗。"莿即荼。《淮南子・説林》篇："薍苗類絮，而不可爲絮。"高注云："薍苗，萑秀。楚人謂之薍。薍，讀敵戰之敵，幽冀謂之萑苕也。"皆散文可通之例。

清・多隆阿《毛詩多識》卷七：

毛《傳》云："荼，萑苕。"夫苕亦作芀。《爾雅・釋草》云："葦醜，芀。"是芀爲葦之華。荼乃萑之華也。孔《疏》云："荼，薍之秀穗也。"顔師古《漢書》注："名兼錐。"蓋兼薍皆萑之別名。萑初萌芽似錐，萑秀成穗爲荼，捋萑穗以藉巢，亦鳥之所恒有者。

清・方玉潤《詩經原始》卷八：

捋，取也。荼，萑苕，可藉巢者也。

清・鄧翔《詩經繹參》卷二：

捋，取也。荼，茅秀。納茅秀於巢中。蓋作窠之始事也。

清・龍起濤《毛詩補正》卷十四：

荼，萑苕也。《七月》"采荼"，荼，苦菜。

清·梁中孚《詩經精義集鈔》卷二：

予所捋（旁行小字：捋，取也）荼（旁行小字：荼，萑苕，可藉巢者也）。

清·王先謙《詩三家義集疏》卷十三：

《芣苢》傳："捋，取也。"荼者，《傳》以爲"萑苕"，《出其東門》箋以爲"茅秀"。《釋草》之"蕍、芺、荼、蓲、蘦、芀、葦醜、芀、萑"之荼也。[1]《廣雅》之"蒤茅穗芧"之荼也。其物相類，皆得"荼"名。

清·王闓運《毛詩補箋》：

予所，予所封國，謂魯也。荼，性輕揚，方取捋治之，亦未能遽安定也。

清·馬其昶《詩毛氏學》十五：

荼，萑苕也。孔曰："《七月》傳：'蔫爲萑。'此爲萑苕，謂蔫之秀穗也。"

民國·李九華《毛詩評注》卷十五：

捋，取也。荼，萑苕。

民國·焦琳《詩蠲》卷四：

僅捋取荼苕而蓄租之，將以藉巢，而究未成爲藉也。

又：二"所"字妙。蓋公昔日，必與王圖謀聖賢事業，必與謀篡奪者之謀迥不同科，不可同年而語，而尚未及施行也。今用此二"所"字，使王將當日之謀言，重新想起，則知己非有他想之人。

又：蠲曰：捋荼蓄租，是手之事。手之所以拮据，由捋荼蓄租故也。

民國·吳闓生《詩義會通》卷一：

捋，取也。荼，萑苕也。

日本·中村之欽《筆記詩集傳》卷五：

孔《疏》云："萑苕，謂蔫之秀穗也。"……《詩緝》云："手拮据而捋荼，蓄租而口卒瘏，交錯而言之也。"

《嫏嬛》云："拮据者，手口共作，而捋荼蓄租則其所作之事也。"

日本·岡白駒《毛詩補義》卷五：

荼，萑苕也。

又：予所捋是荼草。

---

[1] 《爾雅·釋草》："蕍、芺，荼。蓲、蘦，芀。葦醜，芀。"（郝懿行：《爾雅義疏》，中華書局，2017）

273

日本·赤松弘《詩經述》卷四：

捋，取也。荼，茅秀可藉巢者也。……言作巢之始，所以拮据以捋荼蓄租。

日本·户崎允明《古注詩經考》卷五：

荼，萑苕。案：《荀子》："有鳥繫巢葦苕。"注："苕葦之秀也。"萑，細葦也。《易》云："萑葦。"《左傳》云："萑蒲。"萑蘆，葭屬。苕，其秀者。租，爲。《韓詩》云："積也。"租，訓始也，物之初始必有爲之，故云"租，爲也"。朱爲聚。《韓詩》之説似優，但不知所據。

日本·中井積德《古詩逢源》：

"捋荼"句與"蓄租"句對，以手捋荼，則至於拮据。

荼，茅花也。荼者，巢之用。

日本·皆川願《詩經繹解》卷七：

捋，以手約度也。荼，荼蓼之荼。

日本·冢田虎《冢注毛詩》卷八：

捋，取也。荼，萑苕也，可以藉巢焉。

日本·仁井田好古《毛詩補傳》卷十五：

荼，萑苕也。

又：孔疏："《七月》傳云：'萑爲萑。'此言萑苕，謂薍之秀穗也。《出其東門》箋：'荼，茅秀。'然則茅薍之秀，其物相類，故皆名'荼'也。"

日本·龜井昭陽《毛詩考》卷十四：

捋，攫取也。荼與租則萑葦之苕，非茅秀也。凡芀皆曰荼，出《爾雅》，小正《周禮》。……其所勉而捋者，是共所勉而畜者，是稿。

日本·金濟民《詩傳纂要》卷二：

孔氏曰："萑苕，謂薍之秀穗也。"徐氏曰："捋荼、蓄租是創造時事。上文綢繆牖户，則既成之後，又復纏綿補葺，以圖萬全，防不測也。"

日本·岡井嵇《詩疑》卷九：

捋，取也。（毛，《説文》）荼，萑苕。（毛。孔云："萑苕，謂薍之秀穗也。"）

又：又云："荼，依鄭注《周禮》及《詩》，皆云'茅秀也'。"

日本·滕知剛《毛詩品物正誤》卷：

荼，詳出《邶風·谷風》篇。

【經】予所捋荼。【傳】荼，萑苕也。【辨解】荼，萑苕，可藉巢者。（朱熹

《集傳》）

日本·安井衡《毛詩輯疏》卷七

《七月》傳云：“薍爲萑。”此云萑苕，謂薍之秀穗也。《出其東門》箋云：“荼，茅秀。”然則茅薍之秀，其物相類，故皆名“荼”也。

日本·安藤龍《詩經辨話器解》卷八：

予所捋（右旁行小字：手口）（左旁行小字：取）荼（右旁行小字：萑苕）（左旁行小字：政柄，正）。

日本·山本章夫《詩經新注》卷中：

捋，取也。荼，茅花可藉巢者。

日本·竹添光鴻《毛詩會箋》卷八：

予所捋荼者，捋，攏取也。《七月》傳：“薍爲萑。”此言萑苕，謂薍之秀穗也。《出其東門》箋云：“荼，茅秀。”然則茅薍之秀，其物相類，故皆名荼也。《爾雅》云：“葦醜，芀。”郭注：“其類皆有芀秀。”《說文》：“芀，葦華也。”苕是芀之假借。凡茅一莖，秀只一條，旋即作華。《廣雅》：“薣，茅穗。”薣即荼。《淮南子·說林》篇：“蔄苗類絮，而不可爲絮。”高注云：“蔄苗，萑秀，楚人謂之蔄。蔄，讀敵戰之敵，幽冀謂之萑苕也。”皆散文可通之例。

朝鮮·申綽《詩次故》卷六：

《爾雅》：“葍、芀、荼。”郭璞曰：“即芀。”《吳語》注韋昭曰：“荼，茅秀。”

朝鮮·丁學詳《詩名多識》卷一：

荼 朱子曰：“荼，萑苕，可藉巢者也。”孔氏曰：“薍爲萑。萑苕爲薍之秀穗。”學祥按：《詩》之言“荼”凡七，而“誰謂荼苦”“采荼薪樗”“堇荼如飴”“寧爲荼毒”，苦菜也。“有女如荼”，茅秀也。“予所捋荼”，萑苕也。“以薅荼蓼”，委葉也。

朝鮮·朴文鎬《詩集傳詳說》卷六：

捋，取也。荼，萑苕，可藉巢者也。孔氏曰：“薍之秀穗也。”

朝鮮·無名氏《讀詩記疑》：

鴟鴞章“予所捋荼，予所蓄租”，捋荼、蓄租，作一樣釋爲長。“租”字，或亦可作物名歟？

李雷東按：

"予所捋荼"一句句解涉及"予所"、"捋"、"荼"和整句解説等幾個問題。現分述如下。

一 予所

清·王闓運："予所，予所封國，謂魯也。"（《毛詩補箋》）

二 捋

1. 宋·朱熹："捋，取也。"（《詩經集傳》卷八）

2. 明·季本："捋，采取之也。"（《詩説解頤》卷十四）

3. 日本·皆川願："捋，以手約度也。"（《詩經繹解》卷七）

4. 日本·龜井昭陽："捋，擾取也。"（《毛詩考》卷十四）

三 荼

1. 《毛詩故訓傳》："荼，萑苕也。"（《毛詩正義》卷八）

2. 唐·孔穎達："《七月》傳云：'蒹爲萑。'此爲萑苕，謂蒹之秀穗也。"（《毛詩正義》卷八）

3. 宋·朱熹："荼，萑苕，可藉巢者也。"（《詩經集傳》卷八）

4. 明·季本："荼，萑苕，蓋茅穗之類，可藉巢者也。"（《詩説解頤》卷十四）

5. 明·郝敬："荼，蘆花也，白茅之屬。"（《毛詩原解》卷十六）

6. 明·何楷："荼，依鄭注《周禮》及《詩》，皆云茅秀也。"（《詩經世本古義》卷十之上）

7. 明·陳元亮："荼取其味之苦，唯苦能試諸艱。"（《鑒湖詩説》卷一）

8. 清·張沐："荼，萑苕之秀穗也。"（《詩經疏略》卷四）

9. 清·胡文英："荼，辛苦也。"（《詩經逢原》卷五）

10. 清·牟庭："荼，當讀爲舒。"（《詩切》）

11. 清·陳奐："荼之脱穎秀出者如錐然矣。"（《詩毛氏傳疏》卷十五）

12. 清·王闓運："荼，性輕揚。"（《毛詩補箋》）

13. 日本·皆川願："荼，荼蓼之荼。"（《詩經繹解》卷七）

四 整句解説

1. 唐·孔穎達："毛以爲，……予所捋者是荼之草也。"（《毛詩正義》卷八）

2. 宋・蘇轍："以手捋荼則至於拮据。"（《詩集傳》卷八）

3. 宋・范處義："口則捋采其荼。"（《詩補傳》卷十五）

4. 宋・朱熹："所以拮据以捋荼蓄租。"（《詩經集傳》卷八）

5. 宋・輔廣："捋荼、蓄租，則其所作之事也。"（《詩童子問》卷三）

6. 明・黄佐："捋荼、蓄租是一串意，言取荼而積聚之也。"（《詩經通解》卷八）

7. 明・徐光啟："捋荼、蓄租，是創造時事。"（《毛詩六帖講意》一卷）

8. 清・錢澄之："此但納茅秀于窠中以爲之藉，作窠之始事也。"（《田間詩學》卷五）

9. 清・冉覲祖："'予所捋荼'不言手，則是用口也。"（《詩經詳説》卷三十一）

10. 清・李光地："又叙其方營巢時，多所捋取以爲之材。"（《詩所》卷二）

11. 清・牟庭："然則予所捋荼，謂所捋取桑杜，徐緩而不及事也。"（《詩切》）

12. 清・王闓運："方取捋治之，亦未能遽安定也。"（《毛詩補箋》）

13. 日本・龜井昭陽："其所勉而捋者，是共所勉而畜者，是稿。"（《毛詩考》卷十四）

予所蓄租

《毛詩故訓傳》（《毛詩正義》卷八）：

租，爲。

唐・陸德明《毛詩音義》（《毛詩正義》卷八）：

畜，本亦作蓄。租，又作祖，如字，《韓詩》云："積也。"

唐・孔穎達《毛詩正義》卷八：

毛以爲，……其室巢所用者，皆是予之所蓄爲。

正義曰：……租，訓始也，物之初始，必有爲之，故云"租，爲也"。

宋・蘇轍《詩集傳》卷八：

租，亦蓄也。……以口蓄租則至於卒瘏。

宋・李樗《毛詩詳解》（《毛詩李黄集解》卷十八）：

租，毛氏以爲聚，不如韓氏以爲積。蘇氏曰："……予口之蓄租而至於卒瘏。"

宋・范處義《詩補傳》卷十五：

至於蓄積租取。

宋·朱熹《詩經集傳》卷八：

蓄，積。租，聚。

宋·呂祖謙《呂氏家塾讀詩記》卷十六：

程氏曰：“蓄，積。租，取也。”王氏曰：“與租賦之租同。”

宋·楊簡《慈湖詩傳》卷十：

程曰：“蓄，積。租，取也。”王曰：“與租賦之租同。”

宋·魏了翁《毛詩要義》卷八：

予手口盡病，以成室家，喻周先王。

其室巢所用者，皆是予之所畜。

宋·嚴粲《詩緝》卷十六：

程子曰：“蓄，積也。租，取也。”

又：予所蓄租取，……手拮据而捋荼蓄租，而口卒瘏，交錯言之也。

元·胡一桂《詩集傳附錄纂疏》卷八：

王氏曰：“租與租賦之租同。”嚴氏曰：“手拮据而捋荼蓄租，而口卒瘏。交錯言之也。”

一說濮氏曰：“租、葅同，藉也。《禮》鄉師大祭祀供茅葅，司巫祭祀供葅□。畜租言畜之以爲藉。”

元·劉瑾《詩傳通釋》卷八：

蓄，積。租，聚也。輔氏曰：捋荼、蓄租，則其所作之事也。

明·梁寅《詩演義》卷八：

蓄者，積也。租者，聚也。積聚草木以成巢也。

明·季本《詩說解頤》卷十四：

蓄，積。租，聚。

明·豐坊《魯詩世學》卷十五：

蓄，積。租，聚也。……作巢之始，手口并勞，取其以藉，蓄聚其食，以至于病。

明·李資乾《詩經傳注》卷十八：

“租”者，鳩啄之余蓄，預備冬儲，以比太宰之租稅俸祿。

明·許天贈《詩經正義》卷九：

捋荼、蓄租，則其所作之事也。蓄、租皆虛字，不可誤將租與荼對講，亦不可以蓄、租爲積聚所持之荼也。

明·江環《詩經鐸振》(《詩經尊朱删補》) 國風卷之三：

又從而蓄聚之以爲藉巢之計，多方經營，不以休息。

明·郝敬《毛詩原解》卷十六：

予蓄而積之，租而聚之。

明·徐光啟《毛詩六帖講意》一卷：

捋荼、蓄租，則其所作之事也。

捋荼、蓄租，是創造時事。

明·朱謀㙔《詩故》卷五：

《韓詩》訓租爲積。

明·曹學佺《詩經剖疑》卷十二：

租，聚也，猶蓄積之義。

明·陸燧《詩筌》卷一：

蓄是積，苴是聚，俱虛字，不可誤以租字對荼字看。

明·顧夢麟《詩經説約》卷十：

吕《記》："……王氏曰：'租，耝也。與租税之租同。'"

又：《六帖》："捋荼、蓄租，是創造時事。"

明·張次仲《待軒詩記》卷二：

蓄，積。租，日用之需。……租以聚粮。

明·錢天錫《詩牖》卷五：

捋荼、蓄租，則所作之事，正與桑土之徹，相爲循□，而使牖户之綢繆者，充足有餘也。

明·何楷《詩經世本古義》卷十之上：

蓄，《説文》云："積也。"租，通作苴。《説文》云："茅，藉也。"《禮》："封諸侯以土苴，以白茅。"《周禮音義》亦作租。上文"綢繆牖户"，必取桑根之皮，此但納茅秀于窠中以爲之藉，蓋作窠之始事也。舊解殊混。捋荼，手之爲也。手之用不足，因以口繼之。租而曰蓄，蓋有資于口者矣。

明·唐汝諤《毛詩蒙引》卷七：

徐玄扈曰："捋荼、蓄租，是創造時事。上文綢繆牖户，則既成之後，又復纏綿補緝，以圖萬全，防不測也。故《傳》於三章曰'王室未集'，而二章曰'深愛王室'，則爲既集時矣。此意在綢繆牖户中看出，可見前人讀書心思細密處。"

明·楊廷麟《詩經聽月》卷五：

又從而蓄聚之，以爲藉巢之計，多方經營，不少休息。

明·朱朝瑛《讀詩略記》卷二：

蓄租者，言積之巢中以爲藉也。

明·陳元亮《鑒湖詩説》卷一：

徹土、綢繆與捋荼、蓄租，不必辨其孰先孰後，總是危苦之詞。一章自爲一意，叠叠相承。

清·朱鶴齡《詩經通義》卷五：

"拮据"二句，順文也。"蓄租"二句，倒文也。蘇《傳》云："以手捋荼，則至于拮据，以口蓄租，則至于卒瘏。"嚴緝云："予手拘持者，是予所捋取萑苕也。予所蓄積租取，而予口爲之盡病也。俱明當《集傳》以手口并作訓拮据則混矣。"

清·錢澄之《田間詩學》卷五：

毛云："蓄，積也。"租，通作菹。《説文》云："茅，藉也。"《禮》："封諸侯以土菹，以白茅。"亦作租。上文綢繆牖户，必取桑根之皮。此但納茅秀于窠中以爲之藉，作窠之始事也。租而曰蓄，蓋有資于口者，故承之曰"予口卒瘏"。

清·張沐《詩經疏略》卷四：

蓄，積。租，禾。

清·冉覲祖《詩經詳説》卷三十一：

"予所蓄租"，文承二者之下，則手口并兼之。

又：按：毛"租訓爲"，未確。孔分手口，或手或口或兼手口，太碎。手口互見可也。

慶源輔氏曰："……捋荼、蓄租，則其所作之事也。"

華谷嚴氏曰："手拮据而捋荼，蓄租而口卒瘏，交錯而言之也。"

王氏曰："租，取也，與租税之租同。"

又：《六帖》："捋荼、蓄租，是創造時事。"

又：【講】又予所於荼積聚之。

清·李光地《詩所》卷二：

多所蓄積以爲之備。

清·王鴻緒等《欽定詩經傳説彙纂》卷九：

蓄，積。租，聚也。王氏安石曰："與租賦之租同。"

清·王心敬《豐川詩説》卷十一：

予蓄而積之，租而聚之。

清·李塨《詩經傳注》卷三：

蓄租，積也。（《韓詩》）

清·姜文燦《詩經正解》卷十：

捋荼、蓄租串看，蓄、租皆虛字，謂積其所捋之荼也。

清·顧鎮《虞東學詩》卷五：

蓄租之租，毛訓爲，韓訓積，《集傳》訓聚，義皆可疑。《古義》曰："租通作苴，茅藉也。"《禮》："封諸侯以土苴，以白茅。"此亦用以藉巢，説似可存。

清·傅恒等《御纂詩義折中》卷九：

蓄，積。租，粟。

清·羅典《凝園讀詩管見》卷五：

荼與租，皆藉巢之具。《集傳》訓租爲聚，與上蓄字複，亦與上捋荼句不對。《六書故》云："租，田中秸也。"當從之。鳥巢藉以上，土上又藉以捋荼蓄租，其安身與乳子并依之。

清·段玉裁《毛詩故訓傳定本》卷十五：

祖，爲。《正義》曰："祖，訓始也，物之初始，必有爲之，故毛《傳》云'祖，爲也'。"《釋文》曰："租，又作祖，如字，今俗本作又作租，見宋本有不誤者。"

清·夏味堂《詩疑筆記》卷二：

毛《傳》"租"訓爲，《韓詩》訓積，孔《疏》訓始，朱注訓聚，皆與捋荼不類。竊謂租，即苴字，古字通用，苴謂以茅藉巢，所以佐荼也。茅與萑蘆之穗，本相類，故茅秀名荼，萑苕亦名荼，今兩句不便複出，故易之曰苴，并以明二者皆所以藉也。《周禮》鄉師"大祭祀共茅苴"。鄭大夫讀苴爲藉。司巫祭祀"則共匰主及道布及苴館"。杜子春云："苴，藉也。""或曰茅裏肉也。"此皆苴爲藉茅之證。杜又云："《書》或爲苴館，或爲苴飽。"此租、苴通用之證。陸璣《疏》謂："鴟鴞取茅秀爲巢，尤其自驗也。"（取荼租爲巢，乃手口并用之事，故始以拮据，終以卒瘏。）

清·莊述祖《毛詩考證》（一）：

《釋文》：“租，子胡反，本又作祖，如字。”爲也。《正義》：“祖，訓始也。物之初始必有爲之，故云‘祖，爲也’”。段云：“《正義》同。又作本。今《釋文》《正義》皆訛租，當改正。”段校是也。《釋文》又云：“《韓詩》云：‘積也。’”《魯語》“祖識地德”注引虞翻云：“祖，習也。”虞《易》注：“習有積訓。”是韓與毛皆作“祖”，不知何時改。租，子胡反也。

清·牟庭《詩切》：

典引蔡注曰：“蓄，聚也。”《東京賦》薛注曰：“蓄，積。”余案：租，當讀爲苴。《史記·封禪書》：“席用苴秸。”《集解》引如淳曰：“苴讀曰租。”可證租、苴古字通也。《禮記·間傳》曰：“苴，惡貌也。”《莊子·讓王》篇：“苴布之衣。”《釋文》曰：“本作麤布。”麤、粗字同。《東京賦》薛注曰：“粗，猶略也。”《素問》：“粗工凶凶。”注曰：“粗謂粗略也。”然則予所蓄租，謂所蓄聚桑杜粗略而不足用也。毛《傳》云：“租，爲也。”《韓詩》云：“租，積也。”《釋文》云：“租，子胡切，本又作租，如字。”孔《疏》云：“租訓始也。物之初始必有爲之，故云‘租，爲也’。”據《釋文》及《疏》，似唐初本正作蓄租。蓋韓、毛并讀租爲祖，故寫本有作祖者，皆非矣。……予所蓄聚不多而麤粗。

清·李富孫《詩經異文釋》六：

《釋文》云：“租，本又作祖，爲也。《韓詩》云：‘積也。’”（《詩考》引作：“租，積也。”）案：毛《傳》“租”訓爲。《正義》：租（一作祖），訓始也。物之初始，必有爲之，故云“爲也”。《釋詁》曰：“祖，始也。”租、祖聲相近，字形亦相似。《廣韵》：“租，積也。”與《韓詩》同。唐《石經》宋小字本、岳本并作租。竊疑毛作祖，韓作租，後人轉寫互易耳。阮宮保師曰：“《毛詩》作祖，《韓詩》作租，《釋文》不誤。”祖，讀爲苴，今本毛誤爲租，祖、租無定，其爲苴之假借益明。苴，即陸機所謂紩巢之麻，與下“捋荼”荼字二物相配，非虛字。

清·劉沅《詩經恒解》卷二：

蓄，積。租，聚也。

清·徐華岳《詩故考異》卷十五：

《傳》：“租，爲。”

又：韓：“口足爲事曰拮据。”（《釋文》）“租，積也。”（同上）

清·李黼平《毛詩紬義》卷九：

《傳》："租，爲。"《正義》曰："租，訓始也。物之初始，必有爲之，故云'租，爲也'。"按：《釋文》云："租，子胡反，又作祖，如字。"依《釋文》，則《正義》本經作蓄祖，祖本訓始，有造始、作始之義。《爾雅》造、作俱訓爲，故《傳》訓爲。今汲古閣本《經》與《傳》俱作租，校書者并《正義》改之，非也。當據《釋文》改作祖，乃合《正義》原本。

清·陳壽祺、陳喬樅《三家詩遺説考·韓詩遺説考》卷二：

《韓詩》曰："租，積也。"（《釋文》）

喬樅謹案：《毛詩》"畜租"，《釋文》云："畜，敕六反，本亦作蓄。租，子胡反，本又作祖，如字，爲也。"畜者，蓄之假借。祖者，租之假借。租，即菹字省文也。何氏《古義》曰："《説文》菹'茅藉也'。《禮》：'封諸侯以土菹，以白茅。'《周禮音義》'菹'亦作租。上文'綢繆牖户'必取桑根之皮，此但納茅秀于窠中以爲之藉，蓋作窠之始事也。"胡承珙曰："毛《傳》以爲訓租。爲，疑薦字之誤。篆文爲作□，薦作□，字形相近。毛訓租爲薦者，猶《説文》之且訓薦也。《韓詩》訓租爲積，積聚所以爲薦藉，義亦相近。"

清·胡承珙《毛詩後箋》卷十五：

《傳》："租，爲。"何氏《古義》曰："租通作菹。《説文》：'菹，茅藉也。'《禮》：'封諸侯以土菹，以白茅。'《周禮音義》'菹'亦作租。上文'綢繆牖户'必取桑根之皮，此但納茅秀于窠中，以爲之藉。蓋作窠之始事也。"承珙案：《傳》以爲訓租者，"爲"疑薦字之誤。篆文"爲"作[篆]，薦作[篆]，字形相近。《説文》引《禮》"菹以白茅"，《白虎通義》《獨斷》皆作"苴以白茅"。鄭注《士虞禮》云："苴，猶藉也。"毛訓租爲薦者，猶《説文》之"且，薦也"。《韓詩》訓租爲積，積聚所以爲薦藉，義亦相近。《釋文》租又作祖者，乃古字通借。《正義》謂祖訓始，物之初始，必有爲之者，故云"租，爲"。解釋迂迴，蓋薦之誤爲，其來久矣。

清·徐璈《詩經廣詁》：

《韓詩》曰："蓄，積也。"（《釋文》）

《釋文》："予所蓄祖。"段玉裁曰："本正作祖，俗誤作租。"

清·馬瑞辰《毛詩傳箋通釋》卷十六：

《傳》："租，爲。"（瑞辰）按：蓄租與捋荼，義正相承。租當讀如菹。《説文》：“藉，祭藉也。”“菹，茅藉也。”引《禮》曰“封諸侯土，菹以白茅”。又通作苴。苴，《説文》：“苴，履中草。”謂以草藉履。《賈誼傳》“冠雖敝，不以苴履”是也。又通作蘆，《爾雅·釋草》“蔄，蘆”是也。漢《郊祀志》：“席用苴稭。”如淳曰：“苴讀如租。”師古曰：“苴，藉也。”菹又借作鉏。《周官》司巫“祭祀共鉏館”，杜子春曰：“鉏讀爲菹。菹，藉也。”鳥之爲巢必以萑苕茅秀爲藉，與藉履之以苴者正同，故曰“蓄租”。《正義》本作祖，即租之假借。《傳》：“租，爲也。”爲乃薦字形近之訛。《説文》：“且，薦也。”古祖字多消作且。二字同義。故《傳》訓租爲薦，薦猶藉也。（薦與荐通，《説文》：“荐，薦席也。”）薦，訛作爲，《正義》遂以爲字釋之，誤矣。又按《釋文》：“租，子胡反，本又作祖，如字，爲也。”是《釋文》本亦誤薦作爲，但據《釋文》又引《韓詩》云“積也”。積累與薦藉義正相通，租之訓積，猶荐之訓聚也。（韋昭云：“荐，聚也。”）益證毛《傳》訓爲，是薦字之訛。

清·陳奐《詩毛氏傳疏》卷十五：

校勘記云：“《釋文》：‘租，子胡反，本又作祖，如字，爲也。’《正義》：‘祖訓始也。物之初始，必有爲之，故云“祖，爲也”。’今《釋文》《正義》祖皆訛租，當正。”奐案：蓄，《釋文》作“畜”。《蓼莪》箋：“畜，起也。”祖，訓爲。爲者，作也。“畜”亦當訓起，此毛義也。《釋文》“租”下引《韓詩》云：“積也。”疑《韓詩》作“蓄租”。今本從韓改毛耳。

清·丁晏《毛鄭詩釋》卷一：

《傳》：“租，爲。”《正義》曰：“租，訓始也。物之初始，必有爲之，故云‘租，爲’。”案：《釋文》：“租，本又作祖，爲也。《韓詩》云：‘積也。’”《正義》謂“租”訓始，則作祖字矣。注疏本作租，誤也。《廣韵》十一模：“租，積也。”

清·陳喬樅《詩經四家异文考》卷二：

《毛詩釋文》：“畜，本亦作蓄。租，子胡反，本又作祖，如字，爲也。《韓詩》云：‘租，積也。’”

案：《正義》曰：“祖，訓始也。”是孔氏本作祖字，説詳《韓詩》考。

清·方玉潤《詩經原始》卷八：

蓄，積。租，王氏安石曰：“與租賦之租同，蓋鳥食也。”

清·鄧翔《詩經繹參》卷二：

蓄，積也。租，粟也。皆銜窠中。

清·龍起濤《毛詩補正》卷十四：

租，爲。《韓》訓積。何氏《古義》："租，通作菹。《説文》：'茅，藉也。'"亦作苴。《周禮》："菹以白茅。"此言鳥以茅藉其窠也。朱訓"聚"，亦無所本。王半山曰："與租賦之租同。"然則此即《谷風》所云"旨蓄"也，群鳥養羞故蓄之。

清·梁中孚《詩經精義集鈔》卷二：

予所蓄（旁行小字：蓄，積也）租（旁行小字：租，聚也）。

清·王先謙《詩三家義集疏》卷十三：

【注】韓説云："租，積也。"……"蓄租"者，與"捋荼"義正相承。租，讀如菹。《説文》："藉，祭藉也。""菹，茅藉也。"引《禮》曰："封諸侯土菹以白茅。"又通作"苴"。《説文》："苴，履中草。"謂以草藉履。鳥之爲巢，必以萑苕茅秀爲藉，與藉履之以苴者正同，故以爲苴而蓄之，謂予所捋之荼、予所蓄之租也。《傳》："租，爲也。""爲"乃薦形近之訛。薦，猶藉也。（薦、荐通，《説文》："荐，薦席也。"）《釋文》本亦誤"薦"作"爲"。"租，積也"者，《釋文》引《韓詩》文。租、積雙聲字，積累所以爲薦藉，義亦相近。租之訓積，猶荐之訓聚也。（韋昭云："荐，聚也。"）

清·王闓運《毛詩補箋》：

畜祖，又作蓄租。……祖，爲。補曰：祖、菹通用字。畜菹畜荼以爲藉，言魯即殷餘民，不可更遷，故屢煩告誡多士多方，言詞重復，甚病矣。

清·馬其昶《詩毛氏學》十五：

租，爲。（胡曰："租，通菹。《説文》：'菹，茅藉也。'納茅秀於巢以爲之藉也。《傳》訓爲者。爲，疑薦字之訛。《韓詩》訓'積'，積聚。所以爲薦籍，義亦相近。"）

清·張慎儀《詩經异文補釋》卷六：

《釋文》出作"畜"，云："本亦作蓄。"租，"本又作祖"。《韓詩》作祖，《正義》本作祖。案：胡承珙引何氏《古義》："租，通作菹。"云："《説文》：'菹，茅藉也。'""《周禮音義》：'菹，亦作租。'"馬瑞辰云："祖，即租之假借。古祖字多省作且。《説文》：'且，薦也。'薦，猶藉也。"

民國·李九華《毛詩評注》卷十五：

蓄租，積。納茅于巢，積聚之以爲藉也。（毛《傳》傳注）

民國·焦琳《詩蠲》卷四：

予所蓄租。（疑積聚之意。）

蠲曰：捋荼、蓄租，是手之事。手之所以拮据，由捋荼、蓄租故也。

民國·吳闓生《詩義會通》卷一：

蓄，積。租，聚也。《釋文》又作祖。姚永樸云："《牧誓》鄭注：'所，且也。'"下"風雨"句同。

日本·岡白駒《毛詩補義》卷五：

租，爲。

又：此予所聚爲。

又：【鴟鴞】租，始也。物之初始必有爲之，故云爲也。

日本·赤松弘《詩經述》卷四：

蓄，積。租，聚。

日本·户崎允明《古注詩經考》卷五：

租，爲。《韓詩》云："積也。"租，訓始也，物之初始必有爲之，故云"租，爲也"。朱爲聚。《韓詩》之説似優，但不知所據。

日本·中井積德《古詩逢源》：

以口蓄租，則至於卒瘏。

又：蓄租者，食料也。自不同。

日本·皆川願《詩經繹解》卷七：

蓄，聚也，藏也。

又：謂予所蓄者必苴，而因又以謂所捋者荼，則其所共作佐之以其口。而口卒瘏矣，所蓄者苴，則其亦未有室家者矣。

日本·冢田虎《冢注毛詩》卷八：

蓄租，積聚也。

日本·豬飼彥博《詩經集説標記》

《説約》："此章上四句因《集傳》訓拮据爲手口共作，遂令解者多斡旋。今觀子由云：'以手捋荼，則至於拮据；以口蓄租，則至於卒瘏。'坦叔云：'予手拘持者，是予所捋取萑苕也。予所蓄積租取，而予口盡病也。'則兩句一連之理，本自分明，何必曰互文錯言。"按：租，《上書故》："田中禾秸也。"《正字通》：
"《豳風》蓄租對上捋荼言，租當禾稿。蓄，謂拾取餘稿待用。"

日本·太田元貞《詩經纂疏》卷七：

周公所修餘。

日本·龜井昭陽《毛詩考》卷十四：

租，禾秸也。《漢書》："埽地而□席，用苴秸。"注："讀如租。"

日本·東條弘《詩經標識》三：

何楷云："租，通作菹。"《説文》云："茅籍也。"

日本·岡井鼎《詩疑》卷九：

蓄，積（《説文》）。租，聚也（未知何據）。

又：又云："租，作菹。"《説文》云："茅藉也。"《禮》："封諸侯以土菹，
以白茅。"《周禮音義》亦作租。納茅秀于窠中以爲之藉。鼎按：租，《釋文》引
《韓詩》云："積也。"《韵會》一云："畜也。"

日本·安井衡《毛詩輯疏》卷七

租，訓始也。物之初始，必有爲之，故云"租，爲也"。《經》言"予口卒
瘏"，直是口病而已，而《傳》兼言手病者，以《經》"予手拮据"言手，"予所
捋荼"不言手，則是用口也。"予所蓄租"文承二者之下，則手口并兼之。上既言
手而口文未見，故又言"予口卒瘏"，言口病則手亦病也。李黼平云："租，本訓
始，有進始作始之義。《爾雅》造、作俱訓爲，故《傳》訓爲。"

日本·安藤龍《詩經辨話器解》卷八：

予所蓄租（右旁行小字：爲）（左旁行小字：室家）。

日本·山本章夫《詩經新注》卷中：

蓄租，積聚也。

日本·竹添光鴻《毛詩會箋》卷八：

馬瑞辰曰："蓄租與捋荼義正相承。租當讀如菹。《説文》：'菹，茅藉也。'
引《禮》曰：'封諸侯以土菹，以白茅。'又通作苴。《説文》：'苴，履中草。'謂
以草藉履。《賈誼傳》'冠雖敝不以苴履'是也。""漢《郊祀志》：'席用苴秸。'
如淳曰：'苴讀如租。'師古曰：苴，藉也。""鳥之爲巢，必以萑苕茅秀爲藉，與
藉履之以苴者正同，故曰蓄租。《正義》本作祖，即租之假借。《傳》：'租，爲
也。'爲乃薦字形近之訛。《説文》：且，薦也。古祖字多消作且，二字同義，故

《傳》訓租爲薦，薦猶藉也，薦與荐通。《説文》：荐，薦席也。薦訛作爲，《正義》遂以爲字釋之，誤矣。"又按："《釋文》租'本又作祖，如字，爲也。'是《釋文》本亦誤薦作爲。但據《釋文》又引《韓詩》云：'積也。'積累與薦藉義正相通。租之訓積，猶荐之訓聚也，益證毛《傳》訓爲是薦字之訛。"

朝鮮·申綽《詩次故》卷六：

《釋文》："《韓詩》云：'租，積也。'"

朝鮮·申綽《詩經异文》卷上：

《釋文》："蓄，本亦作畜。租，又作粗。《韓詩》云：'積也。'"

朝鮮·尹廷琦《詩經講義續集》：

租、葅同。葅者，藉也。《周禮》："共茅葅。"以茅爲葅，用以藉祭是也。捋，取。荼，苕，所以蓄貯巢藉，此之謂蓄葅也。莨楚之莨，《爾雅》作"長"；莧陸之陸，《周易》作"陸"（《夬》九五）。葅之作租，亦一類。

朝鮮·朴文鎬《詩集傳詳説》卷六：

蓄，積。租，聚。慶源輔氏曰："捋荼蓄租，其所作之事也。"按：蓄租，謂積聚所捋之荼。

朝鮮·無名氏《讀詩記疑》：

鴟鴞章"予所捋荼，予所蓄租"，捋荼蓄租，作一樣釋爲長。租字，或亦可作物名歟？

李雷東按：

"予所蓄租"一句句解涉及"所"、"蓄"、"租"和整句解説等幾個問題。現分述如下。

一　所

民國·吳闓生："姚永樸云：'《牧誓》鄭注："所，且也。"'下'風雨'句同。"（《詩義會通》卷一）

二　蓄

1. 唐·陸德明《毛詩音義》："畜，敕六反，本亦作'蓄'。"（《毛詩正義》卷八）
2. 宋·朱熹："蓄，積。"（《詩經集傳》卷八）
3. 明·許天贈："蓄、租皆虛字。"（《詩經正義》卷九）

4. 日本·皆川愿："蓄，聚也，藏也。"（《詩經繹解》卷七）

5. 日本·豬飼彦博："蓄，謂拾取餘稿待用。"（《詩經集説標記》）

三　租

1. 《毛詩故訓傳》："租，爲。"（《毛詩正義》卷八）

2. 唐·陸德明《毛詩音義》："租，子胡反，又作祖，如字，《韓詩》云‘積也’。"（《毛詩正義》卷八）

3. 唐·孔穎達："租，訓始也，物之初始，必有爲之，故云‘租，爲也’。"（《毛詩正義》卷八）

4. 宋·蘇轍："租，亦蓄也。"（《詩集傳》卷八）

5. 宋·李樗《毛詩詳解》："租，毛氏以爲聚，不如韓氏以爲積。"（《毛詩李黃集解》卷十八）

6. 宋·朱熹："租，聚。"（《詩經集傳》卷八）

7. 宋·吕祖謙："程氏曰：‘租，取也。’"（《吕氏家塾讀詩記》卷十六）

8. 宋·吕祖謙："王氏曰：‘與租賦之租同。’"（《吕氏家塾讀詩記》卷十六）

9. 元·胡一桂："濮氏曰：‘租、菹同，藉也。’"（《詩集傳附録纂疏》卷八）

10. 明·李資乾："祖、租無定，其爲苴之假借，益明。苴，即陸機所謂紩巢之麻。"（《詩經傳注》卷十八）

11. 明·許天贈："蓄、租皆虚字。"（《詩經正義》卷九）

12. 明·張次仲："租，日用之需。……租以聚粮。"（《待軒詩記》卷二）

13. 明·何楷："租，通作‘菹’。"（《詩經世本古義》卷十之上）

14. 清·張沐："租，禾。"（《詩經疏略》卷四）

15. 清·傅恒等："租，粟。"（《御纂詩義折中》卷九）

16. 清·牟庭："租，當讀爲苴。"（《詩切》）

17. 清·胡承珙："《傳》以爲訓租者，‘爲’疑薦字之誤。"（《毛詩後箋》卷十五）

18. 日本·豬飼彦博："租當禾稿。"（《詩經集説標記》）

四　整句解説

1. 唐·孔穎達："毛以爲，……其室巢所用者，皆是予之所蓄爲。"（《毛詩正義》卷八）

2. 宋·蘇轍："以口蓄租則至於卒瘏。"（《詩集傳》卷八）

3. 宋·范處義："至於蓄積租取。"（《詩補傳》卷十五）

4. 宋·嚴粲："手拮据而捋荼蓄租，而口卒瘏，交錯言之也。"（《詩緝》卷十六）

5. 明·梁寅："積聚草木以成巢也。"（《詩演義》卷八）

6. 明·豐坊："蓄聚其食。"（《魯詩世學》卷十五）

7. 明·江環："又從而蓄聚之以爲藉巢之計，多方經營，不以休息。"（《詩經斠振》國風卷之三）

8. 明·郝敬："予蓄而積之，租而聚之。"（《毛詩原解》卷十六）

9. 明·徐光啟："捋荼、蓄租，是創造時事。"（《毛詩六帖講意》一卷）

10. 明·何楷："此但納茅秀于窠中以爲之藉，蓋作窠之始事也。"（《詩經世本古義》卷十之上）

11. 清·李光地："多所蓄積以爲之備。"（《詩所》卷二）

12. 清·牟庭："然則予所蓄租，謂所蓄聚桑杜粗略而不足用也。"（《詩切》）

13. 清·王闓運："畜菹畜荼以爲藉，言魯即殷餘民，不可更遷，故屢煩告誡多士多方。"（《毛詩補箋》）

14. 民國·李九華："納茅于巢，積聚之以爲藉也。"（《毛詩評注》卷十五）

15. 日本·中井積德："蓄租者，食料也。自不同。"（《古詩逢源》）

予口卒瘏

《毛詩故訓傳》（《毛詩正義》卷八）：

瘏，病也。手病口病，故能免乎大鳥之難。

唐·孔穎達《毛詩正義》卷八：

毛以爲，……予手口盡病，乃得成此室巢，用免大鳥之難。

鄭以爲，鴟鴞手口盡病，以勤勞之故，攻堅之故，人不得取其子。

正義曰：……"瘏，病"，《釋詁》文。經言"予口卒瘏"，直是口病而已，而《傳》兼言手病者，以經"予手拮据"言手，"予所捋荼"不言手，則是用口也。"予所蓄租"，文承二者之下，則手口并兼之。上既言手，而口文未見，故又言"予口卒瘏"，言口病，明手亦病也。且"卒瘏"謂盡病，若唯口病，不得言盡，故知手口俱病。

宋・蘇轍《詩集傳》卷八：

瘏，病也。……以口蓄租則至於卒瘏。

宋・范處義《詩補傳》卷十五：

不特手病，口亦病矣。

宋・朱熹《詩經集傳》卷八：

卒，盡。瘏，病也。

宋・呂祖謙《呂氏家塾讀詩記》卷十六：

王氏曰："卒，盡也。"

毛氏曰："瘏，病也，手病口病。"孔氏曰："口病，明手亦病也。"《釋文》曰："《韓詩》云：'口足爲事曰拮据。'"

宋・楊簡《慈湖詩傳》卷十：

毛《傳》曰："瘏，病也，手病口病，故能免乎大鳥之難。"按：《大典》脫此八字，今校補。

宋・林岊《毛詩講義》卷四：

予口盡病。

宋・輔廣《詩童子問》卷三：

先言手之拮据，終言口之卒瘏，亦言之法。

宋・魏了翁《毛詩要義》卷八：

予手口盡病，以成室家，喻周先王。

爲予手口盡病，乃得成此室巢，用免大鳥之難。

宋・嚴粲《詩緝》卷十六：

王氏曰："卒，盡也。"

《傳》曰："瘏，病也。"

又：而予口盡病也。……手拮据而捋荼蓄租，而口卒瘏，交錯言之也。

元・劉瑾《詩傳通釋》卷八：

卒，盡。瘏，病也。輔氏曰："拮据，手口共作之貌。捋荼、蓄租，則其所作之事也。先言手之拮据，終言口之卒瘏，亦言之法。"

明・梁寅《詩演義》卷八：

卒瘏，盡病也。

明·李資乾《詩經傳注》卷十八：

予所蓄之租，予口卒瘏焉，猶諺云"予口疼痛，不能食"也。不能食，將弃而來歸矣。或問：周公之口，何以卒瘏也？愚考天澤《履》之六三"履虎尾咥人，凶"。公以宰相攝朝政，臨諸侯，即少女居乾位也。若出而辨白亦咥人矣，故含默不辨，若口痛不能言，不能食也。

明·許天贈《詩經正義》卷九：

卒瘏裏要入手字，蓋手與口而并作，故口與手而俱病也。

明·江環《詩經鐸振》（《詩經尊朱删補》）國風卷之三：

多方經營，不以休息，而我之口遂與手而盡病矣，是豈好爲自勞哉？

【主意】……拮据言手，瘁瘏言口，互文也。卒瘏句，又承上三句説。蓋上言手與口而并作，至此則手與口而盡病矣。元峰云："此即上徹桑土之事。"

明·郝敬《毛詩原解》卷十六：

以至于予口盡病。

明·曹學佺《詩經剖疑》卷十二：

瘏，病也。

明·顧夢麟《詩經説約》卷十：

麟按：此章上四句因《集傳》訓拮据爲手口共作，遂令解者多費斡旋。今觀子由云："以手捋荼則至於拮据，以口蓄租則至於卒瘏。"坦叔云："予手拘持者，是予所捋取萑苕也。予所蓄積租取，而予口盡病也。"則兩句一連之理，本自分明，何必曰互文錯言，甚而如《詩説》所云"手裏要入口字，口字要入手字"乎？《詩説》者，薛仲常作也，頃以正見示，初疑异書，今正平平，必贋本耳。

明·張次仲《待軒詩記》卷二：

卒，盡。瘏，病也。……手拮据而捋荼，蓄租而口卒瘏，交錯言之，此章法也。

明·錢天錫《詩牖》卷五：

卒瘏承上來，總根上章迨字來。

明·何楷《詩經世本古義》卷十之上：

捋荼，手之爲也。手之用不足，因以口繼之。租而曰蓄，蓋有資于口者矣，故即承之曰"予口卒瘏"。卒，通作猝，盡也。瘏，《説文》云："病也。"

明・楊廷麟《詩經聽月》卷五：

而我之口遂與手而盡病矣，豈好爲自勞哉？

又：卒是盡。瘏是病。卒瘏句又承上三句説。蓋上言手與口而并作，至此則手與口而盡病矣。

明・胡紹曾《詩經胡傳》卷五：

口銜枝而作巢，亦以口，故卒瘏置在下。

明・陳元亮《鑒湖詩説》卷一：

夫是手口并作，而手口交瘁也。

清・朱鶴齡《詩經通義》卷五：

蘇《傳》云："以手捋荼，則至于拮据，以口蓄租，則至于卒瘏。"嚴緝云："予所蓄積租取，而予口爲之盡病也。"俱明當《集傳》以手口并作訓拮据則混矣。

清・錢澄之《田間詩學》卷五：

捋荼，手之爲也。手之用不足，因以口繼之。租而曰蓄，蓋有資于口者，故承之曰"予口卒瘏"。卒，通作瘁，盡也。

清・張沐《詩經疏略》卷四：

瘏，病也。捋、蓄，皆口取，故曰口瘏。……口則捋荼蓄租，而至于病。

清・陳啟源《毛詩稽古編》卷八：

毛云："手病口病。"卒瘏兼手口，則拮据亦然。經二語互相備也。《韓詩》云："口足爲事曰拮据。"意亦與毛同。

清・冉覲祖《詩經詳説》卷三十一：

上既言手而口又未見，故又言予口。卒瘏言口病，明手亦病也。且"卒瘏"謂盡病苦，唯口病不得言盡，故知手口俱病。

又：【衍義】……拮据言手，卒瘏言口，互文也。卒瘏句又承上三句説。蓋上言手與口而并作，至此則手與口而盡病矣。元峰云："此即上徹桑土之事。"

又：【講】……手口爲之盡病也，是果何爲哉？

清・李光地《詩所》卷二：

手攫不足，繼以口銜，勞瘁之至。

清・王心敬《豐川詩説》卷十一：

以至予口盡病。

清·李塨《詩經傳注》卷三：

瘏，病也。以蓄租而病也。

清·姜文燦《詩經正解》卷十：

【析講】……至卒瘏句，畢竟總承上三句説下爲穩，但首句還他手字，此句還他口字，不必作牽連語，謂手與口而盡病也。

清·羅典《凝園讀詩管見》卷五：

卒也，有始而後有卒。予口始未瘏，而卒則瘏矣，乃女之據其巢而忘所自來者，則竟曰"予未有室家"也。予何堪其回首而神傷哉？

清·胡文英《詩經逢原》卷五：

屠，口裂流血也。

清·牟庭《詩切》：

《漢書·杜欽傳》鄭氏注曰："卒，急也。"師古注曰："卒，讀猝。"《方言》曰："猝，謂急速也。"毛《傳》曰："瘏，病也。"《卷耳》毛《傳》曰："瘏，病也。"《釋文》作屠，曰：本又作瘏。《卷耳》釋文曰："瘏，本又作屠。"余案：余口卒瘏，謂哀鳴急遽以至於病也。孔《疏》云："卒瘏，謂盡病。"非矣。毛《傳》云："手病口病，故能免乎大鳥之難。"鄭《箋》云："作之至苦，故能攻堅，人不得取其子……"皆非矣。……則予張口而鳴呼，音卒遽而口病瘏。

清·馬瑞辰《毛詩傳箋通釋》卷十六：

《傳》："瘏，病也。"（瑞辰）按：卒瘏與拮据相對成文，卒當讀爲顇。《爾雅》："顇，病也。"字通作悴。劉向《九嘆》"躬劬勞而瘏悴"，"卒瘏"猶瘏悴也。卒瘏皆爲病，猶拮据并爲勞也。至《傳》又云："手病口病，故能免乎大鳥之難。"乃通釋"予手拮据，予口卒瘏"二句。《正義》謂《傳》以"手病口病"解詩，"卒瘏"爲盡病，誤矣。

清·陳奐《詩毛氏傳疏》卷十五：

瘏，病。《卷耳》同。此言口病。《傳》必連言手病者，上三句皆謂手病也。《正義》云："鴟鴞小鳥，爲巢以自防，故知求免大鳥之難也。"

清·陳喬樅《詩經四家异文考》卷二：

《毛詩釋文》："屠，本又作瘏。"

案：《周南·卷耳》"我馬瘏矣"，《釋文》："瘏，本又作屠。"非。喬樅謂：屠者，瘏之同音假借字。毛古文作屠，三家今文作瘏。

清·方玉潤《詩經原始》卷八：

卒，盡也。瘏，病也。

清·鄧翔《詩經繹參》卷二：

卒，盡也。瘏，病也。

清·龍起濤《毛詩補正》卷十四：

瘏，病也。手病口病，故能免乎大鳥之難。（案：毛不以鴟鴞爲惡鳥，謂作巢者即鴟鴞，故更有大鳥之説。《韓詩》《荀子》同，陸《疏》亦以鴟鴞爲小鳥，謂之巧婦，此古説，嫌支，朱子改爲惡鳥，詩義乃明。）

清·梁中孚《詩經精義集鈔》卷二：

予口卒（旁行小字：卒，盡也）瘏（旁行小字：瘏，病也）。（以上下格）

清·王先謙《詩三家義集疏》卷十三：

【疏】……"卒瘏"者，馬瑞辰云："與拮据相對成文，卒當讀爲頴。《爾雅》：'頴，病也。'字通作悴。劉向《九嘆》'躬劬勞而瘏悴'，卒瘏猶瘏悴也。卒、瘏皆爲病，猶拮、据并爲勞也。《傳》又云：'手病口病，故能免乎大鳥之難'，乃通釋'予手拮据，予口卒瘏'二句。孔《疏》謂《傳》以'手病口病'解《詩》'卒瘏'爲盡病，誤矣。"

清·馬其昶《詩毛氏學》十五：

瘏，病也。馬曰：卒，讀爲悴。拮据、卒瘏對文。

手病口病。昶按：鳥之捋荼蓄租，皆手口并用。

清·張慎儀《詩經异文補釋》卷六：

《釋文》出作屠，云："本又作瘏。"

民國·李九華《毛詩評注》卷十五：

瘏，病也。以蓄租而病也。（毛《傳》傳注）

民國·焦琳《詩蠲》卷四：

故瘏口以念未有室家也，以比前日所謀始之事。

又：蠲曰：……口之所以卒瘏，由念"予未有室家"一語念之多也。然則口卒瘏者，猶言舌敝唇焦，念破口唇耳。而説者訓拮据爲手口共作，又謂口亦以捋荼蓄租而病，使詩文紛亂無章，又或專以捋荼屬手，專以蓄租屬口，分析既屬勉强，次序仍顛倒不順，文章若果有妙意，固不僅以整齊爲美。若僅以四句比勤勞二字而已，又何取如此紛亂顛倒乎。多才多藝人作詩，似不當如是。

日本·岡白駒《毛詩補義》卷五:

鳥之拮据,手口共用。予口病,則手口盡病矣。手病口病以作我巢,故能免乎大鳥之難,以喻自后稷先公勤勞經營而成我周室,能免乎侵毀之患也。

日本·赤松弘《詩經述》卷四:

卒,盡。瘏,病也。

日本·中井積德《古詩逢源》:

以口蓄租,則至於卒瘏,口一而曰卒者,承上文予手而言,至於口亦皆瘏也。

日本·皆川願《詩經繹解》卷七:

卒,通作瘁,盡也。瘏,病也。愚竊推周公之意,言荼、租、瘏、口者,蓋喻用事之臣,皆欺君,而其所畜之人亦皆材劣不任中用也。

日本·豬飼彥博《詩經集説標記》

予口卒瘏,卒,疑當作瘁,對上拮据言。且病者,口角而云盡,恐不可也。

日本·太田元貞《詩經纂疏》卷七:

周公勞病。

日本·龜井昭陽《毛詩考》卷十四:

以經營室家之故,不遑飲啄我口遂渴而飢。

日本·岡井鼏《詩疑》卷九:

卒,盡。(孔云:"予手口盡病。")瘏,病也。(毛、《釋詁》、《説文》)

又:卒,通作瘁。《説文》云:"盡也。"

日本·安井衡《毛詩輯疏》卷七

《經》言"予口卒瘏",直是口病而已,而《傳》兼言手病者,以經"予手拮据"言手,"予所捋荼"不言手,則是用口也。"予所蓄租"文承二者之下,則手口并兼之。上既言手而口文未見,故又言"予口卒瘏",言口病則手亦病也。

日本·安藤龍《詩經辨話器解》卷八:

予口(右旁行小字:手)(左旁行小字:口,陳教令,四體)卒瘏。〔傳:(右旁行小字:口足爲事云拮据。手足病云拮据。)〕

日本·山本章夫《詩經新注》卷中:

鳥無口,而曰予口者,鳥以嘴爲口也。卒瘏,盡疲也。

日本·竹添光鴻《毛詩會箋》卷八:

予口卒瘏。卒者,悴之省,作卒者,用古文。卒瘏者,悴瘏也,與拮据相對成文。《楚辭·九嘆》"躬劬勞而瘏悴",瘏悴即卒瘏也。作瘏悴者,趁韵,語蓋本詩,至《傳》又云:"手病口病,故能免乎大鳥之難。"乃通釋"予手拮据,予口卒瘏"二句,言我手拮据,其所勉而捋者是茅,所勉而蓄者是租,以經營室家之故,我口瘏悴,所以然者,其心曰予巢未攻緻,未可以安息也。此喻東征救亂,爲王室勤苦,以慮萬全,猶昔日之志焉。

朝鮮·申綽《詩次故》卷六:

《爾雅》:"瘏,病也。"《玉篇》:"瘏,困病。"《釋文》:"瘏,本又作屠。"

李雷東按:

"予口卒瘏"一句句解涉及"卒"、"瘏"和整句解説等幾個問題。現分述如下。

一 卒

宋·朱熹:"卒,盡。"(《詩經集傳》卷八)

二 瘏

1. 《毛詩故訓傳》:"瘏,病也。"(《毛詩正義》卷八)

2. 清·胡文英:"屠,口裂流血也。"(《詩經逢原》卷五)

三 整句解説

1. 《毛詩故訓傳》:"手病口病,故能免乎大鳥之難。"(《毛詩正義》卷八)

2. 唐·孔穎達:"毛以爲,……予手口盡病,乃得成此室巢,用免大鳥之難。"(《毛詩正義》卷八)

3. 唐·孔穎達:"鄭以爲,鴟鴞手口盡病,以勤勞之故,攻堅之故,人不得取其子。"(《毛詩正義》卷八)

4. 宋·蘇轍:"以口蓄租則至於卒瘏。"(《詩集傳》卷八)

5. 宋·范處義:"不特手病,口亦病矣。"(《詩補傳》卷十五)

6. 宋·林岊:"予口盡病。"(《毛詩講義》卷四)

7. 宋·嚴粲:"手拮据而捋荼蓄租,而口卒瘏,交錯言之也。"(《詩緝》卷

十六）

8. 明・許天贈："卒瘏裹要入手字。"（《詩經正義》卷九）

9. 明・江環："多方經營，不以休息，而我之口遂與手而盡病矣，是豈好爲自勞哉？"（《詩經鐸振》國風卷之三）

10. 明・胡紹曾："口銜枝而作巢，亦以口，故卒瘏置在下。"（《詩經胡傳》卷五）

11. 明・陳元亮："夫是手口并作，而手口交瘁也。"（《鑑湖詩説》卷一）

12. 清・張沐："捋、蓄，皆口取，故曰口瘏。……口則捋荼蓄租，而至于病。"（《詩經疏略》卷四）

13. 清・冉覲祖："手口爲之盡病也，是果何爲哉？"（《詩經詳説》卷三十一）

14. 清・李光地："手攫不足，繼以口銜，勞瘁之至。"（《詩所》卷二）

15. 清・羅典："予口始未瘏，而卒則瘏矣，乃女之據其巢而忘所自來者。"（《凝園讀詩管見》卷五）

16. 清・牟庭："余口卒瘏，謂哀鳴急遽以至於病也。……則予張口而鳴呼，音卒遽而口病瘏。"（《詩切》）

17. 民國・焦琳："然則口卒瘏者，猶言舌敝唇焦，念破口唇耳。"（《詩蠲》卷四）

18. 日本・岡白駒："鳥之拮据，手口共用。予口病，則手口盡病矣。手病口病以作我巢，故能免乎大鳥之難，以喻自后稷先公勤勞經營而成我周室，能免乎侵毀之患也。"（《毛詩補義》卷五）

19. 日本・龜井昭陽："以經營室家之故，不遑飲啄我口遂渴而飢。"（《毛詩考》卷十四）

曰予未有室家

《毛詩故訓傳》（《毛詩正義》卷八）：
謂我未有室家。

漢・鄭玄《毛詩箋》（《毛詩正義》卷八）：
我作之至苦如是者，曰我未有室家之故。

唐・孔穎達《毛詩正義》卷八：

毛以爲，……我先王爲此室家，勤苦若是。管、蔡之輩，無道之人，輕侮稚子，弱寡王室，乃爲言曰"我此稚子，未有室家"，欲侵毀之，故不可不誅殺也。

鄭以爲，……鴟鴞又言，己所以勤勞爲此室巢者，曰予未有室家，故勞力爲此，是以今甚惜之。

正義曰：《傳》以"曰"者稱它人。言曰，則此句説彼作亂之意。曰予未有室家，管、蔡意謂我稚子未有室家之道，故輕侮之。上章疾其輕侮，故此章言其輕侮之意也。曰者，陳其管、蔡之言。予者，還周公自我也。王肅云："我爲室家之道至勤苦，而無道之人弱我稚子，易我王室，謂我未有室家之道。"

宋・蘇轍《詩集傳》卷八：

予之所以勤勞病瘁而不辭者，曰予未有室家故也。奈何既成而將或毀之哉！

宋・李樗《毛詩詳解》（《毛詩李黃集解》卷十八）：

予口之所蓄積而至於盡病，所以如此其勤勞者，曰予未有室家爾。夫鳥之營巢至於手口盡病，而乃曰"予未有室家"，略之可也，如司馬所謂玄黃牝牡，不必詳其説，詩人但借以喻勤勞耳。未有室家，詩人但借以喻先王未得天下如此。王氏以謂周公之時未得爲有室家而爲之説，以爲文武之受命矣，而未有室家者，天下未集，則亦不得言有室家也。王氏以先王未有天下之時而爲之，故其説如此。

宋・范處義《詩補傳》卷十五：

鳥未成巢，猶我之王室未安也。

宋・王質《詩總聞》卷八：

室家，亦成周也。言武王克商二年而病，五年而喪，饗國日淺，初基未固，故曰未有。有當如克有常憲之有，有諸己之有，言永保也。大率欲以哀苦爲之感動成王，其初欲誚而未敢，其卒乃悔而至泣，此詩不爲無助也。

宋・朱熹《詩經集傳》卷八：

室家，巢也。

以巢之未成也。以比己之前日所以勤勞如此者，以王室之新造而未集故也。

宋・呂祖謙《呂氏家塾讀詩記》卷十六：

鄭氏曰："我作之至苦如是者，曰我未有室家之故。"朱氏曰："亦爲鳥言。所以拮据捋荼蓄租，勞苦而至於病者，以巢之未成也。以比己之所以勤勞如此者，以王室新造而未集故也。"

宋·楊簡《慈湖詩傳》卷十：

《箋》云："我作之至苦如是者，曰我未有室家之故。"

宋·林岊《毛詩講義》卷四：

謂予未有室家之故。

宋·嚴粲《詩緝》卷十六：

我作之至苦如是者，曰我未有室家之故也，豈可室成而爲鴟鴞所毀乎？周公以喻己憚勤勞者，以王業未成故也，豈可業成而爲殷民所毀乎？

元·劉瑾《詩傳通釋》卷八：

室家，巢也。……以巢未成也，以比己之勤勞如此者，以王室之新造而未集故也。

元·朱公遷《詩經疏義》（《詩經疏義會通》卷八）：

室家，巢也。

以巢之未成也。以比己之前日所以勤勞如此者，以王室之新造而未集故也。（集，就也。）

明·梁寅《詩演義》卷八：

其勞苦如此。蓋曰家室之未就，況能鬻子乎？武王之存，周公之宣力固多。武王既殁，成王尚幼，周公身任天下，重其勤勞王家，何异鳥之營巢哉？

明·黄佐《詩經通解》卷八：

王室新造未集。集，就也，猶言未成就之意。是冲人新嗣曆服，人心之歸附未深，正下"予室翹翹"之謂也。

明·豐坊《魯詩世學》卷十五：

蓋恐室家之未成也。以比先王創業之艱，欲成王念之而修政禦侮，以申前章之意。舊説亦謂周公自比己之前日勤勞，可謂陋矣。

明·李資乾《詩經傳注》卷十八：

又曰予未有室家，不敢以西周相府爲家，而必歸東，若未有室家然者。即金縢之書云"我之弗辟，我無以告我先王"之意。

明·許天贈《詩經正義》卷九：

予未有室家，言無所栖身而避患也。

又：是豈好於自勞哉？蓋以我未有室家，栖身之無其所也，備患之無其資也，又安得以自逸乎？斯則以無巢之故，而我之急於所事者，又如此其勤矣。

明·江環《詩經鐸振》（《詩經尊朱刪補》）國風卷之三：

蓋以我未有室家而棲其身之無所故。雖至于身口盡病，亦有不得而辭者矣。

【主意】蓋此言王室之未集，則室未成時也。而上曰深愛王室，則爲既集时矣。但深愛勤勞亦相關，皆爲王室之事也。王室新造未集，以受命未久、人心未固言。此與上章正以破其不利孺子之説。蓋當時流言，疑必以周公平日勤勞，皆爲己謀，故周公言此以見其皆爲王室，以曉王也。

明·郝敬《毛詩原解》卷十六：

凡以我未有室家耳，豈爲爾毀乎？

明·姚舜牧《重訂詩經疑問》卷三：

周公在當時，事爲之制，曲爲之備，無非爲王室謀以立萬年不拔之業。乃當時或疑其所爲謀者，皆爲己計。今攝政而將不利于孺子，故作此詩以曉成王。

明·曹學佺《詩經剖疑》卷十二：

室家，亦如上文指鳥巢而言。喻王室之新造而未集也。

又：所以者何？惟念室家未定，即爲風雨所飄搖耳，譬若勤家之人終日作勞，家未成固憂無家，家既成而亦常憂其無家也。夫家一耳，以風雨之飄搖而周公慮之，則内顧彌切，以牖户之綢繆，而成王勉之，則外侮自消。此周公作詩之本指也。

明·鄒之麟《詩經翼注講意》卷一：

王室新造未集，以受命未久，人心未固言。此句足破其不利孺子之説，蓋流言之意，必以周公平日勤勞皆爲己謀，故周公言此以見其皆爲王室，以曉王也。

明·張次仲《待軒詩記》卷二：

"曰"字申明上四句之意。"未有室家"者，以天下愛戴尚淺，人心歸附未深也。

明·錢天錫《詩牗》卷五：

夫予之室家，王之室家也。王實有此室家，而不釋然于綢繆室家之人，予不足惜，而王不可念哉。甘憔悴於吾身，可言也。

又：曰予未有室家，有味。當初不利孺子之謗，必以周公止爲身謀，今特表出未有家室，見得我平日之吐哺握髮，固結人心，祈永天命，衹以王室之未集，豈爲身謀而顧云不利也？大抵人情所自利在一身，我拮据卒瘏不利殊甚，豈有不圖身之利，而顧利孺子者哉？

明‧何楷《詩經世本古義》卷十之上：

室家，朱子云："巢也。"鄭云："我作之至苦如是者，曰我未有室家之故。"錢天錫云："當初不利孺子之謗，必以周公止爲身謀，今特表出'未有室家'，見得我平日之吐哺握髮，固結人心，祈求天命，祇以王室之未集，豈爲身謀，而顧云不利也？"

明‧唐汝諤《毛詩蒙引》卷七：

論綢繆之時，非不勤勞，而拮据之勞，亦其深愛之心無所不至處，或以上爲忠愛王室，此爲勤勞王室者，固哉，高叟之爲詩也。

鄒嶧山曰："疑當時流言必以周公平日勤勞，皆爲己謀，故周公言其皆爲王室，正以破其不利孺子之説也。"

輔潛庵曰："流言以周公爲己謀，而公自以王室爲己之室家無所避也。此又可見其正大之情。"

明‧楊廷麟《詩經聽月》卷五：

蓋以我未有室家，而栖身之無所，故雖至於身口盡病，亦有不得而辭者矣。

上面恩斯勤斯者，正以未有室家也。此句正破不利之□惑。

又：室家，指巢説。未有室家，蓋言王室之未集，則室未成時也。

明‧胡紹曾《詩經胡傳》卷五：

觀未有室家之言，則先王之得天下而更欲保天下也，其情亦孔亟矣。

明‧陳元亮《鑒湖詩説》卷一：

"未有室家"（批注："室家何以未有？恐其有而毀之者故也。"）最有味。當時流言，必以周公平日勤勞皆爲己謀，故周公言其爲王室，正以破其"不利孺子"之説耳。大抵人情所自利在一身，我"拮据""卒瘏"，不利殊甚。豈有不圖身之利，而顧利一孺子者？感悟王處，正在於此。

清‧朱鶴齡《詩經通義》卷五：

此周公自明前日之輔政，非爲身謀，正以王室未定之故。

清‧錢澄之《田間詩學》卷五：

室家，巢也。

又：愚按：周公以王室爲室家也。王室初創，人心未定，故視此室家皆有不敢即安之意。武庚之變，公蓋早慮之矣。

302

清·張沐《詩經疏略》卷四：

豈好爲此哉？曰予未能有此室家耳。

清·冉覲祖《詩經詳説》卷三十一：

【講】予尚未有室家，而栖身無所，故雖手口盡瘁，而不敢辭耳。

清·李光地《詩所》卷二：

惟慮室家之未成耳。

清·王鴻緒等《欽定詩經傳説彙纂》卷九：

曰予未有室家故也。奈何既成而將或毀之哉！

清·王心敬《豐川詩説》卷十一：

凡以我未有室家耳，豈爲爾毀乎？

清·李塨《詩經傳注》卷三：

凡鳥巢以爪取草而日綴葺也。是何爲哉？曰予未有室家，不得不嘗此苦也。公自喻其勤勞也。

清·姜文燦《詩經正解》卷十：

蓋曰予未有室家，栖身之無所，而備患之無資，故雖至于口手盡病，亦有不得而辭者矣。

又：【析講】王室新造未集，以受命未久，人心未固，言此與上章正以破其不利孺子之説。蓋當時流言，必以周公平日勤勞皆爲己謀，故周公言此以見其皆爲王室，以曉王也。

清·傅恒等《御纂詩義折中》卷九：

蘇轍曰："……以予未有室家故也。"

清·胡文英《詩經逢原》卷五：

鳥之成巢則然。

清·段玉裁《毛詩故訓傳定本》卷十五：

曰予未有室家，謂我未有室家也。

清·姜炳璋《詩序補義》卷十三：

亦曰王室未成，未有家室耳。彼固親見之者也。

清·牟庭《詩切》：

曰予未有室家，哀鳴之詞也。所持者舒緩，所蓄者粗略，則牖户未極其綢繆，與無牖户同，室猶可毀，與無室同，故曰是尚未有室家也。毛《傳》云："謂我未有室家。”王肅云：“我爲室家至勤苦，而無道之人弱我稚子，易我王室，謂我未有室家之道。”非矣。鄭《箋》云：“我作之至苦，如是者，曰我未有室家之故。”亦非矣。……曰予牖户未綢繆，猶之未有室家居。

清·劉沅《詩經恒解》卷二：

室家，巢也。兄弟子孫相位，愛爲室家之正。亦爲鳥言，申明首章恩勤鬻子之意。言當日之成此巢也，辛苦備嘗，曰予未有室家，以比文考當日積德行仁，欲其子孫仰體而無相害，非謂其謀王業也。

清·徐華岳《詩故考异》卷十五：

謂我未有室家。（《正義》：“曰者，管、蔡之言。予者，周公自我也。王肅云：‘我爲室家之道，至勤苦，而無道之人弱我稚子，易我王室，謂我未有室家之道。’”）《箋》：“此言作之至苦，故能攻堅，人不得取其子。我作之至苦如是者，曰我未有室家之故。”（《正義》：“鄭以喻先臣所以勤勞爲此功業者，由未有官位土地，勤力得此，今甚惜之。”）

清·胡承珙《毛詩後箋》卷十五：

《傳》：“謂我未有室家。”《正義》云：“《傳》以‘曰’者稱他人。言曰，則此句説彼作亂之意也。予未有室家，管、蔡意謂我稚子未有室家之道，故輕侮之。上章疾其輕侮，故此章言其輕侮之意也。曰者，陳其管、蔡之言。予者，還周公自我也。王肅云：‘我爲室家之道至勤苦，而無道之人弱我稚子，易我王室，謂我未有室家之道。’”承珙案：上文四“予”字皆爲周公自我，以鳥之作巢勤苦爲喻，而繼以“曰予未有室家”，則“曰”字正自明其作苦之由，不應忽接以侮之者之語。《小雅·雨無正》“曰予未有室家”，《傳》云：“賢者不肯遷於王都也。”彼文是自言其無室家，故不肯遷，則此亦當是自言，所以手口俱病者，爲我前此未有室家之故。如此承上四句，文義直截。《正義》本王肅以述毛，恐未必得毛意也。

清·徐璈《詩經廣詁》：

王肅曰：“我爲室家之道至勤苦，而無道之人弱我稚子，易我王室，謂我未有室家之道。”（《正義》）

清·李允升《詩義旁通》卷五：

蘇穎濱云：“……予所以勤勞病瘁而不辭者，曰予未有室家故也。奈何既成而將或毀之哉！”

清·陳奐《詩毛氏傳疏》卷十五：

《傳》以謂字代曰字，與《正月》同。未有室家，言未營成周也。桓二年《左傳》："武王克商，遷九鼎于雒邑。"《史記·周本紀》："武王曰：'我維顯服，及德方明，自雒汭延于伊汭，居易毋固，其有夏之居。我南望三塗，北望岳鄙，顧詹有河，粵詹雒伊，毋遠天室。'營周居于雒邑而後去。"事見《逸周書·度邑》篇。然則欲營成周，公之志，武王之志也。《書大傳》云："五年營成周。"

清·鄧翔《詩經繹參》卷二：

室家，巢也。營巢之苦，匪特手病，口亦病矣。豈有他哉？為室家未立故。此闞公將不利孺子一語。言予為王謀，所以釋成王之疑，非誇其功也。

清·梁中孚《詩經精義集鈔》卷二：

（旁行小字：室家，巢也。言如此勞且病者，以巢未成，比王室新造也。）

清·王先謙《詩三家義集疏》卷十三：

【疏】《傳》："謂我未有室家。"《箋》："我作之至苦如是者，曰我未有室家之故。"

言予所以手口俱病者，以前此未有室家之故，以喻兵戈不息，未及營洛定鼎之事也。

清·王闓運《毛詩補箋》：

謂我未有室家。《箋》云："我作之至苦如是者，曰我未有室家之故。"補曰：言魯不可葬，若毀我室，則無可葬也。由公言之，無以示人臣之節，不可私魯。由私言之，已亦本不願封魯。

清·馬其昶《詩毛氏學》十五：

此承上章綢繆牖戶，申說周室締造之艱，而下民猶有敢侮予者。曰予未有室家，即述其侮予之言。《大誥》所謂"知我國有疵，民不康，曰'予復反鄙我周邦'"是也。《尚書大傳》："奄君蒲姑謂祿父曰：'武王已死矣，今王尚幼矣，周公見疑矣，此百世之時也，請舉事。然後祿父及三監叛也。'"《詩》正述此事，解者多誤。

民國·李九華《毛詩評注》卷十五：

所以然者，曰予未有室家，不得不嘗此苦也。（毛《傳》傳注）

又：【評】末句是王室骨肉語。（《詩志》）

民國·焦琳《詩蠲》卷四：

今尚未成，則當日爲王言某某事不至某某景象，即不爲上理，必有某某弊害，即無以爲國，此其説。王豈忘之，而謂旦肯以非分之圖，悉廢弃之耶？

又：蠲曰：……曰，是口之事，口之所以卒瘏，由念"予未有室家"一語念之多也。

日本·中村之欽《筆記詩集傳》卷五：

未集，以受命未久，人心未固言。

日本·三宅重固《詩經筆記》七：

新造未集，以受命未久，人心未固言。

日本·岡白駒《毛詩補義》卷五：

謂我未有室家。

又：然有輕侮我稚子，而謂我未有室家者，蓋言武庚圖周室也。

日本·赤松弘《詩經述》卷四：

勞苦而至於盡病者，以巢之未成也，以喻己之前日所以勤苦如此者，以王室之新造而未集故也。

日本·皆川願《詩經繹解》卷七：

室家，朱熹云："巢也。"愚云：此蓋言其有巢猶與未有同也。

日本·冢田虎《冢注毛詩》卷八：

周公助成王室之始，其勤苦如是矣，而彼流言者，反謂周公曰："未保有王室也。"

【眉批】鄭説皆失之。

【眉批】鄭云："我作之至苦如是者，曰我未有室家之故。"朱云："室家，巢也。"今皆不得詩意也。

日本·太田元貞《詩經纂疏》卷七：

王室新造未足。王肅云："我爲室家之道至勤苦，而無道之人弱我稚子，易我王室，謂我未有室家之道。"

中闕兩行字。

日本·仁井田好古《毛詩補傳》卷十五：

謂我未有室家也。【補】好古曰："……王肅曰：'我爲室家之道至勤苦若是，而無道之人弱我稚子，易我王室，謂我未有室家。'"

306

日本·龜井昭陽《毛詩考》卷十四：

所以然者，其心曰："予巢未攻緻，未可以安息也。"是以手拘口瘁亦不自覺，且此以東征救亂，爲王室勤苦，以慮萬全，猶昔日之志焉。……如前二章，既有室家也，有而曰未有，其亡。其亡，繫于草葦。周公諸書多是意，所以定文武受命也。或因是句，說是章溯言作巢之始，非也。

日本·金濟民《詩傳纂要》卷二：

故《傳》於三章曰"王室未集"，則未成時也。

日本·安井衡《毛詩輯疏》卷七

謂我未有室家。《箋》："我作之至苦如是者，曰我未有室家之故。"《正義》："曰者，陳其管、蔡之言。予者，還周公自我也。王肅云：'我爲室家之道至勤苦，而無道之人弱我稚子，易我王室，謂我未有室家之道。'"衡謂：《傳》易曰爲謂，則亦爲人所謂我也。王說得之。

日本·安藤龍《詩經辨話器解》卷八：

曰予未有室家（左旁行小字：周公陳至苦之累功，托鴟鴞以戒喻于成王）！《傳》："（右旁行小字：鴟鴞汝）謂我未有室家。"《箋》云："我作之（右旁行小字：室家）至苦如是者，曰（右旁行小字：鴟鴞汝）我未有室家之故。"

【眉批】鄭說未知可否，故今不從也。

日本·山本章夫《詩經新注》卷中：

未有室家，謂巢未完成也。

日本·竹添光鴻《毛詩會箋》卷八：

謂我未有室家也。

《箋》曰：曰予未有室家，是王室骨肉語。周公所遭者非止國難，實家難也。上文四"予"字，皆爲周公自我以鳥之所巢勤苦爲喻，而繼以"曰予未有室家"，則"曰"字正自明其作苦之由，如前二章所言既有室家也，有而曰未有，其亡。其亡，繫于苞桑。周公諸書多是意，所以定文武受命也。說者或因是句，說是章溯言作巢之始，非也。

朝鮮·正祖《經史講義·詩》：

允大對：室則以喻王室也。

朝鮮·沈大允《詩經集傳辨正》：

言其勤勞如此者，以王室之新造而未集也。

朝鮮·朴文鎬《詩集傳詳説》卷六:

室家,巢也。以巢之未成也。(補以字)以比己之前日所以勤勞如此者,以王室之新造而未集(安也)故也。(此又説還本事。)

李雷東按:

"曰予未有室家"一句句解涉及"曰"、"予"、"未有"、"有"、"室家"和整句解説等幾個問題。現分述如下。

一 曰

1. 唐·孔穎達:"言曰,則此句説彼作亂之意。……曰者,陳其管、蔡之言。"(《毛詩正義》卷八)

2. 明·張次仲:"'曰'字申明上四句之意。"(《待軒詩記》卷二)

二 予

唐·孔穎達:"予者,還周公自我也。"(《毛詩正義》卷八)

三 未有

宋·王質:"言武王克商二年而病,五年而喪,饗國日淺,初基未固,故曰未有。"(《詩總聞》卷八)

四 有

宋·王質:"有當如克有常憲之有,有諸己之有,言永保也。"(《詩總聞》卷八)

五 室家

1. 宋·王質:"室家,亦成周也。"(《詩總聞》卷八)

2. 宋·朱熹:"室家,巢也。"(《詩經集傳》卷八)

3. 明·錢天錫:"夫予之室家,王之室家也。"(《詩牖》卷五)

六 整句解説

1. 《毛詩故訓傳》:"謂我未有室家。"(《毛詩正義》卷八)

2. 漢·鄭玄《毛詩箋》:"我作之至苦如是者,曰我未有室家之故。"(《毛詩正義》卷八)

3. 唐·孔穎達:"毛以爲,……我先王爲此室家,勤苦若是。管、蔡之輩,無道之人,輕侮稚子,弱寡王室,乃爲言曰'我此稚子,未有室家',欲侵毀之,故

不可不誅殺也。"（《毛詩正義》卷八）

4. 唐·孔穎達："鄭以爲，……鴟鴞又言，己所以勤勞爲此室巢者，曰予未有室家，故勞力爲此，是以今甚惜之。"（《毛詩正義》卷八）

5. 唐·孔穎達："曰予未有室家，管、蔡意謂我稚子未有室家之道，故輕侮之。上章疾其輕侮，故此章言其輕侮之意也。"（《毛詩正義》卷八）

6. 唐·孔穎達："王肅云：'我爲室家之道至勤苦，而無道之人弱我稚子，易我王室，謂我未有室家之道。'"（《毛詩正義》卷八）

7. 宋·蘇轍："予之所以勤勞病瘁而不辭者，曰予未有室家故也。奈何既成而將或毀之哉！"（《詩集傳》卷八）

8. 宋·李樗《毛詩詳解》："未有室家，詩人但借以喻先王未得天下如此。"（《毛詩李黄集解》卷十八）

9. 宋·李樗《毛詩詳解》："王氏以謂周公之時未得爲有室家而爲之説，以爲文武之受命矣，而未有室家者，天下未集，則亦不得言有室家也。"（《毛詩李黄集解》卷十八）

10. 宋·范處義："鳥未成巢，猶我之王室未安也。"（《詩補傳》卷十五）

11. 宋·朱熹："以巢之未成也。以比己之前日所以勤勞如此者，以王室之新造而未集故也。"（《詩經集傳》卷八）

12. 宋·嚴粲："我作之至苦如是者，曰我未有室家之故也，豈可室成而爲鴟鴞所毀乎？周公以喻己憚勤勞者，以王業未成故也，豈可業成而爲殷民所毀乎？"（《詩緝》卷十六）

13. 明·梁寅："其勞苦如此。蓋曰家室之未就，況能鬻子乎？"（《詩演義》卷八）

14. 明·黄佐："是冲人新嗣曆服，人心之歸附未深，正下'予室翹翹'之謂也。"（《詩經通解》卷八）

15. 明·豐坊："蓋恐室家之未成也。以比先王創業之艱，欲成王念之而修政禦侮，以申前章之意。"（《魯詩世學》卷十五）

16. 明·許天贈："予未有室家，言無所栖身而避患也。"（《詩經正義》卷九）

17. 明·江環："蓋以我未有室家而栖其身之無所故。雖至于身口盡病，亦有不得而辭者矣。"（《詩經鐸振》國風卷之三）

18. 明·鄒之麟："此句足破其不利孺子之説。"（《詩經翼注講意》卷一）

19. 明·張次仲："'未有室家'者，以天下愛戴尚淺，人心歸附未深也。"（《待軒詩記》卷二）

20. 明·錢天錫："夫予之室家，王之室家也。王實有此室家，而不釋然于綢繆室家之人，予不足惜，而王不可念哉。甘憔悴於吾身，可言也。"（《詩牖》卷五）

21. 明·錢天錫："曰予未有室家，有味。當初不利孺子之謗，必以周公止爲身謀，今特表出未有家室，見得我平日之吐哺握髮，固結人心，祈永天命，祗以王室之未集，豈爲身謀而顧云不利也？大抵人情所自利在一身，我拮据卒瘏不利殊甚，豈有不圖身之利，而顧利孺子者哉？"（《詩牖》卷五）

22. 明·胡紹曾："觀未有室家之言，則先王之得天下而更欲保天下也，其情亦孔亟矣。"（《詩經胡傳》卷五）

23. 清·錢澄之："周公以王室爲室家也。王室初創，人心未定，故視此室家皆有不敢即安之意。武庚之變，公蓋早慮之矣。"（《田間詩學》卷五）

24. 清·李塨："凡鳥巢以爪取草而曰綴葺也。是何爲哉？曰予未有室家，不得不嘗此苦也。公自喻其勤勞也。"（《詩經傳注》卷三）

25. 清·姜炳璋："亦曰王室未成，未有家室耳。彼固親見之者也。"（《詩序補義》卷十三）

26. 清·牟庭："曰予未有室家，哀鳴之詞也。"（《詩切》）

27. 清·劉沅："言當日之成此巢也，辛苦備嘗，曰予未有室家，以比文考當日積德行仁，欲其子孫仰體而無相害，非謂其謀王業也。"（《詩經恒解》卷二）

28. 清·王先謙："言予所以手口俱病者，以前此未有室家之故，以喻兵戈不息，未及營洛定鼎之事也。"（《詩三家義集疏》卷十三）

29. 清·王闓運："言魯不可葬，若毀我室，則無可葬也。"（《毛詩補箋》）

30. 清·馬其昶："曰予未有室家，即述其侮予之言。"（《詩毛氏學》十五）

31. 民國·李九華："所以然者，曰予未有室家，不得不嘗此苦也。"（《毛詩評注》卷十五）

32. 日本·岡白駒："然有輕侮我稚子，而謂我未有室家者，蓋言武庚圖周室也。"（《毛詩補義》卷五）

33. 日本·皆川願："此蓋言其有巢猶與未有同也。"（《詩經繹解》卷七）

三章章旨

漢·鄭玄《毛詩箋》（《毛詩正義》卷八）：

此言作之至苦，故能攻堅，人不得取其子。……我作之至苦如是者，曰我未有室家之故。

唐·孔穎達《毛詩正義》卷八：

毛以爲，鴟鴞言己作巢之苦，予手撠挶其草，予所捋者是荼之草也。其室巢所用者，皆是予之所蓄爲。予手口盡病，乃得成此室巢，用免大鳥之難。喻周之先王亦勤勞經營，乃得成此王業，用免侵毀之患。我先王爲此室家，勤苦若是。管、蔡之輩，無道之人，輕侮稚子，弱寡王室，乃爲言曰"我此稚子，未有室家"，欲侵毀之，故不可不誅殺也。

鄭以爲，鴟鴞手口盡病，以勤勞之故，攻堅之故，人不得取其子。假有取其子，仍不得毀其室巢。以喻諸臣之先臣，以勤勞之故、經營之故，王不得殺其子孫。假使殺其子孫，仍不得奪其官位土地。鴟鴞又言，己所以勤勞爲此室巢者，曰予未有室家，故勞力爲此，是以今甚惜之。喻屬臣之先臣，所以勤勞爲此功業者，亦由未有官位土地，故勤力得此，是以今甚惜之。王若殺此諸臣，不得奪其官位土地也。

正義曰：……上章疾其輕侮，故此章言其輕侮之意也。……王肅云："我爲室家之道至勤苦，而無道之人弱我稚子，易我王室，謂我未有室家之道。"

宋·歐陽修《詩本義》卷五：

至於口手羽尾皆病弊，積日累功乃得成此室，以譬寧誅管、蔡，無使亂我周室也。我祖宗積德累仁造此周室，以成王業，甚艱難。其再言鴟鴞者，丁寧而告之也。

宋·蘇轍《詩集傳》卷八：

以手捋荼則至於拮据，以口蓄租則至於卒瘏，予之所以勤勞病瘁而不辭者，曰予未有室家故也。奈何既成而將或毀之哉！

宋·李樗《毛詩詳解》（《毛詩李黃集解》卷十八）：

蘇氏曰：“予手之捋荼而至於拮据，予口之蓄租而至於卒瘏，口手勤勞而不辭者，曰予未有室家故也。”此說盡之矣。言予手樀捐其草，予所取者是荼之草也。予口之所蓄積而至於盡病，所以如此其勤勞者，曰予未有室家爾。

宋·范處義《詩補傳》卷十五：

手則捐持其草，口則捋采其荼，至於蓄積租取。不特手病，口亦病矣。鳥未成巢，猶我之王室未安也。

宋·朱熹《詩經集傳》卷八：

亦爲鳥言。作巢之始，所以拮据以捋荼蓄租，勞苦而至於盡病者，以巢之未成也。以比己之前日所以勤勞如此者，以王室之新造而未集故也。

宋·呂祖謙《呂氏家塾讀詩記》卷十六：

朱氏曰：“亦爲鳥言。所以拮据捋荼蓄租，勞苦而至於病者，以巢之未成也。以比己之所以勤勞如此者，以王室新造而未集故也。”

宋·林岊《毛詩講義》卷四：

予手撆捐，予所捋取萑苕，予所蓄積，予口盡病，謂予未有室家之故。

宋·輔廣《詩童子問》卷三：

先言手之拮据，終言口之卒瘏，亦言之法。

又：三章則遂言己之勞苦以至於口手盡敝者，以王室新造而未集之故。

宋·魏了翁《毛詩要義》卷八：

予手口盡病，以成室家，喻周先王。

“予手”至“室家”，毛以爲鴟鴞言己作巢之苦。予手撆捐其草，予所捋者是荼之草也。其室巢所用者，皆是予之所畜。爲予手口盡病，乃得成此室巢，用免大鳥之難，喻周之先王亦勤勞經營乃得成此王業。

宋·戴溪《續呂氏家塾讀詩記》卷一：

三章言手足之勞，口體之傷，正謂其未有室家故也。

宋·嚴粲《詩緝》卷十六：

又托爲鳥言。予手拘持者，是予所捋取萑苕也。予所蓄租取，而予口盡病也。

我作之至苦如是者，曰我未有室家之故也，豈可室成而爲鴟鴞所毀乎？周公以喻己憚勤勞者，以王業未成故也，豈可業成而爲殷民所毀乎？

元·朱公遷《詩經疏義》（《詩經疏義會通》卷八）：

三章言其所以勤勞之故。

元·劉玉汝《詩纘緒》卷八：

三章比己勤勞。皆前日事。

明·胡廣《詩傳大全》卷八：

亦爲鳥言。作巢之始，所以拮据，以捋荼蓄租，勞苦而至於盡病者。（華谷嚴氏曰：“手拮据而捋荼，蓄租而口卒瘏，交錯言之也。”）以巢之未成也，以比己之前日所以勤勞如此者，以王室之新造而未集故也。

明·呂柟《毛詩說序》卷二：

三章言其作室之功也。

明·袁仁《毛詩或問》卷上：

三章言作之勤也。

明·季本《詩說解頤》卷十四：

此章言己勤勞作室之意。

明·黄佐《詩經通解》卷八：

三章言所以勤勞之故。

明·豐坊《魯詩世學》卷十五：

作巢之始，手口并勞，取其以藉，蓄聚其食，以至于病。蓋恐室家之未成也。以比先王創業之艱，欲成王念之而修政禦侮，以申前章之意。舊說亦謂周公自比己之前日勤勞，可謂陋矣。

明·許天贈《詩經正義》卷九：

三章喻己爲王室未造而用力之勞也。

又：大臣喻己勤勞王室之故，諷君之意微矣。

此章喻己所以勤勞王室者，正以王室之新造而未集也。

又：抑爾之毀我室也，豈我葺治之務有未勤者乎？當其始也，予手拮据，手與口而并作，以捋荼焉，俾經營之有具也。以蓄租焉，俾結構之有需也。勤於所事，而我之口遂與手而盡病矣。是豈好於自勞哉？蓋以我未有室家，栖身之無其所也，備患之無其資也，又安得以自逸乎？斯則以無巢之故，而我之急於所事者，

313

又如此其勤矣。

明·江環《詩經鐸振》（《詩經尊朱删補》）國風卷之三：

三章言爲王室而盡勤勞之力。合二、三章總是明己忠愛王室以見其不可毀也。

又：又以我作巢之始言之。本之以深愛之心，而盡其勤勞之力，手口并作，于以將荼以爲藉巢之資，又從而蓄聚之以爲藉巢之計，多方經營，不以休息，而我之口遂與手而盡病矣，是豈好爲自勞哉？蓋以我未有室家而栖其身之無所故。雖至于身口盡病，亦有不得而辭者矣。

【主意】此章比己昔日之勤勞，以王室之未集也。

又：中二章喻己忠愛而勤勞之意。

明·郝敬《毛詩原解》卷十六：

予之手拮据而操作，予捋取萑苕以藉巢，予蓄而積之，租而聚之，以至于予口盡病，凡以我未有室家耳，豈爲爾毀乎？

明·徐光啟《毛詩六帖講意》一卷：

曰：三章五個"予"字可玩。勞亦予也，病亦予也，惟予而已，無可他諉者，爲予室故也。上下四"予"字，見匪躬之義。末一"予"字，見體國之忠。

明·姚舜牧《重訂詩經疑問》卷三：

三章"予手拮据，予所捋荼"云云，正言其所徹取而綢繆者，無非爲此室家計。

又：凡鳥營巢，必手口共作，故始稱予手拮据，後稱予口卒瘏，捋荼蓄租正其所拮据而卒瘏者。

周公在當時，事爲之制，曲爲之備，無非爲王室謀，以立萬年不拔之業。乃當時或疑其所爲謀者，皆爲己計。今攝政而將不利于孺子，故作此詩以曉成王。

明·沈守正《詩經說通》卷五：

二、三章追述己爲巢勤苦之意如此也。

明·曹學佺《詩經剖疑》卷十二：

末二章是周公自言身雖在外，乃心王室，而不能自已。予手拮据，予羽譙譙，亦不必指定向日在周，今日居東所爲，大抵形容其勞形瘁神，不獲自安之意。所以者何？

明·陸燧《詩筌》卷一：

二、三章，追述己爲巢後先勤苦之意如此。……三章五個"予"字可玩。見忠臣匪躬之義，無可他諉，通詩俱作鳥言。

明·陸化熙《詩通》卷一：

三章承上説。蓋既思以未所綢繆，免下民之侮，則一身勤勞自不暇恤矣。拮据言手，卒瘏言口，互文也。惟手口并作，故手口俱病。蓄租，皆虛字，謂捋荼以積起來也，不平看。徹土、綢繆，與捋荼、蓄租，不必辨其孰先孰後，總是危苦之詞。一章自爲一意，叠叠相承。

明·顧夢麟《詩經説約》卷十：

《通解》：此章又是上章前面事。

《六帖》：“捋荼、蓄租，是創造時事。上文綢繆牖户，則既成之後，又復纏綿補葺，以圖萬全，防不測也。故《傳》於三章曰：‘王室未集，則未成時也。’二章曰：‘深愛王室，則爲既集時矣。’此意在‘綢繆牖户’一句看出，非是強生枝節。可見前人讀書心思細密如此。”

麟按：此章上四句因《集傳》訓拮据爲手口共作，遂令解者多費斡旋。今觀子由云：“以手捋荼則至於拮据，以口蓄租則至於卒瘏。”坦叔云：“予手拘持者，是予所捋取萑苕也。予所蓄積租取，而予口盡病也。”則兩句一連之理，本自分明，何必曰互文錯言，甚而如《詩説》所云“手裏要入口字，口字要入手字”乎？《詩説》者，薛仲常作也，頃以正見示，初疑异書，今正平平，必贗本耳。

明·鄒之麟《詩經翼注講意》卷一：

二章三章皆本“無毀我室”之意説來。

又：乘上而言。其綢繆之苦，勤勞意，亦根上章所謂深愛來。

明·張次仲《待軒詩記》卷二：

數“予”字可玩，勞亦予也，病亦予也，惟予而已，無可諉者。

明·錢天錫《詩牗》卷五：

徐云：“五個‘予’字可玩。勞亦予也，病亦予也，惟予而已，無可他諉者，爲予室故也。上四‘予’字，匪躬之義，下一‘予’字，體國之忠。”

明·何楷《詩經世本古義》卷十之上：

武王未受命，而周公欲以一手之烈，成文武之德，苦可知矣。……徐光啓云：“五個‘予’字可玩。勞亦予也，病亦予也，惟予而已，無可他諉者，爲予室故也。上四‘予’字，匪躬之義，下一‘予’字，體國之忠。”愚按：此周公自追其前日攝政之事而言。

明・唐汝諤《毛詩蒙引》卷七：

二、三章承言所以然者，以我於王室誠深愛而預防之，其初所爲極其勞瘁者，正以王室之未造故也。然盡瘁至此，而王室猶然未安……

三章，輔潛庵曰："……先言手之拮据，後言口之卒瘏，立言之法也。"

許南台曰："周公平日握髮吐哺，任賢圖治，真可謂拮据而甚病矣。"

論綢繆之時，非不勤勞，而拮据之勞，亦其深愛之心無所不至處，或以上爲忠愛王室，此爲勤勞王室者，固哉，高叟之爲詩也。

鄒嶧山曰："疑當時流言必以周公平日勤勞，皆爲己謀，故周公言其皆爲王室，正以破其不利孺子之説也。"

輔潛庵曰："流言以周公爲己謀，而公自以王室爲己之室家無所避也。此又可見其正大之情。"

徐玄扈曰："五個'予'字可玩。勞亦予也，病亦予也，惟予而已，無可他諉者，爲予室故也。上四'予'字，見匪躬之義。下一'予'字，見體国之忠。"

明・楊廷麟《詩經聽月》卷五：

三章言爲王室而盡勤勞之力。

又：又以我作巢之始言之。本之以深愛之心，而盡其勤勞之力，手口并作，于以将荼，以爲藉巢之資，又從而蓄聚之，以爲藉巢之計，多方經營，不少休息，而我之口遂與手而盡病矣，豈好爲自勞哉？蓋以我未有室家，而栖身之無所，故雖至於身口盡病，亦有不得而辭者矣。

又：徐玄扈曰："五個'予'字可玩。勞亦予也，惟予而已，無可他諉者，爲予室故也。上四'予'字，見匪躬之義。下一'予'字，見體國之忠。"

又：此章比己昔日之勤勞，以王室之未集也。

【文法】郭柯汾擬《鴟鴞》三節題此題。是托爲鳥言，想倚伏之數。先天行，以肆其凶，上天多怙，亂之心以肆其毒耶！乃鴟鴞毀子，予不勝恩勤之憫矣。庶幾予室尚完耳。雖不獲與諸子共構，而猶欲以獨力自衛，有深憂預防之慮，故一身勤勞，自不暇恤，作文須得此意。

明・范王孫《詩志》卷九：

須知是懿親憂國，不是宰臣告病。公非病病也。病乃遭變之托詞也。此時欲已不得，欲任不能，如云□此予之所能爲者，力既憊矣。後此事之所當爲者，予又病矣。不云遭變不能爲，而云病不能爲，此立言之法也。雖然心不能不爲，而身不能爲，正恐時尚可爲，而勢將不及。爲雖欲不病，不可得矣。

陳大士曰："舉構造之艱難告之，使知非旦夕者，庶或見置也。舉獨爲之苦衷告之，使知無旁代者，庶或見哀也。"

明·陳元亮《鑒湖詩説》卷一：

此以"未有室家"句爲主，承上言徹土如此、綢繆如此，故惟慮荼之不能蓄，而何慮乎口之勞？惟慮蓄租之不足，以備陰雨之防。何計拮据之苦？夫是手口并作，而手口交瘁也。自"徹土"至"卒瘏"，皆根一"迨"字來，口氣最緊。

清·朱鶴齡《詩經通義》卷五：

此周公自明前日之輔政，非爲身謀，正以王室未定之故。

清·錢澄之《田間詩學》卷五：

愚按：周公以王室爲室家也。王室初創，人心未定，故視此室家皆有不敢即安之意。武庚之變，公蓋早慮之矣。

清·張沐《詩經疏略》卷四：

此章述居東勤勞之苦心，又托鳥言曰：予手則不停而常拮据，口則将荼蓄租，而至于病。豈好爲此哉？曰予未能有此室家耳。

清·冉覲祖《詩經詳説》卷三十一：

亦爲鳥言。作巢之始，所以拮据，以将荼蓄租，勞苦而至於盡病者，以巢之未成也，以比己之前日所以勤勞如此者，以王室之新造而未集故也。

《通解》："此章又是上章前面事。"

又：《説約》："此章上四句，因《集傳》訓'拮据'爲手口并作，遂令解者多費斡旋。今觀子由云：'以手将荼則至於拮据，以口蓄租則至於卒瘏。'與叔坦説俱兩句一連，文理本自分明，何必曰互文錯言，甚而如《詩説》所云'手裏要入口字，口裏要入手字'乎？《詩説》者，薛仲常作也。頃以見示，初疑異書，今正平平，必贗本耳。家，古義虞韵。【副墨】勞者惟予，病者惟予，予無可諉者，爲王室故也。上四'予'字，匪躬之義。下一'予'字，體國之忠。"

【衍義】此章比己昔日之勤勞，以王室之未集也。……元峰云："此即上徹桑土之事。"肯綮云："注言'作巢之始'。'始'字當在'綢繆牖户'之前。"此説爲得詩旨。蓋此言王室之未集，則室未成時也。而上曰深愛王室，則爲既集時矣。但深愛勤勞亦相關，皆爲王室之事也。王室新造未集，以受命未久，人心未固言。此與上章正以破其不利孺子之説。蓋當時流言，疑必以周公平日勤勞皆爲己謀，

317

故周公言此以見其皆爲王室，以曉王也。

【正解】一説徹土、綢繆與捋荼、蓄租，不必辨其孰先孰後，總是危苦之辭。

此承上説，蓋既思以未雨綢繆，免下民之侮，則一身勤勞自不暇恤矣。

又：自鳥言之，用口銜，故言口，而手則其爪也。予意上三句皆言手，而"予口"句補出口，似覺明爽。

綢繆即是作巢事，不分此爲作巢之始，綢繆爲已成之後，似亦可。

【講】我始之治室之勞也，予手拘持而拮据者，是予所捋取萑苕以爲藉，又予所於荼積聚之，而手口爲之盡病也，是果何爲哉？曰予尚未有室家，而栖身無所，故雖手口盡瘁，而不敢辭耳。

又：【正解】三章言爲王室而盡勤勞之力。合二、三章總是明己忠愛王室，以見其不可毀也。

清・秦松齡《毛詩日箋》卷二：

三章言先王之勤勞也。

清・李光地《詩所》卷二：

又叙其方營巢時，多所捋取以爲之材，多所蓄積以爲之備。手攫不足，繼以口銜，勞瘁之至，惟慮室家之未成耳。

清・王鴻緒等《欽定詩經傳説彙纂》卷九：

蘇氏轍曰："以手捋荼則至於拮据，以口蓄租則至於卒瘏，予所以勤勞病瘁而不辭者，曰予未有室家故也。奈何既成而將或毀之哉！"

清・王心敬《豐川詩説》卷十一：

三章以後，皆自明己志。

又：予之手拮据而造作，予將取萑苕以籍巢，予蓄而積之，租而聚之，以至予口盡病，凡以我未有室家耳，豈爲爾毀乎？

清・姜文燦《詩經正解》卷十：

三章言爲王室而盡勤勞之力。合二、三章總是明己忠愛王室，以見其不可毀也。

又：【合參】又以我作巢之始言之。本之以深愛之心，而盡其勤勞之力。予手拘持而拮据者，予以捋荼爲藉巢之資而無敢弃也。荼具矣，保無匱乏歟。則又從而蓄聚以爲將來之計，而勿容息也。多方經營，不少休息，而我之口卒與手而盡病焉。蓋物力雖幸寬，而神形已不勝其疲矣。是豈好于自勞哉？蓋曰予未有室家，栖身之無所，而備患之無資，故雖至于口手盡病，亦有不得而辭者矣。

【析講】此章首四句喻己昔日之成勞，末句推其故爲王室未安也。麟士按："上四句，因《集傳》訓'拮据'爲手口并作，遂令解者多費斡旋。今觀子由云'以手捋荼則至于拮据，以口蓄租則至于卒瘏'，本自分明，何必曰互文錯言，甚而如《詩説》所云'手裏要入口字，口裏要入手字'乎？"固是然。

此承上説，蓋既思以未雨綢繆，免下民之侮，則一身勤勞自不暇恤矣。

味五"予"字，言勞者惟予，病者惟予，予無可諉者，正爲予室故也。上四"予"字，匪躬之義。下一"予"字，體國之忠。

清·黃夢白、陳曾《詩經廣大全》卷九：

言予手拘持者，是予所捋取萑苕也，予所蓄積租取而予口盡病也。我作之至苦如此者，曰我未有室家之故。朱子云："以比己之所以勤勞如此者，以王室之新造而未集故也。新造未集，以受命未久，人心未固言。"徐光啓云："五'予'字可玩。勞亦予也，病亦予也，惟予而已，無可他諉者，爲予室故也。上四'予'字，見匪躬之義。下一'予'字，見體國之忠。"鄒泉云："疑當時流言，必以周公平時勤勞皆爲己謀，故周公言其皆爲王室，正破其不利孺子之説也。"

清·張叙《詩貫》卷五：

此三章皆申"無毀我室"之意。……三章序其正營巢時，多所捋取以爲之材，多所蓄積以爲之備，手攫不足，繼以口銜。拮据勞瘁，惟慮室家之未成也。

清·汪紱《詩經詮義》卷四：

思患預防，或可以固王室矣。然國之圖維誠，非易易也。予嚮者之勤勞至矣，凡以王室未安故也。予臣避矣，避敢安矣。顧王今日之艱難，其當思何以宏濟也，至是乃微有自白之辭。然所以自白者，亦以見綢繆牖戶之難，以動王憂勤之意，蓋周公之疑不白，則王室之危不安，誠有所不得已焉耳。周公之心始終，一曰予未有室家之心也，寧暇爲身謀哉？於後王執金縢之書以泣，曰："昔公勤勞王家，惟予幼冲人未及知。"蓋亦本此章之語而云然故也。

清·許伯政《詩深》卷十五：

予手拮据，予所捋荼，予所蓄租，予口卒瘏，勤勞若是，曰予未有室家也，豈料鴞竟取子以圖毀室乎？

清·劉始興《詩益·詩本傳》卷三：

前章曰徹桑土，此章曰捋荼蓄租，又此章曰手拮据、口卒瘏，下章曰羽譙譙、尾翛翛，皆一意而上下分言之。

清·顧鎮《虞東學詩》卷五：

三章言惟其如是，所以不能已於拮据捋荼卒瘏也。上下皆著"予"字以別之，其義曉然。此正言其汲汲東征，實以王室未定之故，曰予未有室家，特地申明此句，以破其疑。

清·傅恒等《御纂詩義折中》卷九：

蘇轍曰："以手捋荼則至於拮据，以口蓄租則至於卒瘏，予所以勤勞病瘁而不辭者，以予未有室家故也。"輔廣曰："當時流言必以周公平日勤勞，皆爲己謀，非爲王室，故公言此以釋成王之疑，非自誇其功也。"

清·羅典《凝園讀詩管見》卷五：

蓋鳥言以爲今女下民，或敢侮予，則予則有巢而末由近，雖欲迨天之未陰雨，徹彼桑土，綢繆牖户，亦苦於功無可施也。以視人之有手拮据，束而不動者，殆無以別矣。然予手拮据既阻補苴之，今願能忘締造之前事乎。夫予之得有巢，以爲室家者，非易易也。試取以爲女告巢之結構，且無論已，即於巢中之物有荼焉，予所捋也。有租焉，予所蓄也。捋之蓄之，孰非由予口者，夫捋荼蓄租，此爲巢之終事也。卒也，有始而後有卒。予口始未瘏，而卒則瘏矣，乃女之據其巢而忘所自來者，則竟曰予未有室家也。予何堪其回首而神傷哉？

清·范家相《詩瀋》卷十：

相寧王，伐大商，紹天命，承謨烈，遺大投艱，不敢少寧者，昔之拮据捋荼蓄租，唯恐室家未立之憂勤也，乃今之來東。

清·汪梧鳳《詩學女爲》卷十五：

三章曰拮据、捋荼、蓄租、卒瘏，言前之積累勤勞，至今而國勢未安也。

清·姜炳璋《詩序補義》卷十三：

三國鼎峙，互爲聲援，以制一小腆之武庚，尚敢有侮予者乎？豈意變生不測，綢繆之計適遺以搖蕩之謀，豈二叔未知吾經營王室之瘁乎？吾向也拮据蓄租捋荼，亦曰王室未成，未有家室耳。彼固親見之者也。

清·牟庭《詩切》：

倘令縮予手，不持而拮据，予所捋取不勤而緩舒，予所蓄聚不多而麤粗，則予張口而鳴呼，音卒遽而口病瘏，曰予牖户未綢繆，猶之未有室家居。

清·劉沅《詩經恒解》卷二：

亦爲鳥言，申明首章恩勤鬻子之意。言當日之成此巢也，辛苦備嘗，曰予未有室家，以比文考當日積德行仁，欲其子孫仰體而無相害，非謂其謀王業也。

清·成僎《詩説考略》卷八：

三章言先君之勤勞也。

清·林伯桐《毛詩通考》卷十五：

《傳》意言王業艱難，正是周公之志也。《箋》皆以屬臣先世欲保此官位土地爲言，何以明忠愛之志？

清·李詒經《詩經蠡簡》卷二：

"予手"章言其綢繆之勞苦。

清·李允升《詩義旁通》卷五：

蘇穎濱云："以手捋荼，則至於拮据，以口蓄租，則至於卒瘏，予所以勤勞病瘁而不辭者，曰予未有室家故也。奈何既成而將或毀之哉！"

何元子云："承上章毀室言，而深以綢繆牖户，望成王早圖之也。舊説謂周公自述其締造周密，則於末章'予室翹翹'可難通。且汲汲自多其功，於忠義淺矣。"

清·顧廣譽《學詩詳説》卷十五：

徐氏光啟曰："五'予'字可玩，勞亦予也，病亦予也，惟予而已，無可他諉者，爲予室故也。上四'予'字，匪躬之義。下一'予'字，體國之忠。"陰雨未至，當思有以豫防之，公固已致力於前矣，故曰迨風雨既至，當思有以救止之，則非公身處事外，所得爲不能不以悔悟之機望王，故曰"維音嘵嘵"。

清·鄧翔《詩經繹參》卷二：

營巢之苦，匪特手病，口亦病矣。豈有他哉？爲室家未立故。此闢公將不利孺子一語。言予爲王謀，所以釋成王之疑，非誇其功也。

清·吕調陽《詩序議》二：

三章叙己昔者作室之勤，以王室新造而未集也。

清·王先謙《詩三家義集疏》卷十三：

言予所以手口俱病者，以前此未有室家之故，以喻兵戈不息，未及營洛定鼎之事也。

清·馬其昶《詩毛氏學》十五：

昶按：此承上章"綢繆牖戶"，申説周室締造之艱，而下民猶有敢侮予者。曰予未有室家，即述其侮予之言。

民國·焦琳《詩蠲》卷四：

前章言已成之業尚匪完固，時時慮禍，如或伺之，方互相援繫之不暇，以見不敢有別心。此章言未成之事已啓其端，身雖盡瘁，尚無成就之可言，以見決不可貪以爲利，而盡廢前功也。曰："予既拮据予之手，僅将取荼苛而蓄租之，将以藉巢，而究未成爲藉也，故瘏口以念未有室家也，以比前日所謀始之事。今尚未成，則當日爲王言某某事不至某某景象，即不爲上理，必有某某弊害，即無以爲國，此其説。王豈忘之，而謂旦肯以非分之圖，悉廢弃之耶？"

日本·中村之欽《筆記詩集傳》卷五：

徐玄扈曰："上四'予'字，見匪躬之義。下一'予'字，見體國之忠。"

日本·三宅重固《詩經筆記》七：

徐光啓云："五'予'字可玩，勞亦予也，病亦予也，惟予而已，無可他諉者，爲予室故也。上四'予'字，見匪躬之義。下一'予'字，見體國之忠。"

日本·岡白駒《毛詩補義》卷五：

假鳥作巢之勞苦，言周家成王業之艱難，以演首章"無毀我室"之意。此章及卒章每句曰"予"，蓋見周家建王業，固非一人一世之力焉。

日本·赤松弘《詩經述》卷四：

言作巢之始，所以拮据以将荼蓄租，勞苦而至於盡病者，以巢之未成也，以喻己之前日所以勤苦如此者，以王室之新造而未集故也。

日本·皆川願《詩經繹解》卷七：

此言鳥結巢之拙且勞，以喻學者不能以詩治心而徒爲雜慮勞勩也。

此章與下章蓋擬侮者之言，當如此也。此言彼必謂"予手拮据"，不能更執其他矣。又謂予所将者必荼，謂予所蓄者必苴，而因又以謂所将者荼，則其所共作佐之以其口，而口卒瘏矣，所蓄者苴，則其亦未有室家者矣。

日本·豬飼彦博《詩經集説標記》：

《名物鈔》："三章自言自武王以來至成王初年，盡力經營之勞苦。"

又：《説約》："此章上四句因《集傳》訓拮据爲手口共作，遂令解者多斡旋。今觀子由云：'以手将荼，則至於拮据，以口蓄租，則至於卒瘏。'坦叔云：'予手拘持者，是予所将取萑苕也。予所蓄積租取，而予口盡病也。'則兩句一連之理，本自分明，何必曰互文錯言。”

日本·太田元貞《詩經纂疏》卷七：

王肅云：“我爲室家之道至勤苦，而無道之人弱我稚子，易我王室，謂我未有室家之道。”

王肅云：“言盡力勞病，以成攻堅之巢，而爲風雨所漂搖，則鳴音嘵嘵然而懼，以言我周累世積德，以成篤固之國，而爲凶人所震蕩，則己亦嘵嘵而懼。”

日本·仁井田好古《毛詩補傳》卷十五：

【補】王肅曰：“我爲室家之道至勤苦若是，而無道之人弱我稚子，易我王室，謂我未有室家。”

日本·山本章夫《詩經新注》卷中：

亦爲鳥言，以比己之前日所以勤勞如此者，因王室新造而未完全也。

朝鮮·朴世堂《詩經思辨録》：

三章四章又言己所以竭心殫力，至於焦勞之若是者，無非欲爲王室定鞏固之業。今乃爲奸人之動搖，目見王室之將危，所以恐懼而呼號也。

朝鮮·沈大允《詩經集傳辨正》：

言其勤勞如此者，以王室之新造而未集也。

朝鮮·朴文鎬《詩集傳詳説》：

亦爲鳥言。作巢之始，所以拮据以将荼蓄租（三句是一串事），勞苦而至於盡病者（手口皆病。華谷嚴氏曰：“手拮据而将荼，蓄租而口卒瘏，交錯言之也。”互文），以巢之未成也。（補以字）以比己之前日所以勤勞如此者，以王室之新造而未集（安也）故也（此又説還本事）。

李雷東按：

各家關於三章章旨的解説如下。

1. 漢·鄭玄《毛詩箋》：“此言作之至苦，故能攻堅，人不得取其子。……我作之至苦如是者，曰我未有室家之故。”（《毛詩正義》卷八）

2. 唐·孔穎達：“毛以爲，鴟鴞言己作巢之苦，予手撮揭其草，予所将者是荼之草也。其室巢所用者，皆是予之所蓄爲。予手口盡病，乃得成此室巢，用免大鳥之難。喻周之先王亦勤勞經營，乃得成此王業，用免侵毀之患。我先王爲此室家，勤苦若是。管、蔡之輩，無道之人，輕侮稚子，弱寡王室，乃爲言曰'我此稚子，未有室家'，欲侵毀之，故不可不誅殺也。"（《毛詩正義》卷八）

3. 唐·孔穎達："鄭以爲，鴟鴞手口盡病，以勤勞之故，攻堅之故，人不得取其子。假有取其子，仍不得毀其室巢。以喻諸臣之先臣，以勤勞之故，經營之故，王不得殺其子孫。假使殺其子孫，仍不得奪其官位土地。鴟鴞又言，己所以勤勞爲此室巢者，曰予未有室家，故勞力爲此，是以今甚惜之。喻屬臣之先臣，所以勤勞爲此功業者，亦由未有官位土地，故勤力得此，是以今甚惜之。王若殺此諸臣，不得奪其官位土地也。"（《毛詩正義》卷八）

4. 唐·孔穎達："上章疾其輕侮，故此章言其輕侮之意也。"（《毛詩正義》卷八）

5. 唐·孔穎達："王肅云：'我爲室家之道至勤苦，而無道之人弱我稚子，易我王室，謂我未有室家之道。'"（《毛詩正義》卷八）

6. 宋·歐陽修："至於口手羽尾皆病，積日累功乃得成此室，以譬寧誅管、蔡無使亂我周室也。我祖宗積德累仁造此周室，以成王業，甚艱難。其再言鴟鴞者，丁寧而告之也。"（《詩本義》卷五）

7. 宋·蘇轍："以手捋茶則至於拮据，以口蓄租則至於卒瘏，予之所以勤勞病瘁而不辭者，曰予未有室家故也。奈何既成而將或毀之哉！"（《詩集傳》卷八）

8. 宋·范處義："手則揭持其草，口則捋采其茶，至於蓄積租取。不特手病，口亦病矣。鳥未成巢，猶我之王室未安也。"（《詩補傳》卷十五）

9. 宋·朱熹："亦爲鳥言。作巢之始，所以拮据以捋茶蓄租，勞苦而至於盡病者，以巢之未成也。以比己之前日所以勤勞如此者，以王室之新造而未集故也。"（《詩經集傳》卷八）

10. 宋·輔廣："則遂言己之勞苦以至於口手盡敝者，以王室新造而未集之故。"（《詩童子問》卷三）

11. 宋·戴溪："三章言手足之勞，口體之傷，正謂其未有室家故也。"（《續呂氏家塾讀詩記》卷一）

12. 宋·嚴粲："又托爲鳥言。予手拘持者，是予所捋取萑苕也。予所蓄租取，而予口盡病也。我作之至苦如是者，曰我未有室家之故也，豈可室成而爲鴟鴞所毀乎？周公以喻己憚勤勞者，以王業未成故也，豈可業成而爲殷民所毀乎？"（《詩緝》卷十六）

13. 元·朱公遷《詩經疏義》："三章言其所以勤勞之故。"（《詩經疏義會通》卷八）

14. 明·呂柟："三章言其作室之功也。"（《毛詩說序》卷二）

15. 明·豐坊："作巢之始，手口并勞，取其以藉，蓄聚其食，以至于病。蓋恐室家之未成也。以比先王創業之艱，欲成王念之而修政禦侮，以申前章之意。"（《魯詩世學》卷十五）

16. 明·徐光啟："曰三章五個'予'字可玩。勞亦予也，病亦予也，惟予而已，無可他諉者，爲予室故也。上下四'予'字，見匪躬之義。末一'予'字，見體國之忠。"（《毛詩六帖講意》一卷）

17. 明·楊廷麟："本之以深愛之心，而盡其勤勞之力，手口并作，于以將荼，以爲藉巢之資，又從而蓄聚之，以爲藉巢之計，多方經營，不少休息，而我之口遂與手而盡病矣，豈好爲自勞哉？蓋以我未有室家，而棲身之無所，故雖至於身口盡病，亦有不得而辭者矣。"（《詩經聽月》卷五）

18. 清·李光地："又敘其方營巢時，多所將取以爲之材，多所蓄積以爲之備。手攫不足，繼以口銜，勞瘁之至，惟慮室家之未成耳。"（《詩所》卷二）

19. 清·牟庭："倘令縮予手，不持而拮据，予所將取不勤而緩舒，予所蓄聚不多而麤粗，則予張口而鳴呼，音卒遽而口病瘏，曰予牖戶未綢繆，猶之未有室家居。"（《詩切》）

20. 清·鄧翔："營巢之苦，匪特手病，口亦病矣。豈有他哉？爲室家未立故。此闢公將不利孺子一語。言予爲王謀，所以釋成王之疑，非誇其功也。"（《詩經繹參》卷二）

21. 清·王先謙："予所以手口俱病者，以前此未有室家之故，以喻兵戈不息，未及營洛定鼎之事也。"（《詩三家義集疏》卷十三）

22. 民國·焦琳："予既拮据予之手，僅將取荼苕而蓄租之，將以藉巢，而究未成爲藉也，故瘏口以念未有室家也，以比前日所謀始之事。今尚未成，則當日爲王言某某事不至某某景象，即不爲上理，必有某某弊害，即無以爲國，此其說。王豈忘之，而謂旦肯以非分之圖，悉廢弃之耶？"（《詩蠲》卷四）

卒章句解

予羽譙譙

《毛詩故訓傳》（《毛詩正義》卷八）：

譙譙，殺也。

漢·鄭玄《毛詩箋》（《毛詩正義》卷八）：

手口既病，羽尾又殺敝，言己勞苦甚。

唐·陸德明《毛詩音義》（《毛詩正義》卷八）：

譙，本或作“燋”，同在消反。

唐·孔穎達《毛詩正義》卷八：

毛以爲，……予羽譙譙然而殺。

鄭：“殺、弊盡同，但所喻者別。”

正義曰：此無正文也。以此言鳥之羽尾疲勞之狀，故知爲殺敝也。

宋·蘇轍《詩集傳》卷八：

譙譙，殺也。

宋·李樗《毛詩詳解》（《毛詩李黃集解》卷十八）：

譙，殺也。……言非獨口手盡病，又至於羽之譙譙然而殺之。

宋·范處義《詩補傳》卷十五：

羽則譙譙而殺矣。

宋·朱熹《詩經集傳》卷八：

譙譙，殺也。羽殺尾敝以成其室，而未定也。

宋·吕祖謙《吕氏家塾讀詩記》卷十六：

毛氏曰："譙譙，殺也。"

宋·楊簡《慈湖詩傳》卷十：

毛《傳》曰："譙譙，殺也。"……譙譙，憔悴也。

宋·林岊《毛詩講義》卷四：

予羽譙譙而殺。

宋·魏了翁《毛詩要義》卷八：

譙譙，殺。消消，敝。翹翹，危。曉曉，懼。

《傳》："譙譙，殺。"……《正義》曰："此無正文也。以此言鳥之羽尾疲勞之狀，故知爲殺弊也。"

宋·嚴粲《詩緝》卷十六：

我營巢之苦，非特手勞口病也，予羽譙譙然殺滅。

元·劉瑾《詩傳通釋》卷八：

譙譙，殺也。……羽殺尾敝，以成其室而未定也。

明·梁寅《詩演義》卷八：

羽之譙譙則脫而殺矣。

明·黄佐《詩經通解》卷八：

羽殺尾敝，即上"卒瘏"意，注中多難疏義。

明·李資乾《詩經傳注》卷十八：

此章發明盈虚之數。鳥生子之多，勢必有鳲鴞參乎其間。若鳩止生二子，安得有鴞耶！惟其子七兮之多，所以一變爲七。七者鴞再變，七變爲九，九者鴞三變。《列子》曰："鴞變爲鶅，鶅之爲布穀，布穀又復爲鴞也。"又按《尚書》，仲夏"鳥獸希革"，革者皮之外變，皮之外者羽也。鳩生子皆在仲夏，覆卵哺子之後，羽焦若樵然。不曰"樵"而曰"譙譙"者，仲夏在鳥獸希革之后，鳥獸毛毨之前，尚未至樵，所以譙字右傍焦，左不傍木也。

明·許天贈《詩經正義》卷九：

羽殺尾敝，以比己既勞悴也。

明·江環《詩經鐸振》（《詩經尊朱删補》）國風卷之三：

羽則譙譙而殺矣。

明·郝敬《毛詩原解》卷十六：

予之羽譙譙然減消矣。

明·徐光啟《毛詩六帖講意》一卷：

羽殺尾敝，在徹彼桑土之後，修改立事，備而罔缺，故曰"或敢侮予"。天命人心凝而未固，故曰"予室翹翹"。

明·曹學佺《詩經剖疑》卷十二：

譙譙，殺也。

又：予手拮据，予羽譙譙，亦不必指定向日在周，今日居東所爲，大抵形容其勞形瘁神，不獲自安之意。

明·顧夢麟《詩經説約》卷十：

嚴《緝》："譙譙，殺也。殺，色界反，減削也。羽殺尾敝，言非特手勞口病也，周公以喻己盡瘁經理王室，如鳥之作巢甚苦。"

明·鄒之麟《詩經翼注講意》卷一：

"予羽"二句，謂拮据，雖非羽尾之所爲，而一身聯屬，手口并作，則羽毛之勤動，亦随之而殺且敝矣。

明·張次仲《待軒詩記》卷二：

譙譙、翛翛，摧頹零落之象。……予羽予尾無不敝壞，皆爲此室耳。

明·錢天錫《詩牖》卷五：

末章"予羽"二句緊承上二章來。

又：甘憔悴於吾身，可言也。

明·何楷《詩經世本古義》卷十之上：

譙，《説文》云："嬈，譊也。"《增韻》云："以辭相責也。"……承上文言我雖勤于爲巢如此，而無如惡我之成者，何也？羽翮所至，輒被譙讓，而予終不能自舍，至于尾毛之長者，亦已消盡，蓋其瘁如此。

明·唐汝諤《毛詩蒙引》卷七：

又曰羽殺尾敝，在徹彼桑土之後，修政立事，備而罔缺，故曰"或敢侮予"。

明·楊廷麟《詩經聽月》卷五：

今羽則譙譙而殺矣。

又：譙譙是羽之敝。

明·范王孫《詩志》卷九：

羽譙譙尾翛翛，是不能以室之故庇其身。

明·賀貽孫《詩觸》卷二：

蓋予之所患者鴟鴞，是以手口既病而予羽復殺。

明·陳元亮《鑒湖詩說》卷一：

羽殺尾敝，正與"綢繆""卒瘏"應。

清·張沐《詩經疏略》卷四：

譙譙，殺也。

清·冉覲祖《詩經詳說》卷三十一：

羽殺尾敝以成其室而未定也。

又：華谷嚴氏曰："譙譙，殺也。殺，色界反，減削也。羽殺尾敝，周公以喻己盡瘏經理王室，如鳥之作巢甚苦。"

又：【正解】譙譙、翛翛，言治室家之勤，應上綢繆至卒瘏等句。

又：按：朱《傳》以比己之既勞瘏，是羽譙尾翛之喻。

又：【講】夫予之爲室不但手勞口病已也，予之羽且譙譙而殺矣。

清·李光地《詩所》卷二：

手口既勞，故羽毛爲之散亂。

清·王心敬《豐川詩說》卷十一：

予之羽譙譙然減削矣。

清·李塨《詩經傳注》卷三：

譙譙，殺也。

清·姜文燦《詩經正解》卷十：

【合參】……今羽則譙譙而殺矣。

又：【析講】譙譙、翛翛，言治室家之勤，應上綢繆至卒瘏等句。

羽殺尾敝，以喻己盡瘏經理王室，如鳥之作巢甚苦也。

清·黃夢白、陳曾《詩經廣大全》卷九：

譙譙，殺也。……言予羽譙譙而殺。

清·張敘《詩貫》卷五：

故羽毛爲之散亂。

清・許伯政《詩深》卷十五：

今予羽既譙譙矣。

清・劉始興《詩益・詩本傳》卷三：

譙譙，殺也。

清・顧鎮《虞東學詩》卷五：

末章羽譙尾翛，則《破斧》"缺斨"之象也。

清・羅典《凝園讀詩管見》卷五：

譙與燋同，用以灼之木也。

清・胡文英《詩經逢原》卷五：

譙譙，憔悴也。

清・牟庭《詩切》：

毛《傳》曰："譙譙，殺也。"《釋文》曰："譙字或作燋，同在消切。"余案：譙，敏碑曰："其先故國師譙贛。"《漢書》作"焦贛"。譙、焦、燋皆音同假借字也。今俗語謂毛羽不修而枯瘁者，曰"譙譙"，詩人遺言也。

忽然予羽不修而譙譙。

清・李富孫《詩經异文釋》六：

《釋文》云："譙，本或作燋。"……案：毛《傳》云："譙譙，殺也。"《周禮》"萉氏"注："杜子春云：'燋，或讀如薪樵之樵。'"或作燋，亦同音通用。

清・劉沅《詩經恒解》卷二：

譙譙，殺也。……予羽則已譙譙，喻三叔見取，傷羽翼也。

清・胡承珙《毛詩後箋》卷十五：

《傳》："譙譙，殺也。"《釋文》："譙，字或作燋，同在消反。殺，色界反，又所例反。"承珙案：譙譙，即噍殺之義，故《傳》訓爲殺。《樂記》："其哀心感者，其聲噍以殺。"鄭注："噍，蹙也。"《釋文》："噍，子遙反，徐在堯反，沈子堯反，蹙也，謂急也。殺，色界反，徐所例反。"又"志微，噍殺之音作"，《正義》曰："噍殺，謂樂聲噍蹙殺小。"此"噍殺"字，《說苑・修文》篇作"憔悴"，《漢書・禮樂志》作"瘴瘁"，顏注："瘴瘁，謂滅縮也。"《左傳・成九年》："無弃蕉萃。"《後漢書・應劭傳》注云："蕉萃、憔悴，古通字。"《國語・吳語》："而日以憔悴。"韋注："憔悴，瘠病也。"《一切經音義》引《三蒼》"憔悴"作"顦顇"。《說文》："顇，顦顇也。"又："魋，面焦枯小也。"此皆"譙譙”訓殺之聲義也。《釋文》“字或作燋”者，《淮南·泛論訓》“燋而不謳”。高注：“燋，悴也。”毛《傳》“殺也”之殺，又與“鍛”同。《淮南·俶真訓》《覽冥訓》俱云“飛鳥鍛翼”，李善注《文選·蜀都賦》引許慎曰：“鍛，殘也。”高注《俶真訓》以“鍛翼”爲折翼，亦其義也。

清·徐璈《詩經廣詁》：

《釋文》：“予羽燋燋。”按：《手鑒》：“燋，傷火也。”燋燋，以狀其殺翮之情，當爲正字。

清·馬瑞辰《毛詩傳箋通釋》卷十六：

《傳》：“譙譙，殺也。”《釋文》：“譙，字或作燋，同。”（瑞辰）按：譙譙當讀如顋頜之顋。《説文》無顋字，惟頜字注：“顋頜也。”顋之本字蓋作醮，《玉篇》引《楚辭》“顏色醮顋”。《説文》：“醮，面焦枯小也。”“燋，火所傷也。”省作焦。本火傷之名，而醮顋等字从之。人面之焦枯曰醮顋，鳥羽之焦殺曰譙譙，其義一也。譙，音義又同噍。《樂記》：“其哀心感者，其聲噍以殺。”注：“噍，踧也。”羽之譙譙與聲之噍踧義亦相近，故《傳》訓爲殺。

清·陳奐《詩毛氏傳疏》卷十五：

譙與噍同，重言之曰“譙譙”。云殺者，《考工記·矢人》：“羽豐則遲，羽殺則躁。”殺與豐正相反。……羽殺尾敝，喻勞苦也。

清·陳喬樅《詩經四家异文考》卷二：

《毛詩釋文》：“譙，本或作燋。”

案：譙、燋，以音同通假。《周禮》：“華氏燋契。”鄭注引杜子春云：“燋，或讀如薪樵之樵。”《漢書·趙充國傳》：“部曲相保，爲塹壘木樵。”師古注：“樵與譙同，亦以音同，假樵爲譙樓。”

清·方玉潤《詩經原始》卷八：

譙譙，殺也。

清·龍起濤《毛詩補正》卷十四：

毛：“譙譙，殺也。”或作燋，又與鍛同。《淮南子》“飛鳥鍛翼”，鍛，殘也。

清·梁中孚《詩經精義集鈔》卷二：

譙譙，羽殺也。

清·王先謙《詩三家義集疏》卷十三：

【疏】《傳》：“譙譙，殺也。”……《箋》：“手口既病，羽尾又殺敝，言己勞苦甚。”

譙譙，《釋文》：“字或作燋，同。”案：譙，當爲燋。《説文》：“燋，所以然持火也。”此本義。《淮南・汜論》注：“燋，悴也。”此引伸義。燋燋，正形容苦悴之狀。《衆經音義》六引《三倉》“燋悴”作顦顇。是燋與顦通。《玉篇》引《楚詞》又作顏色醮顇。《説文》：“醮，面焦枯小也。”又云：“爵，火所傷也。”焦或省。焦本火傷之名，而燋、醮、顦等字因之。古文作“譙譙”者，借字也。

清・王閩運《毛詩補箋》：

補曰：羽翼喻兄弟也。……譙譙、消消皆盡也。言已殘骨肉，後追念無及，神意俱盡。魯又將微，故遺言托王，非僅葬成周之事。

清・馬其昶《詩毛氏學》十五：

譙譙，殺也。陳曰：“《樂記》：‘其聲噍以殺。’噍與譙同。”《考工記》：“羽豐則遲，羽殺則躁。”殺與豐正相反。

清・張慎儀《詩經异文補釋》卷六：

《釋文》：“譙，本或作燋。”案：譙，殺，字亦作噍。《禮記・樂記》：“其哀心感者，其聲噍以殺。”又通燋。《淮南子・汜論》高注：“燋，悴也。”燋悴，猶燋殺也。

民國・焦琳《詩蠲》卷四：

予羽譙譙（殺貌）。

又：羽之譙譙，喻欲前進而無以搏風。

日本・中村之欽《筆記詩集傳》卷五：

《詩緝》云：“殺，色界反，減削也。羽殺尾敝，言非特手勞口病也。”

《嬭嬛》云：“……羽譙譙，尾翛翛，言治室家之勤勞如此，正與上綢繆至卒瘏相應。”

日本・中井積德《古詩逢源》：

譙譙，殺貌。

日本・皆川願《詩經繹解》卷七：

譙與憔同。正韵云：“瘠也。”

日本・冢田虎《冢注毛詩》卷八：

亦言成其室之至苦也。

日本・仁井田好古《毛詩補傳》卷十五:

【補】鄭玄曰:"手口既病,羽尾又殺敝,言己勞苦甚也。"

日本・岡井鼎《詩疑》卷九:

《集傳》:"譙譙,殺也。"(毛)……譙,《説文》云:"嬈,譊也。"《增韵》云:"以辭相責也。"《釋文》作"燋",鼎按:以辭相責,難通。當從《釋文》作"燋"。《説文》:"所以然持火也。"《玉篇》:"炬火也。"按:與焦通。《霍光傳》:"燋頭爛額爲上客。"後漢《朱浮傳》:"上下燋心。"燋燋蓋謂勞卒如焦灼也。故毛以爲殺也。

日本・安井衡《毛詩輯疏》卷七

譙譙,殺也。……《箋》:"手口既病,羽尾又殺敝,言己勞苦甚。"

日本・安藤龍《詩經辨話器解》卷八:

(右旁行小字:始作巢至苦)(左旁行小字:周公)予羽(左旁行小字:手)譙譙。

日本・山本章夫《詩經新注》卷中:

譙譙,憔悴貌。

日本・竹添光鴻《毛詩會箋》卷八:

《箋》曰:"予羽譙譙。"譙,《釋文》云"譙,或作燋"者。《淮南・泛論訓》:"燋而不謳。"高注:"燋,悴也。"譙,音義又同噍,譙譙即噍殺之義,故《傳》訓爲殺。《考工記・矢人》:"羽豐則遲,羽殺則躁。"殺與豐正相反。《樂記》:"其哀心感者,其聲噍以殺。"鄭注:"噍,踧也。"《釋文》:"噍謂急也。殺,色界反。"又:"志微噍殺之音作。"《正義》曰:"噍殺謂樂聲噍蹙殺小。"殺又與鍛同。《淮南・俶真訓》《覽冥訓》俱云"飛鳥鍛翼",李善注《文選・蜀都賦》引許慎曰:"鍛,殘也。"高注《俶真訓》以鍛翼爲折翼,亦其義也。

朝鮮・申綽《詩經异文》卷上:

《釋文》:"譙,字或作燋。"

朝鮮・朴文鎬《詩集傳詳説》卷六:

譙譙,殺(去聲,下同)也。(勞敝而不齊。)

李雷東按:

"予羽譙譙"一句句解涉及"羽"、"譙譙"和整句解説等幾個問題。現分述如下。

一　羽

清・王闓運:"羽翼喻兄弟也。"(《毛詩補箋》)

二　譙譙

1. 《毛詩故訓傳》:"譙譙，殺也。"(《毛詩正義》卷八)

2. 唐・陸德明《毛詩音義》:"譙，本或作'燋'。"(《毛詩正義》卷八)

3. 宋・李樗《毛詩詳解》:"譙，殺也。"(《毛詩李黃集解》卷十八)

4. 宋・楊簡:"譙譙，憔悴也。"(《慈湖詩傳》卷十)

5. 明・張次仲:"譙譙、翛翛，摧頹零落之象。"(《待軒詩記》卷二)

6. 清・羅典:"譙與燋同，用以灼之木也。"(《凝園讀詩管見》卷五)

7. 清・牟庭:"今俗語謂毛羽不修而枯瘁者，曰譙譙，詩人遺言也。"(《詩切》)

8. 清・徐璈:"手鑒燋，傷火也。燋燋，以狀其殺翮之情。"(《詩經廣詁》)

9. 清・馬瑞辰:"人面之焦枯曰醮顇，鳥羽之焦殺曰譙譙，其義一也。"(《毛詩傳箋通釋》卷十六)

三　整句解説

1. 漢・鄭玄《毛詩箋》:"手口既病，羽尾又殺敝，言己勞苦甚。"(《毛詩正義》卷八)

2. 唐・孔穎達:"毛以爲，……予羽譙譙然而殺。"(《毛詩正義》卷八)

3. 唐・孔穎達:"鄭:'殺、弊盡同，但所喻者別。'"(《毛詩正義》卷八)

4. 唐・孔穎達:"此無正文也。以此言鳥之羽尾疲勞之狀，故知爲殺敝也。"(《毛詩正義》卷八)

5. 宋・李樗《毛詩詳解》:"言非獨口手盡病，又至於羽之譙譙然而殺之。"(《毛詩李黃集解》卷十八)

6. 宋・范處義:"羽則譙譙而殺矣。"(《詩補傳》卷十五)

7. 宋・朱熹:"羽殺尾敝以成其室，而未定也。"(《詩經集傳》卷八)

8. 宋・嚴粲:"我營巢之苦，非特手勞口病也，予羽譙譙然殺減。"(《詩緝》

卷十六）

9. 明・梁寅："羽之譙譙則脱而殺矣。"（《詩演義》卷八）

10. 明・黄佐："羽殺尾敝，即上卒瘏意，注中多難疏義。"（《詩經通解》卷八）

11. 明・許天贈："羽殺尾敝，以比己既勞悴也。"（《詩經正義》卷九）

12. 明・徐光啟："羽殺尾敝，在徹彼桑土之後，修改立事，備而圉缺。"（《毛詩六帖講意》一卷）

13. 明・曹學佺："予手拮据，予羽譙譙，亦不必指定向日在周，今日居東所爲，大抵形容其勞形瘁神，不獲自安之意。"（《詩經剖疑》卷十二）

14. 明・顧夢麟："羽殺尾敝，言非特手勞口病也，周公以喻己盡瘁經理王室，如鳥之作巢甚苦。"（《詩經説約》卷十）

15. 明・何楷："承上文言我雖勤于爲巢如此，而無如惡我之成者，何也？羽翮所至，輒被譙讓，而予終不能自舍，至于尾毛之長者，亦已消盡，蓋其瘁如此。"（《詩經世本古義》卷十之上）

16. 明・范王孫："羽譙譙尾翛翛，是不能以室之故庇其身。"（《詩志》卷九）

17. 清・李光地："手口既勞，故羽毛爲之散亂。"（《詩所》卷二）

18. 清・顧鎮："羽譙尾翛，則《破斧》'缺斨'之象也。"（《虞東學詩》卷五）

19. 清・牟庭："忽然予羽不修而譙譙。"（《詩切》）

20. 清・劉沅："予羽則已譙譙，喻三叔見取，傷羽翼也。"（《詩經恒解》卷二）

21. 清・王闓運："言己殘骨肉，後追念無及，神意俱盡。魯又將微，故遺言托王，非僅葬成周之事。"（《毛詩補箋》）

22. 民國・焦琳："羽之譙譙，喻欲前進而無以搏風。"（《詩蠲》卷四）

23. 日本・冢田虎："亦言成其室之至苦也。"（《冢注毛詩》卷八）

予尾翛翛

《毛詩故訓傳》（《毛詩正義》卷八）：

翛翛，敝也。

漢・鄭玄《毛詩箋》（《毛詩正義》卷八）：

羽尾又殺敝，言己勞苦甚。

唐・孔穎達《毛詩正義》卷八：

毛以爲，……予尾消消而敝。手口既病，羽尾殺敝，乃有此室巢。

鄭：“殺、弊盡同，但所喻者別。喻屬臣勤勞，有此官位土地，今子孫不肖，使我家道危也。”

宋・歐陽修《詩本義》卷五：

至於口手羽尾皆病弊，積日累功乃得成此室，以譬寧誅管、蔡，無使亂我周室也。

宋・蘇轍《詩集傳》卷八：

翛翛，敝也。……爲室之勞至於羽殺尾敝。

宋・李樗《毛詩詳解》（《毛詩李黃集解》卷十八）：

翛，敝也。……尾之翛翛然敝之。

宋・范處義《詩補傳》卷十五：

尾則翛翛而敝矣。

宋・朱熹《詩經集傳》卷八：

翛翛，敝也。

宋・呂祖謙《呂氏家塾讀詩記》卷十六：

翛翛，敝也。孔氏曰：“鳥之羽尾疲勞之狀。”

宋・楊簡《慈湖詩傳》卷十：

毛《傳》曰：“翛翛，敝也。”……翛翛，勞敝而毛不密，比風吹之翛翛也。

宋・林岊《毛詩講義》卷四：

予尾翛翛而敝。

宋・魏了翁《毛詩要義》卷八：

譙譙，殺。消消，敝。翹翹，危。嘵嘵，懼。

《傳》：“譙譙，殺。”“消消，敝。”

宋・嚴粲《詩緝》卷十六：

《傳》曰：“脩脩，敝也。”

又：予尾翛翛然敝敗。

明・梁寅《詩演義》卷八：

尾之翛翛則勞而敝矣。

明·李資乾《詩經傳注》卷十八：

"尾"者羽之最長（音場）。"翛"（音蕭）者既長而復消脱也。故翛字之文類脩，脩主長。翛字之音類"消"。消者長之變。譙之極而焦也。

明·江環《詩經鐸振》（《詩經尊朱删補》）國風卷之三：

尾則翛翛而敝也。

明·郝敬《毛詩原解》卷十六：

予之尾翛翛然必敗矣。

明·曹學佺《詩經剖疑》卷十二：

翛翛，敝也。……方羽殺尾敝，以成其室而未有定。

明·張次仲《待軒詩記》卷二：

譙譙、翛翛，摧頹零落之象。

明·何楷《詩經世本古義》卷十之上：

而予終不能自舍，至于尾毛之長者，亦已消盡，蓋其瘁如此。

明·楊廷麟《詩經聽月》卷五：

尾則翛翛而敝矣。

又：翛翛是尾之敝。羽譙譙、尾翛翛，言治室家之勤勞如此，正與上綢繆至卒瘏相應。

清·張沐《詩經疏略》卷四：

翛翛，敝也。比誅管、蔡。

清·冉覲祖《詩經詳説》卷三十一：

孔《疏》："以此言鳥之羽尾疲勞之狀，故知爲殺敝也。定本'消消'作翛翛也。"

又：【正解】譙譙、翛翛，言治室家之勤，應上綢繆至卒瘏等句。

又：按：朱《傳》以比己之既勞瘁，是羽譙尾翛之喻。

又：【講】予之尾且翛翛而敝矣。

清·王心敬《豐川詩説》卷十一：

予之尾翛翛然敝敗矣。

清·李塨《詩經傳注》卷三：

翛翛，敝也。

清·顧鎮《虞東學詩》卷五：

末章羽譙尾翛，則《破斧》"缺斨"之象也。

清·傅恒等《御纂詩義折中》卷九：

翛翛，敝也。

清·羅典《凝園讀詩管見》卷五：

翛與修字并从攸，翛又修之轉音，則其義可通，修長也。鵲立常向風，蓋因尾長而避其搖耳。尾長爲修，因即其修而謂之翛翛者，懼爲風所搖矣。

清·段玉裁《毛詩故訓傳定本》卷十五：

修修，敝也。

清·莊述祖《毛詩考證》（一）：

《石經》"翛翛"作脩脩。《正義》云："定本'消消'作翛翛。"又云："予尾消消而敝。脩脩誤消消。"蓋《釋文》作"翛"，《正義》作"脩"，《石經》用《正義》本也。

清·牟庭《詩切》：

予尾衰敝而翛翛。

清·李富孫《詩經异文釋》六：

《正義》本"翛翛"作消消，云："定本作翛翛。"（《讀詩記》云："孔氏載經文及毛《傳》皆作消消。"云："定本作脩脩。"岳氏引定本作修修。）唐《石經》南宋《石經》作脩脩。案：……脩、翛、消皆聲之轉。翛，俗體。錢氏曰："脩，有蕭音。"故《中谷有蓷》篇與嘯叶。宋高宗御書《石經》亦作脩。《說文》本無"翛"字，當以脩爲正。岳珂《九經三傳沿革例》云："監本、蜀本、岳本皆作脩脩，興國本及建寧本作翛翛。"是宋刻脩、翛二字各本互异。朱文公，閩人，所據必建寧本。自朱《傳》行而世遂不復知有"脩脩"之本矣。段氏曰："修字是，因修訓敝也。淺人乃改其字，从羽作翛耳。"岳氏所見《正義》云："定本作修修。"今訛作翛翛。唐宋《石經》皆作脩脩，脩與修同。《集韵》："修修，羽敝也。或作翛骺。"此合數本而言也。消最俗，骺尤俗。

清·劉沅《詩經恒解》卷二：

予尾則已翛翛，喻殷民罹害如尾敝也。

清·李黼平《毛詩紬義》卷九：

《正義》述經曰："予尾消消而敝。"又曰："定本'消消'作翛翛也。"如孔說，則《正義》經傳俱作消消，校書者依定本改之也，當仍原本。

清・胡承珙《毛詩後箋》卷十五：

《傳》："翛翛，敝也。"段氏《詩小學》曰："唐定本、宋監本、越本、蜀本皆作'修修'，唐《石經》、宋《集韵》、光堯《石經》皆作'翛翛'。蓋《毛詩》本用合韵，淺人改爲'消'，又或改爲'翛'，今本《釋文》亦是淺人所改。《集韵》所據《釋文》未誤。"阮氏校勘記云："考此經相傳有作'脩'作'翛'二本。《沿革例》云監、蜀、越本皆作'脩脩'，以《疏》爲據，興國本及建寧諸本皆作'翛翛'，以《釋文》爲據也。又引《疏》云，定本作'脩脩'。""又《正義》云'予尾消消而敝'，乃《正義》所易之字，如易'令令'爲'鈴鈴'，易'遂遂'爲'璲璲'，非其本經傳作'消消'也。以定本作'脩脩'推之《正義》本當作'翛翛'矣。"承珙案：《沿革例》引《正義》云"定本作修修"，吕氏《讀詩記》引《正義》云"定本作脩脩"，修與脩同字。若《釋文》《正義》之本則似皆作"翛翛"。《説文》無"翛"字，當以"脩"爲正。《王風》"嘆其脩矣"，《傳》云："脩，且乾也。"此脩脩訓敝者，敝亦謂乾敝也。

清・徐璈《詩經廣詁》：

《正義》曰："消消，定本作翛翛。"臧鏞堂曰："《正義》本作消消。"錢大昕曰："唐《石經》、《九經沿革》皆作脩脩。"

清・馬瑞辰《毛詩傳箋通釋》卷十六：

《傳》："翛翛，敝也。"（瑞辰）按：《正義》曰："予尾消消而敝。"又曰："消消，定本作翛翛。"據《釋文》"翛，素雕反"，音正同消。是翛翛與消消音義正同。唐《石經》脩脩，《九經三傳沿革例》引監本、蜀本、越本皆作修修，脩、修古通用。《説文》無"翛"字，當從唐《石經》作脩脩爲正，修與消一聲之轉，故脩、修可讀如消也。

清・陳奐《詩毛氏傳疏》卷十五：

《傳》："……翛翛，敝也。"……《小箋》云："唐定本、宋監本、越本、蜀本皆作修修。唐《石經》、宋《集韵》、光堯《石經》皆作'脩脩'。蓋毛詩本用合韵，淺人改爲消，又或改爲翛。今本《釋文》亦是淺人所改。《集韵》所據《釋文》未誤"。案《中谷有蓷》傳："脩，且乾也。"脩與修通。修修，謂鳥尾勞敝，修修然無潤澤之色，亦"且乾"之義也。《説文》："鱐，乾魚尾鱐鱐也。"應劭《風俗通義・説夏》："馬掉尾蕭蕭。"馬尾蕭蕭，魚尾鱐鱐，鳥尾修修，聲義并同也。羽殺尾敝，喻勞苦也。

清·陳喬樅《詩經四家异文考》卷二：

予尾消消，毛詩《正義》云："予尾消消而敝。"又云："消消，定本作脩脩也。"

案：《毛詩釋文》云："脩，素雕反。"注同，與孔氏本文异。

予尾脩脩，唐《石經》："予尾脩脩。"

案：臧庸云："宋高宗御書《石經》及吕氏《讀詩記》并作脩脩。"《經傳沿革例》云："監本、蜀本、越本皆作脩脩，興國本及建寧諸本作翛翛。"

清·顧廣譽《學詩正詁》卷二：

段氏《小箋》曰："唐定本、宋監本、越本、蜀本皆作修修，唐《石經》、宋《集韻》、光堯《石經》皆作脩脩，蓋毛詩本用合韻，淺人改爲翛，今本《釋文》亦淺人所改，《集韻》所據未誤。"胡氏《後箋》曰："《説文》無翛字，當以脩爲正。《王風》'嘆其脩矣'，《傳》：'脩，且乾也。'此脩脩訓敝者，敝亦謂乾敝也。"

清·方玉潤《詩經原始》卷八：

翛翛，敝也。

清·龍起濤《毛詩補正》卷十四：

翛翛，敝也。《疏》："鳥羽尾疲勞之狀。"

清·梁中孚《詩經精義集鈔》卷二：

翛翛，尾敝也。

清·王先謙《詩三家義集疏》卷十三：

【疏】《傳》："翛翛，敝也。"《箋》："手口既病，羽尾又殺敝，言己勞苦甚。"

唐《石經》、宋《集韻》、光堯《石經》，"翛"皆作脩。《説文》："脩，脯也。"《釋名》："脯又曰脩。脩，縮也。乾燥而縮也。"《詩》言尾之能縮相同，故曰脩脩。《校勘記》云："此經相傳有作脩、作翛二本。"愚謂：《説文》無"翛"。《爾雅》亦不爲"翛"作訓。《莊子》"翛然"本作儵然。則此詩作"翛"之本，當即與"脩"形近而訛。

清·王闓運《毛詩補箋》：

譙、消又作燋、脩。消消，敝也。《箋》云："手口既病，羽尾又殺敗。言己勞苦甚。"補曰：……尾喻子孫也。譙譙、消消皆盡也。言已殘骨肉，後追念無及，神意俱盡。魯又將微，故遺言托王，非僅葬成周之事。

清·馬其昶《詩毛氏學》十五：

翛翛，敝也。陳曰：“監、蜀、越本作脩脩，嘆其脩矣。《傳》：‘脩，且乾也。’鳥尾勞敝，脩脩然無潤澤之色。”

清·張慎儀《詩經异文補釋》卷六：

唐《石經》、光堯《石經》、宋高宗御書《石經》并作脩脩。岳氏《九經三傳沿革例》引監本、蜀本、越本亦作“脩脩”。呂氏《讀詩記》云：“孔氏載經文及毛《傳》，皆作‘消消’，云‘定本作脩脩’。”岳本引定本作“修修”。今《正義》作“消消”，云：“定本作翛翛。”案：阮文達云：“翛翛，當作脩脩。”又案：《釋名》：“脩，縮也。乾燥而縮也。”《詩》借翛爲脩，《傳》云：“敝也。”言鳥尾勞敝燥縮也。字亦通修，或改消耳。

民國·李九華《毛詩評注》卷十五：

翛翛，敝也。……尾已敝，而室且未安。（《傳》《箋》傳注）

民國·焦琳《詩蠲》卷四：

予尾翛翛（敝貌）。

又：尾之翛翛，喻撫往事而不堪回首。

民國·吳闓生《詩義會通》卷一：

翛翛，敝也。或作消，舊本皆作修，唐《石經》作脩。

日本·中井積德《古詩逢源》：

翛翛，長貌。

又：翛，脩也，長貌。尾敝敗而細小，乃見其長也。

日本·皆川願《詩經繹解》卷七：

翛，《字典》云：“羽敝也。”

日本·龜井昭陽《毛詩考》卷十四：

羽殺尾翛，是周公旅瘁也。叔父憂患於外，瑣瑣經年，成王雖惑，閔是悴態，能無戚然乎？

日本·岡井鼎《詩疑》卷九：

翛翛，敝也。

又：何楷云：“《說文》無翛字，當通作消。據《正義》，疑古本是如此。《說文》云：‘盡也。’”鼎按：未知是否。

341

日本・安井衡《毛詩輯疏》卷七：

脩脩，敝也。《箋》："手口既病，羽尾又殺敝，言己勞苦甚。"（段玉裁云："唐定本、宋監本、越本、蜀本皆作修修，唐《石經》、宋《集韵》、光堯《石經》皆作脩脩，蓋毛詩本用合韵，淺人改爲消，又或改爲脩，今本《釋文》亦是淺人所改。《集韵》所引《釋文》未誤。"）衡謂：脩，脯也。《中谷有蓷》"暵其脩"，謂無生色。叠韵多以聲爲義，然亦有用字義者。《傳》云："修修，敝也。"與脯義相近。脩、修雖通，恐當以作脩爲正。

日本・山本章夫《詩經新注》卷中：

翛翛，殺而長貌。

日本・竹添光鴻《毛詩會箋》卷八：

予尾翛翛。《正義》云："消消，定本作脩脩。"然則《正義》所據本作消消。《釋文》云："翛，素雕反。"注同。與《正義》本文异。脩、翛、消皆聲之轉，脩有簫音，故《中谷有蓷》篇與嘯叶，當以脩爲正，因修訓敝也。岳珂《九經三傳沿革例》云："監本、蜀本、越本皆作脩脩，興國本及建寧本作翛翛。"是宋刻翛脩二字，各本互异。朱文公閩人，所據必建寧本，自朱傳行，而世遂不復知有脩脩之本矣。岳氏所見《正義》云："定本作修修。"今訛作翛翛。唐宋《石經》皆作脩脩，脩與修同。或曰：脩，長貌。尾敝敗而細小，乃見其長也，亦通。

朝鮮・沈大允《詩經集傳辨正》：

翛翛，敝也。

朝鮮・朴文鎬《詩集傳詳說》卷六：

翛翛，敝也。

李雷東按：

"予尾翛翛"一句句解涉及"尾"、"翛翛"和整句解説等幾個問題。現分述如下。

一　尾

清・王閭運："尾喻子孫也。"（《毛詩補箋》）

二　翛翛

1. 《毛詩故訓傳》："翛翛，敝也。"（《毛詩正義》卷八）

2. 宋・楊簡："翛翛，勞敝而毛不密，比風吹之翛翛也。"（《慈湖詩傳》卷十）

3. 明·張次仲："譙譙、翛翛，摧頹零落之象。"（《待軒詩記》卷二）

4. 清·羅典："翛與修字并从攸，翛又修之轉音，則其義可通，修長也。"（《凝園讀詩管見》卷五）

5. 清·段玉裁："修修，敝也。"（《毛詩故訓傳定本》卷十五）

6. 清·胡承珙："此翛翛訓敝者，敝亦謂乾敝也。"（《毛詩後箋》卷十五）

7. 清·馬其昶："鳥尾勞敝翛翛然，無潤澤之色。"（《詩毛氏學》十五）

8. 日本·中井積德："翛翛，長貌。"（《古詩逢源》）

9. 日本·山本章夫："翛翛，殺而長貌。"（《詩經新注》卷中）

三　整句解説

1. 漢·鄭玄《毛詩箋》："羽尾又殺敝，言己勞苦甚。"（《毛詩正義》卷八）

2. 唐·孔穎達："毛以爲，……予尾消消而敝。手口既病，羽尾殺敝，乃有此室巢。"（《毛詩正義》卷八）

3. 唐·孔穎達："鄭：'殺、弊盡同，但所喻者別。喻屬臣勤勞，有此官位土地，今子孫不肖，使我家道危也。'"（《毛詩正義》卷八）

4. 宋·歐陽修："至於口手羽尾皆病，積日累功乃得成此室，以譬寧誅管、蔡，無使亂我周室也。"（《詩本義》卷五）

5. 宋·蘇轍："爲室之勞至於羽殺尾敝。"（《詩集傳》卷八）

6. 宋·李樗《毛詩詳解》："尾之翛翛然敝之。"（《毛詩李黃集解》卷十八）

7. 宋·嚴粲："予尾翛翛然敝敗。"（《詩緝》卷十六）

8. 明·曹學佺："方羽殺尾敝，以成其室而未有定。"（《詩經剖疑》卷十二）

9. 明·何楷："而予終不能自舍，至于尾毛之長者，亦已消盡，蓋其瘁如此。"（《詩經世本古義》卷十之上）

10. 清·張沐："比誅管、蔡。"（《詩經疏略》卷四）

11. 清·顧鎮："末章羽譙尾翛，則《破斧》'缺斨'之象也。"（《虞東學詩》卷五）

12. 清·劉沅："予尾則已翛翛，喻殷民罹害如尾敝也。"（《詩經恒解》卷二）

13. 清·陳奐："羽殺尾敝，喻勞苦也。"（《詩毛氏傳疏》卷十五）

14. 民國·焦琳："尾之翛翛，喻撫往事而不堪回首。"（《詩蠲》卷四）

15. 日本·中井積德："尾敝敗而細小，乃見其長也。"（《古詩逢源》）

予室翹翹

《毛詩故訓傳》（《毛詩正義》卷八）：

翹翹，危也。

漢‧鄭玄《毛詩箋》（《毛詩正義》卷八）：

巢之翹翹而危，以其所托枝條弱也。以喻今我子孫不肖，故使我家道危也。

唐‧孔穎達《毛詩正義》卷八：

毛以爲，……鴟鴞又言，室巢雖成，以所托枝條弱，故予室今翹翹然而危。

鄭：“殺、弊盡同，但所喻者別。喻屬臣勤勞，有此官位土地，今子孫不肖，使我家道危也。”

宋‧歐陽修《詩本義》卷五：

又云予室翹翹，懼爲風雨所飄搖。

宋‧蘇轍《詩集傳》卷八：

翹翹，危也。

宋‧李樗《毛詩詳解》（《毛詩李黃集解》卷十八）：

其勞如此而其室又翹翹然危。

宋‧范處義《詩補傳》卷十五：

及巢既成，翹翹而危。

宋‧朱熹《詩經集傳》卷八：

翹翹，危也。羽殺尾敝以成其室，而未定也。

宋‧呂祖謙《呂氏家塾讀詩記》卷十六：

翹翹，危也。……室成而風雨漂搖之，……朱氏曰：“翹翹，成而未定也。”

宋‧林岊《毛詩講義》卷四：

予室翹翹而危。

宋‧魏了翁《毛詩要義》卷八：

譙譙，殺。消消，敝。翹翹，危。嘵嘵，懼。

《傳》：“翹翹，危。”……《正義》曰：“皆《釋訓》文。”王肅云：“言盡力勞病，以成攻堅之巢，而爲風雨所漂搖，則鳴音嘵嘵然而懼。”

宋·嚴粲《詩緝》卷十六：

《傳》曰："翹翹，危也。"

予室翹翹然危。

元·劉瑾《詩傳通釋》卷八：

翹翹，危也。……以成其室而未定也。

元·朱公遷《詩經疏義》（《詩經疏義會通》卷八）：

翹翹，危也。……羽殺尾敝，以成其室，而未定也。

明·梁寅《詩演義》卷八：

室之翹翹則又高而且危也。

明·胡廣《詩傳大全》卷八：

翹翹，危也。……羽殺尾敝，以成其室，而未定也。

又：安成劉氏曰："謂王室爲予室而不爲嫌。"

明·李資乾《詩經傳注》卷十八：

"室"者，鳥巢也。"翹翹"者，巢高則堯堯而上，羽羽而騰也。故"翹"字從堯從羽，既上且騰。

明·許天贈《詩經正義》卷九：

"予室翹翹"二句，以比王室未安而多難乘之也。多難，謂流言之變，王心疑於上，人情惑於下，而亂賊又乘間窺伺於其間也。……"予室"句正應未有室家講。

明·郝敬《毛詩原解》卷十六：

予之室方翹翹然顛危。

明·徐光啟《毛詩六帖講意》一卷：

《箋》曰："巢之翹翹而危，以其所托枝條弱也，以喻今我子孫不肖，使我家危也。"

明·顧夢麟《詩經說約》卷十：

王室新造，成王幼沖，如鳥巢之甚危。

明·鄒之麟《詩經翼注講意》卷一：

"予室"句，正應未有室家講，只是結構未久，綢繆方施，而户牖未甚完固意。

明·張次仲《待軒詩記》卷二：

翹翹，托枝弱而危也。

明・錢天錫《詩牖》卷五：

夫予之室家，王之室家也。王實有此室家，而不釋然于綢繆室家之人，予不足惜，而王不可念哉。

明・何楷《詩經世本古義》卷十之上：

翹翹，毛云："危也。"按《說文》云"翹，尾長毛也"，借爲竦起之義。以其托巢于高枝而結構，猶尚未成，故危之也。

明・唐汝諤《毛詩蒙引》卷七：

天命人心疑而未固，故曰"予室翹翹"。鄭氏曰："巢之翹翹而危，以其所托枝條弱也。"

明・楊廷麟《詩經聽月》卷五：

翹翹是危。如言戶牖未甚完固意，正與"未有室家"相應。

明・胡紹曾《詩經胡傳》卷五：

末言翹翹漂搖，尤深著武庚之謀，爲王室之禍。上言無毀、或侮，亦即此意。蓋武庚之情既破，則王國之戒自嚴，而在己疑謗，不言自釋。

明・范王孫《詩志》卷九：

室翹翹風雨漂搖，是不能以身之瘁衛其室。

《箋》云："巢之翹翹而危，以其所托枝條弱也。以喻今我子孫不肖，使我家危也。所托者弱，故風雨漂搖之，固非綢繆所能及者。"

《韓詩說》云："鴟鴞所以愛養其子者，通以病之。愛憐養其子者，謂堅固其窠巢。病之者，謂不知托于大樹茂枝，反敦其葦菀。風至菀折，有子則死，有卵則破，是其病也。"

明・陳元亮《鑑湖詩說》卷一：

"予室翹翹"，與"未有室家"應。

清・錢澄之《田間詩學》卷五：

翹翹，危也。以其托巢于高枝，而結構未牢，故危之也。

清・張沐《詩經疏略》卷四：

予室比國家。翹翹，危也。……家室既已危難。

清・冉覲祖《詩經詳說》卷三十一：

羽殺尾敝以成其室而未定也。

又：華谷嚴氏曰："王室新造，成王幼冲，如鳥巢之甚危。"

又：【正解】"翹翹"言户牖未甚完固，應上"未有室家"。

又：按：王室未安，是室翹之喻，……室翹與漂搖是兩層，非以漂搖而翹翹也。

又：【講】乃予室方新造，則翹翹然而危矣。

清·李光地《詩所》卷二：

巢方垂成高懸。

清·王心敬《豐川詩説》卷十一：

予之室方翹翹然顛危。

清·李塨《詩經傳注》卷三：

翹翹，危也。……言予羽已殺，尾已敝，而室且未安。

清·姜文燦《詩經正解》卷十：

【析講】……"翹翹"言户牖未甚完固，應上"未有室家"。……王室新造，成王幼冲，如鳥巢之甚危也。

清·黃夢白、陳曾《詩經廣大全》卷九：

翹翹，危也。……予室雖成，尚翹翹未定也。

清·張叙《詩貫》卷五：

巢方垂成而高懸。

清·汪紱《詩經詮義》卷四：

予之勞至於病，而王室猶未安也。

清·許伯政《詩深》卷十五：

予室仍然翹翹。

清·傅恒等《御纂詩義折中》卷九：

翹翹，危也。……朱子曰："羽殺尾敝，以成其室而未定也。"

清·胡文英《詩經逢原》卷五：

翹翹，高危貌。

清·姜炳璋《詩序補義》卷十三：

使我室翹翹而危之甚。

清·牟庭《詩切》：

毛《傳》曰："翹翹，危也。"《釋訓》曰："翹翹，危也。"《禮記·緇衣》鄭注曰："危，猶高也。"《莊子·盜跖篇》李注曰："危，高也。"余案：《漢廣》

孔《疏》曰：“翹翹，高貌。言雜薪之高也。”莊二十二年《左傳》引逸詩曰：“翹翹車乘。”車乘言車高也。然則“予室翹翹”，亦言巢高也。鄭《箋》云：“翹翹而危，以所托枝條弱也。”非矣。……予室高懸之翹翹。

清·劉沅《詩經恒解》卷二：

翹翹，危也。……予室則已翹翹，喻王室幾危也。所以然者，巢木自乏綢繆，而風雨又漂搖之，喻己本無先事之名，而武庚又挾三叔以爲亂也。

清·徐華岳《詩故考异》卷十五：

巢之翹翹而危，以其所托枝條弱也，以喻今我子孫不肖，故使我家道危也。

清·李黼平《毛詩紬義》卷九：

《傳》：“翹翹，危也。”《箋》云：“巢之翹翹而危，以其所托枝條弱也。”按：陸元恪《疏》：“鴟鴞，取茅秀爲巢，以麻紩之，如刺襪然，縣著樹枝，或一房或二房。”《文選》陳孔璋《檄吳將校部曲》云：“鷦鳩之鳥，巢於葦苕，苕折子破，下愚之惑也。”李善注引《韓詩》曰：“鴟鴞所以愛養其子者，適以害之。愛憐養其子者，謂堅固其窠巢，病之者，謂不知托於大樹茂枝，反敷之葦萬，風至，萬折巢覆，有子則死，有卵則破，是其病也。”《箋》義殆本《韓詩》。毛《傳》但訓“危”，不言所托枝條之弱。然《選》注又引荀卿子曰：“南方鳥名蒙鳩，爲巢編之以髮，繫之葦苕，苕折卵破。巢非不牢，所繫之弱也。”注引《荀子》，是李以“蒙鳩”即鴟鴞，荀爲毛公之師，當聞其説。此《傳》訓“危”，或亦謂所繫之弱，故孔以《箋》述《傳》而不復別之也。

清·陳壽祺、陳喬樅《三家詩遺説考·魯詩遺説考》卷二：

【補】《爾雅·釋訓》：“翹翹，危也。”

【補】張衡《東京賦》：“常翹翹以危懼。”

清·馬瑞辰《毛詩傳箋通釋》卷十六：

《傳》：“翹翹，危也。”（瑞辰）按：《廣雅》：“嶢嶢，危也。”翹與嶢聲近而義同。

清·陳奐《詩毛氏傳疏》卷十五：

翹翹，危。《爾雅·釋訓》文。《釋名》云：“危，阢阢不固之言也。”

清·方玉潤《詩經原始》卷八：

翹翹，危也。

清·鄧翔《詩經繹參》卷二：

言鳥羽尾疲勞，以營是室，室尚未安。

清·梁中孚《詩經精義集鈔》卷二：

旁行小字：翛翛，危也。

清·王先謙《詩三家義集疏》卷十三：

【疏】《傳》："翛翛，危也。"……《箋》："巢之翛翛而危，以其所托枝條弱也。以喻今我子孫不肖，故使我家道危也。"……《廣雅·釋詁》："翛，舉也。"《文選·雜詩》注："翛，懸也。"葦苕輕舉，巢懸苕上，擬其狀曰翛翛，代爲危懼。故釋其義云危也。張衡《東京賦》"常翛翛以危懼"，衡用《魯詩》。知魯訓與毛同，釋"翛翛，危也"，即本詩訓。

清·王闓運《毛詩補箋》：

翛翛，危也。《箋》云："巢之翛翛而危，以其所托枝條弱也，以喻今我子孫不肖，故使我家道危也。風雨喻成王也。"補曰：予室，王室也。公以周爲室，故以封魯爲未有室。

民國·李九華《毛詩評注》卷十五：

翛翛，危也。……而室且未安。（《傳》《箋》傳注）

民國·焦琳《詩蠲》卷四：

予室翛翛（危貌）。

風雨漂搖，以翛予室，比流言起而我室幾幾欲毀也。

民國·吳闓生《詩義會通》卷一：

翛翛，危也。

日本·中村之欽《筆記詩集傳》卷五：

"翛翛"言牖户未完固意，正與"未有室家"相應。

日本·岡白駒《毛詩補義》卷五：

武庚雖包藏禍心，周家能綢繆虛處，則亦安從而發哉。不幸而三監入其械中，流言于國，而成王果疑惑，則所謂予室翛翛，將風雨所漂搖者也。

日本·赤松弘《詩經述》卷四：

翛翛，危也。……言羽殺尾敝，以成其巢而未定也。

日本·中井積德《古詩逢源》：

翛翛，危貌。

日本·皆川願《詩經繹解》卷七：

翹翹，高貌。

又：謂予室爲風所揚，則其翹翹焉。

日本·冢田虎《冢注毛詩》卷八：

翹翹，秀起貌。

又：【眉批】毛云："翹翹，危也。"鄭及朱皆依之。今曰：《周南》"翹翹錯薪"、《左傳》"翹翹車乘"，此非危也。

日本·豬飼彦博《詩經集説標記》：

室翹翹，謂我家管、蔡之内亂也。

日本·仁井田好古《毛詩補傳》卷十五：

翹翹，危也。……【補】好古曰：……蘇轍曰："室成而風雨漂搖之，則其音得無急乎？"朱熹曰："以比己既勞悴，王室未安，而多難乘之。則其作詩以喻王，亦不得而不汲汲也。"

日本·龜井昭陽《毛詩考》卷十四：

一句忠□，成王能無凜然乎。

鳥巢曰我室，曰牖户，曰室家，曰予室，以比王室。自白其志，存王室。以鬭解王惑，异日成王□曰"昔公勤勞王家"，豈亦有感於是詩歟？

日本·金濟民《詩傳纂要》卷二：

嚴氏曰："……王室新造，成王幼冲，如鳥巢之甚危。"

日本·岡井鼎《詩疑》卷九：

翹翹，毛云："危也。"按《説文》云"翹，尾長毛也"，借爲竦起之義。

日本·安井衡《毛詩輯疏》卷七

翹翹，危也。……《箋》："巢之翹翹而危，以其所托枝條弱也，以喻今我子孫不肖，故使我家道危也。"

日本·安藤龍《詩經辨話器解》卷八：

予（右旁行小字：小鳥）室（右旁行小字：巢）（左旁行小字：周室）翹翹（右旁行小字：未堅，危）。

日本·山本章夫《詩經新注》卷中：

翹翹，竦而將顛覆貌。

日本·竹添光鴻《毛詩會箋》卷八：

予室翹翹。鳥巢曰我室，曰牖户，曰室家，曰予室，以比王室。自白其志，存王室，以闢解王惑。异日成王泣曰"昔公勤勞王家"，豈亦有感於是詩與？

朝鮮·申綽《詩次故》卷六：

《爾雅》："翹翹，危也。"郭璞曰："縣危。"

朝鮮·朴文鎬《詩集傳詳説》卷六：

翹翹，危也。（高，故危。）……羽殺尾敝以成其室，而未定（安也）也。

李雷東按：

"予室翹翹"一句句解涉及"予室"、"翹翹"和整句解説等幾個問題。現分述如下。

一　予室

1. 清·張沐："予室比國家。"（《詩經疏略》卷四）

2. 清·王闓運："予室，王室也。"（《毛詩補箋》）

二　翹翹

1. 《毛詩故訓傳》："翹翹，危也。"（《毛詩正義》卷八）

2. 明·何楷："按《説文》云'翹，尾長毛也'，借爲竦起之義。"（《詩經世本古義》卷十之上）

3. 清·馬瑞辰："翹與嶢聲近而義同。"（《毛詩傳箋通釋》卷十六）

4. 日本·皆川願："翹翹，高貌。"（《詩經繹解》卷七）

5. 日本·冢田虎："翹翹，秀起貌。"（《冢注毛詩》卷八）

6. 日本·山本章夫："翹翹，竦而將顛覆貌。"（《詩經新注》卷中）

三　整句解説

1. 漢·鄭玄《毛詩箋》："巢之翹翹而危，以其所托枝條弱也。以喻今我子孫不肖，故使我家道危也。"（《毛詩正義》卷八）

2. 唐·孔穎達："毛以爲，……鴟鴞又言，室巢雖成，以所托枝條弱，故予室今翹翹然而危。"（《毛詩正義》卷八）

3. 唐·孔穎達："鄭：'殺、弊盡同，但所喻者别。喻屬臣勤勞，有此官位土

地，今子孫不肖，使我家道危也。'"（《毛詩正義》卷八）

4. 宋·歐陽修："又云予室翹翹，懼爲風雨所飄搖。"（《詩本義》卷五）

5. 宋·李樗《毛詩詳解》："其勞如此而其室又翹翹然危。"（《毛詩李黃集解》卷十八）

6. 宋·范處義："及巢既成，翹翹而危。"（《詩補傳》卷十五）

7. 宋·朱熹："羽殺尾敝以成其室，而未定也。"（《詩經集傳》卷八）

8. 明·梁寅："室之翹翹則又高而且危也。"（《詩演義》卷八）

9. 明·許天贈："'予室翹翹'二句，以比王室未安而多難乘之也。"（《詩經正義》卷九）

10. 明·郝敬："予之室方翹翹然顛危。"（《毛詩原解》卷十六）

11. 明·顧夢麟："王室新造，成王幼冲，如鳥巢之甚危。"（《詩經說約》卷十）

12. 明·鄒之麟："'予室'句，正應未有室家講，只是結構未久，綢繆方施，而戶牖未甚完固意。"（《詩經翼注講意》卷一）

13. 明·何楷："以其托巢于高枝而結構，猶尚未成，故危之也。"（《詩經世本古義》卷十之上）

14. 明·唐汝諤："天命人心疑而未固，故曰'予室翹翹'。"（《毛詩蒙引》卷七）

15. 明·胡紹曾："末言翹翹漂搖，尤深著武庚之謀，爲王室之禍。"（《詩經胡傳》卷五）

16. 明·范王孫："室翹翹風雨漂搖，是不能以身之瘁衛其室。"（《詩志》卷九）

17. 明·范王孫："引《韓詩》爲之説。"（《詩志》卷九）

18. 清·張沐："家室既已危難。"（《詩經疏略》卷四）

19. 清·冉覲祖："王室未安，是室翹之喻。"（《詩經詳說》卷三十一）

20. 清·李光地："巢方垂成高懸。"（《詩所》卷二）

21. 清·劉沅："予室則已翹翹，喻王室幾危也。"（《詩經恒解》卷二）

22. 清·鄧翔："言鳥羽尾疲勞，以營是室，室尚未安。"（《詩經繹參》卷二）

23. 清·王闓運："公以周爲室，故以封魯爲未有室。"（《毛詩補箋》）

24. 民國·焦琳："風雨漂搖，以翹予室，比流言起而我室幾幾欲毀也。"（《詩蠲》卷四）

25. 日本·岡白駒："武庚雖包藏禍心，周家能綢繆虛處，則亦安從而發哉。

不幸而三監入其械中，流言于國，而成王果疑惑，則所謂予室翹翹，將風雨所漂搖者也。"（《毛詩補義》卷五）

26. 日本·皆川願："謂予室爲風所揚，則其翹翹焉。"（《詩經繹解》卷七）

風雨所漂搖

漢·鄭玄《毛詩箋》（《毛詩正義》卷八）：

風雨喻成王也。

唐·孔穎達《毛詩正義》卷八：

毛以爲，……又爲風雨之所漂搖，此巢將毀，予是以維音之嘵嘵然而恐懼。以喻王業雖成，今成王幼弱，而爲凶人所振蕩，周室將毀。

鄭："殺、弊盡同，但所喻者別。……又爲成王所漂搖，將誅絶之，我先臣是以恐懼而告急也。"

正義曰：王肅云："言盡力勞病，以成攻堅之巢，而爲風雨所漂搖。"

宋·歐陽修《詩本義》卷五：

又云予室翹翹，懼爲風雨所飄搖。

宋·蘇轍《詩集傳》卷八：

室成而風雨漂搖之。

宋·李樗《毛詩詳解》（《毛詩李黃集解》卷十八）：

以風雨之所搖蕩……喻先王之造王室，其積累艱難如此，今爲三監之所搖蕩。

宋·范處義《詩補傳》卷十五：

乃爲風雨所漂搖。

宋·朱熹《詩經集傳》卷八：

風雨又從而漂搖之。……而多難乘之。

宋·吕祖謙《吕氏家塾讀詩記》卷十六：

蘇氏曰："室成而風雨漂搖之。"朱氏曰：翹翹，"成而未定也，風雨又從而漂搖之。以比己既勞悴，王室未安，而多難乘之，則其作詩以喻王，亦不得而不汲汲也"。

宋·楊簡《慈湖詩傳》卷十：

大亂如風雨漂搖予室。

宋·林岊《毛詩講義》卷四：

風雨且漂搖之。

宋·魏了翁《毛詩要義》卷八：

譙譙，殺。消消，敝。翹翹，危。嘵嘵，懼。

王肅云："言盡力勞病，以成攻堅之巢，而爲風雨所漂搖。"

宋·戴溪《續呂氏家塾讀詩記》卷一：

忽爲風雨所飄搖。蓋首亂者商民也，西土人亦不静，則未知天之降威如何。

宋·嚴粲《詩緝》卷十六：

風雨又漂蕩而揺動之。

元·王逢《詩經疏義輯録》（《詩經疏義會通》卷八）：

《解頤》曰："當是時王心疑於上，群情惑於天下，亂賊乘機伺間於其側，而國勢之危，甚於風雨之飄搖也。"

明·梁寅《詩演義》卷八：

風雨之漂搖則危而欲墮也。

明·黄佐《詩經通解》卷八：

當是時王心疑於上，群情惑於下，亂賊乘機伺間於其側，而國勢之危甚於風雨之漂搖也。

明·李資乾《詩經傳注》卷十八：

故"翹"字從堯從羽，既上且騰，而當一陰之風雨，必因風搖動，因雨漂搖，故曰"風雨所漂搖"。

明·許天贈《詩經正義》卷九：

"風雨"句正應陰雨講。

又：將以備乎陰雨，風雨則又從而摽搖之矣。

明·江環《詩經鐸振》（《詩經尊朱删補》）國風卷之三：

斯時也，所深懼者惟風與雨耳。奈何風雨又從而漂搖之，積累之功幾廢于一日，而預防者，將不得以卒集也，勤勞者將無以自見也。

【主意】當是時，王心疑于上，群情惑于下，亂賊乘機伺開于其間，而國勢之危，甚于風雨之漂搖也。

明·郝敬《毛詩原解》卷十六：

風雨又飄蕩揺動。

明·朱謀㙔《詩故》卷五：

風雨飄搖，喻流言之惑成王也。

明·曹學佺《詩經剖疑》卷十二：

惟念室家未定，即爲風雨所飄搖耳，譬若勤家之人終日作勞，家未成固憂無家，家既成而亦常憂其無家也。夫家一耳，以風雨之飄搖而周公慮之，則內顧彌切，以牖戶之綢繆，而成王勉之，則外侮自消。此周公作詩之本指也。

明·陸化熙《詩通》卷一：

"風雨"二句，與陰雨相應，而下民之侮在其中。

明·顧夢麟《詩經說約》卷十：

殷民又爲流言，以搖撼之，如風雨之漂搖。

明·鄒之麟《詩經翼注講意》卷一：

風雨句正應陰雨講，暗指流言而言也。

明·張次仲《待軒詩記》卷二：

漂搖，震蕩不安之貌。

明·錢天錫《詩牖》卷五：

曰"風雨所漂搖"者，蓋以新造之家，遭譖張之禍，多少毀家，多少風波。……付漂搖于主上，不可言也。

又："風雨"句正與陰雨相應，而下民之侮亦在其中。

明·何楷《詩經世本古義》卷十之上：

漂，浮；搖，動也。俱見《說文》。漂屬雨，搖屬風，乃未然事，與第二章"未陰雨"相應。今雖未至于此，而後來將必止於此也。然則徹彼桑土，綢繆牖戶，以成完巢，其可緩乎？

明·唐汝諤《毛詩蒙引》卷七：

朱豐城曰："當是時，王心疑於上，群情惑於下，亂賊乘機伺間於其間，囯勢之危，甚於雨之漂搖也。"

明·楊廷麟《詩經聽月》卷五：

武庚流言之口之毒，如鴟鴞其倏忽造亂，飄搖不寧之狀如風雨，故又曰風雨所飄搖也。

又：斯時也，所深懼者惟風與雨耳，奈何又從而飄搖之，積累之功幾廢于一日，而預防勤勞將無以自見。

又：是吹折意。風雨指武庚煽亂，以搖動王室説，又與上陰雨相應。

明·萬時華《詩經偶箋》卷五：

風雨何所喻，精神全在此一句露出，正指朝中之疑謗者。……然則毀予之成者，不在鴟鴞，又在風雨。

明·賀貽孫《詩觸》卷二：

蓋是時不利孺子之言，流布國中，舉朝之人亦有從而疑公者。風雨漂搖，蓋指是輩，故此句乃一篇之警策，與首章"鴟鴞"四句暗相呼應，不可略也。

明·陳元亮《鑒湖詩説》卷一：

風雨所"飄搖"，又與上陰雨應，而下民之侮在其中。

清·錢澄之《田間詩學》卷五：

漂屬雨，搖屬風，乃未然事，與陰雨綢繆相應。今雖未至於此，其勢必至於此也。

清·張沐《詩經疏略》卷四：

漂雨驟，搖風急也，比流言。……而風雨今猶未息。

清·冉覲祖《詩經詳説》卷三十一：

風雨又從而漂搖之。

又：華谷嚴氏曰："殷民又爲流言以搖撼之，如風雨之漂搖。"

又：【副墨】風雨漂搖，則不特示隙於下土之民，而且將見乘於毀室之鳥矣。

又：【衍義】《疏義》云："當是時，王心疑於上，群情惑於下，亂賊乘機伺間於其間，而國勢之危甚於風雨之漂搖也。"

又：【正解】風雨指武庚搖動王室，應上陰雨。

又：按：多難乘之，是漂搖之喻。

又：【講】斯時也，所慮者風雨耳，奈何風雨又從而漂搖之。雖我拮据，多方綢繆有備，然而患難之來，伊可畏也。

清·秦松齡《毛詩日箋》卷二：

何楷曰："四章風雨漂搖乃未然事，與次章未陰雨相應。今雖未至於此，而後來必至於此也。"其説甚當。

清·李光地《詩所》卷二：

而果有風雨飄搖之至。

清·王心敬《豐川詩説》卷十一：

風雨又飄蕩搖動。

清·李塨《詩經傳注》卷三：

風雨且飄搖，則我之哀鳴長號，安得不急哉？

清·姜文燦《詩經正解》卷十：

【析講】風雨指武庚搖動王室，應上陰雨。嘵嘵之鳴，全爲愛室苦心，不容自已。蓋一身勞瘁不足惜，而室家未安深可憂也。意在感悟成王，以定王室，非止明己之見誣已也。多難指武庚倡亂，二叔流言説。《疏義》云："當是時，王心疑于上，群情惑于下，亂賊乘機伺間于其間，而國勢之危甚于風雨之漂搖也。"

殷民又爲流言以搖撼之，如風雨之漂搖也。故作此詩以哀鳴，如鳥音之嘵嘵也。

清·黄夢白、陳曾《詩經廣大全》卷九：

漂，浮。搖，動也。漂屬雨，搖屬風。……風雨又從而漂搖之。予室將危，則予之哀鳴安得不急也？

清·張叙《詩貫》卷五：

巢方垂成而高懸，果有風雨漂搖之至。

清·汪紱《詩經詮義》卷四：

風雨漂搖，新造之邦，何以堪此？

清·許伯政《詩深》卷十五：

懼爲風雨所漂搖。

清·顧鎮《虞東學詩》卷五：

風雨漂搖猶懼不免。

清·羅典《凝園讀詩管見》卷五：

至有室而翹翹高寄，其於雨若承之，其於風若招之，一爲所漂，則室中將等泥中，一爲所搖，則室處旋成露處。

清·范家相《詩瀋》卷十：

恐不免風雨之漂搖焉。

清·姜炳璋《詩序補義》卷十三：

使風雨漂搖而内變外患之總至此，固非尋常意料之所及。

清·牟庭《詩切》：

《文選·文賦》注曰："漂，猶流也。"《廣雅》曰："搖，動也。"余案：雨漂風搖而高巢危矣，喻禍變作而王室不寧也。鄭《箋》曰："風雨，喻成王。"非也。

爲雨所漂風所搖。

清·李富孫《詩經异文釋》六：

《書大傳》注引作漂□。案：《文選·幽通賦》注云："飆，飄飆。"《恨賦》注："飆與搖同。"

清·劉沅《詩經恒解》卷二：

所以然者，巢木自乏綢繆，而風雨又漂搖之，喻己本無先事之名，而武庚又挾三叔以爲亂也。

清·徐華岳《詩故考异》卷十五：

風雨喻成王也。

清·陳奐《詩毛氏傳疏》卷十五：

《搑兮》："風其漂女。"《傳》云："漂，猶吹也。"

清·陳喬樅《詩經四家异文考》卷二：

《尚書大傳·洪範五行傳》注："《詩》曰：'風雨所漂飆。'"

案：漂飆，《毛詩》作漂搖。

清·鄧翔《詩經繹參》卷二：

使漂搖于風雨，巢毀必無完卵。

清·王先謙《詩三家義集疏》卷十三：

風雨喻成王也。《說文》："漂，浮。""搖，動也。"《文選·長楊賦》："漂昆侖。"注："漂，搖蕩之也。"是漂搖二字意義相因。故《搑兮》詩云"風其漂女"也。三家搖作飀者，《尚書大傳》鄭注引《詩》"風雨所漂飀"，出三家文。《釋天》"扶搖"謂之猋，《釋文》引《字林》作飆。飆、飀同字。音下有之字。

清·王闓運《毛詩補箋》：

補曰：四國并叛，成周不能不危如風雨暴疾，或能漂浮搖動之。戒王無輕忽。

清·馬其昶《詩毛氏學》十五：

欲及陰雨之未至而綢繆牖户耳，不謂牖户未完而風雨已至，大懼室家之漂搖。

清·張慎儀《詩經异文補釋》卷六：

《書大傳·鴻範五行傳》鄭注引《詩》"風雨所漂飀"，一書作飆。案：漂搖，

《玉篇》作漂飄。《文選》左太冲《吳都賦》有飀字，蓋字體之變也。

民國·李九華《毛詩評注》卷十五：

風雨且漂搖。（《傳》《箋》傳注）

民國·焦琳《詩蠲》卷四：

風雨漂搖，以翹予室，比流言起而我室幾幾欲毀也。

又：蠲曰：用一"所"字，便將室之翹翹之故屬之風雨，非泛言未安也，與首章"無毀我室"呼應，皆以揭明流言者之心計。

日本·中村之欽《筆記詩集傳》卷五：

風雨指武庚煽亂，以搖動王室説，又與上陰雨相應。

日本·三宅重固《詩經筆記》七：

漂，浮也。搖，動也。漂屬雨，搖屬風。

日本·岡白駒《毛詩補義》卷五：

不幸而三監入其械中，流言于國，而成王果疑惑，則所謂予室翹翹，將風雨所漂搖者也。

日本·赤松弘《詩經述》卷四：

風雨又從而漂搖之。

日本·皆川願《詩經繹解》卷七：

漂，飄也。搖，動也。

又：謂予室爲風所揚。

日本·冢田虎《冢注毛詩》卷八：

【眉批】鄭云："風雨喻成王也。"今云：謬甚也。《書》曰："王亦未敢誚公。"此可以見焉。

日本·豬飼彥博《詩經集説標記》

風雨飄搖，言武庚之外撓也。

日本·仁井田好古《毛詩補傳》卷十五：

蘇轍曰："室成而風雨漂搖之。"……朱熹曰："以比己既勞悴，王室未安，而多難乘之。則其作詩以喻王，亦不得而不汲汲也。"

日本·龜井昭陽《毛詩考》卷十四：

風雨應上陰雨，言今日讒慝焉。夫公勤勞王家，先陰雨綢繆甚勞。叛臣之不敢毀我侮予，公之力也。今東土既寧，而王猶惑於群小，使公淹於遠是。昔者陰雨猶未已，又漂搖我室也。若夫滂沱而周室無公，王誰與救亂乎？此周公所以哀訴也。

日本·金濟民《詩傳纂要》卷二：

嚴氏曰："殷民爲流言以搖撼之，如風雨之漂搖。"

日本·岡井鼎《詩疑》卷九：

漂，浮。搖，動也。俱見《説文》。何云："與第二章未陰雨相應。"

日本·安井衡《毛詩輯疏》卷七

風雨喻成王也。

日本·安藤龍《詩經辨話器解》卷八：

風雨（右旁行小字：鴟鴞）（左旁行小字：武庚）所漂搖。

日本·竹添光鴻《毛詩會箋》卷八：

風雨所漂搖，漂屬雨，搖屬風，與陰雨綢繆相應。

李雷東按：

"風雨所漂搖"一句句解涉及"風雨"、"漂搖"和整句解説等幾個問題。現分述如下。

一　風雨

1. 漢·鄭玄《毛詩箋》："風雨喻成王也。"（《毛詩正義》卷八）

2. 明·萬時華："風雨何所喻，精神全在此一句露出，正指朝中之疑謗者。"（《詩經偶箋》卷五）

二　漂搖

1. 明·張次仲："漂搖，震蕩不安之貌。"（《待軒詩記》卷二）

2. 明·何楷："漂，浮。搖，動也。俱見《説文》。漂屬雨，搖屬風，乃未然事。"（《詩經世本古義》卷十之上）

3. 清·張沐："漂雨驟，搖風急也，比流言。"（《詩經疏略》卷四）

4. 清·陳喬樅："《尚書大傳·洪範五行傳》注：'《詩》曰："風雨所漂颻。"'"（《詩經四家異文考》卷二）

三　整句解説

1. 唐·孔穎達："毛以爲，……又爲風雨之所漂搖，此巢將毀，……以喻王業

雖成，今成王幼弱，而爲凶人所振蕩，周室將毀。"（《毛詩正義》卷八）

2. 唐·孔穎達："鄭：'殺、弊盡同，但所喻者別。……又爲成王所漂搖，誅絕之，我先臣是以恐懼而告急也。'"（《毛詩正義》卷八）

3. 唐·孔穎達："言盡力勞病，以成攻堅之業，而爲風雨所漂搖。"（《毛詩正義》卷八）

4. 宋·歐陽修："懼爲風雨所飄搖。"（《詩本義》卷五）

5. 宋·蘇轍："室成而風雨漂搖之。"（《詩集傳》卷八）

6. 宋·李樗《毛詩詳解》："以風雨之所搖蕩……喻先王之造王室，其積累艱難如此，今爲三監之所搖蕩。"（《毛詩李黃集解》卷十八）

7. 宋·范處義："乃爲風雨所漂搖。"（《詩補傳》卷十五）

8. 宋·朱熹："風雨又從而漂搖之。……而多難乘之。"（《詩經集傳》卷八）

9. 宋·楊簡："大亂如風雨漂搖予室。"（《慈湖詩傳》卷十）

10. 宋·林岊："風雨且漂搖之。"（《毛詩講義》卷四）

11. 宋·戴溪："忽爲風雨所飄搖。蓋首亂者商民也，西土人亦不靜，則未知天之降威如何。"（《續呂氏家塾讀詩記》卷一）

12. 宋·嚴粲："風雨又漂蕩而搖動之。"（《詩緝》卷十六）

13. 元·王逢《詩經疏義輯録》："《解頤》曰：'當是時王心疑於上，群情惑於天下，亂賊乘機伺間於其側，而國勢之危，甚於風雨之飄搖也。'"（《詩經疏義會通》卷八）

14. 明·梁寅："風雨之漂搖則危而欲墮也。"（《詩演義》卷八）

15. 明·許天贈："'風雨'句正應陰雨講。又將以備乎陰雨，風雨則又從而摽搖之矣。"（《詩經正義》卷九）

16. 明·江環："斯時也，所深懼者惟風與雨耳。奈何風雨又從而漂搖之，積累之功幾廢于一日，而預防者，將不得以卒集也，勤勞者將無以自見也。"（《詩經鐸振》國風卷之三）

17. 明·朱謀㙔："風雨飄搖，喻流言之惑成王也。"（《詩故》卷五）

18. 明·曹學佺："夫家一耳，以風雨之飄搖而周公慮之，則内顧彌切，以牖户之綢繆，而成王勉之，則外侮自消。此周公作詩之本指也。"（《詩經剖疑》卷十二）

19. 明·陸化熙："'風雨'二句，與陰雨相應，而下民之侮在其中。"（《詩

通》卷一）

20. 明·顧夢麟："殷民又爲流言，以搖撼之，如風雨之漂搖。"（《詩經說約》卷十）

21. 明·鄒之麟："'風雨'句正應陰雨講，暗指流言而言也。"（《詩經翼注講意》卷一）

22. 明·錢天錫："曰'風雨所漂搖'者，蓋以新造之家，遘譖張之禍，多少毀家，多少風波。……付漂搖于主上，不可言也。"（《詩牖》卷五）

23. 明·賀貽孫："蓋是時不利孺子之言，流布國中，舉朝之人亦有從而疑公者。風雨漂搖，蓋指是輩，故此句乃一篇之警策。"（《詩觸》卷二）

24. 清·張沐："而風雨今猶未息。"（《詩經疏略》卷四）

25. 清·冉覲祖："風雨漂搖，則不特示陳於下土之民，而且將見乘於毀室之鳥矣。"（《詩經詳說》卷三十一）

26. 清·汪紱："風雨漂搖，新造之邦，何以堪此？"（《詩經詮義》卷四）

27. 清·羅典："至有室而翹翹高寄，其於雨若承之，其於風若招之，一爲所漂，則室中將等泥中，一爲所搖，則室處旋成露處。"（《凝園讀詩管見》卷五）

28. 清·姜炳璋："使風雨漂搖而內變外患之總至此，固非尋常意料之所及。"（《詩序補義》卷十三）

29. 清·牟庭："雨漂風搖而高巢危矣，喻禍變作而王室不寧也。"（《詩切》）

30. 清·劉沅："巢木自乏綢繆，而風雨又漂搖之，喻己本無先事之名，而武庚又挾三叔以爲亂也。"（《詩經恒解》卷二）

31. 清·王闓運："四國并叛，成周不能不危如風雨暴疾，或能漂浮搖動之。戒王無輕忽。"（《毛詩補箋》）

32. 民國·焦琳："風雨漂搖，以翹予室，比流言起而我室幾幾欲毀也。"（《詩蠲》卷四）

33. 日本·岡白駒："不幸而三監入其械中，流言于國，而成王果疑惑，則所謂予室翹翹，將風雨所漂搖者也。"（《毛詩補義》卷五）

予維音曉曉

《毛詩故訓傳》（《毛詩正義》卷八）：

曉曉，懼也。

漢·鄭玄《毛詩箋》（《毛詩正義》卷八）：

音曉曉然，恐懼告訴之意。

唐·孔穎達《毛詩正義》卷八：

毛以為，……予是以維音之曉曉然而恐懼。以喻王業雖成，今成王幼弱，而為凶人所振蕩，周室將毀，故周公言己亦曉曉然而危懼。由管、蔡作亂使憂懼若此，故不得不誅之意也。

鄭：“殺、弊盡同，但所喻者別。……予維音曉曉，曉曉喻告訴之意也。”

正義曰：皆《釋訓》文。王肅云：“言盡力勞病，以成攻堅之巢，而為風雨所漂搖，則鳴音曉曉然而懼。以言我周累世積德，以成篤固之國，而為凶人所振蕩，則己亦曉曉而懼。”

宋·歐陽修《詩本義》卷五：

故予維音曉曉者，喻王室不安，懼有搖動傾覆，使我憂懼爾。

宋·蘇轍《詩集傳》卷八：

曉曉，急也。……則其音得無急乎？

宋·李樗《毛詩詳解》（《毛詩李黃集解》卷十八）：

故其音曉曉而懼也，……而周公作詩，其音亦曉曉然而懼也。

宋·范處義《詩補傳》卷十五：

故曉曉然哀鳴告訴。今我之為是詩，乃曉曉之音也。周公之言如此，奈王之未悟何？自非雷風作乎上，金縢啓乎下，周公其危哉，周公既危，王室從之矣。

宋·朱熹《詩經集傳》卷八：

曉曉，急也。

則我之哀鳴安得而不急哉？……則其作詩以喻王，亦不得而不汲汲也。

宋·吕祖謙《吕氏家塾讀詩記》卷十六：

毛氏曰：“……曉曉，懼也。”

鄭氏曰：“音曉曉然，恐懼告訴之意。”

蘇氏曰："……則其音得無急乎？"（朱氏曰："……則其作詩以喻王，亦不得
而不汲汲也。"）

宋·楊簡《慈湖詩傳》卷十：

予維未如之何，音嘵嘵而已矣。

宋·林岊《毛詩講義》卷四：

予維鳴音嘵嘵而懼矣。

宋·魏了翁《毛詩要義》卷八：

嘵嘵，懼。

《傳》："……嘵嘵，懼。"《正義》曰："皆《釋訓》文。"王肅云："言盡力
勞病，以成攻堅之巢，而爲風雨所漂搖，則鳴音嘵嘵然而懼。"

宋·嚴粲《詩緝》卷十六：

錢氏曰："嘵嘵，叫呼也。"

予恐其隕墜，維音嘵嘵然叫呼也。周公……故作此詩，以哀鳴如鳥音之嘵
嘵也。

元·胡一桂《詩集傳附錄纂疏》卷八：

嘵嘵，急也。……則我之哀鳴安得而不急哉？……則其作詩以喻王，亦不得
而不汲汲也。

元·劉瑾《詩傳通釋》卷八：

嘵嘵，急也。……則其作詩以喻王，亦不得而不汲汲也。

元·劉玉汝《詩纘緒》卷八：

維音以比作詩。

明·梁寅《詩演義》卷八：

予維音嘵嘵，則哀鳴可憐而莫有救之者也。

明·胡廣《詩傳大全》卷八：

安成劉氏曰："良以嘵嘵之音出於忠愛之情所不能已也。"

明·季本《詩說解頤》卷十四：

嘵嘵，叫呼也。

明·豐坊《魯詩世學》卷十五：

程氏曰："嘵嘵，急切之音。……恐有多難之乘，故爲之詒謀，告戒諄切，不
但已也。"《大誥》曰："寧王遺大寶龜，紹天明即命。曰：'有大艱于西土。'"

《君牙》曰："丕顯哉，文王謨！丕承哉，武王烈！佑啓我後人，咸以正罔闕。"
又同書："文王有大匡釋典文徹文。"《傳》：武王有《洪範》《康誥》《酒誥》寶
典，丹書，席几，鑒盤，楹杖，冠衣，帶履，籩豆，門户井，鑰牖，硯筆簽，鋒
刀劍弓矛車之銘，諄切如此，所謂"維音曉曉"者是也。舊説亦謂周公自述勞萃
王室而作詩，汲汲于自辨者，何其見聖人之淺耶？

明·李資乾《詩經傳注》卷十八：

"予維音"者，即《易》"雷山小過，飛鳥遺之音"也。曉曉者，風雨驟至，
衆鳥噪噪，不知叔之爲畔耶，公之爲忠耶。觀啓金縢之後，諸史與百執事曰："信
噫！公命，我勿敢言。"則不特王疑周公，朝臣亦群起而疑矣。不特三叔流言，朝
臣亦曉曉多言矣。或曰：曉曉，急也。我之哀鳴，安得不急哉？愚謂，周公未嘗
哀鳴，既歸二年而後作是詩，亦未爲急。況上章云"予口卒瘏"，此章云"予維音
曉曉"，則卒瘏者，周公之口，曉曉者，衆口之音，而公聽之遂歸東者也。故下章
云"我徂東山"。

明·許天贈《詩經正義》卷九：

"予維音曉曉"，比己之作詩以喻王，不得而不汲汲也。……"曉曉"正以愛
巢之心不得遂也。

又：哀鳴之聲，安得不曉曉其急也哉？……巢之壞於風雨，鳥既不免於哀鳴，
則王室之搖於武庚，而公之作詩以告王，亦不得而不汲汲矣。使成王得之而心悟
焉，又何多難之不除而王室之不定哉？吁！此固周公望王之意也，豈徒自鳴其忠
而已耶？

明·江環《詩經鐸振》（《詩經尊朱删補》）國風卷之三：

我之哀鳴以自欣者，不得而不曉曉矣。爾鴟鴞宜以憫我之情而息其毒，豈可
益出爲惡而毀我室哉？

明·郝敬《毛詩原解》卷十六：
予維曉曉然叫呼而已。

明·徐光啓《毛詩六帖講意》一卷：
《箋》曰："音曉曉然，恐懼告訴之意。"

明·姚舜牧《重訂詩經疑問》卷三：
予斯不能已於曉曉之鳴耳。

明·朱謀㙔《詩故》卷五：

"予維音嘵嘵"，正明作詩以貽成王之意也。

明·曹學佺《詩經剖疑》卷十二：

嘵嘵，急也。……則我之哀鳴，安得而不急哉？喻王室之多難而己不能以自禁也。

明·陸化熙《詩通》卷一：

維音嘵嘵，全爲愛室苦心，不容自已。蓋一身勞瘁不足惜，而室家未安深可哀也。勿以此爲作詩之由。

明·顧夢麟《詩經說約》卷十：

嚴《緝》："故作此詩，以哀鳴如鳥音之嘵嘵也。"

明·鄒之麟《詩經翼注講意》卷一：

末句喻己作詩告王之汲汲。要見多難將毀我室，故己作詩以喻王，使之知保其室家，有不容不汲汲意，非公只明己之見誣而已。

明·張次仲《待軒詩記》卷二：

嘵嘵，叫呼也。……而所成之室，又風雨漂搖，安得不嘵嘵自明乎？"維"字見一生苦心苦力專在于此，故不忍默然而已。作詩之意至此始曉然明白矣。

又：維音嘵嘵，言更無別法，維有悲痛而已。

明·錢天錫《詩牗》卷五：

嘵嘵之鳴，總爲室家，非以自明其心迹也。玩一"維"字，見得苦心苦力，別無可以自效者。

又：嘵嘵處統承一章，若曰綢繆于未雨之前，既不能以室之故庇其身，拮据于無家之後，又不能以身之瘁，庇其室。此恩勤一念，雖蒙陰雨，天必諒之。愛室微忱，雖至飄搖，下民必哀之，而安得不汲汲以自鳴也？

明·何楷《詩經世本古義》卷十之上：

《爾雅》作"憢憢"，《說文》作"唯予音之嘵嘵"。……嘵，《說文》云："懼也。""維音嘵嘵"者，鄭云："恐懼告訴之意。"正指"迨天之未陰雨"五句言，而所云"恩斯勤斯，鬻子之閔斯"者，其大指畢露乎此。周昌年云："要見多難，將毀我室，故己作詩以喻王，使之知保其室家，有不容不汲汲意，非公只明己之見誣而已。"……言憂在王室，而己之鳴不得不急也。武庚若起，王室安危有未可知者，此感喻王之深也。

366

明·唐汝諤《毛詩蒙引》卷七：

逃嘵之鳴，意在感悟成王，而定王室，非徒自白其心迹而已。

明·楊廷麟《詩經聽月》卷五：

我之哀鳴以自訴者，又不得而不嘵嘵矣。爾鴟鴞宜以憫我而息其毒，豈可益出為惡而毀我室哉？

張憲□曰：“維音嘵嘵，在‘鴟鴞鴟鴞’四字下見之，不呼王，而呼鴟鴞，無可奈何之詞也。”

又：嘵嘵是急。嘵嘵之鳴，全為予室，若心不容自已。蓋一身勞瘁未足惜，而室家未安深可憂也。意在感悟我王，以定王室，非只明己之見誣已也。

明·范王孫《詩志》卷九：

惟回視前功未完，仔肩難卸，而嫌疑猜忌，抱赤莫將，真有攖冠不得，閉戶不可者，故曰“予維音嘵嘵”。

明·陳元亮《鑒湖詩說》卷一：

“維音嘵嘵”，在“鴟鴞”四字上見之。不呼王而呼鴟鴞，無可奈何之詞也。須看一“維”字，見得苦心苦力，別無可以自效者，維音之嘵嘵而已。全為愛室苦心，自不容已，勿以此為作詩之由。

清·錢澄之《田間詩學》卷五：

鄭云，維音嘵嘵，“恐懼告訴之意”，正指“迨天之未陰雨”五句而言。而“恩斯勤斯，鬻子之憫斯”，其大旨畢露乎此。

愚按：維音嘵嘵，即自述其作詩喻王之旨。蓋多難將作，情有不容不汲汲者，不自知其音之嘵嘵也。

清·冉覲祖《詩經詳說》卷三十一：

則我之哀鳴安得而不急哉？以比己既勞瘁王室，又未安而多難乘之，則其作詩以喻王亦安得而不汲汲也？

又：安成劉氏曰：“……良以嘵嘵之音出於忠愛之情，所不能已也。”

華谷嚴氏曰：“……故作此詩以哀鳴，如鳥音之嘵嘵也。”

又：【副墨】維音嘵嘵，言更無別法，惟有悲痛也。

【衍義】……此章則言有意外之變，而有不得不鳴者，蓋言己今日所以作詩之故也。多難指武庚倡亂，二叔流言說。《疏義》云：“……要見多難將危國家，故己作詩以喻王，使之知保其國家，有不容不汲汲者矣。不然則是周公只明己之見誑而已，非本意也。"

【正解】……嘵嘵之鳴，全爲愛室苦心，不容自已。蓋一身勞瘁不足惜，而室家未安深可憂也。

又：【指南】"維音嘵嘵"，在"鴟鴞鴟鴞"四字中見之，不呼王而呼鴟鴞，無可奈何之辭也。

按：……作詩喻王是嘵嘵之喻，極其明析。……維音嘵嘵，一篇結句，正以見作詩貽王之出於不得已。"惟"字語氣是不得不如此之意。

【講】……予之哀鳴以訴也，亦安得而不嘵嘵也哉？鴟鴞鴟鴞，愼無復出爲惡可矣。噫！周公之於王室，勤勞忠愛如此，宜乎此詩貽而王心感悟哉。

清・李光地《詩所》卷二：

羽毛沾濕，則手口無所施矣。此嘵嘵哀鳴所以不能自止也。

清・王鴻緒等《欽定詩經傳説彙纂》卷九：

嘵嘵，急也。（鄭氏康成曰："音嘵嘵然，恐懼告訴之意。"）

則我之哀鳴安得而不急哉？以比己既勞瘁王室，又未安而多難乘之，則其作詩以喻王，亦不得而不汲汲也。

清・王心敬《豐川詩説》卷十一：

予維嘵嘵然叫呼而已。

清・李塨《詩經傳注》卷三：

則我之哀鳴長號，安得不急哉？

清・姜文燦《詩經正解》卷十：

【合參】……夫如是，予亦安得嘿然而已乎？蓋情窮于遇，斯哀發于音，我之悲鳴自訴者，又不得而不嘵嘵矣。向非風雨之故，即予室未定，尚可徐圖。縱羽尾傷殘，亦自爲吾室耳，何至嘵嘵如此哉？

【析講】……嘵嘵之鳴，全爲愛室苦心，不容自已。蓋一身勞瘁不足惜，而室家未安深可憂也。……維音嘵嘵，在"鴟鴞鴟鴞"四字上見之，不呼王而呼鴟鴞，無可奈何之辭也。……故作此詩以哀鳴，如鳥音之嘵嘵也。

清・黃夢白、陳曾《詩經廣大全》卷九：

嘵嘵，《箋》云："恐懼告訴之意。"朱子云："急也。……則予之哀鳴安得不急也？"周昌年云："要見多難將毀我室，故己作詩以喻王，使之知保其室家，有不容不汲汲意，非公只明己之見誑也。"

清·張叙《詩貫》卷五：

此嘵嘵哀鳴所以不能自止者乎。

清·汪紱《詩經詮義》卷四：

予之哀鳴以告王，王其能無深念乎？維音嘵嘵，結通篇之所言也。其忠君愛國之志，蹇蹇匪躬之誠，蓋凄然欲絕矣。

清·許伯政《詩深》卷十五：

予將奈之何哉？維哀音之嘵嘵而已矣。

清·羅典《凝園讀詩管見》卷五：

用是心之自維纏綿往復，既念前之艱難創業勤勞爲虚，復謀後之陟降厥家，憑依無所，烏能忍而不言，或言之而不疾乎？故終舉其急切自鳴之意，曰“予維音嘵嘵”，“予維”二字當一讀。維，思也。勿作語詞混過。予維之云鳥特言其爲身維而未及其子也。然己不勝急切而爲音之嘵嘵矣。又況撫身而予維者，更不能不計身後以爲予維哉。

清·范家相《詩瀋》卷十：

唯予音之嘵嘵，庶令居是室者，無忘祖宗之遺構哉。

清·胡文英《詩經逢原》卷五：

譊譊，祝其不要如此也。《古詩》“里中一何譊譊”。

清·段玉裁《毛詩故訓傳定本》卷十五：

嘵嘵，懼也。

清·姜炳璋《詩序補義》卷十三：

我于此時維音嘵嘵訴于王而已。蓋名爲責武庚，故開口呼鴟鴞，而其意實沈痛于二叔之助逆，而有難于顯言者，不覺其言之痛切至斯也。

清·牟庭《詩切》：

毛《傳》曰：“嘵嘵，懼也。”《説文》曰：“嘵，懼也。”引《詩》曰“惟予音之嘵嘵”，多“之”字。……予欲綢繆而不及，維有呼號音嘵嘵。

清·李富孫《詩經異文釋》六：

《説文》口部引作“唯予（段本定作‘予維’）音之嘵嘵”。《玉篇》口部引作“予維音之嘵嘵”。《廣韵》三蕭引同。《玉海補遺》又作“憢憢”。案：據《説文》《玉篇》所引是古本，當有“之”字。毛《傳》云：“嘵嘵，懼也。”故《爾雅》疏又從心傍。

清・劉沅《詩經恒解》卷二：

予維音嘵嘵，言己所以深悲而哀訴，願王之毋以既平武庚爲幸，而當以兄弟鬻傷爲悲。武王封殷之德，不終爲戚。蓋勤以先王惕其憂患，所以爲聖人至忠至仁之心也。

清・徐華岳《詩故考异》卷十五：

末句《説文》作："唯予音之嘵嘵。"

《傳》："……嘵嘵，懼也。"（《正義》："《釋訓》文。"王肅云："言盡力勞病，以成攻堅之巢，而爲風雨所漂搖，則鳴音嘵嘵然而懼，以言我周累世積德，以成篤固之國，而爲凶人所振蕩，則己亦嘵嘵而懼。"）《箋》："……音嘵嘵然，恐懼告訴之意。"（《正義》："鄭喻先臣恐懼。"）

清・陳壽祺、陳喬樅《三家詩遺説考・魯詩遺説考》卷二：

【補】《爾雅・釋訓》："嘵嘵，懼也。"

喬樅謹案：《釋文》："憢憢，本又作嘵。"考《説文》心部，無"憢"字，"憢憢"即"嘵嘵"之訛，當作"嘵"爲正。《釋訓》之語正釋此詩也。

《説文》口部："嘵，懼聲也，從口堯聲。《詩》曰：'予惟音之嘵嘵。'"

案：今本《説文》作"唯予音之嘵嘵"。《玉篇》口部、《廣韵》三蕭引《詩》并作"予維音之嘵嘵"。當依《玉篇》乙正。二書即本《説文》也。

喬樅謹案：《毛詩》"予維音嘵嘵"，無"之"字。《説文》及《玉篇》、《廣韵》引《詩》并有"之"字，其爲《三家詩》文可知。《説文》偁《詩》於毛氏之外，載《魯詩》爲多，此引《詩》"唯"字不從糸，作維，亦與毛异。《小雅》"我馬維騏"，《淮南》書引《詩》作唯，不與毛同，知此亦爲《魯詩》也。

清・徐璈《詩經廣詁》：

王肅曰："言我周累世積德，以成篤固之國，而爲凶人所振蕩，則己亦嘵嘵而懼。"（《正義》）

《説文》："唯予音之嘵嘵。"（《玉篇》《廣韵》引《詩》皆有"之"字。）

清・李允升《詩義旁通》卷五：

何元子云："承上章毀室言，而深以綢繆牖户，望成王早圖之也。舊説謂周公自述其締造周密，則於末章予室翹翹可難通。且汲汲自多其功，於忠義淺矣。"

清・陳奂《詩毛氏傳疏》卷十五：

《玉篇》引《诗》"予維音之嘵嘵"，《説文》作"唯予音之嘵嘵"，音下皆有

"之"字，與今本異。《説文》作"唯予"，依毛诗字例當作維予。維，發聲也。《詩》凡言"維予與女""維予二人""維予侯興""維予胥忌""維予小子"，皆作維予，是其證。嘵嘵，懼，亦《釋訓》文。今《爾雅》作憢憢，誤。懼者，懼室爲风雨所危也。

清·陳喬樅《詩經四家异文考》卷二：

予唯音憢憢，《爾雅·釋訓》："憢憢，懼也。"《釋文》："憢，本又作嘵。"

案：《説文》無"憢"字，"憢憢"即"嘵嘵"之訛，當作嘵爲正。

唯予音之嘵嘵，《説文》口部："嘵，懼聲也，從口堯聲。《詩》曰：'唯予音之嘵嘵。'"

予惟音之嘵嘵，《玉篇》口部："《詩》云：'予惟音之嘵嘵。'嘵嘵，懼也。"

案：《廣韵》三蕭引《詩》文同毛詩"予維音嘵嘵"，無"之"字。《説文》及《玉篇》、《廣韵》引《詩》并有"之"字，其爲三家今文，可知今本《説文》誤作"唯予音之嘵嘵"。當依《玉篇》《廣韵》乙正。二書即本《説文》也。

清·顧廣譽《學詩詳説》卷十五：

陰雨未至，當思有以豫防之，公固已致力於前矣，故曰迨風雨既至，當思有以救止之，則非公身處事外，所得爲不能不以悔悟之機望王，故曰"維音嘵嘵"。

清·方玉潤《詩經原始》卷八：

嘵嘵，急也。

清·龍起濤《毛詩補正》卷十四：

嘵嘵，懼也。

清·梁中孚《詩經精義集鈔》卷二：

嘵嘵，急也。言室未定，以比王室未安，不得不汲汲也。

清·王先謙《詩三家義集疏》卷十三：

嘵，懼也。疏：《傳》："……嘵嘵，懼也。"《箋》："……音嘵嘵然，恐懼告訴之意。"……"嘵，懼也"者，《説文》云："從口堯聲。《詩》曰：'唯予音之嘵嘵。'"《玉篇》口部、《廣韵》三蕭引《詩》"予維音之嘵嘵"，并有"之"字。出三家文。"予唯"作"唯予"，《説文》之誤。《玉篇》《廣韵》即本《説文》，當依二書乙正。"維"作"唯"，陳喬樅以爲"魯詩"。《釋訓》："嘵嘵，懼也。"亦引《詩》，魯、毛同文之證。

清·王闓運《毛詩補箋》：

一本無"之"。《説文》引作"唯予"。嘵嘵，懼也。《箋》云："音嘵嘵然，恐懼告訴之意。"補曰：言己遺詩之懼，欲王懼也。事未發，不可明言。

清·馬其昶《詩毛氏學》十五：

嘵嘵，懼也。（《釋訓》作憢憢。鄭曰："嘵嘵然，恐懼告訴之意。"方苞曰："二章與末章意正相應。自言所以獨操國事，略不自嫌，欲及陰雨之未至而綢繆牖户耳，不謂牖户未完而風雨已至，大懼室家之漂搖，而王心不悟，則維音嘵嘵，自鳴其哀厲而已。"）

清·張慎儀《詩經异文補釋》卷六：

《爾雅·釋訓》作"憢憢"。《爾雅·釋文》：憢，本又作嘵。《玉海補遺》作"憢憢"。憢，《説文》口部引《詩》"唯予音之嘵嘵。"《玉篇》口部、《廣韵》三蕭各引《詩》"予維音之嘵嘵"。案：憢者，嘵之別體也。又《説文》及篇韵皆有"之"字，疑古本《毛詩》作"維予音之嘵嘵"。後傳寫捝之，并誤倒"維予"爲"予維"。陳奐云："《詩》凡言'維予與女''維予二人''維予侯興''維予胥忘''維予小子'，其證也。維、唯字，經典多相亂。"

民國·李九華《毛詩評注》卷十五：

嘵嘵，恐懼告訴也。……則我之哀鳴長號，安得不急哉？（《傳》《箋》傳注）

民國·焦琳《詩蠲》卷四：

恐懼急切之聲。

又：嘵嘵之音，即以比此詩之作。"維"字之所以悲者，意言舍此更無餘法，而忠貞專一之心，遂似孤兒之望母。今人讀之，且欲隕涕，矧成王哉。

民國·吳闓生《詩義會通》卷一：

嘵嘵，懼也。《玉篇》引"音"下有"之"字。《説文》作"唯予音之嘵嘵"。

日本·中村之欽《筆記詩集傳》卷五：

嘵嘵之鳴，全爲愛宜苦心，不容自已。蓋一身勞瘁未足惜，而室家未安深可憂也，意在感悟成王以定王室，非止明己之見誣已也。

劉氏曰："……良以嘵嘵之音出於忠愛之誠，所不能已也。"

沈無回曰："公以叔父之戚，居攝相之位，而自訴其忠赤，比于鳥之哀鳴，無一毫怨懟之詞，何嘗以孺子視王哉？萬世之下，誦公之詩者，見公之心如青天白日，即是可以律操懿之徒矣。"

日本·三宅重固《詩經筆記》七：

周昌年云："要見多難將毀我室，故己作詩以喻王，使之知保其室家，有不容不容①汲汲意，非云只明己之見誣也。"

日本·岡白駒《毛詩補義》卷五：

嘵嘵，懼也。

又：一朝爲風雨所漂搖，其能不嘵嘵乎？……周公之志在救輔，其得無不嘵嘵乎？雖聖人無如世變何！伊尹放君，民無异議。周公在朝，二叔流言。嗚乎！世變人心愈降愈下，由周而下可勝道也哉。

日本·赤松弘《詩經述》卷四：

嘵嘵，恐懼也。

日本·中井積德《古詩逢源》：

嘵嘵，急遽之聲。

日本·皆川願《詩經繹解》卷七：

嘵嘵，鄭云："恐懼告訴之意。此喻善業爲血氣所破，而心悔嘆也。"

又：則維其音必嘵嘵焉矣。

日本·冢田虎《冢注毛詩》卷八：

嘵嘵，恐懼之聲。其室托樹杪而秀起焉，爲風雨所漂搖，則恐其顛墜，而其鳴嘵嘵然也。以喻流言之變、三監之叛，將或顛覆王室，則周公恐懼之甚，以告戒成王爾。

日本·豬飼彦博《詩經集説標記》

則我其能不鳴之急，與所以感悟成王也？

日本·龜井昭陽《毛詩考》卷十四：

爲王室故作是恐懼之聲，告訴於王也。《爾雅》："憢憢，懼也。"嘵亦同。

《家語》："東征之二年，罪人斯得。"《序》亦無東避之事。

日本·東條弘《詩經標識》（三）：

嘵②，《説文》云："懼也。"毛同鄭，云："恐懼告訴之意。"朱子云："急也。"未知何據。

---

① 原文如此，應多一處"不容"。
② 嘵，當爲"嘵"字之誤。

日本・岡井嵰《詩疑》卷九：

嘵嘵，急也。（恐當删。）

又：嘵，《説文》云："懼也。"毛云："嘵嘵，懼也。"郑云："恐懼告訴之意。"《爾雅》作憢，云："憢憢，懼也。"嵰按：憢憢，從心，則心之懼也。今嘵嘵從口，則知懼而鳴也。當從鄭義。朱子云："急也。"未知所本也。

日本・安井衡《毛詩輯疏》卷七：

嘵嘵，懼也。《箋》："……音嘵嘵然，恐懼告訴之意。"

日本・安藤龍《詩經辨話器解》卷八：

（左旁行小字：是以）予維音（右旁行小字：哀鳴）嘵嘵（左旁行小字：恐懼告訴，願成王察我肺肝之誠焉）！

日本・山本章夫《詩經新注》卷中：

嘵嘵，聲之喧也。

日本・竹添光鴻《毛詩會箋》卷八：

予維音嘵嘵。言爲王室故，作是恐懼之聲，告訴於王也。夫公勤勞王家，先陰雨綢繆甚牢。叛臣之不敢毀我室，公之力也。今武庚雖伏誅，殷民未靖，而王未知周公之志，使公淹于外，是昔者陰雨猶未已，又漂搖我室也。若夫滂沱而周室無公，王誰與救亂乎？此周公所以哀訴也。嘵嘵之音，真一聲一血。

朝鮮・申綽《詩次故》卷六：

《説文》："嘵，懼也。《詩》曰：'唯予音之嘵嘵。'"《廣韵》："嘵嘵，懼貌。"《爾雅》作"憢"，云："懼也。"

朝鮮・申綽《詩經异文》卷上：

《説文》引作"唯予音之嘵嘵"。《玉篇》《廣韵》并引作"予惟音之嘵嘵"。《廣韵》："嘵嘵，懼貌。"《爾雅》"嘵"作"憢"，云："懼也。"

朝鮮・無名氏《詩義》：

吁！《鴟鴞》一篇從周公心出來矣。予手拮据，其作勞之狀也。予口卒瘏，其盡瘁之形也。至於予羽之譙譙、予尾之翛翛，何莫非勤勞王家之意？而室家未定，多難猶乘，則其音也，安不得嘵嘵乎？噫！周人之新造王室，猶彼鳥之新作巢宇，而其陰雨之備，非不至也。牖户之繆，非不固也。而四國之蠢動，其風雨也，王室之危難，其漂搖也。風雨之動，既如是急，漂搖之患，有如是危，則以周公眷眷忠愛之心，由乎中而發於音者，宜乎其嘵嘵也。是故予意之汲汲，即彼鳥之哀鳴也。予心之違違，亦彼鳥之急號也。況乎公之失所，如鴻之未遵渚，公之遭謗，如狼之跋其胡。而予室之翅翅①，如彼其危難，則周公嘵嘵之音，宜出於忠愛之誠，而所以著於《鴟鴞》之詩也夫。蓋嘵嘵者，急鳴之音也。多難之危，王室如風雨之漂其巢，則周公汲汲之意宜乎。

李雷東按：

"予維音嘵嘵" 一句句解涉及 "維"、"音"、"嘵嘵" 和整句解説等幾個問題。現分述如下。

一　維

1. 明·張次仲："'維'字見一生苦心苦力專在于此，故不忍默然而已。"（《待軒詩記》卷二）

2. 明·錢天錫："玩一'維'字，見得苦心苦力，別無可以自效者。"（《詩牖》卷五）

3. 清·冉覲祖："'惟'字語氣是不得不如此之意。"（《詩經詳説》卷三十一）

4. 清·羅典："維，思也。勿作語詞混過。"（《凝園讀詩管見》卷五）

5. 清·陳奐："維，發聲也。"（《詩毛氏傳疏》卷十五）

二　音

元·劉玉汝："維音以比作詩。"（《詩纘緒》卷八）

三　嘵嘵

1. 《毛詩故訓傳》："嘵嘵，懼也。"（《毛詩正義》卷八）

2. 宋·蘇轍："嘵嘵，急也。……則其音得無急乎?"（《詩集傳》卷八）

3. 宋·嚴粲："錢氏曰：'嘵嘵，叫呼也。'"（《詩緝》卷十六）

4. 明·豐坊："程氏曰：'嘵嘵，急切之音。'"（《魯詩世學》卷十五）

5. 明·許天贈："'嘵嘵'正以愛巢之心不得遂也。"（《詩經正義》卷九）

6. 明·何楷："《爾雅》作憢憢。"（《詩經世本古義》卷十之上）

7. 清·胡文英："《五音集韵》作'予維音其詨詨'。又詨詨，祝其不要如此

---

① 翅翅，當爲"翹翹"。

也。"（《詩經逢原》卷五）

8. 民國・李九華："嘵嘵，恐懼告訴也。"（《毛詩評注》卷十五）

9. 日本・冢田虎："嘵嘵，恐懼之聲。"（《冢注毛詩》卷八）

10. 日本・龜井昭陽："爲王室故作是恐懼之聲，告訴於王也。"（《毛詩考》卷十四）

11. 日本・山本章夫："嘵嘵，聲之喧也。"（《詩經新注》卷中）

四　整句解說

1. 漢・鄭玄《毛詩箋》："音嘵嘵然，恐懼告訴之意。"（《毛詩正義》卷八）

2. 唐・孔穎達："毛以爲，……予是以維音之嘵嘵然而恐懼。以喻王業雖成，今成王幼弱，而爲凶人所振蕩，周室將毀，故周公言己亦嘵嘵然而危懼。"（《毛詩正義》卷八）

3. 唐・孔穎達："鄭……予維音嘵嘵，嘵嘵喻告訴之意也。"（《毛詩正義》卷八）

4. 唐・孔穎達："王肅云：'言盡力勞病，以成攻堅之巢，而爲風雨所漂搖，則鳴音嘵嘵然而懼。以言我周累世積德，以成篤固之國，而爲凶人所振蕩，則己亦嘵嘵而懼。'"（《毛詩正義》卷八）

5. 宋・歐陽修："故予維音嘵嘵者，喻王室不安，懼有搖動傾覆，使我憂懼爾。"（《詩本義》卷五）

6. 宋・蘇轍："則其音得無急乎？"（《詩集傳》卷八）

7. 宋・李樗《毛詩詳解》："故其音嘵嘵而懼也，……而周公作詩，其音亦嘵嘵然而懼也。"（《毛詩李黃集解》卷十八）

8. 宋・范處義："故嘵嘵然哀鳴告訴。今我之爲是詩，乃嘵嘵之音也。"（《詩補傳》卷十五）

9. 宋・朱熹："則我之哀鳴安得而不急哉？……則其作詩以喻王，亦不得而不汲汲也。"（《詩經集傳》卷八）

10. 宋・楊簡："予維未如之何，音嘵嘵而已矣。"（《慈湖詩傳》卷十）

11. 宋・林岊："予維鳴音嘵嘵而懼矣。"（《毛詩講義》卷四）

12. 宋・嚴粲："予恐其隕墜，維音嘵嘵然叫呼也。周公……故作此詩，以哀鳴如鳥音之嘵嘵也。"（《詩緝》卷十六）

13. 明・梁寅："予維音嘵嘵，則哀鳴可憐而莫有救之者也。"（《詩演義》卷八）

14. 明·胡廣："安成劉氏曰：'良以嘵嘵之音出於忠愛之情所不能已也。'"（《詩傳大全》卷八）

15. 明·江環："我之哀鳴以自欣者，不得而不嘵嘵矣。"（《詩經鐸振》國風卷之三）

16. 明·朱謀㙔："'予維音嘵嘵'，正明作詩以貽成王之意也。"（《詩故》卷五）

17. 明·曹學佺："則我之哀鳴，安得而不急哉？喻王室之多難而已不能以自禁也。"（《詩經剖疑》卷十二）

18. 明·張次仲："維音嘵嘵，言更無別法，維有悲痛而已。"（《待軒詩記》卷二）

19. 明·錢天錫："嘵嘵之鳴，總爲室家，非以自明其心迹也。"（《詩牖》卷五）

20. 明·唐汝諤："逃嘵之鳴，意在感悟成王，而定王室，非徒自白其心迹而已。"（《毛詩蒙引》卷七）

21. 清·冉覲祖："維音嘵嘵，一篇結句，正以見作詩貽王之出於不得已。"（《詩經詳說》卷三十一）

22. 清·汪紱："予之哀鳴以告王，王其能無深念乎？維音嘵嘵，結通篇之所言也。"（《詩經詮義》卷四）

23. 清·范家相："唯予音之嘵嘵，庶令居是室者，無忘祖宗之遺構哉。"（《詩瀋》卷十）

24. 清·姜炳璋："我于此時維音嘵嘵訴于王而已。蓋名爲責武庚，故開口呼鴟鴞，而其意實沈痛于二叔之助逆，而有難于顯言者，不覺其言之痛切至斯也。"（《詩序補義》卷十三）

25. 清·劉沅："予維音嘵嘵，言己所以深悲而哀訴，願王之毋以既平武庚爲幸，而當以兄弟翦傷爲悲。"（《詩經恒解》卷二）

26. 清·王闓運："言己遺詩之懼，欲王懼也。事未發，不可明言。"（《毛詩補箋》）

27. 日本·皆川願："此喻善業爲血氣所破，而心悔嘆也。"（《詩經繹解》卷七）

28. 日本·竹添光鴻："嘵嘵之音，真一聲一血。"（《毛詩會箋》卷八）

卒章章旨

唐·孔穎達《毛詩正義》卷八：

毛以爲，鴟鴞言作巢之苦，予羽譙譙然而殺，予尾消消而敝。手口既病，羽尾殺敝，乃有此室巢。以喻先王勤修德業，勞神竭力，得成此王業。鴟鴞又言，室巢雖成，以所托枝條弱，故予室今翹翹然而危，又爲風雨之所漂搖，此巢將毀，予是以維音之嘵嘵然而恐懼。以喻王業雖成，今成王幼弱，而爲凶人所振蕩，周室將毀，故周公言己亦嘵嘵然而危懼。由管、蔡作亂使憂懼若此，故不得不誅之意也。

鄭："殺、弊盡同，但所喻者別。喻屬臣勤勞，有此官位土地，今子孫不肖，使我家道危也，又爲成王所漂搖，將誅絶之，我先臣是以恐懼而告急也。"

正義曰：王肅云："言盡力勞病，以成攻堅之巢，而爲風雨所漂搖，則鳴音嘵嘵然而懼。以言我周累世積德，以成篤固之國，而爲凶人所振蕩，則己亦嘵嘵而懼。"

宋·歐陽修《詩本義》卷五：

至於口手羽尾皆病弊，積日累功乃得成此室，以譬寧誅管、蔡，無使亂我周室也。我祖宗積德累仁造此周室，以成王業，甚艱難。其再言鴟鴞者，丁寧而告之也。又云予室翹翹，懼爲風雨所飄搖。故予維音嘵嘵者，喻王室不安，懼有搖動傾覆，使我憂懼爾。

宋·蘇轍《詩集傳》卷八：

爲室之勞至於羽殺尾敝。室成而風雨漂搖之，則其音得無急乎？

宋·李樗《毛詩詳解》（《毛詩李黃集解》卷十八）：

言非獨口手盡病，又至於羽之譙譙然而殺之，尾之翛翛然敝之，其勞如此而其室又翹翹然危，以風雨之所搖蕩，故其音嘵嘵而懼也，喻先王之造王室，其積累艱難如此，今爲三監之所搖蕩，而周公作詩，其音亦嘵嘵然而懼也。

宋·范處義《詩補傳》卷十五：

周公謂我經營王室之勞，如鳥之狀，羽則譙譙而殺矣，尾則翛翛而敝矣。及巢既成，翹翹而危，乃爲風雨所漂搖，故嘵嘵然哀鳴告訴。今我之爲是詩，乃嘵嘵之音也。周公之言如此，奈王之未悟何？自非雷風作乎上，金縢啓乎下，周公其危哉，周公既危，王室從之矣。

宋·朱熹《詩經集傳》卷八：

亦爲鳥言。羽殺尾敝以成其室，而未定也，風雨又從而漂搖之，則我之哀鳴安得而不急哉？以比己既勞悴，王室又未安，而多難乘之。則其作詩以喻王，亦不得而不汲汲也。

宋·呂祖謙《呂氏家塾讀詩記》卷十六：

蘇氏曰："爲室之勞，至於羽殺尾敝，室成而風雨漂搖之，則其音得無急乎？"朱氏曰："……以比己既勞悴，王室未安，而多難乘之，則其作詩以喻王，亦不得而不汲汲也。"

程氏曰："此周公之詩，所以辭哀而意切也。"

宋·林岊《毛詩講義》卷四：

予羽譙譙而殺，予尾翛翛而敝。予室翹翹而危，風雨且漂搖之。予維鳴音嘵嘵而懼矣。此皆危苦之辭也。

宋·輔廣《詩童子問》卷三：

四章方言情急而不得不作詩以喻王之意。

宋·戴溪《續呂氏家塾讀詩記》卷一：

末章言憔悴甚矣，成室翹翹然，忽爲風雨所飄搖。蓋首亂者商民也，西土人亦不靜，則未知天之降威如何，故恐懼而言風雨之飄搖也。

宋·嚴粲《詩緝》卷十六：

又托爲鳥言。我營巢之苦，非特手勞口病也，予羽譙譙然殺滅，予尾翛翛然敝敗，予室翹翹然危，風雨又漂蕩而搖動之，予恐其隕墜，維音嘵嘵然叫呼也。周公以喻己盡瘁經理王室，如鳥之作巢甚苦。王室新造，成王幼沖，如鳥巢之甚危。殷民又爲流言，以搖撼之如風雨之漂搖，故作此詩，以哀鳴如鳥音之嘵嘵也。

元·劉瑾《詩傳通釋》卷八：

亦爲鳥言。羽殺尾敝，以成其室而未定也，風雨又從而飄搖之，則我之哀鳴安得而不急哉？以比己既勞悴，王室又未安，而多難乘之，則其作詩以喻王，亦不得而不汲汲也。（輔氏曰："此詩固是周公赤心至誠，然流言自以周公爲己謀，而周公自以王室爲己之室家，無所避也。此又可見其正大之情。"程子曰："此公之詩，所以詞哀而意切也。"愚按：上章及此，周公自比其勤勞如此者。蓋公以貴戚大臣，宗社安危係於其身者，非一日矣。成王既惑於流言，則夫自言其勞而不爲誇，謂王室爲予室而不爲嫌，良以曉曉之音，出於忠愛之情所不能已也。然而成王之信其勤勞王家，猶有待於他日雷風之變，又以見讒說之易以入人，忠言之難於見信，而惜成王之見不明且速也。）

元・朱公遷《詩經疏義》（《詩經疏義會通》卷八）：

四章言其所以作詩之故。

元・王逢《詩經疏義輯録》（《詩經疏義會通》卷八）：

《解頤》曰："當是時王心疑於上，群情惑於天下，亂賊乘機伺間於其側，而國勢之危，甚於風雨之飄搖也。"

元・劉玉汝《詩纘緒》卷八：

末章予室翹翹，以比今日事。

明・梁寅《詩演義》卷八：

此章言危懼之意。羽之譙譙則脫而殺矣，尾之翛翛則勞而敝矣，室之翹翹則又高而且危也，風雨之漂搖則危而欲墮也，予維音曉曉則哀鳴可憐而莫有救之者也。公之去位，天子孤立，王室將危，天下將變，心之憂危，若蹈虎尾，其辭之哀如此，而王心猶未悟，則知公之心，閔公之誠，惟天而已矣。風雷之變升，感應之自然者乎。

明・朱善《詩解頤》卷一：

于是手口交病，卒之羽殺尾敝，以成其室而未安也。則其作詩以遺王，亦不得而不汲汲矣。噫！當是時王心疑于上，群情惑于下，亂賊乘機伺間於其側，國勢之危甚于風雨之漂搖，非周公至誠，果孰能感悟王心，解釋群疑，誅討亂賊，以措國家于泰山之安、磐石之固哉？

明・胡廣《詩傳大全》卷八：

亦爲鳥言。羽殺尾敝，以成其室，而未定也，風雨又從而漂搖之，則我之哀鳴安得而不急哉？以比己既勞悴王室，又未安而多難乘之，則其作詩以喻王，亦不得而不汲汲也。

慶源輔氏曰："此詩固是周公赤心血誠。然流言自以周公爲己謀，而周公自以王室爲己之室家無所避也。此又可見其正大之情。"

程子曰："此公之詩，所以詞哀而意切也。"

安成劉氏曰："上章及此，周公自比其勤勞如此者。蓋公以貴戚大臣，宗社安危係於其身者，非一日矣。成王既惑於流言，則夫自言其勞而不爲誇，謂王室爲予室而不爲嫌，良以嘵嘵之音出於忠愛之情所不能已也。然而成王之心，信其勤勞王家，猶有待於他日雷風之變，又以見讒説之易以入人，忠言之難於見信，而惜成王之見不明且速也。"

明·呂柟《毛詩説序》卷二：

四章言其戀室之情也。

明·袁仁《毛詩或問》卷上：

四章言戀之深也。

明·季本《詩説解頤》卷十四：

此章言所以作詩哀鳴之意。

明·黃佐《詩經通解》卷八：

此則叙其告王之由也。

又：四章言其所以作詩之故。

明·豐坊《魯詩世學》卷十五：

此亦爲鳥言。以詳申上二章之意。所以比先王創業，極其艱苦，而又慮王室新造，子孫未能安集，恐有多難之乘，故爲之詒謀，告戒諄切，不但己也。……舊説亦謂周公自述勞萃王室而作詩，汲汲于自辨者，何其見聖人之淺耶？

明·許天贈《詩經正義》卷九：

四章喻王室多難，而己不得不作詩以告王也。

又：大臣托鳥言以著己作詩之意，諷王之情切矣。此承上二章而言己作詩之意也。……蓋此詩之作，正以冀王心之感悟。王誠覽此詩而知周公之心，則亂賊可誅，流言可息，人心可定，而王室安矣。故其作詩以告王者，爲王室計也，非徒自白其心，爲一身計也。

又：夫我之治巢如此，故以言乎羽則譙譙而殺焉，以言乎尾則翛翛而敝焉。將以成其室家，予室方翹翹焉而未定也。將以備乎陰雨，風雨則又從而摽搖之矣。若然則防患無功，而勤勞莫遂，哀鳴之聲，安得不嘵嘵其急也哉？是則周公非爲鳥言也，托爲鳥言以自比也。……巢之壞於風雨，鳥既不免於哀鳴，則王室之搖於武庚，而公之作詩以告王，亦不得而不汲汲矣。使成王得之而心悟焉，又何多難之不除而王室之不定哉？吁！此固周公望王之意也，豈徒自鳴其忠而已耶？

明·江環《詩經鐸振》（《詩經尊朱删補》）國風卷之三：

四章則言其所以作詩之故。

又：夫我之治巢備患用力勤勞如此，使其幸而無事，吾猶可以自慰也。而何以哀鳴爲哉？今羽則譙譙而殺矣，尾則翛翛而敝也，斯時也，所深懼者惟風與雨耳。奈何風雨又從而漂搖之，積累之功幾廢于一日，而預防者，將不得以卒集也，勤勞者將無以自見也。我之哀鳴以自欣者，不得而不嘵嘵矣。爾鴟鴞宜以憫我之情而息其毒，豈可益出爲惡而毀我室哉？公之意非徒爲鳥言也，蓋以武庚既敗管、蔡，不可更毀王室，而己之深愛王室，預防其患難，勤勞而盡病，王室尚未定也。而流言肆謗又從而漂搖焉。則其作詩以喻王者，自不得而不汲汲也。吁！以公之精忠而所遭之不幸如此，向非風雷之變，金縢之啓，則公之心亦幾不白于天下后世矣。

【主意】此承上隙章説來。言我之于巢，其愛之深，而勞之至者，所以求免患也。此章則言有意外之變，而有不得不鳴者。蓋言己今日所以作咏之故也。多難指武庚唱亂，二叔流言説。《疏義》云："當是時，王心疑于上，群情惑于下，亂賊乘機伺開于其間，而國勢之危，甚于風雨之漂搖也。作詩喻王之意，要見多難將危國家，故己作詩以喻王，使之知保其國家，有不容不汲汲者矣。不然則是周公只明己之見誣而已，非本意也。"

又：末章喻己慮王室之變而作詩以喻王。

明·郝敬《毛詩原解》卷十六：

予之羽譙譙然滅消矣，予之尾翛翛然必敗矣，予之室方翹翹然顛危，風雨又飄蕩搖動，予維嘵嘵然叫呼而已。

明·姚舜牧《重訂詩經疑問》卷三：

四章"予羽譙譙，予尾翛翛"云云，正言其爲室家計者，若是其勞苦而盡瘁。乃今忽有意外之變，傾危在旦夕之間，予斯不能已於嘵嘵之鳴耳。

明·沈守正《詩經説通》卷五：

末章就目前光景而嘆之，見詩之不得不作耳。……末表作詩之故者，非欲明己之見誣已也。王室多難，岌岌不保，欲王開悔以自保其國家也，此忠誠之極思也。

明·曹學佺《詩經剖疑》卷十二：

言方羽殺尾敝，以成其室而未有定，風雨又從而飄搖之，則我之哀鳴，安得而不急哉？喻王室之多難而己不能以自禁也。

按：予手拮据，予羽譙譙，亦不必指定向日在周，今日居東所爲，大抵形容其勞形瘁神，不獲自安之意。所以者何？惟念室家未定，即爲風雨所飄搖耳，譬若勤家之人終日作勞，家未成固憂無家，家既成而亦常憂其無家也。夫家一耳，以風雨之飄搖而周公慮之，則内顧彌切，以牖户之綢繆，而成王勉之，則外侮自消。此周公作詩之本指也。

明·陸燧《詩筌》卷一：

末章就目前光景而嘆之。見詩之不得不作耳。……末表作詩之故者，非明己之見誣，欲王開悔以自保其國家也。

明·顧夢麟《詩經説約》卷十：

亦爲鳥言。羽殺尾敝以成其室，而未定也，風雨又從而漂搖之，則我之哀鳴安得而不急哉？以比己既勞悴王室，又未安而多難乘之。則其作詩以喻王，亦不得而不汲汲也。

嚴《緝》："羽殺尾敝，言非特手勞口病也，周公以喻己盡瘁經理王室，如鳥之作巢甚苦。王室新造，成王幼冲，如鳥巢之甚危。殷民又爲流言，以搖撼之，如風雨之漂搖，故作此詩，以哀鳴如鳥音之嘵嘵也。"

明·鄒之麟《詩經翼注講意》卷一：

末章則言其汲汲之情，正爲其欲毀我室故也。

明·何楷《詩經世本古義》卷十之上：

周公陳武庚之情，而一己之心迹不足復言，乃若武庚之志，欲紀亡殷之緒，復其舊物而覆我周室，其禍不在周公之身己也。王雖或已知周公之無他，而或未足以及此，故周公曰"予羽譙譙，予尾翛翛，予室翹翹，風雨所漂搖。予維音嘵嘵"，言憂在王室，而己之鳴不得不急也。武庚若起，王室安危有未可知者，此感喻王之深也。

明·唐汝諤《毛詩蒙引》卷七：

故末章遂言己所以作詩之意耳。

又：又曰羽殺尾敝，在徹彼桑土之後，修政立事，備而罔缺，故曰"或敢侮予", 天命人心疑而未固, 故曰"予室翹翹"。

明・楊廷麟《詩經聽月》卷五:

四章則言其所以作詩之故。

又: 夫我之治巢備患, 用力勤勞如此, 使其幸而無事, 吾猶可以自慰也, 而何以哀鳴爲哉? 今羽則譙譙而殺矣, 尾則翛翛而敝矣, 斯時也, 所深懼者惟風與雨耳, 奈何又從而飄搖之, 積累之功幾廢于一日, 而預防勤勞將無以自見, 我之哀鳴以自訴者, 又不得而不嘵嘵矣。爾鴟鴞宜以憫我而息其毒, 豈可益出爲惡而毀我室哉? 吁! 以公之精忠, 而所遭之不幸如此, 苟非風雷之變, 金縢之啓, 則公之心亦既不白於天下后世哉。

又: 此承上二章說來。言我之于巢, 其愛之深, 而勞之至也, 所以求免患也。此章則言有意外之變, 而有不得不鳴者。蓋言□今日所以作詩之故也。

明・范王孫《詩志》卷九:

使王室無危, 公亦不難恬居原野。使風雨之下猶可直效其綢繆, 公亦不惜鞠躬盡瘁。惟回視前功未完, 仔肩難卸, 而嫌疑猜忌, 抱赤莫將, 真有攖冠不得, 閉戶不可者, 故曰"予維音嘵嘵"。

明・賀貽孫《詩觸》卷二:

蓋予之所患者鴟鴞, 是以手口既病而予羽復殺, 予尾復敝, 若是其勤也。豈料予室未安而風雨又從而漂搖矣。然則向之取我子者鴟鴞, 而今之毀我室者又在風雨。鴟鴞方橫而風雨旋至, 則予之所患寧獨鴟鴞已哉? 此所以嘵嘵哀鳴而不自已也。

清・張沐《詩經疏略》卷四:

此章言兄弟傷而流言未白, 又託鳥言曰: "予羽尾既已殺敝, 家室既已危難, 而風雨今猶未息, 予惟有哀聲不已耳。"此周公之志, 亦大可見矣。

清・冉覲祖《詩經詳說》卷三十一:

亦爲鳥言。羽殺尾敝以成其室而未定也, 風雨又從而漂搖之, 則我之哀鳴安得而不急哉? 以比己既勞悴王室, 又未安而多難乘之, 則其作詩以喻王亦安得而不汲汲也?

程子曰: "此公之詩所以辭哀而意切也。"

慶源輔氏曰: "此詩固是周公赤心至誠, 然流言自以周公爲己謀, 而周公自以王室爲己之室家, 無所避也, 此又可見其正大之情。"

安成劉氏曰："上章及此，周公自比其勤勞如此者，蓋公以貴戚大臣，宗社安危繫於其身者，非一日矣。成王既惑於流言，則夫自言其勞而不爲誇，謂王室爲予室，而不爲嫌，良以曉曉之音出於忠愛之情，所不能已也。然而成王之信其勤勞王家，猶有待於他日雷風之變，又以見讒説之易以入人，忠言之難於見信，而惜成王之見不明且速也。"

華谷嚴氏曰："……王室新造，成王幼冲，如鳥巢之甚危，殷民又爲流言以搖撼之，如風雨之漂搖。故作此詩以哀鳴，如鳥音之曉曉也。"

【纂序】按：此諄諄治室，非白自己勞與愛之意可原也。正以此時王室危急，當君臣一心以圖保固，勿爲群情惑亂，而自復開之釁，儆醒王也。

又：【衍義】此承上二章説來。言吾之於巢，其愛之深而勞之至者，所以求免患也。此章則言有意外之變，而有不得不鳴者，蓋言己今日所以作詩之故也。多難指武庚倡亂，二叔流言説。《疏義》云："當是時，王心疑於上，群情惑於下，亂賊乘機伺間於其間，而國勢之危甚於風雨之漂搖也。作詩喻王之意，要見多難將危國家，故己作詩以喻王，使之知保其國家，有不容不汲汲者矣。不然則是周公只明己之見誣而已，非本意也。"

又：作詩貽王，正欲冀其悟而召己意。其拮据可終無患耳。若止因"不利孺子"一言，而暴其勞於王室，説辛道苦，是一篇辨疏矣。

又：【講】夫予之爲室不但手勞口病已也，予之羽且譙譙而殺矣，予之尾且翛翛而敝矣，乃予室方新造，則翹翹然而危矣。斯時也，所慮者風雨耳，奈何風雨又從而漂搖之。雖我拮据，多方綢繆有備，然而患難之來，伊可畏也。予之哀鳴以訴也，亦安得而不曉曉也哉？鴟鴞鴟鴞，慎無復出爲惡可矣。噫！周公之於王室，勤勞忠愛如此，宜乎此詩貽而王心感悟哉。

又：四章則言其所以作詩之故。

清·秦松齡《毛詩日箋》卷二：
四章言王室之孤危，外患之必至，其辭不得不迫也。

又：何楷曰："四章風雨漂搖乃未然事，與次章未陰雨相應。今雖未至於此，而後來必至於此也。其説甚當。"

清·李光地《詩所》卷二：
手口既勞，故羽毛爲之散亂。巢方垂成高懸，而果有風雨飄搖之至。羽毛沾濕，則手口無所施矣。此曉曉哀鳴所以不能自止也。

清·王鴻緒等《欽定詩經傳説彙纂》卷九：

亦爲鳥言。羽殺尾敝，以成其室而未定也，風雨又從而漂搖之，則我之哀鳴安得而不急哉？以比己既勞悴王室，又未安而多難乘之，則其作詩以喻王，亦不得而不汲汲也。

【集説】程子曰："予羽尾殘敝，然後成室，既其成就之勞如此，故爲風雨漂搖，則其聲憂懼，此詩所以辭哀而意切也。"劉氏瑾曰："上章及此，周公自比其勤勞如此者，蓋公以貴戚大臣，宗社安危繫於其身者，非一日矣。成王既惑於流言，則夫自言其勞而不爲誇，謂王室爲予室而不爲嫌，良以曉曉之音出於忠愛之情所不能已也。"

清·王心敬《豐川詩説》卷十一：

予之羽譙譙然減削矣，予之尾翛翛然敝敗矣，予之室方翹翹然顛危，風雨又飄蕩搖動，予維曉曉然叫呼而已。

清·李塨《詩經傳注》卷三：

言予羽已殺，尾已敝，而室且未安，風雨且飄搖，則我之哀鳴長號，安得不急哉？

清·姜文燦《詩經正解》卷十：

四章則言其所以作詩之故。

又：【合參】夫我之治室防患周矣，用力勞矣。使其幸而無事，得以圖一日之寧宇，吾猶將以自慶也，而何以哀鳴爲哉？今羽則譙譙而殺矣，尾則曉曉而敝矣，而環視予室，正譙譙而未定也。斯時所深懼者，惟風與雨耳。乃風雨又從而漂搖之。殫一身之精力，冀享安居之慶，而豈意更集于多凶，備締造之艱辛，尚未畢葺理之功，而何能復堪此摧折？夫如是，予亦安得嘿然而已乎？蓋情窮于遇，斯哀發于音，我之悲鳴自訴者，又不得而不曉曉矣。向非風雨之故，即予室未定，尚可徐圖。縱羽尾傷殘，亦自爲吾室耳，何至曉曉如此哉？爾鴟鴞宜亦憫我之情，而息其毒可也。吁！以公之忠誠，而所遭之不幸如此，向非風雷之變，金縢之啓，則公之心亦幾不白于天下後世矣。

【析講】此承上二章説來。言吾之于巢，其愛之深而勞之至者，所以求免患也。此章則言有意外之變，而有不得不鳴者，蓋言己今日所以作詩之故也。……疏義云："當是時，王心疑于上，群情惑于下，亂賊乘機伺間于其間，而國勢之危甚于風雨之漂搖也。"

作詩貽王，正欲冀其悟而召己，意其拮据可終無患耳。若止因"不利孺子"一言，而暴其勞于王室，説辛道苦，是一篇辨疏矣。

羽殺尾敝，以喻己盡瘁經理王室，如鳥之作巢甚苦也。王室新造，成王幼冲，如鳥巢之甚危也，殷民又爲流言以搖撼之，如風雨之漂搖也。故作此詩以哀鳴，如鳥音之嘵嘵也。

慶源輔氏曰："此詩固是周公赤心血誠，然流言自以周公爲己謀，而周公自以王室爲己之室家，無所避也，此又可見其正大之懷。"

安成劉氏曰："周公自言其勞而不爲誇，謂王室爲予室，而不爲嫌，良以嘵嘵之音出于忠愛之情，所不能已也。然而成王之信其勤勞王家，猶有待于他日雷風之變，又以見讒説之易以入人，忠言之難于見信，而惜成王之見不明且速也。"

清·黄夢白、陳曽《詩經廣大全》卷九：

言予羽譙譙而殺，予尾翛翛而辟，予盡瘁如此，予室雖成，尚翹翹未定也，風雨又從而漂搖之。予室將危，則予之哀鳴安得不急也？周昌年云："要見多難將毁我室，故己作詩以喻王，使之知保其室家，有不容不汲汲意，非公只明己之見誣也。"

清·張叙《詩貫》卷五：

四章承之手口既勞，故羽毛爲之散亂。巢方垂成而高懸，果有風雨漂搖之至，此嘵嘵哀鳴所以不能自止者乎。流言既無主名，公亦何容置辨，但因其有不利孺子之言，故惟陳其國家新造而已。勤勞王室之艱辛，王試思之，以爲利在公乎？利在孺子乎！釋疑雖在上天之風雷，而此詩誠懇惻怛之哀音，固已足以上孚明主矣。

清·汪紱《詩經詮義》卷四：

予之勞至於病，而王室猶未安也。今者武庚欲毁之，而流言乘之。民之不康，乃惟在王宫邦君室。風雨漂搖，新造之邦，何以堪此？予之哀鳴以告王，王其能無深念乎？

清·許伯政《詩深》卷十五：

今予羽既譙譙矣，予尾既翛翛矣，予室仍然翹翹，懼爲風雨所漂搖，予將奈之何哉，維哀音之嘵嘵而已矣。

清·劉始興《詩益·詩本傳》卷三：

言風雨漂搖，哀鳴且急，況復鴟鴞從而毁之乎。此終首章"無毁我室"之意，比王室未安，而多難乘之，故其作詩貽王，不得不亟也。

清·顧鎮《虞東學詩》卷五：

末章羽譙尾翛，則《破斧》"缺斨"之象也。如是而王不開悟，則室猶可危，風雨漂搖猶懼不免，安得不爲此曉曉之音乎？

清·范家相《詩瀋》卷十：

尾翛翛而羽譙譙，望予室之翹翹，恐不免風雨之漂搖焉。唯予音之曉曉，庶令居是室者，無忘祖宗之遺構哉。

清·姜炳璋《詩序補義》卷十三：

今家室成矣，而仍使我譙譙、翛翛而殺且敝，使我室翹翹而危之甚，使風雨漂搖而內變外患之總至此，固非尋常意料之所及。我于此時維音曉曉訴于王而已。蓋名爲責武庚，故開口呼鴟鴞，而其意實沈痛于二叔之助逆，而有難于顯言者，不覺其言之痛切至斯也。

清·牟庭《詩切》：

忽然予羽不修而譙譙，予尾衰敝而翛翛，予室高懸之翹翹，爲雨所漂風所搖，予欲綢繆而不及，維有呼號音曉曉。

清·劉沅《詩經恒解》卷二：

此乃嘆今日之禍亂，而冀王惕厲，以保將來。承上言昔之勤勞如此，而今日竟有毀巢之禍。

清·成僎《詩説考略》卷八：

四章言王室之孤危，外患之必至，其辭不得不急也。

清·林伯桐《毛詩通考》卷十五：

《傳》意亦明。《箋》皆以屬臣爲言。既失毛意，至以風雨喻成王，則謂爲成王所漂搖，未免有怨懟之嫌。

清·李詒經《詩經蠡簡》卷二：

"予羽"章言不辭困敝以綢繆，室家新造，尚未十分安定，而又遭此變，故不得不作詩貽王也。有謂周公不應自明者，是大不然。蓋成王年幼，天下之安危係乎周公之用舍。設若成王信流言，而去周公，天下事不可問矣。周公至此，焉得避自明之嫌疑，而不開喻成王，使之見信，以安王室乎？

清·方玉潤《詩經原始》卷八：

三四章，以下極言平亂之難，如聞羈鳥悲鳴，恒有毀巢破卵之懼，其自警者深矣。

清·鄧翔《詩經繹參》卷二：

言鳥羽尾疲勞，以營是室，室尚未安，使漂搖于風雨，巢毀必無完卵，是以哀鳴自述如此其急。言一己勞瘁王室，未安，多難乘之，作詩喻王，不得不汲汲也。

清·呂調陽《詩序議》二：

四章言己既勞悴王室，又未安而多難乘之。則其作詩以喻王，亦不得而不汲汲也。

清·王先謙《詩三家義集疏》卷十三：

《箋》：“巢之翹翹而危，以其所托枝條弱也。以喻今我子孫不肖，故使我家道危也。風雨喻成王也。音嘵嘵然，恐懼告訴之意。”

清·馬其昶《詩毛氏學》十五：

方苞曰：“二章與末章意正相應。自言所以獨操國事，略不自嫌，欲及陰雨之未至而綢繆牖戶耳，不謂牖戶未完而風雨已至，大懼室家之漂搖，而王心不悟，則維音嘵嘵，自鳴其哀屬而已。”

民國·李九華《毛詩評注》卷十五：

言予羽已殺，尾已敝，而室且未安，風雨且漂搖，則我之哀鳴長號，安得不急哉？（《傳》《箋》傳注）

民國·焦琳《詩蠲》卷四：

卒章言不但初計莫酬，今日邦家，且復岌岌危殆，除自明己志祈王鑒察，更無補救之方也。

日本·中村之欽《筆記詩集傳》卷五：

《嬭嬛》云：“此承上二章説，言己今日所以作詩之故。……”劉氏曰：“公以貴戚大臣，宗社安危繫於其身者，非一日矣。成王既惑於流言，則夫自言其勞而不爲誇，謂王室爲予室而不爲嫌，良以嘵嘵之音出於忠愛之誠，所不能已也。”

日本·三宅重固《詩經筆記》七：

周昌年云：“要見多難將毀我室，故己作詩以喻王，使之知保其室家，有不容不容汲汲意，非云只明己之見誣也。”

日本·岡白駒《毛詩補義》卷五：

言非啻手口卒瘏也，羽殺尾敝，以爲此巢室。一朝爲風雨所漂搖，其能不嘵曉乎？

日本‧赤松弘《詩經述》卷四：

言羽殺尾敝，以成其巢而未定也，風雨又從而漂搖之，我之哀鳴安得而不急哉？以喻己既勞悴王室，又未安而多難乘之，故作辭哀意切之詩者如此。

日本‧中井積德《古詩逢源》：

此周公慨嘆咨嗟之形於言，而成章者，適見管、蔡、武庚之難未平，日夕苦心也，不當着喻王解。若以爲喻王，則一篇憂慮勞煩，皆前年之好話，都無光彩。卒章又須有收結。管、蔡平均，艾前戒後之類，無一語相及焉，亦可以見後日之作矣。

日本‧皆川願《詩經繹解》卷七：

此章言，彼必謂予羽既爲雨所濡，則其憔憔焉，尾則其翛翛焉。謂予室爲風所揚，則其翹翹焉，而予身在其中，而爲所飄揚，則維其音必曉曉焉矣。

日本‧豬飼彥博《詩經集説標記》：

四章言王室之孤危，外患之必至，其辭不得不急也。

又：末章謂盡瘁事國，乃未足以定天下。

日本‧龜井昭陽《毛詩考》卷十四：

是章爲王惑於流言，周室將復又變故，羽殺尾翛，是周公旅瘁也。叔父憂患於外，瑣瑣經年，成王雖惑，閔是悴態，能無戚然乎？……一句忠□，成王能無凛然乎？

日本‧金濟民《詩傳纂要》卷二：

嚴氏曰："周公自喻，己盡瘁經理王室，如鳥之作巢甚苦。王室新造，成王幼冲，如鳥巢之甚危，殷民爲流言以搖撼之，如風雨之漂搖，故作此詩以哀鳴，如鳥音之曉曉也。"

日本‧安井衡《毛詩輯疏》卷七：

此章述世將亂而己憂懼之狀。千載之下，若目睹其勢，信聖人之筆也。

日本‧山本章夫《詩經新注》卷中：

亦爲鳥言。羽毛憔悴，加之以風雨，何以能堪？以比己既力疲，王室亦未安，而多難乘之，則其號泣告王，非得止而不止者也。

日本‧竹添光鴻《毛詩會箋》卷八：

夫公勤勞王家，先陰雨綢繆甚牢。叛臣之不敢毀我室，公之力也。今武庚雖伏誅，殷民未靖，而王未知周公之志，使公淹于外，是昔者陰雨猶未已，又漂搖我室也。若夫滂沱而周室無公，王誰與救亂乎？此周公所以哀訴也。嘵嘵之音，真一聲一血。

朝鮮·朴世堂《詩經思辨錄》：

三章、四章又言己所以竭心殫力，至於焦勞之若是者，無非欲爲王室定鞏固之業。今乃爲奸人之動搖，目見王室之將危，所以恐懼而呼號也。

朝鮮·沈大允《詩經集傳辨正》：

言四國將爲難，而王室危，君臣當一心共圖也，不可疑阻而敗事也。

朝鮮·朴文鎬《詩集傳詳說》卷六：

亦爲鳥言。羽殺尾敝以成其室，而未定（安也）也，風雨又從而漂搖之，則我之哀鳴安得而不急哉？以比己既勞悴，王室又未安，而多難（去聲）乘之。（四國將叛）則其作詩以喻王，亦不得而不汲汲也。慶源輔氏曰："此詩是周公赤心血誠。"安成劉氏曰："出於忠愛之情所不能已也。此又說還本事。"

李雷東按：

各家關於卒章章旨的解說如下。

1. 唐·孔穎達："毛以爲，鴟鴞言作巢之苦，予羽譙譙然而殺，予尾消消而敝。手口既病，羽尾殺敝，乃有此室巢。以喻先王勤修德業，勞神竭力，得成此王業。鴟鴞又言，室巢雖成，以所托枝條弱，故予室今翹翹然而危，又爲風雨之所漂搖，此巢將毀，予是以維音之嘵嘵然而恐懼。以喻王業雖成，今成王幼弱，而爲凶人所振蕩，周室將毀，故周公言己亦嘵嘵然而危懼。由管、蔡作亂使憂懼若此，故不得不誅之意也。"（《毛詩正義》卷八）

2. 唐·孔穎達："鄭：'殺、弊盡同，但所喻者別。喻屬臣勤勞，有此官位土地，今子孫不肖，使我家道危也，又爲成王所漂搖，誅絶之，我先臣是以恐懼而告急也。'"（《毛詩正義》卷八）

3. 唐·孔穎達："王肅云：'言盡力勞病，以成攻堅之巢，而爲風雨所漂搖，則鳴音嘵嘵然而懼。以言我周累世積德，以成篤固之國，而爲凶人所振蕩，則己亦嘵嘵而懼。'"（《毛詩正義》卷八）

4. 宋·歐陽修："至於口手羽尾皆病，積日累功乃得成此室，以譬寧誅管、蔡，無使亂我周室也。我祖宗積德累仁造此周室，以成王業，甚艱難。其再言鴟鴞者，丁寧而告之也。又云予室翹翹，懼爲風雨所飄搖。故予維音嘵嘵者，喻王室不安，懼有搖動傾覆，使我憂懼爾。"（《詩本義》卷五）

5. 宋·蘇轍："爲室之勞至於羽殺尾敝。室成而風雨漂搖之，則其音得無急乎？"（《詩集傳》卷八）

6. 宋·李樗《毛詩詳解》："言非獨口手盡病，又至於羽之譙譙然而殺之，尾之翛翛然敝之，其勞如此而其室又翹翹然危，以風雨之所搖蕩，故其音嘵嘵而懼也，喻先王之造王室，其積累艱難如此，今爲三監之所搖蕩，而周公作詩，其音亦嘵嘵然而懼也。"（《毛詩李黃集解》卷十八）

7. 宋·朱熹："亦爲鳥言。羽殺尾敝以成其室，而未定也，風雨又從而漂搖之，則我之哀鳴安得而不急哉？以比己既勞悴，王室又未安，而多難乘之。則其作詩以喻王，亦不得而不汲汲也。"（《詩經集傳》卷八）

8. 宋·輔廣："四章方言情急而不得不作詩以喻王之意。"（《詩童子問》卷三）

9. 宋·林岊："此皆危苦之辭也。"（《毛詩講義》卷四）

10. 宋·戴溪："末章言憔悴甚矣，成室翹翹然，忽爲風雨所飄搖。蓋首亂者商民也，西土人亦不静，則未知天之降威如何，故恐懼而言風雨之飄搖也。"（《續呂氏家塾讀詩記》卷一）

11. 宋·嚴粲："又托爲鳥言。我營巢之苦，非特手勞口病也，予羽譙譙然殺減，予尾翛翛然敝敗，予室翹翹然危，風雨又漂蕩而搖動之，予恐其隕墜，維音嘵嘵然叫呼也。周公以喻己盡瘁經理王室，如鳥之作巢甚苦。王室新造，成王幼冲，如鳥巢之甚危。殷民又爲流言，以搖撼之如風雨之漂搖，故作此詩，以哀鳴如鳥音之嘵嘵也。"（《詩緝》卷十六）

12. 元·朱公遷《詩經疏義》："四章言其所以作詩之故。"（《詩經疏義會通》卷八）

13. 明·梁寅："此章言危懼之意。"（《詩演義》卷八）

14. 明·呂柟："四章言其戀室之情也。"（《毛詩說序》卷二）

15. 明·許天贈："四章喻王室多難，而己不得不作詩以告王也。"（《詩經正義》卷九）

16. 明·沈守正："末章就目前光景而嘆之，見詩之不得不作耳。"（《詩經說通》卷五）

17. 清·張沐："此章言兄弟傷而流言未白。"（《詩經疏略》卷四）

18. 清·秦松齡："四章言王室之孤危，外患之必至，其辭不得不迫也。"（《毛詩日箋》卷二）

19. 清·王鴻緒等："程子曰予羽尾殘散，然後成室，既其成就之勞如此，故為風雨漂搖，則其聲憂懼，此詩所以辭哀而意切也。"（《欽定詩經傳說彙纂》卷九）

20. 清·劉沅："此乃嘆今日之禍亂，而冀王惕屬，以保將來。承上言昔之勤勞如此，而今日竟有毀巢之禍。"（《詩經恒解》卷二）

21. 民國·焦琳："卒章言不但初計莫酬，今日邦家，且復岌岌危殆，除自明己志祈王鑒察，更無補救之方也。"（《詩蠲》卷四）

22. 日本·安井衡："此章述世將亂而己憂懼之狀。千載之下，若目睹其勢，信聖人之筆也。"（《毛詩輯疏》卷七）

23. 朝鮮·沈大允："言四國將為難，而王室危，君臣當一心共圖也，不可疑阻而敗事也。"（《詩經集傳辨正》）

集　評

《毛詩故訓傳》（《毛詩正義》卷八）：

鴟鴞鴟鴞，既取我子，無毀我室。興也。

漢·鄭玄《毛詩箋》（《毛詩正義》卷八）：

鴟鴞鴟鴞，既取我子，無毀我室。興者，喻此諸臣乃世臣之子孫，其父祖以勤勞有此官位土地，今若誅殺之，無絕其位，奪其土地。王意欲誚公，此之由然。

唐·孔穎達《毛詩正義》卷八：

鴟鴞鴟鴞！既取我子，無毀我室。恩斯勤斯，鬻子之閔斯！

以興爲取象鴟鴞之子，宜喻屬臣之身，故以室喻官位土地也。

宋·范處義《詩補傳》卷十五：

是詩四章皆比也。

宋·朱熹《詩經集傳》卷八：

鴟鴞鴟鴞，既取我子，無毀我室。恩斯勤斯，鬻子之閔斯！

比也。爲鳥言以自比也。

迨天之未陰雨，徹彼桑土，綢繆牖户。今女下民，或敢侮予！

比也。

予手拮据，予所捋荼，予所蓄租，予口卒瘏。曰予未有室家！

比也。

予羽譙譙，予尾翛翛。予室翹翹，風雨所漂搖。予維音嘵嘵！

比也。

宋·輔廣《詩童子問》：

一章（成王之疑不釋，則周之爲周未可知也，故此詩辭意哀切，至爲禽鳥之語以感切之，不啻如慈母之誥教子弟而蘄其悔悟，仁之至，義之盡也。）

394

二章（先生引孔子之言釋此章，蓋示讀詩者以是法，學者不可不深長思也。後之說詩者動累數百言，然何嘗得其意旨血脉如此。）

三章（拮据，手口共作之貌。捋荼、蓄租，則其所做之事也。先言手之拮据，終言口之卒瘏，亦言之法。）

元·劉瑾《詩傳通釋》卷八：

鴟鴞鴟鴞，既取我子，無毀我室。恩斯勤斯，鬻子之閔斯！

比也。爲鳥言以自比也。

迨天之未陰雨，徹彼桑土，綢繆牖户。今女下民，或敢侮予！

比也。

予手拮据，予所捋荼，予所蓄租，予口卒瘏。曰予未有室家！

比也。

予羽譙譙，予尾翛翛。予室翹翹，風雨所漂搖。予維音曉曉！

比也。

元·朱公遷《詩經疏義》（《詩經疏義會通》卷八）：

鴟鴞鴟鴞，既取我子，無毀我室。恩斯勤斯，鬻子之閔斯！

比也。爲鳥言以自比也。

迨天之未陰雨，徹彼桑土，綢繆牖户。今女下民，或敢侮予！

比也。

予手拮据，予所捋荼，予所蓄租，予口卒瘏。曰予未有室家！

比也。

予羽譙譙，予尾翛翛。予室翹翹，風雨所漂搖。予惟音曉曉！

比也。

元·劉玉汝《詩纘緒》卷八：

鴟鴞鴟鴞，既取我子，無毀我室。恩斯勤斯，鬻子之閔斯！

迨天之未陰雨，徹彼桑土，綢繆牖户。今女下民，或敢侮予！

予手拮据，予所捋荼，予所蓄租，予口卒瘏。曰予未有室家！

予羽譙譙，予尾翛翛。予室翹翹，風雨所漂搖。予維音曉曉！

《詩》有全篇興，有全篇比，此篇只爲鳥言呼告鴟鴞之詞，全不說出所事，故曰全篇比，與《螽斯》《伐柯》同。

又：此篇各章前後上下句長短不齊，第三章五“予”而一加“曰”字，末五句四"予"，變文法也。或兩句易韵，或一句無韵，或句句有韵，用韵法也。

明·梁寅《詩演義》卷八：

鴟鴞鴟鴞，既取我子，无毁我室。恩斯勤斯，鬻子之閔斯！

四章皆比也。

明·戴君恩《讀風臆評》（陳繼揆《讀風臆補》卷十五）：

【眉批】文格極妙。

【眉批】本是愛室，只説愛子，刺之以至情。感人下淚矣。此下有天馬騰空之勝。

【眉批】連用十"予"字，而身任其責，獨嘗其苦之意可想。

鴟鴞鴟鴞，既取我子，無毁我室。恩斯勤斯，鬻子之閔斯！（【旁批】此一句□"既取我子"）

迨天之未陰雨，（【旁批】以下皆"無毁我室"意也。）徹彼桑土，綢繆牖户。今女下民，或敢侮予！（【旁批】□作語）

予手拮据（【旁批】正"徹彼桑土"事），予所捋荼，予所蓄租，予口卒瘏。曰予未有家室！（【旁批】不□□）

予羽譙譙，予尾翛翛。予室翹翹，風雨所漂搖。予維音嘵嘵！（總終）

有起收，有賓主，有呼應，有逗接，有錯綜，有操縱，有頓挫，章法、句法、字法各極其妙。

又：通篇哀痛迫切，真嘵嘵之鳴，故末直以"予維音嘵嘵"結之。

托鳥言以自訴。長沙《鵩鳥》之祖，後人禽言諸咏之濫觴也。應瑒詩"孤雁鳴雲中"亦宗此意。

陳僅曰："《小雅·蓼莪》連下九'我'字，一字一呼，一聲一哭，直不知是血是泪。《豳風·鴟鴞》連下十'予'字，絮絮叨叨，涕泣而道，如聞家庭誥誡聲。皆能以至性爲至文者也。天地間若無此種文字，便不成天地，人心中若無此種文字，便没了人心。"

明·許天贈《詩經正義》卷九：

作全篇文只以中二章作二比對看，首末二章相應講便是。

明·江環《詩經鐸振》（《詩經尊朱删補》）國風卷之三：

此詩四章只叠叠説下。

明·徐光啟《毛詩六帖講意》一卷：

四章俱托鳥言，只照本文叠叠説下。下三章亦自與鴟鴞無涉，不必粘帶。通詩皆暗比，正意俱説詩者補之。

明·鄒之麟《詩經翼注講意》卷一：

要點"毀"字，方有針綫。

明·何楷《詩經世本古義》卷十之上：

鴟鴞鴟鴞，既取我子，無毀我室。恩斯勤斯，鬻子之閔斯！（比而賦也。）

迨天之未陰雨，徹彼桑土，綢繆牖户。今女下民，或敢侮予！（比之賦也。）

予手拮据，予所捋荼，予所蓄租，予口卒瘏。曰予未有室家！（比之賦也。）

予羽譙譙，予尾翛翛，予室翹翹，風雨所漂摇。予維音嘵嘵！（比之賦也。）

明·唐汝諤《毛詩蒙引》卷七：

徐玄扈曰："通詩俱托爲鳥言，乃是暗比，正意就説詩者補之。下三章亦自與鴟鴞無涉，不必粘帶。"

明·楊廷麟《詩經聽月》卷五：

通章重王室上。以"毋毀我室"爲主，四章俱托鳥言，只叠叠説下。

又：詩意原重無毀我室，末二句只説愛子，不及愛室，蓋動之以至情也。立言最妙。

明·萬時華《詩經偶箋》卷五：

風雨何所喻？精神全在此一句露出，正指朝中之疑謗者。

又：各章叠用"予"字，見匪躬之義，亦見體國之忠。

明·范王孫《詩志》卷九：

《詩牖》曰："'牖户'二字有味。"

明·賀貽孫《詩觸》卷二：

通篇借鳥爲言，情哀詞切，更妙在不補正意。

清·冉覲祖《詩經詳説》卷三十一：

鴟鴞鴟鴞，既取我子，無毀我室。恩斯勤斯，鬻子之閔斯！

比也。爲鳥言以自比也。

又：《説約》：此篇比中又一體。

清·李塨《詩經傳注》卷三：

通篇爲鳥言以喻也。

清·方苞《朱子詩義補正》卷三：

二章與末章意正相應。

清·許伯政《詩深》卷十五：

此詩意象似《卷耳》，而詞旨更明顯易見，或以艱苦深奧目之，亦不善讀《詩》矣。

清·牛運震《詩志》卷二：

鴟鴞鴟鴞，既取我子，無毀我室。恩斯勤斯，鬻子之閔斯！

疊呼鴟鴞，慘極痛極。意重毀室，卻復說鬻子，接頓入妙。武庚之叛，管、蔡爲之也，卻說鴟鴞取子，曲護得體，亦復惻然至情。

迨天之未陰雨，徹彼桑土，綢繆牖户。今女下民，或敢侮予！

"迨"字妙理，便是《周易》《豳風》作用。末二語危甚，然藏殺機。

予手拮据，予所捋荼，予所蓄租，予口卒瘏。曰予未有室家！

連用"予"字，蹙急懇厚。末句是王室骨肉語。

予羽譙譙，予尾翛翛。予室翹翹，風雨所漂搖。予維音嘵嘵！

收結作無聊不可奈何語，更警。

《鴟鴞》

一篇借用鳥語特奇。慘急生奧，終不掩其柔厚，都從一片怵惕惻隱流出，泣鬼貫日，不足言也。試思周公處何等境地，安得不爲此披心瀝肝之言？

清·段玉裁《毛詩故訓傳定本》卷十五：

鴟鴞鴟鴞，既取我子，無毀我室。興也。

清·姜炳璋《詩序補義》卷十三：

二、三章《集傳》次第井然。

清·徐華岳《詩故考异》卷十五：

鴟鴞鴟鴞，既取我子，無毀我室。恩斯勤斯，鬻子之閔斯！

《傳》："興也。"

清·陳奐《詩毛氏傳疏》卷十五：

鴟鴞鴟鴞，既取我子，無毀我室。《傳》："興也。"……恩斯勤斯，鬻子之閔斯。……（《疏》：全章皆托鴟鴞起興，周公以自喻也。）

清·陳僅《詩誦》卷二：

連下十"予"字，槌心泣血，告成王，即以曉管、蔡，使知鬩墻禦侮，以兄弟之情動之也。

清·顧廣譽《學詩詳説》卷十五：

此比體之最明著者，《傳》概以爲興，不如《集傳》之允當。

清·方玉潤《詩經原始》卷八：

《鴟鴞》，周公悔過以儆成王也。

鴟鴞鴟鴞，既取我子，無毀我室。恩斯勤斯，鬻子之閔斯！（一章）迨天之未陰雨，徹彼桑土，綢繆牖戶。今女下民，或敢侮予！（全詩主意在此二句〇二章）予手拮据，予所捋荼，予所蓄租，予口卒瘏。曰予未有室家！（三章）予羽譙譙，予尾翛翛。予室翹翹，風雨所漂搖。予維音嘵嘵！（此詩純用比〇四章）

清·鄧翔《詩經繹參》卷二：

【眉批】□□□呼中含忿懥。今鴟鴞重呼又有甚焉。一憾其□□，二憾其毀室，再加取子，此言含哀憤之情，更難□□。字多唇齒之音，鳴鳥之韵也。

又：【眉批】第三章以四“予”字連舉，末用一曰“予”總束。第四章似亦應以四“予”字連舉，末一句曰風雨所飄搖，則□□矣，而情詞不□□以翹翹□□對舉，而中以風雨句□□□應上未陰雨，□既□動情復懇至。上只言陰雨，此又加一“風”字，更爲危迫。“所”字□指“維”字吐露，情見乎詞。

清·龍起濤《毛詩補正》卷十四：

鴟鴞鴟鴞，既取我子，無毀我室。恩斯勤斯，鬻子之閔斯！

毛：“興也。”

又：案：鴟鴞疊言，與“黃鳥黃鳥”“碩鼠碩鼠”皆呼而告之之詞，指武庚。子指管、蔡。

又：【評】通篇皆作鳥言，情哀詞切，妙在不補正義。（子□）有起收，有賓主，有呼應，有逗接，有錯綜，有操縱，〔有〕頓挫，章法、句法、字法各極其妙。（退山）通篇皆嘵嘵之音，開首呼鴟鴞鴟鴞，悲鳴而起，末二章連用“予”字，其聲悲，其詞苦，末以嘵嘵結之。賈生《鵩賦》，後世禽言，此其濫觴。（□軒）

清·梁中孚《詩經精義集鈔》卷二：

【集評】恩勤育子，直上追文考文母，鞠子之哀，其言何等悲切。

【集評】公作詩悟王，不知者，以爲自明，而知者，以爲救王室與天下也。《序》云救亂，大哉言乎！

【集評】哀音促節，不忍卒讀。聖人心事，如光天化日，而殷勤悱惻，真可以動天地，泣鬼神，此天地父母之心，締造邦家之道也。

清·王闓運《毛詩補箋》：

鴟鴞鴟鴞，既取我子，無毀我室。（興也。）恩斯勤斯，鬻子之閔斯！

清·馬其昶《詩毛氏學》十五：

鴟鴞鴟鴞，既取我子，無毀我室。恩斯勤斯，鬻子之閔斯！

興也。（昶按：二字疑衍。此詩當從朱子說爲比體。）

民國·李九華《毛詩評注》卷十五：

鴟鴞鴟鴞，既取我子，無毀我室。恩斯勤斯，鬻子之閔斯！

【評】疊呼鴟鴞，慘極痛極。意重毀室，却復說鬻子，接頓入妙。武庚之叛，管、蔡爲之也，却說鴟鴞取子，曲護得體，亦復惻然至情。（《詩志》）

迨天之未陰雨，徹彼桑土，綢繆牖户。今女下民，或敢侮予！

【評】"迨"字妙理，便是《周易》《豳風》作用。末二語危甚，然藏殺機。（《詩志》）

予手拮据，予所捋荼，予所蓄租，予口卒瘏。曰予未有室家！

【評】連用"予"字，蹙急懇厚。末句是王室骨肉語。（《詩志》）

予羽譙譙，予尾翛翛。予室翹翹，風雨所漂搖。予維音嘵嘵！

【評】收結作無聊不可奈何語，更警。（《詩志》）

《鴟鴞》四章，章五句。（興也）

【總評】一篇借用鳥語特奇。慘急生奧，終不掩其柔厚，都從一片怵惕惻隱流出，泣鬼貫日，不足言也。試思周公處何等境地，安得不爲此披心瀝肝之言？（《詩志》）

民國·吳闓生《詩義會通》卷一：

舊評："通篇哀痛迫切，俱托鳥言。長沙賦所祖。"今案：周公之文見於《詩》《書》者，皆極惻怛深到，警湛非常。即以文論，亦千古之至聖也。

日本·岡白駒《毛詩補義》卷五：

鴟鴞鴟鴞，既取我子，無毀我室。（興也。）恩斯勤斯，鬻子之閔斯！

日本·仁井田好古《毛詩補傳》卷十五：

鴟鴞鴟鴞，既取我子，無毀我室。恩斯勤斯，鬻子之閔斯！（興也。）

迨天之未陰雨，徹彼桑土，綢繆牖户。今女下民，或敢侮予！

予手拮据，予所捋荼，予所蓄租，予口卒瘏。曰予未有室家！

予羽譙譙，予尾翛翛。予室翹翹，風雨所漂搖。予維音嘵嘵！（【補】好古曰："比也。"）

日本・龜井昭陽《毛詩考》卷十四：

鴟鴞鴟鴞，既取我子，無毀我室。（比也。）恩斯勤斯，鬻子之閔斯！

迨天之未陰雨，徹彼桑土，綢繆牖戶。（比也。）今女下民，或敢侮予！（前之比與後之賦一意。後之比與前之賦一意。若相□而看之，則猶興體焉。）

予手拮据（連卒章十句皆比也。渾是鳥言），予所捋荼，予所蓄租，予口卒瘏。曰予未有室家！

予羽譙譙，予尾翛翛。予室翹翹，風雨所漂搖。予維音嘵嘵！

日本・安井衡《毛詩輯疏》卷七

鴟鴞鴟鴞，既取我子，無毀我室。（興也。）恩斯勤斯，鬻子之閔斯！

日本・山本章夫《詩經新注》卷中：

鴟鴞鴟鴞，既取我子，無毀我室。恩斯勤斯，鬻子之閔斯！

比也。爲鳥言以自比。

迨天之未陰雨，徹彼桑土，綢繆牖戶。今女下民，或敢侮予！

比也。

予手拮据，予所捋荼，予所蓄租，予口卒瘏。曰予未有室家！

比也。

予羽譙譙，予尾翛翛。予室翹翹，風雨所漂搖。予維音嘵嘵！

比也。

日本・竹添光鴻《毛詩會箋》卷八：

鴟鴞鴟鴞，既取我子，無毀我室。（興也。）恩斯勤斯，鬻子之閔斯！

《箋》曰："連章皆比也，爲鳥言以自比焉。"

朝鮮・沈大允《詩經集傳辨正》：

鴟鴞鴟鴞，既取我子，無毀我室。恩斯勤斯，鬻子之閔斯！

賦也。

迨天之未陰雨，徹彼桑土，綢繆牖戶。今女下民，或敢侮予！

賦也。

予手拮据，予所捋荼，予所蓄租，予口卒瘏。予曰未有家室！

賦也。

予羽譙譙，予尾翛翛。予室翹翹，風雨所漂搖。予維音嘵嘵！

賦也。

朝鮮·朴文鎬《詩集傳詳説》卷六：

鴟鴞鴟鴞，既取我子，無毀我室。恩斯勤斯，鬻子之閔斯！

比也。爲鳥言以自比也。（全篇皆比也）

迨天之未陰雨，徹彼桑土，綢繆牖户。今女下民，或敢侮予！

比也。

予手拮据，予所捋荼，予所蓄租，予口卒瘏。曰予未有室家！

比也。

予羽譙譙，予尾翛翛。予室翹翹，風雨所漂搖。予維音嘵嘵！

比也。

集評

清·牛運震《詩志》對此詩作了整體評析，列於最末。其他各家關於此詩評析如下。

1.《毛詩故訓傳》："鴟鴞鴟鴞，既取我子，無毀我室。興也。"（《毛詩正義》卷八）

2. 漢·鄭玄《毛詩箋》："鴟鴞鴟鴞，既取我子，無毀我室。興者，喻此諸臣乃世臣之子孫，其父祖以勤勞有此官位土地，今若誅殺之，無絶其位，奪其土地。王意欲誚公，此之由然。"（《毛詩正義》卷八）

3. 唐·孔穎達："以興爲取象鴟鴞之子。"（《毛詩正義》卷八）

4. 宋·范處義《詩補傳》卷十五認爲是詩四章皆比也。

5. 宋·朱熹："四章皆比也。爲鳥言以自比也。"（《詩經集傳》卷八）

6. 元·劉玉汝："《詩》有全篇興，有全篇比，此篇只爲鳥言呼告鴟鴞之詞，全不説出所事，故曰全篇比，與《螽斯》《伐柯》同。"（《詩纘緒》卷八）

7. 元·劉玉汝："此篇各章前後上下句長短不齊，第三章五'予'而一加'曰'字，末五句四'予'，變文法也。或兩句易韻，或一句無韻，或句句有韻，用韻法也。"（《詩纘緒》卷八）

8. 明·戴君恩《讀風臆評》："文格極妙。"（陳繼揆《讀風臆補》卷十五

"眉批")

9. 明·戴君恩《讀風臆評》："本是愛室，只説愛子，刺之以至情。感人下泪矣。此下有天馬騰空之勝。"（陳繼揆《讀風臆補》卷十五"眉批"）

10. 明·戴君恩《讀風臆評》："連用十'予'字，而身任其責，獨嘗其苦之意可想。"（陳繼揆《讀風臆補》卷十五"眉批"）

11. 明·戴君恩《讀風臆評》："陳僅曰《小雅·蓼莪》連下九'我'字，一字一呼，一聲一哭，直不知是血是泪。《豳風·鴟鴞》連下十'予'字，絮絮叨叨，涕泣而道，如聞家庭詰誡聲。皆能以至性爲至文者也。天地間若無此種文字，便不成天地，人心中若無此種文字，便没了人心。"（陳繼揆《讀風臆補》卷十五）

12. 明·戴君恩《讀風臆評》："有起收，有賓主，有呼應，有逗接，有錯綜，有操縱，有頓挫，章法、句法、字法各極其妙。"（陳繼揆《讀風臆補》卷十五）

13. 明·戴君恩《讀風臆評》："通篇哀痛迫切，真嘵嘵之鳴，故末直以予維音嘵嘵結之。"（陳繼揆《讀風臆補》卷十五）

14. 明·戴君恩《讀風臆評》："托鳥言以自訴。長沙《鵩鳥》之祖，後人禽言諸咏之濫觴也。應瑒詩'孤雁鳴雲中'亦宗此意。"（陳繼揆《讀風臆補》卷十五）

15. 明·徐光啟："通詩皆暗比，正意俱説詩者補之。"（《毛詩六帖講意》一卷）

16. 明·鄒之麟："要點'毀'字，方有針綫。"（《詩經翼注講意》卷一）

17. 明·何楷："首章比而賦也，後三章皆比之賦也。"（《詩經世本古義》卷十之上）

18. 明·楊廷麟："詩意原重無毀我室，末二句只説愛子，不及愛室，蓋動之以至情也。立言最妙。"（《詩經聽月》卷五）

19. 清·方苞："二章與末章意正相應。"（《朱子詩義補正》卷三）

20. 清·許伯政："此詩意象似《卷耳》，而詞旨更明顯易見，或以艱苦深奧目之，亦不善讀《詩》矣。"（《詩深》卷十五）

21. 清·陳僅："連下十'予'字，槌心泣血，告成王，即以曉管、蔡，使知閱墻禦侮，以兄弟之情動之也。"（《詩誦》卷二）

22. 民國·吴闓生："舊評通篇哀痛迫切，俱托鳥言。長沙賦所祖。今案周公之文見於《詩》《書》者，皆極惻怛深到，警湛非常。即以文論，亦千古之至聖也。"（《詩義會通》卷一）

23. 朝鮮·沈大允《詩經集傳辨正》認爲四章皆賦也。

24. 清·牛運震《詩志》卷二：

鴟鴞鴟鴞，既取我子，無毀我室。恩斯勤斯，鬻子之閔斯！

疊呼鴟鴞，慘極痛極。意重毀室，却復説鬻子，接頓入妙。武庚之叛，管、蔡爲之也，却説鴟鴞取子，曲護得體，亦復惻然至情。

迨天之未陰雨，徹彼桑土，綢繆牖户。今女下民，或敢侮予！

"迨"字妙理，便是《周易》《豳風》作用。末二語危甚，然藏殺機。

予手拮据，予所捋荼，予所蓄租，予口卒瘏。曰予未有室家！

連用"予"字，蹙急懇厚。

末句是王室骨肉語。

予羽譙譙，予尾翛翛。予室翹翹，風雨所漂摇。予維音嘵嘵！

收結作無聊不可柰何語，更警。

《鴟鴞》

一篇借用鳥語特奇。慘急生奥，終不掩其柔厚，都從一片怵惕惻隱流出，泣鬼貫日，不足言也。試思周公處何等境地，安得不爲此披心瀝肝之言？

附　錄

彙纂所録文獻版本目録

中國

1. 漢・毛亨 傳，漢・鄭玄 箋，唐・陸德明 音義，唐・孔穎達 疏　《毛詩注疏》　明汲古閣毛氏本

2. 唐・成伯璵　《毛詩指説》　文淵閣四庫全書本

3. 宋・歐陽修　《詩本義》　宋吳縣潘氏滂憙齋藏宋刊本

4. 宋・蘇轍　《詩集傳》　宋淳熙七年蘇詡筠州公使庫刻本

5. 宋・李樗、黄櫄 解，宋・吕祖謙 釋音　《毛詩李黄集解》　文淵閣四庫全書本

6. 宋・范處義　《詩補傳》　文淵閣四庫全書本

7. 宋・王質　《詩總聞》　文淵閣四庫全書本

8. 宋・朱熹　《詩集傳》　中華學藝社借照日本東京岩崎氏光緒静嘉堂文庫藏宋本

9. 宋・朱熹　《詩序辨説》　明崇禎毛氏汲古閣刻本

10. 宋・吕祖謙　《吕氏家塾讀詩記》　常熟瞿氏鐵琴銅劍樓藏宋刊本

11. 宋・戴溪　《續吕氏家塾讀詩記》　文淵閣四庫全書本

12. 宋・楊簡　《慈湖詩傳》　文淵閣四庫全書本

13. 宋・林岊　《毛詩講義》　文淵閣四庫全書本

14. 宋・輔廣　《詩童子問》　文淵閣四庫全書本

15. 宋・魏了翁　《毛詩要義》　宋淳祐十二年徽州刻本

16. 宋·嚴粲　《詩緝》　清味經堂刻本

17. 宋·朱鑒　《詩傳遺説》　文淵閣四庫全書本

18. 元·胡一桂　《詩集傳附録纂疏》　元泰定四年翠巖精舍刻本

19. 元·劉瑾　《詩傳通釋》　文淵閣四庫全書本

20. 元·梁益　《詩傳旁通》　文淵閣四庫全書本

21. 元·朱公遷　《詩經疏義會通》　文淵閣四庫全書本

22. 元·劉玉汝　《詩纘緒》　文淵閣四庫全書本

23. 明·梁寅　《詩演義》　文淵閣四庫全書本

24. 明·朱善　《詩解頤》　文淵閣四庫全書本

25. 明·胡廣等　《詩傳大全》　文淵閣四庫全書本

26. 明·倪復　《詩傳纂義》　清鈔本

27. 明·吕柟　《涇野先生毛詩説序》　明嘉靖三十二年謝少南刻涇野先生
五經説本

28. 明·袁仁　《毛詩或問》　清道光十一年六安晁氏木活字學海類編本

29. 明·季本　《詩説解頤》　文淵閣四庫全書本

30. 明·黄佐　《詩經通解》　明嘉靖辛酉刻本

31. 明·豐坊　《魯詩世學》　清鈔本

32. 明·李先芳　《讀詩私記》　文淵閣四庫全書本

33. 明·戴君恩　《讀風臆评》　載清·陳繼揆　《讀風臆補》　清光緒六
年寧郡述古堂刻本

34. 明·李資乾　《詩經傳注》　明刻本

35. 明·許天贈　《詩經正義》　明萬曆刻本

36. 明·江環　《詩經鐸振》　明刻本

37. 明·方從哲等　《禮部訂正詩經正式講意合注篇》　明刻本

38. 明·郝敬　《毛詩原解》　萬曆郝千秋、郝千石刻九部經解本

39. 明·馮時可　《詩臆》　明刻本

40. 明·徐光啟　《毛詩六貼講意》　明萬曆四十五年金陵書林廣慶堂唐振
吾刻本

41. 明·姚舜牧　《重訂詩經疑問》　文淵閣四庫全書本

42. 明·沈守正　《詩經説通》　明萬曆四十三年刻本

43. 明·朱謀㙔　《詩故》　文淵閣四庫全書本

44. 明·曹學佺　《詩經剖疑》　明末刻本

45. 明·陸燧　《詩筌》　明虎闥堂本

46. 明·陸化熙　《詩通》　明書林李少泉刻本

47. 明·顧夢麟　《詩經說約》　明崇禎織簾居刻本

48. 明·鄒之麟　《新鐫鄒臣虎先生詩經翼注講意》　明刻本

49. 明·張次仲　《待軒詩記》　文淵閣四庫全書本

50. 明·錢天錫　《詩牖》　明天啓五年刻本

51. 明·何楷　《詩經世本古義》　文淵閣四庫全書本

52. 明·唐汝諤　《毛詩蒙引》　和刻本

53. 明·毛晋　《毛詩陸疏廣要》　文淵閣四庫全書本

54. 明·楊廷麟　《詩經聽月》　明刻本

55. 明·萬時華　《詩經偶箋》　明崇禎六年李泰刻本

56. 明·朱朝瑛　《讀詩略記》　文淵閣四庫全書本

57. 明·胡紹曾　《詩經胡傳》　明崇禎十六年胡氏春煦堂刻本

58. 明·范王孫　《詩志》　明末刻本

59. 明·賀貽孫　《詩觸》　清咸豐敕書樓刻水田居全集本

60. 明·陳元亮　《鑒湖詩說》　明刻本

61. 清·朱鶴齡　《詩經通義》　文淵閣四庫全書本

62. 清·錢澄之　《田間詩學》　文淵閣四庫全書本

63. 清·張沐　《詩經疏略》　清康熙十四年至四十年蓍蔡張氏刻五經四書疏略本

64. 清·毛奇齡　《續詩傳鳥名》　文淵閣四庫全書本

65. 清·陳啟源　《毛詩稽古編》　清經解本

66. 清·冉覲祖　《詩經詳說》　清光緒七年大梁書局刻五經詳說本

67. 清·秦松齡　《毛詩日箋》　清康熙尊賢堂刻本

68. 清·李光地　《詩所》　文淵閣四庫全書本

69. 清·王鴻緒等　《欽定詩經傳說彙纂》　文淵閣四庫全書本

70. 清·姚際恒　《詩經通論》　道光十七年鐵琴山館刻本

71. 清·王心敬　《豐川詩說》　清刻本

72. 清·李塨　《詩經傳注》　清道光二十四年刻本

73. 清·姜文燦、吳荃　《詩經正解》　清康熙二十三年深柳堂刻本

74. 清·陸奎勳　《陸堂詩學》　康熙五十三年陸氏小瀛山閣刻本

75. 清·黃中松　《詩疑辨證》　文淵閣四庫全書本

76. 清·姜兆錫　《詩傳述蘊》　清刻本

77. 清·方苞　《朱子詩義補正》　乾隆三十二年刻本

78. 清·黃夢白、陳曾　《詩經廣大全》　清康熙二十一年刻本

79. 清·張叙　《詩貫》　清乾隆刻本

80. 清·汪紱　《詩經詮義》　清光緒刊本

81. 清·顧棟高　《毛詩訂詁》　清光緒二十二年江蘇書局刻本

82. 清·許伯政　《詩深》　清乾隆刻本

83. 清·牛運震　《詩志》　清嘉慶五年空山堂刊本

84. 清·張汝霖　《學詩毛鄭异同籤》　清道光活字印本

85. 清·劉始興　《詩益》　乾隆八年尚古齋刻本

86. 清·顧鎮　《虞東學詩》　文淵閣四庫全書本

87. 清·傅恒等　《御纂詩義折中》　文淵閣四庫全書本

88. 清·沈青崖　《毛詩明辨録》　清乾隆毛德基刻本

89. 清·羅典　《凝園讀詩管見》　清刻本

90. 清·任兆麟　《毛詩通説》　清乾隆映雪草堂刻本

91. 清·范家相　《詩瀋》　文淵閣四庫全書本

92. 清·胡文英　《詩經逢原》　清乾隆間刻本

93. 清·汪梧鳳　《詩學女爲》　乾隆不疏園刻本

94. 清·段玉裁　《詩經小學》　嘉慶二年武進藏氏拜經堂刻本

95. 清·段玉裁　《毛詩故訓傳定本》　嘉慶二十一年段氏七葉衍祥堂刻本

96. 清·姜炳璋　《詩序補義》　文淵閣四庫全書本

97. 清·牟應震　《詩問》　嘉慶牟氏刻道光咸豐朱氏補修毛詩質疑本

98. 清·汪龍　《毛詩异義》　清光緒歙縣鮑氏刊本

99. 清·戚學標　《毛詩證讀》　清嘉慶十年涉署刻本

100. 清·夏味堂　《詩疑筆記》　清嘉慶十九年梅華書屋刻本

101. 清·莊述祖　《毛詩考證》　清經解續編本

102. 清·牟庭　《詩切》　清鈔本

103. 清·李富孫　《詩經異文釋》　光緒十四年南菁書院刻皇清經解續編本

104. 清·焦循　《毛詩補疏》　清經解本

105. 清·阮元　《三家詩補遺》　清儀徵李氏刻崇惠堂叢書本

106. 清·劉沅　《詩經恒解》　致福樓重刊本

107. 清·徐華岳　《詩故考異》　咫聞齋刻本

108. 清·李黼平　《毛詩紬義》　清經解本

109. 清·陳壽祺、陳喬樅　《三家詩遺說考》　皇清經解續編本

110. 清·胡承珙　《毛詩後箋》　皇清經解續編本

111. 清·成僎　《詩說考略》　道光十年王氏信芳閣木活字印本

112. 清·林伯桐　《毛詩識小》　叢書集成新編本

113. 清·林伯桐　《毛詩通考》　道光二十四年林世懋刻修本堂叢書本

114. 清·徐璈　《詩經廣詁》　道光十年刻本

115. 清·馮登府　《三家詩遺說》　清抄本

116. 清·黃位清　《詩緒餘録》　道光十九年南海葉氏仵月樓刻本

117. 清·李詒經　《詩經蠡簡》　清單偉志慎思堂刻本

118. 清·馬瑞辰　《毛詩傳箋通釋》　清經解續編本

119. 清·李允升　《詩義旁通》　清咸豐二年易簡堂刻本

120. 清·陳奐　《詩毛氏傳疏》　清經解續編本

121. 清·陳僅　《詩誦》　光緒十一年四明文則樓木活字本

122. 清·曾釗　《詩毛鄭異同辨》　嘉慶道光間曾氏刻面城樓叢書刊本

123. 清·潘克溥　《詩經說鈴》　清同治元年書業德記刻本

124. 清·多隆阿　《毛詩多識》　遼海叢書十集本

125. 清·丁晏　《毛鄭詩釋》　咸豐二年楊以增刻本

126. 清·李灝　《詩說活參》　清英德堂刻本

127. 清·陳喬樅　《毛詩鄭箋改字說》　清刻左海續集本

128. 清·陳喬樅　《詩經四家異文考》　清經解續編本

129. 清·顧廣譽　《學詩詳說》　光緒三年刻本

130. 清·顧廣譽　《學詩正詁》　光緒三年刻本

131. 清·沈鎬　《毛詩傳箋異義解》　咸豐棣鄂堂刻本

132. 清·方玉潤 　《詩經原始》　同治十年隴東分署刻本

133. 清·龔橙 　《詩本誼》　清光緒十五年刻本

134. 清·方宗誠 　《說詩章義》　清光緒八年刻本

135. 清·鄧翔 　《詩經繹參》　清同治六年孔氏刻本

136. 清·龍起濤 　《毛詩補正》　清光緒二十五年刻鵠軒刻本

137. 清·吕調陽 　《詩序議》　觀象盧叢書本

138. 清·梁中孚 　《詩經精義集鈔》　清道光七年刻本

139. 清·王先謙 　《詩三家義集疏》　虛受堂刻後印本

140. 清·胡嗣運 　《枕葄齋詩經問學》　光緒刊本

141. 清·王闓運 　《毛詩補箋》　清光緒三十二年衡陽刊本

142. 清·馬其昶 　《詩毛氏學》　桐城張氏適盧藏版

143. 清·張慎儀 　《詩經异文補釋》　蔓園叢書抄本

144. 民國·李九華 　《毛詩評注》　1925年四存學校鉛印本

145. 民國·焦琳 　《詩蠲》　1935年鉛印本

146. 民國·吳闓生《詩義會通》文學社刊印本

日本

1. 日本·中村之欽 　《筆記詩集傳》　明和元年刊本

2. 日本·稻生宣義 　《詩經小識》　抄本

3. 日本·三宅重固 　《尚齋先生詩經筆記》　抄本

4. 日本·保谷玄悦 　《詩經多識參考集》　和刻本

5. 日本·岡白駒 　《毛詩補義》　延享三年刊本

6. 日本·赤松弘 　《詩經述》　抄本

7. 日本·户崎允明 　《古注詩經考》　天明二年京版

8. 日本·中井積德 　《古詩逢源》　和刻本

9. 日本·皆川願 　《詩經繹解》　和刻本

10. 日本·岡元鳳 　《毛詩品物圖考》　光緒刻本

11. 日本·藤沼尚景 　《詩經小識補》　比君亭藏本

12. 日本·冢田虎 　《冢注毛詩》　環堵室和刻本

13. 日本·豬飼彥博 　《詩經集說標記》　和刻本

14. 日本・太田元貞　《詩經纂疏》　抄本

15. 日本・仁井田好古　《毛詩補傳》　昭和四年松雲堂本

16. 日本・龜井昱　《古序翼》　和刻本

17. 日本・龜井昭陽　《毛詩考》　抄本

18. 日本・茅原定　《詩經名物集成》　和刻本

19. 日本・東條弘　《詩經標識》　抄本

20. 日本・金濟民　《詩傳纂要》　和刻本

21. 日本・岡井蕭　《詩疑》　抄本

22. 日本・安井衡　《毛詩輯疏》　崇文閣和刻本

23. 日本・安藤龍　《詩經辨話器解》　和刻本

24. 日本・山本章夫　《詩經新注》　明治三十六年讀書室藏本

25. 日本・竹添光鴻　《毛詩會箋》　和刻本

朝鮮

1. 朝鮮・朴世堂　《思辨録—詩經》　西溪全書本

2. 朝鮮・李瀷　《詩經疾書》　星湖全書本

3. 朝鮮・金鐘厚　《詩傳札録》　雲溪漫稿本

4. 朝鮮・正祖　《經史講義》　（詩）弘齋全書本

5. 朝鮮・申綽　《詩次故》　朝鮮刊本

6. 朝鮮・申綽　《詩經異文》　朝鮮刊本

7. 朝鮮・成海应　《詩類》　研經齋全書本

8. 朝鮮・丁若鏞　《詩經講義》　與猶堂集本

9. 朝鮮・丁學詳　《詩名多識》　朝鮮抄本

10. 朝鮮・趙得永　《詩傳講義》　日谷稿本

11. 朝鮮・金魯謙　《龍園雜識—詩禮問：詩傳》　性庵集本

12. 朝鮮・沈大允　《詩經集傳辨正》　朝鮮刊本

13. 朝鮮・尹廷琦　《詩經講義續集》　朝鮮刊本

14. 朝鮮・朴文鎬　《詩集傳詳説》　壺山集本

15. 朝鮮・无名氏　《讀詩記疑》　經書記疑本

16. 朝鮮・无名氏　《詩義》　七書辨疑本

圖書在版編目（CIP）數據

東亞《詩經·豳風·鴟鴞》文獻彙纂／李雷東，陳
韶宣編撰. -- 北京：社會科學文獻出版社，2021.9
　ISBN 978 - 7 - 5201 - 8973 - 6

　Ⅰ.①東…　Ⅱ.①李…　②陳…　Ⅲ.①《詩經》- 詩
歌研究　Ⅳ.①I207.222

　中國版本圖書館 CIP 數據核字（2021）第 178971 號

東亞《詩經·豳風·鴟鴞》文獻彙纂

編　　撰／李雷東　陳韶宣

出 版 人／王利民
責任編輯／李建廷
責任印製／王京美

出　　版／社會科學文獻出版社（010）59367215
　　　　　　地址：北京市北三環中路甲 29 號院華龍大廈　郵編：100029
　　　　　　網址：www.ssap.com.cn
發　　行／市場營銷中心（010）59367081　59367083
印　　裝／三河市東方印刷有限公司

規　　格／開　本：787mm × 1092mm　1/16
　　　　　　印　張：26.25　字　數：453 千字
版　　次／2021 年 9 月第 1 版　2021 年 9 月第 1 次印刷
書　　號／ISBN 978 - 7 - 5201 - 8973 - 6
定　　價／198.00 圓